오만과 편견

오만과 편견

Pride and Prejudice

제인 오스틴 지음 | 김유미 옮김

더클래식

제1부

1

사람들은 돈이 많은 미혼 남자는 당연히 신붓감을 찾고 있을 거라고 믿는다. 이런 믿음은 사람들의 마음속에 보편적인 진리처럼 단단히 자리를 잡고 있어서, 그런 남자가 이웃으로 이사라도 오게 되면 딸을 가진 집에서는 본인의 감정이나 의사와는 상관없이 마음대로 그 남자를 자기 딸에게 적당한 배필감으로 점찍는다.

"여보, 소식 들었어요? 드디어 네디필드 파크에 세 들 사람이 나섰대요."

베넷 부인이 호들갑스럽게 말했다.

"아니, 난 처음 듣는 얘긴데."

"조금 전에 롱 부인이 집에 왔었어요. 그런데 세 들어올 사람이 누군지 아세요?"

베넷 부인은 남편이 아무런 대꾸도 하지 않자 잔뜩 조바심이 난 표정이었다.

"당신이 당장 얘기하고 싶다면 들어 줄 용의는 있소."

베넷 부인은 남편의 말이 떨어지기가 무섭게 수다를 늘어놓기 시작했다.

"롱 부인이 그러는데 북부 출신의 굉장한 재산가가 네더필드에 세를 들어온대요. 그 청년이 월요일에 말 네 마리가 끄는 마차를 타고 집을 보러 와서는 집이 마음에 쏙 든다면서 그 자리에서 모리스 씨와 계약을 했다지 뭐예요. 미카엘 축일 전에 이사 올 거라는데 하인들은 다음 주말쯤 미리 들어온다고 하더라고요."

"그 남자 이름이 뭐라고 합디까?"

"빙리 씨래요."

"아직 결혼 안 했다고 하던가?"

"당연히 안 했죠. 게다가 재산이 엄청나게 많다고 하잖아요. 1년 수입이 4,000파운드라든가 5,000파운드라든가. 하여튼 우리 애들한테는 하늘이 준 기회지 뭐예요."

"그게 우리 애들하고 무슨 상관이란 거요?"

"여보, 답답한 소리 좀 작작해요. 그 청년이 우리 애들 중에서 신붓감을 고를 수도 있잖아요. 몰라서 묻는 거예요?"

"그런 음흉한 속셈으로 이사 오는 거랍디까?"

"음흉하다니, 무슨 말을 그렇게 밉살스럽게 해요. 그 청년이 우리 딸 중에서 한 애한테 푹 빠져서 결혼이라도 하는 날이면 그보다 더 큰 경사가 어디 있겠어요? 하여튼 그 청년이 이사 오면 당신이 당장 찾아가 보세요."

"굳이 그럴 필요까지 있겠소? 당신이 아이들 앞세우고 가 보구려. 아니면 애든만 보내든지 어쩌면 그게 나을지도 모르겠군. 당신 미모야 아이들한테도 뒤지지 않으니 빙리 씨가 당신한테 반하기라도 하면 난처한 일 아니요."

"마음에도 없는 아부 그만두세요. 나도 한때는 빠지지 않는 미모였지만 이젠 다 옛날 얘기예요. 말만 한 딸이 다섯이나 되는데 자기 미모 신경 쓸 여유가 어디 있어요?"

"하긴 딸이 다섯이면 자기 외모를 자랑할 처지는 아니지."

"어쨌든 빙리 씨가 이곳으로 이사를 오면 열 일 제쳐 놓고 찾아가 보세요."

"그건 약속할 수 없겠는걸."

"당신 딸들을 위한 일인데 그 정도 수고도 못한다는 거예요? 우리 애들한테 그만한 결혼 상대가 어디 흔한가요? 윌리엄 씨와 루카스 부인도 빙리 씨를 방문하기로 했다고 하잖아요. 그런 꿍꿍이가 아니면 뭣 때문에 빙리 씨를 찾아가겠어요? 그 사람들이 새로 이사 온 집에 인사하러 가는 거 봤어요? 평소 같으면 어림도 없는 일이죠. 하여튼 당신은 무조건 빙리 씨를 찾아가야 해요. 안 그러면 우리가 찾아갈 명분이 없으니 말이에요."

"당신은 지나치게 격식을 따지는 게 탈이요. 내가 군이 그 자리에 가지 않아도 빙리 씨는 당신을 반갑게 맞아 줄 거요. 우리 딸 중에서 누구를 골라 결혼하든 나는 진심으로 동의한다고 몇 자 적어 줄 테니 챙겨 가든가. 우리 귀여운 리지* 칭찬을 덧붙여도 되겠소?"

"그건 말도 안 돼요. 솔직히 리지가 다른 애들보다 나은 게 뭐가 있어요? 제인의 반만큼이라도 예쁘길 해요, 그렇다고 리디아처럼 싹싹하길 해요. 그런데도 당신은 늘 리지 편만 들잖아요."

"다른 애들한테 내세울 만한 구석이 있어야 칭찬을 하지. 하나같이 둔하고 머리에 든 게 없는데 어쩌겠소. 그 애들에게 비하면 리지는 훨씬 민첩하고 영리한 데가 있질 않소."

"당신 딸들을 그렇게 헐뜯으면 속이 시원해요? 당신은 나를 약 올리는 재미로 사는 사람 같아요. 내가 얼마나 신경이 예민한지 알면서 불쌍하다는 생각은 눈곱만큼도 안 하죠."

"그건 당신이 오해하고 있는 거요. 내가 당신의 신경과민을 얼마나 존중하는데. 적어도 20년 동안 당신 신경과민 얘기를 경청했더니 이젠 아주 오래된 친구처럼 느껴진다니까."

"당신은 내가 겪는 고통이 얼만큼인지 상상도 못할걸요."

---

* 베넷 씨의 둘째 딸(엘리자베스)의 애칭이다.

"왜 모르겠소? 하지만 당신이 그 고통을 잘 견뎌 내야 1년에 4,000파운드나 벌어들이는 젊은 녀석이 이사 오는 모습을 볼 수 있을 게 아니요?"

"그런 젊은 남자들이 스무 명이나 이사 온다고 해도 당신이 인 찾이기면 말짱 헛일이잖아요."

"염려 말구려. 그런 남자들이 스무 명이나 몰려오면, 그땐 맹세코 스무 명 다 방문하리다."

베넷 씨는 머리가 좋고 재치도 두루 갖추고 있어서 상대방을 비꼬는 말도 재미있게 하는 재주가 있었다. 그는 말수가 적고 내성적인 것 같으면서도 가끔 엉뚱한 행동을 해서 도무지 종잡을 수 없는 사람이었다. 그와 스물세 해를 살아온 베넷 부인조차 도무지 그의 속내를 알 수 없다는 게 그의 단점이었다.

그에 비하면 베넷 부인은 훨씬 단순한 성격이어서 자기 마음을 쉽게 남들에게 드러내 보였다. 그녀는 이해력이나 지적인 능력이 떨어지는 편이었고, 감정이 기복이 심하고 불안정했다. 뭔가 못마땅한 일이 있으면 그녀는 늘 신경쇠약이 도졌다고 불평했다. 그녀에게 일생일대의 과업은 딸들을 결혼시키는 일이었고, 유일한 낙은 이웃을 찾아다니며 새로운 소문을 수집하는 것이었다.

2

결국 베넷 씨는 빙리 씨를 찾아간 첫 번째 방문자가 되었다. 아내에게는 끝까지 가지 않을 거라고 말했지만, 속으로는 줄곧 찾아갈 작정을 하고 있었던 것이다. 베넷 씨가 빙리 씨를 방문한 날 저녁때까지도 베넷 부인은 그 사실을 까맣게 모르고 있었다. 베넷 씨는 그날 저녁, 가족들이 빙리 씨 얘기를 하는 도중에 슬그머니 그 사실을 털어놓았다.

모자에 장식을 달고 있던 둘째 딸을 보고 베넷 씨가 불쑥 말을 걸었다.

"그 모자가 빙리 씨 마음에 들었으면 좋겠구나, 리지야."

"빙리 씨가 어떤 모자를 좋아하는지 어떻게 알아요. 찾아가보지도 못하는데."

베넷 부인이 볼멘소리로 말했다.

"잊어버린 거예요, 엄마? 무도회장에서 빙리 씨를 만나기로

했잖아요. 롱 부인이 소개해 준다고 약속했다면서요." 엘리자
베스가 말했다.

"롱 부인이 소개해 줄 리가 없어. 자기도 조카딸이 둘씩이나
되는데. 얼마나 이기적이고 위선적인 여자인 줄 아니? 그 여자
만은 도통 믿을 수가 없어."

"그건 나도 동감이요. 당신이 그 부인 도움을 받지 않기로 했
다니 듣던 중 반가운 말이로구려."

베넷 부인은 대꾸를 안 하려고 했지만 도저히 참을 수가 없
었던지 엉뚱하게 딸을 야단치기 시작했다.

"키티야, 제발 기침 좀 그만해라. 내 신경 좀 생각해 줄 수 없
겠니? 신경이 아주 갈기갈기 찢어지는 것 같다."

"키티는 기침을 아무 때나 하는 게 문제야. 꼭 안 좋은 타이
밍에 기침을 한단 말이지."

베넷 씨가 말했다.

"제가 뭐 재미로 기침하는 줄 아세요?"

키티가 발끈해서 대꾸했다.

"그런데 다음 무도회는 언제야, 리지 언니?"

"보름 후야."

"맞아!"

베넷 부인이 큰 소리로 말했다.

"그런데 롱 부인은 그 전날에야 돌아올 텐데 어떻게 너를 빙

리 씨에게 소개해 준단 말이냐? 롱 부인도 빙리 씨를 모르는데 말이야."

"그럼 당신에겐 더 유리하겠구려. 당신이 직접 리지를 빙리 씨에게 소개하는 게 어떻겠소?"

"그게 가능하다고 생각해요? 나도 빙리 씨를 잘 모르는데 어떻게 소개한단 말이에요? 하여튼 당신은 내 속을 긁어 놓는 데는 대단한 재주가 있는 사람이야."

"당신의 신중한 태도는 정말 존경할 만하구려. 보름 만에 친해진다는 건 힘든 일이지. 그동안 사람을 알아야 얼마나 알 수 있겠소? 그렇지만 우리가 나서지 않으면 누군가 다른 사람이 나설 거 아니요? 그러면 결국 롱 부인과 그 부인의 조카들에게 기회가 돌아갈 거고. 당신이 나서지 않으면 롱 부인은 꽤나 고맙게 여길걸. 그러니 당신이 사양한다면 내가 그 일을 떠맡을 수밖에 없겠구려."

딸들은 놀라서 휘둥그레진 눈으로 아버지를 쳐다보았고, 베넷 부인은 큰 소리로 외쳤다.

"그건 말도 안 돼요, 말도 안 돼!"

"당신의 그 단호한 감탄사는 뭘 의미하는 거요? 소개하는 형식이 말이 안 된다는 거요, 아니면 그 일이 너무 힘들어서 안 된다는 거요? 그런 거라면 난 당신 생각에 동의할 수 없구려. 메리, 네 생각은 어떤지 말해 보렴. 넌 생각이 깊고 좋은 책도 많이 읽었지 않니? 게다가 좋은 구절은 따로 적어 두기까지 하니 이럴 때 무슨 말을 해야 할지 알 거 아니냐?"

메리는 이 상황에 가장 적절한 말을 해서 자신의 재치를 뽐내고 싶었지만 적당한 말이 머리에 떠오르지 않았다.

"메리가 생각을 정리하는 동안 다시 빙리 씨 얘기로 돌아가야겠군."

"이제 빙리 씨 얘기라면 신물이 나요."

베넷 부인이 소리쳤다.

"그래? 그렇다면 정말 유감이로군. 왜 진작 그런 말을 하지 않았소? 당신 생각을 오늘 아침에만 알았어도 절대 빙리 씨를 찾아가지 않았을 텐데 말이야. 일이 난처하게 되어 버렸군. 하지만 이미 방문을 했으니 모른 척할 수도 없게 되어 버렸고."

여자들은 그의 기대를 저버리지 않고 깜짝 놀랐다. 그중에서도 가장 놀란 사람은 바로 베넷 부인이었다. 그녀는 요란스럽게 한바탕 기쁨을 표현하고 나서 흥분이 가라앉자 이렇게 될 줄 미리 알고 있었다며 너스레를 떨었다.

"당신은 정말 속이 깊은 분이세요. 당신이 결국에는 내 말을 들어 줄 거라고 생각했어요. 당신처럼 딸들을 사랑하는 분이 이런 기회를 놓칠 리가 없잖아요? 정말 기뻐요! 오늘 아침에 빙리 씨를 방문하고도 어쩌면 지금까지 한마디도 안 할 수가 있죠?"

"키티야, 이제 마음 놓고 기침해도 될 것 같구나."

베넷 씨는 좋아서 어쩔 줄 모르며 호들갑을 떠는 부인에게 질렸다는 표정으로 방에서 나갔다.

"너희들은 정말 훌륭한 아버지를 두었어."

문이 닫히고 나자 베넷 부인이 말했다.

"너희들이 아버지의 은혜에 어떻게 보답할 수 있겠니? 나도 마찬가지고. 우리 나이가 되면 새로 사람을 사귄다는 게 그리 즐거운 일만은 아니란다. 하지만 너희들을 위해서라면 무슨 일이든 못하겠니? 리디아, 넌 가장 나이가 어리지만 이번 무도회에서 빙리 씨가 분명히 네게 춤을 청할 거다."

"엄마도 참, 걱정하지 마세요. 나이는 어리지만 키는 제가 가장 크잖아요."

리디아가 당차게 말했다.

그날 밤은 빙리 씨가 베넷 씨의 방문에 대한 답례로 언제 찾아올 건지, 식사 초대를 언제 하는 게 좋을지 의논하는 일로 지나갔다.

3

베넷 부인은 다섯 딸들의 지원을 받아 가며 남편에게 빙리 씨에 대해 캐물었지만 만족할 만한 대답을 얻어 낼 수 없었다. 뻔뻔하게 노골적인 질문을 하기도 하고, 교묘하게 유도신문을 하기도 하고, 빙 둘러서 속을 떠보기도 했지만 베넷 씨는 이런 모든 술수를 요리조리 잘도 빠져나갔다. 여자들은 어쩔 수 없이 루카스 부인의 간접적인 정보에 의지해야 했다. 그녀에게서 듣는 얘기는 매우 호의적이었다. 루카스 경이 빙리 씨를 매우 마음에 들어 한다는 것이었다. 빙리 씨는 아주 젊고 잘생긴 데다 성격도 쾌활한 청년이라고 했다. 무엇보다 다음 모임에 많은 친구들을 데리고 오겠다고 했다는 것이다. 이보다 더 기쁜 소식이 있을까! 춤을 좋아하는 것은 사랑에 빠지기 위한 필수 조건이었다. 여자들의 마음은 빙리 씨의 마음을 사로잡을 기대로 한껏 부풀어 올랐다.

"우리 딸 중 하나가 결혼을 잘해서 네더필드에 정착하면 다른 아이들도 언니처럼 시집을 잘 가게 될 거고, 그렇게만 되면 나로서는 더 바랄 게 없는 일이에요."

베넷 부인이 남편에게 말했다.

며칠 후 빙리 씨가 베넷 씨의 방문에 대한 답례로 찾아왔다. 그는 10분 동안 서재에서 베넷 씨와 대화를 나누고 돌아갔다. 그는 미인으로 소문난 딸들을 볼 수 있을 거라는 기대를 품고 있었지만 그럴 기회는 주어지지 않았고 부친만 만날 수 있었다. 그러나 여자들은 운이 좋게도 위층 창문으로 파란 양복을 입고 검은 말을 탄 그의 모습을 볼 수 있었다.

곧 만찬 초대장이 발송되었고, 베넷 부인은 자신의 살림 솜씨를 뽐낼 식단까지 짜 놓았다. 그러나 다음 날 아침 빙리 씨의 답장이 도착했다. 런던에 가야 하기 때문에 식사 초대에 응할 수 없다는 것이었다. 모든 계획은 연기될 수밖에 없었다. 베넷 부인의 실망은 이만서만 큰 게 아니었다. 그녀는 빙리 씨가 하트퍼드셔에 도착하자마자 런던에 볼일이 있다는 게 이해가 되지 않았다. 게다가 빙리 씨가 네더필드에 붙어 있지 않고 늘 이곳저곳 옮겨 다니는 건 아닌지 불안하기도 했다. 루카스 부인은 빙리 씨가 성대한 무도회를 준비하기 위해서 런던에 갔을 거라고 말해서 베넷 부인의 걱정을 다소나마 덜어 주었다.

그리고 얼마 후 빙리 씨가 숙녀 열두 명과 신사 일곱 명을 파티에 데려올 거라는 말이 들려왔다. 딸들은 여자들이 너무 많다고 못마땅해했지만, 무도회 전날 빙리 씨가 열두 명의 여자가 아니라 다섯 명의 누이들과 사촌 한 명을 데리고 올 거라는 말을 듣기 겨우 마음을 놓았다. 그러나 막상 파티에 도착한 사람은 빙리 씨와 그의 누이 두 명과 큰누나의 남편, 그리고 다른 청년 한 명, 이렇게 다섯 사람뿐이었다.

빙리는 준수하고 신사다운 외모에, 유쾌하고 편안하고 자연스러운 몸가짐을 갖춘 청년이었다. 그의 누이들도 상류 사회의 품위가 넘치는 미인들이었고, 빙리의 매형인 허스트 씨 역시 신사다운 풍모를 지니고 있었다. 빙리의 친구인 다아시는 큰 키와 멋진 체격, 수려한 용모와 품위 있는 몸가짐으로 단숨에 사람들의 관심을 끌어모았다. 게다가 그가 파티에 들어선 지 5분도 되지 않아서 그의 연 수입이 1만 파운드나 된다는 말이 온 방 안에 퍼져 나갔다. 남자들은 그의 인물이 출중하다고 칭찬했고, 여자들은 빙리 씨보다 훨씬 더 미남이라고 치켜세웠다. 그를 바라보는 찬탄의 시선은 그날 밤 파티 중반까지 계속되었다. 그러나 사람들과 어울리는 걸 싫어하는 듯한 그의 거만한 태도는 곧 사람들에게 거부감을 일으켰고 그의 인기도 더불어 시들어 버렸다. 더비셔에 엄청나게 큰 영지를 소유하고 있다는 사실도 그의 오만한 표정과 불쾌한 태도를 상쇄할 수는 없었다. 그는 친구인 빙리와는 비교할 상대조차 되지 못하는 인물로 전락해 버렸다.

빙리는 무도회에 참석한 중요한 사람들과 금방 친근한 사이가 되었다. 그는 쾌활한 성격으로 적극적으로 사람들을 대했고, 파티가 진행되는 동안 단 한 번도 빼놓지 않고 춤을 췄다. 무도회가 끝날 즈음에는 파티가 너무 빨리 끝나는 것에 대해 아쉬움을 감추지 못하며 다음에는 네더필드에서 무도회를 열겠다고 선언하기까지 했다. 그의 붙임성 있는 성격은 사람들의 시선을 끌기에 충분했다. 그의 친구인 다아시와는 너무도 대조적인 성품이었다. 다아시는 허스트 부인과 한 번, 빙리 양과 한 번 춤을 추었을 뿐, 다른 여자를 소개받는 것조차 거절했다. 그는 저녁 내내 방 안을 돌아다니며 자기 일행에게만 말을 걸었다. 사람들은 그를 더없이 거만하고 불쾌한 인물로 단정 짓고 다시는 그곳에 오지 않기를 바랐다. 그중에서도 다아시를 가장 마음에 들어 하지 않은 사람은 바로 베넷 부인이었다. 그녀는 다아시의 행동이 전반적으로 마음에 들지 않았지만, 특히 자기 딸을 무시했다는 것 때문에 분개했다.

파티에 참석한 남자들의 숫자가 부족한 탓에 엘리자베스 베넷은 겨우 두 번밖에 춤을 출 수 없었다. 그녀는 다아시와 빙리 근처에 있다가 우연히 두 남자의 대화를 엿듣게 되었다. 빙리는 춤을 추고 있는 사람들에게서 빠져나와 친구에게 같이 춤을 추자고 권하려던 참이었다.

"이봐, 다아시. 자네도 춤을 춰야지. 이렇게 멍청하게 혼자 떨어져 있는 건 모양새가 좋지 않아. 이런 자리에선 춤을 추는 게 예의라는 걸 모르지 않을 텐데."

"나는 춤추고 싶은 생각이 전혀 없네. 잘 알지도 못하는 여자의 춤추는 걸 내가 얼마나 질색하는지 자네도 잘 알지 않나. 이런 데서 춤추는 건 도저히 못할 노릇이야. 자네 누이들은 벌써 파트너가 있고, 다른 여자와 춤추는 건 내겐 고역이야."

"자네처럼 까다로운 친구는 없을 거야! 내 명예를 걸고 말하는데 오늘 저녁처럼 멋진 여자들을 많이 만난 건 처음일세. 자네가 보다시피 보기 드문 미인들도 있지 않나."

"자네는 여기서 유일하게 아름다운 여자와 춤추고 있어."

다아시는 베넷 씨의 맏딸을 바라보며 말했다.

"자네 말이 맞아! 내가 지금까지 만나 본 여자들 중에서 가장 아름다운 여자야. 하지만 자네 뒤에 앉아 있는 그녀의 동생도 꽤 예쁜 편이지 않은가? 게다가 성격도 아주 쾌활해 보이던데, 내 파트너에게 부탁해서 자네에게 소개해 주지."

"누구를 말하는 건가?"

그는 잠시 엘리자베스를 쳐다보더니 그녀와 눈길이 마주치자 얼른 시선을 돌리고는 차갑게 말했다.

"못 봐 줄 정도는 아니군. 하지만 반할 정도도 아니야. 난 지금 다른 남자들이 거들떠보지 않는 여자를 상대해 줄 기분이 아니라네. 니힌데 시긴 닝비하지 말고 사네 파트너에게 돌아가서 그녀의 미소나 즐기지 그래."

빙리는 그의 충고에 따라 베넷 양에게 돌아갔고, 다아시는 다른 쪽으로 걸어가 버렸다. 그 자리에 혼자 남은 엘리자베스는 속으로 씁쓸한 기분을 삭여야 했다. 하지만 그녀는 우울해하는 대신 친구들에게 그 이야기를 신나게 떠들어 댔다. 재미있는 일이 있으면 남들에게 말하지 않고는 못 견디는 게 그녀의 장난기 많고 명랑한 성격이었다.

그날 밤은 베넷 씨 가족 모두에게 즐거운 시간이었다. 베넷 부인은 네더필드 일행이 맏딸을 매우 마음에 들어 하는 모습을 보고 흡족해했다. 빙리는 제인과 두 번이나 춤을 추었고, 그의 누이들도 그녀를 남다르게 대하는 것 같았다. 제인 역시 드러내 놓고 표현하지는 않았지만 엄마 못지않게 만족스러워하는 기색이었다. 엘리자베스는 언니가 몹시 기뻐하고 있다는 걸 알아치릴 수 있었다. 메리는 빙리 양에게 자신이 이 근방에서 가장 똑똑한 아가씨라고 소개하는 말을 들었고, 캐서린과 리디아는 한 번도 파트너가 없어서 춤을 추지 못한 적이 없었다. 그들이 가장 바라던 일이 이루어진 셈이었다. 베넷 일가는 즐거운 기분으로 그들의 본거지인 롱본으로 돌아왔다.

베넷 씨는 아직 잠자리에 들지 않고 있었다. 워낙 책을 들면 시간 가는 줄 모르는 사람이기도 했지만, 가족들의 굉장한 기대감을 불러일으켰던 오늘 밤 무도회가 어땠는지 궁금하기도 했다. 그는 새로 이사 온 청년에 대한 아내의 기대가 실망으로 바뀌기를 내심 바라고 있었다. 그러나 그가 아내에게 들은 이야기는 정반대였다.

"여보, 이렇게 즐거웠던 밤은 정말 처음이었어요. 얼마나 훌륭한 무도회였는지 몰라요. 당신도 갔더라면 좋았을 텐데. 제인은 인기가 최고였어요. 모두들 예쁘다고 난리들이었죠. 빙리 씨도 아름답다고 칭찬을 아끼지 않으면서 두 번이나 제인과 춤을 추었다니까요. 생각 좀 해 보세요, 여보. 제인과 두 번이나 춤을 춘 거예요. 거기서 빙리 씨가 두 번이나 춤을 청한 여자는 제인밖에 없었어요. 빙리 씨는 처음에는 루카스 양에게 춤을 청했죠. 빙리 씨가 그 여자와 일어서는 걸 보고 내 속이 얼마나 뒤집어졌는지 몰라요. 하지만 루카스 양에게 반한 것 같지는 않더라고요. 하기는 그 여자에게 반할 남자가 어디 있겠어요? 그러다가 제인이 춤추는 걸 보고는 홀딱 반한 모양이에요. 제인이 누구냐고 물으며 소개해 달라고 하더니 다음에 춤을 청하지 뭐예요. 세 번째는 킹 양과 추었고, 네 번째는 마리아 루카스, 다섯 번째는 다시 제인, 여섯 번째는 리지, 그리고 블랑제 춤은……."

"빙리 씨가 나를 조금만 배려했더라면 그렇게 춤을 많이 추지는 않았을 텐데! 제발, 그 파트너 얘기는 그만둘 수 없겠소?

빙리 씨가 첫 번째 춤을 출 때 발목을 삐었더라면 좋았을걸."

베넷 씨는 참지 못하고 소리쳤다.

하지만 베넷 부인은 남편의 불평은 아랑곳하지 않고 계속 떠들어 댔다.

"여보, 난 그 청년이 정말 마음에 들어요. 어쩜 그렇게 잘생겼을까! 그의 누이들도 정말 멋진 아가씨들이었어요. 그 아가씨들이 입은 드레스처럼 우아한 옷은 내 평생 처음 봤어요. 허스트 부인 드레스에 달린 레이스는……."

이 대목에서 베넷 부인은 다시 옷 이야기는 그만두라는 남편의 항의를 받았다. 그녀는 어쩔 수 없이 다른 주제로 이야기를 돌렸다. 그녀는 다아시의 무례하기 짝이 없는 행동에 대해 몹시 언짢은 심정을 담아 과장해서 떠들어 댔다.

"하지만 리지가 그 남자의 마음에 안 든 게 천만다행이지 뭐예요. 그렇게 기분 나쁘고 몰상식한 남자가 리지를 마음에 들어 하면 그게 오히려 골치 아픈 일이죠. 얼마나 콧대가 높고 잘난 척하는지 눈 뜨고 볼 수가 없을 정도였다니까요. 자기가 무슨 대단한 존재라도 되는 것처럼 으스대는 꼬락서니라니! 같이 춤추고 싶을 만큼 잘생기지도 못한 주제에. 당신이 가서 그 남자의 코를 납작하게 만들었어야 하는 건데. 정말 마음에 안 드는 남자예요."

4

　제인은 엘리자베스와 둘만 남게 되자, 그동안 조심스럽게 빙리를 칭찬하던 태도를 바꿔 정말 훌륭한 남자라고 솔직하게 털어놓았다.

　"빙리 씨는 젊은 남자에게 필요한 모든 것을 갖춘 남자야. 분별 있고 성격도 시원시원하고 활달하지 않니? 난 그렇게 매너가 좋은 남자는 처음 봤어. 어쩜 그렇게 자연스럽고 편안하게 행동할까? 정말 가정 교육을 잘 받은 것 같아."

　"게다가 잘생기기까지 하고."

　엘리자베스가 맞장구를 쳤다.

　"젊은 남자라면 모두 부러워할 만한 외모잖아. 그러니까 결론적으로 완벽한 남자란 거네?"

　"빙리 씨가 내게 두 번째 춤을 청했을 때는 정말 기분이 좋았어. 그럴 거라고는 전혀 기대하지 못했거든."

"정말 그랬어? 난 당연히 그럴 거라고 예상하고 있었는데. 언니와 내가 다른 점이 바로 그거야. 언니는 남자들의 관심을 받으면 항상 의외인 것처럼 놀라지만, 난 전혀 놀라지 않거든. 그 남자가 언니에게 두 번째 춤을 신청한 건 너무도 당연한 일이야. 거기에서 언니가 다른 여자들보다 다섯 배는 더 예쁘다는 걸 그 남자가 모를 리 없잖아. 언니가 그걸 고마워할 필요는 전혀 없어. 어쨌든 빙리 씨는 꽤 호감이 가는 사람인 건 분명해. 언니가 그 남자를 좋아해도 된다고 허락하지. 언니는 그 남자보다 훨씬 더 못한 남자들도 좋아했으니까 말이야."

"애 말하는 것 좀 봐!"

"언니는 사람을 너무 쉽게 좋아하는 경향이 있어. 언니는 상대가 누구든 결점을 보려고 하지 않잖아. 언니 눈에는 세상 사람들이 모두 착하고 호의적인 것처럼 보이지? 난 언니가 누구 흉보는 거 한 번도 못 들어 봤어."

"난 함부로 남을 비난하고 싶지 않아. 그래도 항상 내 생각을 솔직하게 얘기하잖아."

"나도 알아. 내가 언니에게 놀라는 것도 바로 그 점이야. 언니는 올바른 판단력이 있으면서도 어쩜 그렇게 다른 사람들의 멍청하고 어리석은 행동을 보지 못할 수가 있는 거지? 남의 흠을 잡지 않는 것처럼 가장하는 사람들은 어디나 널려 있어. 하지만 언니처럼 가식 없이 순수하게 사람들의 좋은 점만 보고 나쁜 점은 절대로 말하지 않는 사람은 없을 거야. 언니는 빙리 씨 누이들도 마음에 들어 하잖아. 안 그래? 내가 보기에는 누이들의 매너는 오빠보다 못한 것 같던데."

"처음 볼 때는 그랬어. 그런데 대화를 나눠 보니까 아주 좋은 여자들이더라. 빙리 양은 오빠와 함께 살면서 집안일을 돌봐 주기로 했대. 내가 잘못 본 게 아니라면 빙리 양은 아주 좋은 이웃이 될 거야."

엘리자베스는 말없이 언니의 말을 듣고 있었지만 그 말을 그대로 수긍하는 건 아니었다. 무도회에서 본 그들의 태도는 그다지 기분 좋은 것이 아니었다. 엘리자베스는 언니보다 사람을 관찰하는 눈이 예리했고, 쉽사리 남의 말에 동요되거나 누군가의 호의 때문에 판단력이 흐려지는 일도 없었다. 그녀는 빙리의 누이들을 호의적으로 받아들이고 싶지 않았다.

그들은 사실 매우 훌륭한 숙녀들이라고 할 수도 있었다. 자기 기분이 좋을 때면 꽤나 싹싹하게 행동했고, 원할 때는 남들에게 사근사근하게 대했다. 그러나 기본적으로 교만과 자만에 빠져 있었다. 그들은 상당히 뛰어난 외모를 지닌 데다 런던에 있는 일류 학교에서 교육을 받았고, 2만 파운드나 되는 큰 재산을 소유하고 있어서 분수 이상 돈을 써 댔고 상류층의 사람들만 상대했다. 그들은 모든 면에서 자신을 대단한 존재라고 여기고 다른 사람들을 하찮게 여길 만한 조건을 갖췄다고 믿고 있었다. 영국 북부의 명문가 출신이라는 사실이 그들의 재산이 장사로 모두 벌어들인 거라는 사실보다 머릿속에 더 깊이 각인되어 있었다.

빙리는 선친에게서 거의 10만 파운드나 되는 재산을 물려받았다. 그의 아버지는 땅을 사고 싶어 했지만 뜻을 이루지 못하고 돌아가셨다. 빙리도 아버지의 뜻을 이어 땅을 사려는 생각이 없는 것은 아니어서 가끔 땅을 물색하기도 했지만, 그의 무사안일한 성격을 잘 알고 있는 사람들은 빙리가 훌륭한 저택과 수렵권을 얻은 것으로 만족하고 여생을 네더필드에서 지내면서 토지 매입 건은 다음 세대에 맡길 거라고 생각했다.

그의 누이들은 속으로 빙리가 자기 소유의 저택을 갖기를 몹시 바라고 있었다. 하지만 빙리가 저택을 임대하자 빙리 양은 망설임 없이 그의 식탁을 책임지는 역할을 맡기로 했다. 허스트 부인 역시 재산보다 집안을 보고 남편을 선택했기 때문에 자신의 형편을 생각해서 빙리의 집에 그냥 눌러살기로 마음먹었다.

빙리는 성년이 된 지 2년이 채 못 되었을 때 우연히 네더필드의 저택을 구경해 보라는 권유를 받았다. 그는 직접 그 집에 가서 겨우 30분 동안 돌아보고는 집의 위치와 방이 마음에 들자 그 자리에서 계약을 해 버렸다.

그와 다아시는 성격이 정반대임에도 불구하고 꽤 오랜 기간

우정을 이어 온 사이였다. 다아시는 빙리의 느긋하고 솔직하면서도 유연한 성품을 좋아했다. 이런 성격은 다아시 자신의 성격과는 완전히 상반되는 것이었다. 그렇다고 다아시가 자신의 성격에 불만을 갖고 있는 것은 아니었다. 빙리는 다아시의 우정을 굳게 신뢰하고 있었고, 그의 판단력을 높이 평가했다. 지적인 능력은 다아시가 더 뛰어난 편이었다. 빙리도 이해력이 부족한 건 아니었지만 다아시의 머리가 뛰어나게 좋다는 걸 인정하지 않을 수 없었다. 그는 자존심이 무척 강하고 내성적이며, 까다로웠다. 그의 태도는 품격은 있었지만 사람들에게 좋은 인상을 주지는 못했다. 그런 점에서는 빙리가 훨씬 유리했다. 빙리는 어디에 가든 사람들의 호감을 샀지만 다아시는 늘 사람들에게 반감을 사는 편이었다.

두 사람이 메리턴의 모임에 대해 나누는 대화만 들어 봐도 두 사람의 성격이 얼마나 다른지 금방 알 수 있었다. 빙리는 그렇게 유쾌한 사람들과 아름다운 여자들은 처음 만났다고 말했다. 모든 사람이 그에게 더할 수 없이 친절하고 정중하게 대해 주었고, 형식적이고 딱딱한 분위기는 전혀 찾아볼 수 없었으며, 이내 모든 사람들에게 친근감을 느꼈다고 했다. 그리고 베넷 양에 대해서는 그녀보다 더 아름다운 천사는 상상할 수 없을 것 같다고 말했다. 그러나 다아시는 그들이 아름다움이나 품위라고는 전혀 찾아볼 수 없는 사람들이었고, 티끌만큼도 흥미를 느낄 수 없었으며, 그들 역시 자신에게 전혀 관심과 호감을 보이지 않았고, 베넷 양이 예쁘다는 건 인정하지만 웃음이 너무 헤프다고 말했다.

허스트 부인과 그녀의 여동생은 베넷 양이 너무 많이 웃는 건 사실이지만 그녀가 마음에 든다고 칭찬하면서 더 깊이 사귀고 싶다고 말했다. 베넷 양은 이렇게 해서 사랑스러운 아가씨로 귀결되었고, 빙리는 누이들의 찬사를 자신이 그녀를 선택해도 좋다고 인정하는 말로 받아들였다.

5

롱본에서 얼마 떨어지지 않은 곳에 베넷 씨 가족이 특별히 친하게 지내는 가족이 살고 있었다. 윌리엄 루카스 경은 이전에 메리턴에서 장사를 해서 상당한 재산을 모았고, 시장으로 재직하는 동안 국왕에게 청원해서 기사 작위까지 받았다. 기사라는 직위가 그에게는 대단한 명예로 여겨졌던지 그는 장사 일과 좁은 시장통에 있는 자신의 집에 염증을 느꼈다. 그는 이 모든 것을 버리고 가족과 함께 메리턴에서 1마일 정도 떨어진 곳에 있는 집으로 이사했다. 그는 그 집을 루카스 저택이라고 명명하고, 그곳에서 장사에 얽매이지 않고 자신의 높은 지위를 누리며 오로지 세상 사람들에게 친절과 예의를 베푸는 일에만 몰두했다. 그는 자신의 신분이 높아진 것을 자랑스럽게 여겼지만, 그것으로 인해 거만해지지 않았고 오히려 모든 사람들에게 더욱 정중하게 대했다. 원래 악의가 없고, 친절하며, 자상한 성품을 타고난 그는 세인트 제임스궁에서 국왕을 알현하고부터는 예의의 화신처럼 되었다.

루카스 부인은 성품이 착하고 지나치게 똑똑하지 않다는 점에서 베넷 부인에게는 안성맞춤인 이웃이었다. 루카스 부인은 여러 명의 자녀를 두었는데, 스물일곱 살인 첫딸은 현명하고 총명한 아가씨로 엘리자베스의 절친한 친구였다. 루카스 자매들이 베넷 자매들에게 파티에 관한 얘기를 나누는 것은 절대 빼놓을 수 없는 중요한 일이었다. 무도회가 열린 다음 날 아침 루카스 자매들이 롱본으로 찾아왔다.

"어젯밤 시작이 정말 좋았어, 샬럿. 빙리 씨가 네게 첫 번째로 춤을 청했잖니?"

베넷 부인이 속마음을 감추고 조심스럽게 운을 뗐다.

"네, 하지만 그분은 두 번째 파트너를 더 좋아하는 것 같던데요."

"제인을 말하는 거니? 빙리 씨가 두 번이나 춤춘 상대가 제인이니 말이다. 제인에게 호감이 있는 건 틀림없는 것 같더구나. 사실 나도 그렇다고 생각하긴 한다만. 내가 들은 얘기도 있고 해서 말이다. 하지만 로빈슨 씨가 한 말은 무슨 얘긴지 잘 모르겠구나."

"제가 빙리 씨와 로빈슨 씨가 하는 얘길 엿들은 걸 말씀하시는 거죠? 제가 말씀 안 드렸던가요? 로빈슨 씨가 빙리 씨에게 메리턴 파티가 어떠냐, 아름다운 여자들이 정말 많지 않느냐, 누가 가장 예쁜 것 같으냐고 물으니까 마지막 질문에 주저 없이, '말할 것도 없이 베넷 씨 큰따님이지. 그 점에 대해서는 누구라도 이의를 제기할 수 없을걸.' 이렇게 대답했다고 말씀드렸잖아요."

"그래, 맞아! 그럼 더 이상 의심할 여지가 없을 것 같구나. 하지만 그렇다고 꼭 일이 잘되란 법은 없지 않겠니?"

"그 얘기보다 내가 들은 얘기가 더 중요한 것 같지 않아, 엘리자? 물론 다아시 씨가 한 말은 빙리 씨의 말처럼 믿을 만한 게 못 되긴 하지만. 불쌍한 엘리자, 그냥 봐 줄 만하다니. 어떻게 그런 말을 할 수가 있니?"

샬럿이 엘리자베스를 보며 딱하다는 표정으로 말했다.

"그 얘긴 그만두는 게 좋겠다. 그 일을 생각하면 리지도 속이 뒤집어질 테니까. 정말 기분 나쁜 사람이더구나. 그런 남자의 마음에 들면 그게 더 고약한 일이지 뭐겠니. 롱 부인이 그러는데 어젯밤 30분 동안이나 그 남자 옆에 앉아 있었는데 글쎄 입도 뻥끗하지 않았다지 뭐냐?"

"잘 알고 하시는 말씀이세요? 뭔가 잘못 아신 거 아니에요, 어머니? 다아시 씨가 롱 부인에게 얘기하는 걸 제가 분명히 봤는데요."

제인이 말했다.

"아, 그거 말이냐? 롱 부인이 하도 답답해서 네더필드가 마음에 드냐고 물어봤다고 하더라. 그러니까 마지못해 대답하더란다. 롱 부인이 말을 거니까 볼멘소리를 하더래."

"빙리 양한테 들은 얘긴데, 그분은 친한 사이가 아니면 별로 말을 하지 않는 성격이래요. 그래도 친한 사람들에게는 아주 친절하다고 하던걸요."

"난 그런 얘긴 못 믿겠다, 얘. 그렇게 친절한 사람이라면 왜 롱 부인에게 한마디도 말을 붙이지 않았겠니? 하긴 짐작 가는 일이 있긴 하다. 다들 그 사람을 거만하기 짝이 없는 사람이라고 하더구나. 롱 부인이 마차가 없어서 무도회에 마차를 세내서 타고 왔다는 얘길 그 사람이 들은 게 분명해."

"롱 부인에게 말을 걸지 않은 건 상관없지만, 엘리자와 춤을 추지 않은 건 정말 화가 나요."

샬럿이 말했다.

"엘리자, 내가 너라면 다시 기회가 온다고 해도 절대 그런 사람하고는 춤추지 않을 거다."

"걱정 마세요, 어머니. 절대 그 사람하고는 춤을 추지 않겠다고 약속할게요."

"그분이 거만하게 행동하는 건 다른 사람들이 잘난 척하는 것과는 달라요. 전 그다지 거부감이 들지는 않았어요. 충분히 그럴 만한 사람이니까요. 집안이며 재산이며 모든 걸 다 갖춘 남자가 게다가 잘생기기까지 했으니 자부심을 가질 만하죠. 이렇게 표현해도 될지 모르지만 그 사람은 오만할 권리가 있어요."

샬럿이 말했다.

"그건 맞는 말이야. 그 사람이 내 자존심을 구겨 놓지만 않았다면 나라도 그 사람의 오만함을 용서할 수 있었을 거야."

엘리자베스가 말을 받았다

"내 생각에 오만은……."

이번에는 자신의 깊은 사고력에 대한 오만으로 가득 찬 메리가 나섰다.

"인간에게 매우 흔한 약점이야. 내가 지금까지 읽은 책에 따르면 오만은 모든 인간에게 공통적인 성향이야. 인간은 본성적으로 오만에 빠지기 쉽게 되어 있어. 그리고 실제건 상상이건 자신의 특성에 대해 나름대로 자만심을 갖고 있지 않은 사람은 거의 없다고 봐야 해. 허영과 오만은 흔히 같은 의미로 쓰이지만 사실은 전혀 다른 거야. 허영이 없는 사람도 오만할 수 있어. 오만은 자기 자신을 바라보는 관점에서 비롯된 것이고, 허영은 다른 사람들이 자신을 어떻게 봐 주기를 원하는가 하는 문제에서 비롯된 거야."

누나들을 따라온 루카스 씨의 아들이 말했다.

"내가 다아시 씨처럼 부자라면 남들이 오만하다고 해도 상관하지 않을 거야. 난 사냥개를 몇 마리나 기르고 매일 한 병씩 포도주를 마실 테야."

"그렇게 술을 많이 마시면 절대 안 돼. 내 눈에 띄면 당장 병을 뺏어 버릴 거야."

베넷 부인이 소년을 협박했다.

소년은 포도주 병을 뺏으면 안 된다고 항의하고, 베넷 부인은 계속 뺏을 거라고 으름장을 놓고, 그런 그들의 논쟁은 헤어질 때에야 끝이 났다.

6

롱본의 여인들은 곧 네더필드를 방문했다. 그리고 그 방문에 대한 정식 답례도 신속하게 이루어졌다. 베넷 양의 싹싹하고 예의 바른 태도는 허스트 부인과 빙리 양의 마음을 사로잡았다. 베넷 양의 어머니는 전혀 호감이 가지 않았고, 동생들은 말을 붙여 볼 가치도 없다고 생각했지만, 큰딸과 둘째 딸에게는 앞으로 더 친하게 지내고 싶다는 의사를 표시했다. 제인은 그들의 호의를 더없이 기쁘게 받아들였다. 하지만 엘리자베스는 사람들을 대하는 그들의 태도가 거만하다는 느낌을 받은 데다, 제인에게도 역시 그런 태도로 대하는 걸 보고 그들을 선뜻 좋아할 수 없었다. 그들이 제인에게 그나마 호의적으로 대하는 건 빙리가 제인을 칭찬한 데서 영향을 받았을 가능성이 높았다. 두 사람이 만날 때마다 빙리가 제인을 사모한다는 사실은 누가 봐도 명백했고, 제인도 처음 그를 만났을 때 느꼈던 호감이 점점 좋아하는 감정으로 발전해서 어느 정도 사랑에 빠져 있는 게 분명했다. 하지만 엘리자베스는 그런 사실이 사람들에게 알려지지 않은 걸 다행스럽게 여겼다. 제인은 감정이 풍부하면서도 자제할 줄 알았고, 늘 쾌활한 성격이어서 남의 일에 끼어들기 좋아하는 사람들의 억측을 피해 갈 수 있었다. 엘리자베스는 이런 얘기를 루카스 양에게 털어놓았다. 루카스 양은 그런 얘기를 듣고 자신의 견해를 친구에게 말했다.

"이럴 때 사람들의 눈을 속이는 게 재미있을지도 모르지. 하지만 너무 자신의 감정을 감추는 건 자신에게 불리할 수도 있어. 그런 식으로 자기가 좋아하는 상대방에게까지 좋아하는 감정을 감추다 보면 그 남자를 붙잡을 기회를 놓칠 수도 있지 않니? 그럼 그 남자뿐만 아니라 세상 사람들 모두가 까맣게 모른다는 게 무슨 위안이 되겠어. 모든 애정에는 감사하는 마음이나 허영심이 상당 부분을 차지하고 있어. 그러니까 애정이 저절로 자랄 거라고 생각해서 그냥 내버려 두는 건 위험천만한 일이지. 누구든 자유롭게 사랑을 시작할 수는 있어. 처음에 약간의 호감을 갖는 건 충분히 자연스러운 일이지. 하지만 상대방이 자신을 좋아한다는 확신이 없는데도 사랑에 빠질 수 있을 만큼 용기 있는 사람은 드물어. 대부분의 경우 여자는 자신이 느끼는 것보다 더 많은 애정을 표현하는 게 좋아. 빙리 씨가 네 언니를 좋아하는 건 분명하지만, 네 언니 편에서 적극적인 반응을 보이지 않으면 언니를 좋아하는 감정 이상으로 발전하지 못할 수도 있어."

"언니도 자기 딴에는 반응을 보이는 거야. 언니가 그 사람을 좋아하는 게 내 눈에도 빤히 보이는데 그걸 알아차리지 못한다면 그 남자가 숙맥인 거지."

"하지만 그 사람은 너만큼 네 언니 성격을 잘 모르잖아."

"여자가 어떤 남자를 많이 좋아하고 군이 그런 감정을 숨기려 들지 않는데 어떻게 그런 감정을 알아차리지 않을 수 있겠니?"

"그야 자주 만난다면 당연히 알 수 있겠지. 하지만 네 언니와 빙리 씨는 자주 만나기는 하지만 몇 시간씩 함께 있던 적은 없잖아. 게다가 항상 많은 사람들 속에서 만나니까 둘만 대화를 할 기회도 없었고. 그러니까 내 말은 그의 관심을 붙잡을 수 있는 단 30분의 시간이라도 최대한 잘 활용해야 한다는 거야. 그 남자의 마음을 확실하게 붙들기만 하면 그다음부터는 여유 있게 사랑을 키워 갈 수 있어."

"결혼을 잘하는 것만이 목적이라면 네 방법도 나쁘지 않아. 어떻게든 돈 많은 남편을 구하겠다든지, 시집을 꼭 가야겠다고 결심했다면 나라도 그런 방법을 택했을 거야. 하지만 언니의 감정은 그런 게 아니야. 언니는 계획적으로 행동하고 있는 게 아니거든. 언니는 지금 자기가 그 남자를 얼마나 좋아하고 있는 건지, 그런 감정이 바람직한 건지에 대해서도 확신이 없단 말이야. 언니가 그 남자를 안 지 고작 보름밖에 안 됐어. 메리턴에서 그분과 네 번 춤을 추었고, 그 사람 집에서 아침에 한 번본 적이 있고, 그 후로 네 번인가 같이 식사를 했지. 그 정도로언니가 그 남자를 파악할 수는 없는 거잖아."

"네 표현대로라면 분명 불가능한 얘기지. 그 남자와 식사만했다면 식욕이 좋은지 아닌지 그 정도밖에 알 수 없었겠지. 하지만 네 번이나 함께 저녁 시간을 보냈다는 걸 잊지 마. 네 번의저녁 시간이면 충분히 역사가 이루어질 수도 있는 시간이야."

"그래, 네 번의 저녁 시간을 보내면서 두 사람 모두 커머스게임보다 벵팅 게임을 더 좋아한다는 정도는 알아낸 것 같더라. 하지만 두 사람의 중요한 성격은 별로 드러난 게 없다는 게문제지."

"글쎄, 어쨌든 난 제인 언니가 잘되기를 진심으로 바라고 있어. 제인 언니가 내일 결혼하든, 열두 달 동안 그의 성격을 연구하든, 행복할 확률은 마찬가지야. 결혼의 행복은 순전히 운에달린 문제거든. 결혼하기 전에 상대방의 성격을 잘 파악하고성격이 비슷하다고 해서 두 사람이 더 행복할 수 있는 건 아니야. 결혼하고 나면 두 사람의 성격이 점점 변해서 결국 서로에게 짜증이 나기 마련이지. 평생을 함께 보내려는 사람의 결점에 대해서는 가능한 한 모르는 게 상책이라구."

"네 말은 정말 흥미롭기는 하다. 하지만 그건 정상적인 방법은 아니야. 너도 그게 바람직하지 않다는 건 알지? 너라도 그런 식으로 결혼하지는 않을 거 아니?"

엘리자베스는 언니에 대한 빙리의 태도에만 정신이 팔려서 자신이 그의 친구인 다아시의 관심을 끌고 있다는 사실을 전혀 눈치채지 못했다. 다아시는 처음에는 그녀를 예쁘다고 생각하지 않았다. 무도회에서 그녀를 보았을 때 전혀 아름답다고 생각하지 않았고, 다음에 만났을 때 그녀를 쳐다본 것도 단지 결점을 잡아내기 위해서였다. 하지만 그녀의 이목구비가 그다지 잘생기지 않았다는 걸 자신과 친구들에게 확인시키려는 순간, 그녀의 검은 눈동자에 어린 풍부한 표정이 그녀의 얼굴을 남다른 지적인 아름다움으로 빛나게 한다고 느꼈다. 그리고 다시 비판적인 눈으로 그녀의 몸매에서 완벽한 균형을 깨뜨리는 결점을 찾아냈지만, 그녀의 몸가짐이 경쾌하고 유쾌하다는 사실을 인정하지 않을 수 없었다. 상류 사회의 전형적인 예의범절을 갖춘 것은 아니었지만 그녀에게는 어딘지 모르게 자연스럽고 발랄한 매력이 있었다. 그녀 자신은 이런 사실을 까맣게 모르고 있었다. 그녀에게 다아시는 누구에게도 호감을 사지 못하는 남자였고, 자기를 춤을 청할 만큼 아름답지 못한 여자로 생각하는 남자에 지나지 않았다.

그는 엘리자베스에 대해서 더 많은 걸 알고 싶어졌다. 그는 그녀와 대화를 나누기 위해서 먼저 그녀가 다른 사람들과 나누는 대화에 귀를 기울였다. 그런 행동은 엘리자베스의 신경을 건드렸다.

윌리엄 루카스 경의 저택에서 성대한 파티가 열리고 있을 때였다.

"다아시 씨는 무슨 속셈으로 내가 포스터 대령과 얘기하는 걸 엿들었던 걸까?"

엘리자베스가 샬럿에게 조용히 말했다.

"그건 다아시 씨만 대답할 수 있는 질문인걸."

"계속 그런 행동을 하면 무슨 수작을 하려는 건지 알고 있다고 말해 버릴 거야. 그 남자의 눈빛은 어쩐지 나를 빈정거리고 있는 것 같아. 내가 먼저 세게 나가지 않으면 그 사람한테 기가 눌려 버릴지도 몰라."

그 말이 끝나자마자 공교롭게도 다아시가 그들이 있는 쪽으로 다가왔다. 하지만 그는 말을 걸 생각은 없는 것처럼 보였다. 루카스 양은 엘리자베스에게 그 얘기를 꺼내지 말라고 했지만 오히려 그 말에 자극을 받은 엘리자베스는 그를 향해 돌아서서 말했다.

"다아시 씨, 방금 제가 포스터 대령에게 메리턴에서 무도회를 열어 달라고 부탁할 때 제 말솜씨가 대단하다고 생각하지 않으셨나요?"

"대단히 열정적이라고 생각했습니다. 하지만 숙녀들은 원래 그런 일엔 늘 열성이니까요."

"여자들에 대해 정말 냉정하게 말씀하시는군요."

"이제 엘리자베스에게 졸라 댈 차례네요."

루카스 양이 말했다.

"내가 피아노를 열 테니까 넌 무엇을 해야 할지 알고 있지, 엘리자?"

"넌 정말 못 말리는 친구야. 늘 내가 다른 사람들보다 먼저 피아노를 치고 노래하게 만드는구나. 내 허영심이 음악 쪽으로 발달했다면 네가 더없이 고마웠겠지. 하지만 난 일류 연주자들의 연주만 들어온 사람들 앞에서 연주하는 건 질색이야."

하지만 루카스 양의 끈질긴 권유에 못 이겨 엘리자베스는 승낙하고 말았다.

"그럼 좋아. 정 그렇다면 못할 것도 없지 뭐."

엘리자베스는 다아시를 진지한 눈빛으로 잠시 바라보고 나서 말했다.

"여러분도 잘 아시는 속담이 있죠. 죽을 식히려면 잠시 숨을 멈춰라. 저도 노래 부르기 전에 숨을 고르는 게 좋겠네요."

그녀의 노래는 썩 훌륭하다고 할 수는 없었지만 듣기에 달콤한 노래였다. 두 곡을 부르고 나서 몇몇 사람들이 한 곡 더 불러 달라고 요청했다. 그러나 엘리자베스가 답변을 하기도 전에 갑자기 메리가 나서서 피아노 앞에 앉았다. 그녀는 짐짓 진지한 자세로 연주할 준비를 하고 있었다. 메리는 가족 중에서 가장 인물이 떨어지는 편이었다. 그녀는 지식과 교양을 쌓는 데 열심이었고, 기회만 있으면 자신의 실력을 과시하고 싶어서 안달이었다. 하지만 메리는 피아노에는 재능도, 취미도 없었다. 단지 허영심을 충족하기 위해 열심히 연습했지만 그 허영심 때문에 잘난 척하며 건방진 태도를 보였다. 뛰어난 실력을 지닌 연주자라고 해도 그런 자만심은 흠이 될 만한 일이었다. 엘리자베스의 연주 실력은 동생의 반도 못 따라갔지만, 여유롭고 겸손한 태도 때문에 사람들은 훨씬 더 즐거운 마음으로 그녀의 연주를 경청할 수 있었다. 메리는 긴 협주곡을 연주한 후에 스코틀랜드와 아일랜드 가곡을 연주해서 칭찬과 감사의 말을 들었다. 그러나 그것은 루카스 집안의 딸들과 함께 방 한쪽에서 장교들과 열심히 춤을 추고 있던 그녀의 동생들이 청한 연주였다.

다아시는 그들 옆에 서 있었다. 그는 대화도 나누지 않으면서 춤으로 저녁 시간을 보내는 것에 몹시 골이 난 것 같은 표정이었다. 그는 자신의 생각에 몰두한 나머지 윌리엄 루카스 경이 말을 걸어올 때까지 그가 자기 옆에 서 있다는 것조차 몰랐다.

"젊은 사람들에게는 춤이야말로 가장 매력적인 오락이죠, 다아시 씨. 춤만 한 오락은 없지 않나요? 저는 춤이 상류 사회에서 가장 고상하고 세련된 오락이라고 생각합니다."

"그렇습니다. 게다가 상류 사회가 아닌 곳에서도 성행할 수 있다는 게 장점이기도 하죠."

윌리엄 경은 그저 미소만 짓고 있었다.

"친구분은 춤을 매우 즐기시는 것 같군요."

그는 빙리가 춤추는 무리에 합류하는 걸 보고 말했다.

"다아시 씨도 당연히 춤을 잘 추시겠죠?"

"제가 메리턴에서 춤추는 걸 보셨을 텐데요."

"네, 봤죠. 아주 유쾌한 모습이었습니다. 세인트 제임스궁에서도 자주 춤을 추시나요?"

"아뇨, 전혀 추지 않습니다."

"그런 곳에서는 춤을 추는 것이 그곳에 대한 적절한 경의의 표현이 아닐까요?"

"저로서는 어떤 곳이든 그런 경의의 표현은 되도록 피하고 싶습니다."

"런던에도 집이 있으시죠?"

다아시는 고개를 끄덕였다.

"한때는 도시에 정착할 생각을 한 적도 있었죠. 워낙 제가 상류 사회 사람들과 교제하는 걸 좋아하니까요. 하지만 런던의 공기가 집사람의 건강에 좋지 않을까 봐 걱정이 되더군요."

그는 대답을 기다리며 잠시 말을 멈췄다. 그러나 그의 대화 상대는 대답을 할 생각이 없는 것 같았다. 그때 마침 엘리자베스가 그들이 있는 쪽으로 천천히 다가왔다. 그는 갑자기 엘리자베스에게 춤출 기회를 줘야겠다는 생각이 들어 그녀를 불러 세웠다.

"엘리자베스 양, 왜 춤을 안 추고 있죠? 다아시 씨, 이 젊은 아가씨를 멋진 춤 파트너로 소개하죠. 눈앞에 이런 미인이 있는데 춤을 거절하시진 못할걸요."

그리고 그는 엘리자베스의 손을 잡고 다아시에게 넘겨주었다. 다아시는 소스라치게 놀랐지만 그녀의 손을 잡는 게 싫지는 않았다. 엘리자베스는 당황해서 손을 빼내고 뒷걸음질 치며 윌리엄 경에게 말했다.

"전 춤출 생각이 조금도 없어요. 제가 춤출 상대를 구하러 이쪽으로 왔다고 생각하지 마세요."

다아시는 진지한 표정으로 정중하게 그녀에게 춤출 기회를 달라고 부탁했지만 소용없는 일이었다. 엘리자베스는 완강했다. 윌리엄 경이 다시 설득했지만 그녀는 요지부동이었다.

"엘리자 양, 그렇게 뛰어난 춤 솜씨를 가지고 있으면서 춤추는 모습을 바라볼 수 있는 기회조차 거절하다니 너무 냉정한 것 아닌가요? 여기 계신 신사분도 춤을 별로 좋아하시지는 않지만 우리를 위해 30분 정도는 기꺼이 할애하실 것 같은데."

"다아시 씨는 워낙 예의가 바른 분이니까요."

엘리자베스가 미소를 지으며 말했다.

"그야 사실이죠. 하지만 이렇게 매력적인 상대라면 정중한 게 당연한 일이죠. 누가 이런 파트너를 거절할 수 있겠어요?"

엘리자베스는 장난스러운 표정으로 다른 곳을 바라보았다. 노골적인 거절을 당했지만 다아시는 이상하게도 기분이 상하지 않았다. 오히려 그녀를 만족스럽게 생각했다. 그때 빙리 양이 다가와서 말을 걸었다.

"무슨 생각을 하고 계신지 맞춰 볼까요?"

"아마 못 맞추실걸요."

"이런 사람들과 어울려서 이런 식으로 하고많은 밤을 보내는 게 견딜 수 없다고 생각하고 계신 거죠? 저도 같은 생각이니까요. 이렇게 짜증스러운 건 처음이에요. 따분하고 시끄럽고 잘난 것도 없으면서 다들 자기가 최고로 잘난 줄 알잖아요. 가차 없는 비난의 말씀 기꺼이 들어 드리죠."

"완전히 잘못 짚으셨네요. 전 아주 즐거운 생각을 하고 있었습니다. 어여쁜 여성의 얼굴에서 아름다운 두 눈동자가 베풀어 주는 커다란 기쁨에 대해 깊이 묵상하고 있는 중이었죠."

빙리 양은 다아시의 얼굴을 똑바로 쳐다보면서 그런 영감을 줄 수 있을 만큼 대단한 여성이 누구인지 말해 달라고 했다. 다아시는 주저하지 않고 대담하게 대답했다.

"엘리자베스 베넷 양입니다."

"엘리자베스 베넷 양이라고요?"

빙리 양은 놀라서 그의 말을 반복했다.

"어머나, 정말 놀랍군요! 언제부터 그 여자분을 그렇게 좋아하셨나요? 축하 인사는 언제 드려야 하는 거죠?"

"제가 예상했던 질문이군요. 여자들의 상상력에는 날개가 달려 있으니까요. 한순간에 칭찬에서 사랑으로, 사랑에서 결혼으로 날아가죠. 제게 축하의 말씀을 하실 줄 알았습니다."

"아니죠. 그렇게 진지하시다면 그 문제는 이미 결정된 거로 봐야겠네요. 아주 재미있는 장모님을 모시게 될 테고, 펨벌리에서 함께 사시게 되겠군요."

그녀가 이런 식으로 빈정대는 동안 다아시는 무관심한 태도로 그녀의 말을 듣고 있었다. 그의 담담한 태도를 보고 무슨 말을 해도 될 거라고 안심한 빙리 양은 끝도 없이 재담을 늘어놓았다.

7

베넷 씨의 재산은 1년에 2,000파운드 정도의 수입이 나오는 토지가 거의 전부였다. 그것도 딸들에게는 불행한 일이지만 아들이 없는 탓에 먼 친척이 상속받도록 정해져 있었다. 베넷 부인의 재산은 그녀가 혼자 쓰기에는 충분했지만 남편의 재산을 보충하기에는 부족했다. 메리턴에서 변호사 일을 하던 베넷 부인의 아버지는 그녀에게 4,000파운드를 남겨 주었다. 여동생은 그녀의 아버지 밑에서 서기 일을 하다가 그 일을 물려받은 필립스라는 남자와 결혼했고, 남동생은 런던에서 꽤 규모가 큰 장사를 하고 있었다.

롱본은 메리턴에서 겨우 1마일밖에 떨어져 있지 않아서 베넷 집안 아가씨들이 놀러 가기에 딱 좋은 거리였다. 그들은 일주일에 서너 번씩 그곳에 가서 이모를 방문하거나 모자 가게에 들르곤 했다. 특히 가장 나이가 어린 캐서린과 리디아는 그곳으로 자주 나들이를 나섰다. 언니들보다 생각이 단순하고 고민거리도 없는 그들은 더 재미있는 일이 없을 때면 메리턴으로 걸어가서 아침나절을 즐겁게 보내고, 저녁때 나눌 화제를 물어 오는 게 중요한 일과였다. 시골 마을에서 대단한 소식이 있을 리 없었지만 그들은 이모에게서 무슨 얘깃거리라도 건져 오곤 했다. 더욱이 근래에 이웃 마을에 군부대가 도착해서 새로운 소식과 흥밋거리는 전혀 부족하지 않았다. 메리턴에 본부를 둔 군부대는 겨울 내내 그곳에 주둔할 예정이었다.

필립스 부인을 찾아갈 때마다 무궁무진한 정보가 쏟아져 나왔다. 장교들의 이름과 신상에 대한 정보가 나날이 늘어 갔다. 사관들의 숙소 또한 오랫동안 비밀로 남아 있을 수 없었다. 그녀들은 마침내 장교들을 직접 만나기까지 했다. 필립스 씨는 장교들을 모두 방문했고, 그것은 조카딸들에게 전에는 맛보지 못했던 행복의 보고를 열어 주었다. 그녀들은 오로지 장교들 얘기를 하기에 여념이 없었다. 어머니는 듣기만 해도 가슴이 떨리는 빙리 씨의 재산 얘기도 그녀들에게는 소위의 군복에 비하면 하찮은 것이었다.

어느 날 아침, 캐서린과 리디아가 열을 올리며 늘어놓는 장교 얘기를 잠자코 듣고 있던 베넷 씨가 퉁명스럽게 말했다.

"너희들 하는 얘기를 듣고 있자니 이 마을에서 제일 어리석은 여자들이 바로 너희들이로구나. 예전부터 짐작은 했지만 이제야 그걸 확실히 알게 됐다."

캐서린은 당황해서 아무 대답도 못했다. 그러나 리디아는 아버지의 말은 귓등으로도 들은 체하지 않고 카터 대위가 얼마나 멋있는지 떠들어 대면서 그가 다음 날 아침 런던으로 떠나게 되어서 오늘 꼭 만나야 한다고 말했다.

"당신은 어쩜 그렇게 아무렇지도 않게 자기 자식을 어리석다고 말할 수 있어요? 정말 기가 막히네요. 난 다른 집 자식들 흉보는 건 몰라도 내 자식 흉보는 건 절대 못 참아요."

베넷 부인이 발끈해서 대들었다.

"내 자식들이 어리석다는 것 정도는 당신도 알고 있어야 할게 아니오."

"그건 그렇죠. 하지만 우리 아이들은 모두 똑똑한데 무슨 걱정이에요?"

"당신과 내 생각이 다른 게 바로 그 점이로군. 난 우리 두 사람의 생각이 사소한 일에서도 일치하기를 바랐는데, 이 문제에선 전혀 그렇지 못한 것 같소. 난 우리 작은 두 딸이 특히 멍청하다고 생각하니까."

"여보, 아직 어린애들인데 어른처럼 사리 판단을 할 거라고 기대할 수는 없잖아요. 그 애들도 우리 나이가 되면 장교를 대단치 않게 생각할 거예요. 한때는 나도 빨간색 군복을 좋아하던 시절이 있었죠. 지금도 가슴속에는 그 군복에 대한 애착이 남아 있어요. 연 수입이 5000~6000파운드 되는 멋진 젊은 대령이 우리 딸과 사귀고 싶어 한다면, 난 안 된다고 할 생각은 없어요. 며칠 전 밤에 루카스 경 댁에서 보니까 포스터 대령의 군복 입은 모습이 꽤나 근사합디다."

그때 리디아가 큰 소리로 말했다.

"엄마, 이모가 그러시는데 포스터 대령과 카터 대위가 요즘엔 왓슨 양 집에 처음 왔을 때처럼 자주 가지 않는대요. 근래엔 두 사람이 클라크 도서관에 있는 모습을 자주 봤다고 하던데요."

베넷 부인이 뭐라고 대꾸하려는 찰나에 하인이 편지 한 통을 가지고 들어왔다. 네더필드에서 제인에게 보낸 편지였다. 하인은 답장을 기다리며 서 있었다. 제인이 편지를 읽는 동안 베넷 부인은 기쁨에 벅차 눈을 반짝이며 궁금증을 참지 못하고 소리쳤다.

"제인, 누가 보낸 편지니? 무슨 내용이야? 뭐라고 쓰여 있어? 빨리 말 좀 해 봐라, 어서!"

"빙리 양에게서 온 거예요."

제인은 소리 내어 편지를 읽었다.

친애하는 벗에게

루이자와 나를 불쌍하게 여긴다면 오늘 저녁 식사하러 와 줄래요? 안 그러면 우리 둘은 평생 서로 원수처럼 지내게 될지도 몰라요. 여자 둘이 하루 종일 마주 앉아 얼굴을 맞대고 있다 보면 결국 싸움으로 끝날 수밖에 없잖아요. 이 편지를 받는 즉시 달려와 줘요. 오빠와 다른 남자들은 장교들과 식사하러 밖에 나갈 거랍니다.

영원한 친구
캐롤라인 빙리

편지를 다 읽고 나자 리디아가 외쳤다.

"장교들이라고! 이모는 왜 내게 그 얘기를 안 해 주셨담."

"식사하러 나갈 거라니. 그건 참 아쉽구나."

베넷 부인이 약간 실망한 표정으로 말했다.

"마차를 타고 가도 괜찮을까요?"

"아니, 말을 타고 가는 게 좋겠다. 금방이라도 비가 쏟아질 것 같구나. 그럼 오늘 밤 어쩔 수 없이 그 댁에서 묵어야 할 게 아니냐?"

"그거 정말 기발한 생각이네요. 그 집에서 언니를 집에 데려다 주겠다고 하지만 않으면 말이에요."

엘리자베스가 말했다.

"그렇긴 하다만, 빙리 씨 마차는 메리턴에 가는 남자들이 타고 갔을 테고 허스트 댁은 마차가 없지 않니."

"전 마차를 타고 갔으면 좋겠어요."

"네 아버지가 마차를 안 내주실걸. 농장에서 필요할 테니 말이다. 안 그래요, 여보?"

"그야 항상 필요하지만 내 차지가 못 될 때가 더 많지."

"오늘 아버지가 쓰신다고 하면 어머니의 목적이 이뤄지는 셈이네요."

엘리자베스는 결국 아버지에게서 농장에 말이 필요하다는 말을 강제로 받아 냈고 제인은 어쩔 수 없이 말을 타고 가야 했다. 베넷 부인은 날이 궂을 거라고 몇 번이나 강조하며 기대에 들떠서 딸을 문까지 배웅했다. 어머니의 소망은 이루어졌다. 제인이 떠난 지 얼마 되지 않아서 장대비가 쏟아지기 시작했다. 동생들은 언니를 걱정하며 불안해했지만 어머니는 기뻐서 어쩔 줄 몰랐다. 비는 밤새도록 줄기차게 쏟아졌고 아무래도 제인이 집으로 돌아오기에는 힘들어 보였다.

"내 생각이 딱 들어맞았어!"

베넷 부인은 자기가 비를 내리게 하기라도 한 것처럼 의기양양하게 말했다. 다음 날 아침이 되자 그녀는 자신의 계략이 적중했다는 걸 확인했다. 아침 식사가 막 끝났을 때, 네더필드에서 온 하인이 엘리자베스에게 쪽지를 전달했다.

사랑하는 리지에게

오늘 아침 몸이 너무 안 좋아. 어젯밤에 비를 쫄딱 맞아서 그런 것 같아. 이곳 친구들은 내가 회복될 때까지 나를 집에 보내지 않겠다는구나. 존스 씨에게 진찰을 받아야 한다면서 한사코 집에 가는 걸 말리고 있어. 존스 씨가 오신다고 해서 놀라지는 마. 목이 좀 아프고 두통이 있는 정도지 대단한 병은 아니니까.

제인이

엘리자베스가 편지를 소리 내서 읽고 나자 베넷 씨가 대뜸 말했다.

"당신 딸이 중병에 걸려서 죽는다고 해도 그게 다 당신 뜻대로 빙리 씨를 찾아가서 된 일이니 당신은 만족하겠구려."

"죽긴 왜 죽어요. 감기 좀 걸렸다고 죽는 사람이 어디 있어요? 그 집에서 오죽 잘 돌봐 주려고요. 그 집에 머물면 제인에게는 천만 잘된 일이죠. 마차만 있으면 내가 보러 갈 수 있을 텐데."

엘리자베스는 너무 걱정이 되어서 마차를 쓸 수 없더라도 언니를 보러 가야겠다고 마음먹었다. 그녀는 말을 탈 줄 모르기 때문에 걸어갈 수밖에 없었다. 그녀는 자신의 결정을 가족들에게 알렸다.

"넌 왜 그렇게 생각이 없니? 진흙탕 속을 혼자 걸어서 가겠다는 게 말이나 되는 소리냐? 거기 도착하면 네 꼴이 얼마나 엉망이겠니?"

"언니만 만나면 돼요. 제가 바라는 건 그것뿐이에요."

"그건 나 들으라고 하는 소리냐, 리지? 마차를 쓰게 해 달라는 말이지?"

아버지가 말했다.

"아니에요. 전 걷는 게 좋아요. 꼭 볼일이 있으면 거리가 먼 건 제겐 아무것도 아니에요. 게다가 겨우 3마일밖에 안 되는데요 뭘. 저녁 식사 전까지는 돌아올게요."

"언니의 자애로운 행동은 정말 존경스러워. 하지만 모든 충동적인 감정은 이성으로 통제하지 않으면 안 돼. 노력은 요구되는 만큼만 해야 한다는 게 내 견해야."

메리가 말했다.

"우리가 메리턴까지 같이 가 줄게."

캐서린과 리디아가 나섰다.

엘리자베스는 그들의 동행을 허락했다. 그래서 세 자매는 함께 출발했다.

"서둘러 가면 카터 대위가 가기 전에 잠깐이라도 얼굴을 볼수 있을지 몰라."

리디아가 걸어가면서 말했다.

세 자매는 메리턴에서 갈라졌다. 두 동생은 장교 부인의 숙소로 향했고, 엘리자베스는 혼자서 걸어갔다. 빠른 걸음으로 들판을 가로지르고, 가축우리의 계단을 뛰어넘고, 웅덩이를 건너 뛰었다. 그러다 드디어 그 집이 보이는 곳에 이르렀을 때 발목은 시큰거리고, 양말은 흙투성이였고, 얼굴은 새빨갛게 상기되어 있었다.

엘리자베스는 아침 식사를 하고 있는 식당으로 안내받았다. 제인을 제외하고 그곳에 모여 있던 사람들은 그녀가 나타나자 무척 놀란 표정을 지었다. 허스트 부인과 빙리 양은 이 새벽에 엘리자베스가 혼자 비가 내려서 진흙탕이 된 길을 3마일이나 걸어왔다는 사실을 도저히 믿을 수가 없었다. 엘리자베스는 그들이 그런 행동을 한 자신을 속으로 경멸하고 있다고 느꼈다. 그들은 겉으로는 정중하게 그녀를 맞이했다. 그러나 빙리의 태도에는 단순한 예의 이상의 친절과 호의가 담겨 있었다. 다아시는 고작 몇 마디만을 건넸고, 허스트 씨는 한마디도 하지 않았다. 다아시는 먼 길을 걸어오느라 빨갛게 달아오른 그녀의 얼굴이 아름답게 빛나는 걸 속으로 감탄하면서 바라보았다. 한편으로는 그렇게 먼 길을 왜 혼자 걸어왔는지 궁금해서 견딜 수가 없었다. 허스트 씨는 오직 아침을 먹는 일에만 열중하고 있었다.

엘리자베스가 언니의 몸 상태에 대해 묻자 별로 좋지 않은 답변이 돌아왔다. 제인은 간밤에 잠을 제대로 못 잤고, 지금은 깨어나기는 했지만 열이 심하게 나서 방에서 나올 수 없다고 했다. 엘리자베스는 곧바로 언니가 있는 방으로 가 보았다. 그녀가 방에 들어서자 제인은 매우 반가워했다. 속으로는 가족들이 와 주기를 바라면서도 가족들에게 수고를 끼치지 않으려고 그런 내색을 하지 못했던 것이었다. 그러나 아직 얘기를 많이 하는 건 제인에게 무리한 일이었다. 빙리 양이 두 사람만 남겨 두고 방을 나가자 제인은 이곳 사람들이 자상하게 돌봐 주고 있다는 말만 하고는 다른 얘기는 하지 않았다. 엘리자베스는 말없이 언니의 곁을 지켰다.

아침 식사를 마치자 빙리가의 두 자매가 제인이 있는 방으로 왔다. 엘리자베스는 제인에게 진심 어린 애정과 관심을 보이는 그들에게 비로소 호감을 느끼기 시작했다. 얼마 지나지 않아서 의사가 도착했다. 예상했던 대로 의사는 제인이 심한 감기에 걸렸다면서 회복될 수 있도록 옆에서 잘 돌봐 주어야 한다고 말했다. 그리고 그녀에게 침대에 누우라고 하면서 약을 주겠다고 했다. 제인은 열이 더 오르고 머리가 깨질 것처럼 아파서 의사의 말대로 약을 먹었다. 엘리자베스는 줄곧 언니 옆에 앉아 있었고, 다른 여자들도 거의 다 제인의 곁을 떠나지 않았다. 남자들이 모두 외출하고 없어서 달리 할 일이 없기도 했다.

시계가 3시를 알리자 엘리자베스는 내키지는 않지만 집으로 돌아가야겠다고 말했다. 빙리 양이 마차를 내주겠다고 말했다. 엘리자베스는 빙리 양이 강하게 권유하면 못 이기는 척하고 그

녀의 제의를 받아들일 생각이었다. 그러나 제인이 동생과 헤어
지는 걸 너무 아쉬워하는 걸 본 빙리 양은 마차를 내주겠다는
제안을 네더필드에 당분간 머물러 달라는 부탁으로 바꿨다. 엘
리자베스는 그녀의 제안을 기꺼이 받아들이고 롱본에 하인을
보내서 가족들에게 이곳에 머물게 되었으니 옷가지를 보내 달
라는 전갈을 보냈다.

8

오후 5시가 되자 두 자매는 옷을 갈아입기 위해 방에서 나왔고, 6시 반에 엘리자베스는 저녁 식사에 초대되었다. 식사를 하는 동안 의례적인 질문이 엘리자베스에게 쏟아졌다. 특히 빙리가 언니를 진심으로 걱정하고 있는 것 같아 내심 흐뭇했다. 그러나 그에게 좋은 소식을 들려줄 수는 없었다. 제인의 병세는 전혀 차도가 없었다. 빙리 자매는 제인의 말을 듣자 정말 안됐다는 말을 서너 번 되풀이하고, 독감에 걸리는 건 정말 끔찍한 일이고, 자기네는 아픈 게 너무 싫다고 말했다. 그러고 나서는 더 이상 그 일에 대해 언급하지 않았다. 제인에 대한 그들의 무관심한 태도를 확인하고 나자 엘리자베스는 그들이 다시 싫어지는 것 같았다.

그중에서 엘리자베스가 마음 편히 대할 수 있는 사람은 빙리한 사람뿐이었다. 빙리는 진심으로 제인을 걱정하는 기색이 역력했고 엘리자베스에게도 친절하게 대해 주었다. 덕분에 그녀는 다른 사람들이 자신을 성가신 불청객으로 여긴다는 걱정에서 벗어날 수 있었다. 빙리를 제외하고 그녀에게 관심을 두는 사람은 아무도 없었다. 빙리 양은 다아시에게 푹 빠져 있었고, 그녀의 언니 역시 동생 못지않게 다아시에게 신경을 쓰고 있었다. 엘리자베스 옆에 앉아 있는 허스트 씨로 말하자면, 그는 오직 먹고 마시고 카드놀이를 하는 데만 인생의 목적이 있는 것 같은 나태한 인물이었다. 그는 엘리자베스가 라구*보다 담백한 음식을 더 좋아한다는 것을 알고 나자 더 이상 그녀에게 물어볼 말이 없는 모양이었다.

저녁 식사가 끝나자 엘리자베스는 곧장 제인에게로 돌아갔다. 빙리 양은 엘리자베스가 방에서 나가자마자 그녀를 흉보기 시작했다. 그녀는 엘리자베스의 태도가 오만하고 건방지기 짝이 없으며, 화술이나 옷차림이나 외모가 모두 형편없다고 험담을 늘어놓았다. 허스트 부인도 자기 역시 같은 생각이라고 거들었다.

"한마디로 그 여자를 평하자면 잘 걷는다는 것밖에는 내세울게 하나도 없어. 오늘 아침에 우리 집에 왔을 때 그 꼬락서니는 절대 잊지 못할 거야. 완전히 정신 나간 여자 같지 않았어?"

---

* 고기와 야채에 갖은 양념을 하여 끓인 음식이다.

"그러게 말이야. 난 정말 표정 관리가 안 되더라니까. 도대체 여기까지 온 것 자체가 미친 짓 아냐? 자기 언니가 감기 좀 걸렸다고 시골길을 그렇게 헤집고 온다는 게 말이나 돼? 그 더럽고 엉망으로 흐트러진 머리 꼴이라니!"

"맞아, 게다가 그 속치마 봤지? 진흙탕에 빠져서 흙투성이가 된 걸 가리느라고 드레스를 내려뜨린 꼴이 정말 눈 뜨고는 못 봐 주겠던걸."

"정확한 묘사인 건 알겠는데 나한테는 전혀 그렇게 보이지 않았어. 엘리자베스 양이 오늘 아침에 방으로 들어섰을 때 난 그녀가 정말 대단하다고 생각했어. 속치마 같은 건 전혀 눈에 들어오지도 않았어."

빙리가 말했다.

"다아시 씨도 보셨죠? 여동생이 그런 모습을 하고 나타난다면 당연히 기겁을 하시겠죠?"

빙리 양이 말했다.

"물론이죠."

"3마일인가, 4마일, 아니면 5마일 정도 되려나? 어쨌든 그렇게 먼 거리를 발목이 진창에 빠져 가면서 혼자서 걸어오다니. 도대체 뭘 보여 주려는 걸까요? 내가 보기엔 대단한 독립심이라도 과시하려는 속셈인 것 같아요. 정말 역겨운 자만심이죠. 예의 같은 건 깡그리 무시하는 시골뜨기다운 짓 아니에요?"

"난 언니에 대한 애정을 보여 주는 것 같아서 감동적이던데."

빙리가 말했다.

"다아시 씨, 예전에 엘리자베스의 눈을 칭찬하시더니, 이번 일로 좀 달라지지 않으셨나요?"

빙리 양이 은근히 속을 떠보는 것처럼 말했다.

"아뇨, 전혀 그렇지 않았어요. 운동을 해서 그런지 눈이 더욱 반짝이는 것 같더군요."

다아시가 대답하자 잠시 어색한 침묵이 흘렀다.

허스트 부인이 다시 말문을 열었다.

"난 제인 베넷 양이 꽤 마음에 들어요. 아주 사랑스러운 여성 이라고 생각해요. 하지만 부모도 그렇고 친척들이 모두 천박한 사람들이라서 좋은 집안에 시집가기는 힘들겠죠."

"제인의 삼촌이 메리턴에서 변호사로 일하고 있다고 하지 않 았나요?"

"맞아요. 삼촌이 한 명 더 있는데 치프사이드 근처 어딘가에 살고 있다고 했어요."

"정말 대단한 집안인걸."

빙리 양이 말하자 두 자매는 신나게 웃음을 터뜨렸다.

"그 자매의 삼촌이 치프사이드를 가득 채울 만큼 많다고 해 도 난 상관없다고 생각하는데. 그런 것 때문에 그 자매의 장점 이 줄어드는 건 아니야."

빙리의 말에 다아시가 반박했다.

"하지만 현실적으로 볼 때 신분이 높은 남자와 결혼할 가능성이 줄어드는 건 당연한 일이야."

빙리는 그의 말에 아무 대꾸도 하지 않았지만, 그의 누이들은 신이 나서 맞장구를 치며 한참 동안 친구의 천박한 친척들을 비웃으며 희희낙락했다.

잠시 후 제인에게 미안한 생각이 들었는지 그들은 식당에서 나와 커피를 마시러 오라는 기별이 올 때까지 제인 곁에 앉아 있었다. 제인은 여전히 상태가 좋지 않아서 엘리자베스는 저녁 늦게까지 그녀의 곁을 떠날 수가 없었다. 제인이 잠든 것을 보고 겨우 마음이 놓인 엘리자베스는 내키지는 않지만 예의상 아래층으로 내려가야겠다고 생각했다. 응접실에 들어서자 모두들 루 놀이를 하고 있었다. 그녀에게도 같이 하자고 권했지만 큰돈을 걸고 하는 내기 같아서 사양했다. 그녀는 언니를 핑게 삼아 잠시 아래층에서 책을 읽는 게 좋겠다고 말했다.

그러자 허스트 씨가 놀란 표정으로 그녀를 쳐다보며 큰 소리로 말했다.

"카드놀이보다 책을 더 좋아하시나 보죠? 정말 독특한 취향을 가지셨군요."

"엘리자 베넷 양은 카드놀이를 천박하게 생각하나 봐요. 굉장한 독서가시라 다른 일엔 전혀 흥미가 없는 건가요?"

빙리 양이 빈정댔다.

"전 칭찬을 들을 자격도 비난을 들을 이유도 없다고 생각해요. 책을 아주 많이 읽는 것도 아니고, 독서 이외에도 좋아하는 일이 많으니까요."

엘리자베스가 큰 소리로 말했다.

"언니를 간호하는 일을 좋아하시는 건 분명하군요. 언니가 빨리 회복되셔서 더 큰 즐거움을 느끼실 수 있기를 바랍니다."

빙리가 다정하게 말했다.

엘리자베스는 그에게 진심으로 감사하다는 말을 하고 책이 몇 권 놓여 있는 탁자를 향해 걸어갔다. 빙리는 다른 책들을 더 가져다주겠다고 하면서 필요하다면 서재에 있는 책을 모두 가져오겠다고 했다.

"제게 더 많은 책이 있었더라면 좋았을 텐데. 그럼 저도 체면이 섰을 거구요. 그나마 얼마 되지 않는 책도 게을러서 다 읽지 못했답니다."

엘리사베스는 그 책으로도 충분하다고 그를 안심시켰다.

"나도 의외였어. 아버지가 남겨 주신 책이 그 정도밖에 안 된다는 게 말이야. 다아시 씨는 펨벌리에 훌륭한 서재를 갖고 계셔서 정말 좋으시겠어요."

빙리 양이 다아시를 쳐다보며 말했다.

"저희 집에 있는 서재는 몇 대에 걸쳐서 꾸민 거니까요."

다아시가 빙리 양의 말에 대답했다.

"다아시 씨가 직접 모으신 책도 많잖아요. 늘 책을 구입하신 다고 들었어요."

"이런 시대에 가문의 서가를 소홀히 한다는 건 제겐 용납되지 않는 일입니다."

"소홀히 한다니요? 다아시 씨는 훌륭한 저택을 더 아름답게 꾸미는 일이라면 무엇 하나 게을리하지 않으실 텐데요. 오빠! 오빠도 다음에 집을 지으면 펨벌리 저택처럼 멋지게 꾸며요. 아니 그 반만이라도 따라가게 해요."

"나도 그랬으면 좋겠다."

"그 근처에 땅을 사서 펨벌리를 견본으로 해서 집을 짓는 게 어떨까요? 잉글랜드 지역에서 더비셔보다 더 나은 주는 없으니까 말이에요."

"좋은 생각이야. 다아시가 팔기만 한다면 아예 펨벌리를 사버릴 생각도 있어."

"오빠, 난 지금 가능성 있는 얘기를 하고 있는 거야."

"나도 마찬가지야. 펨벌리를 흉내 내서 집을 짓는 것보다 아예 사 버리는 게 더 가능성 있는 얘기 아니냐?"

엘리자베스는 그들의 대화에 신경이 쓰여서 책에 있는 글자가 제대로 눈에 들어오지 않았다. 그녀는 곧 책을 내려놓고 카드 테이블로 다가가서 빙리와 그의 누이 사이에 자리를 잡고 앉았다.

"다아시 양은 지난봄보다 키가 많이 컸나요? 이제 내 키만 한가요?"

빙리 양이 말했다.

"아마 그럴걸요. 이제 엘리자베스 양의 키 정도 될 거예요. 어쩜 더 클지도 모르죠."

"꼭 다시 만나고 싶어요. 그렇게 내 맘에 꼭 드는 아가씨는 만나 본 적이 없어요. 용모도 그렇고 매너는 또 얼마나 좋은데 요. 어린 나이에 어쩜 그렇게 교양이 있죠? 피아노 연주 솜씨도 절묘하더군요."

"난 정말 놀라워. 젊은 여자들이 모두 그런 걸 다 배울 만큼 참을성 있다는 게 말이야."

빙리가 말했다.

"젊은 여자들이 모두 교양을 갖췄다는 거예요, 오빠? 무슨 뜻 으로 그런 말을 하는 거죠?"

"내 생각엔 다들 그런 것 같아. 누구나 화판에 그림 그리고, 병풍에 수놓고, 손지갑 짜는 정도는 할 수 있잖아. 내가 아는 여 자들 중에서 그런 걸 할 줄 모르는 여자는 한 명도 없을걸. 젊은 여자가 화제에 처음 등장하면 으레 교양이 넘치는 아가씨라고 들 하잖아."

"지금 자네가 말한 걸 교양이라고 하는 것도 전혀 틀린 말은 아닌 것 같군. 손지갑을 짜고 수를 놓는 것 이외에 다른 교양은 갖추지 못한 여자들이 워낙 많으니까 말일세. 그 여자들한테는 그런 게 교양이라고 할 수 있겠지. 하지만 나는 대부분의 여성들에 대한 자네의 평가에는 전혀 동의할 수 없네. 내가 아는 여자들 중에서 정말 교양이 있는 사람은 고작해야 여섯 명 정도밖에 안 될 테니 말일세."

"제 생각도 그래요. 정말 맞는 말씀이에요."

빙리 양이 얼른 맞장구를 쳤다.

"그렇다면 다아시 씨가 말씀하시는 교양 있는 여성은 상당히 많은 조건을 갖춰야겠군요."

엘리자베스가 나섰다.

"맞습니다. 굉장히 많은 조건이 포함되죠."

"당연한 말씀이세요. 흔해 빠진 보통 사람들의 수준을 능가하지 못한다면 진정한 의미에서 교양을 갖췄다고 말할 수 없죠. 교양 있는 아가씨라는 말을 들으려면 적어도 음악, 노래, 그림, 춤은 기본이고 거기에 외국어 몇 개 정도는 꿰고 있어야 하죠. 분위기나 걸음걸이, 목소리 톤, 말솜씨, 표정에도 어딘가 남다른 데가 있어야 해요. 그렇지 않으면 교양 있다는 말을 들을 자격을 절반도 못 갖췄다고 할 수 있죠."

다아시의 충실한 조수가 열변을 토했다.

"그런 건 당연히 갖춰야 할 기본 조건이고, 거기다 광범위한

독서로 내면을 계발해서 실속 있는 정신적인 교양도 더해져야
합니다."

다아시의 말에 엘리자베스가 반박하고 나섰다.

"교양 있는 여성을 여섯 명밖에 모른다는 말이 이제야 이해
가 되는군요. 그런 여자를 한 명이라도 아신다는 게 오히려 신
기하네요."

"같은 여성으로서 그런 조건을 갖춘 여성이 한 명도 없다고
생각하는 건 너무 가혹한 것 아닌가요?"

"전 그런 여성을 한 번도 본 적이 없어서요. 당신이 말한 대
로 그런 능력과 고상한 취향과 성실성과 품위를 골고루 갖춘
여성은 한 명도 못 봤어요."

허스트 부인과 빙리 양은 그런 조건을 갖춘 여자를 보지 못
했다는 엘리자베스의 말이 부당하다며 자기네들은 그런 여자
들을 많이 봤다고 항변했다. 그러자 허스트 씨가 카드 놀이에
집중할 수가 없다며 조용히 해 달라고 불평했다. 그래서 결국
그들의 논쟁은 끝을 맺었고 엘리자베스는 방을 나갔다.

그녀가 문을 닫고 나가자 빙리 양이 말했다.

"엘리자베스 베넷 양은 같은 여자들을 깎아 내려서 남자들
의 환심을 사려는 부류인 것 같아요. 그런 술수에 넘어가는 남
자들도 많겠죠. 하지만 내겐 유치하고 비열한 술책으로밖엔 안
보이는군요."

그녀가 다아시를 주시하며 말하자 그가 답변했다.

"여성들이 남자들의 관심을 끌기 위해 하는 행동 중에는 분명 비열한 면이 있습니다. 조금이라도 교활한 구석이 있다면 그건 마땅히 경멸할 만한 행동이라고 생각합니다."

빙리 양은 그의 답변이 만족스럽지 않아서 더 이상 그 문제에 대해 거론하지 않았다.

잠시 후 엘리자베스는 다시 응접실에 들러 언니의 병세가 더 나빠져서 곁을 떠날 수 없다고 말했다. 빙리는 즉시 존스 씨를 불러와야 한다고 재촉했지만, 그의 누이들은 시골 의사는 도움이 안 될 거라며 시내에서 이름 있는 의사를 모셔 와야 한다고 우겼다.

엘리자베스는 그런 생각에는 동의하지 않았지만, 빙리의 제안에 군이 반대하고 싶은 마음은 없었다. 그래서 다음 날 아침까지 베넷 양의 상태가 크게 호전되지 않으면 존스 씨를 모셔 오기로 결정했다. 빙리는 안절부절못했고, 그의 누이들은 제인이 매우 걱정된다고 말했다. 빙리는 가정부에게 환자와 그의 여동생을 잘 돌봐 주라는 지시를 내리는 것으로 초조한 마음을 달랬고, 누이들은 저녁 식사를 마치고 나서 이중창을 부르며 시간을 보냈다.

9

엘리자베스는 언니가 있는 방에서 그날 밤을 거의 새우다시
피 했다. 다음 날 아침 일찍 빙리가 하녀 편에 언니의 안부를 물
어 왔고, 잠시 후에는 그의 누이들을 시중드는 교양 있는 두 하
녀가 안부를 물었다. 다행스럽게도 엘리자베스는 언니의 병세
가 많이 호전되었다는 답변을 전달할 수 있었다. 그리고 언니
가 많이 좋아지기는 했지만 어머니가 직접 오셔서 언니의 건강
상태를 확인해 주셨으면 좋겠다는 편지를 롱본으로 보내 달라
고 부탁했다. 쪽지는 즉시 전달되었고, 쪽지의 내용도 신속하게
실행되었다. 베넷 부인은 빙리가의 아침 식사가 끝나자마자 가
장 어린 두 딸을 데리고 네더필드에 도착했다.

제인의 상태가 심각했다면 베넷 부인도 당연히 걱정을 했을
것이다. 그러나 딸이 그다지 위중한 상태가 아닌 걸 확인한 베
넷 부인은 병이 나으면 네더필드를 떠나야 할 거라는 생각에

딸이 금방 회복되지 않기를 속으로 바랐다. 그녀는 집으로 데려가 달라는 딸의 호소를 외면했다. 베넷 부인과 거의 같은 시각에 도착한 의사 역시 환자가 움직이는 건 바람직하지 않다고 말했다. 어머니와 세 딸은 한참 동안 제인의 곁에 앉아 있다가 빙리 양이 찾아와서 권유하는 대로 식당으로 갔다. 빙리는 그들을 맞이하며 베넷 부인이 생각했던 것보다 따님의 상태가 나쁘지 않았으면 좋겠다고 말했다.

"와서 보니 생각했던 것보다 딸아이의 상태가 더 나쁘군요. 아직 움직이는 건 무리일 것 같아요. 존스 씨도 절대 움직이면 안 된다고 하시고, 염치없지만 좀 더 신세를 져야겠네요."

"움직이다니요? 그건 절대 안 됩니다. 제 누이도 그렇게 생각할 겁니다."

"저희와 함께 있는 동안 최선을 다해서 돌봐 드릴 테니 염려하지 마세요."

빙리 양이 정중하지만 어딘가 쌀쌀맞은 어소로 말했다.

베넷 부인은 늘어지게 감사의 인사를 늘어놓고는 덧붙였다.

"이렇게 좋은 친구분들이 없었더라면 우리 애가 어떻게 됐을지 생각만 해도 아찔하네요. 저렇게 몸이 안 좋으니 말이에요. 누구보다 참을성이 많은 아이인데도 너무 힘들어하는군요. 평소에도 항상 인내심이 많은 아이랍니다. 저 애만큼 성품이 착한 사람은 한 번도 본 적이 없어요. 난 다른 딸들한테도 늘 입버릇처럼 너희들은 언니와는 비교도 안 된다고 말한답니다. 이 방은 정말 예쁘군요, 빙리 씨. 게다가 자갈길이 내다보이는 전망이 정말 훌륭해요. 이 근방에서 네더필드만큼 멋진 곳은 없을 거예요. 임대 기간이 짧다는 말은 들었지만 서둘러 이곳을 떠나실 생각은 아니시죠?"

"전 무슨 일이든 신속하게 하는 편입니다. 네더필드를 떠날 마음만 먹으면 단 5분 안에 떠날 수도 있죠. 하지만 지금 같아서는 아예 이곳에 정착하고 싶은 마음입니다."

"제가 예상했던 대로네요."

엘리자베스가 말했다.

"이제 제 속마음을 파악하시게 됐군요. 안 그렇습니까?"

빙리가 그녀를 돌아보며 말했다.

"네, 아주 꿰뚫어 볼 수 있을 것 같아요."

"그 말씀을 칭찬으로 받아들이고 싶군요. 하지만 그렇게 쉽게 제 속마음을 들켜 버리다니 제 자신이 한심하다는 생각도 드네요."

"그렇게 생각하실 것까진 없어요. 복잡하고 심각한 성격이라고 해서 빙리 씨 같은 성격보다 더 파악하기 쉽거나 어려운 건 아니니까요."

"리지야, 여기가 어디라고 집에서처럼 함부로 말하는 거니?"

베넷 부인이 엘리자베스를 질책했다.

"미처 몰랐습니다. 엘리자베스 양께서 사람들의 성격을 연구하시는 줄은. 아주 흥미로울 것 같네요."

빙리가 즉시 말을 받았다.

"네, 하지만 복잡한 성격을 연구하는 게 가장 흥미롭긴 해요. 그런 성격을 가진 사람들은 적어도 재미를 제공해 준다는 장점은 있죠."

"시골에선 그런 대상을 찾기가 쉽지 않을 텐데요. 만날 수 있는 사람들이라고 해 봐야 뻔하고 늘 똑같으니까 말이죠."

다아시가 말했다.

"하지만 사람들은 늘 변하기 마련이라서 늘 새롭게 관찰할 만한 대상이 나타나죠."

"맞는 말이에요. 시골에서도 런던과 마찬가지로 항상 변화가 일어나죠."

시골 사람이라는 말에 기분이 상한 베넷 부인이 큰 소리로 말했다.

그녀의 발끈하는 말에 모두들 깜짝 놀랐다. 다아시는 잠시 그녀를 쳐다보다가 말없이 고개를 다른 곳으로 돌렸다. 그를 완벽하게 눌렀다고 착각한 베넷 부인은 의기양양하게 말을 이었다.

"난 런던이 시골보다 특별히 나은 게 뭐가 있는지 잘 모르겠어요. 상점이나 공원이 많다는 것 빼고는. 시골이 훨씬 더 살기에 쾌적하지 않은가요, 빙리 씨?"

"전 시골에 있을 때는 시골을 절대로 떠나고 싶지 않아요. 하지만 도시에 있을 때 역시 마찬가지예요. 어디든 나름대로 장점이 있고, 전 어느 곳에 있든지 똑같이 행복하니까요."

"그건 빙리 씨가 워낙 성품이 좋아서 그런 거죠."

베넷 부인은 다아시를 보며 말했다.

"하지만 저 신사분은 시골을 형편없는 곳으로 생각하시는 것 같은데요."

그 말에 엘리자베스가 얼굴을 붉히며 말했다.

"그건 어머니가 오해하신 거예요. 다아시 씨는 단지 시골에서는 도시에서만큼 다양한 사람들을 만날 수 없다는 뜻으로 말씀하신 거예요. 그건 어머니도 인정하실 수밖에 없는 사실이구요."

"누가 아니라고 했니? 이웃을 많이 만날 수 없다고 해서 하는 말인데, 우리보다 더 이웃이 많은 마을이 어디 있겠니? 우리가 함께 식사하는 이웃이 스물네 집이나 되는데 말이다."

빙리는 웃음이 터져 나오려는 걸 엘리자베스의 입장이 곤란해질까 봐 간신히 참았다. 하지만 빙리만큼 배려심이 깊지 못한 그의 누이들은 다아시를 보며 의미심장한 미소를 지었다.

엘리자베스는 어머니의 관심사를 다른 쪽으로 돌릴 생각으로 자기가 이곳에 온 후로 샬럿 루카스가 롱본에 다녀갔는지 물었다.

"그래, 어제 자기 아버지와 함께 다녀갔단다. 윌리엄 씨는 정말 좋은 분이야. 그렇지 않아요, 빙리 씨? 정말 신사다운 분이시죠. 점잖으시고 관대하시고, 누구하고든 대화를 나눌 수 있는 분이시잖아요. 저는 그런 게 바로 제대로 된 예의범절이라고 생각해요. 자기가 대단한 사람이라고 생각하는 사람들은 교양이 뭔지도 모르면서 입을 꽉 다물고 있는 걸 훌륭한 매너로 착각하는 것 같더라구요."

"샬럿이 저녁을 먹고 갔나요?"

"아니, 집에 가야 한다고 하더라. 민스파이*를 구워야 한다면서. 빙리 씨, 전 그런 집안일은 하인들에게 시킨답니다. 우리 딸들에게 직접 요리를 시키지는 않았어요. 사람마다 견해가 다르긴 하지만, 루카스 집안 딸들도 아주 훌륭한 아가씨들이죠. 별로 예쁘지 않다는 게 흠이긴 하지만. 그렇다고 샬럿이 아주 못생겼다는 말은 아니에요. 그 아가씨는 우리 집하고는 매우 친하게 지내고 있답니다."

"아주 유쾌한 아가씨 같던데요."

"그건 그래요. 하지만 너무 못생겼다는 건 인정해야죠. 루카스 부인도 늘 그렇게 말하면서 제인이 예쁜 걸 부러워한답니

---

* 갈아 놓은 고기를 넣어 구운 작고 동그란 파이이다.

다. 제 딸을 자랑하는 건 아니지만 사실 제인보다 외모가 뛰어난 아가씨는 흔치 않죠. 모두들 이구동성으로 하는 말이에요. 제 딸이라서 하는 말은 절대 아니랍니다. 제인이 겨우 열다섯 살밖에 안 됐을 때 일이에요. 런던 시내에 살고 있던 제 동생 가디너 집에 묵고 있던 남자가 그 애한테 홀딱 반해 버렸죠. 제 올케는 그 남자가 그곳을 떠나기 전에 틀림없이 청혼할 거라고 했어요. 물론, 진짜 청혼을 하지는 않았죠. 아마 제인의 나이가 너무 어리다고 생각했을 거예요. 어쨌든 제인에게 시를 써서 주었답니다. 아주 아름다운 시였죠."

"그리고 그 시 때문에 사랑은 곧 끝나 버렸구요."

엘리자베스가 참다못해 말했다.

"그런 식으로 끝나 버린 사랑은 셀 수 없이 많을 거예요. 시가 사랑을 몰아내는 데 효과적이라는 사실을 처음 발견해 낸 사람이 누굴까요?"

"저는 지금껏 시가 사랑의 양식이라고 생각해 왔습니다."

다아시가 엘리자베스의 말을 받았다.

"견고하고 건전한 사랑이라면 그럴 수도 있겠죠. 진실로 강한 사랑은 어디서건 양분을 흡수할 수 있으니까요. 하지만 부실하고 얄팍한 감정이라면 아름다운 소네트를 한 편 짓는 걸로도 양분이 고갈되어 버릴 수 있죠."

다아시는 그 말에는 대꾸하지 않고 미묘한 미소를 지었다.

모두들 침묵을 지키자 어머니가 또다시 웃음거리가 될까 봐 엘리자베스는 마음이 조마조마했다. 뭔가 말을 꺼내고 싶었지만 마땅한 얘깃거리가 생각나지 않았다. 잠시 후 베넷 부인은 빙리에게 제인을 잘 돌봐 줘서 감사하고 리지가 폐를 끼치게 되어 미안하다는 말을 몇 번이나 되풀이했다. 빙리는 그녀의 말에 진심으로 공손하게 답변하고, 누이동생에게도 정중하게 인사를 드리게 했다. 빙리 양은 건성으로 오빠가 시키는 역할을 했지만 베넷 부인은 흡족해하며 곧 마차를 대기시켰다. 그러자 기다렸다는 듯이 베넷가의 어린 두 딸이 앞으로 나섰다. 이 집에 와서 내내 자기들끼리 속닥거리던 얘기를 막내가 드디어 꺼냈다. 빙리가 처음 이사 왔을 때 네더필드에서 무도회를 열겠다고 했던 약속을 지키라는 독촉이었다.

리디아는 열다섯 살의 소녀로 혈색이 좋고 시원스런 이목구비에 나이에 비해 성숙한 몸매를 지니고 있었다. 그녀의 어머니는 딸 중에서도 특별히 그녀를 애지중지해서 아직 어린아이인데도 그녀를 사교계에 나가게 했다. 그녀의 타고난 성격은 생기발랄하고 자신감이 넘쳐흘렀다. 그녀는 이모부의 만찬에 초대받은 장교들에게 스스럼없이 분방하게 대했고 그런 그녀의 태도는 장교들의 관심을 자신에게 집중시켜서 그녀의 자신감은 날로 높이 치솟았다. 리디아는 빙리에게 당당하게 무도회 얘기를 꺼내면서 그가 했던 약속을 상기시켰다. 그리고 약속을 지키지 않는다면 그보다 더 수치스러운 일은 없을 거라고 말했다. 갑작스럽게 공격을 당한 빙리는 베넷 부인이 매우 흡족해할 만한 대답을 했다.

"무슨 일이 있어도 반드시 약속을 지키겠습니다. 언니가 회복되면 원하는 날짜를 알려 주시죠. 설마 언니가 아파서 누워 있는데 무도회를 열기를 바라는 건 아니겠죠?"

리디아는 당연히 좋다고 대답했다.

"그럼요. 물론 언니가 나을 때까지는 기다려야죠. 그때쯤이면 분명 카터 대위도 메리턴으로 돌아올 거고, 빙리 씨가 무도회를 열어 주시면 그다음에는 장교들에게도 무도회를 열어 달라고 졸라 댈 거예요. 포스터 대령에게 무도회를 열어 주지 않는 건 굉장히 수치스러운 일이라고 얘기해야죠."

베넷 부인과 두 딸이 떠나자 엘리자베스는 곧바로 제인에게로 돌아갔다. 그녀와 그녀의 가족들의 행동은 두 숙녀와 다아시의 험담거리로 남았다. 빙리 양은 다아시가 엘리자베스의 눈을 아름답다고 했던 말을 꼬투리 삼아 놀려 대면서 엘리자베스를 도마 위에 올려놓았지만 다아시는 그들의 대화에 동조하지 않았다.

10

그날은 전날과 별다를 게 없이 지나갔다. 허스트 부인과 빙리 양은 아침에 몇 시간 동안 환자 곁에서 시간을 보냈다. 제인의 증세는 더디긴 하지만 조금씩 호전되고 있었다. 저녁에 엘리자베스는 응접실에서 그들과 함께 시간을 보냈다. 이날은 카드놀이 테이블이 눈에 띄지 않았다. 다아시는 편지를 쓰고 있었고, 빙리 양은 그의 곁에 앉아서 다아시가 편지 쓰는 모습을 지켜보고 있었다. 그녀는 수시로 다아시의 누이동생에게 전해 달라는 말을 꺼내서 주의를 산만하게 했다. 허스트 씨와 빙리는 피케*를 하는 중이었고, 허스트 부인은 그것을 구경하고 있었다.

엘리자베스는 뜨개질거리를 집어 들고 다아시와 빙리 양이

---

* 카드놀이의 일종이다.

주고받는 이야기를 흥미롭게 듣고 있었다. 숙녀 편에서는 필체가 훌륭하다, 행간이 일정하다, 편지 길이가 아주 적당하다는 등 끊임없이 칭찬을 해 댔지만, 신사 쪽에서는 일절 반응을 보이지 않아서 그들의 대화는 기묘한 양상을 띠고 있었다. 그것은 엘리자베스가 두 사람의 성격에 대해 짐작하던 것과 정확히 일치하는 광경이었다.

"다아시 양이 이 편지를 받으면 얼마나 기뻐할까요?"

다아시는 그녀의 말에 대답하지 않았다.

"편지를 정말 빨리 쓰시네요."

"잘못 보신 겁니다. 아주 느린 편이죠."

"1년에 편지 쓸 일이 얼마나 많겠어요. 사업상의 편지도 있을 거고. 그런 편지를 쓰는 건 정말 고역일 것 같아요."

"그런 일을 빙리 양이 아닌 제가 하게 된 게 다행이군요."

"동생분에게 제가 무척 보고 싶어 한다고 꼭 적어 주세요."

"아까 그렇게 해 달라고 하셔서 벌써 썼습니다."

"펜이 잘 안 써지나 봐요. 제가 고쳐 드릴게요. 전 펜 고치는 데는 재주가 있거든요."

"고맙지만, 제 펜은 항상 제가 고칩니다."

"어머, 어쩜 그렇게 글씨를 고르게 쓰세요?"

다아시는 또 다시 침묵했다.

"동생분에게 하프 연주 실력이 향상된 걸 축하한다고 전해 주세요. 그리고 탁자 도안을 보고 홀딱 반했다는 말도요. 제가 보기엔 그랜틀리 양이 한 것과 비교도 안 될 만큼 훌륭하다고 전해 주세요."

"그 기쁨은 다음 편지에 쓸 수 있도록 허락해 주시겠습니까? 지금은 그 말씀을 써넣을 만한 공간이 없네요."

"그럼요. 별로 중요한 내용도 아닌데요 뭘. 1월에 만나게 될 거구요. 그건 그렇고 동생분에게 늘 그렇게 길고 훌륭한 편지를 쓰시나요, 다아시 씨?"

"대부분 길기는 하지만 훌륭한 편지인지는 제가 판단할 문제가 아니죠."

"긴 편지를 막힘없이 술술 써 내려가는 사람이라면 당연히 내용도 훌륭한 편지를 쓸 거라고 생각해요."

"그건 다아시에겐 어울리지 않는 칭찬인 것 같다, 캐롤라인. 다아시는 편지를 쉽게 써 내려가는 편은 아니거든. 네 음절로 된 단어를 생각해 내느라고 머리를 쥐어짜곤 하지. 안 그런가, 다아시?"

빙리가 큰 소리로 끼어들었다.

"자네와 나는 글 쓰는 방식이 전혀 딴판이지."

"그럼요. 오빠처럼 되는대로 편지를 쓰는 사람은 없을걸요. 단어는 반은 빼먹고, 그나마 쓴 것도 잉크가 번져서 엉망이라니까요."

빙리 양이 오빠를 놀려 댔다.

"글로 미처 표현하기도 전에 생각한 것들이 쏜살같이 흩어지는 걸 내가 어쩌겠니? 그 바람에 편지를 받는 사람에게 내 생각이 전혀 전달되지 않을 때도 있지."

"너무 겸손하셔서 비난하는 사람이 오히려 무안해질 것 같네요, 빙리 씨."

엘리자베스가 말했다.

"겸손을 가장하는 것보다 더 사람을 기만하는 건 없죠. 그건 자기 견해가 없거나, 은근히 자만심을 드러내는 것일 때가 많아요."

다아시의 말에 빙리가 대꾸했다.

"그럼 자넨 조금 전의 내 겸손을 그 둘 중 어느 쪽이라고 생각하는 건가?"

"은근히 자만심을 드러내는 거라고 생각하네. 자네는 생각하지 않고 글을 쓰는 걸 대놓고 자랑하지 않았나? 그건 자기 자신이 사고력은 신속하지만 표현하는 데는 부족하다고 생각하기 때문이지. 그런 결함이 자랑거리는 아니지만 적어도 매우 흥미로운 특성이라고 믿고 있는 거야. 무슨 일이든 신속하게 처리하는 능력을 가진 사람은 스스로 그 점을 인정하지만, 불완전한 실행 과정에는 신경을 쓰지 않는 경우가 많아. 자네는 오늘 아침 베넷 부인에게 마음만 먹으면 5분 이내에 네더필드를 떠날 수도 있다고 말했어. 그건 자기 자신에 대해 스스로 찬사나 경의를 표한 것과 다름없네. 그렇게 서둘러 떠나면 꼭 필요한 일들을 제대로 처리하지 못할 거고, 자네 자신이나 다른 사람들에게도 이득이 될 게 없는데 그런 행동을 칭찬할 이유는 없지 않은가?"

"자네 너무 지나친 거 아니야? 아침에 아무 생각 없이 한 말을 저녁까지 마음에 담아 두었다가 질책하니 말일세. 하지만 맹세코 내가 나 자신에 대해 한 말은 모두 진심이었네. 지금도 그렇게 믿고 있고. 적어도 숙녀분들 앞에서 나를 과시하기 위해 공연히 내 급한 성격을 자랑한 건 아니란 말일세."

"나도 자네가 그랬을 거라고 믿어. 하지만 자네가 절대로 그렇게 급하게 떠날 리는 없다고 생각하네. 자네는 내가 알고 있는 다른 사람들처럼 매우 우발적으로 행동할 테니 말일세. 그러니까 자네가 말에 올라타고 있는데 한 친구가 '빙리, 다음 주에 떠나는 게 어때?'라고 하면 자네는 십중팔구 그 친구의 말에 따를 거란 말이지. 아니, 그 친구가 한 번 더 말리면 한 달 동안 더 머물러 있을지도 모르지."

"지금 하신 말씀으로 증명된 건 빙리 씨가 자신의 성격을 스스로 폄하하셨다는 사실뿐이로군요. 결국 빙리 씨 자신보다 다아시 씨가 빙리 씨를 더 칭찬하신 격이 됐네요."

엘리자베스가 나섰다.

"정말 감사합니다. 제 친구가 저를 질책한 말을 오히려 제가 정이 많은 사람이라는 칭찬으로 바꿔 놓으시네요. 하지만 엘리자베스 양은 저 신사분의 의도를 완전히 오해하신 것 같습니다. 저 친구는 그런 상황에서 제가 친구의 부탁을 단호하게 거절하고 최대한 빨리 떠나야만 저를 더 높이 평가할 테니까요."

"그럼 다아시 씨는 한번 성급한 결정을 내렸으면 그걸 끝까지 밀고 나가는 게 잘못을 만회할 수 있는 방법이라고 생각하시는 건가요?"

"그 문제는 제가 정확하게 설명하기 어렵군요. 다아시가 직접 얘기하는 게 맞을 것 같습니다."

"자네는 내가 인정하지도 않은 걸 멋대로 내 의견이라고 단정하고 내게 설명을 요구하는군. 하지만 베넷 양의 표현이 맞다고 해도 기억하셔야 할 게 있습니다. 빙리에게 떠날 계획을 미루고 집으로 돌아오라고 권유한 친구는 단지 그걸 바랐던 것뿐이지 그것이 적절한 행동인가에 대해서는 한마디도 언급하지 않았다는 사실 말입니다."

"그러니까 다아시 씨는 친구의 권유를 이유도 따지지 않고 선뜻 받아들이는 행동을 미덕으로 보지 않는다는 말씀이군요."

"확신 없이 친구의 말을 따른다면 두 사람의 사고력이 온전하다고 볼 수 없겠죠."

"다아시 씨는 우정과 애정의 힘을 조금도 인정하지 않는 것 같군요. 하지만 부탁하는 사람을 배려한다면 굳이 이유를 듣지 않고도 그 부탁을 들어줄 수 있는 것 아닌가요? 특별히 빙리 씨의 경우를 놓고 이런 말을 하는 건 아니에요. 빙리 씨의 행동이 신중한 것이었는지 따지려면 실제로 그런 경우가 발생할 때까지 기다려야 할 것 같군요. 일반적인 상황을 가정해 보죠. 어떤 사람이 친구에게 결심을 번복해 달라는 부탁을 할 때, 아주 중요한 문제가 아닌 경우 굳이 이유를 듣지 않고 그 부탁을 들어준다고 합시다. 그때 다아시 씨는 그 사람을 나쁘게 생각하실 건가요?"

"이 문제에 대해 더 논의하기 전에 두 친구가 얼마나 친밀한 사이인지, 그 부탁이 얼마나 중요한 일인지 좀 더 명확하게 규정해야 할 것 같군요."

빙리가 맞장구를 치며 나섰다.

"맞아, 그게 좋겠어. 그럼 구체적인 사실들을 따져 봅시다. 두 사람의 키나 몸무게 같은 것도 빠뜨리면 안 됩니다, 베넷 양. 이런 문제에서 그런 사소한 요소들이 큰 영향력을 행사하니까요. 다아시가 나보다 훨씬 더 키가 크지 않았다면 제가 지금의 반만큼도 저 친구를 두려워하지 않았을 겁니다. 어떤 때는 다아시가 무서울 때도 있어요. 다아시가 집에 있을 때, 특히 다아시가 한가한 일요일 저녁 같은 때가 그렇답니다."

다아시는 그의 농담에 웃어 보였지만, 엘리자베스는 그가 약간 기분이 상했다는 걸 눈치채고 웃음을 자제했다. 빙리 양은 오빠에게 말도 안 되는 소리로 다아시 씨를 모욕했다고 분개하면서 오빠에게 핀잔을 주었다.

"자네 속셈이 뻔히 들여다보이는군. 자네는 토론을 싫어하니까 이 얘기를 중난하려는 거 아닌가?"

다아시가 겸연쩍게 말했다.

"그럴지도 모르지. 토론이나 논쟁이나 별다를 게 없거든. 내가 이 방에서 나갈 때까지 자네와 베넷 양이 토론을 미뤄 준다면 나로서는 아주 고마운 일이지. 내가 나간 후에는 나에 대해 어떤 말을 하든지 상관하지 않겠네."

"그 부탁을 들어 드리는 건 조금도 어려운 일이 아니죠. 그리고 다아시 씨는 쓰던 편지를 마저 쓰시는 게 좋겠네요."

다아시는 그녀의 말대로 편지를 마저 끝냈다.

편지를 쓰고 나자 다아시는 빙리 양과 엘리자베스에게 음악을 들려 달라고 청했다. 빙리 양은 민첩하게 피아노 앞으로 가서 엘리자베스에게 정중하게 먼저 연주를 권했다. 하지만 엘리자베스는 예의를 갖춰 사양했고, 빙리 양이 먼저 피아노 의자에 앉아 연주를 시작했다. 허스트 양과 그녀의 동생이 노래를 부르는 동안 엘리자베스는 피아노 위에 놓여 있는 악보를 뒤적거리고 있었다. 그녀는 다아시의 눈길이 자주 자신에게 머무는 것을 느꼈다. 그녀는 자신이 그렇게 대단한 사람의 관심 대상이 될 거라고는 생각할 수 없었다. 그렇지만 자기가 싫어서 쳐다본다는 건 더더욱 이상한 노릇이었다. 그녀는 다아시가 자신에게 신경을 쓰는 이유는 함께한 사람들과 달리 자신에게 흠잡을 만한 점이 있기 때문일 거라고 결론을 내렸다. 그렇다고 그녀가 특별히 기분이 상한 것은 아니었다. 다아시에게 전혀 호감을 가지고 있지 않는 그녀로서는 그의 인정을 받아야 할 이유도 없었다.

빙리 양은 이탈리아 가곡을 몇 곡 연주하고 나서, 분위기를 바꿔 경쾌한 스코틀랜드 민요를 연주했다. 잠시 후 다아시가 엘리자베스에게 다가와서 말을 건넸다.

"베넷 양, 릴*을 출 수 있는 좋은 기회를 즐기지 않으시겠습니까?"

그녀는 아무 대답 없이 미소만 지었다. 그는 그녀가 아무 대답도 하지 않는 것에 약간 당황해하며 다시 춤을 청했다.

"아! 그 말씀을 못 들은 건 아니에요. 어떻게 답변해야 할지 망설이고 있었죠. 제가 청을 받아들이면 제 취향을 경멸하는 데서 오는 즐거움을 위해 그런다는 걸 알고 있으니까요. 하지만 전 그렇게 의도적으로 저를 경멸하려는 사람의 계략을 뒤집어엎는 데서 즐거움을 느낀답니다. 그러니까 전 릴을 출 마음

---

* 스코틀랜드 고지인의 경쾌한 춤이다.

이 전혀 없다고 대답하기로 결정했다는 말씀입니다. 자, 이제 저를 경멸할 수 있으면 마음대로 경멸해 보세요."

"그럴 마음은 조금도 없습니다."

다아시가 몹시 모욕감을 느낄 거라고 예상했던 엘리자베스는 그가 의외로 태연하게 대답하자 놀라지 않을 수 없었다. 그녀는 상대방의 기분이 상하지 않도록 에둘러 가며 장난기를 섞어 말하는 성격이었기 때문에 그녀의 말에 모욕감을 느끼는 사람은 없었다. 다아시는 오히려 그녀에게서 지금까지 어떤 여자에게서도 느끼지 못했던 강렬한 매력을 느꼈다. 그녀의 집안이 그렇게 열등하지만 않았다면, 자신이 그녀에게 정신없이 빠져들 위험에 처했을 거라고 생각했다.

빙리 양은 두 사람의 수상쩍은 모습을 보고 질투심이 발동했다. 제인이 회복해서 한시라도 빨리 엘리자베스가 떠났으면 좋겠다는 생각에 몸이 달아올랐다.

그녀는 일부러 다아시와 엘리사베스의 결혼을 가정하고, 그런 집안끼리의 만남이 과연 행복할 수 있을 것인지 화제를 유도했다. 그런 대화를 하다 보면 다아시가 그녀를 싫어하게 될 거라고 생각해서였다.

다음 날 다아시와 함께 관목 숲을 산책하고 있을 때 빙리 양이 말했다.

"만일 그런 경사스러운 일이 있게 된다면 장모님께 몇 마디

귀띔을 해 드려야 하실걸요. 말씀을 자제하시는 편이 여러모로 이득이라고 말이죠. 그 문제가 해결되고 나면 어린 처제들에게 장교 뒤를 쫓아다니는 버릇을 고치라고 단단히 타이르셔야겠네요. 이건 말씀드리기 좀 민감한 문제지만, 부인께서 오만하고 무례한 태도를 자제하시도록 신경을 쓰셔야 할걸요."

"제 가정의 행복을 위해서 더 하실 말씀은 없으신가요?"

"아니요, 더 있어요. 필립스 이모 내외분의 초상화를 펨벌리 화랑에 걸어 놓으셔야죠. 판사이셨던 증조부님 초상화 바로 옆자리에 걸어 놓으세요. 그분들은 같은 직업을 갖고 계시니까요. 물론 분야가 아주 다르긴 하지만. 아, 그리고 엘리자베스 양의 초상화는 그릴 생각도 하지 마세요. 어떤 화가인들 그렇게 아름다운 눈을 제대로 그려 낼 수 있겠어요?"

"사실 그 눈의 표정을 담아내기란 쉽지 않은 일이겠죠. 하지만 뛰어나게 아름다운 눈 색깔과 모양, 속눈썹을 똑같이 그려 내는 건 가능할 겁니다."

마침 그때 두 사람은 다른 산책로를 걸어오던 허스트 부인과 엘리자베스와 마주쳤다.

"두 분이 산책하고 계신 줄 몰랐네요."

빙리 양은 혹시 자기가 한 말을 그들이 들었을까 봐 약간 당황해하며 말했다.

허스트 부인이 대답했다.

"그런 법이 어디 있니? 나간다는 말도 없이 빠져나오고."

그녀는 그렇게 말하고 나서 다아시의 한쪽 팔을 자신의 팔에 끼었다. 엘리자베스는 뒤로 처진 채 혼자 걷게 되었다. 산책로는 세 사람이 간신히 걸을 수 있을 만한 길이었다. 다아시는 그들의 행동이 예의에 어긋난다고 생각해서 다급하게 말했다.

"이 길은 네 사람이 걷기에는 너무 좁은 것 같군요. 가로수 길로 가는 게 좋을 것 같습니다."

하지만 엘리자베스는 그들과 함께 있고 싶은 마음이 전혀 없었기 때문에 큰 소리로 웃으며 말했다.

"아니에요. 가던 길 계속 가세요. 세 분이 함께 계신 모습이 정말 보기 좋네요. 네 번째 사람이 끼어들면 그림을 망칠 것 같아요. 그럼 안녕히 가세요."

그녀는 조만간 집으로 돌아갈 수 있다는 기대에 부풀어 즐거운 발걸음으로 주변을 산책했다. 제인은 그날 저녁 두 시간 정도 방에서 나올 수 있을 정도로 몸이 많이 회복되었다.

11

저녁 식사가 끝나고 숙녀들이 물러가고 나자 엘리자베스는 곧 언니에게 뛰어 올라가 춥지 않게 옷을 단단히 입히고 응접실로 데리고 갔다. 그녀의 두 친구들은 무척 반가워하며 그녀를 맞이했고, 그 방에 신사들이 등장할 때까지는 엘리자베스는 지금껏 보지 못했던 유쾌한 모습을 보여 주었다. 그들은 화려한 말솜씨로 파티의 여러 가지 장면을 정확하게 묘사하는가 하면, 재미난 일화를 실감나게 늘어놓기도 하고, 아는 사람의 험담을 교묘하게 늘어놓으며 웃음을 터뜨리기도 했다.

그러나 신사들의 등장과 동시에 제인은 그들의 관심 밖으로 밀려났다. 빙리 양의 시선은 곧장 다아시에게로 집중되었고, 그가 몇 발짝 떼기도 전에 할 말이 너무 많아 입이 근질거리는 모양이었다. 다아시는 제인에게 회복된 것을 축하한다며 정중하게 인사를 건넸다. 허스트 씨 역시 그녀에게 가볍게 목례를 보내며 기쁨을 표시했다.

가장 장황하고 열렬하게 축하 인사를 건넨 사람은 빙리였다. 그는 기쁜 표정을 감추지 못하며 온갖 친절을 베풀었다. 처음 30분 동안은 제인이 방을 옮겨서 행여 추위를 느낄까 봐 벽난로에 장작을 넣어 올리느라 여념이 없었고, 그녀가 문에서 멀리 떨어진 쪽으로 자리를 옮기도록 세심하게 배려했다. 그런 다음에는 제인의 옆자리에 앉아서 거의 그녀하고만 대화를 나눴다. 엘리자베스는 반대편 구석에 앉아 뜨개질을 하며 그런 모습을 흐뭇하게 바라보고 있었다.

차를 마시고 나자 허스트 씨는 처제에게 카드놀이를 하자는 신호를 보냈지만 아무런 반응이 없었다. 빙리 양은 다아시가 카드놀이를 좋아하지 않는다는 정보를 은밀히 수집해 두었던 것이다. 그래서 허스트 씨가 공개적으로 카드놀이를 제안했을 때도 당연히 거절했다. 그녀는 아무도 카드놀이를 하고 싶어 하지 않는다고 말했고, 그 말을 증명이라도 하듯이 모두들 침묵을 지켰다. 할 일이 없어진 허스트 씨는 소파에 드러누워 잠이 들었다. 다아시는 책을 집어 들었고, 빙리 양도 따라서 책을 펼쳤다. 허스트 부인은 팔찌와 반지를 만지작거리면서 이따금 그녀의 동생과 베넷 양이 나누는 대화에 말참견을 했다.

빙리 양은 자신이 읽고 있는 책보다 다아시가 책을 읽는 속도에 신경을 곤두세우고 있었다. 그녀는 쉴 새 없이 질문을 하

거나 다아시가 읽고 있는 책의 페이지를 들여다보며 그의 주의
를 끌려고 애썼지만 그를 대화에 끌어들이지는 못했다. 다아시
는 그녀의 질문에 마지못해 대꾸하는 척하면서 계속 책만 읽고
있었다. 빙리 양은 책을 읽은 척하다 지루함을 견디지 못하고
늘어지게 하품을 했다. 다아시가 읽고 있는 책의 바로 다음 권
이라는 이유만으로 골라 든 책이니 눈에 들어올 리가 없었다.
그런데도 입으로는 이렇게 말했다.

"이렇게 저녁 시간을 보내는 것도 정말 좋은걸요. 독서만큼
훌륭한 취미 생활은 없다니까요. 독서처럼 싫증 나지 않는 일
도 없어요. 내가 집을 갖게 되면 반드시 훌륭한 서재를 꾸밀 생
각이에요."

그녀의 말에 아무도 대꾸하지 않았다. 그러자 그녀는 다시 하
품을 하더니 책을 옆으로 밀어 놓고 뭔가 재미있는 걸 찾아 방
안을 두리번거렸다. 그러다가 자기 오빠가 제인에게 무도회에
대해 얘기하는 걸 듣고 갑자기 뒤를 돌아보며 참견을 했다.

"그런데 오빠, 정말 네더필드에서 무도회를 열 생각이에요?
결정하기 전에 여기 있는 사람들의 의견을 들어 보는 게 좋지
않겠어요? 내가 잘못 생각한 게 아니라면 여기 있는 사람 중에
무도회가 조금도 즐겁지 않고 오히려 벌받는 것처럼 고통스러
운 사람도 있을 것 같은데 말이에요."

"지금 다아시 얘길 하는 거니? 정 그렇다면 무도회가 시작되

기 전에 잠자러 가도 난 상관하지 않을 거다. 무도회는 이미 결정된 일이야. 니콜스가 화이트 수프를 충분히 만들고 나면 곧 초대장을 돌릴 거야."

"무도회를 좀 다른 방식으로 진행하면 훨씬 더 낫지 않겠어요? 평범한 무도회는 지루해서 참기 힘들거든요. 춤을 추는 대신 대화를 나누게 하면 훨씬 더 건전하지 않을까요?"

"그럼 건전하기는 하겠다만, 그런 모임을 무도회라고 할 수 있겠니?"

빙리 양은 오빠의 말에는 대답하지 않고 갑자기 자리에서 일어나더니 방 안을 이리저리 걸어다니기 시작했다. 다아시에게 자신의 날씬한 몸맵시와 우아한 걸음걸이를 과시하려는 속셈이었다. 하지만 정작 당사자인 다아시는 책에서 얼굴을 떼지 않았다. 그녀는 자신의 목적이 좌절되자 처참한 기분으로 다른 방법을 궁리했다. 그러다가 엘리자베스에게 말했다.

"엘리자 베넷 양, 저처럼 방 안을 한 바퀴 돌아보는 게 어때요? 같은 자세로 오래 앉아 있다가 일어나서 걸으면 확실히 기분 전환이 되거든요."

엘리자베스는 그녀의 갑작스러운 제안에 어리둥절했지만 곧 자리에서 일어섰다. 빙리 양은 정중하게 엘리자베스를 끌어들이는 방법으로 소기의 목적을 달성할 수 있었다. 다아시가 고개를 들고 그녀들에게 눈길을 주었던 것이다. 다아시 역시 엘리자베스만큼이나 그녀의 제안이 엉뚱하다고 생각해서 자기도 모르게 책을 덮고 그들을 쳐다보았다. 빙리 양은 다아시에게도 일어나서 같이 걷자고 말했다.

그러나 그는 그녀의 제안을 거절하면서 두 사람이 방 안을 걸어다니는 두 가지 목적이 무엇인지 짐작은 가지만, 자기가 함께 걸으면 그 목적에 방해가 될 거라고 말했다. 빙리 양은 다 아시가 무슨 뜻으로 그런 말을 하는지 궁금했다. 그래서 엘리 자베스에게 그의 말이 이해되느냐고 물었다.

"아뇨, 전혀 모르겠는데요. 하지만 틀림없이 우리를 혹독하 게 비난하려는 거겠죠. 다아시 씨를 실망시킬 수 있는 확실한 방법은 아무것도 묻지 않는 거예요."

그러나 빙리 양은 어떤 일이든 다아시를 실망시키는 일은 할 수 없었다. 그래서 그녀는 끈질기게 두 가지 목적이란 게 무슨 뜻이냐고 물었다.

그녀가 졸라 대는 바람에 어쩔 수 없이 다아시가 밀했다.

"설명드리지 못할 이유는 없습니다. 두 분이 이런 식으로 저 녁 시간을 보내기로 한 건 두 분 사이에 은밀하게 의논할 일이 있거나 아니면 걸을 때 자신의 모습이 가장 매력적이라고 생각 해서겠죠. 첫 번째 이유라면 제가 전적으로 방해가 될 테고, 두 번째 이유라면 난롯가에 앉아서 두 분의 자태를 감상하는 게 훨씬 좋을 테니까요."

"세상에! 그렇게 모욕적인 말은 처음 들어 봐요. 그렇게 무례한 말씀을 하시다니 어떻게 벌을 드려야 할지 모르겠군요."

빙리 양이 당황한 듯 큰 소리로 말했다.

"그럴 마음만 먹는다면 그렇게 쉬운 일도 없죠. 벌주는 방법은 얼마든지 있잖아요. 다아시 씨를 놀려 드릴 수도 있고, 아니면 비웃어 드릴 수도 있죠. 두 분은 친한 사이니까 어떻게 하는 게 좋은지 잘 아실 텐데요."

엘리자베스의 말에 빙리 양이 대답했다.

"아뇨, 저도 몰라요. 그런 걸 알 만큼 친한 사이는 아니에요. 하지만 저렇게 침착하고 냉정한 분을 어떻게 놀려 줄 수 있겠어요? 그건 안 될 말이죠. 그래 봤자 눈 하나 깜짝하지 않을 텐데요. 비웃어 주는 것도 그래요. 그럴 만한 일도 없는데 비웃어 주려고 해 봤자 우리만 우스운 꼴이 될걸요. 오히려 다아시 씨만 좋아하게 만들 거예요."

"다아시 씨에게 비웃어 줄 만한 점이 전혀 없단 말인가요? 그렇다면 그건 정말 찾아보기 힘든 장점이네요. 저는 세상에 그런 사람이 많지 않았으면 좋겠어요. 그런 사람이 많으면 웃을 일이 줄어들 테니까 제겐 엄청난 손해죠. 전 웃는 걸 정말 좋아하거든요."

엘리자베스가 비꼬는 말을 듣고 다아시가 말했다.

"빙리 양은 저를 너무 높이 평가하시는군요. 아무리 현명하고 훌륭한 남자라도, 아니 어떤 현명하고 훌륭한 행동이라도, 인생에서 웃는 걸 목표로 삼는 사람에게는 웃음거리가 될 수 있는 법이죠."

"맞는 말씀이세요. 분명 그런 사람들이 있긴 하죠. 하지만 전 그런 사람이 아니길 바랍니다. 전 현명하고 좋은 사람을 비웃는 짓은 절대 하지 않으니까요. 하지만 어리석고 이치에 맞지 않는 행동이나 변덕스럽고 앞뒤가 맞지 않는 행동은 언제나 저에게 웃음거리를 선사해 주죠. 할 수만 있다면 그런 행동들은 실컷 비웃어 준답니다. 다아시 씨에게는 이런 약점이 없는 게 분명하군요."

"세상에 그런 약점이 없는 사람은 없을 겁니다. 하지만 저는 현명함이 지나쳐서 남들의 웃음거리가 되는 약점을 피하기 위해 평생 노력해 왔습니다."

"허영심이나 오만 같은 걸 말씀하시는 건가요?"

"그렇습니다. 허영심이야말로 분명한 약점이죠. 하지만 진정한 의미에서 훌륭한 지성을 갖춘 사람이라면 오만함을 적절하게 통제할 수 있다고 생각합니다."

엘리자베스는 웃음을 들키지 않으려고 시선을 다른 곳으로 돌렸다.

"이제 다아시 씨에 대한 심문이 끝나셨나요? 그 결과를 말해 줄래요?"

빙리 양이 말했다.

"저는 다아시 씨에게는 전혀 결점이 없다고 절대적으로 확신합니다. 다아시 씨 자신도 솔직하게 인정하셨구요."

"아닙니다. 전 결코 그런 허세를 부린 적이 없습니다. 저 역시 견점이 많은 사람입니나. 단지 그것이 지성에 관한 결점이 아니길 바랄 뿐이죠. 저의 성격에 대해서는 저도 보증할 수 없습니다.

사실 제겐 배려심이 부족합니다. 세상을 편하게 살아가기엔 너무 고집이 세죠. 저는 다른 사람들의 어리석은 행동이나 부족한 점을 빨리 잊지 못합니다. 저에게 무례한 사람들의 행동 역시 마찬가지죠. 그런 감정을 없애려고 아무리 애를 써도 쉽사리 사라지지 않더군요. 저는 남을 잘 용서하지 못하는 성격인 것 같습니다. 한번 잘못 본 사람은 끝까지 좋아할 수가 없으니까요."

"그건 확실한 결점인 것 같네요. 한번 품은 분노를 적절하게 풀지 못하는 건 분명 성격적인 결함이죠. 하지만 결점을 정말 잘 집어내셨네요. 전 그런 결점은 어떻게 비웃어야 하는지 모르겠어요. 그러니까 제가 비웃을 거라고 걱정하지 않으셔도 될 것 같아요."

"모든 사람에게는 특별한 결함으로 기울어지는 성향이 있다고 봅니다. 아무리 훌륭한 교육을 받아도 고칠 수 없는 선천적인 결함 같은 것 말이죠."

"그렇다면 다아시 씨의 결점은 모든 사람을 싫어한다는 점이 겠군요."

"그리고 베넷 양의 결점은 고의적으로 사람들을 오해하는 거 구요."

다아시가 웃으며 대꾸했다.

빙리 양은 두 사람이 자신이 끼어들 수 없는 대화를 나누는 게 못마땅한지 큰 소리로 두 사람의 대화에 끼어들었다.

"이제 그만하고 음악을 듣는 게 어떨까요? 언니, 형부 깨워도 되겠어?"

그녀의 언니는 괜찮다고 말했다. 피아노 뚜껑이 열리고 연주 가 시작되었지만, 다아시는 대화가 중단된 걸 서운하게 생각하 지 않았다. 그는 자신이 엘리자베스에게 지나치게 관심이 쏠려 있다는 걸 깨닫고 위험하다고 느꼈다.

12

다음 날 아침 엘리자베스는 언니와 의논한 끝에 어머니에게 그날 중으로 마차를 보내 달라는 편지를 보냈다. 그러나 베넷 부인은 제인이 네더필드에 간 지 꼭 일주일이 되는 다음 주 화요일까지 두 딸이 그곳에 머물 거라고 예상했기 때문에 그 전에 돌아온다는 기별이 전혀 달갑지 않았다. 베넷 부인의 답장은 집에 가고 싶어서 조바심이 난 엘리자베스에게는 반가운 소식이 아니었다. 베넷 부인은 다음 주 화요일까지는 마차를 보내 줄 형편이 못 된다면서 빙리 씨와 그의 누이들이 더 머물러 달라고 하면 그때까지 돌아오지 않아도 괜찮다고 덧붙였다. 그러나 엘리자베스는 더 이상 그곳에 머물지 않겠다고 확실하게 마음을 먹었고 그들이 더 머물러 달라고 할 거라고 생각하지도 않았다. 필요 이상 오래 머무르는 것은 그들의 사생활을 방해하는 일인 것 같았다. 엘리자베스는 제인에게 빙리 씨에게 마차를 빌려서 집으로 돌아가자고 졸랐다. 다음 날 아침, 마침내 두 자매는 떠나기로 한 계획을 빙리 씨에게 알리고 마차를 부탁하기로 했다.

떠나겠다는 의사를 밝히자 집주인들은 염려의 말을 늘어놓으며 적어도 다음 날까지는 머물러 달라고 간곡하게 부탁했다. 그들의 말을 듣고 제인의 마음이 흔들리는 바람에 결국 출발은 다음 날로 연기되었다. 빙리 양은 출발을 미루라고 권유했던 걸 후회했다. 엘리자베스를 질투하는 감정이 제인을 좋아하는 마음보다 더 강하게 작용했기 때문이었다.

집주인은 그들이 그렇게 빨리 떠나는 걸 못내 아쉬워하며 베넷 양이 아직 완전히 회복된 상태가 아니기 때문에 떠나는 건 안전하지 않다고 설득하려 했지만, 제인은 자신이 옳다고 생각하는 일을 실행할 때는 매우 단호했다.

다아시에게는 반가운 소식이었다. 그는 엘리자베스가 이 집에 너무 오래 머무른다고 생각했다. 자신의 의지와는 달리 그녀에게 점점 마음을 빼앗기고 있는 것 같아 두려워지기 시작했다. 빙리 양은 엘리자베스에게 무례하게 대했고, 평소보다 더 자신을 짓궂게 괴롭히는 것 같았다. 그는 엘리자베스에게 그녀에 대한 자신의 애정을 드러내지 않는 게 현명한 행동이라고 판단했다. 자신의 행동이 그의 기분을 좌우한다는 걸 알고 엘리자베스가 자만심을 갖게 될지도 모르는 일이었다. 그런 위험을 피하려면 마지막 하루 동안 특별히 조심해야 한다고 단단히 마음먹었다. 그날 하루 동안 자신의 행동이 엘리자베스가 자신의 애정을 확인하거나 부정하는 데 중요한 영향을 줄 거라고 생각했다. 그는 자신의 계획을 충실하게 이행하기 위해서 토요일 내내 그녀에게 채 열 마디도 건네지 않았다. 두 사람이 30분가량 단둘이 있게 되었을 때에도 그는 일부러 얼굴을 책에 파묻은 채 그녀에게 고개조차 돌리지 않았다.

일요일 아침 예배가 끝난 후 대부분의 사람들이 고대하던 작별 시간이 되었다. 빙리 양은 갑자기 제인에 대한 애정이 샘솟기라도 한 것처럼 그녀를 다정하게 포옹하며 언제고 롱본이나 네더필드에서 다시 만나기를 바란다고 말했다. 그리고 엘리자베스에게는 공손하게 악수를 청했다. 엘리자베스는 쾌활하게 그들과 작별 인사를 나눴다.

집으로 돌아온 딸들은 어머니에게서 따뜻한 환영을 받지 못했다. 베넷 부인은 딸들이 갑자기 돌아온 걸 놀라워하며 빙리 씨의 마차까지 빌려 타고 오다니 너무 폐를 끼쳤다고 걱정스러워했고, 제인이 다시 감기에 걸렸으면 어떻게 하느냐고 나무라는 말투였다. 아버지는 별로 말을 많이 하지는 않았지만 두 딸이 돌아온 걸 진심으로 기뻐하는 것 같았다. 집안에서 그들이 얼마나 중요한 존재인지 새삼 느꼈다며, 제인과 엘리자베스가 없으니까 저녁 시간에 가족들이 모여 있을 때에도 대화에 활기도 없고 내용도 빈약했다고 말했다.

메리는 평소와 다름없이 통주 저음법*과 인간 본성에 관한 연구에 몰두하고 있었다. 그리고 새로운 인용문을 발췌해서 혼자 연신 감탄하며 진부한 도덕론의 글귀를 가족들에게 읊어 주었다. 캐서린과 리디아는 전혀 다른 방면의 정보를 알려 주었다. 지난주 수요일부터 부대 안에서는 많은 사건이 일어났고 새로운 이야깃거리도 많았다. 장교 몇 명이 최근에 이모부와 저녁 식사를 했고, 졸병 하나가 매질을 당했고, 포스터 대령이 곧 결혼할 거라는 소문이 났다고 했다.

---

* 건반 악기 주자가 저음 위에 즉흥으로 화음을 보충하면서 반주 성부를 완성시키는 방법이다.

13

"오늘 저녁은 좀 특별하게 준비하구려. 우리 식구 외에 한 사람이 더 올 것 같아서 하는 말이요."

다음 날 아침 식사 시간에 베넷 씨가 아내에게 말했다.

"누가 오기로 했는데요? 올 사람이 아무도 없는데. 샬럿 루카스가 갑자기 들른다면 모를까. 우리 집 식사야 그 애한테는 훌륭하죠. 자기 집에서도 그런 음식은 자주 못 먹을 테니까요."

"내가 말하는 사람은 신사분이고, 우리 집에 처음 오는 사람이요."

베넷 부인의 눈이 반짝거렸다.

"신사고 우리 집에 처음 오는 사람이라고요? 그럼 빙리 씨겠네요. 틀림없어요. 제인, 너 어쩜 한마디도 귀띔을 안 해 줬니? 앙큼한 것 같으니라고. 빙리 씨가 온다면야 더 이상 반가울 데가 없지. 그런데 이를 어쩐다. 오늘은 생선을 한 마리도 구할 수 없는데. 리디아야, 전화 좀 걸어라. 당장 힐에게 얘기해야겠다.”

“빙리 씨가 아니요. 내가 지금껏 한 번도 만난 적이 없는 사람이라고 했지 않소.”

그의 말에 식구들은 모두 놀랐다. 베넷 씨는 아내와 다섯 딸들에게서 동시에 열띤 질문 공세를 받느라 즐거운 비명을 질렀다.

잠시 그들의 호기심을 즐기던 베넷 씨가 설명했다.

“한 달쯤 전에 이 편지를 받았소. 그리고 보름 전에 답장을 보냈지. 그게 좀 복잡한 문제라서 빨리 조치를 취하는 게 좋다고 생각한 거요. 내 사촌인 콜린스 씨가 보낸 편지인데 그 사람은 내가 죽은 후에 마음만 먹으면 우리 식구들을 이 집에서 내쫓을 수도 있는 사람이요.”

“맙소사! 여보, 도저히 참고 들어 줄 수가 없네요. 제발 그 끔찍한 사람 얘기는 그만두세요. 당신 재산을 우리 자식이 아닌 다른 사람에게 빼앗겨야 한다니 그렇게 가혹한 일이 어디 있어요? 내가 당신이라면 무슨 수를 써도 벌써 오래전에 썼을 거예요.”

베넷 부인이 큰 소리로 불평을 늘어놓았다.

엘리자베스는 어머니에게 한정 상속에 대해 설명하려고 했다. 이전에도 몇 번이나 시도했던 일이었지만, 베넷 부인의 머리로는 도저히 이해할 수 없는 일이었다. 그녀는 딸이 다섯 명이나 되는데 알지도 못하는 남자에게 재산을 빼앗기는 건 너무 억울한 일이라면서 분통을 터뜨렸다.

"그건 분명 부당한 일이지. 콜린스 씨도 롱본을 상속하게 되면 죄책감을 씻을 수는 없을 거요. 하지만 편지 내용을 읽어 보면 당신도 그 사람의 심정을 이해하게 될 거요. 그러면 당신 마음도 조금은 누그러질 테고."

"아뇨. 난 절대 안 읽을 거예요. 편지를 쓴다는 것 자체가 뻔뻔하고 위선적인 행동이잖아요. 난 그렇게 겉으로만 친구인 척하는 인간은 꼴도 보기 싫어요. 차라리 자기 아버지처럼 당신하고 싸우는 편이 낫죠."

"당신도 편지를 읽어 보면 그 사람도 자식 된 도리로 고민이 많았다는 걸 알 수 있을 거요."

켄트주 웨스터햄 시외 헌스퍼드에서
10월 15일

친애하는 베넷 씨께

선친과 어르신 사이에 있었던 불화에 대해 저는 늘 마음이 불편했습니다. 그리고 불행하게도 아버지가 돌아가신 후로 저는 두 분의 관계를 회복하기로 마음먹었습니다. 하지만 부친과 늘 소원하게 지내시던 분을 가깝게 대하는 것이 선친께 불효하는 것은 아닌지 염려되어 한동안 연락을 드리지 못했습니다.

"여보, 바로 이 부분이요."

하지만 이제 그 문제에 관해 마음의 결정을 내리게 되었습니다. 다름 아니라 제가 부활절에 안수를 받고 다행스럽게도 루이스 드 버그 경의 미망인이신 캐서린 드 버그 영부인의 후원을 받아 그분의 은덕으로 교구의 귀한 목사직을 맡게 되었습니다. 저는 그분에 대한 감사와 존경을 잊지 않고 올바르게 처신하고 국교회에서 제정한 의례와 의식을 수행할 만전의 준비가 되어 있습니다. 또한 저는 성직자로서 제 교구 안에 있는 모든 가정에 평화와 은총이 깃들도록 노력하는 것이 저의 의무라고 생각하고 있습니다.

이런 이유로 저의 제안을 가상하게 여겨 주시기를 바라며, 제가 롱본의 한정 상속인이 되는 상황을 너그럽게 이해해 주시기 바랍니다. 또한 제가 드리는 올리브 가지*를 거절하지 않으실 것을 부탁드립니다.

제가 어르신의 훌륭한 따님들에게 피해를 드리게 된 점에 대

---

* 화해의 말이나 행위이다.

해 우려를 표명하며 깊이 사과드리고 싶습니다. 그리고 제가 할 수 있는 대로 보상해 드릴 것을 약속드립니다. 이 점은 차후에 자세히 말씀드리겠습니다.

방문하는 것을 허락해 주신다면, 11월 18일 월요일 4시에 찾아뵙고 그다음 주 토요일까지 신세를 질까 합니다. 캐서린 영부인께서 다른 목사가 제 대신 임무를 수행하도록 조정할 수만 있으면 가끔 일요일에 자리를 비우는 것을 전혀 괘념치 않으시기 때문에 별문제 없이 제 계획대로 할 수 있을 것 같습니다.

부인과 따님들께도 안부 전해 주시기 바라며 이만 줄입니다.

윌리엄 콜린스

"그러니까 오늘 오후 4시에 이 청년이 화해를 청하러 우리 집을 방문한단 말이요."

베넷 씨가 편지를 접으며 말했다.

"틀림없이 아주 양심적이고 예의 바른 청년일 거야. 우리에게도 좋은 이웃이 될 거고 말이요. 물론 캐서린 영부인이 관대하게 이 청년이 우리를 다시 방문할 수 있도록 허락해 주셔야 가능한 일이겠지만."

"우리 딸들에게 보상해 줄 생각이 있다는 걸 보니 경우는 좀 있는 사람 같군요. 그런 생각이라면 굳이 막을 필요는 없죠."

"우리 몫을 어떻게 보상해 주겠다는 건지 짐작은 안 가지만 그 의도만큼은 훌륭하네요."

엘리자베스는 캐서린 영부인에 대한 콜린스의 특별한 존경심과 필요할 때는 언제든지 교구민들의 세례식과 결혼식과 장례식을 주관하겠다는 말을 듣고 그를 아주 특이한 사람이라고 생각했다.

"정말 별난 사람인 것 같아요. 도대체 어떤 사람인지 파악이 안 되네요. 문체를 보면 너무 격식을 차리고 과장되어 있잖아요. 자기가 한정 상속자인 걸 사과한다는 건 또 무슨 말이죠? 그럴 수 있다고 하더라도 상속권을 포기할 리는 없잖아요. 정말 상식이 있는 사람일까요?"

"글쎄다. 그럴 것 같지는 않구나. 오히려 그 정반대일 것 같다. 이 편지를 보면 비굴한 성격과 자만심이 뒤섞여 있어서 아주 흥미로우 인물일 것 같지 않니? 하여튼 빨리 만나 보면 좋겠구나."

"작문 수준을 평가하자면 흠잡을 데가 없어요. 올리브 가지에 대한 비유는 그다지 독창적인 건 아니지만 아주 적절하게 사용된 것 같아요."

메리가 나섰다.

캐서린과 리디아에게는 편지나 편지를 쓴 장본인 둘 다 전혀 관심의 대상이 아니었다. 그들의 사촌이 진홍색 군복을 입고 올 가능성은 거의 없었다. 그들은 최근 몇 주 동안 군복이 아닌 다른 옷을 입은 남자에게는 아무런 흥미도 느낄 수 없었다. 베넷 부인으로 말하자면 콜린스의 편지를 읽고 나자 그에 대한 맹렬한 적대감이 상당히 누그러진 상태였다. 그녀는 남편과 딸들이 놀랄 정도로 담담하게 그를 맞이할 준비를 하고 있었다.

콜린스는 정확히 약속 시간에 맞춰 도착해서 온 가족의 정중한 환영을 받았다. 베넷 씨는 말을 거의 하지 않았지만 여자들은 얼마든지 대화를 나눌 태세였고, 콜린스 역시 일부러 말을 시키지 않아도 침묵을 지킬 생각이 전혀 없어 보였다.

그는 스물다섯 살이었고, 큰 키에 진지하고 엄숙한 표정을 하고 있었다. 그의 태도는 근엄하고 당당하다 못해 딱딱하기까지 했다. 자리에 앉자마자 베넷 부인에게 훌륭한 딸을 많이 두었다며 칭찬을 늘어놓기 바빴다. 따님들이 미인이라는 소문은 들었지만 이번 경우는 소문이 실제에 훨씬 못 미친다고 너스레를 떨면서 모두 적절한 시기에 결혼하게 될 거라고 덧붙였다. 이런 정중한 인사말은 몇 사람에게는 취향에 맞지 않는 역겨운 것이었지만, 칭찬이라면 어떤 말도 달게 받아들이는 베넷 부인은 기분 좋게 대꾸했다.

"친절하시기도 해라. 저도 제발 그렇게 되기만 빌고 있답니다. 안 그러면 우리 애들이 몹시 궁핍한 처지에 놓일 테니까요. 세상일이란 게 참 묘하게 돌아가기도 하네요."

"이 집이 한정 상속되는 걸 말씀하시는 것이겠죠?"

"네, 불쌍한 우리 딸들에게는 애통하기 짝이 없는 일이죠. 그렇다고 그게 콜린스 씨의 잘못이라는 말은 아니에요. 세상에는 그런 일이 얼마든지 일어나기도 하니까요. 재산이 한정 상속되면 그 재산이 누구한테 갈지 아무도 모르는 거잖아요."

"제 아름다운 사촌들에게 어떤 어려움이 닥칠지 잘 알고 있습니다. 그 문제에 대해 더 말씀드릴 수도 있습니다만, 너무 조급하게 나서는 건 삼가려고 합니다. 하지만 젊은 숙녀분들에게 제가 찬사의 말씀을 드릴 준비가 되어 있다는 건 말씀드릴 수 있습니다. 지금은 더 이상 말을 하지 않겠지만 우리가 더 친해지면……."

그때 식사하러 오라고 부르는 말에 대화는 중단되었고, 아가씨들은 서로 얼굴을 마주 보며 의미심장한 미소를 교환했다. 콜린스의 감탄의 대상은 비단 아가씨들만이 아니었다.

그는 현관이며 식당, 가구, 모든 것들을 자세히 살펴보고 칭찬을 아끼지 않았다. 그가 이 모든 것을 미래에 자기가 소유할 재산으로 여길 거라는 억울한 마음만 없었다면 베넷 부인은 그의 칭찬에 큰 감동을 받았을 것이다. 저녁 식사를 할 때는 음식이 칭찬의 대상이었다. 그는 이렇게 탁월한 요리 솜씨가 아름다운 따님들 중 누구의 솜씨인지 알고 싶다고 말했다. 하지만 베넷 부인이 자기 집에서는 훌륭한 요리사를 둘 여유가 있기 때문에 딸들이 부엌일을 할 필요가 없다고 볼멘소리를 하자, 그는 불쾌한 질문이었다면 사과드리겠다고 말했다. 그러자 베 넷 부인이 부드러운 목소리로 화가 난 게 아니라고 말했지만, 그는 15분 동안이나 사과를 계속했다.

14

저녁 식사를 하는 동안 베넷 씨는 거의 말을 하지 않았다. 그러나 하인들이 물러가고 나자, 손님과 대화를 하기에 적절한 시간이라고 생각했는지 훌륭한 후원자를 두게 되어 다행이라는 말로 콜린스의 기분을 띄워 주었다. 그는 캐서린 영부인이 콜린스에게 진심으로 관심을 갖고 최대한 배려해 주는 것 같다고 말했다. 콜린스에게 그보다 더 적절한 화제는 없었다. 그는 영부인에 대한 화제가 나오자마자 유창한 언변으로 온갖 칭찬을 늘어놓기 시작했다. 그는 평소보다 더 한층 엄숙하고 고고한 태도로 캐서린 영부인처럼 지체 높은 분에게서 그처럼 겸손하면서도 친절한 대우를 받아 본 건 처음이라고 정색을 하며 말했다. 자기가 영부인 앞에서 두 번이나 설교를 했을 때 그분은 황송하게도 아낌없이 칭찬을 해 주셨고, 두 번씩이나 로징스로 저녁 식사 초대를 해 주셨으며, 지난 토요일 저녁만 해도 카드리유 게임을 할 사람이 모자란다면서 그를 부르러 사람을 보내셨다고 했다. 영부인을 아는 많은 사람들이 그녀를 거만하다고 하지만, 그는 그분이 온화하지 않은 모습은 한 번도 본 적이 없다고 했다. 영부인은 자기한테 말을 걸 때도 다른 신사들을 대할 때와 똑같은 태도로 대해 주셨고, 그가 가끔 이웃 사람들과의 모임에 참석하거나 친척을 방문하기 위해 한두 주 동안 교구를 비울 때에도 전혀 개의치 않으셨고, 게다가 콜린스가 신중하게 선택하기만 한다면 가능한 한 빨리 결혼하는 게 좋겠다는 충고까지 해 주셨다는 것이었다. 한번은 초라한 그의 목사관을 찾아와 진행 중이던 개조 공사를 잘했다며 칭찬을 아끼지 않으셨고, 2층에 있는 벽장에 선반을 다는 게 좋겠다는 제안까지 해 주셨다고 했다. 그의 장황한 말을 듣고 나서 베넷 부인이 말했다.

"정말 배려심이 깊고 안목이 높으신 분이네요. 틀림없이 아주 좋은 분일 것 같아요. 지체 높은 부인들이 다 그분 같기만 하다면야 얼마나 좋겠어요. 그분이 가까운 곳에 사시나요?"

"제 누추한 거처에 정원이 하나 있는데 그 중간에 조그만 오솔길이 나 있습니다. 그 길 사이에 영부인이 살고 계신 로징스 파크 저택이 있습니다."

"그분은 미망인이라고 하셨죠? 다른 가족이 있으신가요?"

"따님 한 분을 두셨죠. 따님은 로징스 저택의 상속녀이십니다. 그 밖에도 엄청난 재산을 물려받으실 분이죠."

"세상에!"

베넷 부인이 머리를 흔들며 감탄했다.

"다른 처자들과는 비교도 안 될 만큼 부자겠네요. 대체 어떤 아가씨죠? 미인인가요?"

"무척이나 매력적인 숙녀분이시죠. 진정한 아름다움으로 치자면 드 버그 양은 다른 어떤 아름다운 여성보다 훨씬 우월하다고 캐서린 영부인께서도 말씀하셨죠. 그분의 얼굴에는 명문가 태생다운 귀티가 흐르니까요. 불행하게도 병약한 체질이어서 많은 교양을 습득하지는 못하셨죠. 그렇지만 않았다면 더없이 훌륭한 교양을 쌓으셨을 텐데 말입니다. 이건 아가씨의 교육을 담당해 왔고 지금도 그분들과 함께 거주하시는 부인에게 들은 얘기입니다. 그 부인은 정말 상냥하신 분이죠. 이따금 작은 쌍두마차를 타고 제 초라한 처소에 들르기도 하십니다."

"그분은 국왕 폐하를 알현하셨나요? 궁궐을 드나드는 숙녀분들 중에서 그런 이름은 들어 보지 못한 것 같은데."

"불행하게도 건강 상태가 좋지 않은 탓에 시내 출입을 못하십니다. 제가 언젠가 캐서린 영부인께 말씀드린 적이 있지만 영국 궁정은 가장 빛나는 보석 하나를 잃은 셈이죠. 영부인께서는 저의 이런 비유를 듣고 매우 흡족해하시더군요. 이미 눈치채셨겠지만 저는 기회가 있을 때마다 이런 적절한 칭찬을 해 드려서 귀부인들을 기쁘게 해 드린답니다. 그리고 캐서린 영부인에게 아름다운 따님은 공작부인이 되기 위해 태어나신 것 같다고, 그 어떤 높은 지위도 그분의 품위를 높여 드릴 수는 없을 거라고, 오히려 그 지위가 그분 때문에 돋보일 거라고 여러 차례 말씀드렸죠. 이런 사소한 것들이 제가 영부인을 기쁘게 해 드리기 위해 특별히 베풀어야 할 배려라고 생각합니다."

"정말 정확한 판단력이로군. 그렇게 용의주도한 말로 남의 비위를 맞추는 재주를 가진 게 자네한테는 참으로 다행스러운 일일세. 남의 비위를 맞추는 그런 말들이 그 자리에서 즉흥적으로 떠오르는 건지, 아니면 미리 머리를 써서 생각해 내는 건지 물어봐도 괜찮겠나?"

베넷 씨의 물음에 콜린스 씨가 대답했다.

"대부분 그 자리에서 순간적으로 생각나는 대로 얘기합니다. 가끔은 취미 삼아 일반적인 경우에 모두 적용될 수 있는 품위 있는 찬사를 연구해서 정리하기도 합니다만, 가능하면 미리 준비한 말이 아닌 것처럼 들리게 하려고 노력합니다."

베넷 씨의 예상은 완벽하게 들어맞았다. 그의 친척은 그의 기대를 저버리지 않을 만큼 멍청하고 아둔한 인물이었다. 베넷 씨는 속으로 무척 재미있어 하며, 이따금 엘리자베스에게 시선을 보내는 것 이외에는 줄곧 진지한 표정을 잃지 않고 그의 얘기를 들어 주었다.

차를 마실 시간이 되자, 그런 재미도 약효가 떨어져서 베넷 씨는 손님을 다시 응접실로 안내했다. 차를 마신 후 콜린스에게 책을 읽어 달라고 부탁했다. 콜린스는 흔쾌히 승낙했고 그에게 책이 한 권 주어졌다. 그는 책을 보는 순간, 순회도서관에서 빌려 온 책이 틀림없다고 생각해서 기겁을 하며 자신은 소설은 절대로 읽지 않는다고 강조하며 양해를 구했다. 키티는 그를 어이없다는 듯이 빤히 쳐다보았고, 리디아는 깜짝 놀라서 자기도 모르게 소리를 질렀다. 다른 책을 몇 권 더 가져다주자 그는 신중에 신중을 거듭한 끝에 《포다이스의 설교집》을 집어 들었다.

콜린스가 책을 펼쳐 들자, 리디아는 곧 하품을 하더니 그가 단조롭고 엄숙한 목소리로 세 페이지를 채 읽기도 전에 낭독을 가로막았다.

"엄마, 필립스 이모부가 리처드를 쫓아내겠다고 하신 거 알고 계세요? 포스터 대령이 그를 고용할 거예요. 토요일에 이모한테 들었어요. 내일 이모 집에 가서 그 얘기도 듣고, 데니 씨가 언제 런던에서 돌아오는지도 알아봐야겠어요."

두 언니가 리디아에게 조용히 하라고 주의를 주었지만, 콜린스는 기분이 몹시 상했는지 책을 내려놓으며 말했다.

"젊은 여성들이 진지한 내용의 책에 전혀 흥미를 갖지 않는 걸 자주 봐 왔습니다. 그들에게 정말 유익한 책인데도 말이죠 솔직히 말해서 그런 걸 보면 놀라움을 감출 수가 없습니다. 이런 가르침보다 그들에게 더 유익한 건 없으니까요. 하지만 제 어린 사촌에게 굳이 강요할 생각은 없습니다."

그러고 나서 베넷 씨를 보며 주사위 놀이 상대가 되어 주겠다고 말했다. 베넷 씨는 그의 제안에 찬성하면서, 여자들은 그들의 시시한 관심사에 몰두하도록 내버려 두는 게 현명한 처사라고 말했다. 베넷 부인과 다른 딸들은 리디아의 무례한 행동을 정중하게 사과하면서 다시 책을 읽어 준다면 방해하지 않겠다고 말했다. 콜린스는 어린 사촌의 행동을 전혀 불쾌하거나 모욕적으로 생각하지 않는다는 말로 그들을 안심시켰다. 그리고 다른 테이블에 베넷 씨와 함께 앉아 주사위 놀이를 준비했다.

15

콜린스는 결코 현명한 인물이 아니었다. 그에게는 천성적인 결함을 교육이나 사람들과의 교제를 통해 개선할 수 있는 기회가 주어지지 않았다. 일자무식인 데다 인색하기 짝이 없는 아버지 밑에서 자랐고, 대학을 다니기는 했지만 졸업에 필요한 학기를 간신히 이수했을 뿐 도움이 될 만한 사람을 사귀지도 못했다. 무조건적인 복종을 강요하는 아버지의 교육 방식으로 인해 그는 비굴한 성격을 형성하게 되었고, 이런 성향은 머리가 아둔한 데다 사람들과 교류할 수 있는 기회마저 거의 없는 탓에 상당한 반작용을 일으켜 기묘한 자만심으로 변질되었고, 거기에 예기치 않게 일찍 성공한 사람 특유의 오만함이 더해졌다. 그는 헌스퍼드의 목사직이 비어 있을 때 운 좋게도 캐서린 영부인에게 추천을 받았다. 부인의 높은 신분에 대한 경외심과 후원자에 대한 숭배심이 교만과 성직자의 권위 의식과 교구 목사의 책임감과 뒤섞여 그를 오만하면서도 아첨하기 좋아하고, 잘난 체하면서도 비굴한, 복잡한 성격의 인물로 만들었다.

그는 이제 좋은 집과 충분한 수입이 보장되었으니 결혼을 해야겠다고 마음먹었다. 그리고 롱본 집안의 딸과 결혼하는 것이 그 집안과 화해할 수 있는 가장 좋은 방법이라고 생각했다. 만일 소문대로 그 집 딸들이 아름답고 상냥하다면 그중 한 명과 결혼하는 것이야말로 그 부친의 재산을 상속받는 것에 대해 더할 나위 없이 적절하고, 바람직하고, 지극히 관대하고 공평무사한 보상과 사죄의 방편이라고 확신했다.

베넷 씨의 딸들을 보고 난 후에도 콜린스의 계획은 전혀 달라지지 않았다. 오히려 맏딸의 아름다운 얼굴은 결혼도 당연히 서열을 지켜서 해야 한다는 그의 견해를 더욱 확고하게 굳혀 주었다. 그는 첫날 저녁에 제인을 신붓감으로 점찍었다. 그러나 불행하게도 다음 날 아침 그는 자신의 계획을 수정할 수밖에 없었다. 아침 식사를 하기 전 15분 동안 베넷 부인과 가벼운 대화를 나누면서 그는 목사관 얘기부터 시작해서 자연스럽게 목사관의 안주인은 롱본에서 찾게 될 것 같다는 속내를 은근히 암시했다. 베넷 부인은 더없이 상냥한 미소를 지으며 그의 말에 맞장구를 치면서도 그가 마음속으로 점찍은 제인은 안 된다고 못 박았다.

"밑의 동생들은 딱히 뭐라고 말씀드릴 수는 없지만, 마음속에 정해 둔 남자가 있는 것 같지는 않아요. 하지만 큰애에 대해서는 꼭 말씀드려야 할 것 같네요. 그 애는 곧 약혼하게 될 거랍니다."

콜린스로서는 단지 신붓감을 제인에서 엘리자베스로 옮기기만 하면 되는 일이었다. 이 일은 베넷 부인이 난롯불을 지피고 있는 짧은 사이에 이루어졌다. 서열로 보나 미모로 보나 당연히 엘리자베스가 다음 차례였다.

베넷 부인은 콜린스가 은근히 내비친 언질을 가슴속에 새기고 곧 두 딸을 시집보내게 될 기대로 가슴이 부풀었다. 그 전날까지만 해도 이름을 듣는 것조차 참기 힘들었던 콜린스가 지금은 꽤 괜찮은 청년으로 보였다.

리디아는 메리턴으로 산보를 가려던 계획을 잊지 않고 있었다, 메리를 제외한 모든 딸이 그녀와 동행하기로 했다. 베넷 씨는 콜린스를 쫓아 버리고 혼자 조용히 서재에 있고 싶어서 그에게 딸들과 함께 갈 것을 권유했다. 콜린스는 아침 식사를 한 후에 서재로 따라 들어와 서가에서 제일 큰 책을 꺼내 들고 읽는 척하면서 쉴 새 없이 헌스퍼드에 있는 자기 집과 정원에 관한 얘기를 늘어놓았다. 이런 행동은 베넷 씨에게는 참을 수 없이 짜증스러운 것이었다. 그는 늘 엘리자베스에게 집 안의 다른 곳에서는 멍청하고 잘나 체하는 식구들의 언행과 마주친 준비가 되어 있지만, 서재에서만큼은 그런 것들에서 해방되어 평온하고 여유롭게 자신의 시간을 즐기고 싶다고 말했다. 베넷 씨는 이런 속마음을 감추고 콜린스에게 딸들과 함께 산보에 나설 것을 정중하게 권했고, 콜린스도 흔쾌히 그의 제안을 받아들여 커다란 책을 덮어 놓고 서재에서 나갔다. 사실 책을 읽는 것보다는 걷는 게 그의 적성에 더 맞는 일이었다.

콜린스가 대단치도 않은 일을 과장해서 잘난 척하며 떠들어대고, 그의 사촌들은 형식적으로 맞장구를 치는 사이에 그들은 메리턴에 도착했다. 그때부터 어린 두 사촌의 관심은 콜린스에게서 완전히 멀어졌다. 그들의 눈은 장교들의 모습을 찾기 위해 거리를 두리번거렸고, 가게 진열장 안에 진열된 맵시 있는 모자나 최신 유행하는 모슬린에 시선을 빼앗겼다.

그러나 얼마 지나지 않아서 모든 숙녀들의 시선은 일제히 한청년에게 쏠렸다. 장교 한 명과 함께 거리 반대쪽에서 걸어오고 있는 귀족적인 용모의 청년은 숙녀들이 처음 보는 남자였다. 그 청년과 함께 걸어오고 있는 장교는 바로 리디아가 언제 돌아올지 못내 궁금해하던 데니 씨였다. 그들을 발견하자 데니는 가볍게 목례를 건넸다. 모두들 속으로 처음 보는 멋진 외모의 이 청년이 누군지 궁금해하고 있었다. 키티와 리디아는 그청년이 누군지 알아낼 작정으로 길 건너편 상점에서 살 물건이 있다는 핑계를 대고 길을 건너갔다. 다행히도 그들은 가던 길을 되돌아오던 두 신사와 마주쳤다. 데니는 그들에게 인사를 건네고 나서 위컴을 소개했다. 위컴은 데니의 친구로 그의 부대에 임관을 받아 어제 런던에서 함께 돌아왔다고 했다. 이보다 더 완벽할 수는 없었다. 군복만 입혀 놓으면 위컴보다 더 매력적인 남자는 없을 것 같았다. 그는 누구에게나 호감을 줄 만한 청년이었다. 수려한 이목구비와 잘빠진 체격과 상대방을 기분 좋게 만드는 말솜씨까지 미남의 조건을 두루 갖추고 있었다.

소개를 받고 나자 그는 예의 바르고 자연스럽게 대화를 시작했다. 그들이 거리에서 즐겁게 대화를 나누고 있을 때 말발굽 소리가 들렸다. 다아시와 빙리가 말을 타고 길을 따라 내려오고 있었다. 숙녀들을 발견하자 그들은 곧장 다가와 정중하게 인사를 건넸다. 말을 건네는 사람은 빙리였고 그 대상은 주로 베넷 양이었다. 그는 베넷 양을 문병하기 위해 롱본으로 가는 길이라고 말했다. 다아시는 겨우 목례만 건네며 엘리자베스의 시선을 피하기 위해 고개를 돌리다가 위컴을 발견했다. 두 사람의 시선이 마주치는 순간을 엘리자베스가 우연찮게 목격했다. 한 사람은 얼굴이 하얗게 질렸고, 다른 한 사람은 얼굴이 벌겋게 달아올랐다. 그녀는 그런 두 사람의 모습을 보고 뭔가 이상하다는 생각이 들었다. 잠시 후 위컴은 모자에 가볍게 손을 대는 걸로 인사를 대신했고, 다아시는 마지못해 겨우 인사에 응답하는 기색이었다. 그런 상황이 무얼 의미하는지 엘리자베스로서는 두무지 짐작할 수 없는 일이었다. 그녀는 갑자기 호기심이 발동했다. 무슨 일인지 궁금해 견딜 수가 없었다.

무슨 일이 있었는지 전혀 눈치채지 못한 것 같은 빙리는 작별 인사를 하고 친구와 함께 말을 몰고 그 자리를 떠났다. 데니의 위컴은 숙녀들과 함께 필립스 씨 집 문 앞까지 걸어갔다. 리디아가 같이 들어가자고 간곡히 부탁했고, 필립스 부인도 거실 창문을 열고 큰 소리로 들어오라고 청했지만, 두 신사는 작별 인사를 하고는 그냥 가 버렸다.

필립스 부인은 언제나 조카딸들을 반겨 맞았지만, 특히 최근 집을 비웠던 큰 조카딸과 둘째 조카딸을 보자 무척이나 반가워했다. 그녀는 두 아가씨가 갑자기 돌아왔다는 소식을 듣고 깜짝 놀랐다고 요란하게 수다를 늘어놓았다. 자기 집 마차를 사용하겠다고 부탁하지 않았기 때문에, 만일 길에서 존스 씨 가게 점원이 베넷 집안의 딸들이 집에 돌아와서 네더필드로 약을 보내지 않게 됐다는 말을 하지 않았더라면 두 조카딸이 돌아왔다는 사실을 까맣게 모를 뻔했다고 말했다. 그때 제인이 콜린스를 부인에게 소개했다. 필립스 부인은 정중하게 예의를 갖춰 콜린스의 인사에 답했다. 콜린스는 초면에 불쑥 찾아오게 된 것을 사과하며, 아가씨들과 친척 관계이니 양해해 주실 거라고 믿는다며 더욱 정중하게 응대했다. 필립스 부인은 지나치게 깍듯한 그의 예의범절에 경외심마저 들었다.

그러나 초면의 신사에 대한 관심은 곧 다른 등장인물에 대한 조카딸들의 감탄과 궁금증 때문에 중단되고 말았다. 그녀는 데니 씨가 위컴 씨를 런던에서 데려왔고, 중위로 임관하게 될 거라는 것밖에는 조카들에게 알려 줄 정보를 갖고 있지 못했다. 그것은 조카딸들이 이미 알고 있는 사실이었다. 그리고 방금 전까지 위컴이 한 시간 동안 거리를 돌아다니는 모습을 보았다고 말했다. 만일 그때 위컴이 거리를 지나갔다면 키티와 리디아는 창문으로 그를 넋을 잃고 지켜보았을 것이다. 그러나 불행하게도 길거리에는 위컴에 비하면 '형편없이 멍청하고 못생긴' 남자들만 지나가고 있었다. 필립스 부인은 다음 날 장교 몇 명이 함께 집에서 만찬을 들기로 되어 있다면서 조카들이 온다면 남편에게 부탁해서 위컴 씨도 초대하겠다고 말했다. 그녀의 제안은 기꺼이 받아들여졌고, 필립스 부인은 신나게 제비뽑기 게임을 하고 나서 따끈한 저녁 식사를 들자고 말했다. 그들은 내일 저녁에 대한 기대에 들떠서 즐거운 기분으로 헤어졌다. 콜린스는 방을 나서면서도 사과의 말을 거듭 되풀이했고 전혀 사과할 이유가 없다는 공손한 답변을 연거푸 들었다.

집으로 돌아오는 길에 엘리자베스는 낮에 본 두 신사의 모습을 제인에게 얘기했다. 제인은 그들이 이상한 태도를 보였다면 두 사람 중 한 명이나 두 사람 모두에게 그럴 만한 이유가 있을 거라고 그들의 입장을 옹호했다. 그러나 그녀 역시 그들의 수상쩍은 행동을 설명할 방법이 없었다.

　콜린스는 집에 돌아오자 필립스 부인의 정중한 예의범절을 입이 마르도록 칭찬해서 베넷 부인을 기쁘게 했다. 그는 캐서린 영부인과 따님을 제외하고는 그렇게 품위 있는 여성은 지금껏 본 적이 없다며 목에 핏줄을 세워 가며 말했다. 필립스 부인이 자신을 더없이 정중하게 환영해 주었을 뿐 아니라, 초면임에도 불구하고 다음 날 저녁 초대에 끼워 주었다고 했다. 물론 베넷 집안과 친척이어서 그런 것이겠지만 지금까지 살아오면서 그런 환대는 처음 받아 보았다는 것이었다.

16

딸들이 이모와 한 약속에 대해 베넷 부부는 전혀 반대할 이
유가 없었다. 콜린스가 자신이 손님으로 와 있는 동안 단 하룻
저녁이라고 해도 베넷 부부만 남겨 두고 나가는 게 마음에 걸
린다고 했지만, 두 사람은 거듭 신경 쓰지 말라고 했다. 그래서
그와 다섯 명의 사촌 아가씨들은 마차를 타고 시간에 맞춰 메
리턴에 도착했다. 응접실에 들어서자 위컴이 초대에 응해서 이
미 도착했다는 기쁜 소식이 그들을 기다리고 있었다.

이 소식을 듣고 나서 모두들 자리에 앉자, 콜린스는 여유롭
게 주위를 둘러보며 넓은 방과 훌륭한 가구에 감탄을 아끼지
않으면서 마치 로징스 저택의 여름용 응접실에 와 있는 것 같
다고 말했다. 이런 비유를 들은 필립스 부인은 처음에는 썩 기
분이 좋지 않았다. 그러나 로징스 저택이 어떤 곳이고, 집주인
이 누구이며, 특히 캐서린 영부인의 응접실에 있는 벽난로와

선반을 설치하는 데 800파운드나 들었다는 콜린스의 설명을 듣고 나자, 필립스 부인은 그 말이 얼마나 과분한 칭찬인가를 깨달았다. 그리고 자기 응접실을 로징스의 가정부 방과 비교해도 불쾌하지 않을 거라고 생각했다.

콜린스는 신사들이 합류할 때까지 캐서린 영부인과 그녀의 저택이 얼마나 훌륭한가를 입에 침이 마르게 칭찬했다. 그러다가는 가끔씩 옆길로 새서 자신의 소박한 집을 개조해서 아담하게 꾸며 놓았다는 자랑을 늘어놓았다. 필립스 부인은 그의 이야기를 주의 깊게 귀담아 들으면서 콜린스를 더욱 대단한 사람으로 생각하게 되었다. 그리고 최대한 빨리 자신이 들은 이야기를 이웃 사람들에게 알려야겠다고 마음먹었다. 콜린스의 이야기에 전혀 관심이 없는 베넷가의 처녀들은 지루하게 신사들이 등장하기만을 기다렸다. 그들은 속으로 악기라도 연주하면 덜 따분하겠다는 생각을 하면서 벽난로 선반 위에 놓여 있는 자기네들이 만든 솜씨 없는 복제품 도자기를 감상하고 있었다.

드디어 기다림의 시간이 끝나고 신사들이 등장했다. 위컴이 방으로 걸어 들어오는 모습을 보면서 엘리자베스는 그를 처음 보았을 때나 그 후로도 줄곧 그를 멋진 남자라고 생각했던 게 결코 지나친 평가가 아니었다는 걸 새삼 깨달았다. 장교들은 대부분 훌륭하고 점잖은 신사들이었지만, 그들 일행은 장교들 중에서도 우월한 청년들이었다. 그중에서도 위컴은 체격이나 용모, 몸가짐, 그리고 걸음걸이에 있어서 누구보다 훌륭했다. 그 차이는 시큼털털한 포도주 냄새를 피우며 숨을 헐떡이면서 그들의 뒤를 따라 들어온 펑퍼짐한 얼굴에 땅딸막한 필립스 이모부와 젊은 장교들의 차이만큼이나 큰 것이었다.

위컴은 모든 여자들의 시선을 한 몸에 받는 행복한 남자였고, 엘리자베스는 그의 옆자리를 차지한 행복한 여자였다. 자리에 앉자마자 위컴은 그녀에게 자연스럽게 말을 건넸다. 대화는 그날 밤 비가 내리고 있고, 곧 장마가 시작될 것 같다는 내용이었지만, 엘리자베스는 지극히 평범하고 따분하고 케케묵은 화제도 말하는 사람의 화술에 따라 얼마든지 흥미로워질 수 있다는 놀라운 진리를 깨달았다.

위컴과 다른 장교들이 경쟁자로 등장해서 여자들의 관심을 사로잡는 바람에 콜린스는 하찮은 존재로 전락해 버렸다. 젊은 처자들에게 그는 그 자리에 없는 존재나 다를 바 없었다. 그러니 필립스 부인이 이따금 그의 말을 친절하게 들어 주면서 자상하게 커피와 머핀을 푸짐하게 챙겨 주었다.

카드 테이블이 펼쳐지자 콜린스는 휘스트 게임에 끼는 걸로 그녀의 호의에 보답할 기회를 얻게 되었다.

"사실은 게임하는 법을 잘 모르지만 열심히 배워 보겠습니다. 제 처지에서는……."

필립스 부인은 그의 승낙을 매우 반가워했지만 게임에 참가

하는 이유까지 들어 줄 만한 여유는 없었다.

위컴은 휘스트 게임에 참가하지 않고 다른 테이블에 있는 엘리자베스와 리디아 사이에 앉았다. 리디아는 한번 말을 시작하면 누구도 끼어들지 못하게 하는 성격이어서 처음에는 그녀가 위컴을 독차지할 위험성이 컸다. 그러나 그녀는 제비뽑기 게임역시 수다를 떠는 것 못지않게 열광했기 때문에 곧 게임에 몰두했고, 상금을 타겠다고 열을 올리느라 특별히 누군가에게 관심을 기울일 여유가 없었다. 위컴은 게임에 신경을 쓸 필요가없게 된 덕분에 엘리자베스와 대화를 나눌 시간이 있었다. 그녀는 그의 말을 진심으로 귀 기울여서 들어 주었다. 엘리자베스는 속으로 위컴이 다아시를 알게 된 경위가 가장 궁금했지만 직접 그의 이름을 언급할 용기는 나지 않았다. 그러나 뜻밖에도 위컴이 먼저 다아시 얘기를 꺼내 주어서 그녀는 궁금증을해소할 수 있게 되었다. 위컴은 네더필드가 메리턴에서 얼마나떨어져 있느냐고 물었다. 그리고 그녀의 대답을 듣고 나자 머뭇거리며 다아시가 그곳에 얼마나 머물렀는지 물었다.

"한 달쯤 계셨을걸요."

엘리자베스는 이렇게 대답하고 나서 위컴이 화제를 다른 곳으로 돌릴까 봐 얼른 덧붙였다.

"듣기로는 그분이 더비셔에 굉장한 재산을 가지고 계시다면서요."

"맞아요. 더비셔에 엄청난 토지를 갖고 있죠. 아마 연 수입이 1만 파운드는 될 겁니다. 그 점에 대해서는 저보다 더 확실한 정보를 알려 줄 사람은 없다고 봐야죠. 저희 집이 어릴 때부터 그 집안과 특별한 관계가 있었으니까요."

엘리자베스는 놀란 표정을 감출 수가 없었다.

"그렇게 놀라시는 것도 무리는 아니죠. 어제 우리가 마주쳤을 때 얼마나 어색하게 대하는지 보셨을 테니까요. 베넷 양, 다아시 씨와 잘 아는 사이신가요?"

"아니에요, 그저 조금 아는 정도예요. 다아시 씨와 한집에서 나흘 동안 지낸 적이 있었죠. 그때 저는 그분을 무척 불쾌한 사람이라고 생각했어요."

"불쾌한 사람인지 아닌지 저로서는 판단할 입장이 아닙니다. 제겐 그럴 자격이 없으니까요. 공정하게 판단을 하기에는 그를 너무 오래 알았고, 너무 잘 알고 있어서 제 판단이 당연히 편파적일 거라고 생각합니다. 하지만 사람들에게 다아시 씨에 대한 베넷 양의 견해를 얘기하면 다들 놀랄 겁니다. 물론 그런 얘기를 다른 곳에 가서도 서슴없이 하시지는 않겠죠. 이곳은 가족들만 모인 곳이니 상관없겠지만 말입니다."

"아니, 그렇지 않아요. 분명히 말씀드리지만 저는 네더필드만 아니면 다른 곳에서도 얼마든지 얘기할 수 있어요. 모두들 그의 거만한 태도를 불쾌하게 생각하고 있어요. 저 아닌 다른 사람에게서도 그분에 관해 좋은 얘기는 듣지 못하실 거예요."

잠시 사이를 두었다가 위컴이 말했다.

"다아시 씨건 다른 사람이건 실제 됨됨이보다 높은 평가를 받지 못한다고 해서 제가 유감스러워할 일은 아니죠. 하지만 다아시 씨라면 결코 그런 일은 없을 겁니다. 사람들은 그의 재산과 지위에 현혹되거나 오만하고 고압적인 태도에 기가 질려서 그가 원하는 대로 평가해 주기 마련이니까요."

"저는 그 사람에 대해 아는 게 별로 없지만, 분명 성격이 괴팍한 사람이라고 생각할 수밖에 없어요."

위컴은 말없이 고개를 저었다.

"다아시 씨가 이곳에 오래 머무를 거라고 생각하세요?"

다시 말할 기회가 오자 그가 말했다.

"거기에 대해서는 저는 전혀 아는 게 없어요. 하지만 제가 네더필드에 있을 때 그분이 그곳을 떠날 거라는 얘기는 듣지 못했어요. 그 사람이 가까운 곳에 있다는 사실 때문에 위컴 씨가 부대에 주둔하시려는 계획을 바꾸지 않으셨으면 좋겠네요."

"그런 일은 없을 겁니다. 제가 다아시 때문에 쫓겨 갈 이유는 없으니까요. 나를 만나는 걸 피하고 싶다면 자기가 떠나야죠. 우리가 결코 좋은 사이라고는 할 수 없기 때문에 그를 만나는 게 저로서는 무척 고통스러운 일이지만, 그렇다고 굳이 그를 피할 생각은 없습니다. 하지만 한 가지는 세상 사람들 앞에서 거리낌 없이 말할 수 있습니다. 그건 제가 너무도 부당한 일을 당했고, 그의 인간성이 그 정도밖에 되지 않는다는 사실입니다. 다아시의 선친께서는 세상에서 가장 훌륭한 분이셨고, 저에겐 둘도 없이 진실한 친구셨죠. 그분의 아들을 만날 때마다 가슴이 아파서 견딜 수가 없습니다. 그분이 제게 베풀어 주셨던 수많은 따뜻한 추억들이 떠올라서요. 그가 제게 저지른 행동은 말로 표현할 수 없을 만큼 가증스러운 짓이지만, 그런 건 얼마든지 용서할 수 있습니다. 하지만 그의 선친의 뜻을 저버리고 그분에 대한 기억을 욕되게 하는 건 참을 수가 없습니다."

엘리자베스는 그의 이야기에 점점 더 흥미를 느꼈다. 그러나 워낙 미묘한 사안이라 더 이상 캐물을 수는 없었다.

위컴은 메리턴과 이웃 사람들과 사교계에 관한 평범한 얘기로 화제를 돌렸다. 그는 이곳이 아주 마음에 든다면서 사교계에 대해 고상하고 명확하게 자신의 견해를 밝혔다.

"세가 주 부내에 오게 된 건 이곳에서 좋은 사교 모임을 지속할 수 있을 거라는 기대감이 크게 작용했기 때문입니다. 이 부대가 평판이 좋고 분위기도 유쾌하다는 얘기를 이미 들어서 알고 있었죠. 그런 데다 데니가 현재 주둔하고 있는 부대가 메리턴에서 큰 관심과 인기를 끌고 있다고 하더군요. 제겐 사교 생활이 절실하게 필요합니다. 지금까지 줄곧 실의에 빠져 있었기 때문에 혼자 있는 걸 견디기 힘들어요. 그래서 직업과 사교 생활이 꼭 필요합니다. 군대 생활은 제가 원래부터 원했던 건 아니었죠. 하지만 제 상황이 어쩔 수 없었습니다. 그렇지 않았다면 저는 당연히 목사가 되었겠죠. 전 목사가 되도록 교육을 받았습니다. 방금 전에 말했던 그 신사만 허락해 주었다면, 지금쯤 저는 성직자로서 상당한 수입을 보장받으며 살고 있을 겁니다."

"어머나, 세상에 그럴 수가!"

"돌아가신 그의 부친께서는 유언장에 당신이 증여할 권리 중에서 가장 중요한 직위를 제게 물려주도록 명시하셨습니다. 그분은 저의 대부이셨고, 저를 무척 사랑하셨죠. 그분의 친절하신 배려는 제가 말로 표현할 수 없을 정도입니다. 그분은 제가 충분한 수입을 갖고 살기를 원하셨고 그렇게 해 놓았다고 믿으셨죠. 하지만 막상 목사 자리가 났을 때 그 자리는 다른 사람에게 넘어가고 말았습니다."

"어떻게 그럴 수가 있죠? 그분의 유언을 무시한다는 게 말이되나요? 법적으로 보상받을 방법을 찾아보셔야 하는 것 아닌가요?"

"유언장에 형식적으로 미비한 점이 있어서 법적인 도움을 받을 수가 없어요. 양심이 있는 사람이라면 고인의 유지를 의심할 여지가 없지만, 다아시는 일부러 의심하기로 작정한 겁니다. 그렇지 않다면 고인의 유언을 단순한 조건부 권고 사항 정도로 취급한 거죠. 그리고 제가 무절제하고 방탕한 인간이라는 말도 안 되는 이유를 갖다 붙여서 양도받을 자격을 상실했다고 주장했죠. 그래서 2년 전 목사 자리가 났을 때 제가 목사가 될 수 있는 나이가 됐지만, 그 자리는 다른 사람에게 돌아가고 말았던 겁니다. 분명한 건 제가 그 자리를 박탈당할 만큼 잘못한 일이 없다는 사실입니다. 제가 좀 다혈질이라 급한 성미를 참지 못하고 다아시에게 제 생각을 대놓고 얘기한 적은 있습니다. 그렇지만 그 이상 나쁜 행동을 했던 기억은 전혀 없습니다. 어쩌면 그와 내가 너무 다른 인간형이라 나를 그렇게 미워하는 건지도 모르죠."

"정말 충격적인 얘기네요. 그런 인간은 공개적으로 창피를 당해야 해요."

"언젠가는 그렇게 되겠죠. 하지만 제가 나서서 그렇게 할 생각은 없습니다. 그의 부친의 은혜를 잊지 않는 한 그와 맞서 싸운다기니, 그의 비행을 폭로하는 일은 절대 할 수 없습니다."

엘리자베스는 그런 마음씨를 가진 그가 정말 훌륭한 사람이라고 느꼈다. 그렇게 말할 때 그의 모습이 더욱 멋있게 보였다.

"그런데……."

엘리자베스는 잠시 말을 중단했다가 다시 이었다.

"그분은 왜 위컴 씨에게 그런 행동을 하는 걸까요? 무엇 때문에 그렇게까지 비열하게 구는 거죠?"

"저를 지독하게 싫어하기 때문이죠. 저는 질투심 때문일 거라고 생각합니다. 돌아가신 다아시 씨께서 저를 그렇게 사랑하지 않으셨더라면 그분의 아들이 제게 그렇게까지 심하게 대하지는 않았을 겁니다. 어릴 때부터 그의 아버지가 워낙 저를 사랑하셨죠. 그래서 그는 어릴 때부터 불만이 많았습니다. 아버지의 사랑을 놓고 저와 경쟁해야 하는 상황이나 아버지가 저를 편애하시는 걸 용납할 수 있는 성품이 못 되었던 겁니다."

"전 다아시 씨가 그렇게까지 나쁜 사람일 거라고는 생각하지 못했어요. 좋은 사람이라고 생각한 적도 없지만 그렇게 악독한 사람이라고 생각하지도 않았거든요. 다른 사람을 함부로 무시한다고는 생각했지만 그 정도로 몰인정하고 비인간적인 사람이라고는 정말 짐작도 못했어요."

그녀는 잠시 생각에 잠겼다가 다시 말을 이었다.

"지금 생각난 건데 언젠가 네더필드에서 다아시 씨가 그런 말을 했어요. 자기는 한번 화가 나면 쉽게 풀어지지 않고 남의 잘못을 용서하기 힘든 성격이라고 말이에요. 마치 자랑이라도 되는 것처럼 그런 말을 하더라구요. 정말 막돼먹은 사람인 게 분명해요."

그녀의 말에 위컴이 대답했다.

"그 점은 제 판단을 신뢰할 수가 없군요. 저는 그 친구에 대해서는 공정해질 수가 없습니다."

엘리자베스는 다시 골똘히 생각하다가 큰 소리로 말했다.

"어떻게 자기 아버지가 대자로 삼을 만큼 사랑했던 사람에게 그런 짓을 할 수가 있죠? 게다가 자기 친구이기도 한 사람한테!"

그녀는 하마터면 이렇게 덧붙일 뻔했다.

'더구나 당신처럼 얼굴만 봐도 좋은 사람이란 걸 금방 알 수 있는 사람에게.'

하지만 그녀는 대신 이렇게 말하는 걸로 만족해야 했다.

"위컴 씨 말대로 어린 시절부터 가장 가깝게 지냈던 친구에게 말이에요."

"우리는 같은 교구 안에서 그것도 같은 장원 안에서 태어났죠. 같은 집에서 같은 놀이를 하고 같은 부친의 보살핌을 받으며 유년 시절을 보냈습니다. 제 부친은 엘리자베스 양의 이모부이신 필립스 씨가 현재 성공적으로 하시는 일을 첫 번째 직업으로 택하셨죠. 하지만 돌아가신 다아시 씨를 돕기 위해 모든 것을 포기하고 펨벌리의 재산을 관리하는 일에 평생을 바치셨습니다. 부친께서는 고 다아시 씨에게 큰 신임을 받으셨고, 그분의 가장 가깝고 믿을 수 있는 친구분이셨습니다. 고 다아시 씨는 제 부친께서 착실하게 재산을 잘 관리해 주셔서 그분에게 큰 빚을 지고 있다고 입버릇처럼 말씀하셨죠. 그리고 제 아버지께서 돌아가시기 직전에 제 앞날을 보장해 주시겠다고 약속하셨습니다. 저는 그것이 저에 대한 그분의 애정의 표현이자 부친에 대한 보답이라고 확신했습니다."

"정말 이해할 수가 없네요. 어떻게 그런 가증스러운 짓을 할 수가 있을까요? 다아시 씨처럼 자존심 강한 사람이 그런 행동을 하다니 말이에요. 다른 동기가 아니더라도 자존심 때문에 그렇게 부당한 일을 할 수는 없을 텐데요. 그런 일은 정말 부정한 짓이라고 말할 수밖에 없네요."

"정말 놀랄 만한 일이죠. 다아시의 행동은 모두가 자존심에서 비롯된 것이니까요. 자존심은 그의 둘도 없는 친구니까요. 다른 어떤 감정보다도 자존심이 가장 그를 강력하게 미덕으로 이끄는 원동력이 되었죠. 하지만 모든 인간은 한 가지 감정을 일관성 있게 유지할 수는 없는 법입니다. 그 친구가 내게 한 짓은 자존심보다 더 강한 충동에서 비롯된 행동이었을 겁니다."

"그렇다면 다아시 씨의 가증스러운 자존심이 오히려 그에게 도움이 된다는 말씀이신가요?"

"그렇습니다. 그는 자존심 때문에 사람들에게 관대하고 대범하게 대하는 겁니다. 사람들에게 아낌없이 돈을 주기도 하고, 친절을 베풀고, 소작인들을 도와주고, 가난한 사람들을 구제하기도 합니다. 가문의 자존심, 말하자면 부친의 아들로서의 자존심 같은 거죠. 다아시는 부친에 대해 대단한 자부심을 가지고 있으니까요. 가문의 명예를 떨어뜨리거나, 좋은 평판에 먹칠을 하거나, 펨벌리가의 세력을 잃지 않는 것이 그의 행동의 가장 강력한 동기라고 할 수 있죠. 다아시는 형제에 대한 자존심 또한 무척 강합니다. 오빠로서 여동생에게 친절하고 든든한 보호자 역할을 단단히 하고 있죠. 엘리자베스 양도 그가 누이동생을 끔찍하게 아끼고 사랑하는 좋은 오빠라는 사람들의 칭찬을 듣게 되실 겁니다."

"다아시 씨의 누이동생은 어떤 사람인가요?"

위컴은 그녀의 말에 고개를 저었다.

"좋은 아가씨라고 말할 수 있으면 좋겠습니다. 다아시 집안 사람들을 나쁘게 얘기하는 건 제게 고통스러운 일이니까요. 하지만 그의 누이 역시 오빠를 많이 닮아서 자존심이 하늘을 찌르죠. 어릴 적에는 아주 귀엽고 사랑스러운 아이였고 저를 무척 따랐답니다. 저도 몇 시간씩 그 애와 놀아 주곤 했으니까요. 하지만 지금은 저하고 아무 상관도 없는 사람입니다. 나이는 열다섯이니 열여섯 살쯤 되었을 거고, 외모나 교양은 뛰어난 아가씨죠. 부친이 돌아가신 후로는 런던에 있는 집에서 교육을 맡고 있는 부인과 함께 살고 있습니다."

여러 번 대화가 끊어지기도 하고 다른 주제로 넘어가기도 했지만 엘리자베스는 궁금증을 참지 못하고 다시 처음 주제로 돌아가서 이렇게 말했다.

"다아시 씨가 빙리 씨와 친하게 지낸다는 게 정말 놀라워요.

빙리 씨처럼 성품이 착하고 좋으신 분이 어떻게 그런 사람과 친구가 될 수 있을까요? 어떻게 서로 마음이 맞을 수가 있는 건지 모르겠어요. 혹시 빙리 씨를 아시나요?"

"아니요, 저는 그분은 전혀 모릅니다."

"아주 친절하고 선량하고 좋은 분이세요. 빙리 씨는 다아시 씨가 어떤 사람인지 모르는 게 틀림없어요."

"아마 그렇겠죠. 다아시는 자기가 원하면 얼마든지 남의 마음에 들게 행동할 수 있는 사람이니까요. 그럴 만한 능력이 있는 친구죠. 그럴 가치가 있다고 판단되면 갑자기 다른 사람으로 돌변해서 좋은 친구가 될 수도 있는 사람이에요. 자기와 신분이 동등한 사람들 사이에 있을 때면 자기보다 못한 사람들을 대할 때와는 전혀 다른 사람이 됩니다. 어떤 경우에도 오만함을 버리지는 않지만, 부자들을 대할 때는 관대하고 공정하고 진실하고 합리적이고 고결한 데다 아마 쾌활하기까지 할 겁니다. 상대방의 재산과 지위에 따라 차이가 있기는 하지만요."

얼마 지나지 않아서 휘스트 게임을 하던 사람들이 자리에서 일어나 다른 테이블에 모여 앉았다. 콜린스는 그의 사촌 엘리자베스와 필립스 부인 사이에 자리를 잡았다. 필립스 부인은 그에게 많이 땄느냐고 의례적인 질문을 했고, 그는 계속 잃기만 해서 별로 재미가 없었다고 대답했다. 필립스 부인이 걱정스러워하자 그는 정색을 하면서 그런 것은 조금도 중요한 문제가 아니며, 자신은 돈을 하찮게 여긴다고 강조하며 부디 걱정하지 말라고 말했다.

"사람들이 카드 테이블에 앉으면 돈을 잃게 될 가능성을 각오해야 된다는 걸 저도 잘 알고 있습니다. 하지만 전 다행히도 5실링쯤 잃어도 걱정할 형편은 아닙니다. 물론 이렇게 말할 수 있는 사람이 많지 않다는 것도 잘 압니다만, 저는 캐서린 드 버그 영부인 덕분에 그런 사소한 문제에 신경 쓸 필요가 전혀 없답니다."

위컴은 그의 말을 듣고 고개를 돌려서 잠시 콜린스를 바라보더니 낮은 목소리로 엘리자베스에게 그가 드 버그 일가와 가까운 사이냐고 물었다.

"캐서린 드 버그 영부인이 최근에 콜린스 씨에게 목사직을 임명해 주셨다나 봐요. 콜린스 씨가 어떻게 부인의 눈에 들게 되었는지는 모르지만, 오래 알고 지낸 사이가 아닌 건 분명해요."

"그럼 캐서린 드 버그 영부인과 앤 다아시 영부인이 자매간이라는 것도 물론 알고 계시겠죠? 그러니까 캐서린 영부인이 다아시의 이모가 되는 거죠."

"아니요, 그건 전혀 몰랐어요. 캐서린 영부인의 친척에 대해선 전혀 아는 게 없었어요. 그저께까지만 해도 그런 부인이 있다는 것조차 몰랐는걸요."

"그분의 따님이신 드 버그 양은 엄청난 재산을 상속받게 되

어 있습니다. 모두들 드 버그 양과 사촌인 다아시가 두 집안의
재산을 하나로 합칠 거라고들 믿고 있어요."

엘리자베스는 그 말을 듣자 가엾은 빙리 양의 얼굴이 떠올
라 자기도 모르게 쓴웃음을 지었다. 다아시가 이미 다른 여자
와 결혼할 마음을 먹고 있다면 빙리 양의 관심은 모두 헛수고
에 지나지 않을 것이고, 다아시의 여동생에 대한 그녀의 애정
과 다아시에 대한 칭찬도 모두 물거품이 될 것이었다.

"콜린스 씨는 캐서린 영부인과 그분의 따님에 대해서 입에
침이 마르도록 칭찬하시더군요. 하지만 상세한 내막을 들어 보
면 영부인에 대해 감사하는 마음이 지나쳐서 부인에 대해 오해
하고 있는 것 같다는 생각도 들었어요. 그분은 콜린스 씨의 후
원자이긴 하지만 거만하고 안하무인인 사람 같더군요."

"상당히 거만하고 오만한 분이죠. 오랫동안 만나 보진 못했
지만 전 그분을 전혀 좋아하지 않았습니다. 독단적이고 오만불
손했던 그분의 태도가 지금도 똑똑히 기억납니다. 사리 분별이
바르고 현명한 것처럼 평판이 나 있긴 하죠. 하지만 그건 부분
적으로 영부인의 지위와 재산에서 비롯된 것이죠. 게다가 자기
친척은 누구든 최고의 지성인이라고 믿는 그분의 조카의 오만
함이 그런 평판을 얻는 데 한몫을 거들었죠."

엘리자베스는 위컴의 설명이 매우 타당하다고 생각했다. 두
사람은 저녁 식사를 하느라고 카드놀이를 끝낼 때까지 서로 만

족스러운 대화를 이어 갔다. 그제야 다른 아가씨들도 위컴의 관심을 나눠 받을 기회가 있었다.

필립스 부인의 저녁 식사 시간은 너무 시끌벅적해서 대화를 나눌 수 없을 정도였지만, 위컴의 예의 바른 태도는 모든 사람의 호감을 샀다. 그가 하는 말은 모두 설득력이 있었고, 그의 행동은 무엇이든 기품이 넘치는 것 같았다.

이모 집을 나설 때 엘리자베스의 머릿속은 온통 위컴에 대한 생각으로 가득 차 있었다. 집으로 돌아오는 동안 줄곧 그녀는 위컴과 그가 했던 말 이외에는 아무것도 생각할 수 없었다.

그러나 집으로 돌아오는 동안 리디아와 콜린스 씨가 한순간도 입을 다물지 않았기 때문에 위컴의 이름은 입 밖에 낼 수도 없었다. 리디아는 끊임없이 제비뽑기 놀이에서 얼마를 잃었고 얼마를 땄다는 얘기를 떠들어 댔고, 콜린스는 필립스 부인의 예절 바른 태도를 칭찬하며 휘스크 게임에서 잃은 돈을 전혀 개의치 않는다고 목에 핏줄을 세워 가며 말했고, 저녁 식사에 나온 음식을 일일이 열거했다. 그리고 자기 때문에 사촌들이 앉을 자리가 비좁을 거라고 거듭 미안하다고 말하며 마차가 롱본 하우스에 멈춰 설 때까지 하고 싶은 말이 너무 많아 어쩔 줄 몰라 했다.

17

다음 날 엘리자베스는 위컴과 주고받았던 얘기를 제인에게 전했다. 제인은 동생의 이야기를 들으며 놀라고 걱정스러워했다. 그녀는 다아시가 빙리와 우정을 나눌 만한 자격이 없는 사람이라는 사실을 믿기 힘들었다. 그렇다고 위컴처럼 선량해 보이는 청년의 진실성을 의심하는 것도 그녀의 성품에는 용납되지 않는 일이었다. 위컴이 그런 몰인정한 대접을 받았을 거라는 가능성만으로도 그녀의 동정심을 불러일으키기에 충분했다. 그녀로서는 두 사람을 모두 좋게 생각하고 그들의 행동을 옹호할 수밖에 없었다. 다른 방법으로 설명할 수 없는 일은 어쩔 수 없는 상황이나 실수 탓으로 돌렸다.

"두 분 다 우리가 알지 못하는 어떤 이유 때문에 서로 오해했을 거야. 이해관계로 얽힌 다른 사람들이 두 사람을 오해하게 만들었을지도 모르지. 그러니까 내 말은 우리가 두 사람이 갈라서게 된 원인이나 상황에 대해 억지로 추측하다 보면 어느 한쪽을 비난하게 될 수밖에 없다는 거야."

"그건 언니 말이 맞아. 그럼 자기 이해관계 때문에 이 일에 관여했을지도 모르는 사람들에 대해서는 어떻게 말할 건데? 그 사람들도 한번 변론해 봐. 누군가에게는 혐의를 둘 수밖에 없는 거잖아."

"날 비웃고 싶으면 마음대로 비웃어도 좋아. 하지만 네가 아무리 날 비웃어도 내 생각을 바꾸진 못할 거야. 리지, 생각 좀 해 봐. 부친께서 돌봐 주기로 약속하셨던 친구를 그렇게 비열하게 대한다는 건 다아시 씨에게 얼마나 수치스러운 일이겠니? 그건 절대 있을 수 없는 일이야. 인간이라면, 자기 인격을 조금이라도 존중하는 사람이라면 그런 행동은 절대로 할 수 없을 거야. 그리고 그분의 가장 친한 친구들이 그렇게 철저하게 그분에게 속아 넘어갈 수 있다고 생각하니? 아니, 난 그럴 수 없다고 생각해."

"난 위컴 씨가 어젯밤에 내게 한 개인적인 이야기가 모두 꾸며 낸 거라고 생각할 수는 없어. 그렇게 생각하는 것보다는 빙리 씨가 다아시 씨에게 속고 있다고 생각하는 편이 더 쉬울 것 같아. 위컴 씨는 사람들의 이름이며 객관적인 사실들을 구체적으로 내게 털어놓았어. 만일 그 모든 게 사실이 아니라면 다아시 씨에게 반론을 펼 기회를 줘야겠지. 하지만 위컴 씨의 표정은 정말 진실해 보였단 말이야."

"너무 어려운 문제로구나. 정말 딱한 일이야. 난 어떻게 생각하는 게 옳은 건지 모르겠다."

"언니에겐 미안한 말이지만, 난 어떻게 생각하는 게 맞는지 분명하게 알 것 같아."

제인에게 분명한 건, 만일 빙리가 다아시에게 속고 있다면 진실이 밝혀졌을 때 빙리가 무척 괴로워할 거라는 사실뿐이었다. 두 자매가 정원 숲길에서 이런 얘기를 나누고 있을 때 때마침 화제의 주인공들이 그곳에 찾아와서 두 사람을 불러냈다.

빙리와 그의 누이들이 오랫동안 고대하던 네더필드 무도회가 다음 화요일로 정해졌다는 소식을 전하고 직접 초대하기 위해 찾아온 것이었다. 두 아가씨들은 친한 친구를 다시 만나게 된 것을 매우 기뻐했다. 지난번 만난 게 벌써 오래전 일처럼 여겨진다며 그동안 어떻게 지냈느냐고 물었다. 그들은 다른 가족에게는 전혀 신경을 쓰지 않는 것처럼 보였다. 베넷 부인은 되도록 피하는 눈치였고, 엘리자베스에게는 겨우 몇 마디 말을 건넸을 뿐이었다. 다른 자매들에게는 아예 아무 말도 건네지 않았다. 그들은 베넷 부인의 장황한 인사말을 피하려는 것처럼 빙리가 당황스러워할 정도로 황급히 그곳을 떠나 버렸다.

네더필드의 무도회는 베넷 집안의 모든 여자를 들뜨게 만들었다. 베넷 부인은 그 무도회가 제인을 위해 열리는 무도회라고 혼자 결론을 내렸다. 그리고 빙리가 형식적으로 초대장을 보내지 않고 직접 찾아와 준 것에 대해 특히 의기양양해했다. 제인은 그날 저녁 두 친구와 함께 어울려서 빙리와 시간을 보내는 모습을 머릿속으로 그리며 행복해했다. 한편 엘리자베스는 위컴과 마음껏 춤을 출 수 있을 거라는 기대와 다아시의 표정과 행동을 살펴서 확증을 잡겠다는 결심으로 들떠 있었다. 키티와 리디아의 즐거움은 특정한 일이나 사람에게 한정된 것이 아니었다. 그들 역시 무도회에서 절반은 위컴과 춤을 출 작정이었지만, 위컴이 그들을 만족시켜 줄 수 있는 유일한 파트너라고 생각하지는 않았다. 무도회는 무도회답게 많은 남자들과 춤을 춰야 한다는 게 그들의 생각이었다. 심지어 메리도 무도회에 대해 전혀 이의가 없다고 선언했다.

"저는 아침 시간만 혼자 보낼 수 있으면 그걸로 만족해요. 가끔 저녁 모임에 참가하는 것도 그렇게 큰 희생은 아니라고 생각해요. 누구에게나 사교 생활은 필요한 거니까요. 그리고 저도 이따금 오락이나 놀이를 즐기는 것도 바람직하다고 생각하는 사람들 중 하나라는 걸 인정해요."

엘리자베스는 기분이 몹시 들떠서 꼭 필요한 일이 아니면 말을 걸지 않던 평소와는 달리 콜린스 씨에게 빙리 씨의 초대에 응할 생각이냐고 물었다. 그리고 무도회에 참석할 생각이라면 저녁 시간에 춤을 추며 즐기는 걸 옳은 일이라고 생각하느냐고 물어보았다. 그는 놀랍게도 그런 일을 전혀 나쁘게 생각하지 않으며 대주교나 캐서린 영부인께서도 그런 일로 전혀 책망하지 않으실 거라고 대답했다.

"분명히 말씀드리지만 저는 훌륭한 인품을 지닌 젊은 신사 분께서 점잖은 분들을 위해 베푸는 이런 무도회는 전혀 해로울 게 없다고 생각합니다. 저는 춤추는 걸 전혀 반대하지 않습니다. 그날 저녁 아름다운 사촌들의 손을 모두 잡아 보는 영광을 누릴 수 있기를 바랄 뿐입니다. 그리고 이 기회에 말씀드리고 싶은 게 있는데 엘리자베스 양에게 처음 두 번의 춤을 저와 함께 추실 수는 없겠는지요. 제인 양도 제가 춤을 청하지 않는 것이 타당한 이유가 있기 때문이고 제인 양을 무시해서가 아니라는 걸 양해해 주시리라 믿습니다."

엘리자베스는 콜린스에게 완전히 역전당한 느낌이었다. 위컴과 추기로 단단히 마음먹었던 처음 두 번의 춤을 대신 콜린스와 춰야 하다니. 자신의 발랄한 성격이 이런 불운한 결과를 가져온 건 처음 당하는 일이었다. 하지만 위컴과의 즐거운 시간은 잠시 미룰 수밖에 없게 되었다. 그녀는 최대한 예의를 갖춰서 콜린스의 청을 받아들였다.

그러나 엘리자베스는 그가 춤을 청한 이면에 다른 의미가 담겨 있을지도 모른다는 불길한 예감이 들었다. 그제야 자신이 베넷 집안의 딸들 중에서 헌스퍼드 목사관의 여주인이 될 자격을 갖춘 여성으로 선택되었다는 생각이 들었다. 자신이 로징스 저택에서 카드놀이를 할 인원이 부족할 때 머릿수를 맞출 사람으로 선택되었다는 사실에 그녀는 소스라치게 놀랐다. 콜린스가 그녀에게 점점 더 예의 바르게 대하고, 그녀의 재치 있고 쾌활한 성격을 자주 칭찬하는 걸 보면서 그런 불길한 추측은 점점 확신으로 굳어져 갔다. 콜린스가 자신의 매력에 끌렸다는 사실이 그녀에게는 기쁘기보다는 그저 놀라울 뿐이었다. 게다가 그녀의 어머니는 두 사람이 결혼한다면 자기로서는 매우 흡족하다는 속마음을 넌지시 내비치기까지 했다. 엘리자베스는 어머니의 언질에 반응을 보였다가는 심각한 언쟁이 벌어질 게 분명할 것 같아서 못 들은 척 넘어가고 말았다. 콜린스가 청혼을 하지 않을지도 모르는 일이었고, 청혼을 한다고 해도 미리 논쟁을 벌일 필요는 없다고 생각했다.

네더필드에 갈 준비와 무도회 얘기로 분주하지 않았더라면 베넷가의 막내 두 딸들은 매우 비참한 처지에 빠질 뻔했다 초대를 받은 날부터 무도회 당일까지 줄기차게 비가 내려서 메리턴에 한 번도 갈 수가 없었다. 네더필드에 이모를 보러 갈 수도, 장교를 만날 수도, 새로운 소식을 들을 수도 없었다. 네더필드에 신고 갈 구두에 장식할 장미꽃 모양의 리본도 하인을 보내서 구입해야만 했다. 엘리자베스도 날씨 때문에 위컴과 가까워질 기회가 단절되자 인내심을 시험당하고 있는 느낌이었다. 화

요일의 무도회가 없었더라면 키티와 리디아는 금요일, 토요일,
일요일 그리고 월요일의 끔찍할 만큼 무료한 시간을 도저히 견
뎌 낼 수 없었을 것이다.

18

네더필드의 응접실로 들어서서 그곳에 모여 있는 진홍색 군복 사이에서 위컴의 모습이 보이지 않는 걸 확인할 때까지 엘리자베스는 그가 참석할 거라는 사실을 꿈에도 의심하지 않았다. 그와 나누었던 대화 내용을 돌이켜 보면 충분히 그가 참석하지 않을 가능성이 있었지만, 그녀는 당연히 그를 만날 것으로 믿고 있었다. 엘리자베스는 그날따라 평소보다 더 신경 써서 옷을 골랐다. 그리고 그날 저녁 안으로 아직 자신에게 완전히 넘어오지 않은 그의 마음을 정복하겠다는 결연한 의지를 다지고 있었다. 하지만 그가 없다는 걸 확인하는 순간, 갑자기 두려움이 엄습했다. 빙리가 장교들을 초대하면서 다아시가 불편해할 걸 염려해서 의도적으로 위컴을 초대하지 않았을 수도 있다는 생각이 들었다.

사실은 엘리자베스의 추측과 달랐지만, 위컴이 참석하지 않을 거라는 사실은 그의 친구인 데니에 의해 확실해졌다. 리디아가 집요하게 캐묻자 데니는 위컴이 그 전날 볼일이 있어서 런던에 갔는데 아직 돌아오지 않았다고 말하면서 미묘한 미소를 지었다.

"이곳에 계시는 어떤 신사분을 피하고 싶어 하지 않았다면 하필 이럴 때 런던에 갈 일이 생기지는 않았겠죠."

리디아는 그의 말뜻을 알아듣지 못했지만 엘리자베스는 무슨 말인지 짐작할 수 있었다. 위컴이 오지 않은 이유가 자신의 짐작대로 다아시 때문이라는 확신이 들자 순간적으로 그에 대해 불쾌한 감정이 치밀어 올랐다. 그녀에게 다가와 정중하게 인사를 건네는 다아시에게 답변하는 것조차 참기 힘들었다. 다아시에게 관심을 보이고 관대하게 대하는 것은 위컴을 모독하는 일이라는 생각이 들었다. 그녀는 다아시와 아무 말도 하지 않겠다고 마음먹고 언짢은 기분으로 돌아섰다. 빙리가 맹목적으로 다아시 편을 들고 있다는 생각이 들자 빙리와 대화를 나누는 동안에도 그에 대한 불쾌한 감정을 억누를 수가 없었다.

하지만 엘리자베스는 불쾌한 기분을 계속 가슴에 품고 있는 성격은 아니었다. 그날 저녁 무도회에 대한 부푼 기대가 모두 무너져 버렸지만, 그런 실망감도 그녀를 오랫동안 우울하게 만들지는 못했다. 그녀는 일주일이나 만나지 못했던 샬럿 루카스에게 속상한 사정을 모두 털어놓았다. 그리고 콜린스의 괴팍한 성품에 대한 화제로 이야기꽃을 피웠다.

그러나 콜린스와 두 번 춤을 추면서 엘리자베스의 기분은 다시 바닥으로 떨어졌다. 그와 춤을 추는 건 그야말로 고역이었다. 그는 춤에 집중하지 못하고 어색하게 점잔을 빼면서 춤을 잘 못 추는 것에 대해 온갖 변명을 늘어놓았다. 게다가 실수를 하고서도 자신이 실수한 것조차 알아차리지 못할 만큼 둔감했다. 그녀에게는 마음에 들지 않는 파트너와 춤을 출 때 경험할 수 있는 온갖 수치심과 참담한 기분을 맛보는 시간이었다. 그에게서 해방되고 나자 엘리자베스는 날아갈 듯 가벼운 기분이었다.

엘리자베스는 콜린스 다음에 한 장교와 춤을 추었다. 그는 위컴에 대해 대부분의 사람들이 호감을 가지고 있다고 말했다. 그 말을 듣자 엘리자베스는 기분이 조금 좋아지는 것 같았다. 장교와 춤을 추고 난 후 그녀는 다시 샬럿 루카스에게 돌아가 대화를 나누고 있었다. 그때 갑자기 다아시가 다가와 그녀에게 춤을 청했다. 그녀는 얼떨결에 승낙을 하고 말았다. 그는 곧 다른 쪽으로 걸어갔고, 엘리자베스는 자신이 저지른 어이없는 행동에 대해 화가 나서 견딜 수가 없었다. 샬럿이 씩씩대는 엘리자베스에게 위로의 말을 건넸다.

"그분도 알고 보면 틀림없이 좋은 사람일 거야."

"말도 안 돼. 만일 그렇게 된다면 그건 최악의 불행한 사건이야. 미워하기로 작정한 사람이 알고 보니 좋은 사람이었다, 이거 아냐? 그런 악담은 제발 그만둬."

다시 춤이 시작되자 다아시가 다가와 그녀에게 춤을 청했다. 샬럿은 귓속말로 엘리자베스에게 위컴을 좋아한다고 해서 그 남자보다 열 배는 더 지위가 높은 남자를 불쾌하게 대하는 숙맥 같은 짓은 하지 말라고 충고했다. 엘리자베스는 친구의 말에는 아무 대답도 하지 않고 춤추는 사람들 속에 섞여 들어갔다.

그러나 다아시와 마주 서자 이상하게도 갑자기 자신의 지위가 높아지기라도 하는 것처럼 기분이 붕 떠오르는 것 같았다. 그들을 지켜보는 사람들의 표정에서도 그런 감정이 읽혔다. 두 사람은 한참 동안 한마디도 대화를 나누지 않았다. 두 번 춤을 추는 동안 계속 침묵이 이어질 것 같았다. 그녀는 끝까지 자기가 먼저 침묵을 깨지는 않겠다고 마음먹었지만, 문득 자기 파트너가 말을 하지 않을 수 없게 만드는 게 그를 더 괴롭히는 방법이라는 생각이 들었다. 엘리자베스는 내키지는 않지만 억지로 입을 열어 춤에 대해 몇 마디 말을 건넸다. 그러나 다아시는 짤막하게 몇 마디 대답하고는 다시 굳게 입을 다물어 버렸다. 몇 분간 침묵이 흐른 뒤 그녀는 더 이상 참을 수가 없어서 또다시 먼저 말을 꺼내고 말았다.

"이젠 그쪽에서 뭔가 말씀을 하셔야 할 차례인 것 같은데요. 제가 춤에 대해 얘기를 했으니까 다아시 씨도 방의 크기라든지 아니면 춤추는 커플의 숫자라든지 뭐 그런 얘기라도 하셔야죠."

그는 미소를 지으며 무엇이든 그녀가 원하는 이야기를 하겠다고 했다.

"좋아요. 우선은 그 대답으로 넘어가 드리죠. 하지만 조금 후에 제가 이런 공식적인 무도회보다는 개인적인 무도회가 훨씬 더 재미있다는 말을 할 것 같네요. 어쨌든 지금 당장은 침묵을 지켜도 별로 이상할 것 같지는 않군요."

"춤을 출 때도 대화의 규칙을 따르시나요?"

"경우에 따라서는 그러기도 하죠. 이럴 때는 대화를 나누는 게 자연스럽지 않은가요? 30분 동안 말 한마디도 나누지 않으면서 춤을 추는 걸 보면 사람들도 우리를 이상하게 볼 거예요. 물론 상대방에 따라서 가능한 한 말을 하는 수고를 하지 않게 하는 게 좋을 수도 있죠."

"그럼 지금 엘리자베스 양은 자신의 기분을 따르시는 건가요, 아니면 제 기분을 맞춰 주시는 건가요?"

"둘 다죠."

엘리자베스가 장난스런 표정으로 대답했다.

"전 우리 두 사람의 성향이 아주 비슷하다고 생각했거든요. 우리 둘 다 사교적이지 못하고 무뚝뚝한 편이잖아요? 사람들의 박수갈채를 받거나 후대까지 전해질 훌륭한 격언이 아니면 입을 열기 싫어하니 말이죠."

"그건 엘리자베스 양의 성격에 꼭 들어맞는 얘기는 아닐 것 같군요. 제 성격에 얼마나 근접했는지는 잘 모르겠지만, 엘리자베스 양께서는 그 말씀이 저를 정확하게 묘사했다고 생각하시나 봅니다."

"제가 한 묘사에 대해 스스로 평가를 내릴 수는 없는 것 아닌가요?"

다아시는 그 말에는 아무 대답도 하지 않았다. 두 사람은 춤이 끝날 때까지 다시 침묵을 지켰다. 춤이 끝나자 다아시가 엘리자베스에게 자매들과 함께 자주 메리턴에 가느냐고 물었다. 그녀는 그렇다고 대답하고 나서 더 이상 참지 못하고 이렇게 말해 버렸다.

"지난번에 저희를 만났던 날 기억하시죠? 그때 전 어떤 남자분을 막 소개받은 참이었어요."

그녀의 말에 다아시는 즉각적인 반응을 보였다. 그의 얼굴에는 평소보다 더 짙은 오만의 그림자가 드리워졌고 입술은 더욱 굳게 다물어졌다. 엘리자베스는 용기가 부족한 자신을 속으로 질책하면서도 더 이상 말을 꺼낼 수가 없었다. 드디어 다아시가 어색한 태도로 말문을 열었다.

"위컴 씨는 워낙 좋은 인상을 타고나서 쉽게 친구를 사귀는 편이죠. 하지만 그런 우정을 지속할 능력이 있는지는 의문입니다."

"그분은 불행하게도 다아시 씨의 우정을 잃어버리셨죠. 그것도 평생 고통을 당할 수밖에 없는 방법으로 말이에요."

엘리자베스는 목소리에 힘을 줘 말했다.

다아시는 그녀의 말에 아무 대답도 하지 않았다. 화제를 다른 것으로 바꾸길 바라는 눈치였다. 그때 춤추는 사람들을 통과해서 방 반대쪽으로 가려던 윌리엄 루카스 경이 두 사람 곁을 지나갔다. 그는 다아시를 보자 걸음을 멈추고 가벼운 목례를 보낸 다음 그의 춤 솜씨와 파트너에 대해 칭찬했다.

"정말 감탄했습니다, 다아시 씨. 이렇게 훌륭한 춤은 좀처럼 보기 힘들죠. 제게 정말 최고의 춤 솜씨를 보여 주셨습니다. 이런 말씀드리면 실례가 될지 모르지만, 아름다운 파트너께서도 뒤지지 않을 만큼 훌륭하게 춤을 추시는군요. 이런 즐거운 기회가 자주 있게 되겠죠? 특별히 경사스러운 일이 생기면 말입니다, 엘리자 양."

그는 이렇게 말하면서 제인과 빙리를 힐끔 쳐다보았다.

"그렇게 되면 얼마나 축하할 일이겠습니까? 다아시 씨, 잘 부탁드립니다. 아! 더 이상 두 분을 방해하지 않겠습니다. 젊은 아가씨와 즐거운 대화를 나누시는데 제가 끼어들면 반가울 리가 없죠. 엘리자 양의 빛나는 눈도 저를 책망하고 있군요."

다아시는 그의 마지막 말은 귀담아듣지 않은 것 같았지만, 그의 친구를 암시하는 말에 놀란 듯이 함께 춤추고 있는 빙리와 제인을 심각한 표정으로 바라보았다. 그러나 잠시 후 그들에게서 시선을 거두고 파트너에게 말했다.

"윌리엄 경이 방해하시는 바람에 무슨 얘기를 하고 있었는지 잊어버렸네요."

"아무 얘기도 하지 않았던 것 같은데요. 윌리엄 경이 방해한 두 사람은 이 방 안에서 가장 할 말이 없는 사람들이었죠. 두어 가지 화제를 시도해 봤지만 모두 실패했고, 이젠 무슨 얘기를 해야 할지 모르겠네요."

"책 얘기는 어떨까요?"

그가 어색하게 미소를 지으며 말했다.

"책이라니요? 그건 아닌 것 같은데요. 우리가 같은 책을 읽었을 리도 없고, 혹여 같은 책을 읽었다고 해도 같은 감상을 느꼈을 리도 없으니까요."

"그렇게 생각하신다면 유감이군요. 하지만 책 얘기를 하면 적어도 화젯거리가 궁하진 않을 것 같은데요. 서로 다른 견해를 비교할 수도 있을 테니까요."

"전 사양하겠어요. 무도회장에서 책 이야기를 하고 싶진 않아요. 제 머릿속은 다른 생각으로 가득 차 있거든요."

"이런 장소에서는 당장 눈앞에 보이는 것들을 생각하신다는 말씀인가요?"

그는 이해할 수 없다는 표정으로 물었다.

"네, 전 항상 그래요."

엘리자베스는 그와 나누고 있는 대화와는 전혀 상관없는 일에 정신이 팔려 있어서, 자신이 무슨 말을 하고 있는지 의식하지 못했다. 그녀가 다른 생각을 하고 있다는 것은 그녀가 불쑥 던진 말로 탄로가 나고 말았다.

"언젠가 이런 말씀을 하신 적이 있죠? 본인이 다른 사람의 잘못을 잘 용서하지 못하는 편이고, 한번 화가 나면 쉽게 풀리지 않는 성격이라고 말이에요. 그렇다면 다아시 씨는 될 수 있으면 화를 내지 않으려고 조심하시겠군요."

"네, 그렇습니다."

그는 매우 단호한 어조로 말했다.

"그럼 편견 때문에 판단력이 흐려지는 걸 스스로 용납하지 않으시겠네요?"

"그럴 수 있기를 바랍니다."

"자신의 생각을 절대 바꾸려고 하지 않는 사람들은 특별히 처음부터 올바른 판단을 해야 할 의무가 있다고 생각해요."

"제게 이런 질문을 하시는 의도가 무엇인지 여쭤 봐도 되겠습니까?"

"다아시 씨의 성격을 분명히 파악하고 싶어서 그런 질문을 드리는 거예요."

그녀는 지나치게 심각한 표정을 짓지 않으려고 애쓰면서 말했다.

"그래서 어떤 결론을 얻으셨나요?"

그녀는 고개를 저으며 말했다.

"아직 아무 결론도 얻지 못했어요. 다아시 씨에 대한 사람들의 견해가 너무 상반된 것들이라 혼란스럽네요."

"사람들이 저에 대해서 서로 엇갈린 말을 할 거라는 건 저도 쉽게 짐작이 갑니다. 저로서는 베넷 양이 지금 제 성격의 윤곽을 그리려는 시도를 하지 않으셨으면 합니다. 그건 우리 두 사람 모두에게 명예롭지 못한 일이 될 수도 있으니까요."

"하지만 지금 다아시 씨를 스케치라도 해 놓지 않으면 다시는 그런 기회가 없을 것 같군요."

"베넷 양이 정 그러시다면 굳이 말리고 싶지는 않습니다."

그가 차갑게 말했다. 엘리자베스는 더 이상 말을 하지 않았다. 두 사람은 말없이 춤을 끝내고 헤어졌다. 둘 다 실망스러운 기분이었지만 그 정도는 확연히 달랐다. 다아시의 불쾌한 기분은 엘리자베스에 대한 뜨거운 연모의 감정 때문에 금방 풀어질 수 있었다. 하지만 그는 대신 다른 사람에게 분노의 화살을 돌렸다. 두 사람이 헤어지고 나서 잠시 후 빙리 양이 엘리자베스에게 다가왔다. 그녀는 예의를 갖추는 척하면서 은근히 무시하는 말투로 엘리자베스에게 말했다.

"엘리자 양, 조지 위컴 씨에게 무척 호감을 갖고 있다면서요?

제인 양이 그분 얘기를 하면서 많은 걸 묻더군요. 그 사람은 엘리자 양에게 별별 얘기를 다 하면서도 자기가 돌아가신 다아시 씨의 집사였던 위컴 씨 아들이란 얘기는 잊어버리고 하지 않았나 보죠? 제가 친구로서 충고하는 건데, 그 사람 얘기를 무조건 다 믿지 않는 게 좋을 거예요. 다아시 씨가 그 사람에게 부당한 행동을 했다는 건 새빨간 거짓말이에요. 오히려 조지 위컴 씨가 지독히 파렴치한 짓을 했는데도 다아시 씨는 그 사람에게 더할 나위 없이 관대하게 대해 주셨죠. 자세한 내막은 저도 잘 모르지만 다아시 씨에게 아무 잘못도 없다는 건 분명해요. 다아시 씨는 조지 위컴의 이름이 사람들의 입에 오르내리는 것조차 참기 힘들어했어요. 저희 오빠도 위컴 씨가 파티에 오지 않는 걸 다행스럽게 생각했어요. 그 사람이 이곳에 오는 것부터가 뻔뻔하기 짝이 없는 일이죠. 어떻게 그럴 생각을 할 수 있었는지 어이가 없군요. 엘리자베스 양은 자기가 좋아하는 사람의 치부가 드러나서 속이 상하실 테죠. 하지만 그 사람의 집안을 생각하면 그런 행동을 하는 게 당연한 일인지도 모르죠."

"빙리 양이 지금 하는 말은 그러니까 그분의 집안과 그분의 잘못된 행동이 동일하다는 뜻인가요? 그분이 다아시 씨 집사의 아들이라는 게 가장 비난받을 일이라도 되는 것처럼 얘기하는군요. 그 사실은 위컴 씨가 본인 입으로 직접 제게 말씀해 주셨어요."

엘리자베스가 분개하며 말했다.

"미안해요. 제가 공연한 참견을 했네요. 전 좋은 뜻으로 말했던 건데."

빙리 양은 비꼬는 듯한 미소를 머금으며 돌아섰다.

"건방진 계집애 같으니!"

엘리자베스는 혼자 중얼거렸다.

"그따위 시시한 말로 내 생각을 바꿀 수 있을 거라고 생각했다면 나를 완전히 오해한 거야. 네가 얼마나 고집스럽고 무식한 여자인지, 다아시 씨가 얼마나 악랄한 인간인지 더 분명히 알게 해 준 걸 오히려 고마워해야겠군."

엘리자베스는 언니를 찾아 주위를 두리번거렸다. 제인은 빙리에게 다아시와 위컴의 일에 관해 물어보겠다고 엘리자베스에게 약속했었다. 제인은 지극히 만족스럽고 행복한 미소를 지으며 엘리자베스를 맞았다. 그날 저녁 무도회가 제인에게 얼마나 즐거운 시간인지 한눈에 알 수 있었다

언니가 행복한 기분에 젖어 있다는 걸 확인하자 위컴에 대한 염려와 그의 적들에 대한 분노가 눈 녹듯 사라지는 것 같았다. 언니가 순탄하게 행복한 길을 갔으면 좋겠다는 생각을 하며 엘리자베스는 언니처럼 환한 미소를 지었다.

"언니, 위컴 씨에 대해서 어떤 얘기를 들었어? 물론 빙리 씨에게 푹 빠져서 다른 사람 생각할 여유가 없었겠지. 그렇다고

해도 너그럽게 용서해 줄게."

"아니야. 위컴 씨 일을 잊지는 않았어. 그렇지만 네가 만족할 만한 얘기는 듣지 못했어. 빙리 씨도 위컴 씨의 신상 문제에 대해 잘 모른다는구나. 더구나 다아시 씨의 노여움을 사게 된 정황에 대해서는 전혀 아는 게 없다고 했어. 그렇지만, 다아시 씨가 정직하고 올곧은 사람이고, 명예를 무척 소중하게 여기는 친구라는 건 보증할 수 있다고 하더라. 그리고 위컴 씨가 다아시 씨에게 과분한 대우를 받았다고 믿고 있었어. 네게는 미안한 얘기지만 빙리 씨나 그의 누이동생 말을 들으면 위컴 씨는 존경할 만한 사람은 못 되는 것 같아. 몰지각한 행동을 해서 다아시 씨의 신뢰를 잃을 수밖에 없었대."

"빙리 씨가 위컴 씨를 직접 아는 건 아니잖아."

"그건 그래. 요전 날 아침에 메리턴에서 처음 만났대."

"그럼 빙리 씨가 한 얘기는 전부 다 다아시 씨에게서 들은 거겠네. 이제 좀 알 것 같아. 그럼 목사지에 대해서는 뭐라고 했어?"

"다아시 씨에게서 그 얘기를 여러 번 듣기는 했다는데 어떻게 된 건지 구체적인 상황은 기억이 안 난대. 그렇지만 목사직은 조건부로 물려받은 것 같다고 했어."

"빙리 씨의 말이 진실이라는 건 의심할 여지가 없겠지. 언니에겐 좀 미안한 말이지만 그분의 생각만 가지고 판단할 수는 없어. 빙리 씨가 자기 친구를 옹호하는 건 훌륭한 태도지만 그분도 구체적인 상황을 자세히 아는 건 아니고, 잘 모르는 부분은 친구를 통해서 알게 된 거잖아. 그러니까 나는 두 사람에 대해 이전과 다르게 생각하지는 않을 거야."

그렇게 말하고 나서 엘리자베스는 두 사람 모두가 흥미를 갖고 공감할 수 있는 주제로 대화를 바꾸었다. 엘리자베스는 제인이 빙리의 애정에 대해 품고 있는 행복하고 소박한 소망을 기쁜 마음으로 들어 주었다. 그리고 진심으로 언니의 자신감을 북돋워 주었다. 그때 빙리가 두 사람의 대화에 끼어들어서 엘리자베스는 자리를 비켜 주고 루카스 양이 있는 곳으로 다가갔다. 바로 전 파트너가 어땠느냐는 루카스 양의 질문에 엘리자베스가 미처 대답하기도 전에 콜린스가 다가왔다. 그는 두 사람에게 희색이 만면한 얼굴로 방금 전에 아주 중요한 사실을 알게 되었다고 말했다.

"방금 전 이 방 안에 제 후원자와 가까운 친척이 계신 걸 발견했습니다. 그 신사분이 이 집의 주인이신 젊은 숙녀분에게 자신의 사촌인 드 버그 양과 어머니이신 캐서린 영부인의 존함을 말씀하시는 걸 우연히 들었습니다. 어떻게 이런 신기한 일이 있을 수 있을까요? 이 무도회에서 캐서린 드 버그 영부인의 조카분을 만나게 될 줄 상상이나 했겠습니까? 때마침 알게 돼서 그분에게 경의를 표할 수 있게 된 게 얼마나 감사한 일인지

167

모르겠습니다. 지금이라도 인사를 드리면 더 일찍 알아 뵙지 못한 걸 용서해 주실 겁니다. 친척이라는 사실을 전혀 몰랐다고 말씀드리면 제 사과를 기꺼이 받아 주시겠죠."

"다아시 씨에게 직접 인사하실 거란 말인가요?"

"물론이죠. 진작 인사드리지 못한 걸 용서해 달라고 간청해야죠. 그분은 캐서린 영부인의 조카분이 틀림없어요. 지난주까지 영부인께서 매우 건강하셨다는 걸 알려 드리는 게 제가 해야 할 도리죠."

엘리자베스는 콜린스의 계획을 단념시키려고 열심히 그를 설득했다. 다아시 씨는 자신의 소개 없이 직접 인사하는 걸 이모님에 대한 예의가 아니라 몰상식한 행동으로 생각할 것이며, 두 사람이 아는 척해야 할 이유도 전혀 없고, 인사를 한다고 해도 신분이 더 높은 다아시 씨가 먼저 나서는 게 맞는 일이라고 말했다. 콜린스는 무슨 말을 해도 자신의 생각을 실행하겠다는 결연한 표정으로 엘리자베스의 말을 듣고 나서 이렇게 대답했다.

"엘리자베스 양의 이해력의 범위 안에서 모든 문제에 대해 탁월한 판단력을 지니신 것에 대해 무한한 존경심을 표합니다. 죄송한 말씀이지만 평신도들의 세속적인 관습과 목회자들의 예의범절 사이에는 엄청난 차이가 있다는 걸 말씀드리지 않을 수 없군요. 저는 성직자의 직분이 가장 높은 지위와 그 위엄이 맞먹는다고 감히 말씀드립니다. 물론 겸손한 행동이 병행되어야 마땅하다고 생각합니다만, 이번 경우는 제 양심의 명령에 따라서 저의 의무로 여기는 일을 행할 수 있도록 허락해 주시기 바랍니다. 다른 문제에 관해서는 엘리자베스 양의 충고가 저의 지속적인 안내자가 되어 주시겠지만, 이번만은 충고를 따르지 않는 걸 용서해 주십시오. 이번 경우는 엘리자베스 양 같은 젊은 숙녀분보다 교육과 몸에 배인 학습에 의해 옳은 것을 판단할 수 있는 제가 더 적격인 것 같습니다."

그는 정중하게 인사를 하고 다아시를 공략하기 위해 그녀의 옆자리를 떠났다. 엘리자베스는 콜린스의 행동을 다아시가 어떻게 받아들이는지 유심히 지켜보고 있었다. 그의 얼굴은 당돌한 콜린스의 소개에 황당해하는 표정이 역력했다. 그녀의 사촌은 먼저 깍듯이 인사를 한 다음 말문을 열었다. 말소리는 들리지 않았지만 그가 어떤 말을 하는지 모두 알아들을 수 있을 것 같았다. 그의 입술의 움직임을 보면, '죄송'이니 '헌스퍼드'니 '캐서린 드 버그 영부인'이니 하는 단어를 발음하고 있다는 건 알 수 있었다. 엘리자베스는 그가 다아시 같은 사람에게 비굴하게 행동한다는 사실에 화가 치밀어 견딜 수가 없었다. 다아시는 어이없는 표정으로 콜린스를 바라보고 있었다. 마침내 콜린스가 그에게도 말할 기회를 주자, 그는 예의를 갖춰 냉담하게 대답했다. 그러나 콜린스는 전혀 낙심하는 기색 없이 다시 말을 시작했다. 그의 말이 길어질수록 다아시는 더욱 경멸하는 눈초리로 그를 노려보았다. 그의 이야기가 끝나자 다아시는 가볍게 목례를 하고 다른 쪽으로 가 버렸다. 그제야 콜린스는 엘리자베스에게로 돌아왔다.

"제가 지금 받은 대접에 대해서 조금도 불만을 품을 이유는 없다고 생각합니다. 다아시 씨는 제가 인사드린 걸 무척 기뻐하시는 것 같았습니다. 그분은 제게 예의를 갖춰 답변해 주셨고, 캐서린 영부인이 얼마나 신중하신 분인지 잘 알기 때문에 그분이 제게 호의를 베푸셨다면 제게 그럴 만한 자격이 있기 때문일 거라면서 칭찬의 말씀까지 해 주셨습니다. 정말 사려 깊은 분이더군요. 저는 전반적으로 그분이 마음에 들었습니다."

엘리자베스는 그의 말이 더 이상 자신과 상관없다고 느꼈기 때문에 언니와 빙리를 관찰하는 일에 관심을 쏟기로 했다. 두 사람의 모습을 바라보며 그들에게 펼쳐질 즐거운 일들을 상상하는 동안 엘리자베스는 언니 못지않게 행복한 기분에 빠져들어 갔다. 그녀는 제인이 파티가 열리고 있는 이 집에 정착해서 진실한 애정으로 맺어진 결혼에서 오는 모든 행복을 누리며 사는 모습을 그려 보았다. 그렇게 될 수만 있다면 빙리의 두 누이동생을 좋아하려는 노력도 마다하지 않을 것 같았다. 베넷 부인 역시 같은 생각을 하고 있는 게 분명했다.

그녀는 어머니가 하는 이야기를 너무 많이 듣게 될 것이 걱정스러워서 곁에 가까이 가지 않아야겠다고 생각했다. 그러나 공교롭게도 저녁 식탁에서 한 사람 건너 어머니 옆자리에 앉게 되었다. 어머니가 루카스 부인에게 제인이 곧 빙리 씨와 결혼하게 될 거라는 얘기를 공개적으로 하는 걸 듣자 그녀는 화가 치밀어 올랐다. 베넷 부인에게는 너무도 신나는 화제가 아닐 수 없었다. 그녀는 두 사람 결혼의 좋은 점을 끝두 없이 늘어놓았다. 빙리 씨가 매력적인 청년이고, 굉장한 부자인 데다 자기 집에서 겨우 3마일밖에 떨어지지 않은 곳에 살고 있다는 점이 그녀가 축하할 첫 번째 이유였다. 다행스럽게도 빙리 씨의 두 누이동생 역시 제인을 무척 마음에 들어 해서 자기 못지않게 이 결혼이 성사되기를 바라고 있다고 했다. 두 사람의 결혼은 어린 두 딸에게도 무척 바람직한 일이었다. 제인이 그렇게 훌륭한 집안으로 시집을 가게 되면, 동생들도 부자 청년을 만날 수 있는 기회가 많을 게 분명했다. 마지막으로 자신의 연배에 아직 시집 안 간 딸들을 큰딸에게 맡기고 내키지 않는 모임에 억지로 갈 필요가 없게 된 것두 정말 다행이라고 했다. 사실 베넷 부인은 아무리 나이가 먹어도 집에 있는 걸 절대로 좋아하지 않을 사람이었다. 그런 상황에서는 그렇게 말하는 게 나이 든 여자에게 어울리는 일일 뿐이었다. 그녀는 루카스 양에게도 하루빨리 그런 행운이 찾아왔으면 좋겠다는 말로 끝을 맺었다. 그러나 그런 일은 절대로 없을 거라고 생각하면서 우쭐해하는 속마음이 빤히 드러나 보였다.

엘리자베스는 어머니에게 말을 좀 천천히 하라고도 하고, 목소리를 좀 낮추라고도 했지만 모두 소용없는 일이었다. 더욱 견디기 힘든 건 하필 맞은편에 다아시가 앉아 있어서 어머니가 하는 말을 거의 다 듣고 있다는 사실이었다. 베넷 부인은 엘리자베스에게 쓸데없는 소리하지 말라며 오히려 나무랐다.

"다아시 씨가 대관절 나랑 무슨 상관이 있다고 내가 그 사람 눈치를 봐야 한다는 거냐? 그 사람이 싫어하는 말을 하면 안 될 만큼 우리가 빚진 거라도 있다는 거니?"

"어머니, 제발 목소리 좀 낮추세요. 다아시 씨 기분을 상하게 해서 어머니한테 득이 될 게 뭐가 있어요. 괜히 그분 친구한테 안 좋은 인상만 주게 될 텐데요."

엘리자베스가 어떤 말을 해도 베넷 부인은 꿈쩍도 하지 않았다. 그녀는 여전히 사람들에게 다 들릴 만큼 큰 소리로 떠들어댔다. 엘리자베스는 창피하고 화가 나서 얼굴이 점점 더 붉어졌다. 자기도 모르게 다아시 쪽으로 눈길이 갔고 그럴 때마다 자신이 염려했던 사실을 확인할 수 있었다. 그는 줄곧 베넷 부인을 쳐다보고 있지는 않았지만 그녀의 말에 주의를 집중하고 있는 게 분명했다. 그의 얼굴은 처음에는 화가 나고 경멸하는 듯한 표정이더니 점점 침착하고 심각한 표정으로 굳어져 갔다.

드디어 베넷 부인의 수다도 바닥을 드러냈다. 전혀 공감할 수 없는 베넷 부인의 얘기를 반복해서 듣느라 하품만 하고 있던 루카스 부인은 그제야 해방되어 식어 빠진 햄과 닭고기를 맛볼 수 있었다.

엘리자베스도 겨우 활기를 되찾았다. 그러나 평화로운 순간은 길지 않았다. 저녁 식사가 끝나자 노래에 대한 이야기가 나왔고, 청하는 사람들도 별로 없는데 메리가 노래를 부르겠다고 나서는 바람에 엘리자베스는 창피해서 견딜 수가 없었다. 메리에게 의미심장한 눈길을 보내기도 하고 말없이 애원하는 눈빛을 보이기도 하면서 허영에 들뜬 과시적인 행동을 막아 보려고 안간힘을 썼지만 소용없는 일이었다. 메리는 언니가 보내는 신호를 읽어 낼 마음이 전혀 없었다. 메리는 자신의 재능을 과시할 수 있는 기회가 주어진 것을 행복해하며 노래를 부르기 시작했다. 엘리자베스는 가슴이 조마조마해서 동생에게서 한순간도 시선을 뗄 수가 없었다. 메리가 몇 소절을 부르는 동안 엘리자베스는 어서 노래가 끝나기만을 마음 졸이며 기다렸다. 그러나 그녀의 노심초사는 수포로 돌아갔고 한 곡이 끝나고 테이블에서 감사를 표하며 한 곡 더 해 달라는 소리가 나오자 불과 30초도 안 돼 메리는 다시 노래를 시작했다. 메리의 노래 실력은 결코 그런 자리에서 자랑할 만한 게 못 되었다. 무엇보다 성량이 작았고 노래 부르는 태도도 과장되고 부자연스러웠다. 엘리자베스에게는 그 시간이 견디기 힘든 고역이었다. 제인도 힘들어할 거라고 생각해서 그녀가 있는 쪽을 바라보니, 그녀는 아무렇지도 않은 표정으로 빙리와 얘기를 나누고 있었다. 다음으로 빙리의 누이들을 보자 서로 비웃는 듯한 표정을 교환하고 있는 모습이 눈에 들어왔다. 다아시는 전혀 동요하는 기색 없이 여전히 진지하고 심각한 표정을 짓고 있었다. 엘리자베스는 메리가 저녁 내내 노래를 부를까 봐 아버지에게 제발 말려 달라는 애원의 눈길을 보냈다. 그녀의 생각을 알아차린 베넷 씨는 메리가 두 번째 곡을 끝내자 큰 소리로 말했다.

"정말 잘했다. 그만하면 충분히 우리를 즐겁게 해 준 것 같구나. 다른 아가씨들에게도 실력을 발휘할 기회를 줘야지."

메리는 못 들은 척했지만 약간은 당황한 기색이었다. 엘리자베스는 메리에게나 아버지에게 미안한 생각이 들었다. 공연히 조바심을 낸 게 결국 아무 이득도 되지 못한 것 같았다. 이제 다른 사람에게 노래 신청이 들어오고 있었다.

그때 불쑥 콜린스가 나섰다.

"만일 제게 노래에 소질이 있다면 여러분에게 노래를 한 곡 선사하는 기쁨을 누릴 겁니다. 저는 음악을 대단히 순수한 오락이라고 생각하고, 목회자라는 직업과 완벽하게 양립할 수 있다고 생각합니다. 그렇다고 우리 같은 목회자들이 음악에 너무 많은 시간을 할애하는 것이 정당화된다고 생각하는 건 아닙니다. 분명히 신경 써야 할 다른 일들이 있으니까요. 교구 목사들은 할 일이 많습니다. 무엇보다 자신에게 도움이 되면서도 후견인이 기분 상하지 않을 수준에서 십일조를 정해야 합니다. 설교 원고도 직접 작성해야 하고, 얼마 되지 않는 남는 시간은 교구 일을 하고 사택을 가꾸고 개선하는 데 사용해야 합니다. 자신의 처소를 최대한 안락하게 가꾸는 일 또한 게을리해서는 안 되는 일입니다. 또한 모든 사람들에게, 특히 자신을 임용해 주신 분들에게 관심을 쏟고 양보하는 자세를 취하는 것도 결코 가볍게 생각할 일은 아닙니다. 그것은 목사로서 빼놓을 수 없는 의무입니다. 그분의 친척분들에게 경의를 표할 기회를 놓치는 목사라면 훌륭한 목사라고 할 수 없겠죠."

그는 다시에게 목례를 하는 것으로 말을 마쳤다. 그의 목소리는 방 안에 있던 사람들 반 정도는 들었을 정도로 크고 우렁찼다. 많은 사람들이 놀라서 그를 쳐다보거나 미묘한 미소를 지었다. 그러나 그중에서 가장 재미있어 하는 사람은 베넷 씨였다. 그의 아내는 콜린스 씨의 연설이 적절한 내용이었다고 진심으로 칭찬하면서 루카스 부인에게 콜린스 씨가 정말 현명하고 좋은 청년이라고 반쯤 속삭이는 목소리로 말했다.

엘리자베스에게는 그날 저녁 자기 가족이 망신을 당하려고 단단히 작정하고 온 것처럼 보였다. 자신이 맡은 역할을 그보다 더 신나고 훌륭하게 성공적으로 해낼 수는 없을 것 같았다. 그나마 다행스러운 건 빙리가 이런 구경거리를 일부 못 보고 지나쳤다는 것과 제인에게 푹 빠져 있어서 분명히 목격했을 한심한 광경에 그다지 신경을 쓰지 않았다는 점이었다. 그러나 빙리의 누이들과 다아시에게 자기 가족을 조롱할 빌미를 제공했다는 건 그녀에게 너무도 자존심 상하는 일이었다. 다아시의 무언의 경멸과 여자들의 조롱하는 미소 중 어느 것이 더 견디기 힘든 모욕인지 가늠할 수가 없었다.

그날 저녁 남은 시간은 엘리자베스에게 조금도 즐거울 리가 없었다. 콜린스는 집요하게 옆에 붙어서 그녀를 귀찮게 했고, 그녀를 설득해서 다시 춤을 추는 데는 성공하지는 못했지만 다른 사람들과 춤을 출 수 없게 만들었다. 콜린스에게 다른 여자와 춤을 추라고 권유하기도 하고, 방 안에 있는 다른 아가씨를 소개해 주겠다고도 했지만, 그는 전혀 들으려고 하지 않았다. 그는 자기는 춤에는 전혀 관심이 없으며, 엘리자베스를 자상하게 배려해서 호감을 얻는 것이 목적이기 때문에 저녁 내내 그녀의 곁을 지키겠다고 말했다. 그의 단호한 결심은 어떤 말로도 흔들리지 않았다. 엘리자베스를 구원해 준 사람은 루카스 양이었다. 그녀는 자주 그들의 대화에 끼어들어 콜린스를 자연스럽게 자신의 대화 상대로 만들었다.

그나마 다행스러운 건 다아시의 집요한 관심에서 벗어날 수 있다는 점이었다. 그는 사람들과 떨어져서 그녀와 아주 가까운 거리에 서 있으면서도 그녀에게 말을 걸 수 있을 만큼 가까이 다가오지는 않았다. 그녀는 그것이 자기가 위컴에 대한 얘기를 꺼냈기 때문일 거라고 생각하며 속으로 쾌재를 불렀다.

롱본 일행은 모든 손님 중에서 마지막으로 그 집을 떠났다. 그들은 베넷 부인의 묘책으로 다른 사람들이 모두 떠나간 후 15분 동안이나 마차를 기다려야 했다. 그 시간은 그들이 돌아가기를 네더필드 사람들이 얼마나 간절히 바라고 있는지 확인할 수 있는 충분한 시간이었다. 허스트 부인과 그의 여동생은 입만 열만 피곤하다고 불평을 해 대면서 집 안에 자신들만 남기를 바라는 기색을 노골적으로 드러냈다. 그들은 다시 대화를 시작하려는 베넷 부인의 노력을 번번이 묵살하면서 그 자리에 있는 사람들을 지루하게 만들었다. 게다가 콜린스까지 한술 더 떠서 파티가 정말 품위 있었고, 손님들을 환대하고 예의 바르게 대하는 태도가 돋보였다며 지리멸렬하게 칭찬을 늘어놓았다. 다아시는 입을 굳게 다물고 있었다. 베넷 씨 역시 침묵을 지키고 있었지만 그 장면을 즐기는 것처럼 보였다. 빙리와 제인은 다른 사람들과 조금 떨어진 곳에 서서 둘이서만 얘기를 나누고 있었다. 엘리자베스는 허스트 부인이나 빙리 양에게 질세라 줄곧 침묵을 지켰고, 리디아까지 지칠 대로 지쳐서 가끔 입이 찢어질 것처럼 하품을 하며 피곤해서 죽을 것 같다고 불평을 했다.

드디어 그들이 일어나서 떠나려고 하자 베넷 부인이 황급히 롱본에서 가족들 모두를 만날 수 있기를 바란다고 말했다. 그리고 특별히 빙리를 보며 정식으로 초대하지 않더라도 언제든 저녁 식사에 참석해 준다면 더없이 기쁘겠노라고 못 박았다. 빙리는 감사하고 기쁘다면서 다음 날 잠시 런던에 가야 할 일이 있으니 돌아온 후 가능한 한 빠른 시일 내에 찾아뵙겠다고 약속했다.

베넷 부인은 더할 나위 없이 만족스러웠다. 그녀는 결혼식에 필요한 준비와 새 마차와 결혼식에 입을 옷을 준비하는 데 걸리는 시간을 생각해서 서너 달 안에는 큰딸이 네더필드에 살림을 차리는 모습을 볼 수 있을 거라고 확신하며 기쁨에 가득 차서 그 집을 떠났다. 그녀는 둘째 딸도 콜린스와 결혼할 거라고 굳게 믿고 있었다. 그 결혼은 큰딸의 결혼만큼은 아니지만 그래도 꽤 흡족한 결혼이었다. 엘리자베스는 딸들 중에서 가장 탐탁지 않은 딸이었다. 그녀는 그만한 신랑감이면 엘리자베스에게는 꽤 괜찮은 편이지만, 빙리 씨와 네더필드에 비하면 수준이 엄청나게 떨어지는 건 어쩔 수 없다고 생각했다.

19

다음 날 롱본에는 전혀 새로운 국면이 전개되었다. 콜린스가 정식으로 엘리자베스에게 청혼을 했던 것이다. 그는 다음 토요일이면 휴가가 끝나기 때문에 머뭇거리다가는 시간을 놓칠 거라는 생각에 하루빨리 청혼을 하기로 결심했다. 그는 전혀 주저하거나 어려워하는 기색 없이 자신이 의례적인 절차라고 믿는 순서를 밟아 청혼했다. 아침 식사가 끝난 후 베넷 부인과 엘리자베스와 동생이 함께 있는 자리에서 그는 베넷 부인에게 말을 꺼냈다.

"오늘 오전 중에 아리따우신 따님 엘리자베스 양과 단둘이 대화를 나눌 수 있는 영광을 베풀어 주시겠습니까?"

엘리자베스가 깜짝 놀라서 얼굴을 붉히며 뭐라고 대꾸하기도 전에 베넷 부인이 대답했다.

"그럼요. 리지도 틀림없이 무척 기뻐할 거예요. 당연히 거절하지 않을 겁니다. 키티야, 너는 2층으로 올라가 있으렴."

베넷 부인이 서둘러 뜨개질거리를 챙겨서 자리를 뜨려고 하자 엘리자베스가 다급한 목소리로 말했다.

"어머니, 가지 마세요. 제발 여기 있어 주세요. 콜린스 씨도 이해하실 거예요. 다른 사람이 들어서는 안 될 얘기는 하지 않으실 테니까요. 어머니가 가시면 저도 나갈래요."

엘리자베스가 당황스럽고 화난 표정으로 방에서 나가려고 하자 베넷 부인이 단호하게 말했다.

"리지, 여기서 콜린스 씨 말씀을 듣도록 해라."

엘리자베스는 어머니가 정색을 하는 바람에 더 이상 거역할 수가 없었다. 그리고 이런 일은 최대한 신속하고 조용하게 끝내는 게 현명한 방법이라는 생각이 들었다. 그녀는 다시 자리에 앉았다. 괴롭기도 하고 우습기도 하고 착잡한 심경을 드러내지 않으려고 안간힘을 쓰며 뜨개질만 계속하고 있었다. 베넷 부인과 키티가 방에서 나가자마자 콜린스가 말문을 열었다.

"엘리자베스 양, 진심으로 드리는 말씀입니다. 엘리자베스 양의 겸손한 태도는 당신에게 누가 되는 것이 아니라 오히려 당신의 완벽함을 빛내 주는군요. 엘리자베스 양이 조금 주저하는 태도를 보여 주시지 않았다면 제 눈에 조금은 덜 사랑스럽게 보였을 것입니다. 제가 존경하는 어머님의 허락을 받고 이런 말씀을 드린다는 걸 알아 주셨으면 합니다. 고결한 성품 때문에 모른 척하셨겠지만, 제 말의 취지를 의심하지는 않으실 겁니다. 제가 엘리자베스 양에 대한 관심을 분명하게 표현했기 때문에 모르실 리가 없지요. 이 집에 들어서는 순간 저는 엘리자베스 양을 미래의 반려자로 점찍었습니다. 이 문제에 대해 감정에 휩쓸리기 전에 제가 결혼하려는 이유를, 더 나아가서 아내를 고르기 위해 하트퍼드셔에 들어온 이유를 먼저 말씀드리는 게 옳은 일일 것 같군요."

콜린스 씨가 엄숙하고 침착한 태도로 감정에 휩쓸릴지도 모른다는 말을 하자 엘리자베스는 하마터면 웃음을 터뜨릴 뻔했다. 그러나 콜린스는 그녀가 웃음을 터뜨려서 그의 얘기를 중단할 틈도 주지 않고 곧바로 말을 이었다.

"제가 결혼하려는 첫 번째 이유는 저처럼 편안한 환경에서 목회를 하는 성직자는 교구 안에서 훌륭한 결혼 생활의 모범을 보이는 것이 옳은 일이라고 생각하기 때문입니다. 둘째로, 저는 결혼이 행복을 크게 증진시켜 줄 거라고 확신합니다. 셋째로, 아마 전에도 말씀드렸겠지만 제가 후견인으로 모시고 있는 영부인께서 특별히 권고하고 충고하신 일이기 때문입니다. 그분께서는 두 번씩이나 제게 당신의 의견을 친히 말씀해 주셨답니다. 제가 여쭤 보지도 않았는데 말입니다.

제가 헌스퍼드를 떠나기 전 토요일 밤에 젠킨스 부인이 카드 리유 카드 테이블 사이에 드 버그 양의 발판을 깔고 있을 때, 영부인께서 이렇게 말씀하셨습니다. '콜린스 씨, 꼭 결혼을 해야 하네. 자네 같은 성직자는 결혼을 하는 게 마땅한 일이야. 나를 위해서는 교양 있는 여성을 제대로 선택하게. 자네를 위해서는 활달하고 실속 있는 여자를 골라야 해. 너무 고상한 척해도 안 되고 적은 수입으로도 살림을 잘 꾸려 갈 수 있는 여자를 고르게. 내 충고를 잘 새겨듣게나. 될 수 있는 대로 빠른 시간 내에 그런 여자를 골라서 헌스퍼드로 데려오게. 그럼 내가 직접 만나러 가도록 하지.' 이렇게 말입니다. 한 가지 덧붙여 말씀드리자면 캐서린 드 버그 영부인의 배려와 친절은 제가 엘리자베스 양에게 드릴 수 있는 혜택 중에서 결코 작지 않은 것이라고 생각합니다. 그분의 예의범절은 제가 도저히 말로 표현할 수 없을 정도로 품격 있다는 걸 알게 되실 겁니다. 그리고 엘리자베스 양의 재치와 활달한 성격이 그분의 높은 지위 앞에서 침묵과 존경심으로 정화된다면 틀림없이 마음에 드실 거라고 확신합니다. 제가 결혼하려는 이유는 대략 이런 것들입니다.

이제 훌륭한 아가씨들이 많은데도 제가 살고 있는 곳에서 배우자를 찾지 않고 롱본으로 관심을 돌린 이유를 말씀드릴 차례군요. 솔직히 말씀드리면 존경하는 엘리자베스 양의 아버님께서 돌아가신 후에 아, 물론 오래 사실 거라고 믿습니다만, 제가 이 집을 상속받게 되어 있는 만큼 그분의 따님 중에서 한 분을 제 아내로 선택할 결심을 하지 않고는 제 자신이 스스로 용납되지 않았습니다. 그런 슬픈 일이 일어났을 때, 아까도 말씀 드렸다시피 물론 오랜 뒤에 일어날 일이겠지만, 따님들이 입으실 손실을 최소한으로 하기 위해서 그렇게 하기로 결심한 것입니다. 아름다운 사촌께 청혼하는 저의 동기는 이렇습니다. 이런 말씀을 드린다고 해서 저에 대한 존경이 손상되지는 않을 거라고 믿습니다.

이제 저의 애정을 열렬한 언어로 표현할 일만 남아 있는 것 같군요. 재산 따위는 저는 전혀 관심이 없습니다. 그리고 부친께 그 점에 대해 어떤 요구도 하지 않을 작정입니다. 그분에게는 제 요구를 들어주실 능력이 없다는 걸 알고 있으니까요. 그리고 부친께서 돌아가신 후에 엘리자베스 양이 받게 될 재산은 연이율 4퍼센트의 1,000파운드가 전부라는 것도 알고 있습니다. 그 점에 대해서는 끝까지 침묵을 지키겠습니다. 그리고 우리가 결혼하면 그 문제에 대해 치졸하게 비난하는 말은 절대 입 밖에 내지 않을 거라고 믿으셔도 됩니다."

지금이야말로 그의 말을 중단시키지 않을 수 없는 중요한 순간이었다.

"너무 앞서 가시는군요. 제가 아무 대답도 하지 않았다는 걸 잊으신 것 같네요. 시간 낭비할 필요 없이 지금 말씀드리죠. 저를 그처럼 칭찬해 주신 데 대해서는 감사드립니다. 제게 청혼해 주신 것 역시 큰 영광으로 생각해요. 하지만 저로서는 거절할 수밖에 없습니다."

콜린스는 점잖게 손을 저으며 말했다.

"저도 이미 알고 있습니다. 젊은 숙녀분들이 처음 청혼을 받을 때 마음속으로는 수락할 생각이면서도 겉으로는 거절하는 것이 관례라는 걸 말입니다. 경우에 따라서는 두 번, 심지어 세 번까지 거절하는 경우도 있다더군요. 전 결코 방금 하신 말씀 때문에 실망하지 않습니다. 그리고 머지않아 엘리자베스 양을 결혼식 제단으로 이끌 수 있을 거라는 희망을 잃지 않고 있습니다."

엘리자베스가 목소리를 높여서 말했다.

"분명히 말씀드리죠. 제가 거절한다고 말씀드렸는데도 희망을 버리지 않으신다니 정말 의외로군요. 저는 다시 청혼받을 가능성에 자신의 행복을 거는 모험을 할 만큼 무모한 여자가 아니에요. 그런 여자들이 있을지도 의문이지만 제가 거절한 건 진심입니다. 콜린스 씨는 저를 행복하게 할 수 없고, 저 또한 결코 콜린스 씨를 행복하게 할 수 있는 여자가 아닙니다. 후견인이신 캐서린 영부인께서도 저를 아신다면 모든 면에서 제가 그런 역할을 할 자격이 없다는 걸 아시게 될 겁니다."

"캐서린 영부인께서 그렇게 생각하실 게 분명하다면 문제가 되겠지만……."

콜린스의 표정이 약간 어두워졌다.

"영부인께서 엘리자베스 양을 반대하실 거라고는 전혀 상상할 수가 없습니다. 다음번에 영부인을 다시 뵐 수 있는 기회가 허락된다면, 엘리자베스 양의 겸손하고 알뜰한 성격과 다른 훌륭한 성품을 할 수 있는 대로 좋게 말씀드리겠습니다."

"콜린스 씨, 저를 그렇게 칭찬하실 필요 없습니다. 저에 대한 판단은 제게 맡겨 두시고, 저를 존중해 주신다면 제발 제가 하는 말을 믿어 주세요. 저는 콜린스 씨가 아주 행복하고 부유하게 사시길 바랍니다. 그리고 제가 이 청혼을 거절하는 것이 콜린스 씨를 도와 드릴 수 있는 유일한 방법이라고 생각해요. 제게 청혼하신 것으로 제 가족에 대해 미안해하는 마음을 접으셔도 되고, 나중에 롱본의 재산을 물려받게 되실 때에도 전혀 자책하실 필요가 없습니다. 그러니까 이 문제는 다 끝난 걸로 알겠습니다."

엘리자베스는 이렇게 말하고 자리에서 일어나 방에서 나가려고 했다. 그때 콜린스가 다시 입을 열었다.

"다음번에 이 문제에 관해 말씀을 나눌 영광을 베풀어 주신다면, 지금 하신 말보다는 더 호의적인 답변을 듣게 되길 바랍니다. 지금 제가 엘리자베스 양의 냉정한 태도를 비난하는 건 절대로 아닙니다. 여성들이 처음 청혼받았을 때 거절하는 게 관례라는 걸 알고 있으니까요. 그리고 방금 하신 말씀도 진정한 여성다움을 잃지 않으면서 제 구혼을 격려하는 말씀으로 받아들였습니다."

"제발 그만하세요, 콜린스 씨."

엘리자베스가 화가 난 음성으로 소리쳤다.

"정말 이해할 수 없는 분이로군요. 제가 지금까지 한 말이 격려하는 말처럼 들렸다면, 어떻게 해야 제 거절이 진심에서 우러나온 거절이라는 걸 표현할 수 있는지 정말 모르겠네요."

"제 청혼을 거절하시는 것이 단지 의례적인 말에 지나지 않는다고 저 자신을 위안하고 싶습니다. 제가 그렇게 믿을 수밖에 없는 이유는 간단합니다. 제게는 저의 청혼이 엘리자베스 양이 수락하지 않을 만큼 가치 없는 것으로 생각되지 않습니다. 제가 보장해 드릴 수 있는 결혼 생활의 조건도 꽤 훌륭한 것이라고 생각합니다. 저의 사회적인 지위나 드 버그 집안과의 친밀한 관계나 또 엘리자베스 양 가족과의 관계를 생각해 보더라도 상당히 유리한 조건입니다.

물론 엘리자베스 양께서는 많은 매력을 갖추고 계시지만, 결혼할 수 있는 기회가 다시 주어질지 확실하지 않다는 점을 더 깊이 고려하셔야만 할 겁니다. 불행하게도 엘리자베스 양의 지참금이 너무 적기 때문에 그 점이 엘리자베스 양의 사랑스럽고 매력적인 면을 상쇄할 게 분명합니다. 저는 저를 거절하시는 게 진심이 아니라 품위 있는 여성분들이 흔히 하는 것처럼 제 마음을 초조하게 해서 저의 애정을 더 증대시키려는 의도라고 결론을 짓겠습니다."

"진심으로 말씀드리는 건데요, 콜린스 씨. 저는 훌륭한 남자분에게 일부러 고통을 주면서 품위 있는 척하는 그런 짓은 절대로 하지 않아요. 그런 칭찬보다는 저의 진심을 믿어 주는 호의를 베풀어 주세요. 제게 청혼해 주신 건 영광으로 생각하고 거듭 감사드립니다. 하지만 청혼을 수락하는 건 절대 불가능한 일이에요. 어떤 면으로든 제 감정이 그걸 가로막고 있으니까요. 더 분명하게 말씀드릴까요? 지금 저를 일부러 콜린스 씨를 고문하는 고상한 여성으로 생각하지 마시고, 진심으로 진실을 말하는 이성적인 존재로 생각해 주세요."

"그런 말씀을 하셔도 제겐 여전히 매력적이십니다."

그는 억지로 태연한 척하며 어색하게 큰 소리로 말했다.

"훌륭하신 부모님께서 두 분의 권위로 제 청혼을 허락하신다면, 제 청혼이 결국은 받아들여질 거라고 확신합니다."

엘리자베스는 고집스럽게 자기기만에 빠진 남자에게 더 이상 대응할 필요가 없다고 생각하고 말없이 그 자리를 빠져나왔다. 아무리 거절을 해도 그것을 끝까지 자신을 부추기는 말로 받아들인다면 아버지에게 부탁하는 수밖에 없다고 판단했다. 아버지는 단호하게 그의 청혼을 거절하실 것이고, 적어도 그런 행동을 품위 있는 여성의 가식이나 교태로 오해하지는 않을 것이었다.

20

콜린스는 자신의 성공적인 사랑 고백에 대해 조용히 사색할 여유가 없었다. 현관에서 대화가 끝나기를 기다리며 서성거리던 베넷 부인이 엘리자베스가 문을 열고 총총걸음으로 2층으로 올라가는 걸 보자 부리나케 식당으로 들어와, 이제 콜린스 씨와 더 가까운 사이가 될 거라면서 열렬한 축하 인사를 퍼부어 댔기 때문이었다.

콜린스 역시 기뻐하며 그녀에게 축하 인사를 건넸다. 그리고 엘리자베스와 나눈 대화 내용을 자세히 얘기하고 자신은 그 결과에 매우 흡족하다고 했다. 엘리자베스가 거듭 자신의 청혼을 거절하는 것은 부끄러움을 잘 타고 겸손하며 천성적으로 섬세한 그녀의 성격에서 비롯된 것이라고 말했다.

그러나 베넷 부인은 그의 말을 듣고 기겁했다. 엘리자베스가 콜린스의 마음을 더 달아오르게 하려고 그의 청혼을 거절한 거라면 베넷 부인 역시 흡족해했을 것이었다. 그러나 그녀는 그렇게 생각할 수가 없었다.

"리지도 뭐가 옳은 일인지 곧 알게 될 거예요. 내가 직접 그 문제에 대해서 리지와 얘기해 보겠어요. 고집이 워낙 센 데다가 아둔해서 자기한테 뭐가 이로운지 모르는 애예요. 하지만 어떻게든 내가 깨닫게 해 줘야죠."

"말씀 도중에 죄송합니다만, 엘리자베스 양이 정말 고집이 세고 어리석은 여성이라면 행복한 결혼을 바라는 저 같은 사람에게 매우 바람직한 아내가 될 수 있을지 모르겠군요. 그러니 엘리자베스 양이 끝까지 제 청혼을 거절하신다면 억지로 강요하지 않는 편이 나을 것 같습니다. 그런 성격적인 결함이 있다면 제 행복에 별로 도움이 되지 않을 테니까요."

"콜린스 씨, 제 말을 크게 오해하신 것 같군요."

베넷 부인이 당황해하며 말했다.

"리지는 이런 문제에만 고집이 세지 다른 일에는 정말 온순한 아이랍니다. 당장 남편에게 가서 엘리자베스와 함께 이 문제를 매듭지어야겠어요."

그녀는 콜린스가 대답할 겨를도 주지 않고 황급히 남편이 있는 서재로 들어가서 큰 소리로 말했다.

"여보, 지금 당장 할 말이 있어요. 큰일이 벌어졌어요. 당신이 나서서 리지가 콜린스 씨와 결혼할 수 있게 하셔야 해요. 그 애가 절대 콜린스 씨와 결혼하지 않겠다고 했대요. 당신이 서두르지 않으면 콜린스 씨 마음이 변해서 엘리자베스와 결혼하지 않을지도 몰라요."

베넷 씨는 아내가 서재로 들어오자 책에서 눈을 떼고 무심한 표정으로 그녀의 얼굴을 빤히 쳐다보았다. 그녀의 말을 듣는 동안 그의 표정은 전혀 달라지지 않았다.

베넷 부인이 말을 끝내자 그가 말했다.

"당신이 무슨 말을 하는 건지 도통 알아들을 수가 없군. 도대체 누구 얘기를 하는 거요?"

"콜린스 씨와 리지 얘기지 누구겠어요? 리지가 콜린스 씨와 결혼하지 않겠다고 선언했다니까요. 그래서 콜린스 씨도 리지와 결혼하지 않을 수도 있다고 했단 말이에요."

"그래서 대체 내가 어떻게 해야 한다는 거요? 이미 물 건너간 얘기인 것 같은데."

"리지한테 당신이 직접 말씀 좀 하세요, 콜린스 씨와 꼭 결혼해야 한다고 얘기하란 말이에요."

"그 애를 이리로 불러서 내 의견을 듣게 합시다."

베넷 부인은 벨을 울려 하인에게 엘리자베스를 서재로 불러오게 했다.

엘리자베스가 서재에 들어서자 베넷 씨가 큰 소리로 말했다.

"널 부른 건 아주 중대한 문제 때문이다. 콜린스 씨가 네게 청혼했다는 게 사실이냐?"

엘리자베스는 그렇다고 대답했다.

"좋아. 그런데 너는 그 청혼을 거절했단 말이지?"

"네, 그랬어요. 아버지."

"그렇구나. 그럼 우리는 이제 본론으로 들어가야겠다. 네 어머니는 네가 그 청혼을 수락할 것을 주장하는 거지? 그렇지 않소, 여보?"

"맞아요. 그렇게 하지 않으면 난 엘리자베스를 다시는 안 볼 작정이에요."

"네 앞에 아주 불행한 양자택일의 선택이 놓여 있구나, 엘리자베스. 오늘부터 넌 네 부모 중 한 사람과 남남이 될 수밖에 없다. 네가 콜린스 씨와 결혼하지 않으면 네 어머니가 널 다시는 보지 않을 거고, 네가 그와 결혼한다면 내가 널 보지 않을 테니 말이다."

엘리자베스는 자신이 예상했던 것과는 전혀 다른 결과에 너무 기뻐서 갑자기 얼굴이 환하게 밝아졌다. 그러나 남편이 자신과 같은 생각을 하고 있을 거라고 확신했던 베넷 부인의 낙심은 이만저만 큰 게 아니었다.

"여보, 도대체 왜 그런 말씀을 하시는 거예요? 엘리자베스를 콜린스 씨와 결혼하도록 설득하겠다고 약속하셨잖아요."

"여보, 당신에게 사소하게 부탁할 게 두 가지 있소. 하나는 이 문제에 대해서 내 견해를 자유롭게 표현할 수 있도록 허용해 달라는 거고, 또 하나는 내가 내 방을 마음대로 쓸 수 있게 해 달라는 거요. 가능한 한 빨리 내 방에서 나가 주면 좋겠소."

베넷 부인은 남편에게 실망했음에도 불구하고 자신의 주장을 포기하지 않았다. 그녀는 엘리자베스를 달랬다가 협박하기를 반복하면서 설득했다. 그녀는 엘리자베스가 콜린스 씨와 결혼하는 게 그녀에게 이득이 된다며 제인을 자기편으로 끌어들이려고 했지만, 제인은 그 문제에 끼어들고 싶지 않다고 완곡하게 거절했다. 그리고 엘리자베스는 베넷 부인의 공격에 때로는 진지하게 때로는 장난기를 섞어 가며 쾌활하게 대응했다. 그녀의 태도는 달라졌지만 결심은 절대 바뀌지 않았다.

그러는 동안 콜린스는 그동안 일어났던 일들을 조용히 되짚어 보고 있었다. 그는 자신을 꽤 대단한 존재로 생각하고 있었기 때문에 그의 사촌이 무슨 이유로 자신의 청혼을 거절했는지 노서히 이해할 수가 없었다. 그래서 자존심은 약간 상처를 입었을지 몰라도 다른 점에서는 전혀 고통을 받지는 않았다. 그녀에 대한 사랑은 단지 그의 상상 속에서 이루어진 것이어서 그녀가 어머니에게 호되게 질책을 당하는 게 당연하다고 생각했을 뿐 안타까운 감정은 들지 않았다.

온 가족이 이처럼 혼란 속에 빠져 있을 때 샬럿 루카스가 찾아왔다. 리디아는 현관에서 그녀와 마주치자 한걸음에 달려와 반쯤 속삭이는 목소리로 말했다.

"마침 잘 왔어요. 지금 우리 집에서 정말 재미난 일이 벌어지고 있거든요. 오늘 아침에 무슨 일이 일어났는지 알아요? 글쎄, 콜린스 씨가 리지 언니에게 청혼을 했는데 언니가 그와 결혼하지 않겠다고 했지 뭐예요."

샬럿이 뭐라고 대꾸하기도 전에 키티가 끼어들어 같은 소식을 전해 주었다. 그리고 그들이 식당에 들어서자마자 혼자 앉아 있던 베넷 부인이 다시 같은 얘기를 시작하며 루카스 양의 동정을 구하면서 리지가 청혼을 받아들이도록 설득해 달라고 간청했다.

"루카스 양, 부디 내 편이 좀 되어 줘. 내 편을 들어주는 사람이 아무도 없어. 아무도 내 신경이 약한 걸 안쓰럽게 생각하지 않아. 다들 정말 못됐어."

샬럿의 대답은 제인과 엘리자베스가 등장하는 바람에 생략되었다.

"마침 본인이 오는군."

베넷 부인이 다시 말을 이었다.

"아무 일도 없었다는 저 표정 좀 봐. 우리가 요크에 가 있어도 자기 멋대로 할 수만 있다면 우리 걱정은 눈곱만큼도 하지 않을 애야. 하지만 리지야, 내가 한마디만 할게. 이런 식으로 들어오는 청혼마다 퇴짜를 놓으면 넌 절대 남편을 얻지 못할 거다. 네 아버지가 돌아가시면 누가 널 부양해 줄지 나도 몰라. 난 널 돌볼 능력이 없으니까. 그리고 경고하는데 오늘부터 너하고 는 끝이다. 서재에서 말했다시피 난 다시는 너와 말을 섞지 않을 거야. 내가 한번 말한 건 반드시 지킨다는 걸 알게 될 거다. 배은망덕한 자식한테 뭘 바랄 게 있어서 말을 하겠니? 난 누구하고도 얘기하고 싶지 않아. 나처럼 신경 쇠약으로 고통받는 사람은 얘기하는 걸 좋아하지 않을 수밖에 없어. 내가 얼마나 고통스러운지 아무도 모를 거다. 늘 그래 왔으니까. 하긴 불평을 하지 않으면 아무도 불쌍하게 생각하지 않는 법이니까."

베넷 부인의 딸들은 그녀의 푸념을 조용히 듣고만 있었다. 어머니를 이성적으로 설득하거나 달래려고 해 봤자 오히려 화를 부추기는 결과만 가져온다는 걸 이미 잘 알고 있었다. 그녀는 누구의 방해도 받지 않고 계속 넋두리를 늘어놓았다. 그러다가 콜린스가 평소보다 엄숙한 태도로 방으로 들어오는 것을 보사 황급히 딸들에게 말했다.

"이제부터 입 다물고 있어. 콜린스 씨와 잠깐 얘기를 나눠야 겠다."

엘리자베스는 조용히 방에서 나갔고, 제인과 키티도 따라 나갔지만, 리디아는 끝까지 들을 생각으로 그 자리를 지키고 있었다. 샬럿은 콜린스가 예의를 갖춰 그녀와 가족들의 안부를 자세하게 물어보는 바람에 붙잡혀 있다가, 약간의 호기심이 발동하자 잘됐다 싶어서 창문 쪽으로 걸어가 그들의 대화를 듣지 않는 척하고 서 있었다. 베넷 부인이 애절한 목소리로 예상했던 대화를 시작했다.

"콜린스 씨!"

"이 문제에 대해서는 서로 덮어두는 게 좋을 것 같습니다."

그가 베넷 부인의 말을 가로막으면서 말했다. 그러고는 불쾌한 기색이 역력한 목소리로 곧 말을 이었다.

"그렇다고 제가 따님의 태도에 대해 분개하고 있는 건 결코 아닙니다. 불운을 피할 수 없을 때는 포기하는 것이 우리 모두의 의무죠. 저처럼 운이 좋아 일찍 출세한 젊은이에게는 더더욱 지켜야 할 의무입니다. 그래서 전 단념하기로 했습니다. 아름다운 사촌이 제 청혼을 받아 주시는 영광을 주셨다고 해도 제가 반드시 행복하지 않을 수도 있을 거라는 회의가 든 것도 단념한 이유 중 하나입니다. 저는 거절당한 축복이 그만한 가치가 없다고 느껴지기 시작할 때가 단념하기에 가장 적절한 시점이라는 걸 종종 복격했습니다. 아주머님과 베넷 씨에게 저를 대신해서 부모의 권위로 따님을 설득해 주십사 하는 저의 요청을 들어주신 것에 대해 충분한 감사를 표하지 않고 저의 청혼을 거두어들이는 것에 대해 무례를 범했다고 생각하지 말아 주시기를 바랍니다. 아주머님의 말씀에 따르지 않고 따님의 거절을 받아들인 제 행동을 못마땅하게 생각하실 수도 있을 겁니다. 하지만 누구나 실수는 할 수 있는 법이죠. 저는 이 모든 일을 분명히 좋은 의도를 가지고 진행해 왔습니다. 제 목적은 댁의 가족분들 모두의 유익에 합당한 방법을 고려하면서 제게 적합한 훌륭한 동반자를 얻으려는 것이었습니다. 만일 저의 태도에 조금이라도 비난받을 만한 점이 있었다면 이 자리에서 정중히 사과드리겠습니다."

21

콜린스의 청혼에 대한 논란은 이걸로 거의 마무리가 된 셈이었다. 엘리자베스는 어쩔 수 없이 수반되는 불편한 감정과 이따금 그녀에게 던져지는 어머니의 신경질적인 말투를 참아 내기만 하면 되었다. 당사자인 신사분은 당혹스러워하거나 낙심한 표정 대신, 그녀를 의도적으로 피하거나 딱딱한 태도로 일관하며 골이 난 것처럼 침묵을 지키는 것으로 자신의 감정을 표현했다. 그는 엘리자베스에게는 거의 말을 걸지 않았고, 그날 남은 시간 동안 의식적으로 루카스 양에게 관심을 보였다. 루카스 양은 그의 말을 예의 바르게 들어 주어서 시기적절하게 모든 사람에게 위안이 되어 주었고, 특히 그녀의 친구를 곤경에서 구원해 주었다.

다음 날이 되어도 베넷 부인의 언짢은 기분과 불편한 몸 상태는 전혀 나아지지 않았다. 콜린스는 여전히 화가 잔뜩 난 것처럼 오만한 태도를 보였다. 엘리자베스는 내심 그가 화가 나서 애초에 계획했던 것보다 방문 일정을 단축하기를 바랐지만, 그는 예정대로 토요일까지 머무를 작정인 것 같았다.

아침 식사가 끝난 후 처자들은 위컴이 돌아왔는지 알아보고 그가 네더필드의 무도회에 참석하지 않은 걸 하소연할 생각으로 메리턴으로 떠났다. 그들은 시내에 들어서자마자 위컴과 마주쳤다. 그는 이모 댁까지 그들을 동행해 주었다. 무도회에 참석하지 못해서 애석하고 안타까웠다는 위컴의 말에 아가씨들 역시 무척 섭섭했다고 응대했다. 그러나 위컴은 엘리자베스에게는 솔직하게 일부러 핑곗거리를 만들어서 파티에 참석하지 않았다고 털어놓았다.

"시간이 다가올수록 다아시 씨를 만나지 않는 편이 낫겠다는 생각이 들었습니다. 그렇게 오랜 시간 그와 함께 같은 방에서 파티에 참석하는 건 도저히 참아 내기 힘들 것 같았죠. 그런 광경은 저만이 아니라 다른 사람들에게도 불쾌감을 줄 테니까요."

그녀는 위컴의 자제력에 진심으로 찬사를 보냈다. 그들이 롱본으로 돌아가는 길에 위컴과 다른 장교들이 동행해 주었다. 걸어가는 동안 위컴은 특별히 엘리자베스하고만 대화를 나누었다. 두 사람은 여유 있게 그 문제에 관해 충분한 대화를 나누고 서로를 정중하게 칭찬하는 시간을 보낼 수 있었다. 위컴과 동행하는 동안 엘리자베스는 그가 진심으로 자신에게 호감을 가지고 있다는 걸 느낄 수 있었고, 부모님께 그를 소개할 수 있는 절호의 기회라고 생각했다.

그들이 집에 돌아온 후 얼마 지나지 않아 베넷 양에게 한 통의 편지가 전달되었다. 네더필드에서 온 편지였다. 봉투 안에는 작고 우아한 광택이 나는 편지지가 들어 있었고, 그 위에는 아름답고 유려한 여성의 글씨가 쓰여 있었다. 엘리자베스는 편지를 읽는 동안 언니의 안색이 달라지는 것을 눈치챘다. 제인은 어떤 구절에서는 멈춰서 곰곰이 생각하는 모습도 보였다. 그녀는 편지를 내려놓고 곧 평소처럼 쾌활하게 그들의 대화에 끼어들었다. 그러나 엘리자베스는 언니에게 마음이 쓰여서 위컴에게 신경을 쓸 여유가 없었다. 잠시 후 위컴 일행이 돌아가고 나자 제인은 곧 엘리자베스에게 2층으로 따라오라는 눈짓을 보냈다. 제인은 방으로 들어서자마자 편지를 꺼내며 말했다.

"캐롤라인 빙리 양에게서 온 편지야. 편지를 읽고서 얼마나 놀랐는지 몰라. 그 집 사람들이 모두 네더필드를 떠나 런던으로 가고 있대. 다시 돌아올 계획도 없단다. 네가 직접 들어 봐."

제인은 편지의 첫 문장을 소리 내서 읽었다. 그들이 오빠를 따라 곧 런던으로 떠나기로 결정했고, 허스트의 집이 있는 그로스브너가에서 저녁을 먹을 계획이라는 내용이었다. 다음에는 이런 말들이 적혀 있었다.

나의 소중한 벗인 제인 양을 만나지 못한다는 것 이외에는 하트퍼드셔를 떠나는 게 아쉬울 건 없어요. 하지만 언젠가 다시 즐거운 교제를 나눌 기회가 많이 있기를 바랍니다. 그동안 서로 솔직한 서신을 자주 왕래하는 걸로 헤어지는 아픔을 달래기로 해요. 꼭 답장해 줄 거라고 믿어요.

엘리자베스는 그녀의 과장된 편지를 읽고 어쩐지 불신과 냉담한 감정이 일어나는 걸 느꼈다. 그들이 갑작스럽게 떠났다는 게 놀랍기는 했지만 그렇다고 애석해할 일도 아니었다. 그들이 네더필드에 없다고 해서 빙리가 오지 않을 거란 법도 없었고, 제인이 그들과 교제할 수 없는 건 빙리를 만나는 즐거움으로 대신할 수 있을 거라고 생각했다.

그녀는 잠시 사이를 두었다가 말했다.

"언니 친구들이 이곳을 떠나기 전에 만나지 못한 건 서운한 일이긴 해. 하지만 빙리 양이 고대하는 행복한 날이 생각보다 빨리 올 수도 있지 않을까? 친구로서 나눴던 즐거운 관계가 시누이와 올케 사이로 더 큰 기쁨을 줄 수도 있잖아. 빙리 씨도 누이들 때문에 런던에 머무르지는 않을 거야."

"캐롤라인은 이번 겨울에는 가족들 중 아무도 하트퍼드셔에 돌아오지 않을 거라고 편지에 분명히 밝혔어. 내가 그 부분을 읽어 줄게."

어제 오빠가 런던으로 떠날 때는 사나흘이면 일이 끝날 거라고 생각했어요. 하지만 생각했던 대로 그렇게 빨리 일을 끝낼 수 없게 되었고, 찰스가 서둘러 런던을 다시 떠날 이유도 없어서 오빠가 혼자 불편한 호텔에서 시간을 보내지 않도록 우리가 따라가기로 결정했어요. 내가 아는 사람 중에도 그곳에 겨울을 보내러 간 사람들이 많아요. 우리의 소중한 친구인 제인 양도 그 무리 중에 낄 의향이 있다는 소식을 들었으면 좋겠지만 그럴 가능성은 없을 것 같군요. 하트퍼드셔에서 즐거움과 활기가 넘치는 크리스마스를 맞이하기를 진심으로 바랍니다. 그리고 남자 친구들이 많이 생겨서 우리가 빼앗아 갈 세 사람 때문에 슬퍼하지 않기를 빌어요.

"빙리 양은 분명히 이번 겨울에 빙리 씨가 돌아오지 않을 거라고 말하는 거야."

"분명한 건 빙리 양이 오빠가 돌아와서는 안 된다고 생각한다는 것뿐이야."

"왜 그렇게 생각하는 거지? 분명 빙리 씨가 결정한 일일 거야. 그분은 자기 일은 스스로 결정하는 사람이니까. 하지만 지금 네가 들은 게 전부가 아냐. 내 마음을 제일 아프게 하는 구절을 읽어 줄게. 너한테 감출 게 뭐가 있겠니?"

다아시 씨는 동생을 무척 보고 싶어 하세요. 솔직히 고백하자면 우리도 동생분을 다시 만나고 싶어 죽을 지경이랍니다. 조지애나 다아시 양의 미모와 품위와 교양을 따라갈 수 있는 여자는 아마 없을 거예요. 그리고 그 아가씨가 앞으로 루이자와 저의 올케가 되기를 바라기 때문에 그녀에 대한 애정이 훨씬 더 진한 감정으로 자라나고 있답니다. 이 문제에 대해 전에 말씀드린 적이 있는지 기억나지는 않지만, 제 솔직한 감정을 털어놓지 않고 이곳을 떠나고 싶지는 않네요. 제인 양도 이런 제 감정이 부당한 것이라고 생각하지는 않겠죠? 제 오빠도 이미 다아시 양을 무척 흠모하고 있고 서로 친밀하게 만날 기회가 자주 있을 테니까요. 다아시 양의 가족들도 우리 못지 않게 두 사람이 결합되기를 바라고 있어요. 누이동생으로서 오빠를 과대평가하는 게 아니라 찰스 오빠는 어떤 여자의 마음도 얻을 만한 능력이 있으니까요. 두 사람의 애정에 유리한 모든 조건이 갖춰져 있고 방해할 만한 요소가 전혀 없는데, 두 사람의 결합이 많은 사람들에게 행복을 가져다줄 거라고 기대하는 게 잘못은 아니겠죠?

"이 부분 어떻게 생각해, 리지야?"
편지를 다 읽고 나자 제인이 말했다.
"이걸로 모든 게 너무 분명하잖아. 캐롤라인은 내가 자기 올케가 될 거라는 기대도 하지 않고, 더구나 바라지도 않는다는 걸 명백히 밝히고 있어. 캐롤라인은 자기 오빠가 내게 무관심하다고 믿고 있는 거야. 그리고 만일 내가 자기 오빠에게 품고 있는 감정을 눈치챘다면 은근히 경계하려는 거야. 다르게 해석할 수가 없지 않니?"

"아니, 다른 해석도 가능해. 내 생각은 전혀 달라. 내 얘기 들어볼 테야?"

"그럼. 듣고말고."

"몇 마디 말이면 충분해. 빙리 양은 자기 오빠가 언니를 사랑한다는 걸 알고 있고, 오빠가 다아시 양과 결혼하기를 원해. 그래서 오빠를 그곳에 붙잡아 둘 속셈으로 런던으로 따라간 거야. 그리고 언니에게는 자기 오빠가 언니한테 관심이 없다고 믿게 하려는 거야."

제인은 머리를 흔들었다.

"언니, 내 말을 믿어야 해. 언니가 빙리 씨와 함께 있는 모습을 본 사람이라면 누구라도 그분이 언니를 사랑하고 있다는 걸 의심할 수 없을 거야. 빙리 양도 마찬가지일 거고. 그 아가씨도 그렇게 멍청하지는 않으니까. 자기 오빠가 언니를 사랑하는 것의 반만큼이라도 다아시 씨가 자기를 사랑한다고 느꼈다면 벌써 결혼식 드레스까지 주문했을 여자야. 현실적으로 말해서 우리는 그 집안에 어울릴 만큼 부자도 아니고 대단한 집안도 아니잖아. 캐롤라인은 두 집안이 맺어지면 두 번째 결혼이 성사될 가능성이 더 높아질 거라고 판단한 거지. 그래서 다아시 양이 자기 오빠와 결혼하기를 바라는 거야. 분명 영리한 생각이긴 해. 드 버그 양이 방해만 하지 않는다면 성공할 수도 있는 일이지. 하지만 언니, 자기 오빠가 다아시 양을 흠모하고 있다는 빙리 양의 말을 심각하게 생각해서는 안 돼. 그분이 화요일에 언니와 헤어질 때보다 언니를 조금이라도 덜 좋아할 거라고 생각하지 마. 캐롤라인에게 자기 오빠가 언니가 아닌 다아시 양을 사랑하도록 설득할 수 있는 힘이 있을 리 없잖아."

"빙리 양에 대한 우리의 생각이 같다면 네 말을 듣고 내 마음이 한결 편해질 수도 있겠지. 하지만 난 네가 말하는 기본적인 전제가 틀렸다고 생각해. 캐롤라인은 다른 사람을 고의적으로 기만할 수 없는 사람이야. 내가 바랄 수 있는 건 단지 캐롤라인이 잘못 알고 있을 수도 있다는 것뿐이야."

"언니 말두 일리가 없는 건 아니야. 언니는 내 말에서 위안을 얻지 못하기 때문에 긍정적으로 생각할 수 없을 거야. 정 그렇다면 언니는 캐롤라인이 자신을 속이고 있다고 생각해. 그걸로 캐롤라인에 대한 언니의 의무는 다한 거니까. 더 이상 속 태우지 말고."

"그렇지만 엘리자베스, 최선의 상황을 가정한다고 해도 누이들과 친구들이 모두 다른 여자와 결혼하기를 바라고 있는데 내가 그분과 결혼한다고 해서 과연 행복할 수 있을까?"

"그건 언니가 판단할 문제야. 신중하게 생각해 봐. 그분의 누이들의 뜻을 따르지 않을 때 따르는 불행이 그분의 아내가 돼서 얻을 수 있는 행복보다 더 크다고 생각되면, 당연히 그분을 거절해야겠지."

"어떻게 그런 식으로 말할 수 있니?"

제인이 힘없이 미소를 지으며 말했다.

"그분의 누이들이 나를 반대하는 게 너무 속이 상하기는 하지만, 그렇다고 내가 그분과 결혼하는 걸 망설일 수는 없다는 걸 너도 잘 알면서 그러니."

"나도 언니가 그럴 거라고 생각한 건 아니야. 그러니까 언니가 처한 상황을 그다지 동정하지는 않아."

"하지만 그분이 이번 겨울에 돌아오지 않는다면 내가 선택할 여지도 없는 거 아니니? 여섯 달이면 큰 변화가 일어날 수도 있는 시간이야."

엘리자베스는 그가 아예 돌아오지 않을 가능성은 없다고 믿고 있었다. 그녀는 캐롤라인의 편지가 자신의 이기적인 욕심을 드러낸 것에 지나지 않는다고 생각했다. 캐롤라인이 아무리 자신의 소망을 노골적으로 표현한다고 해도, 독립적으로 자신의 일을 결정할 수 있는 젊은 남자에게 영향력을 행사할 수는 없을 거라고 믿었다.

엘리자베스는 언니에게 이 문제에 관한 자신의 견해를 열심히 설명하고 설득했다. 언니가 자신의 말을 듣고 안심하는 것 같아서 내심 마음이 흐뭇했다. 제인은 빙리에 대한 사랑의 감정 때문에 마음이 약해지기는 했지만 워낙 쉽게 좌절하는 성격은 아니었다. 그녀는 빙리가 곧 네더필드로 돌아올 것이고, 자신의 바람이 모두 이루어질 거라는 쪽으로 생각하기로 마음먹었다.

두 자매는 베넷 부인에게는 빙리 가족이 떠났다는 얘기만 전하고 빙리의 근황을 자세히 알리지 않았다. 공연히 어머니에게 걱정을 끼칠 필요가 없다는 데 두 사람의 의견이 일치했다. 베넷 부인은 빙리 가족이 떠났다는 얘기만 듣고서도 풀이 죽어서 걱정이 늘어졌다. 두 집안이 이제 겨우 친해지기 시작했는데 갑자기 두 아가씨가 떠나게 되다니 너무 운이 없다며 비통해했다. 그러나 얼마 지나지 않아서 빙리 씨가 곧 내려와 롱본에서 함께 서녁 식사를 할 거라고 말하며 혼자 위안을 삼았다. 그녀는 빙리 씨를 가족 식사에 초대해서 두 코스의 풍성한 요리를 준비하겠다는 즐거운 선언으로 결론을 맺었다.

22

그날 베넷가 사람들은 루카스 댁에서 함께 식사를 하기로 약속되어 있었다. 루카스 양은 그날도 줄곧 콜린스의 이야기를 성의 있게 들어 주었다. 엘리자베스는 틈을 타서 그녀에게 고마움을 표현했다.

"네가 콜린스 씨 얘기를 잘 들어 줘서 그분의 기분이 많이 좋아진 것 같아. 네게 어떻게 고마움을 표현해야 할지 모르겠다."

샬럿은 자기가 도움이 되어서 다행이라고 말했다. 약간의 시간을 내준 걸로 친구가 기뻐한다면 자기는 그걸로 만족한다고 했다. 그녀는 더없이 상냥하게 대답했지만 속으로는 전혀 다른 목적을 가지고 있었다. 하지만 엘리자베스는 샬럿의 친절이 다른 속셈에서 나온 것이라고는 꿈에도 생각하지 못했다.

샬럿은 콜린스가 다시 엘리자베스에게 청혼하지 않고 자신에게 청혼하기를 속으로 은근히 바라고 있었다. 겉으로 보기에는 그녀의 계획이 상당히 효과를 거둔 것 같았다. 두 사람이 헤어질 때쯤에는 콜린스가 그렇게 빨리 하트퍼드셔를 떠나지만 않았다면 자신의 계획이 거의 성공했다는 걸 확신할 수 있었을 거라고 생각했다.

그러나 그녀의 생각은 콜린스의 열정과 뚜렷한 주관을 과소평가한 것이었다. 콜린스는 다음 날 아침 탄복할 만한 교활함을 발휘해서 서둘러 롱본 저택을 빠져나와 루카스 로지로 찾아가서 그녀에게 청혼했던 것이다. 그는 사촌들이 자기가 집을 빠져나가는 걸 보면 자신의 의중을 눈치챌까 봐 어떻게든 들키지 않으려고 노심초사했다. 그는 자신의 계획이 성공하기 전에 미리 사람들에게 알려지는 걸 원하지 않았다. 샬럿의 태도가 매우 고무적이었기 때문에 성공을 거의 확신하고 있었지만, 수요일의 모험이 있은 이후로는 자신감이 많이 줄어든 탓이었다.

그러나 그는 루카스 양의 열렬한 환대를 받았다. 그녀는 2층 창문으로 콜린스가 집으로 걸어오는 모습을 보자 부리나케 샛길로 달려 나가 우연히 마주친 것처럼 가장하고 그를 맞이했다. 그러나 그곳에서 그렇게 뜨거운 사랑과 구혼의 웅변이 자신을 기다리고 있을 줄은 꿈에도 몰랐다.

콜린스의 장황한 구애의 연설이 끝나자 두 사람 모두 만족할 만큼 일사천리로 모든 일이 결정되었다. 집에 들어서자마자 콜린스는 자기를 세상에서 가장 행복한 남자로 만들어 줄 날을 정해 달라고 열렬히 간청했다. 그런 청혼은 처음에는 거절하는 게 관례였지만, 이 숙녀분은 그의 행복을 놓고 장난질하고 싶은 생각이 없었고, 콜린스는 타고난 천성이 둔감해서 여자들이 반할 만한 구애를 할 능력이 없었다. 루카스 양 역시 단지 가정을 꾸미고 싶다는 단순하고 소박한 욕심 때문에 콜린스를 받아들인 것이어서 결혼이 빨리 결정된다고 해서 아쉬울 것이 없었다. 콜린스는 윌리엄 경과 루카스 부인에게 곧장 결혼 승낙을 요청했고, 그들 역시 기꺼이 허락해 주었다. 물려줄 유산이라고는 거의 없는 딸에게 콜린스는 현재의 지위로 볼 때 꽤 적합한 남편감이었다. 그리고 그는 앞으로 부자가 될 가능성이 컸다. 루카스 부인은 전에 없던 관심을 갖고 속으로 베넷 씨가 앞으로 얼마나 더 오래 살 수 있을지 계산해 보았다. 루카스 경 역시 콜린스가 롱본의 토지를 소유하게 되면 그들 부부가 제임스 궁을 방문하는 게 당연한 일이라며 당당히 자신의 견해를 피력했다. 요컨대, 이 일은 온 가족이 기뻐할 만한 일이었다. 샬럿의 여동생들은 언니가 결혼하면 한두 해 더 빨리 사교계에 나갈 수 있을 거라는 희망을 품게 되었고, 사내아이들은 누나가 노처녀로 자기들한테 얹혀살다 늙어 죽는 게 아닌가 하는 걱정에서 벗어날 수 있었다.

오히려 당사자인 샬럿은 차분했다. 이미 목적을 달성한 터라 그녀는 그 문제에 대해 곰곰이 생각해 볼 여유가 있었다. 암만 따져 보아도 이 결혼은 대체로 만족스러운 결혼이 틀림없었다. 물론 콜린스는 현명한 위인이 아니었고, 남자로서 호감이 가는 것도 아니었다. 그와 함께 있으면 답답하고 지루했다. 게다가 그녀에 대한 그의 애정이 확고한 것이라고 믿을 수도 없었다. 그러나 어쨌든 그는 그녀의 남편이 될 것이었다. 그녀에게 남자나 결혼 생활은 그다지 중요하지 않았다. 오직 결혼만이 그녀의 목표였다. 지체 높은 집안의 여자들에게 재산이 별로 없을 경우, 결혼만이 명예로운 생활 방편이 되었고, 그 결혼이 가져다줄 행복이 아무리 불확실한 것이라 해도 궁핍한 생활을 모면할 수 있는 최상의 방지책이었다. 이제 그녀는 그 방지 수단을 획득한 셈이었다. 스물일곱의 나이에 예쁘다는 말 한번 들어 본 적 없는 그녀는 자신에게 큰 행운이 찾아온 거라고 생각했다.

가장 마음에 걸리는 건 자기가 콜린스와 결혼한다는 말을 들으면 경악할 엘리자베스였다. 그녀는 다른 누구보다 엘리자베스와의 우정을 소중하게 생각하고 있었다. 엘리자베스는 분명 자신의 결정에 대해 회의적일 것이고 어쩌면 자신을 책망할지도 몰랐다. 그렇다고 자신의 결심이 흔들리지는 않겠지만 감정이 상할 것은 분명한 일이었다. 그녀는 엘리자베스에게 직접 이 일을 알리기로 마음먹고 콜린스에게 저녁 식사 때 롱본에 돌아가면 베넷 씨 가족에게 오늘 있었던 일을 비밀로 해 달라고 당부했다. 비밀을 지키겠다는 약속은 충실하게 지켜졌지만, 콜린스에게 그것은 결코 쉬운 일이 아니었다. 그가 돌아오자 오랜 시간 어디에 갔었느냐는 질문이 쏟아졌고 대답을 피하기 위해 약간의 기지를 발휘해야만 했다. 자신의 사랑이 성공했다는 걸 알리고 싶은 마음이 간절한 그로서는 입을 다물기 위해 대단한 자제력이 필요했다.

다음 날 매우 이른 시간에 떠나야 하기 때문에 가족들에게 인사를 할 수 없을 것 같아서 콜린스는 숙녀들이 잠자리에 들기 전 작별 인사의 의식을 치렀다. 베넷 부인은 더없이 공손하고 다정하게 사정이 허락되는 대로 다시 롱본을 방문해 주면 기쁘겠다고 말했다.

"이렇게 다시 초대해 주시다니 정말 감사합니다. 그렇지 않아도 마음속으로 초대해 주시길 기대하고 있었답니다. 가능한 한 빠른 시일 내에 다시 방문드릴 것을 약속드리겠습니다."

모두들 그의 대답에 놀라워했다. 그리고 콜린스가 그렇게 빨리 다시 방문하는 걸 전혀 바라지 않는 베넷 씨가 황망하게 말했다.

"캐서린 영부인께서 허가해 주시지 않을 수도 있지 않겠나? 후견인의 비위를 거스르는 위험을 감수하는 것보다는 친척들에게 무심한 편이 나을 듯싶네만."

"이렇게 세심하게 신경을 써 주시다니 정말 감사합니다. 제가 그렇게 중대한 행동을 영부인의 허락 없이 하지 않을 거라는 점은 믿으셔도 됩니다."

"조심할수록 자네에겐 득이 될 걸세. 영부인의 비위를 거스르는 모험은 하지 말게나. 자네가 우리를 다시 방문하는 일로 인해서 영부인의 노여움을 산다면, 물론 그럴 가능성이 높아 보이네만 조용히 집에 있는 편이 나을 걸세. 우리도 전혀 불쾌하게 생각하지 않을 테니."

"그렇게 저를 생각해 주시다니 감사의 마음이 절로 솟구치네요. 이렇게 자상하게 신경 써 주신 것과 제가 하트퍼드셔에 머무르는 동안 베풀어 주신 친절에 대해 감사하는 편지를 속히 올리겠습니다. 아름다운 사촌들께는 제가 이런 인사를 드릴 정도로 오래 헤어지지는 않겠지만, 모두 건강하고 행복하시길 빌겠습니다. 물론 엘리자베스 사촌을 포함해서요."

숙녀들도 공손하게 예의를 갖춰 인사를 하고 물러갔다. 그들도 콜린스가 곧 다시 방문할 기라는 말에 놀라기는 마찬가지였다. 베넷 부인은 콜린스가 엘리자베스의 동생 중에서 한 명에게 청혼을 할 작정일 거라고 생각하고 싶었다. 어쩌면 메리가 이미 그의 설득에 넘어갔을지도 모르는 일이라고 내심 기대에 부풀었다.

메리는 다른 딸들보다 콜린스 씨를 높게 평가하고 있었다. 그의 견실한 사고방식에는 종종 그녀의 마음을 울리는 점이 있었다. 물론 콜린스 씨가 자기만큼 똑똑하지는 않지만 자신을 본보기로 삼아 독서를 많이 하고 자신을 향상시키도록 자극을 받는다면 훌륭한 배필이 될 수도 있을 거라고 생각했다.

그러나 이런 그녀의 희망은 다음 날 아침 물거품이 되고 말았다. 아침 식사를 끝낸 지 얼마 지나지 않아 루카스 양이 방문했다. 그녀는 엘리자베스에게 전날 밤에 있었던 일을 털어놓았다. 하루 이틀 전 콜린스가 샬럿을 사랑한다는 착각을 하고 있을지도 모른다는 생각이 엘리자베스의 머리를 스쳐 지나간 적은 있었다. 그러나 샬럿이 그의 구애를 받아들인다는 건 자신이 그의 구애를 받아들이는 것만큼이나 도저히 있을 수 없는 일이었다. 그녀는 너무 놀란 나머지 예의를 차릴 경황도 없이 큰 소리로 말했다.

"콜린스 씨와 결혼하기로 했다니. 샬럿, 그건 말도 안 돼!"

친구에게 전모를 털어놓으며 줄곧 침착함을 유지했던 샬럿은 친구의 노골적인 비난을 듣자 잠시 당황스러운 표정을 감추지 못했다. 그러나 엘리자베스가 그런 반응을 보일 걸 전혀 예상하지 못했던 건 아니었다. 그녀는 곧 평정을 되찾고 차분하게 대답했다.

"왜 그렇게 놀라는 건데, 엘리자? 콜린스 씨가 네게 청혼했다가 성공하지 못했다고 해서 다른 여자의 호감도 사지 못할 거라고 생각하는 거니?"

엘리자베스는 마음을 진정하려고 무진 애를 써 가며 침착하게 콜린스 씨와 결혼하게 된 것이 매우 감사할 만한 일이며 그녀가 행복하기를 진심으로 바란다고 말했다.

"지금 네 기분이 어떤지 알아. 놀라는 게 당연해. 그래, 무척 놀랐을 거야. 콜린스 씨가 네게 청혼한 게 불과 얼마 되지 않은 일이니까. 그렇지만 나중에 차분하게 생각해 보면, 너도 내 결정을 잘한 일이라고 생각하게 될 거야. 너도 알겠지만 나는 낭만적인 여자가 아니야. 예전부터 그랬어. 내게 필요한 건 안락한 가정이야. 콜린스 씨의 성격이나 친척이나 지위를 생각하면 내가 그분과 결혼해서 다른 사람들이 결혼 생활을 시작할 때 꿈꾸는 행복을 누릴 수 있을 거라고 생각해."

엘리자베스가 조용히 대답했다.

"그래, 분명히 그럴 수 있을 거야."

잠시 어색한 침묵이 흐른 뒤 두 친구는 다른 식구들이 있는 곳으로 돌아갔다. 샬럿은 잠시 후에 떠났고, 엘리자베스는 혼자 남아서 샬럿이 했던 말을 곱씹어 보고 있었다. 두 사람이 전혀 어울리지 않는 상대라는 생각을 접기까지에는 꽤 오랜 시간이 걸렸다. 콜린스가 겨우 사흘 동안에 두 여자에게 청혼을 했다는 사실은 그의 청혼을 샬럿이 수락했다는 사실에 비하면 전혀 놀라운 일이 아니었다. 그녀는 평소에 결혼에 대한 샬럿의 생각이 자신의 생각과 똑같지 않다는 건 알고 있었다. 그러나 샬

럿이 막상 결혼을 결정하는 순간에 세속적인 유익을 위해 그보
다 중요한 모든 감정을 희생할 수 있을 거라고는 생각하지 못
했다. 콜린스의 아내가 된 샬럿의 모습은 너무도 굴욕적인 그
림이었다. 그녀는 친구가 수치스러운 선택을 해서 자신을 실망
시킨 것이 너무 가슴 아팠다. 그러나 그보다 더 고통스러운 거
샬럿이 스스로 선택한 운명을 행복하게 살아 낼 수 없을 거라
는 우울한 확신이었다.

23

엘리자베스는 어머니와 자매들과 함께 응접실에 앉아 있었다. 그녀는 샬럿의 일을 곰곰이 생각하며 그 일을 가족들에게 알리는 게 맞는 일인지 고민하는 중이었다. 그때 뜻밖에도 윌리엄 루카스 경이 등장했다. 그는 샬럿의 부탁으로 베넷 일가에게 그녀의 약혼 소식을 직접 알리기 위해 찾아온 것이었다. 그는 두 집안이 결합하게 된 것에 대해 감사하는 인사와 더불어 정황하게 자축하는 말을 늘어놓으며 결혼 소식을 전했다. 베넷 가족은 이 일이 도저히 믿어지지 않았다. 베넷 부인은 심하다 싶을 정도로 끈질기게 루카스 경이 뭔가 잘못 알고 있는 게 틀림없다고 항변했고, 리디아는 평소처럼 경솔하고 버릇없이 나서서 요란을 떨었다.

"맙소사! 윌리엄 경께서는 어떻게 그런 말씀을 하실 수가 있죠? 콜린스 씨가 리지 언니하고 결혼하고 싶어 한다는 거 모르세요?"

궁전의 예법을 익히지 않았더라면 루카스 경은 이런 말을 듣고 분명 화를 냈을 것이다. 그러나 그는 훌륭한 품성을 발휘하여 끝까지 잘 참아 냈다. 그리고 자신의 말이 사실이라는 걸 긍정적으로 생각해 달라고 부탁하며 그들의 무례한 반응을 극도의 인내심과 예의를 갖춰 받아들였다. 엘리자베스는 루카스 경을 곤란한 상황에서 벗어나게 하는 게 자신의 의무라고 생각해서 자기는 샬럿에게 들어서 미리 알고 있었다고 말했다. 그리고 윌리엄 경에게 진심 어린 축하 인사를 건네는 것으로 어머니와 자매들의 소동을 일단락 지었다.

엘리자베스의 축하 인사에 제인도 합세해서 두 사람의 결혼에서 기대할 수 있는 여러 가지 좋은 점을 얘기했다. 그녀는 콜린스 씨의 성품이 훌륭하다는 것과 헌스퍼드와 런던이 왕래하기 편한 가까운 거리에 있다는 점을 강조했다.

베넷 부인은 윌리엄 경이 있는 동안에는 사실상 거의 넋이 나가 있어서 제대로 말을 하지도 못했다. 그러나 윌리엄 경이 떠나자마자 드디어 분통을 터뜨렸다. 그녀는 무엇보다 이 일을 처음부터 끝까지 다 믿을 수 없고, 둘째로 콜린스 씨가 샬럿에게 속아 넘어간 게 틀림없고, 셋째로 두 사람이 결혼하면 절대로 행복할 수 없을 것이며, 넷째로 이 약혼이 분명히 깨질 거라고 주장했다. 그리고 이 일에서 두 가지 결론을 유추해 낼 수 있는데, 하나는 엘리자베스가 이 모든 불행의 화근이라는 점과 다른 하나는 가족들 모두가 자신을 부당하게 대했다는 사실이 었다. 그녀는 그날 내내 이 두 가지 사실을 되씹으며 불만을 터뜨렸다. 어떤 말로도 베넷 부인을 진정시키고 위로할 수 없었다. 그날 하루가 다 지나가도록 그녀는 화를 삭이지 못했다. 일주일 동안 엘리자베스가 눈에 띨 때마다 책망하는 말을 잊지 않았고, 윌리엄 경이나 루카스 부인에 대해 무례한 욕설을 마구 내뱉었다. 그녀가 샬럿을 용서하기까지는 몇 달이 걸렸다.

베넷 씨는 이번 사건에 대해 훨씬 더 침착한 반응을 보였다. 그는 오히려 이번 일이 더 잘된 일이라고 생각했다. 그는 꽤나 현명한 줄 알았던 샬럿 루카스가 자기 아내만큼 어리석고 엘리자베스보다 더 어리석다는 걸 알게 되어 흡족하다고 말했다. 제인은 두 사람의 결혼 소식에 놀라기는 했지만, 놀라움보다는 두 사람의 행복을 진심으로 비는 마음을 더 자주 표현했다. 엘리자베스가 두 사람의 결혼 생활이 행복할 리 없다고 말해도 그녀는 좀처럼 그 말에 동의하려 들지 않았다. 키티와 리디아는 콜린스 씨가 그래 봐야 일개 목사에 지나지 않는데 루카스 양을 부러워할 이유가 전혀 없다고 말했다. 그들에게는 이 일이 메리턴에 퍼뜨릴 재미있는 소문 중 하나에 지나지 않았다.

루카스 부인은 딸을 좋은 자리로 시집보내게 된 걸 베넷 부인에게 자랑하면서 그동안 받은 수모를 앙갚음할 기회를 놓칠

세라 기세가 등등했다. 그녀는 자신의 행운을 자랑하기 위해 평소보다 더 자주 롱본을 찾아왔다. 그러나 베넷 부인의 심통 난 표정과 악의에 찬 대꾸는 그녀의 즐거운 기분을 망쳐 버리기에 충분했다.

엘리자베스와 샬럿 사이에는 그 문제에 대해 서로 언급을 자제하는 묘한 분위기가 감돌았다. 엘리자베스는 다시는 두 사람 사이에 진정한 신뢰가 회복될 수 없다고 느꼈다. 샬럿에 대한 실망감 때문에 그녀는 언니에게 더 많은 애정과 관심을 쏟았다. 그녀는 언니의 정직하고 착한 성품에 대한 신뢰는 어떤 일이 있어도 절대로 흔들리지 않을 거라고 믿었다. 빙리가 런던에 간 지 일주일이 지났지만 돌아온다는 기별이 없자 엘리자베스는 언니가 점점 더 걱정되기 시작했다. 제인은 캐롤라인의 편지에 곧 답장을 보냈다. 그리고 다시 답장을 받을 때까지 속을 태우며 기다리고 있었다.

콜린스가 약속했던 감사 편지가 화요일에 베넷 씨 앞으로 도착했다. 편지에는 그 집에서 열두 달 정도는 묵었던 사람이 표시할 만한 온갖 정중한 감사의 말이 들어 있었다. 그는 충분한 감사의 말로 자신의 양심을 만족시키고 나서, 상냥한 이웃인 루카스 양의 애정을 얻은 기쁨을 온갖 화려한 미사여구로 표현했다. 그리고 롱본에 다시 와 달라는 친절한 요청에 기꺼이 응한 것은 단지 루카스 양을 다시 만날 즐거움을 기대했기 때문이며, 2주일 후 월요일에 다시 방문할 수 있기를 바란다고 덧붙였다. 또한 캐서린 영부인께서 진심으로 그의 결혼을 승낙하셨고, 가능한 한 빠른 시일 안에 결혼하기를 원하시고 있으며, 사랑스러운 샬럿이 아무런 이의도 제기하지 않고 자신을 세상에서 가장 행복한 남자로 만들어 줄 날짜를 신속하게 정해 줄 것으로 믿는다고 말했다.

콜린스가 다시 하트퍼드셔를 방문할 거라는 사실은 더 이상 베넷 부인에게 기쁜 소식이 아니었다. 오히려 그녀는 남편 못지않게 그의 방문을 불만스러워했다. 콜린스가 루카스 로지에 가지 않고 롱본에 오는 건 이해할 수 없고 불편하고 귀찮기 짝이 없는 일이라고 했다. 그녀는 자신의 건강이 좋지 않을 때 손님을 맞이하는 건 무엇보다 싫은 일이라면서, 더구나 연인들은 가장 눈꼴사나운 사람들이라고 했다. 베넷 부인은 이런 불평을 쉴 새 없이 중얼거렸고 그렇지 않을 때는 빙리 씨가 계속 출타 중이어서 걱정이라며 한숨을 내쉬었다. 제인이나 엘리자베스도 마음이 편하지 않기는 마찬가지였다. 빙리에게서는 아무런 소식도 없었고, 겨울 동안 네더필드에 돌아오지 않을 거란 얘기만 메리턴에 퍼진 가운데 하루하루 시간이 흘러갔다. 베넷 부인은 그런 소문을 듣고 분개하면서도 가당치 않은 헛소문이라고 반박하는 것을 잊지 않았다. 엘리자베스도 점점 걱정이되기 시작했다. 빙리가 무심하다는 걱정보다는 그의 누이들이 그를 붙잡아 두는 데 성공할지도 모른다는 두려움이 앞섰다. 언니의 행복을 짓밟고 연인의 믿음을 훼방하는 그들의 계략이 성공할 거라고 인정하고 싶지는 않았지만, 문득문득 그런 걱정이 드는 건 어쩔 수 없었다. 야멸찬 두 누이와 고집 센 친구가 연합 작전을 쓰고, 다아시 양이 애정 공세를 피우는 데다, 런던의 즐거운 생활이 그의 마음을 빼앗는다면, 빙리가 아무리 언니에게 강렬한 애정을 품고 있다고 해도 견뎌 낼 재주가 없을 것 같았다.

이런 불안한 상황에서 엘리자베스보다 더 힘들어하는 사람은 당연히 제인이었다. 그러나 제인은 자신의 감정을 드러내고 싶어 하지 않아서 그녀와 엘리자베스 사이에 이 문제는 전혀 거론되지 않았다. 그러나 그녀의 신중한 태도도 어머니를 제지할 수는 없었다. 베넷 부인은 한 시간이 멀다 하고 빙리 씨 얘기를 꺼내면서 그가 빨리 돌아왔으면 좋겠다고 안달이었다. 심지어 빙리 씨에게 빨리 돌아오지 않으면 자신에 대한 모욕으로 받아들이겠다고 얘기하라면서 제인을 몰아세웠다. 그러나 제인은 온화한 성품을 잃지 않고 어머니의 모진 말들을 참아 내며 평정을 유지했다.

콜린스는 정확히 2주일 후 월요일에 롱본을 방문했다. 그는 처음 롱본에 찾아왔을 때만큼 환영을 받지는 못했다. 그러나 다행스럽게도 연애 사업의 행복감에 푹 빠져 있어서 다른 사람들의 관심을 별로 필요로 하지 않았고, 덕분에 함께 상대해야 할 시간도 상당히 줄어들었다. 그는 매일 대부분의 시간을 루카스 로지에서 보냈다. 가끔은 가족들이 잠자리에 들기 직전에 롱본에 돌아와서 집을 비워 죄송하다는 인사를 하기도 했다.

베넷 부인은 극도로 비참한 심경에 빠져 있었다. 그들의 결혼 얘기를 들을 때마다 기분이 엉망이 되었지만, 가는 곳마다 그 얘기를 듣지 않을 수 없었다. 루카스 양을 보는 건 더욱 참기 힘든 일이었다. 샬럿이 자기 집을 상속받게 될 거라는 생각을 할 때마다 질투심과 울화가 끓어올라 미칠 것만 같았다. 그녀는 샬럿이 롱본에 올 때마다 자기 집을 소유하게 될 날을 마음속으로 그려 보고 있을 거라고 생각했다. 그리고 샬럿이 콜린스와 낮은 목소리로 대화를 나누고 있을 때면 틀림없이 롱본 저택 얘기를 하고 있을 거라고 추측했다. 베넷 씨가 죽으면 그날로 자기와 딸들을 이 집에서 쫓아낼 거라고 생각했다. 베넷 부인은 기련한 목소리로 남편에게 하소연했다.

"여보, 아무리 생각해도 샬럿 루카스가 이 집 안주인이 된다는 건 참을 수가 없어요. 내가 그 애한테 쫓겨나고 그 애가 내 집을 차지하는 꼴을 봐야 한다니요."

"여보, 그렇게 우울하게 생각하지 말구려. 내가 당신보다 더 오래 살 수도 있는 것 아니요? 그렇게 위안을 삼읍시다."

그러나 이 말은 베넷 부인에게는 그다지 위안이 되지 못했다. 베넷 부인은 그 말에는 대꾸도 하지 않고 좀 전에 하던 얘기를 이어 갔다.

"그 사람들이 이 재산을 몽땅 차지한다는 생각만 하면 미칠 것 같아요. 한정 상속만 아니라면 아무 걱정 없을 텐데."

"무슨 거정이 없단 말이요?"

"뭐든 아무것도 걱정할 게 없을 것 같아요."

"그렇다면 아무 걱정도 없는 무감각한 상태에 빠지지 않게 된 걸 다행으로 여깁시다."

"나는 한정 상속 문제에 대해서는 절대 좋게 생각할 수가 없어요. 내 딸들에게서 재산을 빼앗아 가다니 그렇게 양심 없는 법이 어디 있어요. 아무리 생각해도 도저히 이해가 안 돼요. 그것도 다른 사람이 아닌 콜린스 씨가! 왜 그 사람이 가장 많은 재산을 차지해야 하는 거냐구요!"

"그건 당신이 좋을 대로 판단하구려."

제2부

1

빙리 양의 편지가 도착했다. 편지에는 그간의 모든 궁금증을 모두 풀어 주는 내용이 담겨 있었다. 첫 문장은 그들이 모두 겨울 내내 런던에 머물 작정이라는 소식이었고, 마지막 문장은 오빠가 하트퍼드셔를 떠나기 전에 친구들에게 작별 인사할 시간이 없었던 걸 애석해한다는 내용이었다.

모든 희망이 완전히 사라지고 말았다. 제인은 다른 부분도 자세히 읽어 보았지만, 겉치레에 지나지 않는 애정 표현을 제외하고는 위안이 될 만한 내용을 찾아볼 수 없었다. 편지는 다아시 양에 대한 칭찬 일색이었다. 캐롤라인은 다아시 양의 좋은 점을 있는 대로 나열하면서, 그녀와 더 친해진 걸 자랑스럽게 떠벌리며 이전에 보낸 편지에서 언급했던 자신의 소망이 이루어질 것 같다고 했다. 그리고 오빠가 다아시 씨 집에 머무르고 있어서 정말 다행이고, 다아시 씨가 새 가구를 들여놓을 계획이라는 말까지 신이 나서 늘어놓았다.

엘리자베스는 언니가 들려주는 편지의 대략적인 내용을 묵묵히 듣고 있었지만, 속으로는 화가 치밀어 참을 수가 없었다. 언니에 대한 걱정과 다른 사람들에 대한 분노가 그녀의 감정을 분열시키고 있었다. 그녀는 빙리가 다시 양에게 호감을 가지고 있다는 캐롤라인의 말을 신뢰하지는 않았다. 오히려 이전과 다름없이 빙리가 언니를 진심으로 좋아한다고 확신했다. 지금까지는 빙리에 대해 항상 호의적으로 생각해 왔지만, 그의 성격이 지나치게 유약하고 우유부단하다는 생각이 들었다. 그런 성격 때문에 주변 사람들의 변덕과 계략에 휘둘려 자신의 행복을 놓치고 있는 빙리에게 분노와 경멸감마저 느끼는 중이었다.

빙리가 놓치고 있는 것이 자신의 행복뿐이라면 그가 어떻게 행동하든 상관할 바가 아니었다. 하지만 그것이 언니의 행복과 결부된 문제라는 걸 알고 있다면 빙리는 더 현명하게 행동해야 할 것이었다. 그러나 엘리자베스가 아무리 머리를 쥐어짜도 뾰족한 해답은 나오지 않았다. 그걸 알면서도 엘리자베스는 그 이외의 일은 아무것도 생각할 수 없었다. 언니를 향한 빙리 씨의 애정이 식어 버린 걸까, 아니면 주위 사람들의 방해 때문에 그가 자신의 마음을 자제하고 있는 걸까, 제인이 자기를 좋아하고 있다는 사실을 알고는 있을까, 아니면 제인이 좋아한다는 걸 전혀 눈치채지 못하고 있는 것일까? 이런 가정 중에 어떤 것이 진실인지에 따라 빙리에 대한 그녀의 판단이 달라질 수밖에 없었다. 그렇다고 해도 언니의 처지가 달라지는 건 아니었다. 어떤 경우라도 언니는 어쩔 수 없이 상처를 받게 될 거고 마음의 평안을 잃게 될 것이었다.

이틀 후 제인은 용기를 내서 자신의 감정을 엘리자베스에게 털어놓았다. 베넷 부인이 네더필드와 그 주인에 대해 평소보다 더 오래 불평을 털어놓고 나서 두 딸을 남겨 두고 자리를 떠났을 때였다. 제인은 어머니의 횡포를 더 이상 견딜 수가 없어서 결국 말문을 열었다.

"어머니가 조금만 자제하셨으면 좋겠어. 그렇게 끊임없이 빙리 씨 얘기를 늘어놓는 게 얼마나 나를 고통스럽게 하는지 모르시는 것 같아. 하지만 불평은 하지 말아야지. 이런 고통이 그리 오래가진 않을 거야. 빙리 씨도 곧 잊게 될 거고, 그럼 우리도 다시 예전으로 돌아갈 수 있겠지."

엘리자베스는 언니의 말을 믿기 어렵다는 표정으로 쳐다보기만 한 뿐 아무 대답도 하지 않았다.

"너, 내 말을 못 믿겠다는 표정이구나!"

제인이 약간 얼굴을 붉히며 언성을 높였다.

"왜 내 말을 못 믿는 거니? 그분은 내가 지금까지 알았던 사람들 중에서 가장 훌륭한 분으로 내 기억 속에 언제나 살아 있을 거야. 하지만 그뿐이야. 난 더 이상 바라는 것도, 두려워할 것도 없어. 그분을 탓할 이유는 더더욱 없어. 그렇게 고통스럽지 않아서 정말 다행이야. 조금만 시간이 흐르면 틀림없이 아무렇지도 않을 거야."

제인은 잠시 말을 멈추었다가 다시 힘을 줘 말했다.

"나 혼자 착각하고 있었다는 게 정말 다행스러워. 나 이외에 다른 사람에게는 상처를 주지 않았으니까 말이야."

"언니, 언니는 어쩜 그렇게 마음이 착할까. 이기심이라곤 전혀 없으니. 정말 천사가 따로 없어. 언니한테 무슨 말을 해야 할지 모르겠어. 솔직히 언니가 얼마나 좋은 사람인지 지금까지는 잘 몰랐던 것 같아. 언니에게 제대로 잘해 주지도 못했어."

제인은 자기가 착한 사람이라는 동생의 말을 완강하게 부정하며 오히려 동생의 따뜻한 마음씨를 칭찬했다.

"아니야. 그건 언니가 잘못 생각한 거야. 언니는 모든 사람을 좋게만 생각하고 싶어 하잖아. 그러니까 내가 다른 사람을 나쁘게 얘기하면 언니는 마음이 아프셨어. 난 언니가 완벽한 사람이라고 생각해. 그런데 언니는 내 말을 왜 부정하려고 하지? 내가 언니를 너무 극단적으로 좋게 본다고 생각하지 마. 내가 언니처럼 모든 사람들을 훌륭하게 보는 건 아니니까. 그런 건 전혀 걱정할 필요 없어. 이 세상에서 내가 정말 사랑하는 사람은 몇 사람뿐이야. 훌륭하다고 인정하는 사람은 더욱 드물고. 오히려 세상 사람들을 보면 볼수록 실망스러울 뿐이야. 사람들은 언제 어떻게 변할지 알 수 없는 존재야. 겉으로는 선량하고 현명한 척해도 속을 알 수 없는 게 인간들이야. 그런 생각이 점점 굳어 가는 것 같아. 근래에 있었던 두 가지 일만 봐도 그렇지 않아? 한 가지는 지금 얘기하고 싶지 않지만, 다른 한 가지는 언니도 무슨 일인지 알겠지. 그래, 바로 샬럿의 결혼 말이야. 정말 말도 안 되는 일이라고 생각하지 않아? 난 아무리 생각해도 도저히 납득할 수가 없어."

"너무 그런 쪽으로 생각하지 마. 그러면 결국 너만 힘들어지니까. 사람마다 처한 상황이 다르고 타고난 성격도 다르다는 걸 인정해야지. 콜린스 씨의 사회적인 지위나 샬럿의 차분하고 신중한 성격을 생각하면 그럴 수도 있지 않니? 게다가 샬럿네 집안은 대가족이잖아. 재산으로 따지면 두 사람이 적합한 결혼 상대자라고 생각할 수도 있을 것 같아. 샬럿이 우리 사촌에게 애정과 존경심을 느낄 수도 있는 거잖아. 그렇게 생각하는 게 모두를 위해서 좋을 것 같아."

"언니가 원한다면 무슨 말이든 믿고 싶어. 하지만 이런 일은 억지로 좋게 생각한다고 해서 도움이 되는 건 아니라고 생각해. 샬럿이 콜린스 씨를 정말 존경하고 있다고 믿는다면 그건 그 친구의 판단력을 더 형편없게 생각하는 것밖에 안 돼. 난 샬럿의 감정을 이해할 수 없는 것보다 그게 더 실망스러울 것 같아. 언니, 콜린스 씨는 잘난 체하고, 거만한 데다, 편협하고, 게

다가 아둔하기까지 한 사람이야. 언니도 나만큼 그 사람을 잘 알잖아. 언니도 분명히 그런 남자와 결혼하는 여자라면 정상적인 사고력을 가졌을 리가 없다고 생각할 거야. 샬럿 루카스의 일이라고 해서 무조건 변호하는 건 옳지 않아. 개인을 옹호하기 위해서 삶의 원칙과 고결함의 의미를 바꿀 수는 없어. 이기심을 신중함으로 미화하고, 자신의 위험에 대한 무감각함을 행복에 대한 확신으로 말하는 건 언니 자신과 나를 속이는 일이야."

"넌 두 사람에 대해 너무 냉정하게 말하는구나. 난 두 사람이 행복하게 사는 모습을 볼 수 있게 되었으면 좋겠어. 그럼 내 말이 맞는다는 걸 확인할 수 있겠지. 이 얘기는 그만하는 게 좋겠다.

아까 다른 일에 대해서도 언급했지? 네가 무슨 말을 하고 싶어 하는지 나도 알아. 그렇지만 그 사람을 비난하거나 그 사람에게 실망했다는 말로 내 마음을 아프게 하지는 말아 줘. 그쪽에서 고의적으로 우리에게 상처를 준 거라고 생각하진 말자. 그건 너무 성급한 판단이야. 혈기왕성한 젊은 남자가 항상 신중하고 사려 깊은 행동만 할 거라고 기대할 수는 없는 거잖아. 자신의 허영심 때문에 스스로 속는 일도 많을 거야. 여자들이 남자들의 관심을 너무 부풀려서 받아들이는 게 문제야."

"남자들이 일부러 그런 과대망상을 부추기는 건 아니고?"

"고의적으로 그렇게 한다면 정당한 행동이라고 할 수 없겠지. 하지만 세상에 그렇게 계획적으로 여자들을 현혹하려 드는 남자는 많지 않을 거야."

"나도 빙리 씨의 행동이 의도적인 거라고 생각하지는 않아. 하지만 남에게 일부러 상처를 주거나 불행하게 만들려는 의도가 없었다고 해도, 그런 결과를 가져오는 건 그 사람의 책임이야. 그건 다른 사람의 감정에 무관심하고 배려하지 않았거나 우유부단한 태도를 취해서 생긴 결과야."

"넌 일이 이렇게 된 게 바로 그런 이유 때문이라고 생각하는 거니?"

"그래, 내가 가장 나중에 말한 이유 때문이라고 생각해. 얘기를 더 하다 보면 언니가 좋게 생각하는 사람들을 비난하게 될 것 같아. 그러면 언니도 기분이 상할 테니까 그만 얘기하는 게 좋겠어. 언니가 이쯤에서 나를 말려 주는 게 좋을 것 같아."

"넌 아직도 빙리 씨가 누이들 때문에 마음이 변했다고 생각하는 거로구나."

"맞아. 그 사람의 친구인 다아시 씨도 아무래도 그 일에 가담한 것 같아."

"난 도저히 믿어지지가 않아. 그 사람들이 왜 그분의 마음을 바꾸려고 그렇게 애를 쓴다는 거니? 누이들이라면 오빠의 행복을 바라는 게 당연한 일 아니야? 그분이 정말 나를 사랑하고 있다면 다른 여자가 그의 사랑을 얻을 수 없다는 걸 모를 리 없을 텐데."

"언니의 첫 번째 가정이 잘못된 거야. 오빠의 행복 이외에도 그 여자들이 바라는 게 많을 수도 있어. 예를 들면 오빠의 재산과 지위가 더 높아지기를 바랄 수도 있고 돈과 대단한 인맥과 명예를 골고루 갖춘 여자와 결혼하기를 바랄 수도 있지."

"그 아가씨들이 빙리 씨가 다아시 양을 선택하기를 바라는 건 분명한 사실이야. 하지만 네가 생각하는 것처럼 그렇게 불순한 동기에서 그걸 바라는 건 아닐 거야. 나보다 다아시 양을 더 오래 알고 지냈으니까 다아시 양을 더 좋아하는 게 당연한 일이잖아. 그들이 바라는 게 무엇이든 간에 오빠의 뜻을 거스를 거라고 생각되지는 않는구나. 절대 결혼해서는 안 될 만한 이유가 있다면 또 모르지만. 그렇지 않은데 자기 마음대로 그런 짓을 할 누이가 어디 있겠니? 오빠가 나를 좋아한다고 믿는다면 절대 우리 두 사람을 떼어 놓으려고 하지 않을 거야. 그분이 나를 정말 좋아한다면 떼어 놓을 수도 없을 테니까 말이야.

넌 그분이 나를 사랑한다는 걸 전제로 모든 일을 판단하고 있어. 그러니까 다른 사람들이 부당하고 몰상식한 행동을 하는 것처럼 생각되는 거야. 그래서 나까지 힘들게 하는 거고. 네가 그렇게 생각한다는 게 나에겐 더 괴로워. 내가 그분의 마음을 오해했다고 해서 부끄럽게 생각하지는 않아. 그분이나 그분의 누이들을 나쁜 사람으로 생각하는 것보다는 그 편이 훨씬 더 마음이 편해. 난 이번 일을 가장 좋은 쪽으로 생각하고 싶어. 모두가 납득할 수 있는 쪽으로 받아들일 거야."

엘리자베스는 언니의 생각을 더 이상 반박할 수 없었다. 그날 이후로 두 사람 사이에는 빙리의 이름이 거의 거론되지 않았다. 베넷 부인은 여전히 빙리 씨가 돌아오지 않는 이유를 궁금해하면서 불평을 그치지 않았다. 엘리자베스가 하루도 빠짐없이 그 문제를 분명하게 설명했지만, 베넷 부인이 이 일을 황당해하지 않고 받아들일 가능성은 희박해 보였다. 엘리자베스는 제인에 대한 빙리의 관심이 일시적인 호감에 불과한 것이었고, 그녀를 더 이상 만나지 않게 되자 관심이 사라진 거라고 베넷 부인을 설득했다. 그러나 그것은 엘리자베스 자신도 확신하지 못하는 말이었다. 베넷 부인은 듣는 순간에는 그럴 가능성을 수긍하는 것 같다가도 잠시 후에는 다시 같은 불평을 늘어놓기를 하루도 빠짐없이 되풀이했다. 베넷 부인은 여름에는 분명 빙리 씨가 다시 시골에 내려올 거라는 믿음으로 위안을 삼고 있었다.

이 문제를 보는 베넷 씨의 관점은 사뭇 달랐다.

"리지야, 아무래도 네 언니가 실연을 당한 것 같구나. 이건 정말 축하할 만한 일이다. 아가씨들이 결혼 다음으로 좋아하는 일이 실연 아니냐? 생각할 것도 많아지고, 친구들 사이에서도 특별한 존재로 떠오르니까 말이다. 네 차례는 언제쯤 오는 거냐? 제인이 앞지르는 걸 오래 지켜볼 네가 아닌데. 다음엔 네 차례일 것 같구나. 메리턴만 해도 이 마을의 젊은 아가씨들을 모두 실연당하게 할 장교들이 수두룩하지 않니? 위컴 씨를 사귀어 보는 건 어떻겠니? 그만하면 유쾌한 청년이고 너를 차 버린다고 해도 그다지 수치스럽지는 않을 것 같은데 말이다."

"말씀은 감사하지만 전 그렇게 멋진 남자가 아니라도 만족해요. 언니처럼 멋진 남자를 만나기를 기대한다는 건 제게는 지나친 욕심이죠."

"그건 그렇구나. 여하튼 그런 일이 네게 생긴다고 해도, 딸에 대한 정이 넘쳐나는 네 어머니가 실연의 효과를 극대화해 주실 테니 얼마나 다행스러운 일이냐?"

위컴과의 교제는 최근에 일어난 불운한 사건들로 인해 롱본 가족들에게 드리웠던 우울한 분위기를 몰아내는 데 큰 역할을 했다. 위컴을 자주 만나면서 롱본 가족들은 그가 그동안 생각했던 장점 이외에도 스스럼없고 솔직한 성격을 지닌 청년이라는 걸 알게 되었다.

엘리자베스는 이미 그에게 들어서 알고 있었지만, 다아시가 위컴에게 부당한 행동을 해서 그에게 고통을 주었던 일이 가족들에게 모두 알려져서 그 일이 공개적으로 도마 위에 올랐다. 그들은 이런 일에 관해 전혀 모를 때에도 다아시가 마음에 들지 않았다고 하면서 이제 그를 싫어할 분명한 이유가 생겼다며 흡족해했다.

하트퍼드셔의 사교계에 알려지지 않은 내막이 있을지도 모른다고 생각한 사람은 베넷 양 한 사람뿐이었다. 온유하고 결코 편견에 치우치지 않는 그녀의 성품은 다른 사람의 사정을 오해하고 속단하는 걸 도저히 용납할 수 없었다. 그러나 그녀를 제외한 모든 사람들은 다아시에게 세상에서 가장 파렴치한 인간이라는 낙인을 찍었다.

2

콜린스는 사랑 고백과 행복한 결혼 설계로 분주한 일주일을 보낸 후 토요일에 사랑스러운 샬럿의 곁을 떠나야 했다. 그러나 이별의 쓰라린 아픔은 신부를 맞이할 준비로 잊을 수 있었다. 그는 하트퍼드셔로 돌아오면 곧바로 자신을 세상에서 가장 행복한 남자로 만들어 줄 결혼 날짜가 잡힐 거라는 희망에 들떠 있었다. 그는 롱본의 친척들에게 지난번처럼 엄숙하게 작별 인사를 했다. 아름다운 사촌들에게는 건강하고 행복하기를 빈다는 인사를 했고, 베넷 씨에게는 곧 감사 편지를 보내겠다고 약속했다.

다음 주 월요일에 베넷 부인은 예년처럼 크리스마스를 롱본에서 보내기 위해 찾아온 동생 내외를 맞이했다. 가디너 씨는 현명하고 점잖은 신사로, 지적인 면에서나 성품에 있어서나 누나보다 훨씬 훌륭한 사람이었다. 네더필드의 숙녀들이 가디너 씨를 직접 만나 보았다면, 상점을 오가며 장사를 생업으로 삼는 사람이 그처럼 예의 바르고 품격 있을 수 있다는 걸 믿기 어려워했을 것이다. 베넷 부인이나 필립스 부인보다 나이가 몇 살 아래인 가디너 부인은 싹싹하고, 지적이며, 우아한 여성이었다. 롱본의 조카들은 그녀를 무척 따르고 좋아했다. 특히 맨 위 두 조카들은 가디너 부인과 특별한 관심과 애정을 주고받는 사이였다. 두 자매는 자주 런던에 가서 그녀의 집에 머무르곤 했다.

가디너 부인은 도착하자마자 준비해 온 선물을 나눠 주고 나서 요즘 유행하는 패션에 대해 설명했다. 이런 순서가 끝나고 나자 그녀가 할 일은 베넷 부인의 온갖 원망과 넋두리를 들어 주는 것이었다. 베넷 부인은 지난번 올케를 만난 이후 너무 힘든 일을 당했다며 하소연을 늘어놓았다. 두 딸의 결혼이 거의 성사되려는 순간에 깨지고 말았다고 한숨을 쉬며 말했다.

"난 제인은 아무 잘못이 없다고 생각해. 할 수만 있었으면 그 애는 어떻게든 빙리 씨를 자기 남편으로 만들었을 거야. 그런데 글쎄 리지가 어떻게 했는지 알아, 올케? 그 애가 그렇게 쓸데없는 고집만 부리지 않았어도 지금쯤 콜린스 씨의 아내가 되어 있었을 거야. 그 생각만 하면 지금도 울화통이 터져 죽을 지경이라니까.

바로 이 방에서 콜린스 씨가 그 애한테 청혼을 했지 뭐야. 그런데 그 애가 그 청혼을 한마디로 거절한 거야. 그 바람에 루카스 부인이 나보다 먼저 자기 딸을 시집보내게 된 거지. 결국 롱본의 재산도 이전처럼 한정 상속으로 넘어가게 되어 버렸고. 루카스 집안 사람들이 얼마나 교활한지 알아? 손에 넣을 수 있는 건 무슨 수를 써서라도 차지하는 사람들이라니까. 이렇게 말해서 좀 미안하긴 하지만 그게 사실인 걸 어떡해? 집안 식구들은 날 배신하고, 이웃이라는 사람들은 남 생각은 안 하고 자기 잇속만 챙기려 드니 내가 신경 쇠약으로 드러눕지 않고 배기겠어? 때마침 올케가 와 줘서 정말 다행이지 뭐야. 요새 긴 소매가 유행한다며? 세상 돌아가는 소식을 들으니 좀 살 것 같네."

가디너 부인은 제인과 엘리자베스에게서 편지로 대략 소식을 들었기 때문에 시누이의 푸념을 건성으로 받아넘기고 조카들이 곤혹스러워할 것 같아서 화제를 다른 데로 돌렸다.

엘리자베스와 단둘이 남게 되자 가디너 부인은 이 문제에 대해 더 자세한 얘기를 들을 수 있었다.

"빙리 씨가 제인에게는 아주 좋은 남편감이었던 것 같은데 일이 어긋나 버려서 참 안됐구나. 그렇지만 그런 일은 얼마든지 있을 수 있는 일이란다. 네 얘기를 들어 보니 빙리 씨가 어떤 남자인지 대강 감이 잡히는 것 같다. 그런 남자들은 예쁜 여자를 만나면 몇 주일 동안 쉽게 사랑에 빠졌다가 부득이하게 떨어져 있게 되면 언제 그랬냐는 듯이 금방 잊어버리는 부류야.

세상에는 그런 변덕스러운 남자들이 얼마든지 널려 있단다."

"그렇게 생각하면 좀 위안이 될 수도 있겠네요. 하지만 이번 일은 그런 경우하고는 달라요. 그냥 저절로 이렇게 된 게 아니에요. 생각해 보세요. 독립적이고 상당한 재산을 가진 젊은 남자가 며칠 전까지만 해도 열렬하게 사랑하던 여자를 주변 사람들의 설득에 넘어가서 포기한다는 게 흔한 일은 아니잖아요?"

"열렬하게 사랑한다는 표현이 너무 진부하고 막연해서 어떻게 받아들여야 할지 모르겠구나. 그런 표현은 변함없는 견고한 애정을 말할 수도 있지만, 고작 30분 만나는 동안 느낀 감정에 갖다 붙이는 표현일 수도 있으니 말이다. 너는 빙리 씨의 애정이 얼마나 진지했다고 생각하는 거니?"

"제 눈에는 그분이 언니를 사랑하는 게 너무 확실해 보였어요. 다른 여자들한테는 눈길 한번 주지 않을 정도로 언니에게 푹 빠진 것 같았어요. 두 사람이 만날 때마다 그분이 언니를 좋아한다는 게 점점 더 확신이 가더라고요. 그분의 저택에서 무도회를 열었을 때도 빙리 씨에게서 춤 신청을 받지 못해서 자존심이 상한 여자가 한둘이 아니었어요. 저도 두 번이나 말을 걸었지만 아무 대답도 못 들었죠. 그보다 더 확실한 증거가 어디 있겠어요? 다른 여자들에게 무관심해지는 게 사랑에 빠졌다는 징후 아닌가요?"

"그래 맞아! 그런 성향의 남자라면 틀림없이 그런 식으로 애

정을 표현했을 거다. 제인이 정말 안됐구나. 그 애의 성격으로
봐서 쉽게 잊어버리지 못할 텐데 말이다. 차라리 네게 그런 일
이 있었더라면 넌 금방 훌훌 털어 버릴 수 있었을 거야. 내가 런
던에 갈 때 제인한테 같이 가자고 하면 어떨까? 분위기를 바꿔
보면 기분이 나아질지도 모르니까. 집에서 떨어져 있는 것도
도움이 될 거야."

엘리자베스는 정말 좋은 생각이라고 기뻐하며 언니가 당연
히 찬성할 거라고 말했다.

"그 남자가 사는 동네라고 제인이 꺼려하지 않을지 모르겠
다. 하기는 같은 런던이라고 해도 서로 사는 지역이 다르고, 만
나는 사람들도 다르니까 걱정할 건 없지만 말이다. 게다가 너
도 알다시피 우린 밖에 거의 나가지 않으니까 그 사람이 제인
을 만나러 오지 않으면 마주칠 염려는 없을 거야."

"그럴 일은 없을 거예요. 그 사람은 지금 다아시라는 친구의
감시를 받고 있으니까요. 그 친구가 빙리 씨가 외숙모 집으로
언니를 찾아가게 내버려 두지 않을걸요. 그분이 언니를 찾아올
거란 기대는 하기 힘들 것 같아요. 다아시 씨가 그레이스처치
가라는 지명을 들어 보기나 했는지 모르겠네요. 혹시 들어 봤
다고 해도 그곳에 발을 들여놓으면 한 달 동안 목욕을 해도 거
기서 묻은 더러움을 씻어 낼 수 없을 거라고 생각할 거예요. 게
다가 빙리 씨는 다아시 씨와 동행하지 않으면 집 밖에 한 발자

국도 내밀지 않을 테니 걱정할 것 없어요."

"그럼 더 잘된 일이로구나. 난 두 사람이 안 만나는 게 낫다고 생각하니까. 그런데 제인이 그 누이들과 편지를 주고받는다고 하지 않았니? 그럼 제인이 방문을 하지 않을 수 없을 거 아니냐?"

"언니는 그 집안 사람들과 완전히 교제를 끊을 거예요."

빙리가 주변 사람들의 방해로 제인을 만나지 못할 것이고 제인도 그들과 연락을 하지 않을 거라고 생각하면서도 엘리자베스는 두 사람이 잘될 가능성을 완전히 포기하지는 않았다. 제인을 향한 빙리의 애정이 다시 되살아날 수도 있고, 제인의 매력이 친구들의 훼방보다 더 강렬하게 그의 마음을 움직일 수도 있다고 생각했다.

베넷 양은 외숙모의 초대를 기쁘게 받아들였다. 빙리의 가족을 만날 거라는 걱정은 하지 않았다. 캐롤라인이 오빠와 한집에 살고 있는 게 아니니까 가끔 그녀와 함께 아침 시간을 보낸다고 해도 빙리와 마주칠 일은 없을 거라고 생각했다.

가디너 부부가 머무르는 일주일 동안, 롱본에서는 하루도 빠짐없이 필립스 집안과 루카스 집안 사람들과 장교들을 초대한 연회가 벌어졌다. 베넷 부인이 동생과 올케를 위해 파티를 여는 데 세심하게 신경을 쓰는 바람에 한 번도 가족끼리 저녁을 먹을 기회가 없을 정도였다. 집에서 연회가 열릴 때마다 항상 장교들이 참석했고 그중에는 매번 위컴이 끼어 있었다.

가디너 부인은 엘리자베스가 그를 열심히 칭찬하는 걸 보고 수상하게 여겨서 두 사람을 유심히 관찰했다. 심각하게 사랑에 빠진 것 같지는 않았지만 서로 호감을 갖고 있는 것만은 분명해 보였다. 가디너 부인은 내심 걱정이 되어서 하트퍼드셔를 떠나기 전에 그 문제에 관해 엘리자베스에게 얘기해야겠다고 마음먹었다. 그 남자에게 그런 감정을 키우는 건 경솔한 일이라고 말할 작정이었다.

위컴은 여러 가지 장점 이외에도 가디너 부인을 즐겁게 할 만한 조건을 한 가지 더 가지고 있었다. 10여 년 전 결혼하기 전에 가디너 부인은 위컴이 살던 더비셔에서 상당히 오랫동안 살았기 때문에 두 사람이 공통적으로 알고 있는 사람이 많았다. 위컴은 부친이 돌아가신 이후에는 그곳을 거의 찾지 않았지만, 가디너 부인이 예전에 사귀던 친구들의 최근 소식을 전해 줄 수 있었다

가디너 부인은 펨벌리에 가 본 적이 있었고, 작고하신 다아시 씨의 인품에 대해서도 잘 알고 있었다. 덕분에 두 사람의 대화거리는 무궁무진했다. 부인은 위컴이 설명하는 펨벌리를 자신의 추억 속의 펨벌리와 비교하고, 고인이 된 저택 전 주인의 훌륭한 인품을 칭찬하면서 함께 즐거워했다. 위컴을 통해 그 저택의 현재 주인인 다아시가 그에게 했던 부당한 처사에 대해

자세히 듣고 나자 가디너 부인은 다아시가 어렸을 때 들었던 그의 평판 중에서 그런 못된 짓을 할 만한 점이 있었는지 기억을 더듬었다. 그리고 피츠윌리엄 다아시가 몹시 거만하고 성질이 못된 아이라는 소문을 들었던 것 같다고 말했다.

3

　가디너 부인은 엘리자베스와 단둘이 얘기할 기회가 오자 따뜻한 말투로 그녀에게 충고했다. 그녀는 자신의 생각을 솔직하게 얘기했다.

　"리지야, 넌 현명한 아이니까 내가 반대한다고 해서 반발심 때문에 사랑에 집착하는 어리석은 행동은 하지 않을 거라고 믿는다. 그래서 안심하고 얘기하는 거야. 진심으로 충고하는데 잘 생각해서 행동하는 게 좋을 것 같아. 그 사람에 대한 애정에 무조건 휩쓸려 들어가지 않았으면 좋겠구나. 그 남자의 마음을 끌려는 노력도 그만두었으면 한다. 돈 한 푼 없는 가난뱅이를 사랑하는 건 너무 경솔한 행동이야. 그 남자 한 사람만 보면 굳이 반대할 이유는 없을 것 같다. 오히려 아주 매력적인 남자라고 생각해. 원래 그 사람 몫이었던 재산만 있다면 네게 더할 나위 없이 적합한 상대가 될 것 같아. 하지만 현실이 그렇지 못하지 않니? 그러니 감정에 휩쓸리지 않도록 조심해라. 넌 분별력이 있으니까 현명하게 행동할 거라고 믿어. 네 아버지도 네 판단력과 지성을 믿고 계실 거다. 아버지를 실망시켜 드려서는 안 돼."

"외숙모, 너무 심각하게 생각하시는 거 아니에요?"

"그래, 난 지금 심각하게 말하는 거야. 그러니까 너도 진지하게 받아들였으면 좋겠다."

"그 문제라면 조금도 걱정하실 필요 없어요. 저 자신이든 위컴 씨든 조심할게요. 제가 할 수만 있다면 위컴 씨가 저를 좋아하게 만들지 않으면 되는 거죠?"

"엘리자베스, 넌 지금 전혀 진지한 것 같지 않구나."

"죄송해요. 그럼 좀 더 진지하게 말씀드릴게요. 지금 현재로서는 위컴 씨를 사랑하지 않아요. 그건 확실해요. 하지만 제가 지금껏 만났던 남자들과는 비교할 수 없을 만큼 매력 있는 분이라고 생각하는 건 사실이에요. 만일 그분이 정말 저를 사랑하게 된다면, 물론 그렇게 되지 않는 편이 제게는 살된 일이겠지만요. 그렇게 된다면 정말 경솔한 일일지도 모르죠. 아버지가 절 믿어 주신다는 게 제게는 더없이 자랑스러운 일이에요. 아버지의 신뢰를 잃는 건 견디기 힘든 일일 거예요. 하지만 아버지는 위컴 씨에게 호감을 갖고 계셔요. 아무튼 저 때문에 가족들의 마음을 아프게 하는 일은 하고 싶지 않아요. 하지만 당장 재산이 없다고 해도 사랑하기 때문에 결혼을 강행하는 젊은이들도 얼마든지 있지 않은가요? 저 역시 사랑에 이끌리면 어떻게 될지 모르는 일이죠. 그런 사람들보다 현명하게 행동할 거라는 장담은 할 수 없어요. 그런 감정을 무시하는 게 과연 현명한 행동인지도 잘 모르겠고요. 절대로 성급하게 행동하지 않겠다는 것밖에는 약속드릴 수가 없네요. 그분이 저를 누구보다 가장 소중하게 생각한다고 섣불리 믿지는 않을 거예요. 그분과 함께 있을 때도 그런 감정에 빠지지 않도록 조심할게요. 제가 할 수 있는 한 주의할 테니 너무 걱정하지 마세요.”

“그 남자가 지금처럼 이곳에 자주 오지 않게 하는 게 좋을 것 같다. 적어도 네 어머니께 그 사람을 초대하라고 부추겨선 안 된다.”

“지난번에는 제가 어머니를 졸라 댔었죠.”

엘리자베스가 겸연쩍게 웃으며 말했다.

“그런 행동은 자제하는 게 현명하겠죠. 하지만 그분이 여기 그렇게 자주 오시는 건 아니에요. 이번 주에 그분을 자주 초대한 건 외숙모 때문이에요. 어머니는 친지분이 찾아오면 늘 손님을 초대해야 된다고 생각하시는 거 아시잖아요. 하지만 진심으로 제 명예를 걸고 약속드릴게요. 제가 가장 현명하다고 판단하는 대로 행동할게요. 이제 마음 놓으신 거죠?”

외숙모는 마음이 놓인다고 말했고 엘리자베스는 좋은 충고를 해 줘서 고맙다고 말한 뒤에 두 사람은 헤어졌다. 가디너 부인은 이런 민감한 문제에 있어서 듣는 사람의 기분을 상하지 않고 조언할 수 있는 훌륭한 본보기를 보여 준 셈이었다.

가디너 씨 부부와 제인이 떠나고 난 지 얼마 안 되어 콜린스가 하트퍼드셔로 돌아왔다. 그러나 그는 루카스 경 댁에 머물렀기 때문에 베넷 부인이 불편해할 필요는 없었다. 그의 결혼이 빠른 속도로 진행되고 있어서 베넷 부인은 두 사람의 결혼을 기정사실로 받아들일 수밖에 없었다. 그녀는 비꼬는 말투로 그들이 잘 살기를 바란다고 말했다.

목요일이 결혼식 날이었다. 수요일에 루카스 양이 작별 인사를 하러 왔다. 그녀가 떠나려고 자리에서 일어서자 엘리자베스는 어머니의 성의 없고 무뚝뚝한 축하 인사가 민망하기도 하고 친구와 헤어지는 게 서운한 생각도 들어서 방 밖까지 따라 나왔다. 함께 계단을 내려갈 때 샬럿이 말했다.

"자주 연락할 거지, 엘리자?"

"그럼, 당연하지."

"그리고 한 가지 더 부탁할 게 있어. 나를 만나러 와 주지 않을래?"

"그래, 하트퍼드셔에서 자주 만날 수 있을 거야."

"한동안은 켄트를 떠날 수 없을 거야. 그러니까 네가 헌스퍼드에 오겠다고 약속해 줘."

엘리자베스는 켄트를 방문하는 일이 즐겁지 않을 거라고 생각했지만 친구의 부탁을 거절할 수 없었다.

"아버지가 3월에 마리아를 데리고 오신다고 했거든. 그때 너도 함께 왔으면 좋겠어. 네가 와 준다면 우리 식구들이 오는 것만큼 기쁠 것 같아."

드디어 결혼식이 거행되었다. 신랑 신부는 교회에서 예식을 마친 다음 곧장 켄트로 출발했다. 여느 결혼식처럼 이 결혼식에 대해서도 많은 뒷얘기가 오갔다. 엘리자베스는 곧 샬럿에게서 편지를 받았고 그 이후 두 사람은 이전처럼 규칙적으로 편지를 주고받았다. 그렇지만 이전처럼 속마음을 진솔하게 털어놓을 수는 없었다. 엘리자베스는 샬럿에게 편지를 쓸 때마다 과거의 친밀하고 편안한 우정을 지속하는 건 불가능하다고 느꼈다. 편지 쓰는 일을 게을리하지 않아야겠다는 다짐도 현재의 우정보다는 과거의 우정을 생각해서 한 결정이었다. 샬럿이 처음 보낸 편지를 읽을 때만 해도 가슴이 설레었다. 집이 마음에 드는지, 캐서린 영부인을 어떻게 생각하는지, 얼마나 행복한지 궁금한 것 투성이었다. 그러나 편지를 읽고 나자 샬럿의 말 한 마디 한 마디가 그녀가 예상했던 것과 정확히 일치한다는 걸 알았다. 샬럿의 편지는 명랑 쾌활했다. 모든 것이 편안한 것처럼 보였고 온통 칭찬 일색이었다. 집이며 가구, 이웃 사람들, 심지어 도로까지 그녀의 취향에 딱 맞는다고 했고, 캐서린 영부인이 더없이 친절하고 다정하다고 했다. 헌스퍼드와 로징스에 대한 샬럿의 묘사는 콜린스의 묘사보다 강도가 약간 낮았을 뿐 전혀 다를 게 없었다. 자세한 실상을 파악하려면 직접 샬럿을 방문할 때까지 기다리는 수밖에 없었다.

제인은 무사히 런던에 도착했다는 소식을 몇 자 적어서 보내왔다. 엘리자베스는 다음 편지에는 빙리 씨 가족에 대해 쓸 이야기가 생겼으면 좋겠다고 내심 기대했다.

두 번째 편지를 기다리는 엘리자베스의 초조한 심정은 대부분의 기다림이 그렇듯 실망감으로 바뀌었다. 제인은 일주일이 지나도록 캐롤라인을 만나지도 못했고 소식조차 듣지 못했다고 했다. 제인은 자기가 롱본에서 마지막으로 보낸 편지가 사고로 분실된 것 같다고 해석했다.

외숙모가 내일 그 동네로 가실 일이 있으니까 나도 같이 그로 스브너가에 가 볼 참이야.

제인은 그곳을 방문해서 빙리 양을 만난 후 다시 편지를 보내왔다.

캐롤라인은 별로 몸 상태가 좋지 않은 것 같았어. 그렇지만 나를 보고는 몹시 반가워하면서 런던에 온 걸 미리 알려 주지 않았다고 책망하더구나. 내 생각이 맞았어. 내가 마지막으로 보낸 편지가 도착하지 않았던 거야. 당연히 캐롤라인의 오빠 소식도 물어봤지. 빙리 씨는 잘 지내고 있대. 다아시 씨와 항상 붙어 다녀서 자기네들도 오빠 볼 시간이 거의 없다는구나. 그날 저녁에 다아시 양이 저녁 식사를 하러 오기로 했대. 나도 만나 봤으면 좋았을 텐데. 캐롤라인과 허스트 부인이 외출할 일이 있다고 해서 난 오래 있지는 못했어. 두 사람이 곧 여기로 날 만나러 올 것 같아.

엘리자베스는 편지를 읽고 실망해서 고개를 저었다. 빙리 양의 태도로 봐서 제인이 런던에 있다는 사실을 빙리가 알게 되는 건 우연에 맡길 수밖에 없었다.

4주일이 지나갔지만 제인은 빙리의 그림자도 보지 못했다. 제인은 원망하지 말자고 스스로 다짐했지만 빙리 양의 무심한 태도를 방관하고만 있을 수는 없었다. 보름 동안 아침이면 오늘은 찾아올까 하는 기대감에 설레고, 저녁이면 그녀가 오지 못한 이유를 혼자 궁리해 내면서 하루하루를 보냈다. 그러다가 드디어 그녀가 찾아오기는 했지만, 오자마자 금방 돌아가 버렸다. 자신을 대하는 태도 역시 이전과 달라졌다는 걸 분명히 느낄 수가 있었다. 제인의 편지에는 그녀가 어떤 기분이었는지 잘 나타나 있었다.

사랑하는 동생 리지에게

빙리 양에 대한 내 판단이 완전히 틀렸다는 걸 인정할게. 네 판단이 옳았다고 기뻐하지는 않겠지. 네 말이 맞았다는 게 증명되긴 했지만, 빙리 양이 그동안 내게 보였던 태도를 생각하면 네가 그녀를 의심했던 것만큼 나도 그녀를 믿을 수밖에 없었다는 걸 알아 줬으면 좋겠다. 그렇다고 나를 고집불통이라고 생각하지는 말아 줘.

빙리 양이 왜 나를 친근하게 대했었는지 이해할 수 없지만, 다시 그런 상황으로 돌아간다고 해도 난 역시 속을 수밖에 없을 것 같아. 캐롤라인은 어제서야 겨우 나를 찾아왔어. 그동안은 편지 한 통, 글 한 줄 없었어. 오늘 찾아왔을 때도 전혀 반가운 기색이 없더구나. 진작 찾아오지 않은 걸 형식적으로 사과하고는 다시 만나고 싶다는 말도 하지 않았어.

완전히 딴사람이 된 것 같았어. 캐롤라인이 외숙모 집을 떠날 때 난 더 이상 그녀와 연락하지 않겠다고 굳게 마음먹었어. 캐롤라인이 원망스럽기는 하지만 한편으로는 안됐어. 나를 친구로 선택했던 게 잘못이지. 나와 친해지려고 노력한 건 항상 캐롤라인 편이었어. 그건 누구도 부정할 수 없는 일이야. 하지만 가엾게도 지금은 오빠에 대한 염려 때문에 내게 친근하게 대하지 못하는 걸 거야. 그건 어쩌면 당연한 일인지도 몰라. 우리는 그런 걱정할 필요 없다고 생각하지만, 캐롤라인의 입장에서는 오빠를 걱정해서 그럴 수밖에 없을 거야. 누이로서 오빠를 걱정하는 건 동기간의 애정에서 비롯된 거니까 자연스러운 일이잖아. 그런데 캐롤라인이 아직도 그런 걱정을 한다는 게 이해가 안 가긴 해. 빙리 씨에게 나를 좋아하는 감정이 조금이라도 있다면 우리는 벌써 만났을 거야. 캐롤라인의 말투로 미뤄 볼 때 내가 런던에 있다는 걸 빙리 씨가 알고 있는 게 틀림없어. 캐롤라인은 자기 오빠가 다시 양을 좋아하고 있다고 억지로라도 믿고 싶어 하는 것 같았어. 난 정말 이해할 수가 없구나. 내 말이 너무 지나친 것 같지만 모든 게 이중적인 속임수처럼 느껴져. 이런 고통스러운 생각을 머릿속에서 몰아내고 싶어. 내가 행복해질 수 있는 방법과 너의 따뜻한 우애와 외삼촌과 외숙모의 한결같은 사랑만 생각할래.

곧 답장 보내 주기 바란다. 빙리 양은 그분이 다시는 네더필드에 돌아오지 않을 거고, 그 집을 해야할 거라고 말했어. 그렇지만 확실한 건 아닌 것 같아. 그 얘기는 더 이상 하지 않는 게 좋을 것 같다. 헌스퍼드에 있는 친구에게서 반가운 소식을 들었다니 기쁘구나. 윌리엄 경과 마리아가 그 집을 방문할 때 너도 꼭 함께 갔으면 좋겠다. 틀림없이 아주 편안하고 즐거운 시간이 될 거야.

언니가

편지를 읽고 나자 엘리자베스는 너무 마음이 아팠다. 그러나 제인이 더 이상 빙리 양에게 기만당하지 않을 거라는 생각을 하자 조금 기운이 솟는 것 같았다. 이제 빙리에 대한 기대는 산산조각이 났다. 언니에 대한 그의 관심이 다시 되살아날 거란 기대도 할 수 없었다. 그 일을 생각할 때마다 빙리가 정말 형편없는 인간으로 느껴졌다. 그가 다시 양과 결혼하기를 바라는 것만이 제인을 위해서도 좋은 일이고, 빙리에게도 제대로 보복하는 길이라는 생각이 들었다. 위컴 말대로 빙리가 다시 양과 결혼하면, 그는 자신이 제인을 놓쳐 버린 걸 내내 후회하게 될 것 같았다.

그때 가디너 부인이 엘리자베스에게 위컴의 일에 관해서 약속했던 일을 묻는 내용의 편지를 보내왔다. 엘리자베스는 외숙모가 좋아할 만한 소식을 전해 주었다. 엘리자베스에 대한 위컴의 애정이 완전히 식어 버렸고 관심도 사라졌다는 소식이었다. 그는 다른 상대에게 구애하는 중이었다. 엘리자베스는 그에게 관심이 있었던 만큼 주의 깊게 그 과정을 지켜보았지만, 그런 상황을 직접 볼 때나 편지로 옮길 때나 그다지 고통스럽지는 않았다. 물론 마음이 약간 아프기는 했지만 심한 고통은 아니었다. 그녀는 자신에게 재산이 있었더라면 위컴이 당연히 자기에게만 구애했을 거라고 생각했다. 그런 생각으로 자신의 상처받은 허영심을 달랠 수 있었다. 위컴이 현재 구애하는 여성의 가장 큰 매력은 최근에 갑자기 상속받게 된 1만 파운드의 재산이었다.

그러나 이번 경우는 엘리자베스의 판단력이 샬럿이 결혼할 때의 판단력보다 흐려진 것 같았다. 그녀는 위컴이 경제적으로 자립할 수 있는 재산을 욕심내는 걸 비판적으로 생각하지 않았다. 그것은 지극히 당연한 욕망이라고 생각했다. 위컴이 자기를 포기하면서 마음속으로 많은 갈등을 느꼈을 걸 생각하면 오히려 연민의 감정이 일어났다. 두 사람 모두를 위해서 위컴이 현명한 선택을 했다고 생각하면서 진심으로 그의 행복을 빌었다.

그녀는 이 모든 사연을 가디너 부인에게 적어 보냈다. 일의 정황을 설명한 다음 이런 내용을 덧붙였다.

외숙모, 제가 그다지 그분을 사랑하지 않았다는 걸 이제 확실하게 알게 되었어요. 그분에게 정말 순수하고 고결한 열정을 품었었다면 지금쯤 그 사람의 이름을 듣는 것조차 혐오스러워하면서 그 사람이 불행하기를 빌어야 하겠죠. 하지만 제 감정은 지극히 우호적이고 담담할 뿐이에요. 킹 양에 대해서도 전혀 나쁜 감정이 없어요. 조금도 미워하는 감정은 없어요. 오히려 아주 훌륭한 아가씨라고 서슴없이 말할 수 있어요. 제가 그분을 사랑했다면 이럴 수는 없겠죠. 제 감정을 절제했던 게 정말 잘한 일인 것 같아요. 제가 그분에게 정신없이 빠졌다면 분명히 저를 아는 사람들에게 흥미진진한 웃음거리가 되었을 거예요. 그렇다고 제가 사람들의 관심의 대상이 되지 못해서 서운하다고 말씀드리는 건 아니에요. 중요한 인물이 되려면 그만큼 비싼 대가를 치러야 하는 법이죠. 그분의 마음이 변한 걸 저보다 더 분해하는 사람은 키티와 리디아예요. 그 애들은 아직 세상 물정에 어두워서 잘생긴 남자들도 평범한 남자들처럼 먹고살기 위해 돈이 필요하다는 가슴 아픈 진실을 받아들이지 못하는 거겠죠.

4

　1월과 2월은 롱본가에 별다른 큰 사건 없이 지나갔다. 가끔
씩 진흙탕 길을 걷거나 추운 날씨를 무릅쓰고 메리턴까지 가는
것 이외에는 달라진 게 없는 생활이었다. 그리고 3월은 엘리자
베스가 헌스퍼드에 가기로 약속한 달이었다.

　엘리자베스는 처음에는 그곳을 방문하는 일을 그다지 중요
하게 생각하지 않았다. 그러나 샬럿이 그녀를 몹시 기다리고
있다는 걸 알게 되자 그녀를 만날 기대감에 부풀었다. 떨어져
있는 동안 샬럿을 그리워하는 마음도 생겼고, 콜린스에 대한
거부감도 줄어들었다. 어머니나 동생들과도 대화가 통하지 않
아 답답하던 차라 변화가 생긴다는 게 반갑기도 했다. 더욱이
이번 여행 동안 제인을 잠깐이나마 만날 기회가 생길 수도 있
었다. 날짜가 다가올수록 오히려 출발이 연기될까 봐 걱정스러
워지기까지 했다. 모든 일은 순조롭게 진행되었다. 엘리자베스

는 처음 샬럿의 생각대로 윌리엄 경과 그의 둘째 딸과 함께 떠나게 되었다. 런던에서 하룻밤을 보내자는 제안도 더해져서 완벽한 여행 계획이 세워졌다.

한 가지 마음에 걸리는 건 아버지를 혼자 두고 가는 일이었다. 아버지는 엘리자베스가 없으면 적적해하실 게 분명했다. 막상 엘리자베스가 떠나는 날이 되자 아버지는 그녀가 떠나는 걸 못내 서운해하면서 편지를 보내라고 당부하며 자기도 답장을 보내겠다고 약속했다.

그녀는 위컴과 다정하게 작별 인사를 나누었다. 위컴 쪽이 더 애틋하게 서운한 감정을 표현했다. 지금은 다른 여성에게 구애하고 있기는 하지만 엘리자베스가 자신의 관심을 사로잡았던 여성이고, 또 그럴 만한 충분한 자격이 있다는 걸 잊을 수는 없었다. 그는 엘리자베스가 자신의 말을 진지하게 들어 주고, 자신의 처지에 진심 어린 동정을 표현해 준 여성이며, 흠모의 내싱이 되기에 부족함이 없다고 생각했다. 그는 엘리자베스에게 즐겁게 지내기를 진심으로 바란다고 말하고, 캐서린 드버그 영부인이 어떤 사람인지 알려 주면서 그분에 대한 두 사람의 의견과 모든 사람들의 평가가 일치할 거라고 말했다. 그녀는 위컴의 태도에서 진심 어린 관심과 배려를 느꼈다. 그가 결혼을 하든 독신으로 남아 있든, 위컴의 이러한 장점은 다정하고 유쾌한 남성의 모범적인 이미지로 언제까지나 마음속에 남아 있을 것 같았다.

　다음 날 그녀와 동행한 사람들은 위컴을 더욱 돋보이게 했다. 윌리엄 루카스 경과 선량하기는 하지만 아버지를 닮아서 머리가 텅 빈 마리아는 쓸데없는 얘기만 쉴 새 없이 늘어놓아서 덜컹거리는 마차 소리를 듣는 것처럼 옆 사람을 고통스럽게 했다. 엘리자베스는 다른 사람들의 잡담을 기꺼이 들어 주는 편이었지만, 윌리엄 경이 늘어놓는 얘기들은 너무 식상하고 진부한 것들뿐이었다. 그는 국왕을 찾아가 뵙던 일이나 기사 작위를 받았던 일처럼 전혀 새로운 게 없는 얘기를 따분하게 늘어놓았다. 이야기를 늘어놓는 말투 역시 내용에 못지않게 지리멸렬하기 짝이 없었다.

　그레이스처치가까지는 겨우 24마일밖에 안 되었다. 게다가 아침 일찍 출발했기 때문에 정오면 그곳에 도착할 수 있었다. 일행이 가디너 씨 댁 문 앞에 도착했을 때, 제인은 응접실 창문으로 그들이 도착하는 걸 지켜보고 있다가 현관에 들어서자 반갑게 맞아 주었다. 엘리자베스는 언니의 얼굴이 예전과 다름없이 건강하고 아름다운 걸 보고 무척이나 기뻤다. 계단에는 사내아이들과 여자아이들이 모여 서 있었다. 그들은 응접실에서 사촌 누이가 오기를 기다리다가 빨리 보고 싶은 마음에 밖으로 나와 있었다. 12개월 만에 처음 만나는 거라 쑥스러운 마음에 선뜻 아래층으로 내려오지 못하고 있었다. 모든 식구들이 기뻐하며 그들을 따뜻하게 환영했다.

그날 하루는 더없이 유쾌하게 지나갔다. 아침에는 부산하게 쇼핑을 하러 돌아다녔고, 저녁에는 극장에 다녀왔다. 엘리자베스는 일부러 숙모 옆에 자리를 잡았다. 두 사람이 나눈 첫 번째 화제는 제인에 관한 것이었다. 제이이 항상 밝은 모습을 보이려고 애쓰고 있기는 하지만, 가끔씩 의기소침해한다는 말을 듣자 엘리자베스는 몹시 마음이 아팠다. 그런 기간이 오래 지속되지는 않을 거라는 생각으로 위안을 삼을 수밖에 없었다. 가디너 부인은 빙리 양이 그레이스처치가를 방문했던 자초지종과 제인과 나누었던 이야기를 전해 주었다. 대화 내용으로 보아 제인은 빙리 양과의 교제를 단념한 게 분명했다.

가디너 부인은 엘리자베스가 위컴에게 버림받았다고 놀려대면서 그래도 잘 극복하고 있는 것 같다면서 농담을 섞어 칭찬했다.

"그런데 킹 양은 도대체 어떤 아가씨니? 우리 친구인 위컴 씨가 돈에만 관심이 있는 남자라고 생각하고 싶진 않구나."

"그런데 외숙모, 결혼할 때 돈만 추구하는 것과 신중하게 선택하는 것이 어떻게 다른 건가요? 신중함이 끝나고 탐욕이 시작되는 지점은 어디쯤 되는 거죠? 지난 크리스마스 땐 제가 그 남자와 결혼하게 될까 봐 걱정하셨잖아요. 그런 남자와 결혼하는 건 경솔한 행동이라고 하셨죠. 그런데 지금은 그 사람이 고작 1만 파운드의 재산을 가진 여자와 결혼하려고 한다니까 그 사람을 돈만 밝히는 남자라고 의심쩍게 생각하시잖아요."

"넌 킹 양이 어떤 아가씨인지 말해 주기만 하면 돼. 판단은 내가 알아서 할 테니까."

"아주 좋은 아가씨인 것 같아요. 그 여자에 대해서 나쁘게 말하는 얘기는 듣지 못했어요."

"하지만 그 아가씨의 할아버지가 돌아가시면서 재산을 남겨 주기 전까지는 위컴 씨도 그 아가씨에게는 전혀 관심이 없었잖니."

"그건 그랬죠. 하지만 그게 뭐 잘못인가요? 제게 돈이 없어서 제 사랑을 지킬 수 없었던 것처럼, 그분도 자기가 좋아하지도 않고 돈도 없는 여자에게 구애할 이유도 없는 거 아닌가요?"

"그렇기는 하다만, 너와 그런 일이 있었는데 금방 그 여자에게 관심을 돌린 건 좀 천박한 행동이라는 생각이 드는구나."

"궁핍한 처지에 있는 남자는 그렇지 않은 남자들처럼 고상하게 점잔을 뺄 여유가 없는 법이죠. 킹 양이 문제 삼지 않는다면 그걸로 된 거예요. 우리가 왈가왈부할 일은 아닌 것 같아요."

"그 아가씨가 상관하지 않는다고 해서 그의 행동이 정당화되는 건 아니야. 그 아가씨에게 부족한 점이 있다는 걸 증명할 뿐이지. 이를테면 분별력이나 예민한 감정 같은 거 말이다."

"그럼 외숙모 좋을 대로 생각하세요. 위컴 씨는 돈만 밝히는 사람이고, 킹 양은 아둔한 여자라고 말이에요."

엘리자베스가 큰 소리로 말했다.

"아니다, 리지. 내 마음대로 생각하라고 하면 난 그렇게 생각하고 싶지는 않다. 더비셔에서 그렇게 오래 살았던 청년을 나쁘게 생각하는 건 나로서도 그다지 기분 좋은 일은 아니란다."

"더비셔에서 오래 살았다는 게 문제인가요? 그렇다면 전 더비셔에 살고 있는 젊은 남자들을 아주 좋지 않게 생각하고 있는걸요. 하트퍼드셔에 살고 있는 그 남자들의 친구들도 나을게 없다고 봐요. 전 그 사람들이라면 정말 진절머리가 나요. 천만다행이네요. 내일 제가 가는 곳에는 매너도 센스도 없는 비호감인 남자들만 있을 테니까요. 그럼 결국 멍청한 남자들만 알고 지낼 가치가 있다는 말이 되네요."

"말조심해라, 리지. 그런 식으로 말하면 진짜 실연당한 여자처럼 보일 테니까."

만찬이 끝나고 두 사람이 헤어지기 전에 그녀는 뜻밖의 초대를 받았다. 외삼촌 부부가 계획하고 있는 여름 여행에 함께 가자고 권유했던 것이다.

"어느 곳으로 갈지는 아직 정하지 않았어. 아마 호수 지방으로 갈 것 같다."

엘리자베스에게는 더할 나위 없이 즐거운 계획이었다. 엘리자베스는 감사하는 마음으로 초대를 받아들이며 몇 번이나 환호성을 질렀다.

"숙모, 정말 너무 기뻐요! 숙모는 제게 새로운 활기와 생기를 선사해 주셨어요. 절망과 우울은 이제 그만 안녕을 고해야죠. 바위와 산 같은 자연에 비하면 남자 따위는 하잘것없는 존재예요. 정말 멋진 여행이 될 거예요. 우리는 자기가 무얼 봤는지 제대로 설명도 못하는 여행자는 되지 말아요. 우리가 갔던 곳을 생생하게 기억하고 훤히 꿰고 있어야 해요. 호수와 산과 강이 머릿속에서 마구 뒤엉키게 해서는 안 돼요. 어느 곳의 경치를 묘사할 때도 서로 엇갈린 주장을 하면서 말씨름을 해서는 절대 안 되죠. 여행에서 돌아온 후 자기감정에 빠져서 지루한 여행담으로 다른 사람들을 괴롭히는 그런 여행자가 되면 절대 안 돼요."

5

다음 날 여행에서 엘리자베스에게는 모든 것이 새롭고 즐겁게 보였다. 이제 즐거운 일을 받아들일 수 있을 만큼 마음의 여유가 생긴 덕분이었다. 언니가 매우 건강해 보여서 걱정이 사라진 데다, 북부 지방으로 여행할 걸 생각만 해도 저절로 기분이 좋아지고 기운이 솟구치는 것 같았다.

마차가 큰길을 벗어나 헌스퍼드로 가는 좁은 길로 들어서자, 사람들은 모퉁이를 돌 때마다 목사관이 나타나길 기다렸다. 마차가 달리고 있는 길 한쪽 편에는 로징스 파크의 울타리가 둘러져 있었다. 엘리자베스는 로징스의 식구들에 관해 들었던 얘기를 떠올리며 혼자 미소를 지었다.

드디어 목사관이 눈에 들어왔다. 도로 쪽으로 경사진 정원과 그 가운데 서 있는 집과 초록색 담과 월계수로 둘러진 울타리, 모든 것이 목적지에 도착했다는 걸 말해 주고 있었다.

콜린스와 샬럿이 문 앞에 모습을 드러냈다. 마차가 작은 문 앞에 멈춰 서자 그들은 서로 눈인사를 나누고 짧은 자갈길을 걸어 집에 도착했다. 마차에서 내린 사람들은 집주인들과 반가움과 기쁨의 인사를 나눴다. 콜린스 부인은 쾌활하게 친구를 맞이했다. 엘리자베스는 애정 어린 환대를 받으면서 이곳에 오기를 잘했다고 생각하며 마음이 뿌듯했다. 사촌의 정중한 예의범절은 결혼한 후에도 전혀 달라진 게 없었다.

콜린스는 문 앞에 손님들을 몇 분 동안 세워 놓고 온 가족의 안부를 깍듯이 물으며 대답을 듣고 나서야 만족한 표정을 지었다. 그리고 집으로 들어가는 입구를 깨끗이 청소해 놓았다는 걸 누누이 강조하며 잠시 입구에서 지체한 후 손님들을 집 안으로 안내했다. 응접실에 들어서자 그는 다시 한 번 누추한 집을 방문해 준 것에 대해 지나치게 격식을 갖춰 가며 감사의 인사를 했고, 아내가 손님들에게 마실 것을 권할 때마다 빠짐없이 같은 인사를 되풀이했다.

엘리자베스는 콜린스가 자신에게 득의만만한 태도를 보일 걸 이미 예상하고 있었다. 그는 방의 훌륭한 배치와 구조와 가구를 자랑할 때 유독 엘리자베스를 쳐다보면서 얘기했다. 엘리자베스가 자신의 청혼을 거절함으로써 이 모든 특권을 놓쳤다는 걸 깨닫게 하려는 속셈이 빤히 들여다보였다. 집 안은 무척 깔끔하고 안락했다. 그렇다고 해서 그의 청혼을 거절했던 걸 후회라도 하는 것처럼 한숨을 쉬어서 콜린스를 만족시킬 생각은 없었다. 엘리자베스는 이런 남자와 함께 살면서 쾌활한 모습을 보이는 친구를 경이롭게 바라보지 않을 수 없었다.

콜린스는 아내가 수치스러워할 만한 말을, 그것도 자주 입밖에 냈다. 그때마다 엘리자베스는 자기도 모르게 샬럿에게 눈길이 갔다. 한두 번 샬럿의 얼굴이 살짝 붉어지는 모습이 보였지만, 그녀는 대부분 못 들은 척하며 슬기롭게 넘어갔다. 콜린스는 거실에 있는 벽장에서부터 벽난로의 재받이에 이르기까지 방 안에 있는 가구를 한 점도 빼놓지 않고 자랑한 다음, 그들이 여행했던 일과 런던에서 있었던 일까지 모두 얘기하고 나서 정원을 산책하자고 제안했다.

정원은 널찍했고 잘 정돈되어 있었다. 콜린스는 자신이 직접 정원을 가꾼다면서 또 자랑을 늘어놓았다. 그는 이 정원에서 일하는 것이 자신의 가장 품위 있는 취미 생활 중 하나라고 말했다. 샬럿도 정원을 가꾸는 일이 좋은 운동이기 때문에 남편에게 자주 권한다고 태연하게 말했다. 엘리자베스는 그런 친구의 모습에 감탄을 금할 수 없었다.

콜린스는 오솔길과 갈림길을 한 곳도 빠짐없이 안내하면서 손님들이 칭찬의 말을 할 틈도 없이 보이는 것마다 자세하게 설명을 늘어놓았다. 그의 장황한 설명 때문에 손님들은 정원의 아름다움을 감상할 겨를이 없었다. 그는 사방에 있는 밭의 숫자를 모두 헤아리고 있었고, 가장 멀리 떨어진 숲에 나무가 몇 그루 있는지까지 알고 있었다. 그는 자기 집 정원은 말할 것도 없고 나라 안에 있는 어떤 고장도 로징스의 전망과는 상대가 되지 못할 거라고 말했다. 그의 집 맞은편 정원을 둘러싸고 있는 나무들 사이로 비탈진 언덕 위에 자리 잡고 있는 로징스 저택이 보였다. 현대식으로 지어진 웅장하고 훌륭한 건물이었다.

콜린스는 그의 정원을 지나 두 군데 목장까지 안내하고 싶어 했지만, 숙녀들이 아직 눈이 녹지 않아 미끄러운 길을 걷기엔 무리인 신발을 신고 있어서 집으로 되돌아갈 수밖에 없었다.

윌리엄 경이 콜린스를 따라 나간 사이에 샬럿은 동생과 친구에게 집 안을 구경시켜 주었다. 그녀는 남편의 간섭을 받지 않고 집을 안내할 수 있게 된 걸 무척 즐거워하는 것 같았다. 집은 자그마했지만 튼튼하고 편리하게 잘 지어져 있었고, 집 안에 있는 모든 살림이 깔끔하고 통일감 있게 잘 정돈되어 있어서 샬럿의 손길이 곳곳에 닿아 있다는 걸 느낄 수 있었다. 콜린스를 잊을 수 있는 동안은 집 안에 더없이 편안한 분위기가 감돌았다. 샬럿 역시 그가 없는 홀가분한 시간을 즐기고 있는 게 분명했다.

엘리자베스는 캐서린 영부인이 아직 런던에 가지 않고 이곳에 머무르고 있다는 걸 알고 있었다. 저녁 식사 도중에 다시 캐서린 영부인 얘기가 나오자 콜린스가 나섰다.

"맞습니다, 엘리자베스 양. 이번 주 일요일에 교회에서 캐서린 드 버그 영부인을 뵐 수 있는 영광을 얻게 되실 겁니다. 그분을 뵈면 엘리자베스 양도 분명히 그분을 좋아하시게 될 겁니다. 정말 애정이 넘치시고 겸손하신 분이니까요. 예배가 끝난 후에 엘리자베스 양에게도 틀림없이 인사를 건네 주실 겁니다. 여기 머무시는 동안 저희를 초대하실 때마다 처제와 엘리자베스 양을 함께 초대해 주실 거라고 자신 있게 말씀드릴 수 있습니다. 영부인께서는 제 아내 샬럿에게 무척 친절하게 대해 주신답니다. 저희들은 매주 두 번씩 로징스 댁 식사에 초대를 받는데 절대 집에 걸어서 돌아가지 못하게 하시죠. 늘 그분의 마차를 준비해 주십니다. 그분의 마차 중 한 대라고 해야 맞는 표현이겠군요. 그분은 마차를 여러 대 갖고 계시니까요."

"캐서린 영부인은 존경할 만한 분이세요. 정말 훌륭한 분이시죠. 이웃 사람들에게 자상하게 신경을 써 주신답니다."

샬럿이 남편의 말을 거들었다.

"맞는 말이에요, 여보. 제가 하고 싶은 말도 바로 그겁니다. 부인은 정말 존경할 만한 분이시죠."

그날 저녁은 주로 하트퍼드셔 소식을 얘기하거나 이미 편지에 썼던 내용을 다시 이야기하는 걸로 지나갔다. 하루 일과가 끝나자 엘리자베스는 혼자 방에서 조용히 샬럿이 과연 행복한 생활을 하고 있는지 생각해 보았다. 샬럿이 집 안을 안내하며 하던 말과 남편을 대하는 차분한 태도를 생각하면 모든 일을 아주 현명하게 해내고 있다는 걸 인정하지 않을 수 없었다.

엘리자베스는 앞으로 이 집에서 어떻게 시간을 보내게 될지 그려 보았다. 대부분의 시간은 이 집 사람들의 조용한 일상 속에 지나갈 것이고, 그 시간 사이사이에 콜린스가 불쑥 끼어들어 당혹스러운 상황을 만들어 낼 것이 분명했다. 그리고 로징스가의 사람들과의 요란한 만남이 기다리고 있을 것이다. 그녀는 풍부한 상상력을 발휘해서 앞으로 일어날 상황을 머릿속으로 미리 그려 보았다.

다음 날 정오 무렵 엘리자베스가 산책 나갈 채비를 하고 있을 때 갑자기 아래층에서 소란스러운 소리가 들려왔다. 무슨 큰일이라도 벌어졌나 해서 귀를 기울여 보니 누군가 그녀의 이름을 부르고 있는 소리가 들렸다. 문을 열자 계단 중간에 서 있던 마리아가 무척 흥분한 것처럼 숨을 헐떡거리며 소리쳤다.

"엘리자, 어서 식당으로 내려가 봐. 볼만한 구경거리가 있어. 무슨 일인지 얘기 안 해 줄래. 빨리 내려가 봐."

엘리자베스는 무슨 일이냐고 물었지만, 마리아는 아무것도 말해 주지 않았다. 두 사람은 아래층으로 내려가서 오솔길로 이어져 있는 식당으로 뛰어갔다. 정원 문 앞에 나지막한 사륜 쌍두마차가 멈춰 있고 그 옆에는 두 여자가 있었다.

"이것 때문에 그렇게 난리를 피운 거야? 난 돼지가 정원으로 침입이라도 한 줄 알았잖아. 고작 캐서린 영부인과 그분의 따님이 온 걸 갖고 그 야단법석을 한 거였어?"

엘리자베스가 어이없다는 듯이 말했다.

"아니, 저 부인은 캐서린 영부인이 아니야."

마리아가 설명했다.

"저 나이 든 부인은 캐서린 영부인과 함께 살고 있는 젠킨슨 부인이고, 다른 한 사람은 버그 양이야. 잘 봐. 정말 체격이 왜소하지? 버그 양이 저렇게 마르고 왜소한 아가씨일 거라고 누가 상상이나 했겠어?"

"바람이 심하게 부는데 샬럿을 밖에 서 있게 하는 건 무례한 일 아니야? 왜 집 안으로 들어오지 않는 거지?"

"샬럿이 그러는데 그 아가씨는 집 안에 들어오는 일이 거의 없대. 드 버그 양이 집 안에 들어오는 건 굉장한 호의를 베푸는 거라나 봐."

"난 저 아가씨의 외모가 마음에 드는걸."

엘리자베스는 한 남자를 떠올리며 말했다.

"병약하고 신경질적으로 보이는 게 어떤 남자에게 썩 어울릴 만한 아가씨야. 그 남자에게 아주 좋은 아내가 될 수 있을 것 같아."

콜린스와 샬럿은 문 옆에 서서 마차 안에 앉아 있는 여자들과 이야기를 나누고 있었고, 윌리엄 경은 현관에 서서 드 버그 양을 황송한 표정으로 바라보다가 그녀가 자기 쪽으로 고개를 돌릴 때마다 연신 굽실대며 인사를 했다. 엘리자베스에게는 이 광경이 재미난 구경거리였다.

이야기가 끝나자 여자들은 마차를 타고 떠났고 남은 사람들은 집 안으로 들어왔다. 콜린스는 엘리자베스와 마리아를 보자 정말 운이 좋다며 축하 인사를 하기 시작했고 샬럿은 다음 날 로징스 댁 식사에 모두 초대를 받았다고 말했다.

6

캐서린 영부인의 초대는 콜린스의 등등한 기세를 최고조에
다다르게 했다. 자신의 후견인이 얼마나 대단한 인물인가를 손
님들에게 과시하고, 영부인이 자기 부부를 정중하게 대하는 모
습을 보여 주는 것이야말로 그가 바라던 일이었다. 게다가 그
런 기회를 이렇게 빨리 제공해 준 것은 캐서린 영부인의 배려
가 얼마나 깊은지를 증명하는 실제적인 예가 되었고, 그는 너
무도 감사해서 몸 둘 바를 몰라 했다.

"영부인께서 일요일 저녁에 로징스에 와서 차나 마시자고 하
셨다면 당연히 놀라지 않았을 겁니다. 그분의 상냥하신 성품을
알고 있기에 그렇게 말씀하실 거라고 이미 예상하고 있었으니
까요. 하지만 이렇게까지 신경을 써 주실 줄은 몰랐습니다. 여
러분이 도착하고 나서 이렇게 빨리 초대해 주실 줄 누가 상상
이나 했겠습니까? 게다가 일행을 전부 초대해 주시다니요!"

그의 말에 윌리엄 경이 대답했다.

"내겐 그다지 놀랄 일도 아니라네. 내 직책상 지체 높으신 분들의 예의범절이 어떤지 접할 기회가 많았으니까 말일세. 궁정에서는 그런 품격 있는 행동은 일상적인 것이지."

그날 온종일 그리고 다음 날 아침까지도 모든 대화가 로징스를 방문하는 일에 관한 것으로 이어졌다. 콜린스는 로징스에서 보게 될 것을 미리 자세히 알려 주는 자상함을 잊지 않았다. 웅장한 방들과 수많은 하인들과 거창한 만찬을 보고 손님들이 압도당하지 않도록 배려한 행동이었다.

숙녀들이 몸단장을 하기 위해 자리에서 일어서자 콜린스가 엘리자베스에게 말했다.

"옷차림에 대해 너무 걱정하지 마세요. 캐서린 영부인께서는 우리가 당신이나 따님에게 어울리는 품위 있는 옷을 입어야 한다고 생각하지는 않으시니까요. 엘리자베스 양이 가지고 있는 옷 중에서 가장 나은 옷을 입으시면 됩니다. 그보나 더 좋은 옷을 입을 필요는 없습니다. 캐서린 영부인께서는 검소한 옷차림을 했다고 엘리자베스 양을 좋지 않게 생각하시지 않을 겁니다. 그분은 신분 차이를 확실하게 구별하는 걸 좋아하시거든요."

그는 숙녀들이 옷을 갈아입고 있는 동안에도 몇 번이나 이 방 저 방 문 앞에 와서 캐서린 영부인께서 식사 시간에 늦는 걸 몹시 싫어하신다며 빨리 옷을 입으라고 재촉했다. 부인의 성품과 생활 방식에 대한 그의 위협적인 설명은 사교계에 익숙하지 않은 마리아 루카스를 잔뜩 주눅 들게 했다. 그녀는 아버지가 세인트 제임스궁에서 국왕을 알현할 때처럼 떨리고 불안한 마음으로 로징스의 안주인을 만날 시간을 기다렸다.

그날은 날씨가 유난히 화창해서 정원을 가로질러 반 마일 정도 기분 좋게 산책할 수 있었다. 장원은 곳곳마다 아름다운 경치를 자랑하고 있었고, 콜린스가 입에 침이 마르도록 자랑한 것처럼 황홀할 만큼 아름다운 건 아니지만, 엘리자베스도 꽤 마음에 드는 곳이었다. 콜린스는 저택 정면에 있는 유리창의 개수를 일일이 세어 가며 루이스 드 버그 경이 처음 그 유리창을 끼울 때 어마어마한 돈이 들었다는 점을 강조했다. 그러나 엘리자베스에게는 그런 것들이 그렇게 대단하게 생각되지 않았다.

현관으로 이어진 계단을 하나씩 올라갈 때마다 마리아의 놀라움과 감탄은 점점 강도가 심해졌다. 윌리엄 경도 당황하는 기색이 역력했다. 그러나 엘리자베스만은 전혀 기가 죽지 않고 꿋꿋했다. 엘리자베스는 캐서린 영부인이 특별한 지성이나 존경할 만한 미덕을 지녔다는 말을 들은 적이 없었다. 캐서린 영부인의 위엄이 단지 돈과 지위에서 비롯된 것이라면 그분을 대하는 걸 조금도 두려워할 이유가 없다고 생각했다.

콜린스가 그토록 칭찬하던 멋진 구조와 우아한 장식을 갖춘 현관에 도착하자, 하인이 나와 일행을 응접실을 지나 캐서린 영부인과 그 딸과 젠킨슨 부인이 앉아 있는 방으로 안내했다.

캐서린 영부인은 정중하게 자리에서 일어나 그들을 맞이했다. 콜린스 부인이 손님들을 소개하는 역할을 맡기로 남편과 합의를 보았기 때문에, 콜린스 씨라면 당연히 필요하다고 생각했을 장황한 감사의 말은 생략하고 적절한 예절을 갖춰 소개하는 절차가 이루어졌다.

윌리엄 경은 세인트 제임스궁에서 국왕을 알현한 경험이 있었음에도 불구하고, 로징스 저택의 장엄한 분위기에 완전히 압도되어 깊숙하게 허리를 굽혀 인사를 하고는 아무 말 없이 자리에 앉았다. 그의 딸 역시 정신이 나갈 정도로 주눅이 늘어서 간신히 의자 끝에 걸터앉은 채 시선을 어디로 둬야 할지 몰라 허둥대고 있었다.

그러나 엘리자베스는 전혀 당황한 기색 없이 침착하게 앞에 앉아 있는 세 여인을 살펴보고 있었다. 캐서린 영부인은 기가 크고 체격도 컸으며, 얼굴 윤곽이 상당히 강한 편이었다. 젊었을 때는 꽤 아름다웠을 거라는 생각이 들 만큼 잘생긴 얼굴이었다. 그녀의 태도는 따뜻하고 온화한 편은 아니었고, 그들을 대하는 예절 또한 방문한 사람들이 자신의 낮은 신분을 의식하지 않을 만큼 정중한 것은 아니었다.

그녀가 입을 다물고 있을 때는 별로 위엄이 느껴지지 않았지만, 말을 할 때는 항상 자신의 높은 신분을 의식하는 것처럼 위압적인 어조였다. 엘리자베스는 위컴이 영부인에 대해서 했던 말을 떠올렸다. 그날 관찰한 캐서린 영부인은 위컴의 설명과 정확히 일치했다. 엘리자베스는 영부인의 얼굴과 거동이 다아시와 닮은 점이 있다고 생각하며 영부인의 딸에게로 눈길을 돌렸다.

너무도 마르고 왜소한 체격을 가진 그녀를 보고 마리아가 놀랐던 것만큼이나 엘리자베스도 충격을 받았다. 모녀는 체격이나 얼굴이 조금도 닮은 구석이 없었다. 드 버그 양은 창백하고 병약해 보였다. 그녀의 얼굴은 못생긴 편은 아니었지만 그렇다고 예쁘다고 할 수도 없었다. 그녀는 젠킨슨 부인에게 귓속말을 하는 것 이외에는 거의 말을 하지 않았다. 젠킨슨 부인의 외모는 특별히 눈에 띄는 점 없이 평범했다. 그녀는 드 버그 양의 말에 귀를 기울이면서 아가씨가 햇빛에 눈이 부실까 봐 햇빛 가리개를 적당한 위치에 놓는 데만 신경을 쏟고 있었다.

모두들 몇 분 동안 어색하게 자리에 앉아 있었다. 부인은 일행에게 창문으로 가서 훌륭한 전망을 감상하라고 권했다. 콜린스는 그들 옆에 붙어 서서 아름다운 전망을 가리키며 이번에도 역시 칭찬을 아끼지 않았다. 캐서린 영부인은 콜린스의 칭찬에 여름에는 훨씬 더 경치가 아름답다고 거들었다.

만찬은 과연 듣던 대로 훌륭했다. 하인들이나 음식 메뉴나 모든 것이 콜린스가 미리 알려 준 그대로였다. 그리고 역시 그가 예상했던 대로 영부인의 권유에 따라 그는 식탁 맨 끝자리에 자리를 잡았다. 그는 자신의 생애에서 최고의 대접을 받고 있는 것 같은 표정을 짓고 있었다. 그는 기쁨에 넘쳐 경쾌한 동작으로 음식을 썰고, 먹고, 감탄을 연발했다. 음식이 한 가지 나올 때마다 맨 처음에 콜린스가 칭찬을 하면, 그다음에는 윌리엄 경이 칭찬을 하는 게 정해진 순서였다. 윌리엄 경은 이제 마음이 진정되었는지 사위가 한 말을 앵무새처럼 따라 하고 있었다. 캐서린 영부인이 듣기 괴롭지 않을까 걱정이 될 정도였다. 그러나 캐서린 영부인은 오히려 그들의 과장된 찬사를 만족스러워하는 것처럼 보였다. 특히 테이블에 나온 요리를 보고 손님들이 처음 보는 음식이라고 할 때마다 더할 수 없이 너그럽고 자애로운 미소를 지어 보였다. 식탁에 둘러앉은 사람들은 별로 대화를 나누지 않고 식사에만 열중하고 있었다.

엘리자베스는 가능하면 대화에 참여할 생각이었지만, 샬럿과 드 버그 양 사이에 앉아 있어서 말할 기회가 주어지지 않았다. 샬럿은 캐서린 영부인의 말을 듣는 데만 정신을 쏟고 있었고, 드 버그 양은 저녁을 먹는 내내 한마디도 말을 걸지 않았다. 젠킨슨 부인은 드 버그 양이 너무 적게 먹는다고 걱정하며 다른 음식도 먹어 보라고 권유하기에 바빴다. 아가씨가 식욕이 너무 없다면서 걱정이 이만저만 아니었다. 마리아는 입을 열

엄두도 내지 못하는 것처럼 보였고, 남자들은 음식을 먹으면서 연신 칭찬하는 것 이외에는 아무 말도 하지 않았다.

응접실로 돌아가자 숙녀들은 캐서린 영부인의 이야기를 듣는 것 이외에는 할 일이 없었다. 영부인은 커피가 나올 때까지 갖가지 주제에 관해 자신의 견해를 늘어놓았다. 그녀의 말투는 매우 단호해서 자신의 판단에 반박하는 말을 듣는 것에 익숙하지 않은 것처럼 보였다. 영부인은 샬럿의 집안 사정에 대해 잘 알고 있는 것처럼 여러 가지 집안일들을 상세히 물어보고, 그 일을 처리하는 방법에 대해 충고했다. 그리고 샬럿네 집처럼 규모가 작은 가정에서는 어떻게 살림을 꾸려야 하는지, 암소와 닭은 어떻게 돌봐야 하는지까지 일일이 지시했다.

엘리자베스는 이 귀부인은 남들에게 명령할 수 있는 기회만 주어진다면 어떤 일이든 마다하지 않을 거라고 생각했다. 영부인은 콜린스와 대화를 나누는 도중에 마리아와 엘리자베스에게 여러 가지 질문을 던졌다. 그녀는 엘리자베스에게 특히 관심이 있는 것처럼 보였다. 영부인은 콜린스 부인에게 엘리자베스의 집안이 어떤지 모르지만, 꽤 얌전하고 예쁜 아가씨라고 말했다. 그녀는 엘리자베스에게 자매가 몇 명이며, 그중에서 언니는 몇 명이고 동생은 몇 명인지, 그리고 누가 결혼을 할 예정인지, 외모가 예쁜지, 어디서 교육을 받았는지, 아버지가 어떤 마차를 소유하고 있는지, 어머니의 처녀 때 성이 무엇인지까지 물었다. 엘리자베스는 그녀의 질문이 무례하고 오만하다고 느꼈지만 겉으로는 태연하게 대답했다. 그러자 캐서린 영부인이 말했다.

"부친의 재산이 콜린스 씨에게 한정 상속된다고 들었는데."

그러고 나서 샬럿에게 고개를 돌리면서 말했다.

"콜린스 부인에게는 참 잘된 일이로군. 하지만 난 여자들이 상속에서 빠져야 하는 이유를 납득할 수가 없어. 루이스 드 버그 경의 집안에서는 그럴 필요성을 전혀 못 느꼈지만 말이지. 악기 연주와 노래도 하나, 베넷 양?"

"조금 합니다."

"아, 그럼 언제 연주와 노래를 들려주지. 우리 집에 있는 피아노는 아주 훌륭한 피아노야. 그 피아노보다 더 훌륭한 피아노는 아마 찾아보기 힘들걸. 그건 그렇고 언니와 동생들도 연주와 노래를 할 줄 아나?"

"한 명은 합니다."

"왜 모두 다 배우지 않았을까? 당연히 모두 다 배웠어야지. 웨브 씨 집안 딸들은 모두 연주할 줄 아는데. 그 아버지 수입이 아가씨 아버지보다 많은 것도 아닐 텐데 말이지. 그림은 그리나?"

"아니요, 그림은 그릴 줄 모릅니다."

"아무도 못 그린단 말인가?"

"네, 아무도요."

"그건 정말 이해하기 힘든 일이로군. 배울 기회가 없었던 게지. 어머니께서 매년 봄마다 런던으로 딸들을 데리고 가서 훌륭한 선생님의 지도를 받도록 했어야지."

"어머니는 그렇게 하고 싶어 하셨지만, 아버지께서 런던을 싫어하셔서요."

"그럼 이젠 가정 교사는 없나?"

"저희 집에는 가정 교사가 있었던 적이 없습니다."

"가정 교사가 없었다니, 어떻게 그럴 수가 있지? 딸이 다섯이나 되는데 가정 교사도 없이 집에서 교육하다니! 그런 얘기는 처음 들어 보는군. 어머니께서 자식들을 교육하느라고 완전히 노예처럼 사셨겠네."

엘리자베스는 그렇지 않았다고 말하면서 속으로 너무 어이가 없어서 웃음이 터질 것 같았다.

"그럼 누가 딸들을 가르쳤단 말이지? 누가 돌봐 주고? 가정 교사가 없었다면 분명 방치되었겠군."

"어떤 집안과 비교하면 그랬다고 할 수도 있죠. 하지만 배우고 싶은 게 있을 때 못 배운 적은 없었어요. 부모님께서 항상 독서를 권고하셨고 선생님이 필요할 땐 구해 주셨죠. 게으름을 피우려고 들면 그럴 수도 있었겠지만 그렇지는 않았답니다."

"맞아, 그런 게으름을 막아 주는 역할을 하는 게 바로 가정 교사지. 내가 어머니를 알고 지냈더라면 가정 교사를 두도록 강력하게 권고했을 텐데. 내가 항상 하는 말이 꾸준하고 규칙적인 훈육이 없으면 아무것도 이루어지지 않는다는 거야. 가정교사가 아니면 누구도 그런 역할을 할 수 없거든. 내가 가정 교사를 구해 준 집이 얼마나 많은지 그걸 생각하면 뿌듯하다니까. 젊은 사람에게 좋은 일자리를 구해 주는 건 정말 흐뭇한 일이지. 젠킨슨 부인의 조카딸 네 명도 내가 좋은 자리에 소개해줬지. 며칠 전만 해도 우연한 기회에 소개받은 청년을 추천했는데 가족들이 아주 대만족이라더군. 콜린스 부인, 어제 메트캐프 부인이 고맙다는 인사를 하러 들렀다는 얘기를 내가 했었나? 포프 양을 보물이라고 말하더군. '캐서린 영부인께서 제게 보물을 찾아 주셨어요.' 이렇게 말했지. 동생들 중에 사교계에 나온 아가씨가 있나, 베넷 양?"

"예, 모두 다 사교계에 나갔습니다."

"뭐라고? 다섯 명이 한꺼번에 나갔다고? 정말 특이한 경우로군. 베넷 양이 둘째라면서, 언니들이 아직 결혼도 하지 않았는데 동생들이 사교계에 드나들다니! 동생들 나이가 아주 어릴 텐데."

"네, 막내가 열여섯 살이에요. 아직 사교계에 나가기엔 어린 나이죠. 하지만 언니가 일찍 결혼할 생각이 없거나 마땅한 상대가 나타나지 않아서 결혼하지 않았다는 이유로 동생들이 사교계의 즐거움을 빼앗기는 건 너무 가혹하다고 생각해요. 막내도 만딸 못지않게 젊음의 즐거움을 누릴 권리가 있으니까요. 그런 이유로 즐거움을 미뤄야 한다는 건 부당하다고 생각합니다. 그렇게 되면 자매간의 우애나 배려하는 마음이 돈독하게 유지될 수 없겠죠."

"아가씨는 젊은 사람이 자기 생각을 꽤 당당하게 말하는군. 나이가 몇 살인가?"

"성인이 된 동생이 세 명이나 있는데 제 입으로 나이를 말할 거라고 기대하시지는 않겠죠."

엘리자베스가 미소를 지으며 대답했다. 캐서린 영부인은 곧바로 대답을 듣지 못하자 꽤 당황스러워하는 눈치였다. 엘리자베스는 영부인의 위세 등등하고 무례한 질문을 무시한 첫 번째 인물이 바로 자신일 거라고 생각했다.

"내 생각엔 스무 살은 넘지 않았을 것 같군. 그러니 굳이 나이를 감출 필요는 없을 것 같은데."

"아직 스물한 살은 안 됐습니다."

남자들이 함께 차를 마시러 왔다. 그들이 차를 다 마시고 나자 카드 테이블이 준비되었다. 캐서린 영부인과 윌리엄 경, 콜린스 부부가 카드리유를 하기 위해 자리에 앉았고, 드 버그 양은 카지노 게임을 선택해서 두 아가씨는 젠킨슨 부인과 한 팀이 되는 영광을 누리게 되었다. 이 테이블은 지루하고 따분하기 짝이 없었다. 젠킨슨 부인은 게임에 관한 얘기는 한마디도 하지 않고 드 버그 양이 너무 덥거나 춥지 않을까, 아니면 너무 불빛이 많이 비치거나 적게 비치지 않을까 전전긍긍했다.

다른 테이블에서는 훨씬 더 많은 대화가 오갔다. 주로 말을 하는 쪽은 캐서린 영부인이었다. 그녀는 다른 세 사람의 실수를 지적하거나 자신의 일화를 얘기하고 있었다. 콜린스는 영부인이 무슨 말을 하든지 맞장구를 치면서 자기가 점수를 딸 때마다 고맙다는 말을 빼놓지 않았고, 너무 많이 땄을 때는 사과하는 것 또한 잊지 않았다. 윌리엄 경은 별로 말을 많이 하지 않았다. 그는 영부인이 말한 일화와 귀족들의 이름을 머릿속에 집어넣는 데만 정신을 쏟고 있었다.

캐서린 영부인과 따님이 싫증이 날 때까지 게임을 즐기고 나자 테이블이 모두 치워졌다. 영부인이 콜린스에게 마차를 준비시켜도 되겠느냐고 말하자 그는 감사하게 받아들였고 영부인은 즉시 지시를 내렸다. 그들은 벽난로 주위에 둘러선 채 다음 날 날씨에 관한 캐서린 영부인의 예보를 들어야 했다. 그러는 동안 마차가 도착했다고 알려 왔다.

그들이 떠날 때 콜린스는 다시 감사의 인사를 반복했고, 윌리엄 경은 여러 차례 절을 했다. 마차가 문 앞을 출발하자마자 콜린스는 엘리자베스에게 로징스 저택에서 본 것에 대한 그녀의 감상을 물어 왔다. 그녀는 샬럿을 배려하는 마음에서 자신의 본심보다 과장되게 칭찬을 해 주었다. 그러나 그녀가 힘겹

게 꾸며 낸 칭찬의 말도 콜린스를 만족시키기에는 절대적으로
부족했다. 그는 결국 영부인에 대한 찬사를 자신이 직접 늘어
놓는 걸로 아쉬운 부분을 대신했다.

7

윌리엄 경은 헌스퍼드에 겨우 일주일밖에 머무르지 않았지만, 그 시간은 딸이 매우 편안하고 안정된 결혼 생활을 하고 있으며, 훌륭한 남편과 이웃을 두었다는 걸 확인하기에 충분한 시간이었다. 콜린스는 윌리엄 경이 있는 동안 아침마다 이륜마차로 주변 지역을 구경시켜 드렸다. 그가 떠나고 나자 온 가족은 다시 일상적인 삶으로 돌아왔다. 엘리자베스는 사촌이 한가해져서 더 자주 마주치게 될까 봐 걱정했지만, 다행스럽게도 그는 아침 식사를 마치고 나서 저녁을 먹을 때까지 정원에서 일을 하거나 자기 서재에서 독서를 하거나 아니면 도로 쪽으로 나 있는 창문으로 바깥 풍경을 내다보며 시간을 보냈다. 숙녀들이 사용하는 방은 집 뒤편에 있었다. 엘리자베스는 샬럿이 평상시에 식당을 겸한 응접실을 사용하지 않는 걸 보고 처음에는 의아하게 생각했다. 이 방은 훨씬 더 넓고 전망도 좋은 방이었다. 그러나 그녀는 친구가 그렇게 하는 데에는 나름대로 합리적인 이유가 있다는 걸 알게 되었다. 그들이 콜린스의 서재처럼 쾌적한 방에서 시간을 보낸다면, 틀림없이 콜린스가 자기 서재에서 보내는 시간이 줄어들고 그 방에서 보내는 시간이 많아질 것이었다. 엘리자베스는 샬럿이 무척 지혜롭다고 감탄했다.

응접실에서는 좁은 길이 잘 보이지 않았지만, 콜린스가 알려준 덕분에 무슨 마차가 지나갔는지, 특히 드 버그 양의 마차가 몇 번이나 지나갔는지 알 수 있었다. 드 버그 양은 거의 매일 그 길을 지나갔는데도 콜린스는 한 번도 빠뜨리지 않고 그때마다 알려 주곤 했다. 드 버그 양은 자주 목사관 앞에 마차를 세우고 샬럿과 잠시 얘기를 주고받기는 했지만, 한 번도 마차에서 내려서 집 안으로 들어오라는 권유를 받아들이지 않았다.

콜린스는 거의 하루도 빠짐없이 로징스 저택을 방문했다. 그의 아내 역시 그곳에 가는 걸 당연하게 받아들이는 것 같았다. 엘리자베스는 생활비 문제로 처리할 일이 있을 거라는 생각이 들기 전까지는 두 사람이 그 집을 위해 그렇게 많은 시간을 할애하는 이유를 도저히 이해할 수가 없었다. 이따금 영부인이 목사관을 방문하는 경우도 있었다. 영부인은 샬럿의 집을 방문하는 동안 방 안에 있는 물건들을 한 가지도 놓치지 않고 자세히 살펴보면서 살림살이를 점검하고, 일하는 모습을 눈여겨보고, 다른 방법으로 하는 게 어떻겠느냐고 조언을 하기도 했다.

가구 배치가 잘못되었다고 트집을 잡거나 가정부가 소홀하게 처리한 일을 찾아내기도 했다. 어쩌다가 간단히 음식을 먹을 때도 있었지만, 단지 콜린스가 먹는 고깃덩어리가 그 집 형편에 맞지 않게 너무 크다는 걸 지적하기 위한 것처럼 보였다.

엘리자베스는 얼마 안 가서 이 대단한 귀부인이 이 구역의 치안 담당을 위임받은 건 아니지만, 자기 교구 안에서 적극적으로 치안 판사의 역할을 맡고 있다는 걸 알게 되었다. 이 지역에서 일어나는 모든 일들이 사소한 것까지 포함해서 콜린스를 통해 영부인에게 전달되고 있었다. 누군가 싸움을 벌이거나, 불만을 갖고 있거나, 가난해서 곤란한 지경에 처할 때마다 영부인이 항상 마을로 달려가서 싸움을 중재하고, 불만을 잠재우고, 훈계해서 사람들이 서로 화해할 수 있도록 했다.

로징스에서 만찬을 즐기는 일은 매주 두 번 정도 반복되었다. 윌리엄 경이 빠졌다는 것과 저녁에 카드 테이블이 하나만 놓인다는 걸 제외하고는 만찬은 이전과 달라진 게 없었다. 그 이외에 별다른 모임은 없었다. 이웃의 전반적인 생활 수준이 콜린스의 생활 수준을 훨씬 뛰어넘었기 때문이었다. 그러나 엘리자베스는 별로 불만은 없었다. 대체로 그녀는 편안하고 여유로운 시간을 보내고 있었다. 샬럿과는 하루에 반 시간 정도 대화를 나눌 수 있었고, 3월치고는 날씨가 아주 좋은 편이어서 야외에서 즐거운 시간을 보낼 수 있었다. 다른 사람들이 캐서린 영부인을 방문하러 가는 동안 엘리자베스는 산책을 즐겼다. 그녀는 공원 한쪽 경계를 이루고 있는 숲을 끼고 있는 길을 자주 찾았다. 나무 그늘이 져서 걷기에 아주 쾌적한 길이었다. 이 오솔길은 아직 엘리자베스 이외에는 아무도 그 가치를 발견하지 못한 곳이었다. 캐서린 영부인의 호기심도 이곳까지는 미치지 못한 모양이었다.

엘리자베스가 조용한 생활을 즐기는 동안 벌써 2주일이 지나고 부활절이 다가오고 있었다. 부활절 전주에는 로징스 저택에 손님 한 사람이 더 오기로 되어 있었다. 교제하는 사람이 워낙 적은 로징스에 새로운 손님이 온다는 건 매우 중요한 사건이었다. 엘리자베스는 도착한 지 얼마 되지 않아서 다아시가 몇 주 내로 방문할 거라는 얘기를 들었다. 그녀는 다아시가 자기가 아는 사람들 중에서 가장 호감이 가지 않는 사람이라고 생각했지만, 그의 등장은 로징스 파크에 그나마 새로운 구경거리가 될 것 같았다. 빙리 양이 자기 사촌을 대하는 다아시의 태도를 보면 그에게 품고 있는 연정이 얼마나 가망 없는 것인지 깨닫게 될 것이었다. 캐서린 영부인은 다아시를 자신의 사윗감으로 점찍어 놓은 게 분명했다. 영부인은 다아시가 올 거라며 대단히 흡족해했고, 최고의 찬사를 동원해서 그를 칭찬했다. 루카스 양과 엘리자베스가 이미 그를 몇 번이나 만났다는 얘기를 듣고는 어쩐지 심기가 불편해 보였다.

다아시가 도착했다는 소식은 곧 목사관에 전해졌다. 콜린스는 누구보다 먼저 그의 도착을 확인하기 위해 아침 내내 헌스퍼드로 가는 길목의 오두막집 근처에서 서성거렸다. 그는 마차가 정원에 들어서자마자 마차를 향해 절을 하고 이 굉장한 소식을 전하기 위해 부리나케 집으로 들어왔다. 다음 날 아침 그는 문안 인사를 드리기 위해 서둘러 로징스 저택으로 향했다. 그가 인사를 드려야 할 대상은 캐서린 영부인의 조카 두 사람이었다. 다아시는 백부의 둘째 아들인 피츠윌리엄 대령과 함께 로징스 저택에 도착했다.

콜린스는 두 명의 신사와 함께 집으로 돌아왔다. 집에 있던 사람들은 세 사람이 함께 오는 모습을 보고 깜짝 놀랐다. 샬럿은 남편의 서재에서 그들이 길을 가로질러 오는 모습을 보자 곧장 엘리자베스와 마리아가 있는 방으로 달려와 그들이 보게 될 영광스러운 광경을 미리 알려 주었다. 그리고 이렇게 덧붙였다.

"이분들이 방문하신 건 네 덕분인 것 같아. 다아시 씨가 나한테 인사하기 위해서 이렇게 서둘러 오실 리는 없으니까 말이야."

엘리자베스가 자기는 그런 인사를 받을 이유가 없다는 말을 미처 끝내기도 전에 벨이 울렸다. 그리고 곧바로 세 사람의 신사가 방으로 들어섰다. 가장 먼저 들어온 사람은 피츠윌리엄 대령이었다. 그는 서른 살 정도 되어 보였고, 잘생긴 편은 아니지만 풍기는 분위기나 말하는 태도가 점잖고 신사다웠다. 다아시는 하트퍼드셔에서 보았던 모습과 전혀 달라진 게 없었다. 그는 평소처럼 격식을 갖춰서 콜린스 부인에게 인사를 하고, 그녀의 친구에 대한 감정과는 상관없이 지극히 태연하게 그녀를 대했다. 엘리사베스는 말없이 고개만 약간 숙여 보였다.

피츠윌리엄 대령은 품위 있는 신사답게 여유롭고 편안하게 대화를 시작해서 유쾌하게 이끌어 갔다. 그러나 다아시는 콜린스 부인에게 집과 정원에 대해 간단한 칭찬을 건네고 나서 한참 동안 누구에게도 말을 걸지 않았다. 그러다가 최소한의 예의를 차려야겠다는 생각이 들었는지 엘리자베스에게 가족들의 안부를 물었다. 그녀는 평범한 답변을 하고 나서 잠깐 사이를 두었다가 덧붙였다.

"언니가 석 달째 런던에 머물고 있어요. 혹시 런던에서 언니를 만나지 않으셨나요?"

난난 석이 없다는 걸 이미 알고 있었지만, 다아시가 빙리 남매들과 제인 사이에 있었던 일을 알고 있는지 떠보기 위해 물어본 것이었다. 유감스럽게도 베넷 양을 한 번도 보지 못했다고 대답할 때 다아시는 약간 당황하는 것처럼 보였다. 엘리자베스는 더 이상 캐묻지 않았다. 신사들은 잠시 후에 그곳을 떠났다.

8

목사관에서는 피츠윌리엄 대령의 훌륭한 매너에 대해 칭송이 자자했다. 숙녀들은 로징스의 저녁 파티가 피츠윌리엄 대령 때문에 훨씬 분위기가 좋을 거라고 기대에 부풀었다. 그러나 로징스에서는 며칠이 지난 후에야 저녁 초대를 해 왔다. 그 집에 손님들이 있는 동안에는 굳이 다른 손님을 초대해야 할 필요가 없었다. 신사들이 도착한 지 일주일이 지난 부활절 전날에야 초대의 영광을 받을 수 있었고, 그것도 교회에서 예배가 끝나고 헤어지면서 저녁에 집에 오라고 말한 게 전부였다.

지난 일주일 동안 그들은 캐서린 영부인과 그의 따님을 거의 보지 못했다. 그사이에 피츠윌리엄 대령은 목사관을 몇 번이나 다녀갔지만, 다아시는 교회에서밖에 볼 수 없었다.

그들은 당연히 초대에 응했고 제시간에 도착해서 캐서린 영부인의 응접실에서 그곳 사람들과 어울렸다. 영부인은 예의를 갖추어서 그들을 맞이하기는 했지만 다른 손님이 없을 때만큼 그들을 반기지 않는 기색이 역력했다. 사실상 영부인은 조카들에게만 관심이 쏠려서 그들하고만 대화를 했고 그중에서도 다아시에게 훨씬 더 말을 많이 건넸다.

피츠윌리엄 대령은 그들을 진심으로 반가워했다. 로징스에 머물고 있는 동안에는 사소한 일도 그에게 흥미로운 기분 전환이 될 수 있었다. 그중에서도 콜린스 부인의 어여쁜 친구는 특별히 그의 마음을 끌었다. 피츠윌리엄 대령이 옆에 앉아서 켄트와 하트퍼드셔 이야기며 여행 다녔던 곳과 집에서 생활하던 이야기, 그리고 새로운 책과 음악에 관한 이야기를 유쾌하게 들려주어서 엘리자베스는 그 어느 때보다 즐겁게 시간을 보낼 수 있었다. 그들이 쾌활하고 활기 있게 대화를 나누는 모습은 다아시뿐 아니라 캐서린 영부인의 주목을 끌었다. 다아시는 여러 번 호기심에 가득 찬 시선을 보냈고, 영부인도 잠시 후에 궁금증을 참지 못하고 두 사람을 향해 말했다.

"무슨 얘기를 하고 있는 거지, 피츠윌리엄? 대화의 주제가 뭐야? 베넷 양에게 하고 있는 얘기가 무슨 얘기냐?"

"음악 얘기를 하고 있었어요, 이모님."

답변을 회피할 수 없게 되자 피츠윌리엄이 대답했다.

"음악 얘기라고! 그렇다면 나도 들을 수 있게 크게 얘기해 보렴. 음악이라면 내가 제일 좋아하는 주제니까 나도 좀 끼어야겠다. 영국에서 나보다 더 음악을 즐기는 사람은 없을 거야. 음악적인 감성이 나만큼 뛰어난 사람은 몇 안 될 거다. 내가 제대로 음악을 배우기만 했더라면 분명히 굉장한 대가가 되었을 거야. 앤도 건강만 따라 주었더라면 틀림없이 훌륭한 연주자가 되었을 텐데. 조지애나는 실력이 많이 늘었니, 다아시?"

다아시는 동생의 훌륭한 연주 실력을 애정이 담긴 말로 칭찬했다.

"네가 그렇게 칭찬하는 말을 들으니까 다행이로구나. 연습을 굉장히 많이 하지 않으면 뛰어난 실력을 갖출 수 없다고 전해 주렴."

"걱정 마세요, 이모님. 그렇게 충고하시지 않아도 꾸준히 연습하고 있어요."

"연습은 많이 할수록 더 좋은 법이지. 다음번에 조지애나에게 편지 쓸 때 어떤 일이 있어도 연습을 게을리하지 말라고 당부해야겠다. 나는 젊은 아가씨들에게 꾸준하게 연습하지 않으면 훌륭한 연주를 할 수 없다고 종종 일러 준단다. 콜린스 부인에게도 더 많이 연습하지 않으면 제대로 된 연주를 할 수 없다고 여러 번 얘기했지. 콜린스 부인에게는 피아노가 없지만, 매일 로징스에 와서 젠킨슨 부인 방에 있는 피아노를 연주해도 좋다고 말했단다. 너도 알다시피 그 방에서는 누구에게도 방해가 되지 않으니까 말이다."

다아시는 이모의 무례한 말이 창피한 생각이 들었는지 아무 대꾸도 하지 않았다.

차 마시는 시간이 끝나자 피츠윌리엄 대령이 엘리자베스에게 연주를 들려주기로 한 약속을 지켜 달라고 말했다. 그녀는 곧바로 피아노 앞에 앉았다. 그러자 대령은 의자를 그녀 가까이 낭겨 앉았다. 캐서린 영부인은 연주를 반 정도 듣다가 다시 다아시에게 말을 걸었다. 다아시는 영부인 곁에서 일어나 평소처럼 조심스런 태도로 아름다운 연주자의 얼굴을 정면에서 바라볼 수 있는 자리로 옮겨 앉았다. 엘리자베스는 그가 자리를 옮겨 앉는 걸 보고 연주 중간에 쉬는 틈을 타서 짓궂은 미소를 지으며 그를 돌아보고 말했다.

"그렇게 가까이 다가오셔서 제 연주를 들으시면 제가 겁낼 거라고 생각하셨나 보죠? 하지만 전 다아시 씨 동생분이 아무리 훌륭한 연주를 하신다고 해도 전혀 기죽지 않아요. 저는 다른 사람이 고의로 저를 겁주려고 하면 절대로 못 참는 못된 성질이 있거든요. 누구든 저를 위협하려 들면 저는 오히려 용기가 솟는답니다."

"굳이 오해라는 말은 하지 않겠습니다. 제가 일부러 당신을 겁주는 걸 즐긴다고 믿지는 않으실 테니까요. 엘리자베스 양을 꽤 오래 알고 지낸 터라 이따금 본인의 진심과는 다른 말을 하는 걸 큰 즐거움으로 삼으신다는 걸 알고 있습니다."

엘리자베스는 자신을 그런 식으로 해석하는 그의 말이 재미있어서 큰 소리로 웃었다. 그리고 피츠윌리엄 대령을 보면서 말했다.

"대령님의 사촌께서는 저를 아주 좋게 말씀해 주실 것 같군요. 대령님께 제가 하는 말은 한마디도 믿지 말라고 말씀하시겠죠. 제 본색을 이렇게 잘 폭로하는 분을 만나다니 정말 운이 없네요. 이곳에서는 사람들에게 꽤 괜찮은 평판을 얻고 싶었는데 말이죠. 다아시 씨, 정말 너무 잔인하신 거 아닌가요? 하트퍼드셔에서부터 알고 있던 제 약점을 모두 공개하시다니 말이에요. 하지만 그건 현명하지 못한 처사인 것 같군요. 제게 맹렬한 복수심을 불러일으키시니 드리는 말씀이에요. 저도 친척분들이 깜짝 놀라실 만한 얘기를 하지 않을 수 없게 됐네요."

"저는 조금도 두렵지 않습니다."

다아시가 미소를 지으며 말했다.

"다아시가 비난받을 일이 뭔지 들어 봅시다. 다아시가 처음 만나는 사람들 사이에서 어떻게 행동하는지 저도 무척 궁금하군요."

피츠윌리엄 대령이 큰 소리로 말했다.

"정 그러시다면 말씀드리죠. 하지만 아주 고약한 얘기를 들으실 각오를 하셔야 할걸요. 아시겠지만 제가 처음 다아시 씨를 만난 건 하트퍼드셔의 무도회에서였어요. 그곳에서 다아시 씨가 어떻게 행동했는지 아세요? 무도회에는 남자분들이 너무 부족했는데도 겨우 네 번밖에 춤을 추지 않으셨답니다. 기분 상하게 해 드려서 죄송하지만 그게 사실인걸요. 제가 분명히 기억하는데 파트너가 없어서 춤을 추지 못하고 자리에 앉아 있어야 하는 젊은 아가씨들이 한두 명이 아니었어요. 다아시 씨, 이런 사실을 부인하지는 않으시겠죠?"

"그 파티장에는 제 일행 이외에는 제가 아는 숙녀분이 한 분도 없었습니다."

"그랬겠죠. 무도회에서는 서로 소개하지 않는 게 관례니까요. 피츠윌리엄 대령님, 다음에 무슨 곡을 연주할까요? 제 손가락이 대령님의 명령을 기다리고 있답니다."

"제가 소개를 부탁하는 게 더 현명한 태도였을지도 모르겠군요. 하지만 저는 처음 만나는 사람들 앞에 나서는 데는 워낙 소질이 없습니다."

다아시가 말했다.

"이번에는 대령님의 사촌께 그 이유를 여쭤 볼까요?"

엘리자베스는 여전히 피츠윌리엄 대령을 쳐다보며 말했다.

"지성과 교양을 갖추시고 세상 경험도 할 만큼 하신 분이 어째서 처음 만난 사람들 앞에 나서는 게 그렇게 어려운지 여쭤보고 싶네요."

"다아시에게 물어보지 않아도 제가 대답할 수 있습니다. 그건 다아시가 굳이 그런 노력을 하지 않기 때문이죠."

피츠윌리엄의 말을 듣고 다아시가 말했다.

"어떤 사람들에게는 쉬운 능력이 제게는 없습니다. 처음 만난 사람들과 쉽게 대화를 나누는 재능 같은 것 말입니다. 제게는 처음 보는 사람들이 나누는 대화의 분위기를 파악하는 게 너무 어려운 일입니다. 그리고 다른 사람들처럼 그들의 화제에 흥미가 있는 척하지도 못합니다."

"제 손가락은 다른 여자들처럼 능수능란하게 피아노 건반 위를 움직이지 못해요. 제 손가락은 그 여성들처럼 힘있고 날렵하지 못해서 같은 곡도 그만큼 훌륭하게 표현해 내지 못하죠. 하지만 전 항상 그것이 제 자신의 잘못 때문이라고 생각했어요. 그만큼 열심히 연습하지 않았으니까요. 그렇지만 제 손가락이 다른 여자들의 손가락보다 훌륭한 연주를 할 수 있는 능력이 없다고 생각하지는 않아요."

다아시가 미소를 지으며 말했다.

"전적으로 옳은 말씀입니다. 엘리자베스 양은 자신의 시간을 훨씬 더 효과적으로 사용하신 것 같군요. 당신의 연주를 듣는 특권을 누린 사람들 중에서 그 연주가 부족하다고 생각할 사람은 없을 테니까요. 엘리자베스 양도 모르는 사람 앞에서 연주하는 건 아니고, 저도 모르는 사람들과는 대화하지 않는다는 공통점이 있네요."

그들의 대화는 캐서린 영부인이 무슨 얘기를 하고 있느냐고 물어 오는 바람에 중단되고 말았다. 엘리자베스는 곧바로 다시 연주를 시작했다. 캐서린 영부인이 다가와서 잠시 그녀의 연주를 듣더니 다아시에게 말했다.

"베넷 양은 연습을 더 많이 하고 런던에서 개인 교습을 받으면 상당히 훌륭한 연주사가 될 것 같구나. 손가락 놀림이 좋은 편이야. 물론 앤의 음악적인 감각은 따라가지 못하겠지만. 앤이 건강하기만 했다면 얼마나 훌륭한 연주자가 되었겠니."

엘리자베스는 다아시가 사촌을 칭찬하는 말에 어떻게 대답하는지 궁금해서 그를 쳐다보았다. 그러나 그에게서 사촌에 대한 애정은 전혀 찾아볼 수 없었다. 드 버그 양을 대하는 다아시의 전반적인 태도를 주의 깊게 살펴보고 나서 엘리자베스는 나름대로 결론을 내렸다. 그녀는 만일 빙리 양이 다아시의 사촌이었더라면, 그가 빙리 양과 결혼할 가능성이 그가 드 버그 양과 결혼할 가능성과 똑같았을 거라고 생각했다. 이것은 빙리 양이 들었더라면 부석 위안이 되었을 만한 결론이었다.

캐서린 영부인은 엘리자베스의 연주를 듣는 내내 연주 방법과 표현 방식에 대해 자신의 견해를 늘어놓았다. 엘리자베스는 예의를 지키기 위해 간신히 그녀의 잔소리를 끝까지 참고 들어주었다. 영부인의 마차가 집 앞에 도착할 때까지 그녀는 신사들의 요청에 따라 연주를 계속했다.

9

다음 날 아침 엘리자베스는 혼자 제인에게 편지를 쓰고 있었다. 콜린스와 마리아는 마을에 볼일이 있어서 나가고 없었다. 그때 갑자기 현관에서 초인종 소리가 들렸다. 마차 소리는 들리지 않았지만 캐서린 영부인일지도 모른다는 생각이 들어서 엘리자베스는 쓰던 편지를 얼른 치워 버렸다. 영부인이 편지 쓰는 걸 보면 또 무례하게 캐물으며 성가시게 할까 봐 걱정스러웠다. 그러나 문이 열리자 들어선 사람은 뜻밖에도 다아시였다. 엘리자베스가 혼자 있는 것을 보고 그 역시 놀란 기색으로 숙녀분들이 모두 집에 계시는 줄 알았다고 말하며 불쑥 방으로 들어온 걸 사과했다.

두 사람은 자리에 앉았다. 엘리자베스가 먼저 로징스 가족의 안부를 물었고, 다시 깊은 침묵 속에 빠져들 것 같은 어색한 순간이 흘렀다. 뭔가 할 말을 생각해 내야 할 것 같은 부담스러운 상황에서 엘리자베스는 하트퍼드셔에서 다아시를 마지막으로 만났던 순간을 떠올렸다. 그녀는 그들이 그렇게 갑작스럽게 떠난 이유에 대해 과연 그가 어떻게 말할지 궁금했다.

"다아시 씨, 지난 11월에 일행분들이 왜 그렇게 갑자기 네더필드를 떠나셨나요? 빙리 씨는 그분들을 그렇게 빨리 만나게 돼서 무척 놀라고 기뻐하셨겠죠? 제 기억으론 빙리 씨는 그 전날 떠나셨던 것 같은데. 런던에 계시는 동안 빙리 씨와 누이분들 모두 잘 지내고 계시던가요?"

"네, 아주 잘 지내고 있었습니다. 감사합니다."

그걸로 대답이 끝나 버린 것 같아 엘리자베스는 다시 덧붙였다.

"제 생각엔 빙리 씨는 다시 네더필드에 돌아올 의향이 없으신 것 같더군요."

"빙리가 직접 그렇게 말하는 건 듣지 못했지만, 앞으로 네더필드에서는 별로 시간을 보낼 일이 없을 것 같긴 합니다. 지금도 친구들이 많기만 거기서 계속 친구들이 많아질 거고 만날 일도 많을 테니까요."

"네더필드에 오래 머물 생각이 없으시다면 아예 그 집을 나가시는 게 이웃을 위해 좋은 일 아닌가요? 그러면 다른 가족이 그 집에 눌러살 수도 있을 테니까요. 하지만 빙리 씨가 그 집에 세를 드신 건 이웃을 위해서가 아니라 자신의 편의를 위해서 한 일일 테니까 그 집을 떠나든 계속 살든 그건 그분이 결정할 일이겠죠."

"적당한 임자가 나타나면 그 집을 내놓을지도 모르겠군요."

엘리자베스는 아무 대답도 하지 않았다. 빙리에 대해 더 많은 얘기를 듣는 게 두렵기도 했고 더 할 얘기도 없었다. 화제를 찾는 부담을 다아시에게 미루는 게 나을 것 같았다. 그는 그녀의 그런 생각을 눈치채기라도 한 것처럼 이내 말을 꺼냈다.

"집이 참 아늑하군요. 콜린스 씨가 처음 헌스퍼드에 오셨을 때 캐서린 영부인이 신경을 많이 써 주신 것 같습니다."

"그런 것 같아요. 그분의 은혜를 콜린스 씨보다 더 감사하게 받아들이는 사람도 없을 거예요."

"콜린스 씨는 루카스 양 같은 아내를 얻은 걸 무척 행복해하시는 것 같더군요."

"당연하죠. 그분의 친구들도 콜린스 씨가 샬럿 같은 여자를 만난 걸 기뻐할걸요. 현명한 여자들 중에서 콜린스 씨의 청혼을 받아 줄 사람은 드물 테니까요. 청혼을 받아 순다고 해도 그분을 행복하게 해 줄 수 있는 여자는 더 드물 거예요. 샬럿은 정말 이해심이 많은 친구죠. 샬럿이 콜린스 씨와 결혼한 게 현명한 일이었는지는 잘 모르겠지만, 어쨌든 샬럿은 무척 행복해 보이는 것 같았어요. 현실적인 면에서 보면 아주 유리한 결혼인지도 모르죠."

"친정 식구들이나 친구들과 가까운 곳에서 살게 된 것도 다행스러운 일입니다."

"가까운 거리라고요? 거의 50마일이나 되는데요."

"50마일이 그렇게 먼 거리인가요? 반나절이면 갈 수 있는 거리인데요. 전 가까운 거리라고 생각합니다만."

"거리가 가깝기는 게 이 결혼의 장점 중 하나라고 생각되지는 않아요."

엘리자베스가 목소리를 높였다.

"저는 콜린스 부인이 친정과 가까운 곳에 살게 되었다고 말할 수는 없다고 생각해요."

"그건 엘리자베스 양이 하트퍼드셔에 강한 애착을 갖고 있다는 증거입니다. 엘리자베스 양은 롱본을 조금만 벗어나도 멀게 느끼겠죠."

이 말을 할 때 다아시의 얼굴에 살짝 미소가 비쳤다. 엘리자베스는 그 미소의 의미를 알 것 같았다. 그는 엘리자베스가 제인과 네더필드를 염두에 두고 그런 말을 했다고 생각했을 것이다. 그런 생각이 들자 자기도 모르게 얼굴이 붉어졌다.

"전 여자가 결혼해서 친정 가까이 사는 게 좋다고 말씀드린 게 아니에요. 멀고 가까운 건 여러 가지 상황에 따라 달라지죠. 여행 비용이 부담이 되지 않을 만큼 돈이 많다면 거리는 문제될 게 없겠죠. 하지만 샬럿의 경우는 그렇지 않잖아요. 콜린스 씨 부부는 안정적인 수입이 있기는 하지만 자주 여행을 할 수 있을 정도로 여유가 있는 건 아니에요. 제 친구가 지금 거리의 반도 안 되는 곳에 산다고 해도 분명 친정과 가까운 곳에 산다고 할 수는 없어요."

다아시는 의자를 그녀에게로 약간 끌어당겨 앉으며 말했다.

"자기 고향에 그렇게 강한 집착을 가지시면 안 됩니다. 평생 롱본에서 살 수는 없으니까요."

엘리자베스는 깜짝 놀란 표정을 지었다. 신사 역시 어떤 감정의 변화를 느꼈는지 다시 의자를 뒤로 빼고 탁자에서 신문을 집어 들어서 훑어보면서 다소 차가운 목소리로 말했다.

"켄트 지방이 마음에 드시는지요?"

두 사람은 마음을 가라앉히고 켄트 지방에 관해 간단한 대화를 나눴다. 얼마 지나지 않아서 샬럿과 그녀의 여동생이 산책을 마치고 들어서자 두 사람의 대화가 중단되었다. 샬럿과 마리아는 그들이 단둘만 있는 모습을 보자 깜짝 놀란 표정을 지었다. 다아시는 엘리자베스가 혼자 있는 걸 모르고 실수로 들어왔다고 변명을 하고는 아무에게도 말을 건네지 않고 몇 분간 앉아 있더니 방에서 나갔다.

"이 상황이 뭘 의미하는 거지?"

다아시가 나가자마자 샬럿이 말했다.

"엘리자, 다아시 씨가 네게 반한 게 틀림없어. 안 그러면 이렇게 친한 척하면서 우리 집을 방문할 리가 없어."

그러나 다아시가 내내 침묵만 지키고 앉아 있었다고 하자,
샬럿은 자신의 바람과는 달리 다아시가 엘리자베스를 좋아하
는 게 아닐 수도 있다고 생각했다. 이런저런 추측이 나온 끝에
다아시가 달리 할 일이 없어서 왔을 거라는 쪽으로 결론이 맺
어졌다. 시기적으로도 1년 중에서 가장 할 일이 없는 때이기도
했다. 야외에서 운동할 수 있는 계절도 끝났고, 집 안에 캐서린
영부인의 책과 당구대가 있었지만 신사들이 하루 종일 집 안에
만 있을 수도 없는 노릇이었다. 목사관이 가까운 거리에 있어
서인지, 목사관으로 가는 길이 산책하기에 좋아서인지, 아니면
그 집에 묵고 있는 사람들이 마음에 들어서였는지 두 사촌은
거의 매일 목사관 쪽으로 걷고 싶은 유혹을 느꼈다. 그들은 오
전 중 아무 때나 목사관을 찾아왔다. 어떤 때는 따로따로 오기
도 했고 함께 오거나 이모를 모시고 오기도 했다. 피츠윌리엄
대령은 그들과 만나는 일이 즐거워서 찾아오는 것처럼 보였다.
당연히 그들도 대령에게 호감을 느꼈다. 엘리자베스는 피츠윌
리엄 대령이 자신을 흠모하고 있다는 걸 느꼈고, 그와 함께 있
을 때 그녀 역시 만족스러운 기분이 들었다. 이전에 호감을 가
졌던 조지 위컴과 피츠윌리엄 대령을 비교해 보면, 사람의 마
음을 사로잡는 부드러운 태도는 피츠윌리엄 대령이 위컴보다
부족하지만, 풍부한 식견으로는 그가 훨씬 더 우월하다고 생각

했다.

그러나 다아시가 그렇게 빈번하게 목사관에 드나드는 이유는 이해가 되지 않았다. 사람들과 어울리기 위해서 오는 것 같지는 않았다. 그는 10분 동안 입 한번 열지 않고 가만히 앉아 있을 때가 많았고, 어쩌다 말을 할 때도 좋아서 하는 게 아니라 어쩔 수 없어서 하는 것처럼 보였다. 말하자면 대화가 그에게는 즐거움이 아니라 예의를 차리기 위한 희생과도 같은 것이었다. 그가 정말 활기 있고 명랑하게 보이는 때는 거의 없었다.

콜린스 부인도 그의 태도를 어떻게 받아들여야 할지 황당해했다. 피츠윌리엄 대령이 이따금 멍청하게 앉아 있는 다아시를 보고 놀려 대는 걸 보면, 그가 평상시에는 그런 태도를 보이지는 않는다는 걸 알 수 있었다. 샬럿은 그의 변화가 사랑으로 인한 것이고, 그 사랑의 대상이 자신의 친구인 엘리자라고 믿고 싶었다. 그래서 그 증거를 찾아내야겠다고 단단히 벼르고 있었다. 그녀는 그들 일행이 로징스 저택을 방문했을 때나 다아시가 헌스퍼드에 왔을 때 줄곧 그에게서 눈을 떼지 않았다. 그러나 별다른 성과를 얻어 내지는 못했다. 다아시가 엘리자베스를 자주 쳐다보는 건 확실했지만, 그의 표정으로는 속마음을 알아낼 수가 없었다. 그는 한결같이 진지하고 심각한 표정으로 엘리자베스를 바라보았지만 그 눈길 속에 열렬한 흠모의 감정이 담겨 있는지는 확실하게 알 수 없었다. 가끔은 방심한 사람처럼 멍한 표정을 지을 때도 있었다.

샬럿은 엘리자베스에게 다아시가 그녀를 좋아하고 있을지도
모른다는 말을 한두 번 꺼냈지만, 엘리자베스는 말도 안 되는 소
리라며 웃어넘겼다. 콜린스 부인은 더 이상 그녀에게 그런 얘기
를 하는 건 별로 좋지 않다고 생각했다. 공연히 기대에 부풀게 했
나가 그새 실망하게 만들지도 모르는 일이었다. 샬럿은 다아시
가 엘리자베스를 사모하고 있다는 걸 그녀가 알게 되면 지금까
지 그를 싫어했던 감정이 한순간에 달라질 거라고 믿었다.

샬럿은 엘리자베스가 행복하기를 바라는 마음에서 그녀가
피츠윌리엄 대령과 결혼하는 모습을 그려 보기도 했다. 피츠윌
리엄 대령은 다른 어떤 남자와도 비교할 수 없을 만큼 유쾌한
사람이었다. 게다가 엘리자베스를 흠모하는 게 분명했고, 사회
적인 지위로 보아도 충분히 그녀의 짝이 될 만한 자격이 있었
다. 그러나 다아시에게는 피츠윌리엄 대령의 모든 장점을 상쇄
할 만한 특별한 능력이 있었다. 다아시에게는 상당히 많은 목
사 수전권이 있었지만 피츠윌리엄 대령에게는 그린 권한이 전
혀 없었다.

10

엘리자베스는 정원을 산책하다가 몇 번이나 불쑥 다아시와 마주쳤다. 그녀는 아무도 오지 않던 이곳에서 하필이면 그를 만나게 되다니 정말 운이 나쁘다고 생각했다. 다시 그런 얄궂은 상황이 벌어지지 않도록 하기 위해 엘리자베스는 처음 그와 마주쳤을 때 그 길은 자기가 무척 좋아하는 산책로라고 말했다. 그런데도 두 번째 그와 마주친 것은 정말 이해하기 어려운 일이었다. 엘리자베스는 그 길에서 그를 세 번째 만났다. 그가 일부러 짓궂게 그런 행동을 하는 게 아니라면, 일부러 자신에게 괴로운 상황을 만들어 내는 거라고밖에 생각할 수 없었다. 그는 엘리자베스와 마주칠 때마다 몇 마디 형식적인 인사말을 건네고 어색하게 침묵을 지키다가 가는 게 아니라, 가던 방향을 되돌려서 그녀와 함께 걷기까지 했다. 그가 별로 말을 많이 하지 않았기 때문에 엘리자베스 역시 힘들게 말을 받아 주거나 들어 주는 수고를 할 필요는 없었다. 그러나 세 번째 마주쳤을 때 다아시는 서로 연관성도 없는 엉뚱한 질문을 해서 그녀를 곤혹스럽게 했다. 헌스퍼드 생활이 재미있느냐, 혼자 산책하는 걸 즐기느냐, 콜린스 씨 부부가 행복하다고 생각하느냐는 등 별로 중요하지도 않은 것들을 물었다. 로징스 저택 얘기를 할 때는 엘리자베스가 아직 그 저택에 대해 완전히 알지 못한다고 하면서 언제든 다시 켄트에 오면 그곳에 머무르기를 바란다는 의향을 내비쳤다. 피츠윌리엄 대령을 염두에 두고 하는 말일까? 뭔가 의미가 담긴 말이라면 자기와 대령의 관계가 진전될 수도 있다는 걸 암시하는 것이 분명했다. 그러자 갑자기 견딜 수 없이 피곤하다는 생각이 들었다. 목사관 맞은편에 있는 울타리 문이 보이자 그렇게 반가울 수가 없었다.

어느 날 엘리자베스는 제인이 최근에 보낸 편지를 읽으며 산책을 하고 있었다. 제인이 쓴 편지 중 몇 구절이 우울한 그녀의 심경을 나타내는 것 같아서 그 구절에 대해 곰곰이 생각하며 걷고 있을 때였다. 이번에는 다아시가 아니라 피츠윌리엄 대령이 눈앞에 서 있었다. 엘리자베스는 얼른 편지를 감추고 억지로 미소를 지어 보이며 말했다.

"대령님도 이 길로 산책하시는 줄 몰랐네요."

"전 매년 장원을 한 바퀴 둘러보죠. 이번에도 마찬가지구요. 산책이 끝나면 목사관으로 가려던 참이었습니다. 더 멀리까지 걸어가실 생각인가요?"

"아뇨, 방금 돌아가려던 참이었어요."

그리고 그녀는 발길을 돌렸다. 두 사람은 함께 목사관을 향해 걸어갔다.

"토요일에 켄트를 떠나기로 결정하셨나요?"

"네, 다아시가 떠날 날짜를 연기하지 않으면 그럴 생각입니다. 저는 다아시가 결정하는 대로 따를 겁니다. 그 친구는 무슨 일이든 자기가 하고 싶은 대로 결정하는 성격이니까요."

"다아시 씨는 일정이 자기 마음에 들지 않아도 결정권이 자신에게 있다는 데서 쾌감을 맛볼 수 있겠군요. 다아시 씨는 하고 싶은 대로 할 수 있는 권한이 자신에게 있다는 걸 누구보다 즐기는 사람처럼 보였어요."

"그 친구는 무슨 일이든 자기 방식대로 하는 걸 좋아하죠. 하지만 사람들이 다 그렇지 않은가요? 단지 그 친구에게는 다른 사람들보다 그렇게 할 수 있는 능력이 더 많은 것뿐이죠. 그 친구는 부자고 다른 사람들은 그렇지 못하니까요. 솔직하게 말씀드리면 차남들은 자신을 죽이고 남에게 의존하는 생활에 익숙해져야 한답니다."

"백작님의 차남이신 분이 그런 생활을 잘 아실 것 같지는 않은데요. 자신을 죽이고 남에게 의존하는 삶에 대해 정말 알고 계시는지 궁금하군요. 돈이 없어서 원하는 곳에 가지 못했다거나 갖고 싶은 걸 못 가지신 적이 있으신가요?"

"급소를 찌르는 질문이로군요. 그런 문제로 고생한 적이 많다고 할 수는 없을 것 같습니다. 하지만 그보다 더 중요한 일에서는 돈이 없어서 고통당할 때도 있습니다. 차남들은 결혼도 자기가 원하는 대로 하지 못하죠."

"재산이 많은 여자를 바라지만 않는다면 쉽게 결혼할 수 있을 것 같은데요."

"돈을 쓰는 습관도 우리 같은 남자들을 의존적으로 만들죠. 저 같은 처지에 있는 남자들 치고 돈에 신경 쓰지 않고 결혼할 수 있을 만큼 경제적으로 여유 있는 사람은 많지 않을 겁니다."

'이 말은 내게 들으라고 하는 말인가?'

엘리자베스는 속으로 그런 생각을 하며 얼굴이 붉어졌다. 그러나 곧 침착하게 명랑한 목소리로 말했다.

"그럼 백작님 차남의 몸값은 보통 얼마나 되나요? 장남이 아주 병약하지 않다면 5만 파운드 이상 요구하지는 않을 것 같은데요."

대령이 그녀의 말을 장난스럽게 받아들여서 이 이야기는 이 정도로 끝났다. 엘리자베스는 입을 다물고 있으면 방금 전에 했던 말 때문에 기분이 상했다는 오해를 받을 것 같아서 서둘러 말을 이었다.

"사촌께서 대령님을 이곳으로 데려온 것도 자기 뜻대로 따라 줄 사람이 필요하기 때문인 것 같군요. 그런 사람을 계속 옆에 두려면 결혼하는 게 좋으실 텐데. 하기는 지금 당장은 그분의 누이동생으로 충분하겠군요. 혼자 여동생을 돌보니까 무슨 일이든 자기 마음대로 결정할 수 있겠죠."

"그건 그렇지 않습니다. 다아시 양에 대한 권리는 저와 나눠 가지고 있죠. 저도 다아시와 함께 다아시 양의 후견인으로 정해져 있습니다."

"그러시군요. 어떤 후견인 역할을 하시나요? 그 역할이 많이 힘든 일인가요? 그 나이 또래 아가씨들은 다루기 힘든 경우가 많으니까요. 다아시 양도 다아시 씨와 성격이 비슷하다면 자기 마음대로 하는 걸 좋아하겠네요."

이 말을 할 때 그녀는 피츠윌리엄 대령이 자기 얼굴을 뚫어지게 쳐다보는 걸 느꼈다. 대령은 엘리자베스에게 다아시 양이 자기네들을 힘들게 할 것 같다고 말한 이유를 물었다. 엘리자베스는 그의 태도로 보아 다아시 양의 성격이 자신이 추측한 것과 다르지 않을 거라고 생각했다.

"그렇게 놀라실 건 없어요. 다아시 양에 대해 나쁜 말을 들은 적은 없으니까요. 오히려 아주 온순한 아가씨라고 들었어요. 제가 아는 숙녀분들 중에서 허스트 부인과 빙리 양은 다아시 양을 아주 좋아하시는걸요. 그분들을 대령님도 아신다고 하셨던 것 같은데."

"네, 좀 아는 사이죠. 그분들의 오빠 되시는 빙리 씨는 정말 서글서글하시고 신사다운 분이죠. 다아시하고는 둘도 없는 친구이기도 하구요."

"맞아요. 다아시 씨는 빙리 씨에게 특별히 친절하게 대하시더군요. 무척 신경을 써 주시는 것 같기도 하고."

"부척 신경 써 준다는 건 맞는 말입니다. 제가 보기에도 다아시는 그 친구의 중요한 문제에 대해서 관심이 많더군요. 여기로 오는 길에 다아시에게서 들은 얘긴데, 빙리 씨가 다아시에게서 큰 도움을 받았다고 하더라구요. 그분에게 실례가 될지도 모르는 일이라 조심스럽기는 합니다만, 제게 다아시가 말한 사람이 빙리 씨라고 단정할 권리는 없으니까요. 이건 제 추측일 뿐입니다."

"무슨 일인지 무척 궁금하군요."

"다아시는 이런 얘기가 사람들에게 알려지는 걸 원하지 않을 겁니다. 그 숙녀분의 가족들이 알게 되면 불쾌하게 생각하실 테니까요."

"절대로 다른 사람에게 말하지 않는다고 약속드릴게요."

"그 사람이 빙리 씨라고 추측할 만한 근거가 확실한 건 아닙니다. 이 점은 잊지 마셔야 해요. 다아시가 제게 한 얘기는 이것뿐입니다. 최근에 자기 친구가 경솔하게 결혼을 할 뻔했는데 천만다행으로 자기가 나서서 그 친구를 곤경에서 구해 주었다고 하더군요. 그 친구의 이름이나 다른 상세한 내용은 다아시가 말해 주지 않았기 때문에 저는 그 남자가 빙리 씨일 거라고 추측했을 뿐입니다. 빙리 씨 같은 남자라면 그런 곤경을 자초할 수도 있을 것 같았고, 두 사람이 작년 여름 내내 함께 지냈다는 사실도 알고 있었으니까요."

"혹시 다아시 씨가 그 문제에 나서게 된 이유도 말씀해 주시던가요?"

"제가 알기로는 그 아가씨 쪽에 몇 가지 결격 사유가 있었던 것 같습니다."

"그럼 다아시 씨는 두 사람을 갈라놓기 위해 어떤 방법을 쓰셨다고 하던가요?"

"그 방법은 제게 얘기하지 않았습니다."

피츠윌리엄이 웃으면서 말했다.

"제가 말씀드린 게 다아시가 제게 한 얘기의 전부입니다."

엘리자베스는 아무 대답도 하지 않고 걸어갔다. 그녀는 분노로 가슴이 터질 것만 같았다. 잠시 그녀를 지켜보던 피츠윌리엄이 무슨 생각을 그렇게 골똘히 하느냐고 물었다.

"방금 하신 말씀에 대해서 생각하고 있었어요. 전 사촌분의 행동이 정말 마음에 안 드네요. 왜 함부로 남의 일을 판단하는 거죠?"

"다아시가 친구의 일을 간섭하는 걸 주제넘은 행동이라고 생각하시나요?"

"다아시 씨에게 친구의 감정에 대해 옳고 그른 걸 판단할 자격이 있는지 모르겠어요. 그리고 자기 판단에 따라 친구가 행복해질 수 있는 길을 결정하고 지시할 수 있는 건가요?"

엘리자베스는 여기서 잠시 마음을 가다듬고 말을 이었다.

"사세한 내막은 우리도 잘 모르니까 그분을 비판하는 건 옳은 일이 아닌 것 같군요. 적어도 두 사람의 애정이 그렇게 깊었던 건 아니라는 생각이 드네요."

"무리한 억측은 아닙니다만, 제 사촌의 행동을 가차 없이 깎아내리는 말씀이로군요."

피츠윌리엄 대령은 농담조로 대꾸했지만, 그 말을 하는 모습이 다아시를 연상시켰기 때문에 엘리자베스는 그의 말에 대꾸할 기분이 나지 않았다. 그녀는 갑자기 화제를 다른 데로 돌리고 목사관에 도착할 때까지 사소한 일에 관해 이야기를 나눴다.

피츠윌리엄 대령이 목사관을 떠나자마자 엘리자베스는 자기 방에 틀어박혀서 조금 전에 들었던 말들을 곰곰이 생각해 보았다. 피츠윌리엄 대령이 한 이야기의 주인공이 자신이 알고 있는 사람이 아닌 다른 사람일 가능성은 전혀 없었다. 이 세상에 다아시가 그렇게 막강한 영향력을 행사할 수 있는 사람이 빙리 이외에 또 있을 리가 없었다. 엘리자베스는 다아시가 빙리와 제인을 갈라놓기 위한 방해 공작에 가담했을 거라고 확신하고 있었지만, 주로 계략을 세우고 실행에 옮긴 사람은 빙리 양이었을 거라고 생각했다.

그런데 다아시가 자신의 허영심 때문에 그런 야비한 행동을 했다는 걸 알게 되었다. 그의 오만과 변덕이 제인이 지금까지 겪어 왔고 지금도 역시 겪고 있는 모든 고통의 원인이었던 것이다. 그는 세상에서 더없이 착하고 선량한 마음씨를 지닌 한 여자의 행복과 희망을 앗아 갔다. 그가 초래한 고통이 얼마나 오래 지속될지 알 수 없는 일이었다.

"아가씨 쪽에 몇 가지 결격 사유가 있었던 것 같습니다."

피츠윌리엄은 이렇게 말했다. 이 결격 사유란 아마도 삼촌 한 명은 시골 변호사고 다른 한 명은 런던의 장사꾼이라는 사실일 것이다.

'제인 언니에게는 결격 사유가 있을 리 없어. 언니는 정말 사랑스럽고 착한 여자야. 머리도 좋고, 지성적이고, 매력적인 여자야. 우리 아버지에 대해서도 반대할 이유는 없어. 좀 특이한 점이 있기는 하지만 다아시가 함부로 무시할 수 없을 만큼 현명하신 분이야. 그리고 감히 그런 인간이 따라올 수 없는 훌륭한 인품을 가지고 계셔.'

그러나 어머니를 생각하자 갑자기 자신감이 사라졌다. 그렇다고 해서 이런 것들이 다아시가 결혼을 반대하는 중요한 이유라고 생각되지는 않았다. 다아시가 자존심 상해하는 이유는 친구가 결혼하려는 여자의 집안 사람들이 교양이 부족하기 때문이 아니라 지위와 신분이 낮기 때문일 것이다. 다아시가 친구의 결혼을 훼방한 것은 그 잘난 자존심과 자기 여동생을 위해 빙리를 붙잡아 두려는 욕심 때문이라고 엘리자베스는 결론을 내렸다.

이런 생각을 하면서 엘리자베스는 너무 흥분하는 바람에 눈물을 펑펑 쏟았고 머리가 지끈지끈 아파 왔다. 저녁이 되자 두통이 더욱 심해진 데다 다아시를 다시 보고 싶은 생각이 전혀 없어서 그녀는 사촌들과 함께 로징스에 가서 차를 마시기로 한 일정에 참가하지 않기로 했다. 샬럿은 엘리자베스가 심하게 상태가 좋지 않을 걸 보고 굳이 가자고 졸라 대지 않았다. 남편에게도 강요하지 말라고 간곡하게 설득했다. 그러나 콜린스는 엘리자베스가 혼자 집에 남아 있는 것보다 캐서린 영부인이 불쾌하게 생각할 것 때문에 걱정이 되어 안절부절못했다.

11

콜린스 부부가 로징스로 떠나자 엘리자베스는 다아시에 대한 분풀이라도 하려는 듯이 제인이 켄트로 간 후에 보내온 편지를 모두 꺼내서 다시 읽기 시작했다. 제인은 빙리에 대한 미련이나 현재 겪고 있는 정신적인 고통을 직접적으로 표현하지는 않았지만, 한 문장 한 문장을 읽을 때마다 그녀 특유의 밝고 명랑한 기운이 사라져 있는 걸 느낄 수 있었다. 언제나 자신에 대해 만족하고 다른 사람에게 너그럽고 온화한 제인의 성품에서 우러나오는 밝은 분위기는 지금껏 어두운 그늘이 드리운 적이 거의 없었다. 엘리자베스는 처음 제인의 편지를 받았을 때보다 더 주의를 기울여서 자세히 읽었다. 구절구절 언니의 불안한 심경이 전해져 오는 걸 느끼면서 엘리자베스는 다아시가 언니에게 안겨 준 고통을 자랑 삼아 떠들어 댔다는 게 참을 수 없이 화가 났다. 이런 얘기를 들으면 언니의 마음이 얼마나 아풀지 짐작이 가고도 남을 일이었다. 다아시가 내일모레면 로징스를 떠난다는 게 그나마 다행스러운 일이었다. 엘리자베스는 보름 후에 다시 제인을 만나면 따뜻하게 위로하고 기운을 북돋워 줘야겠다고 마음을 먹었다.

다아시가 켄트를 떠나면 그의 사촌도 함께 떠날 것이 분명했다. 이제 피츠윌리엄 대령이 자신에게 구애할 생각이 전혀 없다는 걸 알게 되었고, 한때 그에게 호감을 가진 건 사실이지만 그렇다고 실망스럽거나 우울하지는 않았다.

이런저런 생각을 정리하고 있을 때 갑자기 현관 초인종 소리가 울려서 엘리자베스는 퍼뜩 정신을 차렸다. 피츠윌리엄이 찾아왔을지도 모른다는 생각에 잠시 가슴이 설렜다. 이전에도 그가 저녁 늦게 방문한 적이 있어서 어쩌면 그녀가 아프다는 말을 듣고 들렀는지도 모른다고 생각했다.

그러나 뜻밖에도 방으로 걸어 들어온 사람은 다아시였다. 들떴던 그녀의 기분은 완전히 바닥으로 가라앉았다. 다아시는 당황스러운 태도로 몸이 어떠냐고 물어보면서 그녀의 병문안을 왔다고 말했다. 엘리자베스는 그의 말에 예의는 갖췄지만 쌀쌀맞게 대답했다. 다아시는 잠시 자리에 앉아 있더니 곧 다시 일어나서 방 안을 서성거렸다. 엘리자베스는 속으로 놀란 가슴을 다독이며 말없이 앉아 있었다. 잠시 침묵이 흐른 뒤 다아시가 불안한 표정으로 그녀에게 다가와 말문을 열었다.

"아무리 애를 써도 어쩔 수가 없었습니다. 아무 소용이 없었어요. 제 감정을 도저히 억제할 수가 없었습니다. 제가 얼마나 당신을 흠모하고 사랑하는지 말씀드리지 않을 수 없었습니다."

엘리자베스는 너무 놀라서 아무 말도 할 수가 없었다. 그녀는 멍하니 그를 쳐다보다가 자기도 모르게 얼굴이 붉어졌다. 그녀는 자기가 잘못 들은 게 분명하다고 생각하며 침묵만 지키고 앉아 있었다. 그녀의 이런 반응을 자신을 격려하는 뜻으로 받아들였는지 다아시는 주저하지 않고 그녀에 대해서 오랫동안 마음속에 품어 왔던 감정을 고백하기 시작했다.

그는 엘리자베스에 대한 애정을 표현할 때보다 자신의 민감한 자존심에 대해 얘기할 때 더 열성적이었다. 그는 자신의 집안에 불명예가 될 엘리자베스의 열등한 신분이 그의 애정을 가로막는 방해물이 되었다고 장황하게 설명을 늘어놓았다. 그의 웅변은 상처받은 자신의 자존심을 변호하기 위한 것이었지만, 엘리자베스의 마음을 얻는 데는 오히려 더 큰 걸림돌이 되었다.

엘리자베스는 다아시를 마음속 깊이 혐오하고 있었지만 그의 구애에 전혀 마음이 동요되지 않을 수는 없었다. 단 한순간도 그의 구애를 받아들이겠다는 생각을 한 적은 없었지만 그가 받았을 마음의 고통을 생각하면 연민이 느껴지기도 했다. 그러나 그가 다음에 한 말은 그나마 싹트던 연민의 감정을 단숨에 사라지게 만들고 분노의 감정만 솟아오르게 했다. 그녀는 그가 말을 끝낼 때까지 참고 기다리기 위해 무진 애를 써야만 했다.

다아시는 아무리 안간힘을 써도 자신의 사랑을 억누를 수 없었다면서 자신의 마음을 받아 주는 것으로 자신의 애정에 보답해 주길 바란다는 말로 끝을 맺었다. 그는 자신의 구애가 받아들여질 것을 조금도 의심하지 않는 것처럼 자신만만해 보였다. 입으로는 걱정스럽고 불안하다고 말했지만 그의 표정은 확신에 차 있었다. 이런 태도는 그녀를 더욱더 분개하게 만들었다. 그가 말을 끝내자 그녀는 얼굴이 벌겋게 달아오른 채 말했다.

"이런 경우 상대방이 원하는 답변을 드릴 수 없더라도 구애해 주신 데 대해 감사의 마음을 표현하는 게 관례겠죠. 감사함을 느끼는 게 자연스러운 일이고, 제가 감사하게 느낀다면 당연히 지금 감사를 표현할 겁니다. 하지만 그럴 수가 없네요. 저는 당신이 저를 좋게 봐 주시길 원한 적이 한 번도 없었고, 당신 역시 원하지 않았지만 어쩔 수 없이 저에게 애정을 갖게 되신 거니까요. 누구에게든 고통을 드렸다면 저로선 미안한 일입니다. 하지만 그건 제가 전혀 모르는 상태에서 일어난 일이고, 그런 고통이 오래가지 않으셨으면 좋겠네요. 그 고통으로 인해 당신의 감정을 인정하는 데 오랫동안 방해가 되었다면, 이제 제 설명을 들으셨으니 그 고통을 극복하는 일이 그렇게 어렵지는 않을 겁니다."

다아시는 벽난로 선반에 몸을 기대고 선 채 그녀의 얼굴을 뚫어지게 응시하며 그녀의 말을 듣고 있었다. 그는 그녀의 말을 들으며 놀라기보다는 화가 난 표정이었다. 그의 얼굴은 화가 나서 창백해졌고 당혹스러워하는 기색이 역력했지만 태연하게 보이려고 무진 애를 쓰는 것 같았다. 그 시간이 엘리자베스에게는 견딜 수 없이 고통스러운 순간이었다. 겨우 냉정을 되찾았다고 생각하자 그가 드디어 입을 열었다.

"이것이 제가 그렇게 고대해 왔던 대답이로군요. 전혀 예의를 차릴 여유도 없이 저를 그렇게 단호하게 거절하시는 이유를 알수 있을까요? 하지만 그런 건 그다지 중요한 문제는 아닙니다."

"저도 묻고 싶네요. 저를 불쾌하게 하고 모욕감을 느끼게 할걸 알면서도, 자신의 의지에 어긋나고, 이성에도 어긋나고, 심지어 자신의 인격에도 어긋나지만 어쩔 수 없어서 저를 좋아한다고 고백하시는 이유를 말이에요. 제가 무례했다면 이게 제무례함에 대한 핑계가 될 수 있을지 모르겠군요. 제가 당신의 구애를 거절하는 데는 다른 이유도 있어요. 당신도 알고 계실거예요. 제가 만일 다아시 씨를 싫어하지 않았다고 하더라도, 아니 무관심하거나 설사 호감을 갖고 있었다고 하더라도, 제가 세상에서 가장 사랑하는 언니의 행복을 망쳐 버리고 어쩌면 영원히 망쳐 버릴 수도 있는 사람의 구애를 받아들일 거라고 생각하셨나요?"

이 말을 할 때 다아시의 안색은 확연히 달라졌다. 그러나 그는 금방 그런 표정을 감추고 그녀가 끝까지 얘기하도록 묵묵히 그녀의 말을 듣고 있었다.

"제가 다아시 씨에게 좋지 않은 감정을 가질 이유는 충분하다고 생각해요. 다아시 씨의 부당하고 비열한 행동은 어떤 이유로도 변명이 될 수 없어요. 두 사람을 갈라놓는 짓을 다아시 씨 혼자 하지 않았다고 하더라도, 직접 주동했다는 사실은 부인하실 수 없겠죠. 친구분은 변덕스럽고 줏대 없는 사람이라는 세상의 비난을 받게 하고, 제 언니는 남자에게 차였다는 세상의 조롱을 당하게 하셨어요. 다아시 씨는 결국 두 사람을 모두 비참한 지경으로 몰아간 거예요."

여기서 엘리자베스는 말을 멈추었다. 다아시가 자책감을 느끼고 동요하는 기색이 전혀 없는 걸 보자 화가 치밀어 올랐다. 그는 심지어 그녀의 말을 믿을 수 없다는 표정으로 알 수 없는 미소까지 머금은 채 그녀를 쳐다보고 있었다.

"그런 행동을 하셨다는 걸 부인할 수 있으신가요?"

그녀가 다시 물었다. 그는 짐짓 태연을 가장하며 대답했다.

"제 친구를 엘리자베스 양의 언니에게서 떼어 놓기 위해 가능한 노력을 다했다는 것과 그 노력이 성공한 걸 다행으로 여긴다는 점을 부인하지는 않겠습니다. 하지만 제가 그렇게 한 건 저 자신을 위해서가 아니라 그 친구를 위해서 한 일이었습니다."

엘리자베스는 그의 진지한 말을 무시하는 척했지만, 어느 정도 그 의미를 알아차릴 수는 있었다. 그렇다고 그녀의 감정이 누그러진 것은 아니었다.

"제가 다아시 씨를 싫어하는 감정을 갖게 된 건 비단 이 일 때문만은 아니에요. 이 일이 있기 오래전부터 저는 다아시 씨가 어떤 분인지 저 나름대로 결론을 내렸어요. 몇 달 전에 위컴 씨에게서 들은 이야기로 다아시 씨가 어떤 인격을 가진 사람인지 밝혀졌으니까요. 이 일에 관해서는 어떻게 말씀하실 건가요? 이번엔 어떤 우정을 가장해서 자신을 변명하실 거죠? 아니면 어떻게 사실을 왜곡해서 사람들을 기만하실 건가요?"

"엘리자베스 양은 그 사람의 문제에 관심이 많으시군요."

다아시가 얼굴이 상기된 채 약간 흥분한 어조로 말했다.

"그분이 어떤 불행을 겪었는지 아는데 어떻게 관심을 갖지 않을 수가 있겠어요?"

"그의 불행이라고요?"

다아시가 빈정대듯이 그녀의 말을 반복했다.

"그럼요, 정말 엄청난 불행을 겪으셨죠. 그렇게 만든 사람이 바로 다아시 씨 아닌가요?"

엘리자베스가 목소리에 힘을 줘 말했다.

"다아시 씨는 그분을 지금처럼 가난한 형편으로 몰아넣으셨죠. 물론 상대적으로 가난하다는 말이지만, 그분이 받게 되어 있던 권리를 빼앗아 간 사람이 바로 다아시 씨라면서요. 위컴 씨가 가장 행복해야 할 시기에 그분이 당연히 받아야 할 재정적인 자립을 빼앗았다죠. 이 모든 일을 다아시 씨가 하셨다면서요. 그러면서도 그분의 불행을 경멸하고 비웃는 말투로 얘기할 수 있는 사람이 바로 다아시 씨예요."

다아시는 방 안을 빠른 걸음으로 서성거리며 큰 소리로 말했다.

"엘리자베스 양이 저를 이렇게 생각하고 계신 줄은 몰랐습니다. 저를 이렇게 형편없는 사람으로 평가하고 계셨군요. 제가 알아들을 수 있도록 충분히 설명해 주신 걸 감사드려야겠네요. 그렇게 생각하신다면 제 잘못이 정말 큰 것 같습니다. 그렇지만……."

그는 걸음을 멈추고 그녀를 돌아보며 말을 이었다.

"제 청혼이 당신의 자존심을 상하게 하지 않았다면 이런 잘못을 묵인하고 넘어가셨을지도 모르겠다는 생각이 듭니다. 제가 청혼을 오랫동안 망설였던 이유를 솔직하게 고백해서 당신의 자존심을 건드리지 않았다면 말입니다. 만일 제가 좀 더 머리를 써서 제 마음속의 갈등을 숨기고, 이성적으로나 현실적으로나 어떤 면으로든 전혀 흠잡을 데 없는 완전한 사랑 때문에 당신에게 청혼하는 거라고 말씀드려서 당신의 자존심을 지켜드렸다면 이렇게 혹독한 비난은 면할 수 있었을 겁니다. 하지만 전 어떤 종류의 가식이든, 가식적인 건 혐오합니다. 제가 말씀드렸던 감정을 수치스럽게 생각하지도 않습니다. 그런 감정을 갖는 건 자연스럽고 당연한 일이니까요. 제가 당신 집안이 열등하다는 사실을 기뻐할 거라고 기대하시나요? 저보다 비교할 수 없을 만큼 신분이 낮은 집안과 맺어지는 걸 자축이라도 할 거라고 생각하십니까?"

엘리자베스는 시시각각 커져 가는 분노를 간신히 삼키면서 침착함을 잃지 않으려고 이를 악물었다.

"다아시 씨, 당신의 고백하는 태도 때문에 제가 화가 난 거라고 생각하신다면 그건 오해예요. 물론 당신이 좀 더 신사다운 태도를 보이셨다면 거절할 때 미안한 감정을 느꼈을지도 모르죠. 하지만 그런 수고마저 덜어 주신 것 이외에는 전혀 아무 영향도 미치지 못했어요."

그녀는 이 말을 듣고 당혹스러워하는 다아시의 표정을 놓치지 않았다. 그러나 그는 아무 말도 하지 않았고 그녀는 계속 말을 이었다.

"당신이 어떤 방법으로 청혼을 하셨더라도 제 마음을 움직이지 못했을 거예요."

다시 그가 놀라는 표정을 지었다. 도저히 믿을 수 없다는 표정과 굴욕감을 참지 못하는 표정이 뒤섞여 있었다. 그녀는 그런 다아시의 표정을 무시하고 말을 계속했다.

"처음부터, 그러니까 다아시 씨를 알게 된 그 순간부터 저는 당신의 태도를 보고 오만하고 잘난 척하고 다른 사람의 감정을 무시하는 사람이라고 확신했어요. 그런 거부감이 바탕에 깔려 있는 데다 그 후에 일어난 일들이 당신에 대한 혐오감을 굳어지게 했죠. 그러니까 당신을 알게 된 지 한 달도 안 돼서 저는 당신하고는 어떤 일이 있어도 결혼하지 않을 거라고 마음먹었어요."

"말씀 잘 알아들었습니다. 당신이 제게 어떤 감정을 갖고 계신지 충분히 이해할 수 있을 것 같습니다. 이제 제가 가졌던 감정을 부끄러워할 일만 남은 것 같군요. 이렇게 시간을 많이 뺏은 걸 용서해 주십시오. 부디 건강하시고 행복하시길 빌겠습니다."

그는 이 말을 마치고 황급히 방을 빠져나갔다. 다음 순간 그가 현관문을 열고 집을 떠나는 소리가 들렸다.

그녀는 너무 혼란스럽고 고통스러웠다. 몸을 제대로 가눌 수 없을 정도로 기운이 빠져서 그녀는 그 자리에 주저앉은 채 반 시간 동안 울었다. 자신에게 일어난 일을 돌이켜 보면 볼수록 점점 더 놀랍고 당황스럽기만 했다. 다아시한테서 청혼을 받다니! 그가 그렇게 여러 달 동안 자신을 사랑하고 있었다니. 집안이 좋지 않다는 이유로 친구와 제인의 결혼을 반대했던 그가, 똑같이 힘든 조건이 분명한데도 그런 모든 불리한 조건을 극복하고 자신과 결혼하기를 원할 만큼 자신을 사랑하고 있었다니.

도저히 믿을 수 없는 일이었다.

자신이 전혀 의식하지 못하는 사이에 다아시에게 강렬한 애정을 불러일으켰다는 사실이 그녀의 자존심을 어느 정도 만족시켜 주는 건 부인할 수 없었다. 그러나 그의 오만하고 가증스러운 성격과 제인에 관한 일을 당당하게 인정하고, 변명조차 하지 않는 뻔뻔함과 자만심, 그리고 위컴에 관한 일을 얘기할 때의 냉정하고 무자비한 태도를 생각하면 그의 애정이 잠시 불러일으켰던 동정심은 한순간에 사라져 버렸다.

그녀는 격앙된 감정에 휩싸여 한참 동안 깊은 생각에 빠져 있었다. 그러다가 캐서린 영부인의 마차 소리가 들리자 황급히 자기 방으로 돌아갔다. 샬럿이 자신의 모습을 보면 수상쩍게 생각하고 캐물을 게 걱정되었기 때문이었다.

12

다음 날 아침, 엘리자베스는 지난밤 잠을 이루지 못하고 뒤척이다가 간신히 눈을 감았을 때 했던 생각을 하면서 잠에서 깨어났다. 아직도 어제 일의 충격이 가라앉지 않아서 다른 일은 아무것도 생각할 수 없었고, 아무 일도 손에 잡히지 않을 것 같았다. 그녀는 아침 식사를 마치자마자 밖으로 나가 바람을 쐬며 산책을 하기로 했다.

좋아하는 산책로로 걸어가다가 다아시가 가끔 그곳에 온다는 생각이 들자 엘리자베스는 걸음을 멈추고 공원으로 들어서는 대신 큰길에서 멀리 떨어진 오솔길을 따라 걸어갔다. 공원 울타리 역할을 하고 있는 오솔길을 걷다가 공원으로 통하는 문 앞을 지나쳐 갔다. 오솔길을 걸으면서 상쾌한 아침 공기를 쐬다 보니 기분이 좀 나아지는 것 같았다. 그녀는 갑자기 공원 안을 들여다보고 싶다는 생각이 들어 문 앞에 멈춰 섰다.

켄트에서 5주를 지내는 동안 주변의 자연 풍경은 많이 달라져 있었다. 철 이른 나무들이 매일 초록빛을 더해 가는 모습이 싱그러움을 더해 주었다. 엘리자베스가 다시 걸음을 옮기려고 할 때, 공원 가장자리를 에워싸고 있는 키 작은 나무들 사이로 얼핏 한 남자의 모습이 스쳐 갔다. 그 남자는 엘리자베스가 있는 쪽으로 다가오고 있었다. 다아시일지도 모른다는 생각에 그녀는 곧바로 되돌아서서 잰걸음으로 걸어갔다. 그러나 남자는 이미 그녀를 충분히 알아볼 수 있을 만큼 가까운 거리에서 빠른 걸음으로 다가오며 그녀의 이름을 부르고 있었다. 그녀는 이미 돌아서 있는 상태였지만, 자기를 부르는 사람이 다아시라는 걸 알고 못 들은 척하며 공원 입구를 향해 계속 걸어갔다. 그러나 두 사람은 동시에 문 앞에 이르렀다. 그때 다아시가 불쑥 엘리자베스에게 편지 한 통을 내밀었다. 그녀가 얼떨결에 편지를 받아 들자 그는 거만하고 침착한 표정으로 말했다.

"혹시 만날 수 있을까 해서 한참 동안 숲속을 걷고 있었습니다. 이 편지를 읽어 주시면 영광이겠습니다."

그러고는 가볍게 목례를 하고 돌아서서 숲속으로 들어가 잠시 후 모습을 감추었다. 엘리자베스는 편지 내용이 결코 기분 좋은 것은 아닐 거라고 생각했지만, 강렬한 호기심이 일어났다. 놀랍게도 봉투 안에는 빽빽하게 글씨를 채운 편지지 두 장이 들어 있었고, 그걸로도 부족했는지 봉투에까지 글씨가 쓰여 있었다. 엘리자베스는 오솔길을 걸어 나오면서 편지를 읽기 시작했다. 편지는 로징스에서 아침 8시에 쓴 걸로 되어 있었다.

이 편지를 받고 어젯밤에 당신을 몹시 불쾌하게 했던 제 감정을 다시 말씀드리거나 다시 청혼을 할 거라는 염려는 내려놓으시기 바랍니다. 이 편지가 우리 두 사람의 행복을 위해서 빨리 잊어버리는 편이 좋을 만한 일들을 다시 반복해서 당신을 괴롭히거나 제 자신을 비참하게 만들려는 의도로 쓰인 게 아니라는 걸 말씀드립니다. 제 성격상 이 편지를 쓰고 당신에게 읽어 주실 것을 요구하지 않을 수가 없었습니다. 그렇지 않았다면 제가 이 편지를 쓰고 당신에게 읽게 하는 수고를 부탁할 일은 없었겠지요. 제 마음대로 당신께 읽어 주시길 요구하는 무례함을 용서해 주시기 바랍니다. 당신이 이 편지를 읽을 기분이 아니라는 건 알지만 부디 관용을 베풀어 주시길 부탁드립니다.

지난밤에 당신은 제가 두 가지 잘못을 저질렀다고 비난하셨습니다. 그것은 전혀 성질이 다르고 중요성 또한 매우 다른 문제들이었습니다.

먼저 말씀하신 것은 제가 당사자의 감정을 무시한 채 빙리 씨를 언니분에게서 떼어 놓았다는 것이었고, 다른 한 가지는 제가 명예와 신의를 저버리고 위컴 씨에게서 여러 가지 권리를 빼앗아 그 당시 그의 행복을 짓밟고 미래의 희망마저 망쳐 버렸다는 것이었습니다.

위컴 씨는 제 친구이자 제 부친께서 무척이나 아끼시던 청년이었습니다. 그는 우리가 후원하지 않으면 의지할 곳이 없는 처지였기에 오직 우리의 후원만을 기대하며 성인으로 자라났습니다. 그런 친구를 타당한 이유 없이 고의적으로 내팽개쳐 버렸다면 그야말로 패륜이라고 할 수밖에 없을 것입니다. 그것은 고작해야 몇 주 동안 애정을 품어 온 두 젊은이를 헤어지게 만든 것과는 비교할 수 없을 만큼 악랄한 행위일 것입니다.

그렇지만 제 행동과 동기를 설명한 편지를 읽으시고 두 가지 문제에 관해 당신이 지난밤 제게 하셨던 통렬한 비판을 거두어 주시길 바랍니다. 저의 입장에서는 당연히 제 감정을 설명할 수밖에 없지만, 그것이 당신을 불쾌하게 한다면 죄송하다고 말씀드릴 수밖에 없군요. 저로서는 불가피한 일이라서 더 이상 사과를 드리는 것도 적절치 못한 것 같습니다.

빙리가 롱본의 아가씨들 중에서 엘리자베스 양의 언니분을 가장 좋아한다는 건 저 역시 하트퍼드셔에 간 지 얼마 안 되어서 알게 된 사실이었습니다. 그러나 네더필드에서 무도회가 열리던 저녁, 저는 그의 감정이 진지한 애정일지도 모른다는 생각을 하게 되었습니다. 저는 전에도 그가 종종 사랑에 빠진 걸 보았습니다. 그 무도회에서 제가 영광스럽게도 당신과 춤을 추고 있는 동안, 우연히 윌리엄 루카스 경에게서 언니분에 대한 빙리의 관심이 결혼에 대한 기대로까지 발전했다는 것을 처음 알게 되었습니다. 그분은 두 사람의 결혼을 기정사실로 생각하면서 결혼 날짜를 잡을 일만 남았다고 하시더군요.

그때부터 저는 제 친구의 행동을 주의 깊게 관찰했습니다. 그리고 베넷 양을 제가 보았던 다른 경우보다 훨씬 더 좋아하고 있다는 걸 알게 되었습니다. 그리고 저는 언니분도 유심히 지켜보았습니다. 그분의 외모와 몸가짐은 더없이 솔직하고 명랑하고 매력적이었지만, 특별히 제 친구를 좋아한다는 느낌은 받지 못했습니다.

그날 저녁, 언니분을 자세히 살펴본 결과, 저는 그분이 빙리의 관심을 기쁘게 받아들이기는 하지만 특별한 감정을 갖고 있는 건 아니라고 확신하게 되었습니다. 이 점에 대해 당신이 잘못 아신 게 아니라면 분명 제가 잘못 본 거겠죠. 언니분에 대해서 당신이 저보다 더 잘 아실 테니까 제가 잘못 봤을 가능성이 더 높을 것입니다. 그렇다면 제 잘못으로 인해 언니분께 고통을 안겨 드렸다는 점에서 당신이 분개하시는 것도 당연한 일입니다.

그러나 제가 주저 없이 말씀드릴 수 있는 건, 언니분의 태도가 워낙 차분했기 때문에 아무리 예리한 관찰자라도 그분이 상냥한 성품을 지녔지만 마음을 얻기는 쉽지 않은 분이라고 생각했을 거라는 사실입니다. 그분이 제 친구에게 관심이 없다고 믿고 싶었던 건 사실이지만, 감히 말씀드릴 수 있는 건 제 탐색과 결정이 제 바람이나 염려의 영향을 받지는 않는다는 겁니다. 제가 그러길 바랐기 때문에 그분이 무관심하다고 믿은 게 아니라, 객관적인 확신과 합리적인 근거가 있어서 그렇게 믿었던 것입니다.

제가 결혼을 반대했던 이유는 어제저녁 제가 말씀드린 신분의 차이 때문만은 아니었습니다. 저는 강렬한 사랑의 감정으로 그 장애를 물리칠 수 있었지만, 제 친구에게는 언니분의 집안이 좋지 않다는 점이 제 경우처럼 큰 악조건은 아니었습니다. 제가 반대한 데에는 또 다른 이유가 있었습니다.

그 이유는 제게도 똑같이 관련되는 문제이고 아직도 해결되지 않은 문제입니다. 그러나 제가 낭상 직면한 일이 아니기에 저로서는 간과하려고 노력했습니다. 하지만 간략하게라도 이 문제를 짚고 나가지 않을 수 없군요.

엘리자베스 양 어머니의 집안도 결혼을 반대할 만한 사유가 되지만, 그건 다른 문제에 비하면 지극히 사소한 문제입니다. 당신의 어머니와 세 명의 여동생들은 빈번하게 전혀 교양을 찾아볼 수 없는 행동을 하셨고, 때로는 당신의 아버지께서도

무례함을 드러내 보이셨습니다. 용서하시기 바랍니다. 당신
의 기분을 상하게 해 드릴 수밖에 없다는 게 저 역시 고통스
럽습니다. 당신 가족의 결함을 제게서 듣는다는 것이 무척 속
이 상하고 불쾌하시겠지만, 당신과 언니분은 그런 비난을 받
을 만한 행동을 전혀 하지 않으시기 때문에 모든 사람에게 훌
륭한 성품과 교양을 인정받고 있다는 걸로 위안을 삼으셨으
면 합니다.

그날 저녁에 일어난 일을 보면서 저는 당신 가족에 대한 견
해를 굳히게 되었고, 제 친구를 최악의 불행한 결혼에서 구해
내야겠다는 마음이 점점 절박해졌다는 것까지만 말씀드리겠
습니다. 당신도 기억하시겠지만 그다음 날 빙리는 곧 돌아올
계획으로 런던으로 떠났습니다.

이제부터 제가 했던 행동에 대해 말씀드리겠습니다. 빙리의
누이들도 저와 마찬가지로 두 사람의 관계를 불안하게 생각
했습니다. 우리는 곧 서로의 생각이 일치한다는 걸 알게 되었
고, 하루빨리 두 사람을 떼어 놓기 위해서 그를 뒤따라 런던
으로 가기로 결정했습니다. 그렇게 우리는 런던으로 갔고 저
는 제 친구에게 그 결혼의 나쁜 점을 지적해 주는 역할을 떠
맡았습니다. 저는 그 결혼을 해서는 안 되는 이유를 진지하게
설명하고 설득했습니다. 제 설득이 그의 결심을 흔들리게 하
고 지연시킬 수 있었는지는 모르지만, 제가 주저 없이 당신의

언니가 그를 좋아하지 않는다는 사실을 강조하지 않았더라면 결국 그 결혼을 막을 수 없었을 거라고 생각합니다. 그는 자신과 똑같은 감정은 아니더라도 언니분 역시 자신의 애정에 진실하게 반응할 거라고 믿고 있었습니다.

그러나 빙리는 천성이 겸손한 친구여서 자신의 판단보다는 제 판단을 더 의지하는 편입니다. 그가 자신을 기만하고 있다고 설득하는 건 그다지 어려운 일이 아니었습니다. 일단 그런 확신을 주고 나자 그를 설득해서 하트퍼드셔로 돌아가지 않게 하는 건 아주 쉬운 일이었습니다. 스스로 이런 행동을 한 것에 대해 그다지 저 자신을 비난하지 않습니다.

제 행동을 전반적으로 돌이켜 봤을 때 한 가지 떳떳하지 못한 점이 있다면, 그것은 일부러 당신의 언니가 런던에 있다는 사실을 빙리에게 감추려고 했다는 사실입니다.

빙리 양처럼 저도 언니가 런던에 오신다는 사실을 알고 있었지만, 빙리는 아직 모르고 있었습니다. 두 사람이 만나도 잘못될 염려는 별로 없었지만, 제가 보기에 빙리의 애정이 언니분을 만나도 전혀 동요하지 않을 만큼 완전히 식어 버린 것 같지는 않았습니다. 그 사실을 빙리에게 감추고 속인 것은 제 품위를 손상시키는 일이었을 겁니다. 하지만 저는 그렇게 했고 그것이 최선의 방법이라고 생각했습니다. 그 문제에 대해서는 더 이상 드릴 말씀도, 더 사과드릴 것도 없습니다. 언니의 마음에 상처를 입혔다면 저도 알지 못하고 한 일이었으며, 제가 그런 행동을 하게 된 동기가 당신에게는 당연히 부당하게 생각되겠지만, 저로서는 비난받을 이유가 없다고 생각합니다.

저를 더 혹독하게 비난하신 다른 문제는 제가 위컴 씨에게 피해를 입혔다는 것이었습니다. 이 점은 위컴 씨와 제 가족과의 관계를 상세하게 말씀드려야만 반박할 수 있을 것 같습니다. 위컴 씨가 특별히 어떤 문제로 저를 비난했는지는 모르겠지만, 제가 하려는 얘기가 사실이라는 건 진실성을 확신할 수 있는 증인을 몇 사람이라도 불러서 바로 증명할 수 있습니다. 위컴 씨의 부친은 매우 훌륭한 분이셨고 몇 년 동안 펨벌리의 재산을 관리해 주셨습니다. 그분은 자신이 맡은 일을 매우 성실하게 해 주셔서 제 부친께서는 그분에게 많은 도움을 주고 싶어 하셨습니다. 그리고 그분의 대자인 조지 위컴 씨에게도 관대한 친절을 베푸셨습니다.

제 부친께서는 그의 학비를 지원해 주셨고 케임브리지에서 공부하던 중요한 시기에도 지원을 아끼지 않으셨습니다. 그의 부친은 아내의 낭비벽 때문에 항상 가난하셨기 때문에 아들을 신사로 교육시킬 능력이 없었습니다. 제 부친께서는 항상 예의 바르고 쾌활한 그 청년을 매우 좋아하셨고, 그를 아주 높게 평가하셔서 성직을 직업으로 삼기를 바라셨고, 그런 자리를 마련해 줄 생각도 하셨습니다. 그러나 저는 오래전부터 그를 전혀 다른 관점으로 보기 시작했습니다. 그는 자신의 무절제한 생활을 가장 친한 친구인 저에게도 조심스럽게 숨겨 왔습니다. 그러나 그와 같은 연배이고 그의 적나라한 모습을 볼 기회가 많았던 제 눈을 피해 갈 수는 없었습니다. 제 부친은 당연히 그럴 기회가 없으셨죠.

다시 한 번 당신에게 고통을 드리게 되겠군요. 그 고통이 어느 정도인지는 저도 모르겠습니다만 위컴 씨에 대한 당신의 감정이 어떤 것이든, 저는 그의 본성에 대해 신뢰하지 않기 때문에 그의 본모습을 밝힐 수밖에 없습니다. 이런 말씀을 드리는 데는 다른 이유가 있습니다.

제 존경하는 부친께서는 5년 전쯤에 돌아가셨습니다. 위컴 씨에 대한 그분의 애정은 마지막까지 변함이 없으셔서 저에게 남긴 유언장에 그가 성직에서 최고의 자리에 오를 수 있도록 도와주고, 그가 성직자가 되면 상당한 수입이 보장되는 목사직이 나오는 대로 그를 임명하라는 내용을 명시하셨습니다. 그리고 1,000파운드의 유산까지 남기셨죠. 제 부친께서 돌아가신 지 얼마 안 되어 위컴 씨의 부친께서도 돌아가셨습니다.

그리고 이런 일이 일어난 지 반년도 못 되어서 위컴 씨는 제게 성직자가 되지 않기로 결심했다는 편지를 보내왔습니다.

그는 자신이 받을 수 없게 된 성직 우선 임명권 대신 당장 금전적인 혜택을 받을 수 있게 해 달라면서 자신의 요구를 부당하게 생각하지 말아 달라고 부탁했습니다. 그리고 법학을 공부할 의향이 있는데 1,000파운드의 이자로는 충분하지 않다는 걸 저도 알 거라고 덧붙였습니다. 저는 그의 말이 진실이라고 믿기보다는 신실이길 바라는 심정이었습니다. 어쨌든 저는 그의 제안에 따를 용의가 충분히 있었습니다. 위컴 씨는 성직자가 되어서는 안 될 사람이라는 걸 알고 있었으니까요. 그 문제는 곧 해결되었습니다. 그는 목사직을 받을 수 있는 상황이 된다고 해도 성직에 관한 권리를 모두 포기하겠다는 조건으로 3,000파운드를 받았습니다.

그렇게 해서 우리 사이의 관계는 모두 해결되었다고 생각했습니다. 저는 그를 좋게 생각하지 않았기 때문에 펨벌리로 초대하거나 런던에서 교제하는 걸 허용하지 않았습니다. 제가 알기로는 그는 주로 런던에서 생활했지만 법학을 한다는 건 구실에 지나지 않았고, 모든 속박에서 자유로워지자 나태하고 방탕한 생활을 했습니다.

저는 3년 정도 그의 소식을 듣지 못했습니다. 그런데 그가 성직자가 되면 계승하기로 되어 있던 교회의 목회자가 돌아가시고 나자, 그는 그 자리를 자신이 맡게 해 달라는 편지를 보내왔습니다. 그는 자신이 무척 곤궁한 처지에 빠졌다고 말했습니다. 저는 당연히 그럴 거라고 생각했죠. 그는 법학이 자기에게는 맞지 않는 학문이라는 걸 깨달았고, 제가 그 자리에 자신을 임명해 준다면 다시 목사가 되기로 굳게 결심했다고 말했습니다. 달리 추천할 만한 사람도 없고, 존경하는 제 부친의 유지를 잊었을 리도 없기 때문에, 제가 당연히 그를 그 자리에 임명할 거라고 믿는다고 했습니다. 저는 그의 부탁을 거절했고 여러 번 간청하는데도 물리쳤다고 저를 비난하시지는 않을 거라고 생각합니다.

저에 대한 그의 원망은 그의 처지가 곤궁할수록 더 심해졌죠. 그리고 저를 혹독하게 비난하는 것만큼 다른 사람들에게도 저를 나쁘게 말하고 다녔습니다. 그 이후로 그와 저 사이에는 모든 관계가 단절되었습니다.

그가 어떤 생활을 했는지 저는 모릅니다. 그런데 지난해 여름 그는 다시 제 삶에 끼어들어서 제게 큰 고통을 안겨 주었습니다. 저는 지금 기억하고 싶지 않은 일을 말씀드리지 않을 수 없습니다. 현재와 같은 상황만 아니라면 누구에게도 밝히고 싶지 않은 일입니다. 이렇게까지 말씀드렸으니 비밀을 반드시 지켜 주실 거라고 믿습니다.

제게는 저보다 열 살 어린 여동생이 한 명 있습니다. 그 아이는 제 어머니의 조카인 피츠윌리엄 대령과 제가 함께 후견인을 맡게 되어 있습니다. 1년쯤 전에 제 동생이 학교를 마치자 런던에 살 집을 구했습니다. 지난해 여름 제 동생은 교육을 맡아 주는 영이라는 부인과 함께 램스게이트로 갔습니다. 그런데 그곳에 위컴 씨가 나타난 겁니다. 그것이 계획적인 일이었다는 건 그와 영 부인이 이전부터 아는 사이였다는 사실로 발각이 났습니다. 안타깝게도 우리가 영 부인에게 완전히 속았던 셈입니다. 그 부인은 위컴이 조지애나에게 접근하는 걸 묵인하고 도와주기까지 했습니다. 조지애나는 어릴 때 자신에게 친절하게 대해 주던 그의 기억을 간직하고 있었고, 그와 사랑에 빠졌다고 믿어 둘이 함께 도망치기로 했습니다. 그때 조지애나가 겨우 열다섯 살이었다는 게 변명이 될지 모르겠습니다. 어쨌든 그 애가 어리석었던 겁니다.

다행스럽게도 그들의 도피 행각을 미리 제게 알려 준 사람은 바로 제 동생이었습니다. 두 사람이 도망가기로 한 이틀 전에 저는 갑자기 동생이 살고 있는 집에 들르게 되었습니다. 조지애나는 아버지처럼 존경하던 오빠를 슬프고 화나게 할 거라는 부담감을 견디지 못하고 모든 사실을 저에게 털어놓았습니다. 그때 제 기분이 어땠고 제가 어떤 행동을 했을지 상상하실 수 있을 겁니다. 제 동생의 명예와 감정을 다치지 않게 하기 위해서 이 사실을 공개적으로 폭로하지는 않았지만, 위컴 씨에게 편지를 써서 그곳을 당장 떠나게 했습니다. 그리고 영 부인은 당연히 파면했습니다. 위컴 씨의 주된 목적은 의심할 것도 없이 3만 파운드인 제 동생의 재산이었습니다. 저에 대한 복수심 또한 강한 동기가 되었을 거라고 짐작합니다. 그의 계획이 이루어졌더라면 그야말로 정말 완벽한 복수가 되었겠죠.

위컴 씨와 저 사이에 있었던 모든 일들을 충실하게 설명해 드렸습니다. 제 얘기가 사실이라는 걸 완전히 부인하시지 않는다면, 위컴 씨에게 제가 비열한 행동을 했다는 혐의에 대해 무죄 판결을 내려 주시길 바랍니다. 그가 당신에게 어떤 방법으로 어떤 거짓말로 속임수를 썼는지는 모르겠지만, 그가 당신을 속이는 데 성공한 것도 놀랄 일은 아니라고 생각합니다. 당신은 그 문제에 대해 전혀 아는 게 없는 상황에서 그의 거짓을 간파할 수 없었을 것이고, 당신의 성격상 의심할 수도 없었을 것입니다.

제가 어젯밤에 왜 이런 얘기를 하지 않았는지 의아해하실지도 모르겠습니다. 저는 어제 자신을 통제할 수가 없어서 어디까지 진실을 밝혀야 하는지 판단이 서질 않았습니다.

제가 지금 말씀드린 모든 것의 진실은 피츠윌리엄 대령의 증언을 통해 더 자세히 확인하실 수 있을 겁니다. 그는 저희와 가까운 친척이며, 오랜 친구이고, 더욱이 제 부친의 유언 집행자의 한 사람으로서 불가피하게 이 일의 모든 전말을 상세히 알고 있습니다. 저에 대한 반감 때문에 제 말을 고려할 만한 일말의 가치도 없는 얘기로 간주하신다고 하더라도, 제 사촌과 허심탄회한 대화를 나누는 것까지 마다하지는 않으시겠지요. 그의 얘기를 들으실 수 있도록 이 편지가 오늘 오전 중으로 당신 손에 들어갈 수 있는 방법을 찾아보겠습니다. 하느님의 가호가 있으시기를 빕니다.

피츠윌리엄 다아시

13

다아시가 편지를 주었을 때 엘리자베스는 다시 청혼하는 내용이 들어 있을 거라고 기대하지는 않았다. 사실 어떤 내용이 적혀 있는지 짐작조차 할 수 없었다. 그녀가 얼마나 진지하게 편지를 읽어 내려갔고, 얼마나 복잡한 감정을 느꼈을지는 충분히 짐작이 가는 일이다. 편지를 읽는 그녀의 감정은 한마디로 규정하기 어려운 복잡한 것이었다. 처음에는 그가 변명할 여지가 있다고 생각한다는 데 놀랐고, 지각이 있는 사람이라면 차라리 하지 않을 변명을 늘어놓을 거라고 생각했다. 그녀는 그가 하는 모든 말에 강한 편견과 반발심을 가지고 네더필드에서 있었던 일에 관한 설명을 읽기 시작했다. 그녀는 너무 격앙된 나머지 편지 내용을 제대로 이해할 수조차 없었다. 다음 문장이 궁금해서 앞 문장의 뜻을 파악하기 힘들 정도였다. 그녀의 언니가 빙리에게 무관심했다는 말은 읽자마자 거짓말로 단정했고, 그것이 두 사람의 결혼을 반대한 진짜 이유라는 말을 읽자 너무 화가 치밀어서 그를 공정하게 판단하겠다는 의지마저 완전히 사라졌다. 그는 자신이 한 행동에 대해서 그녀가 납득할 만큼 유감을 표시하지도 않았다. 그의 문장에는 반성의 기미라고는 찾아볼 수 없었고 오만하고 불손하기 짝이 없었다.

그러나 그다음에 이어진 위컴에 대한 진술은 흥분을 가라앉힌 상태에서 좀 더 집중해서 읽을 수 있었다. 그의 말이 사실이라면 위컴의 인격에 대한 그녀의 생각을 완전히 뒤집어엎을 만큼 놀라운 일이 아닐 수 없었다. 그것은 위컴이 스스로 밝혔던 정황과 너무도 정확하게 들어맞았다. 그녀는 놀라움과 걱정과 두려움이 뒤섞인 복잡한 감정에 휩싸여 모든 것이 거짓이기를 바랐다.

"이건 분명 거짓말이야! 그럴 리가 없어. 이건 터무니없는 모함이야."

그녀는 몇 번이나 이렇게 외쳤다.

마지막 한두 페이지에는 무슨 말이 적혀 있는지 제대로 읽지도 않은 채 그녀는 편지를 황급히 접어 버리고 다시는 편지를 읽지도 신경 쓰지도 않겠다고 다짐했다. 너무 혼란스럽고 고통스러워서 엘리자베스는 무작정 걷기 시작했다. 아무리 걸어도 도무지 마음을 안정시킬 수가 없었다. 편지를 접은 지 30초도 지나지 않아서 엘리자베스는 다시 편지를 펼쳐 들었다. 가능한 한 마음을 가라앉히고 위컴과 관련된 내용을 꼼꼼히 읽어 내려가면서 문장 하나하나의 의미를 정확히 파악하려고 정신을 집중했다.

펨벌리가와 그의 관계에 대한 설명은 위컴이 했던 말과 정확하게 일치했다. 그리고 돌아가신 다아시의 부친이 위컴을 친절하게 배려해 주었다는 사실도 위컴이 했던 말과 같았다. 물론 그분이 얼마나 관대하게 배려해 주었는지는 알 수 없는 일이었다. 거기까지는 두 사람의 진술이 일치하고 있었다. 그러나 유언장에 관한 대목에 이르자 두 사람의 말이 엄청나게 차이가 있었다. 그녀는 위컴이 목사직에 관해 했던 말을 단어 하나까지 정확하게 기억하고 있어서, 두 사람 중 어느 한쪽이 비열한 거짓말을 하고 있다고 생각할 수밖에 없었다. 그녀는 잠시 지금까지 자신이 알았던 게 진실일 거라고 생각하고 싶었다. 그렇게 생각하는 편이 마음이 편할 것 같았다. 그러나 바로 다음에 나오는 자세한 정황을 다시 정신을 집중해서 읽고 나자 그런 확신이 다시 흔들리기 시작했다. 위컴이 목사직에 대한 모든 권리를 포기하는 대신 3,000파운드라는 거액을 받았다는 대목에서 엘리자베스는 편지를 내려놓고 최대한 공정하게 모든 상황을 가늠하고 어느 편의 주장이 옳은지 꼼꼼하게 따져 보았다. 그러나 그녀로서는 판단할 수 없는 일이었다. 두 사람의 말 중 누구의 말이 맞는지 근거를 확인할 수 있는 방법이 없었다.

엘리자베스는 다시 편지를 읽어 내려갔다. 한 줄 한 줄 읽을수록 점점 더 분명해지는 사실이 한 가지 있었다. 그것은 다아시가 어떤 비열한 계략을 쓴다고 해도 결국 그의 파렴치한 행동이 만천하에 드러나게 될 거라고 생각했던 자신의 생각이 이전과는 달라졌다는 사실이었다. 오히려 그가 결백할지도 모른다는 생각이 들었다. 다아시가 거침없이 비난했던 것처럼 위컴이 정말 그렇게 사치스럽고 방탕한 생활을 했다면 그것은 엘리자베스에게는 충격적인 일이었다. 하지만 그런 비난이 부당하다는 증거도 없었다. 위컴이 부대에 들어가기 전에 어떤 생활을 했는지 알려진 게 전혀 없었다. 그 부대에 입대한 것도 런던에서 우연히 만나서 알게 된 어떤 청년의 권유를 따른 것이라고만 했다. 하트퍼드셔에서는 그 이전에 그가 어떤 생활을 했는지 본인이 한 얘기 이외에는 전혀 알려진 게 없었다.

위컴이 진짜 어떤 사람인지 알아볼 방법이 있었다고 하더라도 엘리자베스는 그럴 필요성을 전혀 느끼지 못했다. 그는 용모와 목소리와 몸가짐만으로 상대방에게 모든 미덕을 갖춘 사람으로 믿어 버리게 만드는 능력이 있었다. 엘리자베스는 다아시의 공격에서 위컴을 방어할 만한 그의 행동을 기억해 내려고 애썼다. 위컴이 특별히 정직하고 훌륭한 일을 한 적이 있다면, 다아시가 비난한 것처럼 그가 오랫동안 나태하고 방탕한 생활을 했다는 사실을 작은 실수 정도로 돌릴 수도 있을 것이다. 그러나 그런 사례는 한 가지도 생각나는 게 없었다. 매력적이고 유쾌한 위컴의 몸가짐이나 언변은 금방 떠올릴 수 있었고, 뛰어난 사교성으로 사람들에게 인기가 많다는 건 인정할 수 있었지만, 그 이외에 실제적인 미덕이나 미담은 생각나지 않았다. 엘리자베스는 이 부분에서 읽는 것을 중단하고 잠시 생각에 잠겼다가 다시 편지를 읽어 나가기 시작했다.

다아시 양을 꾀어냈다는 내용은 바로 어제 아침에 피츠윌리엄 대령과 나누었던 대화에서 어느 정도 확증을 얻을 수 있었다. 마지막으로 다아시는 피츠윌리엄 대령에게 모든 사실을 확인해 보라고 말했다. 피츠윌리엄 대령이 사촌의 일에 관해서 모두 자세히 알고 있다고 했고, 그의 인격에 대해서는 의심할 여지가 없었다. 그녀는 잠시 피츠윌리엄 대령에게 사실을 확인해 봐야겠다고 생각했지만, 그런 질문을 한다는 게 너무 황당하게 보일지도 모른다는 생각이 들었다. 게다가 사촌이 자신의 말을 증명해 줄 거라고 확신하지 않았다면 다아시가 섣불리 그런 제의를 했을 리도 없었다.

엘리자베스는 필립스 씨 댁에서 위컴을 처음 만난 날 그와 나누었던 대화의 내용을 하나도 빠짐없이 기억하고 있었다. 그가 했던 말들이 아직도 그녀의 기억 속에 생생했다. 그제야 처음 만나는 사람과 그런 대화를 나눴다는 게 부적절한 일이었다는 걸 깨달았다. 그런 사실을 이제야 깨달았다는 것 또한 놀라운 일이었다. 위컴이 자신을 내세운 것도 황당한 일이었고 지금 생각해 보면 그의 말과 행동이 일치하지 않는 점이 한두 가지가 아니었다. 위컴은 다아시를 만나는 게 전혀 두렵지 않고 다아시가 그 고장을 떠날지는 몰라도 자기는 절대 그곳을 떠나지 않을 거라고 장담했다. 그런데 그는 바로 그다음 주에 네더필드에서 열렸던 무도회에 참석하지 않았다. 네더필드 사람들이 그곳을 떠날 때까지는 자신의 이야기를 그녀에게만 하다가, 그들이 떠나고 나자 아무 데서나 떠들어 댔다는 것도 생각하면 이상한 일이었다. 그가 다아시의 인격을 모욕하는 말을 할 때도 전혀 거리낌이 없었다. 그런 행동은 그의 아버지에 대한 존경심 때문에 그 아들의 치부를 드러내는 게 고통스럽다고 했던 자신의 말과 모순되는 것이었다.

위컴과 관련된 모든 일이 전혀 다른 시각으로 보이기 시작했다. 생각해 보니 킹 양에 대한 그의 관심도 순전히 돈에 대한 비열한 관심에서 비롯된 일인 것 같았다. 그녀의 유산이 그다지 많지 않다는 사실은 위컴이 욕심이 많지 않아서가 아니라, 급박한 상황에서 아무나 붙잡으려는 조급함 때문이었다. 킹 양에 대한 그의 행동은 참을 수 없을 만큼 저급한 동기에서 나온 것이었다. 그녀의 재산이 많은 걸로 오해했거나, 그녀가 경솔하게 내비친 호감을 부추겨서 자신의 허영심을 만족시키려고 했던 행동이었다.

위컴의 행동을 그에게 유리한 쪽으로 해석하려는 엘리자베스의 노력은 점점 기운이 빠져 갔다. 시간이 지날수록 다아시의 말이 옳다는 걸 증명하는 사례가 더 많이 생각났다. 오래전에 제인이 빙리에게 다아시에 관해서 물어보았을 때, 빙리는 이 문제에서 다아시는 전혀 잘못한 일이 없다고 분명하게 말했다. 그는 지금까지 오랫동안 다아시를 만나 왔고, 근래에는 같이 지내는 시간이 많아서 그를 가까운 곳에서 살펴볼 기회가 많았지만, 다아시가 자존심이 유난히 강하고 무뚝뚝한 면은 있지만 원칙에서 어긋나거나 부당한 행동을 하는 건 한 번도 본 적이 없다고 말했다. 다아시는 종교적으로나 도덕적으로 벗어나는 행동을 절대로 하지 않는 사람이라고 했다.

다아시는 주변 사람들에게 신뢰와 존경을 받고 있었고, 위컴도 그가 오빠로서는 훌륭하다는 사실을 인정했다. 엘리자베스도 다아시가 자기 누이에 대해서 무척 애정이 담긴 말투로 얘기하는 걸 들은 적이 있었다. 그가 그렇게 다정한 감정을 가질 수 있다는 데 놀랐던 기억도 났다. 만일 그가 위컴이 말한 것처럼 그렇게 비열한 행동을 했다면 사람들이 전혀 모르고 있을 수는 없었다. 그렇게 졸렬한 인간과 빙리처럼 훌륭한 인격을 가진 사람이 친구로 오랜 시간 우정을 나눈다는 것도 말이 안 되는 일이었다.

엘리자베스는 점점 자신이 부끄럽게 여겨졌다. 다아시든 위컴이든 생각하면 할수록 맹목적이고 편파적이고 어리석었던 자신에 대해 후회와 자책이 몰려들었다.

"내가 너무 경솔하고 천박하게 행동했어."

그녀는 큰 소리로 탄식했다.

"내 판단력을 너무 과신했어. 내 지성을 너무 과대평가했어. 관대하고 솔직한 언니의 성품을 은근히 비웃고, 근거 없이 남을 의심하는 걸로 내 허영심을 만족시켰던 거야. 이제야 깨달았어. 정말 부끄럽고 수치스러워서 견딜 수가 없어. 내가 사랑에 빠졌다고 해도 더 이상 우매할 수는 없었을 거야. 하지만 내 어리석음은 사랑 때문이 아니라 허영심 때문이었어. 두 남자를 처음 알았을 때부터 난 너무 분별력이 없었어. 한 사람이 내게 호감을 표시하는 데 기분이 우쭐했고, 다른 한 사람이 나를 무시하는 게 불쾌해서 참을 수가 없었던 거야. 그래서 두 사람의 일에 관해서 편견과 무지에 사로잡혀 있었어. 이 순간까지도 나는 자신을 너무 몰랐어."

그녀의 생각은 자신에게서 제인으로, 제인에게서 빙리에게로 옮겨 갔다. 그리고 이 문제에 관한 다아시의 설명을 더 정확하게 이해하기 위해서 다시 편지를 자세하게 읽어 보았다. 두 번째 찬찬히 편지를 읽은 결과는 처음과 너무도 달랐다. 언니가 빙리에게 애정을 가지고 있다는 걸 전혀 느끼지 못했다는 다아시의 주장에 대해서 엘리자베스는 샬럿이 언니에 대해서

했던 말을 떠올리고 다아시의 설명이 맞는다는 걸 부정할 수 없었다. 제인은 속으로는 열렬한 애정을 품고 있어도 겉으로는 전혀 그런 감정을 드러내지 않았고, 워낙 누구에게든 상냥하게 대하는 성품이었기 때문에 특정한 사람에게 특별한 감정을 가지고 있다는 걸 알기 어려웠다.

그녀의 가족이 언급된 부분에 이르자 엘리자베스는 극도의 수치심을 느꼈다. 굴욕적이기는 하지만 그의 비난이 타당한 것이어서 부인할 수 없는 일이었다. 다아시가 구체적으로 지적한 네더필드 무도회의 일은 그가 결혼을 망설이게 된 중요한 이유가 되기도 했지만, 엘리자베스 자신도 큰 충격과 수치심을 느꼈던 일이었다.

그녀와 언니에 대한 다아시의 칭찬은 기쁘게 받아들일 마음이 아니었다. 그나마 위안이 되지 않는 건 아니었지만, 그렇다고 다른 가족들 때문에 받은 자존심의 상처가 회복될 수는 없었다, 제인이 실연하게 된 것도 결국은 가족들 때문이라는 걸 알게 되자 엘리자베스는 전에 없이 맥이 풀리면서 우울해졌다. 가족들의 경솔한 행동 때문에 자신과 언니의 평판이 심각한 타격을 입을 수밖에 없다는 게 억울하기도 하고 자신의 처지가 한심하기도 했다.

엘리자베스는 두 시간 동안 오솔길을 헤매고 다녔다. 그동안 있었던 일들을 머릿속으로 다시 정리해 보고, 타당성을 가늠해 보기도 하면서 마음을 가라앉히려고 노력했다. 갑작스럽게 너무 많은 생각을 한 탓에 심한 피로감이 몰려들었다. 너무 오랫동안 집을 비웠다는 생각이 들어서 엘리자베스는 집으로 돌아가기로 했다. 집으로 들어서면서 그녀는 평소와 다름없이 유쾌한 모습을 보여야겠다고 마음먹었다. 복잡한 생각은 접어 두고 사람들의 대화에 방해가 되지 않도록 자연스럽게 행동해야겠다고 생각했다.

집 안에 들어서자 그녀가 집을 비운 사이에 로징스의 두 신사가 따로 그녀를 찾아왔었다는 소식이 기다리고 있었다. 다아시는 겨우 몇 분 동안만 기다리다가 돌아갔고, 피츠윌리엄 대령은 그녀가 돌아오기를 한 시간이나 기다리다가 그녀를 찾아 나서려고까지 했다는 것이었다. 엘리자베스는 그를 만나지 못한 것이 애석하다는 표정을 지었지만, 속으로는 천만다행이라고 생각했다. 지금 그녀에게 피츠윌리엄 대령은 전혀 관심의 대상이 아니었다. 엘리자베스는 편지 이외에 다른 일은 아무것도 생각할 수 없었다.

14

두 신사는 다음 날 아침 로징스를 떠났다. 콜린스는 그들에게 작별 인사를 하기 위해 소작인들의 오두막 옆에서 기다리고 있었다. 그는 두 사람이 방금 전에 아쉽게 로징스를 떠나왔을 텐데도 기분이 괜찮은 것 같았고 건강한 모습이었다는 소식을 가지고 돌아왔다. 그러고는 캐서린 영부인 모녀를 위로하기 위해 서둘러 로징스로 향했다. 집에 돌아올 때는 영부인께서 기분이 우울하셔서 그들과 함께 저녁 식사를 하고 싶어 하신다는 소식을 자랑스럽게 전했다.

엘리자베스는 영부인을 만날 때마다 자기가 다아시의 청혼을 받아들였다면 지금쯤 영부인에게 미래의 조카며느리로 소개되었을 거라는 생각을 하지 않을 수 없었다. 그 말을 들은 영부인이 분해서 어쩔 줄 몰라 하는 모습을 상상하면 저절로 웃음이 나왔다.

'영부인이 그 말을 들었다면 어떤 말을 하고 어떤 태도를 보였을까?'

그녀는 속으로 이런 질문을 하며 혼자 재미있어 했다.

영부인의 첫 번째 화제는 로징스의 식구가 줄어들어서 쓸쓸하다는 푸념이었다.

"정말이지 너무 허전해. 진구들이 곁을 떠날 때 느끼는 서운한 감정을 나만큼 절실하게 느끼는 사람은 없을 거야. 두 젊은이는 내가 특별히 아끼는 사람들이었고 그들도 나를 무척 따랐는데, 우리 집을 떠나는 걸 못내 섭섭해했지. 늘 그러긴 했지만. 대령은 그래도 겉으로는 끝까지 명랑한 척했지만 다아시는 작년보다 더 서운해하는 것 같더군. 로징스에 대한 애착이 더 깊어진 게 분명해."

콜린스가 그녀의 말에 맞장구를 치면서 거들었고 영부인 모녀는 친절한 미소로 답했다.

저녁 식사 후 캐서린 영부인은 엘리자베스가 기분이 안 좋아 보인다면서 집에 놀아가기 싫어서 그럴 거라고 넘겨짚었다.

"그 일 때문이라면 어머니께 편지를 써서 좀 더 머물겠다고 말씀드리지 그러나? 콜린스 부인은 엘리자베스 양이 더 있겠다고 하면 틀림없이 반가워할 거야."

"친절하신 말씀에 감사드립니다. 하지만 저는 다음 토요일에는 런던에 가야 합니다."

엘리자베스가 대답했다.

"그럼 여기 고작해야 6주 동안 있는 셈이로군. 두 달 정도는 머물 거라고 생각했었는데. 엘리자베스 양이 오기 전에 콜린스 씨에게 그렇게 말했지. 그렇게 빨리 가야 하는 이유가 뭔가? 베넷 부인은 아가씨가 보름 더 머물도록 허락해 주실 거라고 생각하네만."

"하지만 아버지께서 허락하지 않으실 거예요. 지난주에도 돌아오라고 재촉하는 편지를 보내셨어요."

"어머니가 허락하시면 아버지도 분명 허락하실 거야. 아버지에게는 딸이 그렇게 중요한 존재가 아니니까. 한 달 동안 더 머문다면 두 사람 중 한 명을 내가 런던까지 데려다 줄 수도 있어. 6월 달에 일주일 동안 런던에 갈 예정이니까. 도슨이 마부 석에 누군가 앉아서 가는 걸 반대하지만 않으면 두 사람 중 한 명이 탈 자리는 충분해. 날씨가 서늘하면 두 사람 모두 태워 갈 수도 있을걸. 두 사람 다 체격이 별로 크지 않으니까."

"정말 친절하신 말씀입니다만, 전 원래 계획대로 해야 할 것 같습니다."

그제야 캐서린 영부인은 단념한 것 같았다.

"콜린스 부인, 하인을 함께 보내도록 해. 내가 항상 솔직하게 내 생각을 말한다는 거 알지? 젊은 여자 둘이서만 역마차를 타고 간다는 건 생각할 수도 없는 일이야. 그건 정말 품위가 떨어지는 행동이지. 꼭 사람을 함께 보내도록 해요.

내가 세상에서 가장 싫어하는 게 그런 일이니까. 젊은 아가씨들은 항상 자신의 지위에 맞게 적절한 보호와 시중을 받아야 하는 법이지. 작년 여름에 내 조카 조지애나가 램스게이트에 갈 때도 내가 남자 하인 두 명을 따라가게 했어. 돌아가신 펨벌리의 다아시 씨와 앤 영부인의 따님으로서 다아시 양이 하인들도 거느리지 않고 사람들 앞에 모습을 드러내는 건 말도 안 되는 일이야. 나는 이런 일들에 지나치게 신경을 쓰는 편이지. 이 아가씨들에게 존을 함께 보내요, 콜린스 부인."

"제 외삼촌께서 하인을 보내 주실 거예요."

"아, 아가씨 외삼촌! 그분에게도 하인이 있나 보군. 이런 일을 신경 써 줄 분이 있다니 다행이로군. 그런데 말은 어디서 바꿀 건가? 아! 당연히 브럼리에서 바꾸겠군. 벨 식당에 가서 내 이름을 대면 특별히 신경을 써 줄 거야."

캐서린 영부인은 그들의 여행에 관해 이것저것 간섭하며 질문했다. 그녀는 자신이 말한 질문에 대부분 스스로 대답했지만, 가끔씩 엘리자베스에게 대답을 요구하기도 했기 때문에 엘리자베스는 그녀에 말을 주의하며 들어야 했다. 그녀는 영부인의 질문에 신경을 쏟는 동안 다른 일들을 잊어버릴 수 있어서 오히려 다행이라고 생각했다. 혼자 있을 때면 엘리자베스는 겨우 안도감을 느끼며 깊은 생각에 빠져들었다. 그녀는 하루도 빠짐없이 혼자서 산책을 하며 괴로운 기억을 다시 떠올리고 상념에 잠겼다.

엘리자베스는 눈감고도 외울 수 있을 만큼 다아시가 보냈던 편지를 반복적으로 읽었다. 그녀는 문장 하나하나를 세세하게 읽곤 했다. 그럴 때마다 편지를 쓴 사람에 대한 감정이 달라졌다. 자신에게 청혼할 때의 다아시의 태도를 생각하면 분노의 감정이 솟구쳤지만, 그를 부당하게 비난하고 질책했던 자신의 행동을 다시 떠올렸을 때는 그를 향한 분노가 오히려 자신에 대한 분노로 바뀌고 있음을 느꼈다. 청혼을 거절당한 다아시에 대해 약간의 연민의 감정이 일어나기도 했다. 그가 자신에게 청혼했다는 사실이 고맙게 여겨지기도 했고, 그의 인품에 대해 존경심마저 들었다. 그렇다고 해서 그의 청혼을 받아들이겠다는 마음이 생긴 것은 아니었다. 그녀는 단 한순간도 그의 청혼을 거절한 자신의 결정을 후회하지 않았다. 그를 다시 만나고 싶은 생각도 없었다.

그러나 자신의 행동을 되돌아볼 때마다 당혹스럽고 후회가 몰려드는 건 어쩔 수 없었다. 가족들의 치명적인 결함을 생각하면 수치스럽고 속이 상해 견딜 수가 없었다. 앞으로도 가족들의 행실이 나아질 거라는 희망은 가질 수 없었다. 아버지는 늘 어린 딸들의 경거망동을 대수롭지 않게 웃어넘기기만 했고, 그들의 행동을 통제하려는 노력은 전혀 하지 않았다. 어머니는 애초에 예의범절과는 거리가 먼 사람이어서 자식들의 어떤 점이 잘못된 건지도 인식하지 못했다.

엘리자베스와 제인은 여러 번 캐서린과 리디아의 철없는 행실을 고쳐 주려는 시도를 했지만, 어머니가 무조건 그들의 응석을 받아 주는 한 그들이 개선될 기회는 주어지지 않을 것이었다.

소심하면서도 성질이 급한 캐서린은 리디아의 행동을 그대로 따라 하면서 언니들이 충고라도 하려고 하면 어김없이 발끈 화를 내곤 했다. 워낙 천방지축인 데다 조심성이라고는 전혀 없는 리디아는 언니들의 충고를 귓등으로도 들으려고 하지 않았다. 두 동생은 아는 게 없고, 게으르고, 허영심에 가득 차 있었다. 메리턴에 장교가 한 명이라도 있으면 그들은 서슴없이 그 장교에게 추파를 던질 것 같았다. 롱본에서 메리턴까지는 걸어서도 충분히 갈 수 있는 거리였기 때문에 그들은 아무 때나 마음만 먹으면 그곳으로 달려갈 준비가 되어 있었다.

엘리자베스는 제인의 일이 더욱 걱정스러웠다. 다아시의 설명을 듣고 나자 빙리에 대해 예전에 가졌던 호의적인 감정이 다시 되살아나는 것 같았다. 제인이 빙리를 놓쳤다는 게 더욱 안타깝게 느껴졌다. 제인에 대한 그의 감정이 진실한 애정이었다는 사실이 증명된 지금, 친구의 말을 무조건 신뢰하고 따른다는 점만 제외하면 빙리의 행동은 비난할 만한 점이 아무것도 없었다. 모든 점에서 훌륭한 조건과 행복할 수 있는 가능성을 갖춘 언니의 결혼이 가족들의 어리석고 교양 없는 행실 때문에 깨졌다는 걸 생각하면 억울해서 견딜 수가 없었다. 게다가 위컴에게 철저히 속아 넘어갔다는 배신감까지 겹쳐서 평소에 좀처럼 명랑한 성품을 잃지 않는 엘리자베스도 우울한 기분을 떨쳐 버릴 수가 없었다.

마지막 한 주 동안 그들은 처음 도착했을 때처럼 자주 로징스를 방문했다. 마지막 날 밤도 그곳에서 보냈다. 영부인은 그들의 여행에 관해 시시콜콜 캐물었다. 그러면서 그녀는 짐을 싸는 가장 좋은 방법까지 상세히 알려주었고, 드레스를 개키는 방법은 한 가지뿐이라면서 꼭 그렇게 해야 한다고 강조했다. 마리아는 영부인의 강력한 권유탓에 돌아가서 아침에 싼 짐을 도로 다 풀고 다시 꾸려야겠다고 생각할 정도였다.

캐서린 영부인은 즐거운 여행이 되기를 바란다며 무척이나 생색내는 태도로 내년에 다시 헌스퍼드에 오라고 말했다. 드버그 양도 기운을 내서 무릎을 구부려 인사를 하고 두 사람에게 작별의 악수를 청했다.

15

　토요일 아침에 엘리자베스와 콜린스는 식당에서 다른 사람들이 들어오기 전 몇 분 동안 마주쳤다. 그는 이 시간이 작별 인사를 하기에 더없이 좋은 기회라고 생각했는지 장황하게 인사말을 늘어놓았다.

　"엘리자베스 양, 제 아내가 저희를 방문해 주신 데 대해 감사의 표시를 했는지 모르지만, 저희 집을 떠나기 전에 분명 제 아내에게서 감사의 인사를 들으실 겁니다. 저희와 함께 계셔 준 것을 무척 고맙게 생각하고 있습니다. 보잘것없는 저희 집에 머무시는 게 그리 달가우시지는 않으셨겠지요. 저희는 검소하게 생활하고 방도 작고 하인도 별로 없는 데다 사람들을 만날 수 있는 기회도 별로 없으니까요. 당신 같은 젊은 숙녀분에게는 헌스퍼드가 몹시 지루한 곳이 틀림없겠죠. 그런데도 저희 집에 머무는 호의를 베풀어 주신 데 대해 감사하게 생각하고 있다는 점과 유쾌한 시간을 보내실 수 있도록 저희로서는 최선을 다했다는 점을 믿어 주시길 바랍니다."

엘리자베스는 그에게 진심으로 감사하고 즐거웠다고 말했다. 지난 6주 동안 무척 즐겁게 지냈으며, 샬럿과 함께할 수 있어서 좋았고, 그동안 받았던 친절한 배려에 대해 감사할 사람은 오히려 자신이라고 말했다. 콜린스는 그 말을 듣고 흡족해하며 한층 더 엄숙하게 미소를 지으면서 대답했다.

"지루하지 않으셨다니 정말 기쁘군요. 저희는 그야말로 최선을 다했습니다. 그리고 무엇보다 다행스러웠던 건 지체 높으신 분에게 엘리자베스 양을 소개시켜 드릴 수 있었다는 점입니다. 로징스와 우리의 인연 덕분에 로징스에 자주 초대를 받으셨기에 헌스퍼드에 머무르는 동안 따분하지만은 않으셨을 거라고 자부합니다. 캐서린 영부인과 저희의 관계는 다른 사람은 누릴 수 없는 특별한 혜택이고 축복입니다. 저희가 그 댁과 얼마나 가깝게 지내는지 직접 보셔서 아시겠지요. 솔직히 말씀드려서 초라한 제 목사관이 불편한 점도 많지만 이 집에 머물면서 로징스 댁과 친분을 가질 수 있었다면 동정의 대상은 되지 않을 거라고 생각합니다."

그는 자신의 격앙된 감정을 말로는 충분히 표현할 수 없는 모양이었다. 그가 방 안을 이리저리 서성거리는 동안, 엘리자베스는 짧은 문장으로 예의를 갖춰 진심을 담아 표현할 수 있는 방법을 궁리했다.

"하트퍼드셔에 돌아가시면 그분들께 저희들이 아주 잘 지내고 있다고 말씀드려 주시기 바랍니다. 그렇게 하셔도 무방할 거라고 저는 자부합니다. 캐서린 영부인께서 제 아내에게 큰 관심을 쏟으시는 걸 당신도 매일 목격하셨으니까요. 그리고 당신의 신구가 불행한 선택을 한 것으로 보이지는 않을 테고요. 하지만 이 점에 대해서는 말하지 않는 편이 좋을 것 같군요. 제가 말씀드릴 수 있는 건 친애하는 엘리자베스 양도 행복한 결혼을 하시길 진심으로 바란다는 것뿐입니다. 사랑하는 샬럿과 저는 오직 한마음이고 사고방식도 똑같습니다. 모든 일에서 성격이나 생각이 놀랄 정도로 비슷하답니다. 저희는 그야말로 천생연분인 것 같습니다."

엘리자베스는 콜린스에게 그의 말대로 행복하게 지내는 것 같다고 편안한 마음으로 말할 수 있었다. 그리고 그의 가정이 행복하다는 걸 확신하고 진심으로 기쁘게 생각한다고 덧붙였다. 콜린스가 자신이 얼마나 행복한지 일일이 열거하려는 찰나에 그 행복의 원천인 샬럿이 등장하자 엘리자베스는 안도의 한숨을 내쉬었다.

가엾은 샬럿! 그녀를 그런 사람들 속에 혼자 두고 떠나는 건 가슴 아픈 일이었다. 하지만 이 모든 것은 그녀가 어떤 결과를 초래할지 뻔히 알면서 스스로 선택한 일이었다. 샬럿은 손님들이 떠나는 것을 서운해하는 기색이 역력했지만, 동정이나 연민을 바라는 것 같지는 않았다. 그녀는 자신의 집과 살림살이와 교구와 닭과 오리, 그리고 여기에 수반되는 여러 가지 자질구레한 일들에 재미를 붙이고 있는 것처럼 보였다.

드디어 마차가 도착했다. 커다란 가방은 마차에 매달고, 작은 가방은 마차 안에 집어넣고, 짐을 모두 싣고 나자 하인이 출발 준비가 끝났다고 알렸다. 엘리자베스는 샬럿과 다정하게 작별 인사를 나누고 콜린스의 안내를 받으며 마차로 향했다. 정원을 걸어 내려가는 동안에도 콜린스는 그녀의 가족들에게 경의를 표해 달라고 부탁하면서, 겨울 동안에 롱본에서 받았던 친절에 대한 감사와 직접 잘 알지는 못하지만 가디너 부부에 대한 인사도 잊지 않았다. 그러고 나서 그는 그녀가 마차에 올라타는 것을 도와주었고 그다음엔 마리아를 도와 마차에 타게 했다. 그리고 막 마차의 문이 닫히려는 순간, 깜짝 놀란 표정으로 로징스의 귀부인들에게 전할 인사말을 남기지 않았다는 걸 상기시켰다.

"그분들에게 여기 계시는 동안 베풀어 주신 친절에 대한 감사와 경의를 표하시길 당연히 바라시겠죠."

엘리자베스는 그의 말대로 인사말을 전해 달라고 했다. 그제야 문이 닫혔고 드디어 마차가 출발했다.

마리아는 몇 분 동안 말이 없다가 갑자기 큰 소리로 말했다.

"여기 온 지 하루 이틀밖에 안 지난 것 같은데 그동안 정말 많은 일이 있었네."

"그래, 정말 많은 일이 있었어."

엘리자베스가 한숨을 내쉬며 말했다.

"로징스의 만찬에 아홉 번이나 참석했고, 두 번이나 차를 마시러 갔지. 얘기할 게 너무 많아."

엘리자베스는 속으로 덧붙였다.

'난 숨겨야 할 얘기가 너무 많은걸.'

가는 동안 그들은 많은 대화를 나누지도 않았고, 특별한 일도 일어나지 않았다. 헌스퍼드를 떠난 지 네 시간 만에 가디너 씨 댁에 도착했다. 그들은 그곳에서 며칠 동안 머무를 작정이었다.

제인은 꽤 좋아 보였다. 엘리자베스는 외숙모가 미리 준비한 사교적인 모임들에 참석하느라 언니의 기분을 자세히 살펴볼 기회가 없었다. 제인도 그녀와 함께 집으로 돌아갈 예정이었기 때문에 롱본에서 충분히 여유 있게 언니의 상태를 알아볼 수 있을 거라고 생각해서 별다른 말은 하지 않았다.

롱본으로 돌아갈 때까지 다아시가 자신에게 청혼했다는 얘기를 언니에게 털어놓지 못하는 건 엘리자베스에게 여간 고역이 아니었다. 제인이 들으면 깜짝 놀랄 소식이기도 했지만, 아직 완전히 포기하지 못한 자신의 허영심을 만족시켜 주는 소식이기도 했다. 언니에게 그 소식을 들려주고 싶은 충동은 억누르기 힘든 유혹이었다. 그러나 어디까지 털어놓아야 하는지 망설여지기도 했고, 그 얘기를 하다 보면 어쩔 수 없이 빙리의 일을 다시 들춰내서 언니를 더 우울하게 만들 것 같아서 간신히 그 유혹을 참아 냈다.

16

5월 둘째 주에 세 명의 젊은 아가씨들은 그레이스처치가를 출발해서 하트퍼드셔로 향했다. 베넷 씨의 마차가 도착하기로 되어 있는 여관에 가까이 다가가자 2층 식당에서 밖을 내다보고 있던 키티와 리디아가 눈에 들어왔다. 마차가 시간을 정확히 지켜서 약속한 시간에 도착할 수 있었다. 두 소녀는 한 시간 넘게 그 여관에서 건너편에 있는 모자 가게에 들러 보기도 하고, 보초를 서고 있는 군인을 쳐다보기도 하고, 오이 샐러드를 만들기도 하면서 시간을 보내고 있었다.

그들은 언니를 반갑게 맞이하고 식탁 위에 여관 식당에서 흔히 나오는 냉육을 차려 놓은 걸 우쭐대며 말했다.

"정말 대단하지 않아? 굉장한 선물이지?"

"언니들한테 우리가 한턱내는 거야."

리디아가 거들었다.

"하지만 언니가 우리한테 돈을 빌려 줘야 해. 방금 전에 저기 있는 상점에서 돈을 다 써 버렸거든."

그러고는 언니들에게 상점에서 산 물건들을 자랑했다.

"이것 봐, 내가 산 모자야. 별로 예쁘지는 않지만 그래도 아무것도 사지 않는 것보다는 나을 것 같아서 샀어. 집에 가면 다시 뜯어서 예쁘게 고쳐 볼래."

언니들이 모자가 별로 예쁘지 않다고 말하는데도 리디아는 전혀 신경 쓰지 않고 말했다.

"그 가게에 이 모자보다 더 못생긴 모자가 몇 개나 있었어. 예쁜 색깔의 공단을 사서 새로 손질하면 그런대로 봐 줄만 할 거야. 하긴 이번 여름에 군부대가 메리턴을 떠나고 나면 무슨 모자를 쓰든지 상관없게 될 텐데 뭘. 보름 후면 떠날 거래."

"정말 떠난대?"

엘리자베스가 듣던 중 반가운 소식이라는 듯 소리쳤다.

"브라이턴 근처에 주둔할 거래. 이번 여름에 아빠가 우리를 거기로 데려가 주시면 얼마나 좋을까! 정말 근사한 계획 아냐? 돈도 거의 들지 않을 거야. 엄마도 열 일 제쳐 놓고 가시겠다고 할걸. 안 그러면 이번 여름이 얼마나 맥 빠지는 여름이 될지 생각 좀 해 봐."

엘리자베스는 속으로 생각했다.

'그래, 정말 근사한 계획이로구나. 우리한테는 최고의 계획이야. 세상에! 브라이턴이라니. 사방이 군인 캠프인 그곳에 간다고? 군부대가 겨우 하나뿐인 메리턴에서도 한 달에 한 번 열리는 무도회 때문에 그렇게 난리법석을 피웠는데.'

"언니들한테 들려줄 새로운 소식이 있어."

식탁에 앉자 리디아가 말했다.

"무슨 소식일 것 같아? 엄청난 소식이야. 중대 발표라고. 우리 모두가 좋아하는 사람에 관한 거야!"

제인과 엘리자베스는 서로 얼굴을 쳐다보면서 웨이터에게 그만 나가도 된다고 말했다. 리디아가 한바탕 웃더니 말했다.

"언니들은 언제나 격식을 차리고 너무 조심하는 게 탈이야. 웨이터가 들을까 봐 그러는 거지? 그 남자가 우리 얘기에 신경이나 쓰겠어? 내가 지금 하려는 얘기보다 더 나쁜 얘기도 자주 들을 텐데 뭘. 하긴 그 웨이터는 너무 못생기긴 했어. 눈에 안 보이니까 한결 낫네. 그렇게 긴 턱은 생전 처음 봤어. 그건 그렇고 이제 소식을 전해야지. 위컴 씨에 관한 거야. 웨이터가 듣기엔 너무 아까운 얘기 아니야? 위컴 씨가 메리 킹 양과 결혼할 가능성이 없다는 거야. 어때, 언니? 그 여자가 리버풀에 있는 삼촌 집으로 내려갔다지 뭐야. 거기서 계속 살 생각이래. 이제 위컴 씨는 안전해."

"메리 킹도 안전하겠구나!"

엘리자베스가 덧붙였다.

"재산을 노리는 경솔한 결혼을 하지 않게 됐으니 말이야."

"위컴 씨를 정말 좋아했다면 그렇게 가 버리는 건 바보 같은 짓이야."

"양쪽 다 열렬하게 좋아하지는 않았을 거야."

제인이 말했다.

"위컴 씨는 그런 애정이 없었던 게 분명해. 그건 내가 장담할 수 있어. 위컴 씨는 그 여자한테 손톱만큼도 관심이 없었어. 그렇게 성격이 고약한 데다, 왜소하고, 주근깨투성이인 여자를 누가 좋아하겠어?"

엘리자베스는 동생의 말을 듣고 충격을 받았다. 자신의 입으로 그런 저속한 말을 한 건 아니지만, 그런 감정이 자기 마음속에서도 멋대로 돌아다니고 있다고 생각했다.

모두들 식사를 마치고 나자 언니들은 돈을 지불하고 마차를 불렀다. 상자와 반짇고리와 작은 짐 꾸러미와 키티와 리디아가 산 달갑지 않은 물건들을 요령껏 다 싣고 나자 마차가 출발했다.

"정말 교묘하게 잘 끼어 앉았네."

리디아가 소리쳤다.

"내 모자를 사서 정말 다행이야. 모자 상자 하나를 더 수집하는 재미밖에 없다고 해도 안 산 것보다는 훨씬 낫잖아. 이제 편안하게 앉아서 집에 갈 때까지 재미있게 웃고 떠들어 보자. 먼저 언니들이 집을 떠난 후로 무슨 일이 있었는지 들어 봐야지.

근사한 남자는 만나 본 거야? 연애 사건은 없었어? 난 언니들이 돌아오기 전에 한 명이라도 남편감을 얻었으면 했는데. 큰 언니는 곧 노처녀가 될 거 아냐. 벌써 스물세 살이 다 됐잖아. 어쩜 좋아. 난 스물세 살이 되기 전에 결혼하지 못하면 창피해서 죽어 버릴 거야. 필립스 이모도 언니들이 남편감을 얻기를 얼마나 바라고 있는지 언니들은 모를걸. 이모는 리지 언니가 콜린스 씨와 결혼했으면 좋았을 거라고 하셨어. 하지만 그 결혼은 정말 재미없을 것 같아. 난 언니들보다 먼저 결혼하고 싶어. 그러면 내가 언니들을 무도회장마다 데리고 다닐 수 있을 텐데.

아 참! 지난번에 포스터 대령 집에 갔을 때 얼마나 재미있었는지 알아? 그날 낮에 키티와 내가 거기에 갔었는데 포스터 부인이 저녁에 작은 무도회를 열어 주겠다고 약속한 거야. 포스터 부인하고 내가 그렇게 친한 사이가 된 거라고! 부인이 해링턴의 두 딸에게 무도회에 오라고 초대했는데 해리엇이 아파서 펜이 혼자 오게 됐지 뭐야. 그런데 우리가 어떻게 했는지 알아? 글쎄 챔벌레인에게 여자 옷을 입혀서 여자 행세를 하게 했다니까. 얼마나 우스웠을지 생각해 봐. 대령하고 포스터 부인, 키티, 나만 빼놓고 아무도 감쪽같이 몰랐다니까. 참 이모도 알게 된 게 우리가 이모 드레스를 빌려야 했거든. 챔벌레인이 얼마나 예뻤는지 언니들은 상상도 못할걸. 데니, 위컴, 프랫, 다른 남자들 두세 명이 더 왔는데 챔벌레인을 전혀 못 알아봤어. 얼마나 웃었는지 몰라. 포스터 부인도 배꼽을 잡고 웃었다니까. 난 너무 웃겨서 죽는 줄 알았어. 그 바람에 남자들이 눈치를 채고 무슨 일인지 알아차리게 된 거야."

리디아는 키티에게 힌트를 얻어 가며 파티 이야기와 재미있는 농담을 늘어놓으며 롱본으로 가는 내내 동행을 즐겁게 해 주려고 했다. 엘리자베스는 될 수 있는 대로 동생의 얘기를 흘려버리려고 했지만 위컴의 이름이 자주 언급되는 데 신경이 쓰였다.

집에서는 더없이 반갑게 그들을 맞아 주었다. 베넷 부인은 제인의 미모가 여전한 걸 보고 기뻐했다. 베넷 씨는 저녁 식사를 하는 동안 엘리자베스에게 일부러 여러 번 말을 걸었다.

"리지야, 네가 돌아와서 정말 기쁘다."

식당에는 꽤 많은 사람들이 모여 있었다. 루카스 가족 대부분이 마리아를 만나 소식을 듣기 위해 기다리고 있었다. 그들의 화제는 다양했다. 루카스 부인은 식탁 맞은편에 앉아 있는 마리아에게 큰딸과 닭과 오리의 안부를 물었다. 베넷 부인은 자기보다 좀 아래쪽에 앉아 있는 제인에게 요새 유행하는 옷에 관한 정보를 들으면서 한편으로는 들은 이야기를 루카스 집안의 어린 딸들에게 다시 전달하느라 바빴다. 리디아는 다른 사람들보다 큰 목소리로 아무나 들으라는 듯이 그날 아침 재미있었던 일을 시시콜콜하게 떠들어 대고 있었다.

"메리 언니, 언니도 우리랑 같이 갔으면 좋았을 거야. 얼마나 재미있었다고! 키티하고 나하고 마차를 타고 갈 때 차양을 내리고 갔지 뭐야. 마차 안에 아무도 안 탄 것처럼 보이려고 말이야. 키티가 멀미만 하지 않았으면 끝까지 그러고 갔을 거야. 조시 여관에 도착했을 때 우리는 정말 멋지게 행동했지. 세 언니들한테 세상에서 가장 맛있는 냉육 요리를 대접했다니까. 언니도 같이 갔더라면 그런 대접을 받을 수 있었을 텐데 말이야. 여관에서 나왔을 때도 얼마나 웃겼는지 몰라. 마차 안에 다 못 들어갈 줄 알았는데. 너무 웃다가 죽는 줄 알았다니까. 집에 올 때도 너무 재미있었어. 너무 큰 소리로 웃고 떠들어서 10마일 떨어진 곳에서도 들렸을 거야."

리디아의 말을 듣고 나자 메리가 무척 진지한 어조로 대답했다.

"난 그런 즐거움을 폄하하는 사람은 결코 아니야. 그런 것들은 보통 여성들의 일반적인 성향에 부합되는 일이 틀림없으니까. 하지만 나한테는 그런 일들이 아무런 매력도 없다는 걸 밝히지 않을 수 없어. 나는 책을 읽는 편이 훨씬 더 좋으니까."

하지만 메리의 말을 리디아는 한마디도 듣고 있지 않았다. 그녀는 다른 사람의 말을 30초 이상 듣는 일이 거의 없었다. 더구나 메리가 하는 말은 아예 들으려고도 하지 않았다.

오후에 리디아와 다른 아가씨들은 메리턴으로 가서 모두들 어떻게 지내는지 알아보자고 독촉했지만 엘리자베스는 한사코 반대했다. 베넷 집안 딸들이 집에 온 지 반나절도 못 되어서 장교들을 쫓아다닌다는 말을 듣게 될까 봐 걱정스러웠다. 그녀가 반대하는 데에는 또 다른 이유가 있었다. 가능하면 위컴을 오랫동안 만나고 싶지 않았다. 부대가 곧 이전할 거라는 소식은 더없이 다행스러운 일이었다. 보름 후면 그들은 떠날 것이고 일단 떠나고 나면 위컴 때문에 힘든 일은 더 이상 없을 것이다.

집에 온 지 몇 시간이 지나지 않아서 그녀는 브라이턴 계획을 알게 되었다. 리디아가 여관에서 귀띔해 준 그 일이 부모님들 사이에서 자주 논의되고 있었다. 엘리자베스는 곧 아버지가 승낙할 의사가 전혀 없다는 걸 알게 되었지만, 그의 대답이 너무 애매모호한 것이어서 어머니는 종종 낙심하면서도 결국에는 성공할 거라는 희망을 버리지 않았다.

17

엘리자베스는 그동안 일어났던 일을 제인에게 말하고 싶은 마음을 더 이상 억제할 수가 없었다. 그래서 다음 날 아침, 언니에게 놀라지 말라고 미리 마음의 준비를 시킨 다음 제인과 연관된 세세한 부분은 빼놓고 다아시와 자기에게 있었던 일을 요약해서 얘기했다.

베넷 양은 엘리자베스의 말을 듣고 놀라움을 감추지 못했다. 그러나 동생을 남달리 아끼는 마음에서 어떤 남자라도 엘리자베스를 흠모하는 건 당연한 일이라고 생각했고 곧 놀란 마음을 진정시켰다. 그녀의 놀라움은 다아시가 자신의 감정을 엘리자베스에게 전달하는 방법이 적절하지 못했다는 안타까움에 묻혀 버렸다. 그리고 동생에게 거절당한 다아시의 심정이 얼마나 비참했을까를 생각하며 안쓰러워했다.

"다아시 씨가 자신의 청혼을 네가 당연히 받아들일 거라고 생각한 게 잘못이었어. 너한테 절대 그렇게 생각한다는 걸 드러내서는 안 되었는데 말이야. 하지만 성공할 거라고 확신했던 만큼 실망이 얼마나 컸겠니?"

"그 점에 대해서는 정말 다아시 씨에게 미안하게 생각해. 하지만 그분은 내게 애정만 느꼈던 게 아니야. 다른 복잡한 감정도 많았다고. 그런 감정 때문에 나에 대한 관심을 쉽게 잊을 수 있을 거야. 그분의 청혼을 거절했다고 나를 책망하는 건 아니지?"

"책망하다니, 그건 말도 안 돼!"

"그렇지만 내가 다아시 씨에게 위컴 씨에 관한 일을 그렇게 흥분해서 얘기했던 건 잘못이라고 생각하지?"

"그렇지 않아. 난 네가 뭘 잘못했다는 건지 잘 모르겠어."

"바로 그다음 날 있었던 일을 얘기해 줄게. 그럼 언니도 무슨 말인지 이해가 될 거야."

엘리자베스는 제인에게 편지에 대해서 얘기했다. 조지 위컴에 관한 모든 내용을 하나도 빠뜨리지 않고 말했다. 가엾은 제인은 너무도 큰 충격을 받았다. 그녀는 한 개인에게 일어난 이런 사악한 일이 전 인류에게 존재하지 않는다고 믿으면서 세상을 살아갈 만큼 선량한 여자였다. 다아시에 대한 오해가 풀렸다는 게 다행스럽기는 했지만, 그런 끔찍한 일을 알고 나서 상심한 마음에는 별다른 위로가 되지 못했다. 제인은 다아시의 결백을 인정하면서도 무슨 오해가 있었을지도 모른다며 위컴을 옹호하려고 애썼다.

"언니, 아무리 그래도 소용없는 일이야. 두 사람 다 좋은 사람으로 만들 수는 없어. 한 사람만 선택해. 한 사람의 편을 드는 걸로 만족해야지. 두 사람 사이에는 일정한 분량의 미덕이 존재해. 그건 한 명만 선한 사람으로 만들 수 있는 분량이야. 근래에는 그 미덕이 방향을 잃고 헤매기는 했지만, 지금은 그 미덕이 모두 다아시 씨의 몫이라는 쪽으로 생각이 기울었어. 하지만 언니의 판단은 언니에게 맡겨야겠지."

한참 후에야 제인은 억지로 미소를 지어 보였다.

"이렇게 큰 충격을 받은 건 처음이야. 위컴 씨가 그렇게 나쁜 사람이었다니. 다아시 씨가 정말 안됐어. 리지야, 생각해 보렴. 그분이 얼마나 고통이 심했겠니. 얼마나 실망이 컸을까? 네가 자기를 그렇게 나쁜 사람으로 생각하고 있었다는 걸 알았으니 말이야. 게다가 너한테 누이동생의 일까지 얘기할 수밖에 없었잖아. 정말 너무 안됐어. 너도 나랑 같은 심정이겠지?"

"아니, 난 그렇지 않아. 언니가 그렇게 안타까워하고 불쌍해하는 걸 보니까 난 오히려 그런 감정이 모두 사라지는 것 같아. 언니가 그분의 심정을 충분히 동정해 줄 테니까 난 더 무관심해져도 될 것 같은걸. 언니가 후하게 동정심을 베푸는 만큼 난 좀 아껴 둬야겠어. 언니가 다아시 씨를 불쌍해하면 할수록 내 마음은 더 가벼워지는 것 같아."

"위컴 씨도 안됐어. 얼굴은 그렇게 선량해 보이는데, 게다가 성격은 또 얼마나 점잖고 쾌활하니?"

"두 사람의 교육이 크게 잘못되었던 게 분명해. 한 사람에게는 모든 미덕이 있고, 다른 한 사람에게는 미덕의 겉모습만 있으니 말이야."

"난 네가 생각하는 것처럼 다아시 씨에게 외적인 미덕이 부족하다고 생각하지는 않았어."

"지금 생각해 보면 나는 다아시 씨를 특별한 근거도 없이 극단적으로 싫어했던 것 같아. 그걸로 스스로 비범한 척하고 싶었던 거겠지. 어떤 사람을 지독히 싫어하게 되면 천재성이 발휘되고 위트가 샘솟거든. 올바른 말은 한마디도 안 하면서 누군가를 계속 비난할 수는 있어. 하지만 어떤 사람을 계속 비웃다 보면 가끔씩 재치 넘치는 말이 얻어걸리기도 하는 법이거든."

"리지야, 너도 이 편지를 처음 읽었을 때는 지금처럼 태연하진 못했을 거야, 그렇지?"

"물론이야. 너무 불편하고 비참한 심정이었어. 내 기분을 이야기할 사람도 없고, 내가 생각하는 것처럼 나 자신이 그렇게 나약하고 허영심 덩어리에다 형편없는 사람이 아니라고 위로해 줄 사람도 없었어. 얼마나 언니가 그리웠는지 몰라!"

"다아시 씨에게 위컴 씨에 대한 얘기를 할 때 그렇게 거친 표현을 썼던 건 네가 잘못한 거야. 지금 생각하면 그런 말들이 모두 부당한 비난이었잖아."

"언니 말이 맞아. 내가 그렇게 혹독한 말을 퍼부은 건 그분에 대한 편견 때문이었어. 언니, 그것 말고도 언니의 조언을 들어야 할 일이 있어. 위컴 씨의 정체를 폭로하는 게 옳은 일일까 아니면 그냥 묻어 둬야 하는 걸까? 언니는 이 문제를 어떻게 생각해?"

베넷 양은 잠시 사이를 두었다가 대답했다.

"그렇게 무참하게 폭로할 필요는 없을 것 같아. 네 생각은 어떤데?"

"나도 그런 짓은 하지 않는 게 좋을 것 같아. 다아시 씨가 내게 위컴 씨의 일을 폭로할 권한을 준 것도 아니고, 오히려 자기 동생과 관련된 자세한 일은 가능한 한 나만 알고 있으라고 했어. 그 일을 빼놓고 위컴 씨의 행실을 사람들에게 알리면 누가 내 말을 믿으려고 하겠어? 대부분의 사람들은 다아시 씨에 대해 심한 편견을 갖고 있잖아. 내가 다아시 씨 편을 들어서 얘기하면 메리턴의 선량한 주민들 절반이 반발하고 나설 거야. 난 그런 반발에 맞설 자신이 없어. 위컴 씨도 곧 이곳을 떠날 테고 그러면 그 사람이 어떤 인간이었는지는 별로 중요하지 않게 될 거야. 언젠가는 모든 사실이 밝혀지겠지. 그때는 우리도 그 사람들이 그런 사실을 전혀 몰랐던 걸 비웃어 줄 수 있을 거야. 하지만 지금 당장은 아무 말도 하지 않을 작정이야."

"네 생각이 맞는 것 같아. 지금 위컴 씨의 비열한 행동이 사람들에게 알려지면 그의 인생은 영원히 망가지고 말 거야. 그 사람도 지금은 자신의 행동을 후회하고 새로운 사람이 되고 싶어 할지도 모르는 거잖아. 그 사람을 절망으로 몰아가서는 안 돼."

언니와 대화를 나누고 나니 소란스럽던 머릿속이 정리가 되는 기분이었다. 보름 동안 그녀의 마음을 무겁게 짓누르고 있던 두 가지 비밀을 홀가분하게 털어 버릴 수 있었고, 다시 그 문제에 대해 얘기하고 싶어질 때면 제인이 언제든 기꺼이 들어 줄 거라고 생각했다. 하지만 워낙 심각한 사인이라 아직 언니에게 얘기하지 못하고 마음 한구석에 묻어 둔 일이 있었다. 다아시의 편지 중 나머지 절반의 내용은 도저히 언니에게 말할 용기가 나지 않았다. 다아시의 친구가 언니를 얼마나 진지하게 사모했었는지도 말해 줄 수 없었다. 그것은 아무에게도 말할 수 없는 비밀이었다. 두 사람이 완전히 서로의 마음을 이해하게 되는 날이 올 때까지 엘리자베스는 이 비밀을 지켜야 하는 무거운 짐을 덜어 버릴 수 없을 것 같았다.

'그런 일은 결코 일어나지 않겠지? 하지만 만일 그렇게 된다면 그땐 굳이 내가 얘기할 필요도 없을 거야. 빙리 씨가 언니에게 나보다 훨씬 설득력 있게 얘기할 수 있을 테니까. 내가 자유롭게 얘기할 수 있는 기회가 주어질 때면, 결국 그럴 필요성이 없어지게 되는 거로군.'

집에 돌아와 생활하면서 엘리자베스는 언니의 마음 상태를 여유 있게 살펴볼 수 있었다. 제인은 결코 행복하지 않았다. 그녀는 아직도 빙리에 대해 애틋한 애정을 가지고 있었다. 그녀는 전에는 한 번도 자신이 사랑에 빠졌다고 생각해 본 적이 없었다. 빙리에 대한 그녀의 감정은 첫사랑의 열정이었고, 나이와 타고난 성품 닷에 그녀의 첫사랑은 다른 사람들의 첫사랑보다 더 견고하고 변함없는 것이었다. 빙리에 대한 기억을 너무나 소중하게 마음속에 간직하고 있어서 다른 남자들은 안중에도 없었다. 엘리자베스는 주위 사람들을 생각해서 지나치게 비탄에 빠지지 않도록 주의하라고 언니의 감정을 견제하지 않을 수 없었다. 그러다가는 언니의 건강도 해치고 다른 가족들도 힘들어질 게 뻔히 내다보였다.

어느 날 베넷 부인이 엘리자베스에게 말했다.

"이제야 하는 얘긴데 넌 언니 일을 어떻게 생각하니? 누구한테도 그 얘기는 다시 꺼내지 않기로 마음먹었다만, 저번에 네 이모한테도 그렇게 말했고. 제인이 런던에서 그 남자 코빼기라도 한번 봤는지 모르겠구나. 빙리 씨는 정말 형편없는 남자 아니냐? 이젠 제인이 그 남자하고 맺어지는 건 모두 물 건너간 일이다. 여름에 다시 네더필드로 올 거라는 말도 못 들었어. 알 만한 사람에게는 다 물어봤는데도 말이야."

"이젠 네더필드에서 살지 않을 것 같아요."

"그래, 그거야 그 사람 마음이지. 빙리 씨가 돌아오기를 기다리는 사람도 없다. 난 그 인간이 내 딸에게 한 못된 짓을 죽을 때까지 잊지 않고 얘기할 거야. 내가 제인이라면 도저히 그냥 참고 넘어가지 못했을 거다. 그 인간은 제인이 화병이 나서 죽기라도 하면 그제야 자기가 한 짓을 후회하게 될 거야. 그렇게 되면 내 마음이 좀 풀릴 것 같긴 하다만."

그러나 엘리자베스는 그런 일이 일어나면 위안이 될 거라고 생각하지 않았기 때문에 아무 대답도 하지 않았다. 그러자 베넷 부인이 곧 말을 이었다.

"그건 그렇고, 콜린스 내외는 잘 살고 있던? 그런 생활이 오래가야 할 텐데. 식탁은 어떻게 차렸던? 샬럿이 살림은 잘할 거야. 자기 어머니 반만큼만 알뜰해도 돈을 꽤 모을걸. 살림하면서 낭비하는 구석은 전혀 없을 게다."

"낭비라고는 모르는 것 같아요, 전혀."

"살림은 틀림없이 야무지게 할 거다. 그건 분명해. 수입보다 많이 쓰지 않으려고 알뜰살뜰 살겠지. 돈 때문에 궁색한 일은 없을 거야. 자기들한테는 잘된 일이지. 매일 네 아버지가 돌아가시면 롱본이 자기네 것이 될 거라는 얘길 주고받을걸. 그런 얘기를 할 때마다 벌써 롱본이 자기네 소유가 된 것처럼 말할 게 뻔해."

"제 앞에서 그런 얘기는 한 번도 꺼내지 않았어요."

"당연하지. 그랬다면 걔네들이 제정신이 아닌 거지. 그렇지만 자기네들끼리 있을 때는 입버릇처럼 얘기할 게 분명해. 법적으로 자기네 소유가 아닌 재산을 마음 편하게 생각할 수 있다면 자기네들은 좋겠지. 나 같으면 고작 한정 상속으로 남의 재산을 물려받는 걸 수치스럽게 생각할 거다."

18

    제인과 엘리자베스가 집으로 돌아오고 나서, 첫 주는 쏜살같이 지나가고, 둘째 주가 시작되었다. 군부대가 메리턴에 주둔하는 마지막 주라서 이 동네에 사는 아가씨들은 시간이 지나갈수록 너나 할 것 없이 의기소침해졌다. 모두들 낙심에 빠져 있는데도 베넷가의 큰딸과 둘째 딸만은 여전히 먹고, 마시고, 잠자며 평상시와 다름없이 생활하고 있었다. 키티와 리디아는 언니들이 너무 무덤덤하다며 투덜거렸다. 자기네들은 깊은 실의에 빠져 있는데 가족들이 냉담하다는 게 이해가 되지 않았다.

    "이제 우린 어떻게 되는 거지? 어떻게 해야 하는 거야?"

    그들은 비탄에 빠져 울부짖기까지 했다.

    "리지 언니는 어떻게 웃을 수가 있어?"

    이런 일에는 정이 넘치는 어머니도 그들의 슬픔에 동참했다. 25년 전 비슷한 일이 있었을 때 그녀 자신도 무척 힘들어했던 기억이 떠올랐다.

"밀러 대령이 있던 부대가 떠나 버렸을 때 난 이틀 내내 울기만 했단다. 정말 가슴이 터져 버릴 것 같았지."

"지금 내 가슴도 터져 버릴 것 같아."

리디아가 말했다.

"브라이턴으로 갈 수만 있다면 얼마나 좋을까!"

베넷 부인의 말에 리디아가 맞장구를 쳤다.

"맞아요! 브라이턴으로 갈 수만 있다면 이렇게 걱정할 필요가 없어. 하지만 아버지가 절대 허락하지 않으실걸."

"바다에 몸만 담가도 기분이 훨씬 나아질 것 같아."

"필립스 이모도 나한테 해수욕이 좋을 거라고 하셨어요."

키티가 거들었다.

롱본 저택에서는 끊임없이 한숨과 탄식이 울려 나왔다. 엘리자베스는 그들에게 신경을 쓰지 않으려고 애썼지만, 너무 한심하고 창피해서 견디기 힘들었다. 다아시가 자기와 결혼하는 걸 망설였던 이유가 타당했다는 게 새삼 깨달아졌다. 언니에 대한 빙리의 감정을 간섭하고 결혼을 막았던 다아시의 행동을 용서할 수 있을 것 같았다.

그러나 리디아의 앞날에 드리워졌던 먹구름이 한순간에 걷히고 밝은 세상이 펼쳐졌다. 연대장인 포스터 대령의 부인이 리디아에게 브라이턴으로 함께 가자고 권유한 것이다. 포스터 대령의 부인은 결혼한 지 얼마 되지 않은 새댁이었다. 쾌활하고 명랑한 성격이 리디아와 비슷해서 두 사람은 마음과 생각이 잘 통하는 둘도 없는 친구가 되었다.

이 소식을 들은 리디아는 기쁨에 넘쳐 포스터 부인을 찬양했고, 베넷 부인도 덩달아 기뻐했다. 키티는 분통이 터져서 어쩔 줄 몰라 했다. 그 광경은 표현하기 힘들 정도로 가관이었다. 리디아는 언니의 기분은 아랑곳하지 않고 온 집 안을 뛰어다니면서 기쁨에 겨워 가족들에게 축하해 달라고 소리를 지르면서 어느 때보다 더 요란스럽게 웃고 떠들어 댔다. 한편 키티는 실망에 빠져서 응접실에 앉아 말도 안 되는 불평을 늘어놓고 있었다.

"포스터 부인은 왜 리디아만 초대하고 나는 초대하지 않는 거지? 내가 특별히 친한 친구는 아니지만 나도 리디아처럼 초대받을 권리가 있다고. 아니, 내가 두 살 더 많으니까 당연히 내가 먼저 초대받아야 하는 거 아냐?"

엘리자베스가 아무리 설득하고, 제인이 단념시키려고 애써도 소용없는 일이었다. 엘리자베스는 어머니나 리디아처럼 이 초대를 흥분하며 기뻐할 수 없었다. 오히려 그녀는 이 일이 리디아의 파멸을 자초하는 일이 될 것 같아 걱정스러웠다. 그래서 자신이 한 짓이 리디아나 어머니에게 알려지면 엄청난 항의를 받을 게 뻔했지만, 아버지에게 리디아를 브라이턴으로 가지 못하게 말려 달라고 부탁했다. 엘리자베스는 리디아의 행실이 정숙하지 못하고, 포스터 같은 여자와 사귀어서 얻을 게 없으며, 브라이턴처럼 유혹이 많은 곳에서 그런 친구와 어울리다 보면 틀림없이 더 분별없는 행동을 하게 될 거라고 말했다. 베넷 씨는 엘리자베스의 말을 주의 깊게 듣고 나서 천천히 말했다.

"리디아는 사람들이 많은 곳에서 자신을 과시하지 못하면 절대 만족하지 못하는 아이다. 이번처럼 가족들에게 비용도 들지 않고 피해도 주지 않으면서 리디아가 즐길 수 있는 기회가 어디 흔하겠니?"

"리디아가 멋대로 경솔하게 행동하는 게 사람들 눈에 들어서 우리 가족이 얼마나 큰 피해를 입을지 생각하시면, 아니 벌써 큰 피해를 입었죠. 그걸 아신다면 이 일을 그렇게 처리하시지는 않으실 거예요."

"벌써 피해를 입었다고?"

베넷 씨가 놀라서 물었다.

"리디아 때문에 네가 사귀던 남자들이 놀라서 도망치기라도 했다는 거냐? 불쌍한 리지! 그렇다고 낙심하지는 말아라. 그런 사소한 문제도 못 견딜 만큼 까다로운 녀석들은 놓쳤다고 해서 아쉬워할 가치도 없는 놈들이다. 리디아의 철없는 행동 때문에 네게서 멀어진 한심한 녀석들 명단이나 보자꾸나."

"그런 건 아니에요. 제가 그런 피해를 입었다는 말이 아니에요. 구체적인 피해를 말하는 게 아니라 우리 집안의 전반적인 평판을 말하는 거예요. 사회적인 규범을 무시하고 제멋대로 행동하는 리디아 때문에 우리 집안의 품위나 평판이 영향을 받는다는 말씀을 드리는 거예요. 아버지께는 죄송하지만 솔직하게 말씀드릴게요. 리디아의 걷잡을 수 없는 성향을 막아 주실 분은 아버지밖에 없어요. 리디아에게 지금처럼 사는 건 올바른 생활 태도가 아니라고 가르쳐 주세요. 안 그러면 리디아는 회복이 불가능할 정도로 망가질지도 몰라요. 그런 성향이 굳어지면 열여섯 살밖에 안 된 어린 나이에 바람둥이라는 딱지가 붙어서 집안을 웃음거리로 만들 게 될걸요. 그것도 천박하기 짝이 없는 바람둥이가 될 거예요. 리디아는 나이가 어리다는 것하고 외모가 반반하다는 것밖에 내세울 게 없잖아요. 머리가 텅 비었는 데다 생각도 짧아서 남자들한테 인기 얻는 데만 관심이 있으니 사람들의 손가락질을 받을 게 뻔해요. 키티도 위험하긴 마찬가지예요. 그 애는 무슨 일이든 생각 없이 리디아가 하는 대로 따라 하니까요. 허영심도 많고, 아는 것도 없고, 게으른 데다 전혀 통제가 안 되는 애잖아요. 제발, 아버지, 생각 좀 해 보세요. 그 애들이 가는 곳마다 욕을 먹고 무시당할 거라고 생각하지 않으세요? 게다가 언니인 저희들이 당할 수치와 치욕도 생각해 주셔야죠."

베넷 씨는 엘리자베스가 이 일로 노심초사하는 걸 보고 다정하게 딸의 손을 잡으며 말했다.

"너무 걱정하지 마라. 너나 제인은 가는 곳마다 존경받고 사랑받을 거야. 철딱서니 없는 동생 두 명, 아니 세 명이라고 해야 하나? 어쨌든 그 애들 때문에 너희들이 피해를 볼 것 같지는 않다. 리디아가 브라이턴으로 가지 않으면 우리 집이 한시도 조용하지 못할 거다. 그러니 가게 내버려 두는 게 나을 것 같구나. 포스터 대령은 지각이 있는 사람이니까 리디아가 사고를 치지 않도록 잘 돌봐 줄 거다. 다행스럽게도 리디아에게는 돈이 없으니 누가 노릴 리도 없고, 브라이턴에 가면 여기서만큼 바람둥이 축에 끼지도 못할 거야. 장교들도 여기서 보던 것보다 더 눈에 확 띄는 여자들을 보게 될 텐데. 리디아가 거기 가서 자기가 얼마나 보잘것없는 존재인지 스스로 깨달을 수 있기만 빌어 보자. 지금보다 더 나빠진다면 붙들어다가 평생 이곳에 가두어도 할 말이 없겠지."

엘리자베스는 아버지의 대답에 더 이상 반론을 제기할 수 없었다. 그러나 그녀의 생각은 아버지에게 말하기 전과 전혀 달라진 게 없었다. 그녀는 아버지에게 실망해서 그 자리를 물러났다. 그렇다고 속으로 울분을 키우며 낙심하는 건 그녀의 성미에 맞지 않는 일이었다. 엘리자베스는 자신이 해야 할 몫은 다했다고 생각했다. 이제 어쩔 수 없는 일이 되어 버린 것 때문에 안달하거나 불안해하는 건 어리석은 일이었다.

엘리자베스가 아버지와 나눈 밀담을 리디아와 어머니가 알았더라면 두 사람의 수다스러운 입담으로도 표현할 수 없을 만큼 분개했을 것이다. 리디아의 상상 속에서 브라이턴은 세상에서 누릴 수 있는 모든 행복을 지닌 곳이었다. 그녀는 환상 속에서 장교들로 붐비는 해수욕장의 활기 넘치는 거리를 보았고, 이름도 얼굴도 모르는 수십 명의 젊은 장교들의 선망의 대상이 된 자신의 모습을 보았다. 캠프 안의 멋진 광경들도 보았다. 질서 정연하게 열을 맞춰 늘어선 막사와 그 안에 가득 들어찬 눈부신 붉은색 군복을 입은 젊고 쾌활한 군인들, 이 그림을 마지막으로 완성해 주는 것은 막사 아래서 적어도 여섯 명이 넘는 장교들과 즐겁게 대화를 나누고 있는 자신의 모습이었다.

언니가 이런 황홀한 기대를 자기한테서 빼앗아 버리려 했다는 걸 알았다면 그녀는 어떤 기분이었을까? 그 심정은 같은 꿈에 들떠 있던 어머니만 이해할 수 있었을 것이다. 남편이 브라이턴에 갈 의향이 전혀 없다는 걸 알고 맥이 빠진 베넷 부인에게 리디아가 브라이턴으로 간다는 소식은 유일한 위안거리였다. 그들은 베넷 씨와 엘리자베스 사이에 있었던 얘기를 전혀 알지 못했고, 리디아가 집을 떠나는 날까지 그들의 환희는 그칠 줄 몰랐다.

엘리자베스는 마지막으로 위컴을 만날 기회가 있었다. 집으로 돌아온 후 여러 차례 위컴과 자리를 함께할 기회가 있었다. 지금은 마음속의 혼란과 동요도 가라앉았고 그에 대한 설레는 감정과 호감도 완전히 사라져 버렸다. 처음에 호감을 느꼈던 위컴의 점잖고 예의 바른 매너도 지금은 가식적이고 혐오스럽고 지루하게 느껴질 뿐이었다. 게다가 그는 처음 그녀를 만났을 때처럼 다시 그녀의 관심을 불러일으키려는 태도를 보였다. 그 이후로 여러 가지 일을 겪고 위컴에 대해 많은 걸 알게 된 엘리자베스에게는 그런 위컴의 태도가 성가시고 불쾌할 뿐이었다. 자신이 위컴의 무책임하고 경박한 관심의 대상으로 선택되었다는 사실이 오히려 수치스럽게 느껴졌다. 어떤 이유로든 위컴이 자기가 마음만 먹으면 아무리 오랫동안 관심을 끊고 있었어도 언제든 다시 그녀의 애정을 얻고 자신의 허영심을 만족시킬 수 있다고 생각하는 데는 자신도 책임이 있다고 생각했다.

군부대가 메리턴에 머무는 마지막 날, 위컴은 다른 몇 명의 장교와 함께 롱본에서 식사를 했다. 엘리자베스는 그와 좋은 기분으로 헤어지고 싶은 마음이 전혀 없었다. 위컴이 헌스퍼드에서 어떻게 지냈느냐고 묻자, 그녀는 피츠윌리엄 대령과 다아시 씨가 로징스에서 3주 동안 지냈다고 대답하고, 대령을 아느냐고 물었다.

위컴은 그녀의 말에 깜짝 놀라면서 불쾌한 표정을 지었다. 그러나 잠시 뭔가 생각하다가 다시 미소를 지으며 전에 자주 만났었다고 말했다. 그리고 무척 신사적인 사람이라고 하면서 그를 어떻게 생각하느냐고 물었다. 그녀가 아주 좋은 사람인 것 같았다고 대답하자 그는 태연한 척하면서 덧붙였다.

"로징스에서 얼마나 계셨다고 말씀하셨죠?"

"거의 3주 동안 있었어요."

"그분을 자주 만나셨나요?"

"네, 거의 매일 만났어요."

"그의 태도는 그의 사촌들과는 많이 다를 겁니다."

"네, 아주 달랐어요. 하지만 다아시 씨도 친해지니까 괜찮은 분 같더군요."

"그랬군요!"

위컴이 이렇게 말할 때 엘리자베스는 그의 당혹스러운 표정을 놓치지 않았다.

"그런데 한 가지 여쭤 봐도 될까요?"

그는 감정을 억제하며 밝은 어조로 덧붙였다.

"그의 말투가 괜찮아졌다는 말씀이신가요? 평소의 말투에 에외를 갖췄나 보죠?"

그러고는 더 낮고 진지한 목소리로 말을 이었다.

"하지만 그가 본질적으로 나아졌을 거라고는 생각하지 않습니다."

"아, 그건 맞는 말씀이에요."

엘리자베스가 말했다.

"본질적으로는 예전과 그리 달라진 게 없었어요."

엘리자베스의 말을 들으면서 위컴은 기뻐해야 할지 아니면 그녀의 말뜻을 의심해야 하는 건지 당황해하는 것 같았다. 그녀의 표정에는 그를 걱정스럽고 불안하게 만드는 무언가가 있었다.

"친해지니까 나아졌다고 한 건 그분의 생각이나 태도가 나아졌다는 뜻이 아니었어요. 그분을 더 잘 알게 되니까 그분의 본성을 더 잘 이해할 수 있게 되었다는 뜻이었죠."

위컴의 놀라움은 상기된 안색과 시선을 어디에 둘지 몰라 허둥대는 표정에서 여실히 드러났다. 그는 잠시 침묵을 지키더니 당황한 태도를 진정하고 다시 그녀를 향해 지극히 부드러운 말투로 말했다.

"다시 씨에 대한 제 감정을 잘 아실 테니까 그가 형식적으로라도 예의를 갖추려는 태도에 제가 진심으로 기뻐한다는 걸 충분히 이해하실 거라고 생각합니다. 그의 오만한 성격도 그렇게 표현된다면 자기 자신한테는 아니라도 다른 사람들에게는 도움이 되겠죠. 제가 겪었던 그런 몰염치한 행동은 하지 않을 테니까요. 다만 당신에게 보인 그런 조심스러운 태도를 그의 이모님 댁을 방문할 때만 의도적으로 사용하는 건 아닌지 걱정스럽군요. 그는 이모님의 견해와 판단을 무척 두려워하거든요. 이모님과 함께 있을 때는 그분을 어려워하는 게 눈에 분명히 보였습니다. 드 버그 양과 결혼하고 싶은 마음이 큰 작용을 하는 거겠지요. 그 결혼을 염두에 두고 있는 게 분명합니다."

이 말을 듣고 저절로 쓴웃음이 나왔지만 그녀는 고개를 약간 끄덕이는 걸로 대답을 대신했다. 지금까지 몇 번이나 우려먹은 자신의 케케묵은 원한을 주제로 그녀를 대화에 끌어들이려는 속셈이 분명했다. 그러나 그녀는 전혀 그에게 말려들고 싶은 기분이 아니었다. 그날 저녁 남은 시간 동안 위컴은 평소대로 명랑한 외양을 유지했지만, 엘리자베스에게 특별한 관심을 보이지는 않았다. 그들은 마지막에 서로 예의를 갖춰 작별했고 다시는 서로 만나지 않게 되기를 속으로 바랐다.

파티가 끝나자 리디아는 포스터 부인과 함께 메리턴으로 돌아갔다. 다음 날 아침 거기서 출발할 예정이었다. 리디아와 식구들의 이별은 슬프기보다는 요란스러웠다. 눈물을 보인 사람은 키티뿐이었지만, 그녀가 운 것은 서운함 때문이 아니라 분노와 시샘 때문이었다. 베넷 부인은 딸에게 즐겁게 지내기를 바란다고 온갖 수다를 늘어놓으면서 할 수 있는 대로 마음껏 즐기라고 당부했다. 이 충고는 리디아가 충분히 마음에 새겼을 것이 분명했다. 요란 벅적하게 작별 인사를 하는 바람에 언니들의 작은 인사말은 그녀의 귀에 와 닿지도 않았다.

19

엘리자베스의 결혼관이 자신의 가족을 토대로 형성된 것이
었다면, 그녀는 결혼의 행복과 안락한 가정에 대한 기대를 갖
지 못했을 것이다. 그녀의 아버지는 젊음과 미모와 착해 보이
는 성품에 반해 한 여인과 결혼했다. 그러나 남자들의 눈에 젊
고 아름다운 여성은 당연히 온순하고 착하게 보이게 마련이어
서, 막상 결혼하고 보니 머리도 좋지 않은 데다 마음도 좁고 편
협한 여자라는 걸 알게 되었다. 그는 결혼한 지 얼마 지나지 않
아서 그녀에 대한 모든 애정을 잃고 말았다. 아내에 대한 존경
과 존중, 신뢰는 영원히 사라졌고 행복한 가정에 대한 기대도
완전히 깨져 버렸다.

그러나 베넷 씨는 자신의 우매함과 잘못으로 인한 보상을 건
전하지 못한 쾌락에서 얻으려는 사람은 아니었다. 그는 경솔한
선택이 빚어낸 결과를 무책임한 행동으로 해결하지 않았다. 그

는 전원과 책을 사랑하는 취미 생활에서 즐거움을 찾았다. 그의 아내는 무식하고 어리석은 행동으로 그에게 재밋거리를 제공하는 것 이외에는 다른 행복을 줄 수 없는 여자였다. 평범한 남자라면 자기 아내를 비웃는 데서 즐거움을 찾으려 들지는 않을 것이다. 그러나 진정한 철학자라면 주어진 여건 안에서 삶의 즐거움을 찾는 게 마땅한 일이었다.

엘리자베스는 아버지의 태도가 남편으로서 온당하지 못하다는 걸 모르지 않았다. 그녀는 그런 아버지를 보면서 늘 가슴이 아팠고, 아버지의 인격과 자신에 대한 애정으로 간과하기 힘든 아버지의 행동을 잊어버리려고 노력했다. 아내에 대한 의무와 예의를 소홀히 해서 아내를 자식들에게 무시당하는 존재로 만드는 아버지의 태도를 비난하지 않으려고 애썼다.

그러나 엘리자베스는 잘못된 결혼이 자식들에게 미치는 불행한 영향을 어느 때보다 더 절감하고 있었다. 훌륭한 능력이 방향을 잘못 잡은 데서 비롯되는 해악을 뼈저리게 실감했다. 아버지가 자신의 능력을 올바르게 사용했다면 아내의 인격을 고양시키지는 못했다고 하더라도 딸들의 품격은 지킬 수 있었을 것이었다.

위컴이 떠나 버린 건 반가운 일이었지만, 군부대가 이전한 것은 별로 좋아할 일이 아니었다. 파티에 초대받는 일이 전처럼 많지 않았고, 집에서는 어머니와 동생이 만사가 지루하다며 끊임없이 불평을 늘어놓아 집안 분위기를 어둡게 만들었다. 키티는 그녀의 머릿속을 어지럽게 하던 장교들이 사라지고 나자 원래의 모습으로 돌아온 것처럼 보였지만, 리디아는 오히려 더 큰 사고를 칠 위험이 있었다. 바닷가와 군부대라는 이중의 유혹이 도사리고 있는 곳에 가면 아둔하고 대담한 성격이 더 자극을 받을 게 뻔히 내다보였다.

엘리자베스는 이전에도 종종 느꼈지만 가슴을 졸이며 기다렸던 일이 정작 이루어지고 나면 기대했던 것만큼 만족감을 가져다주지 못한다는 걸 깨달았다. 진정한 기쁨을 누리려면 자신의 소망과 희망이 이루어질 수 있는 또 다른 시간을 정하고 기다림의 즐거움을 누리는 것으로 현재의 자신을 위로하고 다시 실망할 순간에 대비해야 했다.

현재 엘리자베스에게 가장 행복한 상념은 호수 지방으로 떠날 여행에 대한 상상이었다. 그런 상상은 어머니와 키티의 불평불만 때문에 불편한 집안 분위기에서 그녀가 얻을 수 있는 최고의 위안이었다. 제인과 함께 살 수 있었더라면 그야말로 완벽한 계획이 되었을 것이다.

'그렇지만 기대할 게 있다는 것만 해도 정말 다행이야. 만일 모든 계획이 완벽했다면 틀림없이 실망할 일이 생겼을 거야. 하지만 언니와 함께 가지 못한다는 아쉬움이 남아 있으니까 다른 즐거움은 모두 이루어지겠지. 모든 점에서 완벽한 계획이란 생각대로 이루어질 수 없는 거니까. 마음에 들지 않는 구석이 조금은 있어야 철저하게 실망하게 되는 상황을 미리 막을 수 있는 법이야.'

리디아는 집을 떠날 때 어머니와 키티에게 자세하게 쓴 편지를 자주 보내겠다고 약속했다. 그러나 그녀의 편지는 늘 늦게야 도착했고 내용도 너무 짧았다. 어머니에게 보낸 편지에는 방금 도서관에서 돌아왔는데, 그곳에 이런저런 장교들이 함께 갔었고, 넋이 나갈 정도로 아름다운 장식품들을 보았다거나, 드레스와 파라솔을 샀는데 더 자세하게 설명하고 싶지만, 포스터 부인이 불러서 급하게 같이 군부대로 가 봐야 된다는 것 이외에는 별다른 내용이 없었다. 키티에게 보낸 편지는 좀 더 길기는 했지만 썼다가 지운 부분이 많아서 알아보기가 힘들었다.

리디아가 떠난 지 2~3주가 되자, 롱본에는 건강과 활기와 명랑함이 되살아나기 시작했다. 모든 것이 더 행복한 모습을 띠었다. 겨울 동안 런던에 가 있던 가족들이 돌아왔고, 여름옷과 파티에 대한 얘기로 꽃을 피웠다.

베넷 부인도 예전의 수다스러운 모습을 되찾았고, 6월 중순이 되자 키티는 눈물을 흘리지 않고서도 메리턴에 갈 수 있을 만큼 마음이 진정되었다.

이런 행복한 분위기 속에서 엘리자베스는 다음 크리스마스 무렵이면 키티가 하루에 한 번씩 장교의 이름을 들먹거리지 않을 만큼 차분해질 거라고 기대할 수 있었다. 물론 그건 육군성이 심술을 부려서 메리턴에 또 다른 군부대를 주둔시키지 않는다는 걸 전제로 한 소망이었다.

북부 지방으로 여행을 떠나기로 한 날짜가 하루하루 다가오고 있었다. 겨우 보름밖에 남지 않았을 때 가디너 부인에게서 편지가 도착했다. 여행 출발 일자가 연기되었고 일정도 단축되었다는 내용이었다. 가디너 씨가 일 때문에 7월에 보름이나 늦게 떠날 수 있고, 그것도 한 달 이내에 다시 런던으로 돌아와야 한다는 것이었다. 여행 기간이 너무 짧아서 그렇게 먼 곳까지 갈 수도 없고, 예정했던 것만큼 많이 구경할 수 없고, 본다고 해도 여유 있게 즐길 수 없으니 호수 지방은 포기하고 대신 더 가까운 곳으로 갈 수밖에 없다고 했다. 현재 일정에 따르면 더비셔보다 더 북쪽으로는 갈 수 없을 것 같다는 것이었다. 그 지방에서도 볼거리가 많아서 꼬박 3주가 다 걸릴 테고, 가디너 부인은 그 지방에 특별히 마음이 끌린다고 했다. 그녀는 예전에 몇 년 동안 그곳에서 살았던 적이 있어서 이번에 며칠 동안 묵게 될 그곳이 매틀록이나 챗스워스나 도브데일이나 피크 같은 유명한 명소보다 그녀의 호기심을 더 많이 끌어당긴다는 설명이었다.

엘리자베스의 실망은 말할 수 없이 컸다. 그녀는 호수 지방을 보고 싶은 생각으로 가득 차 있었고, 거기까지 갈 시간이 충분하다고 생각했다. 그러나 그녀로서는 받아들일 수밖에 없는 일이었고 금방 포기하고 다시 즐거운 기대를 하는 게 그녀의 긍정적인 성격이었다.

모든 일이 순조롭게 진행되었다. 더비셔라는 고장에 대해서 많은 일들이 연상되곤 했다. 엘리자베스는 더비셔라는 말을 들을 때마다 펨벌리와 그 주인인 다아시를 떠올리지 않을 수 없었다.

'그가 사는 곳에 들키지 않고 들어갈 수 있겠지. 몰래 형석 몇 개를 훔쳐 와야겠어.'

기대에 부풀어 기다리는 시간은 두 배로 길어졌다. 외삼촌과 외숙모가 도착하려면 4주나 더 있어야 했다.

그러나 그 시간도 어김없이 지나갔고, 가디너 씨 부부가 드디어 네 명의 아이들을 거느리고 롱본에 모습을 나타냈다. 여섯 살, 여덟 살인 두 여자아이와 어린 두 남동생은 집에서 사촌 언니 제인의 보살핌을 받기로 했다. 아이들은 모두 제인을 무척 잘 따랐고, 상냥하고 차분한 그녀의 성품은 아이들을 가르치고 돌봐 주는 데 적격이었다.

가디너 씨 부부는 롱본에서 하룻밤을 묵고, 다음 날 아침 엘리자베스와 함께 새롭고 즐거운 일을 찾아 여행을 출발했다.

이 여행에서 확실하게 보장된 즐거움은 마음이 꼭 맞는 동반자와 함께한다는 점이었다. 여기서 언급한 마음이 꼭 맞는 동반자란 여러 가지 불편을 참아 낼 수 있는 건강한 신체와 즐거움을 배로 만들어 줄 수 있는 명랑한 성격, 그리고 외지에서 힘든 일이 생겼을 때 서로 힘을 보태 줄 수 있는 포용과 현명함을 내포하는 말이었다.

더비셔나 그들이 들러 볼 관광지에 대해 설명하는 것은 별로 필요한 일이 아닐 것이다. 옥스퍼드나 블레넘, 워릭, 케닐워스, 버밍엄 등은 독자들도 익히 알고 있는 지방일 것이다. 우리가 관심을 가져야 할 곳은 더비셔의 작은 지역이다. 그 지방의 주요한 명승지를 모두 둘러보고 나서 일행은 가디너 부인이 예전에 살았던 램턴이라는 작은 도시로 향했다. 가디너 부인은 최근에 그녀가 알던 사람들이 아직도 몇 명이나 그곳에 살고 있다는 소식을 들었다고 했다. 그리고 램턴에서 펨벌리까지 거리가 5마일밖에 안 된다고 말했다. 펨벌리는 그들이 가는 길 도중에 있는 곳은 아니었지만 1~2마일밖에 벗어나지 않은 곳에 있었다. 그 전날 저녁 행선지에 대한 얘기를 나누면서 가디너 부인은 펨벌리에 다시 가 보고 싶다고 말했다. 가디너 씨도 선뜻 찬성했고 엘리자베스에게 동의를 구했다.

"얘, 그렇게 귀가 아프게 들어본 곳에 가 보고 싶지 않니? 네가 아는 사람들과 연고가 있는 곳이기도 하잖아. 위컴 씨도 거기서 어린 시절을 보냈다며?"

엘리자베스는 대답하기가 곤란했지만 그곳에 가고 싶지 않다고 말했다. 대저택들을 보는 것도 싫증이 났고 훌륭한 양탄자나 새틴 커튼 같은 건 이미 많이 보아서 전혀 보고 싶은 생각이 없다고 했다.

가디너 부인은 엘리자베스의 생각이 틀렸다면서 나무랐다.

"값비싼 가구가 가득 들어찬 훌륭한 저택밖에 볼거리가 없다면 나도 별로 관심이 없을 거야. 하지만 그 집터는 정말 멋진 곳이야. 이 고장에서 가장 훌륭한 숲이 있는 곳이지."

엘리자베스는 더 대꾸하지 않았지만 마음속으로 수긍할 수는 없었다. 펨벌리를 구경하는 동안 다아시를 만날 수도 있다는 생각이 들었다. 그건 생각만 해도 얼굴이 화끈 달아오를 만큼 창피한 일이었다. 그런 위험을 감수하는 것보다는 차라리 외숙모에게 솔직하게 털어놓는 편이 나을 것 같았다. 그러나 그러기에는 마음에 걸리는 문제가 한두 가지가 아니었다. 엘리자베스는 다른 사람에게 펨벌리에 주인 가족들이 있는지 물어보고, 만일 그들이 집에 있다고 하면 그때 최후 수단으로 외숙모에게 털어놓는 방법을 택하기로 마음먹었다.

모두들 잠자리에 들고난 후에 엘리자베스는 하녀에게 펨벌리가 아주 훌륭한 곳인지, 주인의 이름은 무엇인지, 그리고 조마조마한 심정으로 주인 가족들이 여름 동안 내려와 있는지 시치미를 떼고 물어보았다. 다행히도 마지막 질문에 대한 대답은 가족들이 없다는 것이었다. 이제 간신히 걱정을 덜게 되자 엘리자베스는 그 집을 직접 볼 수 있다는 호기심을 마음 놓고 즐길 수 있었다.

다음 날 그 얘기가 다시 나왔을 때 그녀는 태연하게 그 계획에 굳이 반대할 생각은 없다고 대답했다. 이렇게 해서 그들은 펨벌리로 향하게 되었다.

제3부

1

마차를 타고 가는 동안 엘리자베스는 펨벌리 숲이 모습을 드러내기를 두근거리는 마음으로 기다렸다. 마차가 드디어 저택 안으로 들어서자 가슴이 두방망이질 치는 것처럼 세게 뛰었다. 장원은 엄청나게 넓었고 각양각색의 지형으로 이루어져 있었다. 장원에서 가장 낮은 지역으로 들어서자 아름다운 숲이 광활하게 펼쳐졌다. 마차는 숲 한가운데를 한참 동안 달려갔다.

엘리자베스는 벅찬 가슴으로 아무 말 없이 시야에 들어오는 경치와 전경을 감상하며 감탄사를 연발했다. 마차는 경사진 언덕을 반 마일 정도 올라가서 높은 언덕 꼭대기에 이르렀다. 거기서부터 숲이 끝나고 계곡 반대편에 자리 잡은 펨벌리 저택이 곧바로 시야에 들어왔다. 펨벌리 저택은 오르막길에서 가장 전망이 좋은 위치에 자리 잡은 웅장하고 아름다운 석조 건물이었다. 뒤로는 나무가 울창한 산마루가 높이 둘러쳐 있고, 앞으로는 개울이 흐르고 있었다. 자연적인 개울을 확장해 놓은 것 같았지만 인공적인 느낌은 전혀 없었다. 개울 양편에 세워진 둑역시 인위적으로 꾸며 놓은 흔적 없이 자연스러운 모습이었다.

엘리자베스는 펨벌리처럼 자연의 혜택을 많이 받은 곳은 처음 본다고 생각했다. 그곳은 사람들의 서투른 손길에 의해 손상되지 않은 채 자연의 아름다움을 고스란히 간직하고 있었다. 일행 모두가 펨벌리의 아름다운 모습에 감탄을 금치 못했다. 엘리자베스는 그 순간 펨벌리의 안주인이 된다는 것이 자신이 생각했던 것보다 훨씬 더 굉장한 일이라는 생각이 들었다.

그들은 언덕을 내려와 다리를 건너 저택의 정문을 향해 달려갔다. 저택이 점점 가까워지자 혹시 다아시를 만나지 않을까하는 걱정이 되살아났다. 다아시가 집에 돌아오지 않을 거라고 말한 하녀가 잘못 알 수도 있었다. 문지기에게 집 안을 구경할수 있는지 물어보자 그는 일행을 현관 안으로 안내했다. 집 안을 안내할 하인을 기다리는 동안 엘리자베스는 다시 마음의 여유를 되찾았다. 자신이 이곳에 와 있다는 게 도저히 믿어지지 않았다.

나이가 지긋하고 고상해 보이는 여자가 그들을 맞이하러 나왔다. 생각했던 것처럼 품위 있는 부인은 아니었지만 그들에게무척 공손하게 대해 주었다. 일행은 부인의 안내를 받아 응접실로 들어갔다. 응접실은 크고 작은 가구들이 조화롭게 잘 배

치된 멋진 방이었다. 엘리자베스는 방 안을 대충 둘러보고 창
가로 가서 바깥 경치를 내다보았다. 그들이 방금 내려온 언덕
을 멀리서 보니 울창한 숲이 가파른 경사를 이루고 있는 풍경
이 너무도 아름다웠다. 정원 곳곳이 훌륭한 조화를 이루며 멋
진 경관을 이루고 있었다. 엘리자베스는 강의 경치와 강 주변
에 여기저기 심어진 나무와 굽이치는 골짜기를 눈길이 닿는 곳
까지 황홀하게 바라보았다. 다른 방으로 들어갈 때마다 다른
위치에서 바깥 풍경을 감상할 수 있었다. 어느 곳에서 봐도 모
두 아름다운 경관이었다. 방들도 모두 고상하고 품격이 있었
다. 집주인의 재력에 어울릴 만한 고급스러운 가구였지만, 요란
하게 장식이 많은 화려한 가구는 아니었다. 로징스의 가구보다
덜 화려했지만 진정한 우아함을 지니고 있어서 집주인의 탁월
한 안목을 보여 주는 것 같았다.

'내가 이 집의 안주인이 될 수도 있었어. 그랬다면 지금쯤 이
방들이 이렇게 낯설지 않고 익숙했겠지. 손님 자격으로 구경하
는 게 아니라 주인으로서 느긋하게 삼촌과 숙모를 손님으로 대
접할 수 있었을 거야.'

그녀는 이런 생각을 하다가 문득 정신을 가다듬었다.

'아냐, 오히려 삼촌과 숙모와 관계가 끊어졌을지도 몰라. 다
아시 씨가 두 분을 초대하는 걸 허락하지 않았을 거야.'

이런 생각이 떠오르지 않았더라면 엘리자베스는 하마터면

후회하는 감정에 빠질 뻔했다. 하녀장에게 집주인이 정말 출타 중인지 확인하고 싶었지만 차마 그럴 용기가 나지 않았다. 때마침 외삼촌이 그녀 대신 집주인이 계시냐고 물어보자 그녀는 흠칫 놀라 고개를 돌렸다. 레이놀즈 부인은 주인이 지금은 집에 안 계시지만, 다음 날 친구분들을 여러 명 모시고 돌아올 거라고 대답했다. 엘리자베스는 그들의 여행이 하루 더 늦춰지지 않은 게 천만다행이라고 생각하며 가슴을 쓸어내렸다.

그때 그림을 감상하던 외숙모가 엘리자베스를 불렀다. 그녀는 벽난로 위에 걸려 있는 여러 점의 세밀화 중에서 위컴의 초상화를 발견했다. 외숙모는 엘리자베스를 보고 웃으면서 그 그림에 대한 감상을 물었다. 레이놀즈 부인이 다가와 그분은 돌아가신 전 주인의 집사로 일하시던 분의 아들이라며, 전 주인께서 자비로 양육해 주셨다고 일러 주었다.

"지금은 군대에 입대했지요. 무척 방탕한 생활을 하고 있다는 소문을 들었습니다."

가디너 부인은 의미심장한 미소를 지으며 엘리자베스를 바라보았다. 그러나 엘리자베스는 외숙모에게 웃어 보일 기분이 아니었다.

"저분이 바로 저의 주인이십니다."

레이놀즈 부인이 초상화 중 한 점을 가리키며 말했다.

"실물과 아주 똑같답니다. 아까 그 그림과 거의 같은 시기에 그려진 거죠. 그러니까 한 8년 전쯤 되겠군요."

"주인께서 잘생기셨다는 말은 많이 들었습니다."

가디너 부인이 그림을 보며 말했다.

"정말 미남이시네요. 리지야, 네가 보기에도 실물과 정말 닮았니?"

레이놀즈 부인은 엘리자베스가 자기 주인을 알고 있다는 말을 듣자 갑자기 그녀에게 관심을 보였다.

"저 아가씨께서 다아시 씨를 알고 계신가 보네요."

엘리자베스는 얼굴을 붉히며 말했다.

"조금 아는 사이일 뿐입니다."

"정말 잘생긴 신사분이라고 생각하지 않으세요?"

"네, 잘생기셨죠."

"제가 아는 사람 중에서 그분보다 더 잘생긴 사람은 못 봤어요. 2층 화랑에 가시면 이 그림보다 더 크고 훌륭한 그림이 있답니다. 이 방은 전 주인께서 좋아하시던 방이었죠. 그리고 이세밀화들은 그때부터 그대로 간직해 온 거랍니다. 그분은 이그림들을 무척 좋아하셨죠."

그 말을 듣자 위컴의 초상화가 이 그림 중에 끼어 있는 게 이해가 되었다.

레이놀즈 부인은 다아시 양의 초상화 중에서 한 점을 가리켰다. 다아시 양이 겨우 여덟 살 정도였을 때 그린 그림인 것 같았다.

"다아시 양도 오빠만큼 용모가 준수한가요?"

"그렇고말고요. 제가 본 아가씨들 중에서 가장 아름다운 분이랍니다. 게다가 얼마나 취미가 고상하신지 몰라요. 하루 종일 피아노를 치면서 노래를 부르시죠. 옆방에 가면 주인님이 아가씨에게 보내 주신 새 피아노가 있답니다. 아가씨는 내일 주인님과 함께 여기로 오실 거예요."

가디너 씨는 유쾌하고 서글서글한 성품이라서 이런저런 말대꾸를 하면서 레이놀즈 부인이 입담을 늘어놓게 만들었다. 부인은 주인과 그의 누이동생에 대한 자부심 때문인지 아니면 특별한 애정 때문인지 그들에 관해 얘기하는 걸 좋아하는 것 같았다.

"주인께서 1년 중에 펨벌리에서 지내는 날이 많으신가요?"

"저는 이곳에 오래 계시기를 바라지만, 주인님께서는 이곳에 1년 중에서 절반 정도밖에 머무르지 않으신답니다. 다아시 양은 여름에는 항상 이곳으로 내려오시죠."

'램스게이트에 갈 때를 빼고 여기에 오는 거겠지.'

엘리자베스는 속으로 생각했다.

"주인께서 결혼을 하시면 그분을 자주 뵐 수 있겠네요."

"그렇겠죠. 하지만 그때가 언제가 될지 모르겠어요. 그분에게 어울릴 만한 아가씨가 있을 것 같지 않으니까요."

가디너 씨 부부는 야릇한 미소를 지었다.

"그렇게 말씀하시는 걸 보면 다아시 씨를 무척 훌륭한 분으로 생각하시는 것 같군요."

엘리자베스는 자기도 모르게 이렇게 말했다.

"저는 진실을 말했을 뿐입니다. 그분을 아는 사람이라면 누구든지 그렇게 말할걸요."

레이놀즈 부인의 말을 듣고 엘리자베스는 부인이 과장된 말을 하고 있다고 생각했다. 그러나 부인이 다음에 하는 말을 듣고 더욱 놀라지 않을 수 없었다.

"저는 평생 그분이 화를 내시는 걸 한 번도 본 적이 없어요. 그분이 네 살 때부터 줄곧 모셔 왔는데 말이죠."

이 말은 다른 어떤 칭찬보다 더 의외였고 엘리자베스가 생각했던 다아시의 성격과 정반대되는 것이었다. 그녀는 지금까지 다아시가 결코 온화한 성격의 사람이 아니라고 생각해 왔다. 그러나 레이놀즈 부인의 말을 듣고 나자 새삼스럽게 다아시에 대한 관심이 솟아오르는 것 같았다. 그때 마침 고맙게도 외삼촌이 레이놀즈 부인에게 말했다.

"그런 칭찬을 들을 수 있는 사람은 정말 흔하지 않죠. 그렇게 훌륭한 주인을 모시고 있어서 정말 좋으시겠습니다."

"네, 저도 정말 운이 좋다고 생각해요. 이 세상을 다 돌아다녀도 그분처럼 훌륭하신 주인을 만날 수는 없을 겁니다. 어릴 때 성품이 착했던 사람이 어른이 되어서도 훌륭한 성품을 갖게 되더군요. 주인님은 어렸을 때부터 마음씨가 곱고 너그러우셨답니다."

엘리자베스는 레이놀즈 부인을 뚫어지게 쳐다보았다.

'이 부인이 지금 다아시의 얘기를 하고 있는 게 맞는 건가?'

"그분의 선친께서도 훌륭한 분이셨죠."

"네, 그래요. 정말 훌륭한 분이셨어요. 아드님도 그분처럼 가난한 사람들에게 더할 나위 없이 따뜻하게 대해 주신답니다."

엘리자베스는 부인의 말을 들으면서 놀랍기도 하고 한편으로는 그녀의 말이 진실인지 의심스럽기도 했다. 그러면서도 다아시에 대해 더 많은 얘기를 듣고 싶었다. 레이놀즈 부인이 하는 말 중에서 다아시에 관련되지 않은 얘기에는 전혀 관심이 가지 않았다. 부인은 그림의 주제와 방의 크기, 가구의 가격에 대해서도 설명했지만 엘리자베스의 귀에는 그런 말들은 전혀 들어오지 않았다.

가디너 씨는 부인이 주인의 가족에 대해 극구 칭찬하는 말을 듣고, 주인에 대해 깊은 애정을 갖고 있다고 생각하며 흐뭇해했다. 그는 다시 다아시에 대한 화제를 꺼냈다. 일행이 넓은 계단을 올라가고 있을 때 레이놀즈 부인은 다아시의 여러 가지 장점을 목청을 높여 가며 늘어놓았다.

"주인님처럼 훌륭한 지주는 찾아보기 힘들 겁니다. 자기 자신밖에 생각하지 못하는 이기적인 요즘 젊은 사람들하고는 전혀 다른 분이시죠. 그분의 소작인이나 하인 중에서 그분을 칭송하지 않는 사람은 아무도 없을 겁니다. 간혹 그분을 거만하다고 하는 사람들도 있지만 저는 그분이 거만하게 행동하시는 걸 본 적이 없답니다. 제 생각에는 주인님이 다른 젊은이들처럼 힘부로 밀을 낳이 하지 않기 때문에 그런 얘기를 듣는 것 같아요.”

'이 말을 들으면 다아시 씨는 정말 다정하고 온화한 남자 같잖아!'

엘리자베스는 속으로 이렇게 생각했다.

“다아시 씨를 저렇게 훌륭한 사람이라고 극구 칭찬하는 말을 들으면 가엾은 위컴 씨에게 했던 행동하고는 영 들어맞지가 않는구나.”

외숙모는 엘리자베스와 함께 걸으며 낮은 소리로 말했다.

“우리가 속은 건지도 모르죠.”

“그딘 섯 같시는 않아. 레이놀즈 부인이 하는 말은 믿을 수 있지 않니?”

위층에 있는 널찍한 로비에 이르자 부인은 그들을 무척이나 아름다운 방으로 안내했다. 최근에 새로 꾸민 방들로 아래층에 있는 방들보다 더 우아하고 화사했다. 레이놀즈 부인은 다아시 양이 지난번 펨벌리에 왔을 때 이 방을 특별히 좋아해서 다아시 씨가 동생을 기쁘게 해 주기 위해 새로 꾸민 거라고 알려 주었다.

"정말 좋은 오빠로군요!"

엘리자베스가 창문 쪽으로 걸어가며 말했다. 레이놀즈 부인은 다아시 양이 이 방에 들어오면 무척 기뻐할 거라고 했다.

"주인님은 늘 이런 식이세요. 동생을 기쁘게 하는 일이라면 무엇이든 서슴없이 하시죠. 정말 동생을 위해서는 못할 일이 없으신 분이랍니다."

그들은 화랑과 두세 개의 침실을 더 구경했다. 화랑에는 훌륭한 그림이 많이 걸려 있었지만, 엘리자베스는 그림은 잘 알지 못하기 때문에 아래층에서 이미 여러 점을 감상했던 유화보다는 다아시 양이 크레용으로 그렸다는 그림이 더 흥미롭고 이해하기 쉬웠다. 화랑에는 가족들의 초상화가 많이 걸려 있었지만 손님들의 특별한 관심은 끌지 못했다. 엘리자베스는 자기가 알고 있는 유일한 얼굴을 찾아서 화랑 안을 걸어다녔다. 그녀는 드디어 다아시를 실물 그대로 그려 놓은 초상화를 찾아냈다. 그 초상화는 다아시가 그녀를 바라볼 때 가끔씩 보였던 미소를 그대로 머금고 있었다. 그녀는 몇 분 동안 그 그림 앞에 서서 진지하게 그림을 감상했다. 그리고 모두들 화랑을 나오기 전에 다시 한 번 그 그림을 보았다. 레이놀즈 부인은 그 그림이 다아시의 선친이 살아 계실 때 그린 거라고 알려 주었다.

그 순간 엘리자베스는 마음속에 다아시와 가깝게 지낼 때 느꼈던 감정보다 훨씬 더 부드러운 감정이 일어나는 걸 느꼈다. 레이놀즈 부인이 다아시에 대해 열거한 좋은 점들은 결코 무시해 버릴 만한 것들이 아니었다. 믿을 만한 하인의 칭찬이야말로 가장 진심 어린 칭찬이었다. 오빠로서, 지주로서, 저택의 주인으로서, 그는 수많은 사람들의 행복을 책임지고 있었다. 그들의 기쁨과 고통이 모두 그의 손에 달려 있었다. 그는 커다란 선을 베풀 수도 악을 행할 수도 있었다. 그런데 그의 하인이 그에 관해 한 말들은 하나같이 그의 훌륭한 성품을 증명하고 있었다.

엘리자베스는 자신을 응시하고 있는 그의 초상화 앞에 서서 지금까지 느끼지 못했던 깊은 감사의 마음으로 그의 호의를 되새겨 보았다. 그녀는 그의 뜨거웠던 애정을 떠올리고 자연스럽지 못했던 그의 애정 표현조차 너그럽게 이해할 수 있을 것 같은 생각이 들었다.

일반 사람들에게 공개되는 곳을 다 둘러본 다음 일행은 다시 아래층으로 내려갔다. 거기서 일행은 레이놀즈 부인과는 작별 인사를 나누고, 현관에서 기다리고 있던 정원사의 안내를 받아 정원을 구경했다.

잔디밭을 가로질러 개울을 향해 걸어가던 엘리자베스는 저택을 다시 한 번 보기 위해 돌아섰다. 그러자 외삼촌과 외숙모도 그녀를 따라 걸음을 멈춰 섰다. 건물이 지어진 시기가 언제

쯤일지 추측해 보며 건물을 다시 한 번 살펴보고 있을 때, 놀랍게도 건물 뒤쪽 마구간으로 통하는 길목에서 다아시가 모습을 드러냈다. 겨우 20미터밖에 떨어지지 않은 거리였고 너무 급작스러운 일이라 엘리자베스는 그의 시선을 피할 수 없었다. 두 사람의 눈길이 마주쳤고 두 사람의 볼은 빨갛게 물들었다. 다아시도 무척 놀랐는지 한참 동안 그 자리에 꼼짝도 않고 서 있었다. 그러나 그는 곧 정신을 가다듬고 일행에게 다가와 엘리자베스에게 먼저 말을 걸었다. 완전히 평정을 되찾은 말투는 아니었지만 제대로 예의를 갖춰 인사를 건넸다.

엘리자베스는 자신도 모르게 돌아섰다. 그러나 그가 다가오는 모습을 보자 걸음을 멈추고 당황한 기색을 감추지 못한 채 그의 인사를 받았다. 가디너 씨 부부는 다아시를 처음 만나는 거라서 조금 전에 본 초상화만으로는 그가 다아시라는 걸 알아차릴 수 없었다. 그러나 그를 보자 깜짝 놀라며 당황스러워하는 정원사의 태도를 보고 그가 이 저택의 주인이라는 걸 알 수 있었다. 그들은 다아시가 엘리자베스와 얘기를 나누고 있는 동안 약간 떨어진 곳에 서서 두 사람을 바라보고 있었다.

엘리자베스는 너무 놀라고 당황한 나머지 눈을 들어 그의 얼굴을 쳐다볼 수조차 없었다. 그리고 가족의 안부를 묻는 그의 인사에 대답도 제대로 하지 못했다. 엘리자베스는 두 사람이 마지막으로 만난 이후 그의 태도가 달라졌다고 느꼈다. 그런 생각이 들자 그가 말을 할 때마다 시시각각 당혹감이 더 커져 갔다. 이곳에서 자기를 만났을 때 그가 얼마나 황당하게 느꼈을지 생각만 해도 얼굴이 화끈거렸다. 그와 얘기하고 있는 몇 분간이 자기 생애에서 가장 견디기 힘든 불편한 순간으로 느껴졌다.

다아시 역시 편해 보이지는 않았다. 그의 말투에서는 평소의 침착하고 냉정한 태도를 찾아볼 수 없었다. 엘리자베스에게 언제 롱본을 떠났는지, 더비셔에 얼마 동안 머물 건지, 같은 질문을 되풀이하며 허둥대는 모습이 그 역시 당황하고 있다는 걸 그대로 드러내고 있었다. 그는 잠시 말을 멈추고 멍하니 서 있다가 갑자기 정신이 돌아온 것처럼 그들 일행에게 작별 인사를 했다.

가디너 씨 부부는 엘리자베스에게 다가와 다아시 씨의 인물이 훌륭하다고 칭찬했다. 그러나 엘리자베스는 자기 생각에 깊이 빠져서 그들이 하는 말을 한마디도 알아듣지 못했다. 그녀는 수치심과 당혹감으로 정신이 혼미해진 채 그들의 뒤를 따라가고 있었다. 이곳에 온 것이야말로 최대의 불운이자 잘못된 판단이었다. 다아시에게 자기가 얼마나 이상한 여자로 보였을까. 의도적으로 자기 앞에 나타난 걸로 생각했을지도 모를 일이었다. 도대체 내가 왜 이곳에 왔을까. 아니, 왜 그가 예정보다 하루 먼저 집에 돌아온 것일까. 10분만 일찍 떠났어도 자신이 그의 눈에 띄는 일은 없었을 것이다. 그는 엘리자베스와 마주친 그때 돌아온 게 분명했다. 그때 말이나 마차에서 내린 게 틀림없었다.

두 사람의 얄궂은 재회를 생각하면 할수록 엘리자베스는 얼굴이 화끈거리고 가슴이 두근거렸다. 눈에 띌 정도로 돌변한 다아시의 태도가 무엇을 의미하는 건지 궁금했다. 그녀에게 말을 건 것도 놀라운 일인데 그는 가족들의 안부까지 예의를 갖춰 물었다. 그가 지금처럼 위엄 있으면서도 부드러운 어조로 말하는 모습을 그녀는 한 번도 본 적이 없었다. 로징스 저택의 정원에서 그녀의 손에 편지를 건넬 때의 말투와는 완전히 대조적이었다. 그녀는 그런 그의 태도를 어떻게 해석해야 할지 갈피를 잡을 수가 없었다.

일행은 강가를 끼고 있는 아름다운 산책로로 접어들었다. 한 걸음 내딛을 때마다 아름다운 비탈길이 나타나면서 그들은 점점 울창한 숲에 가까워졌다. 엘리자베스는 한참 걷고 나서야 자신이 숲속으로 들어섰다는 걸 알아차렸다. 외삼촌과 숙모가 말을 걸어올 때마다 기계적으로 대답하며 그들이 가리키는 곳으로 눈길을 돌렸지만, 경치를 보고 있는 건 아니었다. 그녀의 생각은 오로지 펨벌리 저택의 한 곳, 다아시가 있을 만한 장소에 집중돼 있었다. 그가 지금 자기에 대해 어떤 감정을 가지고 있는지, 그동안 여러 가지 사건들이 일어났지만 아직도 자신을 소중한 존재로 여기고 있는지 궁금해 견딜 수가 없었다. 어쩌면 그녀에 대해 편하게 생각하게 되었기 때문에 예의를 갖춰 대할 수 있는 건지도 모른다는 생각이 들었다. 그러나 그의 목소리나 태도에는 아직도 불편해하는 기색이 역력했다. 그가 자기를 만나서 고통스럽게 느꼈는지 기뻐했는지 알 수가 없었다. 아직도 그녀 앞에서 태연하게 행동하지 못한다는 것만은 분명한 것 같았다. 동행한 사람들이 왜 그렇게 넋이 빠져 있느냐고 묻자 엘리자베스는 그제야 정신을 차려야겠다고 생각했다.

일행은 숲으로 들어서서 잠시 강과 작별을 고하고 좀 더 높은 지대로 올라갔다. 나뭇가지 사이로 점점이 이어진 계곡과 울창한 숲이 길게 뻗어 있는 건너편의 작은 숲들과 그 사이에 가끔씩 모습을 드러내는 시냇물은 마음을 온통 빼앗아 갈 만큼 아름다운 경치를 이루고 있었다.

가디너 씨는 장원을 모두 둘러보고 싶다고 말했지만, 걸어서는 도저히 갈 수 없을 만큼 넓은 곳이었다. 정원사는 장원의 둘레가 10마일이나 된다면서 자랑스러운 미소를 지었다. 그들은 정원을 전부 둘러보는 건 포기하고 이미 나 있는 길을 따라 계속 걸어갔다. 얼마 후 그들은 울창한 숲 사이로 나 있는 내리막길에 이르렀다. 길옆으로는 폭이 좁아진 개울물이 흘러내리고 있었다. 그들은 주위 풍경과 잘 어울리는 소박하고 아담한 다리를 건너갔다. 그곳은 그들이 지금까지 들렀던 어느 곳보다

인공적으로 꾸민 흔적이 전혀 없는 자연 그대로의 아름다운 경치를 자랑하고 있었다.

계곡은 여기서부터는 협곡으로 이어져서 개울과 울창한 덤불 사이로 좁은 산책로가 나 있었다. 엘리자베스는 계곡을 구석구석 살펴보고 싶었다. 그러나 다리를 건너고 나자 워낙 잘 걷지 못하는 가디너 부인이 집에서 너무 멀리 왔다면서 더 이상 못 걷겠다고 빨리 집으로 돌아가자고 재촉했다. 엘리자베스는 그녀의 말에 따를 수밖에 없었다. 일행은 강 건너편에 있는 집으로 돌아가기 위해 지름길을 택해서 걸어갔다. 그러나 낚시를 무척 좋아하지만 평소에 별로 즐길 시간이 없었던 가디너 씨가 물속에서 이따금 모습을 드러내는 송어를 구경하면서 안내인과 송어 얘기를 하느라 걸음이 더딘 탓에 일행의 속도도 따라서 느려질 수밖에 없었다.

천천히 숲속을 걸어가고 있던 그들은 다시 한 번 깜짝 놀랐다. 엘리자베스 역시 처음 못지않게 놀랐다. 다아시가 그리 멀지 않은 거리에서 그들을 향해 다가오고 있는 모습이 보였기 때문이었다. 이 산책로는 앞이 트여 있어서 다아시와 마주치기 전에 미리 그의 모습을 볼 수 있었다. 엘리자베스는 무척 놀랐지만 침착하게 대화를 나눌 마음의 준비를 할 여유가 있었다. 산책로의 모퉁이에 그의 모습이 가려진 잠깐 동안 다아시가 다른 길로 방향을 바꿀지도 모른다는 생각이 그녀의 머릿속을 스쳐 갔다. 그러나 모퉁이를 지나자마자 그는 일행 앞에 불쑥 모습을 드러냈다. 한눈에 엘리자베스는 그가 종전과 조금도 다름없이 예의 바른 태도를 유지하고 있다는 걸 알았다. 그녀는 그의 태도에 걸맞은 예의를 차리기 위해 장원이 무척 아름답다고 칭찬했다. 그러나 '아름답다', '훌륭하다'는 표현 이상의 칭찬은 하지 않았다. 펨벌리에 대한 칭찬이 그에게 오해를 살 수도 있다는 생각이 들어서였다. 그녀는 얼굴빛이 달라진 채 더 이상 아무 말도 할 수가 없었다. 그녀가 아무 말도 하지 않고 서 있자 다아시는 뒤편에 서 있는 가디너 부인에게 일행을 소개해 달라고 정중하게 부탁했다. 이것은 그녀가 예상하지 못했던 일이었다. 다아시가 지금 소개해 달라고 부탁하는 사람들 때문에 그의 자존심이 상해서 그녀에게 청혼하는 걸 망설였다는 생각이 들자 그녀는 갑자기 웃음이 터지려는 걸 간신히 참았다.

'이분들이 누군지 알면 다아시 씨가 얼마나 놀랄까? 그는 지금 이분들을 상류층 사람들로 알고 있을 거야.'

그녀는 속으로 이렇게 생각하며 재미있어 했다.

가디너 부인은 다아시의 부탁대로 일행을 소개했다. 엘리자베스는 다아시가 그들이 자신과 어떤 관계인지 알고 나면 어떤 태도를 보일지 너무도 궁금해서 은밀한 시선으로 그를 살펴보았다. 그들이 누구라는 걸 알면 미천한 신분의 사람들과 어울리기 싫어서 서둘러 그 자리를 피할지도 모른다고 생각했다.

다아시는 그들이 엘리자베스의 친척이라는 걸 알고 적잖이 놀란 기색이었지만, 그 자리에서 도망치기는커녕 태연하게 돌아서서 가디너 씨와 대화를 나누기 시작했다. 엘리자베스는 자신의 친척들이 창피하게 여길 만한 사람들이 아니라는 걸 다아시가 알게 된 것이 기쁘고 자랑스러웠다. 그녀는 두 사람의 대화를 엿들으면서 삼촌의 지성과 고상한 취향과 교양을 드러내는 표정과 말투에 뿌듯한 자부심을 느꼈다.

그들의 화제는 곧 낚시로 옮겨졌다. 다아시는 가디너 씨에게 근처에 계시는 동안 언제든 이곳에 와서 낚시를 해도 된다며, 평소에 고기가 가장 잘 잡히는 지역을 가리키며 낚시 도구를 빌려 주겠다고 공손하게 말했다. 엘리자베스와 팔짱을 낀 채 걷고 있던 가디너 부인이 놀라는 표정으로 그녀를 쳐다보았다. 엘리자베스는 아무 말도 하지 않았지만 내심 무척 흡족해하고 있었다. 그가 엘리자베스의 친척들에게 호의를 베푸는 것은 그녀를 위한 것이 틀림없었다. 그녀는 속으로 놀라면서 생각했다.

'저 남자가 왜 저렇게 변했을까? 대체 그 원인이 뭘까? 나 때문에 저렇게 태도가 부드러워졌을 리가 없어. 내가 헌스퍼드에서 퍼부었던 비난 때문에 저렇게 사람이 달라졌을 수는 없지. 그 사람이 아직도 나를 사랑하고 있다는 건 말도 안 되는 일이야.'

그들은 한참 동안 걸어갔다. 앞에는 두 명의 여자들이 걸어가고, 뒤에서는 두 명의 남자들이 따라가고 있었다. 강가로 내려가서 기이하게 생긴 수중 식물을 구경하고 난 뒤 일행의 구도가 약간 달라졌다. 아침에 너무 많이 걸은 탓에 피곤해진 가디너 부인이 엘리자베스의 부축만으로는 부족하다고 생각했는지 남편의 팔을 의지하기로 했다. 덕분에 다아시는 엘리자베스의 옆자리를 차지하고 함께 걸을 수 있었다.

잠시 침묵이 흐른 후에 엘리자베스가 먼저 말을 꺼냈다. 그녀는 자기가 이곳에 오기 전에 그가 집에 없는 걸 확인했고, 그가 집에 돌아온 건 전혀 뜻밖의 일이었다고 말했다.

"가정부가 내일까지는 집에 안 계실 거라고 하셨어요. 그러니까 우리가 베이크웰을 떠나기 전에 다아시 씨가 이곳으로 돌아오실 거라고는 전혀 생각하지 못했어요."

그는 원래는 그렇게 하려고 했지만 집사에게 볼일이 생겨서 같이 여행하던 사람들보다 몇 시간 일찍 돌아오게 되었다고 말했다.

"그 사람들은 내일 아침 일찍 여기로 올 겁니다. 그중에는 당신이 잘 아는 사람들도 있습니다. 빙리 씨와 그의 누이들 말입니다."

엘리자베스는 고개를 약간 숙이는 것으로 대답을 대신했다. 그녀의 생각은 두 사람 사이에 빙리의 이름이 마지막으로 오가던 때로 되돌아갔다. 그의 표정으로 짐작해 볼 때 그 역시 같은 생각을 하고 있다는 걸 알 수 있었다.

"일행 중에 특별히 당신을 무척 알고 싶어 하는 사람이 있습니다. 엘리자베스 양이 램턴에 머무시는 동안 제 동생을 소개할 수 있도록 허락해 주시겠습니까? 제가 너무 무례한 부탁을 하는 건가요?"

그런 부탁을 하는 것도 놀라웠지만 그녀가 어떻게 받아들여야 하는지가 더 어려운 문제였다. 그녀는 다아시 양이 자기를 알고 싶어 하는 건 틀림없이 오빠 때문일 거라고 생각했다. 그런 생각을 하자 뿌듯한 기분이 들었다. 다아시가 자기에 대해 화를 내고 있지 않다는 걸 확인한 것만으로도 무척 만족스러웠다. 그들은 이제 각자 깊은 생각에 빠져서 아무 말도 없이 걷고 있었다. 엘리자베스는 마음이 편한 건 아니었지만 아까보다는 기분이 훨씬 나아져 있었다. 어쩐지 우쭐한 기분마저 들었다. 자기 동생을 소개시켜 주고 싶다는 건 그녀에게 최고의 찬사나 다름없었다.

두 사람은 곧 다른 일행보다 앞서게 되었다. 마차가 있는 곳에 도착했을 때 가디너 씨 부부는 200미터나 뒤처져 있었다. 다아시는 엘리자베스에게 집으로 들어갈 것을 권유했지만, 그녀는 별로 피곤하지 않다고 하면서 사양했다. 두 사람은 일행이 올 때까지 함께 잔디 위에 서 있었다. 이런 상황에서는 말을 많이 하는 편이 훨씬 자연스러울 것 같았다. 침묵을 지키고 있자니 어색하고 불편하기 짝이 없었다. 그녀는 무슨 얘기라도 하고 싶었지만, 모든 화제가 마치 금지령이라도 내려진 것처럼 꺼내기 불가능하게 느껴졌다. 그녀는 자기가 여행 중이었다는 걸 생각해 냈고, 두 사람은 매틀록과 도브데일에 관해 간신히 대화를 이어 갔다. 시간과 외숙모는 동작이 더뎠다. 엘리자베스의 인내심과 화제가 거의 바닥을 드러내려고 할 때 두 사람만의 어색한 시간도 끝이 났다. 가디너 씨 부부가 나타나자 그들은 함께 집 안으로 들어갔다. 음료수라도 들면서 쉬어 가라는 권유를 완곡하게 거절하고 그들은 극도의 예의를 갖춰서 작별했다. 다아시는 숙녀들이 마차에 올라타는 걸 도와주었고 엘리자베스는 마차를 타고 떠나면서 집을 향해 천천히 걸어가는 그의 모습을 지켜보았다. 그는 마차가 떠나자 무슨 생각에라도 잠긴 것처럼 고개를 숙이고 집을 향해 천천히 걸어가고 있었다.

외삼촌 부부는 다아시 씨에게 받은 인상을 엘리자베스에게 얘기했다. 그들은 모두 다아시 씨가 생각했던 것보다 훨씬 더 훌륭한 사람이라고 칭찬했다.

"정말 예설 바르고 겸손한 청년이더구나."

외삼촌이 말했다.

"어딘지 상대방을 압도하는 분위기가 있긴 하지만 그건 타고난 성품인 것 같았어. 그런 태도가 그 사람에겐 전혀 어색하지 않더구나. 가정부도 그렇게 말하지 않았니? 그를 거만하다고 하는 사람도 있긴 하지만 자기는 한 번도 그런 모습을 보지 못했다고 말이다."

"난 우리를 대하는 그의 태도를 보고 정말 놀랐어. 공손하기 이를 데 없더구나. 얼마나 사려 깊고 예의 바르던지 난 감동했단다. 그렇게까지 신경을 써 줄 이유는 없었잖니? 엘리자베스하고 그렇게 잘 아는 사이도 아니라면서."

"리지야, 그 사람이 위컴 씨만큼 잘생기지 않았다는 건 확실하다. 분명히 위컴 씨처럼 미남은 아니야. 하지만 이목구비는 번듯하던걸. 넌 왜 그 사람이 그렇게 마음에 들지 않는다고 했니?"

엘리자베스는 당황해서 생각나는 대로 해명했다. 다아시 씨를 켄트에서 만났을 때는 이전보다 더 좋게 생각했고 오늘 아침에 만났을 때는 지금까지 본 중에서 가장 마음에 들었다고 했다.

"다아시 씨가 변덕스럽게 행동하는 건지도 모르지."

외삼촌이 대답했다.

"지체 높은 사람들은 흔히 그렇단다. 난 그의 말을 곧이곧대로 받아들이진 않는다. 언제 마음이 변해서 자기 땅에서 나가라고 할지 모르니까 말이다."

엘리자베스는 외삼촌 부부가 다아시의 성격을 완전히 잘못 알고 있다고 생각했지만, 그런 생각을 입 밖에 내지는 않았다.

"오늘 그 사람을 본 걸로는 불쌍한 위컴 씨한테 했던 짓을 할 사람 같지는 않았어. 본성이 악한 사람의 얼굴은 절대 아니야. 오히려 그 남자가 말할 때 입 모양이 웃는 상이라서 보기 좋더구나. 위엄이랄지 기품이 있는 용모라서 그렇게 나쁜 마음을 품을 사람은 아닌 것 같았어. 집을 안내해 주던 부인이 지나치게 자기 집주인을 칭찬할 때는 웃음이 터질 것 같아서 간신히 참았단다. 어쨌든 그 사람이 관대한 주인인 건 분명해. 하인들에게 관대하다는 말 속에 모든 미덕이 포함된 거 아니겠니?"

엘리자베스는 이 부분에서 위컴에 대한 다아시의 행동을 변호해야 할 것 같았다. 그녀는 조심스럽게 켄트에서 그의 친척에게 들은 얘기로는 그의 행동을 완전히 다른 면으로 볼 수도 있고, 하트퍼드셔에서 생각했던 것처럼 다아시 씨가 그렇게 나쁜 사람도 아니며, 위컴 씨가 정말 좋은 사람도 아니라고 말했다. 엘리자베스는 자신의 말을 구체적으로 증명하기 위해서 그냥 믿을 만한 사람에게서 들은 얘기라고 했다. 누구에게 들은 얘기인지는 정확하게 밝힐 수 없었지만, 두 사람 사이에 있었던 금전적인 거래에 관해서 자세하게 설명해 주었다.

가디너 부인은 그녀의 말을 듣고 놀랍고 걱정스러워했다. 그러나 예전에 자신이 살던 곳이 가까워지자 옛날 추억에 빠져서 남편에게 이곳저곳을 가리키며 마음이 들떠 있는 탓에 다른 일을 생각할 겨를이 없는 것 같았다. 부인은 식사를 마치자마자 낮에 많이 걸어서 무척 피곤해하면서도 옛날 친구들을 찾아 나섰고, 오랫동안 연락이 끊어졌던 친구들을 만나 옛정을 나누면서 저녁 시간을 보냈다.

엘리자베스는 그날 있었던 일에 온통 정신이 쏠려 있어서 외숙모의 새로운 친구들에게는 전혀 관심을 쏟을 수 없었다. 그녀는 다아시의 친절한 태도와 무엇보다 자기 여동생을 소개해 주고 싶어 하던 마음을 생각하고 또 생각하며 그의 진심을 파악하는 데 몰두했다.

2

엘리자베스는 다아시가 펨벌리에 동생이 도착한 다음 날 그
녀를 데리고 올 거라고 생각해서 그날 아침나절에는 여관에서
나가지 않아야겠다고 마음먹었다. 그러나 그녀의 예상은 빗나
갔다. 그들이 램턴에 돌아온 바로 다음 날 낮에 방문객들이 찾
아왔다. 엘리자베스 일행이 새 친구들과 함께 근처를 거닐다가
저녁 식사를 하기 전 옷을 갈아입으려고 막 여관에 돌아왔을
때였다. 마차 소리가 나서 창문으로 내다보았더니 신사 한 명
과 숙녀 한 명을 태운 이륜마차가 여관으로 다가오고 있었다.
엘리자베스는 하인이 입은 옷을 보고 누가 오고 있는지 금방
알아차렸다. 그녀는 곧 친척들에게 이 놀라운 사실을 알렸고,
그들은 예상했던 대로 영광스러운 일이라며 기뻐했다. 외삼촌
부부 역시 놀라워하면서 엘리자베스의 당황스러운 태도와 전
날 있었던 일들을 종합적으로 생각하며 이 일을 새로운 시각에

서 보는 것 같았다. 다아시 씨처럼 지체 높은 사람이 그들에게 이런 친절을 베푸는 것은 조카딸에 대한 관심 때문이라고밖에는 달리 설명할 길이 없었다. 그들이 머릿속으로 여러 가지 추측을 하고 있는 동안 엘리자베스는 안절부절못하고 있었다. 그녀는 자신이 그렇게 당황하는 데 스스로 놀랐다. 다아시가 자신에 대한 애정 때문에 동생에게 자기를 너무 좋게 얘기했을지도 모른다는 걱정이 앞섰다. 그리고 자신이 다아시 양의 마음에 들기 위해 조심하다가 오히려 일을 그르칠 수도 있다고 생각했다.

엘리자베스는 다아시 남매가 자신의 모습을 볼지도 모른다는 생각이 들어서 창문에서 물러섰다. 마음을 진정하려고 방안을 서성이다가 외삼촌 내외의 호기심 가득한 얼굴을 보자 더욱 긴장이 되고 가슴이 떨려 왔다.

다아시 양과 그녀의 오빠가 등장했고, 긴장되는 소개의 순간이 되었다. 다아시 양은 엘리자베스 못지않게 당황스러워 어쩔 줄 몰라 했다. 엘리자베스는 그런 다아시 양을 보고 적이 놀라지 않을 수 없었다. 램턴에 온 이후 엘리자베스는 다아시 양이 오만하고 거만하다고 들었다. 그러나 몇 분간 그녀의 태도를 살펴보고 난 후 다아시 양이 무척 수줍어하고 겸손한 아가씨라는 걸 알 수 있었다. 그녀에게서 한마디 이상의 말을 듣기조차 힘들었다.

다아시 양은 키가 큰 편이었고 몸집도 엘리자베스보다 더 컸다. 아직 열여섯 살밖에 안 되는데도 균형이 잡힌 몸매에 여성스럽고 우아한 용모를 지니고 있었다. 그녀는 오빠만큼 인물이 좋지는 않았지만, 얼굴에 교양미와 온화한 성품이 드러나 보였다. 몸가짐도 겸손하고 얌전해서 오빠처럼 날카롭고 냉정한 성격을 가졌을 거라는 엘리사베스의 생각과는 전혀 다른 사람이라는 걸 알 수 있었다. 엘리자베스는 다아시 양의 성품이 생각과는 다르다는 걸 알고 한결 마음이 놓였다.

그들이 인사를 나누고 얼마 지나지 않아서 다아시가 빙리도 그녀를 만나러 올 거라고 알려 주었다. 그녀가 반가움을 표현하고 새 방문자를 맞이할 마음의 준비를 하기도 전에 빙리가 빠른 걸음으로 계단을 올라오는 소리가 들렸다. 그러고 나서 곧 그가 방으로 들어섰다. 빙리에 대한 엘리자베스의 원망과 분노는 이미 오래전에 사라지고 없었다. 얼마간 불쾌한 감정이 남아 있었다고 하더라도 그의 상냥하고 유쾌한 태도를 보는 순간 모두 눈 녹듯이 사라졌을 것이었다. 그는 언제나 그랬던 것처럼 다정하게 가족들의 안부를 묻고 나서 밝고 쾌활하게 대화를 나누기 시작했다.

가디너 씨 부부 역시 엘리자베스 못지않게 빙리에게 관심이 많았다. 빙리는 오래전부터 가디너 부부가 만나고 싶어 했던 사람이었다. 빙리뿐 아니라 그들 앞에 있는 사람들 모두에게 호기심과 관심이 많았다. 그들은 다아시와 조카가 어떤 사이인지 궁금해서 예리한 눈초리로 두 사람의 언행을 주시하고 있었다. 이런 탐색전을 펼친 결과 두 사람 중 하나는 사랑의 감정을 가지고 있다는 결론에 도달했다. 엘리자베스가 다아시에게 연모의 감정을 가지고 있는지는 아직 확인할 수 없었지만, 다아시의 마음속에 엘리자베스를 사모하는 감정이 넘친다는 건 분명해 보였다.

엘리자베스도 확인해야 할 일이 많았다. 그녀는 방문한 사람들의 감정을 파악해야 했고, 마음을 차분하게 가라앉히고 모두의 마음에 들도록 행동해야 한다고 생각했다. 그러나 이런 목적을 이루지 못할까 봐 걱정했던 두려움은 성공했다는 안도감으로 바뀌었다. 그녀가 마음을 얻고 싶었던 사람들이 모두 자신에게 호감을 품고 있다는 걸 확인할 수 있었다. 빙리는 이번 방문을 매우 기뻐하는 것 같았고, 조지애나도 무척 즐거워하는 표정이었으며, 다아시 역시 오늘은 유난히 기분 좋은 모습이었다.

빙리를 보자 엘리자베스는 자연스럽게 언니를 생각하지 않을 수 없었다. 언니는 빙리가 자신과 같은 감정을 갖고 있는지 궁금해서 애를 태우고 있었다. 엘리자베스는 빙리가 예전보다 말수가 적어졌다고 생각했다. 그리고 자기를 보면서 언니의 모습을 그리고 있다고 느꼈다. 빙리가 다아시 양을 대하는 태도

를 볼 때, 그녀가 제인의 연적이라는 생각은 터무니없는 오해
가 분명했다. 두 사람은 서로 특별한 감정을 갖고 있지 않는 게
확실해 보였다. 두 사람 사이에는 빙리의 동생의 바람을 이뤄
줄 만한 어떤 일도 일어나지 않았다. 엘리자베스는 이 문제에
관해서는 마음을 놓아도 된다고 생각했다. 자신의 간절한 희망
에서 나온 생각인지 몰라도, 빙리의 입에서 제인에 대한 애정
이 깃든 추억담이 얼핏 흘러나오는 것 같기도 했다. 제인에 대
한 얘기가 나오자 빙리의 애틋한 감정이 얼굴에 떠오르는 것처
럼 보였다. 다른 사람들이 대화를 나누고 있는 틈을 타서 빙리
는 엘리자베스에게 제인의 얘기를 듣고 싶어 하는 것처럼 애절
한 표정으로 말했다.

"제인 양을 만나는 기쁨을 맛본 지 정말 오래되었군요."

그리고 그녀가 대답하기도 전에 덧붙였다.

"벌써 여덟 달이 넘었어요. 11월 26일에 네더필드에서 함께
춤을 춘 이후로 한 번도 만나지 못했으니까요."

엘리자베스는 빙리가 언니와 만났던 날짜를 정확하게 기억
하고 있다는 걸 알고 속으로 무척 기뻤다. 그는 다른 사람들이
듣지 못하게 그녀의 자매들이 모두 롱본에 있는지 물었다. 이
런 질문은 특별하게 생각하지 않을 수도 있는 일이었지만, 빙리
의 표정이나 태도에는 분명 제인에 대한 애정이 깃들어 있었다.

엘리자베스는 다아시에게 자주 눈길을 돌릴 수는 없었지만,

그를 쳐다볼 기회가 있을 때마다 그의 온화한 표정을 확인했다. 그의 말이나 태도에는 거만하거나 다른 사람을 경멸하는 느낌은 전혀 찾아볼 수 없었다. 엘리자베스는 어제 목격했던 다아시의 달라진 태도가 일시적인 것이라고 해도 적어도 하루는 지속되었다는 걸 확인했다.

다아시는 몇 달 전만 해도 관계를 맺는 것조차 수치스럽게 여겼던 사람들과 친해지고 그들의 환심을 얻기 위해 노력하고 있었다. 그녀에게나 자신이 노골적으로 경멸했던 그녀의 친척들에게 예의를 갖춰 정중하게 대했다. 헌스퍼드 목사관에서 두 사람이 벌였던 격렬한 논쟁을 되돌아볼 때 다아시의 완전히 달라진 모습에 엘리자베스는 놀라움과 충격을 느끼지 않을 수 없었다. 네더필드에서도 다아시가 오만한 태도나 과묵한 행동을 보이지 않고 친구들이나 로징스의 지체 높은 친척들과 즐겁게 어울리는 모습을 본 적이 없었다. 그들은 다아시가 환심을 살 만한 대단한 지위나 명예를 가진 사람들이 아니었고, 친해진다고 해도 네더필드와 로징스의 숙녀들에게 조롱과 비난을 받을 게 빤한 사람들이었다.

손님들이 30분 정도 머물다가 떠나기 위해 일어섰을 때, 다아시는 누이동생에게 가디너 씨 부부와 베넷 양이 이곳을 떠나기 전에 펨벌리에 저녁 식사 초대를 하는 게 어떠냐고 제안했다. 다아시 양은 사람들을 초대하는 일에 익숙지 않은지 수줍어하면서도 오빠의 의견에 선선히 동의했다. 가디너 부인은 이 초대의 장본인인 조카딸이 어떻게 초대를 받아들일지 궁금해서 그녀를 쳐다보았지만, 엘리자베스는 일부러 고개를 다른 곳으로 돌렸다. 그녀가 의식적으로 대답을 피한 것은 그런 제안이 마음에 들지 않아서가 아니라 순간적으로 당황한 탓이라고 생각했나. 가니너 무인은 사람들과 어울리기 좋아하는 남편이 선뜻 초대에 응할 거라고 생각해서 참석하겠다고 약속했다. 방문 날짜는 이틀 후로 정해졌다.

빙리는 엘리자베스를 다시 만날 수 있게 된 걸 무척 기뻐했다. 아직 그녀에게 할 말이 많고, 하트퍼드셔에 있는 친구들에 대해서도 물어볼 게 많다고 했다. 그녀는 이 말을 언니에 대한 얘기를 듣고 싶다는 말로 해석하고 내심 기뻤다.

빙리가 언니에게 관심이 있다는 걸 확인할 수 있어서 뿌듯한 기분으로 손님들이 찾아왔던 30분 동안을 다시 되돌아볼 수 있었다. 물론 그 이외에도 그녀가 흐뭇해할 다른 이유가 없는 것은 아니었다. 그들과 함께 있는 동안은 너무 당황하고 긴장해서 즐거운 기분을 느낄 여유가 없었다. 그녀는 외삼촌 부부가 빙리 씨를 칭찬하는 말을 끝내자마자 자신의 속마음을 떠볼까봐 걱정스러워서 옷을 갈아입겠다는 핑계를 대고 그 자리를 피했다.

그러나 가디너 씨 부부의 호기심에 대해 걱정할 필요는 없었다. 그들은 억지로 엘리자베스의 고백을 받아 낼 생각은 없었다. 엘리자베스가 자신들이 생각했던 것보다 다아시를 잘 알고 있는 것이 분명했고, 다아시가 엘리자베스를 많이 사랑하고 있다는 것도 확실했다. 물어보고 싶은 게 한두 가지가 아니긴 했지만 지금으로서는 캐묻지 않은 편이 현명하다고 생각했다.

두 사람 모두 당연히 다아시에 대해 호감을 갖게 되었다. 알면 알수록 흠잡을 데가 없는 청년이었다. 그의 공손한 태도는 두 사람의 마음을 움직였다. 직접 다아시를 만나서 받은 인상과 그의 하인이 했던 칭찬을 그대로 전달하면 하트퍼드셔 사람들은 그 사람이 다아시라고는 절대 믿으려 들지 않을 것이었다. 가정부의 말을 절대적으로 신뢰할 수는 없지만, 다아시가 네 살 때부터 곁에서 그를 지켜본 가정부의 증언을 섣불리 무시할 수는 없는 일이었다. 더구나 가정부의 예의 바르게 행동하는 모습은 그녀를 신뢰할 만한 사람으로 느끼게 했다. 램턴에 있는 친구들에게서도 다아시의 인격을 깎아내릴 만한 말은 들을 수 없었다. 친구들은 다아시가 오만하다는 것 이외에는 비난할 만한 점이 전혀 없는 사람이라고 말했다. 다아시가 오만하다는 말은 사실일지 모르지만, 이런 비난은 그의 가족들이 방문한 적 없는 작은 시골 마을 사람들에게서 나온 얘기가 분명했다. 그러나 모두들 다아시가 관대한 사람이고 가난한 사람들을 위해 많은 선행을 베풀었다는 사실은 인정하고 있었다.

위컴에 관해서는 평판이 좋지 못하다는 사실이 곧 밝혀졌다. 위컴과 그의 후원자의 아들 사이에 있었던 일의 전모는 잘 알 수 없지만, 위컴이 더비셔를 떠나면서 많은 빚을 남겼고, 이 빚을 나중에 다아시가 청산해 주었다는 건 널리 알려진 사실이었다.

엘리자베스는 어젯밤보다 더 골똘히 펨벌리 생각에 사로잡혀 있었다. 시간이 무척 느리게 흘러가는 것처럼 느껴지면서도, 저택에 있는 한 사람에 대한 자신의 감정을 정리하기에는 너무 짧은 시간이었다. 그녀는 꼬박 두 시간 동안 자신의 감정을 분석하고 결론을 짓느라 잠을 이루지 못하고 있었다. 자신이 다아시를 미워하고 있지 않다는 것만은 분명한 사실이었다. 증오의 감정은 이미 사라진 지 오래였다. 다아시에 대해 그런 감정을 품고 있었다는 것조차 부끄러운 일이라고 생각했다. 그의 장점을 확인하면서 그에 대해 존경하는 마음을 갖게 되었고, 처음에는 그런 감정을 인정한다는 것이 거북하게 느껴졌지만, 그의 성품이 따뜻하다는 사람들의 증언을 듣고 난 이후로는 그를 높이 평가하고 이전보다 훨씬 호감을 갖게 된 것은 부인할 수 없었다.

다아시에 대한 그녀의 감정에는 존경심을 넘어선, 결코 가볍게 여길 수 없는 또 다른 동기가 있었다. 그것은 한때 그녀를 사랑했고, 자신의 교만하고 신랄한 태도와 부당한 비난을 용서할 만큼 아직도 그녀를 사랑하고 있는 다아시에 대해 진심으로 감사하는 마음이었다. 엘리자베스는 다아시가 자신을 적대적으로 생각하고 있을 거라고 믿었다. 그러나 우연한 해후를 통해서 다아시가 자신과 관계를 지속하기를 원한다는 걸 알았고, 남들의 눈에 거슬리지 않도록 친절과 배려를 아끼지 않는 모습을 보았고, 자신의 친척들에게 호감을 주려고 노력하는 모습과 누이동생에게 자기를 소개시켜 주는 배려까지 직접 목격했다. 그토록 자존심이 강한 다아시가 이렇게 달라진 모습을 보고 엘리자베스는 놀라움과 고마움의 감정을 느끼지 않을 수 없었다. 그가 변한 것은 자신에 대한 애정 때문이었다. 자신을 향한 진실하고 뜨거운 애정이 그를 변화시킬 수 있었다. 엘리자베스는 뭐라고 규정하기 힘들지만 가슴이 따뜻해지는 것 같은 야릇한 기쁨을 느꼈다. 그것은 그녀의 용기를 북돋워 주는 벅찬 감정이었다.

엘리자베스는 다아시를 존경하고 높이 평가하고 고맙게 여겼다. 그리고 그가 잘되고 행복하기를 바랐다. 그러나 그녀가 진심으로 알고 싶은 것은 그의 행복이 자신에게 달려 있다는 걸 스스로 얼마나 원하고 있는가 하는 점이었다. 만일 그가 다시 자신에게 청혼하게 할 수 있는 힘이 아직 자신에게 있다면, 그 힘을 사용하는 것이 두 사람의 행복을 위해 얼마나 도움이 되는 일인지 알고 싶었다.

그날 저녁 외숙모와 조카딸은 다음 날 아침 펨벌리를 방문하기로 결정했다. 다아시 양이 펨벌리에 도착해서 아침 식사를 하자마자 그들을 방문한 것은 굉장한 경의를 표시한 것인 만큼, 이쪽에서도 그런 예의를 따라갈 수는 없지만 흉내라도 내는 게 옳은 일이라고 했다. 그리고 다음 날 아침 펨벌리로 그녀를 방문하는 것이 가장 좋은 답례라는 데 모두의 의견이 모아졌다.

엘리자베스는 누군가 기뻐하는 이유를 자신에게 물어본다면 대답할 말이 없다고 생각하면서도 어쨌든 무척 즐겁고 기뻤다. 가디너 씨는 아침 식사를 한 후 곧 출발했다. 그 전날 낚시 계획이 변경되어서 정오 이전에 펨벌리에서 몇 명의 신사들과 만나기로 약속했기 때문이었다.

3

엘리자베스는 빙리 양이 질투심 때문에 자기를 싫어한다는 걸 알고 있었기 때문에 펨벌리에서 만나면 그녀가 자기를 별로 반가워하지 않을 거라고 생각했다. 그리고 속으로는 자기를 싫어하면서 겉으로는 얼마나 예의를 차릴지 궁금했다.

저택에 도착하자 그들은 현관 홀을 지나 응접실로 안내를 받았다. 응접실이 북쪽을 향하고 있어서 여름에는 시원하고 쾌적할 것 같았다. 정원으로 난 창으로는 저택 뒤편의 높고 울창한 산과 그 앞쪽으로 펼쳐진 잔디밭과 여기저기 서 있는 참나무와 밤나무들이 연출하는 멋진 전경이 내다보였다. 정원의 경치를 보는 것만으로도 기분이 상쾌해지는 것 같았다.

이 방에서 그들은 다아시 양의 영접을 받았다. 그녀는 허스트 부인과 빙리 양, 런던에서 다아시 양을 돌봐 주는 부인과 함께 있었다. 조지애나는 공손한 태도를 보이면서도 당황해서 어

쩔 줄 몰라 하며 조심스럽게 행동했다. 이런 태도는 다아시 양
의 내성적이고 수줍어하는 성격과 실수라도 할까 봐 염려하는
소심함에서 비롯된 것이었지만, 자신의 낮은 신분을 의식하는
사람에게는 거만하고 무뚝뚝한 행동으로 오해받을 소지가 있
었다. 그러나 가디너 부인과 조카딸은 그녀의 성품을 이해하고
오히려 안쓰럽게 생각했다.

허스트 부인과 빙리 양은 예의상 아는 척하는 정도로 그들을
맞았다. 그들이 자리에 앉자 잠시 어색한 침묵이 흘렀다. 이 침
묵을 처음 깬 사람은 앤즐리 부인이었다. 그녀는 인상이 온화
하고 서글서글해 보였고, 대화를 꺼내려고 애쓰는 모습이 다른
두 여자들보다는 훨씬 인간미가 있어 보였다. 그녀와 가디너
부인 사이에 대화가 이어졌고 이따금 엘리자베스가 대화에 참
여했다. 다아시 양은 용기를 내서 대화에 짧게 참여하는 게 고
작이었다.

엘리자베스는 곧 빙리 양이 자기를 유심히 지켜보고 있다는
걸 알아차렸다. 특히 그녀가 다아시 양에게 한마디라도 말을
걸려고 하면 빙리 양이 신경을 곤두세우는 게 느껴졌다. 그렇
다고 해서 빙리 양에게 말을 거는 걸 꺼려할 엘리자베스는 아
니었지만, 두 사람이 앉아 있는 자리가 너무 멀리 떨어져 있어
서 대화를 나누기에 불편했다. 엘리자베스는 자신의 생각에 골
몰하고 있어서 다아시 양과 많은 대화를 나눌 수 없는 게 안타

깝지는 않았다.

　금방이라도 남자들이 방으로 들어올 걸 생각하면 마음이 초조해졌다. 엘리자베스는 그들 중에 이 집의 주인도 끼어 있기를 바라면서도 한편으로는 두려웠다. 그가 들어오기를 바라는 것과 두려워하는 것 중에서 어떤 감정이 더 강한지 분간할 수가 없었다. 15분 동안이나 이런 상태로 앉아 있었지만, 빙리 양은 한마디도 말을 하지 않았다. 그러다가 엘리자베스는 갑자기 가족의 안부를 묻는 빙리 양의 냉랭한 음성을 듣고 정신을 차렸다. 그녀 역시 무뚝뚝하고 간결한 말로 대답했고, 빙리 양은 더 이상 아무 말도 하지 않았다.

　그들이 다음에 받은 접대는 하인들의 손에 들려 나온 냉육과 케이크와 온갖 종류의 제철 과일들이었다. 이것도 앤즐리 부인이 다아시 양에게 몇 번이나 의미심장한 눈길과 미소로 힌트를 줘서 안주인의 역할을 하도록 귀띔한 덕분에 이루어진 일이었다. 모두들 이제야 할 일이 생겨서 안도하는 분위기였다. 대화는 모두가 나눌 수 없지만 음식은 누구나 먹을 수 있었다. 사람들은 포도, 천도복숭아, 복숭아를 피라미드처럼 아름답게 쌓아 올린 식탁으로 모여들었다.

　그들이 음식을 먹는 일에 집중하는 동안 엘리자베스는 다아시가 방 안에 들어설 때 자신의 감정이 두려움인지 기다림인지 판단할 수 있는 여유를 얻었다. 다아시가 방으로 들어서기 전까지는 그가 오기를 바라는 마음이 더 우세하다고 생각했지만, 막상 그가 모습을 나타내자 차라리 그가 오지 않는 편이 좋았을 거라는 생각이 들었다.

다아시는 저택에 와 있던 몇 명의 신사들과 함께 강가에서 낚시질을 하고 있는 가디너 씨와 시간을 보내고 있었다. 그날 아침 숙녀들이 조지애니를 방문하기로 했다는 말을 듣자 집으로 돌아온 것이었다. 그가 나타나자 엘리자베스는 태연하고 침착하게 행동해야겠다고 마음을 다잡았다. 모든 사람들이 두 사람의 관계를 수상쩍게 여기고 있었고, 다아시가 방 안에 모습을 드러내자마자 모든 사람들의 시선이 그의 행동을 주의 깊게 관찰하고 있었다. 이런 상황에서 태연하게 행동하기란 여간 어려운 일이 아니었다. 그중에서도 빙리 양은 두 사람에게 신경을 바짝 곤두세우고 있었다. 그러면서도 다아시에게 얘기를 건넬 때는 화사한 미소를 지으며 그의 환심을 사려고 애쓰는 모습이 아직 다아시에 대한 관심을 버리지 않았고, 포기할 생각은 더욱이 없는 게 분명했다.

다아시 양은 오빠가 방에 들어오자 자기 딴에는 더 말을 많이 하려고 애쓰는 것처럼 보였다. 다아시는 엘리자베스가 동생과 친해지게 하려고 두 사람이 대화를 나눌 수 있도록 분위기를 이끌었다. 빙리 양 역시 그런 다아시의 의중을 눈치채고 비웃는 듯한 미소를 지으며 무례하게 말했다.

"엘리자 양, 군부대가 메리턴에서 이전했다면서요? 가족분들에게는 큰 손실이시겠어요."

다아시가 그 자리에 있었기 때문에 그녀는 감히 위컴의 이름을 입에 올리지는 못했지만, 엘리자베스는 그녀가 위컴을 염두에 두고 하는 말이라는 걸 곧 알아차렸다. 그와 관련된 여러 가지 기억이 떠올라 잠시 고통스러웠지만, 악의에 가득 찬 빙리 양의 공격에 대항하려면 기운을 내야만 했다. 그녀는 아무렇지도 않은 척하면서 자신도 모르게 다아시를 흘깃 바라보았다. 그는 얼굴이 붉어진 채 그녀를 뚫어지게 쳐다보고 있었다. 그의 누이동생은 당황해서 어쩔 줄 모르고 눈을 들지도 못했다. 빙리 양이 자기가 사랑하는 친구에게 어떤 고통을 주고 있는지 알았다면 그런 경솔한 얘기는 꺼내지 않았을 것이다. 그녀는 단지 엘리자베스가 좋아하는 남자의 얘기를 꺼내서 그녀의 심기를 불편하게 만들려는 속셈이었다. 그렇게 해서 다아시가 엘리자베스에 대해 나쁜 인상을 갖게 하려는 게 그녀의 목적이었다. 엘리자베스의 가족이 군인들과 관련해서 일으킨 수치스러운 일들을 다아시가 다시 기억하게 만들어서 엘리자베스에 대한 관심과 애정을 단념하게 만들려는 것이었다.

빙리 양은 다아시 양이 위컴과 도망치려고 했던 사건에 대해 전혀 몰랐다. 그 사건은 엘리자베스를 제외한 모든 사람들에게는 전혀 알려지지 않은 일이었다. 다아시는 그 사실이 빙리의 친척들에게 알려지지 않도록 각별히 신경을 썼다. 그는 엘리자베스가 오래전부터 짐작한 대로 누이동생이 빙리 집안 사람이 되기를 원했고 그런 이유 때문에 빙리를 베넷 양에게서 떼어놓으려고 한 것은 아니지만, 친구의 결혼 문제에 적극적으로 간섭한 데에는 그런 요인이 작용한 것도 사실이었다.

그러나 엘리자베스의 침착한 태도는 다아시의 마음을 이내 차분하게 가라앉혀 주었다. 빙리 양은 화가 나서 흥분한 탓에 위컴의 이름을 입에 올릴 생각은 하지 않았다. 조지애나도 겨우 마음을 진정한 것처럼 보였다. 그러나 더 이상 말을 꺼낼 용기를 잃었는지 입을 꾹 다문 채 조용히 앉아 있었다. 그녀는 오빠와 눈이 마주칠까 봐 눈을 들지도 못하고 있었다. 다아시는 빙리 양의 말이 동생과 연관성이 있다는 생각은 하지 못하는 것 같았다. 빙리 양은 다아시를 엘리자베스에게서 멀어지게 하려는 의도로 그런 말을 꺼냈지만, 결과적으로 그의 마음은 오히려 엘리자베스에게 더 확실하게 기울어지게 되었다.

이런 질문과 답변이 오가고 나서 얼마 지나지 않아서 그들은 방문을 마쳤다. 다아시의 마차가 기다리고 있는 곳까지 그들을 배웅하러 나간 사이에, 빙리 양은 엘리자베스의 몸매와 행동거지와 옷차림에 대해 험담을 늘어놓으며 분개한 심사를 풀고 있었다. 그러나 조지애나는 그녀의 말에 전혀 동조하지 않았다. 오빠가 엘리자베스를 칭찬한다는 사실만으로도 조지애나는 엘리자베스에 대해 충분히 호감을 가질 수 있었다. 오빠의 판단은 절대 잘못될 리가 없었다. 엘리자베스에 대한 오빠의 말을 들으면 그녀가 정말 사랑스럽고 마음씨 고운 여자라고 생각하지 않을 수 없었다. 다아시가 응접실로 돌아오자 빙리 양은 그의 누이동생에게 했던 말을 다시 되풀이했다.

"오늘 아침에 보니 엘리자 베넷 양의 모습이 말이 아니더군요, 다아시 씨."

그녀는 큰 소리로 말했다.

"지난겨울에 본 이후로 너무 많이 변했던데요. 피부가 까맣게 그을린 데다 거칠어지기까지 했더라구요. 루이자와 저는 베넷 양을 다시 안 만나는 게 좋았을 거라고 생각했답니다."

다아시는 그녀의 말이 귀에 거슬렸지만, 엘리자베스가 여름에 여행을 많이 해서 당연히 얼굴이 약간 그을리기는 했지만 다른 건 별로 변한 것 같지 않다고 냉정하게 대답했다.

"제가 볼 때 베넷 양은 예쁜 구석이 한 군데도 없는 것 같아요. 얼굴은 너무 말랐고 피부도 윤기가 없잖아요. 게다가 이목구비도 특별히 잘생긴 데가 없어요. 코는 개성이 없고, 콧날도 뚜렷하지 못하고, 치아는 봐 줄 만하지만, 특별히 잘난 것도 아니고, 눈이 예쁘다고 하는 사람들도 가끔 있기는 하지만 제가 볼 때 특별히 아름답다는 생각은 안 들어요. 날카롭고 고집스럽게 보여서 마음에 안 드는 눈이에요. 몸가짐을 보면 더 가관이죠. 품위라곤 전혀 없으면서도 자만심만 가득 차 있어서 참고 봐 주기 힘들 정도예요."

다아시가 엘리자베스를 사모하고 있다는 걸 알고 있는 빙리 양이 그녀를 헐뜯는 말을 하는 것은 결코 자신을 돋보이게 하는 처사가 아니었다. 그러나 분노에 휩싸인 사람들은 항상 현명하게 행동할 수는 없는 법이다. 다아시가 약간 화가 난 것 같은 표정을 짓자 그녀는 자신의 의도가 성공했다고 생각했다. 그러나 그가 굳게 입을 다물고 있었기 때문에 그의 입을 열게 하려는 속셈으로 계속 말을 이어 갔다.

"처음 하트퍼드셔에서 베넷 양을 봤을 때 미인으로 소문난 아가씨라는 걸 알고 무척 놀랐죠. 그리고 어느 날 밤인가 네더필드에서 식사를 하고 난 다음에 다아시 씨가 했던 말이 기억나네요. 그 여자를 미인이라고 부르느니 차라리 그 어머니를 지혜로운 여자라고 하는 게 낫겠다고 하셨잖아요. 하지만 그 후로는 베넷 양이 아름답게 보이셨나 보죠? 한때는 그녀를 아름다운 여자라고 생각하셨던 거죠?"

"맞아요, 그건 베넷 양을 처음 만났을 때의 일입니다. 내가 알고 있는 여자들 중에서 그녀가 가장 아름답다고 생각하게 된 게 벌써 몇 달 전 일이니까요."

그는 이렇게 말하고 자리를 떠나 버렸다. 빙리 양은 자신을 고통스럽게 만드는 그런 말을 다아시에게 하게 만든 사람이 바로 자기 자신이라는 쓰라린 후회를 곱씹어야만 했다.

돌아오는 길에 가디너 부인과 엘리자베스는 다아시 씨의 저택을 방문하는 동안 일어났던 일들에 대해 얘기했다. 그러나 두 사람 모두 특별히 관심이 있는 문제는 언급하지 않았다. 그의 여동생과 그의 친구들, 집, 과일 등등 모든 것에 대해 얘기했지만 그 사람에 대한 얘기는 전혀 언급하지 않았다. 그러나 엘리자베스는 마음속으로 가디너 부인이 그를 어떻게 생각하고 있는지 너무도 알고 싶었다. 가디너 부인 역시 조카딸이 그에 관한 화제를 꺼냈더라면 무척이나 기뻐했을 것이다.

4

램턴에 처음 도착하던 날, 엘리자베스는 제인에게서 편지가 오지 않은 걸 알고 크게 실망했다. 다음 이틀 동안도 그녀는 아침마다 실망감을 맛봐야 했다. 그러나 사흘째 되던 날 제인이 보낸 두 통의 편지를 한꺼번에 받고 나자 언니에 대한 원망과 불평이 한순간에 사라졌다. 한 통의 편지에는 다른 곳으로 잘못 배달되었다는 도장이 찍혀 있었다. 제인이 주소를 제대로 쓰지 않아서 생긴 일이었다.

편지가 도착했을 때 일행은 막 산책 나갈 채비를 하고 있었다. 그러나 외숙모 부부는 엘리자베스가 혼자 조용히 편지를 읽을 수 있도록 남겨 두고 나갔다. 엘리자베스는 잘못 배달되었던 편지부터 읽기 시작했다. 그 편지는 닷새 전에 쓴 것이었다. 편지 도입부에는 작은 파티와 모임 같은, 시골에서 흔히 들을 수 있는 소식이 적혀 있었다. 그러나 하루 뒤의 날짜가 적혀 있는 후반부에는 충격적인 소식이 적혀 있었다. 언니가 몹시 흥분한 상태에서 쓴 게 분명했다.

사랑하는 리지

위의 글을 쓰고 난 후에 생각하지 못했던 엄청난 사건이 일어났어. 우리는 모두 무사하니까 너무 걱정하지는 마. 내가 하려는 얘기는 가엾은 리디아에 관한 거야. 어젯밤 12시쯤 모두들 잠자리에 들고 난 후에 포스터 대령이 보낸 속달 편지가 도착했단다. 리디아가 그의 장교 한 사람과 도망을 쳤다는 내용이었어. 사실대로 말하면 바로 위컴 씨하고. 우리가 얼마나 놀랐을지 상상이 갈 거야. 그런데 키티는 전혀 예상하지 못했던 일은 아니었던 것 같더구나. 정말 속상해 죽겠어. 어쩌면 둘 다 그렇게 경솔하게 행동할 수가 있니? 하지만 난 좋은 쪽으로 생각하고 싶어. 위컴 씨가 그렇게 나쁜 사람이 아니라고 믿고 싶어. 생각이 깊지 못하고 경솔한 건 분명하지만, 이번 일은 그렇게 나쁜 마음으로 저지른 일은 아닐 거야. (그건 다행이라고 생각하자.) 적어도 그가 리디아를 선택한 건 재산에 관심이 없었다는 거니까. 아버지가 리디아에게 물려주실 재산이 전혀 없다는 사실을 그 사람도 분명히 알고 있을 테니까 말이야. 가엾은 어머니는 슬픔에 잠겨 있단다. 아버지는 어머니보다는 잘 견디고 계셔. 두 분에게 위컴 씨에 관해 나쁜 얘기를 하지 않은 게 천만다행이었어. 우리도 그런 일은 잊어 버리는 게 좋을 것 같구나. 두 사람은 토요일 밤 12시쯤 떠난 것 같아. 그런데 어제 아침 8시까지 아무도 그 사실을 몰랐대. 포스터 대령은 그 사실을 알자마자 곧바로 속달 편지를 보냈 나 봐.

리지야, 지금쯤 두 사람은 여기서 10마일쯤 되는 거리 안에 있을 게 분명해. 포스터 대령이 곧 이곳을 방문할 것 같아. 리 디아가 대령의 부인에게 그들의 계획에 대해 알려 주는 쪽지 를 남겼대. 이제 그만 써야겠다. 가엾은 어머니를 오랫동안 혼자 계시게 해서는 안 될 것 같아. 편지가 두서가 없지? 나도 무슨 말을 썼는지 모르겠다.

첫 번째 편지를 읽고 나자 엘리자베스는 아무것도 생각할 여 유가 없었다. 자신의 기분이 어떤지 돌아볼 겨를도 없이 그녀 는 다음 편지를 집어 들고 급히 편지 봉투를 뜯었다. 그 편지는 첫 번째 편지에 이어 다음 날 쓴 것이었다.

사랑하는 동생 리지에게
지금쯤이면 내가 급하게 쓴 편지를 받았겠지. 이 편지는 첫 번째 편지보다 네가 이해하기 쉬웠으면 좋겠다. 시간에 쫓기 는 것도 아닌데 머릿속이 너무 혼란스러워서 앞뒤가 맞게 쓸 수가 없구나. 사랑하는 리지야. 정말 무슨 말을 써야 할지 모르겠어. 더 나쁜 소식이 있어. 더 이상 미룰 수가 없는 얘기야. 위컴 씨와 가엾은 우리 리디아가 결혼하는 게 너무 성급한 일이긴 하지만, 지금으로서는 두 사람이 결혼하기만 바랄 수밖에 없구나. 두 사람이 스코틀랜드로 가지 않았을 거라고 짐작할 만한 근거가 많이 있어. 포스터 대령은 그저께 브라이턴을 출발해서 어제 우리 집에 오셨단다. 우리가 속달 편지를 받은 지 겨우 몇 시간 후에 도착하신 거야. 리디아가 포스터 부인에게 남긴 짧은 편지를 읽고 포스터 대령 부부는 두 사람이 그레트나그린으로 갔을 거라고 생각했는데, 데니라는 장교의 말로는 위컴이 그곳에 갈 생각이 전혀 없고, 더구나 리디아와 결혼할 의사는 눈곱만큼도 없다는 거야. 이 말을 들은 포스터 대령은 너무 놀라서 곧바로 그들의 뒤를 따라갈 작정으로 브라이턴을 출발하셨대. 클래펌까지는 어렵지 않게 추적할 수 있었지만 더 이상은 불가능했다는 거야. 두 사람이 그곳에 도착해서 엡섬에서부터 타고 온 마차를 버리고 다른 마차를 빌려 타고 갔대. 그 뒤로 들리는 소식은 런던으로 가는 길에서 본 사람이 있다는 게 전부야. 난 뭐가 뭔지 도무지 모르겠어. 포스터 대령이 런던 방면으로 온갖 수소문을 하고 나서 하트퍼드셔로 가셨는데 가는 도중에 바네트와 해트필드에 있는 여관을 샅샅이 뒤졌는데도 찾지 못했대. 그런 사람이 지나가

는 걸 본 적도 없다고 했대. 너무 걱정이 돼서 롱본에 오셨는
데, 정말 진심으로 염려하시는 것 같더라. 포스터 대령 부부
를 생각하면 정말 가슴이 아파. 그분들을 비난할 사람은 아무
도 없을 거야.

사랑하는 리지.

우리 가족은 너무 상심이 크단다. 아버지 어머니는 최악의 상
황을 걱정하고 계셔. 하지만 난 위컴이 그렇게까지 나쁜 사람
이라고 생각하고 싶지는 않아. 여러 가지 상황 때문에 처음
계획대로 하는 것보다 런던에서 비밀 결혼을 하는 게 더 낫
다고 생각했을지도 몰라. 혹여 그 사람이 리디아 같은 양갓
집 어린 아가씨에게 그렇게 나쁜 마음을 먹었다고 하더라도,
아니, 그럴 리는 없을 거야. 하여튼 만약 그렇다고 해도 리디
아가 그렇게 철없는 짓을 하지는 않을 거라고 생각해. 절대로
그럴 리가 없어!

그렇지만 포스터 대령은 두 사람이 결혼할 거라고 믿지 않는
것 같아. 내가 두 사람이 결혼했으면 다행일 것 같다고 했더
니 대령님은 고개를 저으면서 위컴이란 남자는 믿을 만한 사
람이 못 된다고 하더구나.

불쌍한 어머니는 몸져누우셔서 방에서 꼼짝도 하지 못하신단
다. 어머니가 기운을 내시면 좀 나을 것 같은데 그걸 기대할
수는 없을 것 같아. 난 지금껏 아버지가 그렇게 힘들어하시는

건 처음 봤어. 키티는 가엾게도 두 사람의 일을 숨겼다는 비난을 받고 있지만, 리디아에게 비밀을 지키겠다고 약속했을 테니까 어쩔 수 없었겠지.

사랑하는 리지.

너라도 이런 비극적인 상황을 겪지 않아서 정말 다행이야. 하지만 이제 처음 받았던 충격도 어느 정도 가라앉았을 테니까, 네가 돌아오기를 바란다고 말해도 괜찮겠지? 하지만 네 사정이 여의치 않은데 돌아오라고 강요할 만큼 이기적이지는 않단다.

잘 있어!

내가 조금 전에 하지 않겠다고 했던 말을 하려고 다시 펜을 들었어. 상황이 상황인 만큼 거기 계신 분들 모두 가능한 대로 빨리 여기로 와 달라고 부탁하지 않을 수 없구나. 외삼촌과 외숙모가 어떤 분이신지 잘 아니까 이런 부탁을 드려도 될 거야. 삼촌께는 더 부탁드릴 일이 있어. 아버지가 포스터 대령과 함께 곧 런던으로 리디아를 찾으러 떠나실 거야. 어떻게 하실 생각인지 나도 모르겠어. 하지만 지금 아버지는 극도로 슬픔에 빠져 계셔서 안전하고 적절한 방법으로 일을 처리하지 못하실 것 같아 걱정스러워. 포스터 대령님은 내일 아침에 다시 브라이턴으로 돌아가셔야 한대. 이렇게 위급한 시기에

삼촌의 조언과 도움이 가장 큰 힘이 될 거야. 삼촌은 내 마음을 이해하고 도와주실 분이라고 믿어.

"삼촌이 어디 계실까?"

엘리자베스는 편지를 읽자마자 한시라도 지체할 수 없다는 생각에 의자에서 벌떡 일어났다. 그녀가 문으로 다가갔을 때 하인이 연 문으로 다아시가 들어왔다. 엘리자베스의 창백한 얼굴과 허둥대는 태도에 놀란 다아시가 정신을 차리고 뭔가 말을 꺼내기도 전에, 오로지 리디아의 일로 머리가 가득 차 있는 엘리자베스가 황급히 소리쳤다.

"죄송하지만 지금 밖에 나가 봐야겠어요. 당장 외삼촌을 찾아야 해요. 한시도 지체할 수 없는 일이 생겼어요."

"도대체 무슨 일이죠?"

예절을 갖추기에는 너무 감정이 격해진 그가 소리쳤다.

그러나 다음 순간 마음을 가라앉히고 말했다.

"시간을 시체하려는 게 아닙니다. 가디너 씨 부부를 찾으신다면 저나 하인에게 맡기세요. 지금 많이 안 좋아 보이십니다. 혼자서는 못 가십니다."

엘리자베스는 망설였지만 무릎이 떨려서 삼촌 부부를 찾으러 다닐 자신이 없었다. 그녀는 하인을 불러 자신도 무슨 말을 하는지 알아들을 수 없을 정도로 가쁜 숨을 몰아쉬며 빨리 가디너 씨 부부를 모셔 오라고 지시했다.

하인이 방에서 나가자 엘리자베스는 도저히 몸을 지탱할 수가 없어서 자리에 풀썩 주저앉았다. 그녀가 너무 상태가 안 좋아 보여서 다아시는 그녀의 곁을 떠날 수가 없었다. 그는 부드럽고 동정 어린 목소리로 말했다.

"하녀를 부르겠습니다. 뭘 좀 드시면 진정이 되시지 않을까요? 포도주를 한잔 드시는 게 어떨까요? 많이 안 좋아 보이십니다."

"아뇨, 됐어요."

그녀는 마음을 진정하려고 안간힘을 쓰면서 말했다.

"전 괜찮아요. 아무 문제없어요. 방금 롱본에서 끔찍한 소식을 들어서 놀란 것뿐이에요."

엘리자베스는 이 말을 하면서 울음을 터뜨렸다. 그리고 몇 분 동안 아무 말도 할 수 없었다. 다아시는 영문을 몰라 답답해하면서도 안타까운 심정으로 걱정스러운 말을 건네며 그녀를 지켜볼 수밖에 없었다. 그녀는 다시 진정하고 말을 시작했다.

"방금 제인 언니에게서 놀라운 소식을 전하는 편지를 받았어요. 이젠 숨길 수도 없게 됐네요. 제 막내 동생이 가족과 친구들을 버리고, 어떤 남자, 아니 위컴 씨와 도망쳤대요. 두 사람이 브라이턴에서 사라졌다는 거예요. 그 사람을 잘 아시니까 다른 사정은 짐작하시겠죠. 그 애는 돈도 없고, 내세울 만한 친척도

없어요. 위컴 씨가 혹할 만한 게 아무것도 없는데. 이제 제 동생
의 인생은 다 끝난 거예요."

다아시는 너무 놀라서 몸이 굳어 버린 것 같았다.

"제가 그 일을 막을 수도 있었다는 생각을 하면 견딜 수가 없
어요. 그 남자가 어떤 인간인지 알고 있었던 내가 조금이라도
가족들에게 그 사람에 대해 말해 주었다면, 그래서 가족들이
그 사람의 인간성을 알았더라면, 이런 일은 일어나지 않았을
거예요. 하지만 이젠 다 끝났어요. 너무 늦어 버렸어요."

"정말 마음이 아프군요. 너무 놀랍고 충격적인 일이라서 믿
어지지가 않아요. 확실한 건가요?"

"네. 두 사람이 일요일 밤에 브라이턴으로 떠났고, 런던으로
간 것까지는 확인이 됐는데 그 이상은 추적이 안 되요. 스코
틀랜드로 가지 않은 것만은 분명해요."

"그럼 동생분을 찾기 위해 어떤 조치를 취했나요?"

"아버지가 런던으로 가셨어요. 제인 언니는 제게 외삼촌의
도움을 부탁하는 편지를 보냈고요. 저희는 30분 이내로 떠날
거예요. 그렇다고 무슨 방법이 있겠어요? 어쩔 도리가 없어요.
그런 남자를 어떻게 설득할 수 있겠어요? 그것보다 두 사람을
어떻게 찾아내겠어요? 아무 희망도 없어요. 정말 너무도 끔찍
한 일이 일어난 거예요."

다아시는 그 말에 동의한다는 뜻으로 말없이 고개를 저었다.

"제 눈으로 그 사람의 본색을 확인했을 때, 그때 제가 해야 할 일이 뭔지 알았더라면, 그럴 용기가 있었더라면, 이런 무서운 일이 일어나지는 않았을 거예요. 전 정말 몰랐어요. 너무 두렵기도 했고요. 너무 끔찍하고 엄청난 실수를 저지른 거예요."

다아시는 아무 말도 하지 않았다. 그는 그녀의 말을 듣고 있지 않은 것처럼 보였다. 미간을 찡그린 채 심각한 표정으로 깊은 생각에 잠겨 방 안을 서성거리고만 있었다. 엘리자베스는 그런 모습을 보며 다아시가 무슨 생각을 하고 있는지 알 것 같았다. 이제 그의 마음을 사로잡을 수 있는 자신의 매력은 모두 사라졌다. 이렇게 수치스럽고 치명적인 가족의 약점이 드러난 이상, 그의 애정은 당연히 수치심과 환멸로 바뀔 것이다. 그것은 지극히 당연한 일이었고, 그를 비난할 수도 없는 일이었다. 다아시의 자제력에 대한 믿음도 그녀의 마음에 아무런 위안을 가져다주지 못했다. 그저 비참한 심정만 더할 뿐이었다. 오히려 그 일은 자신이 바라던 것이 무엇이있는지 명확하게 이해할 수 있는 계기가 되었다. 모든 사랑이 물거품이 되어 버릴 수밖에 없는 이 순간에, 그녀는 진실하게 그를 사랑할 수 있을 거라는 확신이 들었다.

자신의 사랑에 대한 염려가 잠시 머릿속에 떠오르기는 했지만 그녀의 생각을 사로잡을 수는 없었다. 리디아가 그들 모두에게 가져온 불행과 치욕이 엘리자베스의 사사로운 걱정을 모두 삼켜 버렸다. 그녀는 손수건으로 얼굴을 가린 채 잠시 다른 모든 일들은 잊어버리고 있었다. 그리고 몇 분이 지나자 옆에 있던 사람의 목소리를 듣고 겨우 제정신으로 돌아왔다. 그는 연민이 가득 담겨 있지만 충분히 자신을 절제하는 목소리로 말했다.

"아까부터 혼자 있고 싶어 하시는 게 아닌지 걱정스러웠습니다. 제가 여기 있다고 해도 도움이 될 건 없지만 저 역시 진심으로 걱정하고 있다는 걸 아셨으면 합니다. 위로가 될 수 있는 말이나 행동을 할 수 있으면 좋겠습니다만, 부질없는 말씀을 드려서 공치사를 받고 싶지는 않군요. 이런 불행한 일이 생겨서 제 누이동생이 펨벌리에서 뵙지는 못하겠네요."

"네, 다아시 양에게 저희를 대신해서 사과한다고 전해 주세요. 긴급한 일이 생겨서 곧바로 집으로 돌아갔다고요. 될 수 있으면 이 불행한 소식은 알리지 말아 주세요. 그렇게 오래 숨길 수 있는 일은 아니지만."

그는 비밀을 지키겠다고 그녀를 안심시켰다. 그리고 다시 한 번 그녀의 슬픔을 안타까워하는 마음을 전하고, 지금 생각할 수 있는 것보다 더 좋은 쪽으로 일이 마무리되길 바란다는 것과 그녀의 친척들에 대한 안부의 말을 하고 진지한 표정으로 그녀를 한번 쳐다보고는 가 버렸다.

그가 방을 떠나고 나자, 엘리자베스는 이제 다아시를 더비셔에서 몇 번 만났을 때처럼 다정하게 재회하는 건 불가능한 일이라고 생각했다. 그녀는 모순과 반전으로 이어졌던 다아시와의 만남을 되돌아보며 자신의 얄궂은 감정에 저절로 한숨을 내쉬었다. 이전에는 끝나기를 바라던 그와의 인연이 지금은 지속될 수 있기를 바라는 자신이 한심하고 어이없게 느껴졌다.

감사하는 마음과 존경심이 애정의 기반이 될 수 있다면, 엘리자베스의 감정의 변화는 전혀 있을 수 없는 일도, 잘못된 일도 아닐 것이다. 하지만 흔히 말하는 것처럼 사랑이란 감정이 상대방을 처음 만나 두 마디 말을 채 건네기도 전에 생기는 그런 감정이라면, 감사나 존중에서 비롯된 감정이 자연스럽고 진정한 애정이 아니라면, 엘리자베스의 감정적인 변화는 한 가지로밖에는 설명될 수 없을 것이다. 위컴에 대한 편파적인 호감에서 비롯된 자연 발생적인 애정의 방편을 모색하다가 실패하자, 그보다는 무미건조한 감정이지만 인격적인 신뢰를 바탕으로 하는 애정의 방편을 택하게 되었다는 변론밖에 제시할 수 없을 것이다. 어떻든 그녀가 다아시의 떠나가는 모습을 아쉬운 마음으로 바라본 건 사실이었다. 리디아의 수치스러운 행실이 초래할 결과를 생각하자 그 일이 더더욱 고통스럽게 다가왔다.

제인이 두 번째 보낸 편지를 읽은 후 엘리자베스는 위컴이 리디아와 결혼할 의향이 있을 거라는 기대를 손톱만큼도 품지 않았다. 그런 헛된 희망으로 위안을 삼을 사람은 제인 이외에는 아무도 없었다. 일이 이렇게 전개된 것은 엘리자베스에게는 조금도 놀랄 일이 아니었다. 첫 번째 편지의 내용이 머릿속에 남아 있는 동안 그녀가 느낀 감정은 단지 충격뿐이었다. 위컴이 왜 결혼을 해도 돈을 얻을 가능성이 없는 여자와 결혼할 생각을 했는지, 리디아가 어떻게 그의 마음을 얻을 수 있었는지 그녀로서는 모쩌히 이해가 가지 않았다. 그러나 이제 모든 일이 너무도 자연스럽게 이해되었다. 이런 경박한 애정이라면 리디아에게 그를 유혹할 만한 매력이 있다고 생각되었다. 그리고 리디아가 결혼할 생각 없이 도피 행각에 나서지는 않았겠지만, 리디아의 도덕심이나 판단력이 그녀를 손쉬운 먹잇감이 되지 않도록 자신을 보호할 수는 없었을 거라고 생각하는 건 그리 어렵지 않은 일이었다.

군부대가 하트퍼드셔에 주둔하고 있는 동안에는 리디아가 위컴을 특별히 좋아하고 있다는 사실을 눈치채지 못했지만, 그녀가 작은 자극에도 쉽게 마음을 줄 수 있다는 건 분명한 사실이었다. 누구든 자신에게 관심을 보이면 그 관심의 정도에 따라 이 장교에서 금방 다른 장교에게로 마음을 옮길 수 있는 리디아였다. 그녀의 애정은 끊임없이 오락가락했지만 대상이 분명하지 않았던 적은 없었다. 그런 소녀를 무관심하게 방치한 결과가 얼마나 엄청난 것인지 그녀는 뼈저리게 절감하고 있었다.

그녀는 한시라도 빨리 집으로 돌아가고 싶어 견딜 수가 없었다. 집에 가서 모든 일을 직접 자신의 귀로 듣고 자신의 눈으로 확인하고 싶었다. 온통 아수라장이 된 집에 아버지는 안 계시고, 어머니는 속수무책으로 오히려 보살핌을 받아야 할 형편이었다. 그런 상황을 혼자 감당하고 있는 제인의 무거운 짐을 함께 나눠야 했다. 리디아의 문제를 해결할 방책이 전혀 없다는 생각이 들면서도 지금으로서는 삼촌이 나서 주는 게 가장 중요한 일일 것 같았다. 외삼촌이 방으로 들어설 때까지 엘리자베스는 극도로 고통스러운 심정이었다. 가디너 씨 부부는 하인의 전갈을 받고 조카딸이 갑자기 병이 났다고 생각해서 황급히 집으로 돌아왔다. 엘리자베스는 자신이 아픈 게 아니라고 가디너 씨 내외를 안심시키고, 급히 두 사람을 불러들인 이유를 편지를 읽는 걸로 설명을 대신했다. 그녀는 두 통의 편지를 소리 내서 읽었다. 마지막 추신을 억지로 힘주어 읽는 그녀의 목소리가 떨렸다. 가디너 부부는 특별히 리디아를 좋아하지는 않았지만 이 소식을 듣자 크게 상심했다. 이 사건은 단지 리디아의 일만이 아니라 모두에게 영향을 미칠 수 있는 일이었다. 가디너 씨는 놀라고 기막혀하며 탄식하면서 자신이 할 수 있는 대로 돕겠다고 약속했다. 엘리자베스는 삼촌이 당연히 그럴 거라고 기대했지만 눈물을 흘리면서 감사했다. 세 사람은 한마음이 되어 여행에 관련된 일들을 신속하게 진행했다. 그들은 가능한 한 일찍 그곳을 출발하기로 했다.

"펨벌리 일은 어떻게 하지?"

가디너 부인이 물었다.

"네가 우리를 부르러 사람을 보낼 때 다아시 씨가 여기 있었다고 존이 말하던데."

"네, 제가 다아시 씨에게 약속을 지키지 못하게 됐다고 얘기했어요. 그 일은 이미 다 해결됐어요."

"뭐가 해결되었다는 거지?"

가디너 부인은 떠날 채비를 하기 위해 방으로 달려가면서 이 말을 되뇌었다.

"사실대로 모두 털어놓을 정도로 두 사람이 가까운 사이란 말인가? 도대체 어떤 관계인지 궁금해 죽겠네."

그녀는 궁금증을 풀 수는 없었지만 떠날 채비를 하느라 정신 없이 분주한 속에서도 그 생각 때문에 약간은 즐거운 기대감이 들었다. 시간적인 여유가 있었더라면 엘리자베스는 자신의 상황이 너무 비참해서 아무 일도 손에 잡히지 않았을 것이었다. 그러나 그녀는 외숙모만큼이나 할 일이 많았다. 그중에는 램턴에 있는 지인들에게 갑자기 떠나게 된 이유를 꾸며 내서 쪽지를 쓰는 일도 포함되어 있었다. 한 시간 안에 모든 준비가 끝났다. 그 동안에 가디너 씨는 여관비를 계산했고 이제 떠날 일만 남아 있었다. 오전 내내 비통한 심경에 잠겨 있던 엘리자베스는 생각보다 빨리 롱본으로 가는 마차에 오르게 되었다.

5

마차가 마을을 벗어나자 가디너 씨가 말문을 열었다.

"다시 진지하게 생각해 보니 말이다, 네 언니 생각이 옳다는 쪽으로 마음이 기울더구나. 엄연히 가족과 친구들이 있는데 그것도 자기 부대장 집에 묵고 있던 아가씨를 그런 식으로 꾀어낼 청년은 없을 것 같다는 생각이 든다. 그래서 난 가장 좋은 쪽으로 생각하기로 했다. 그 청년도 리디아의 가족이나 친구들이 가만히 있지는 않을 거라고 생각하지 않았겠니? 포스터 대령을 그렇게 모욕하고 다시 부대로 돌아갈 수 있을 거라는 생각은 감히 못했을 거다. 그런 위험까지 감수하고 리디아를 꾀어내지는 않았을 거야."

"정말 그럴까요?"

엘리자베스의 목소리가 잠시 밝아졌다.

"나도 네 삼촌과 같은 생각이야. 그런 짓을 하면 그 사람의 체면이나 명예에 치명적인 상처를 입게 될 테고, 결과적으로 자신에게 이득이 될 게 전혀 없지 않니? 위컴이 그렇게까지 나쁜 사람이라고는 생각되지 않는구나. 리지, 네 생각은 어떠니? 정말 그가 그런 짓을 할 수 있는 남자라고 생각하는 거냐?"

"자기 이익을 무시할 사람은 아니라고 생각해요. 하지만 다른 점에서는 충분히 그럴 수 있는 사람이에요. 숙모 말씀이 맞다면 얼마나 다행이겠어요? 하지만 전 그렇게 믿어지지가 않아요. 그럼 왜 스코틀랜드로 가지 않았겠어요?"

"무엇보다 두 사람이 스코틀랜드로 가지 않았다는 확실한 증거가 없지 않으냐?"

가디너 씨가 말했다.

"그렇긴 하죠. 하지만 타고 가던 마차를 버리고 다른 마차를 빌려 탄 걸 보면 알 수 있지 않나요? 게다가 바네트로 가는 길에서 두 사람의 흔적을 찾지 못했다고 하잖아요."

"그럼, 두 사람이 런던에 있다고 가정하고 얘기해 보자. 숨어 있을 목적으로 그곳에 있을 수도 있지. 다른 목적이 있을 리가 없으니까 말이다. 그렇다고 해도 두 사람 다 돈을 많이 가지고 있지는 않을 테고. 그래서 스코틀랜드보다 런던에서 결혼하는 편이 좀 늦기는 하지만 경제적이라고 판단했을 수도 있어."

"그렇다면 왜 모든 걸 비밀리에 해야 하는 거죠? 탄로 날까봐 두려워하는 이유가 뭘까요? 결혼을 몰래 해야 할 이유가 없잖아요. 아니에요. 그렇지 않을 거예요. 언니가 편지에 쓴 걸 보면 위컴과 제일 친한 친구도 위컴이 리디아와 절대 결혼하지 않을 거라고 단언했대요. 위컴은 절대로 돈이 없는 여자와 결혼할 남자가 아니에요. 자신이 경제적인 여유가 없으니까요. 리디아가 젊고 건강하고 성격이 좋다는 것밖에는 그 남자가 다른 조건 좋은 결혼을 포기할 만한 매력이 있는 것도 아니잖아요. 정말 부대 안에서 당할 수치심 때문에 리디아와 도망가지 않았을 거라고 생각해야 하는 건지 판단할 수가 없어요. 이런 행동이 군인에게 어떤 결과를 가져오는지 전 아는 게 없으니까요. 하지만 삼촌이 말씀하신 다른 반론들은 맞지 않는다고 생각해요. 리디아에게 나서 줄 만한 남자 형제가 있는 것도 아니고, 아버지가 평소에 집안에 무슨 일이 일어나든 신경 쓰지 않는 걸로 봐서 이런 일이 일어나도 다른 아버지들처럼 적극적으로 나서지 않을 거라고 생각했는지도 모르죠."

"그럼 리디아가 모든 걸 버리고 결혼도 안 한 상태로 그 사람하고 함께 살기로 작정할 만큼 그 남자를 사랑한다고 생각하는 거냐?"

"이런 문제에서 제 동생의 도덕성과 정조 관념을 의심해야 한다는 게 정말 가슴 아픈 일이에요."

엘리자베스는 눈물을 글썽거리면서 대답했다.

"하지만 정말 무슨 말씀을 드려야 할지 모르겠어요. 어쩌면 제가 리디아를 잘못 판단하고 있는 건지도 모르죠. 하지만 리디아는 너무 어려요. 이런 중대한 문제를 어떻게 생각해야 하는지 아직 배우지 못했어요. 지난 반년 동안, 아니 열두 달 동안 리디아는 재미와 허영밖에 배운 게 없어요. 가치 없고 하찮은 일에 시간을 낭비하고 자기 멋대로 행동했어요. 메리턴에 군부대가 주둔한 이후로는 머릿속에 장교들과 연애니 사랑이니 하는 것들만 가득 차 있었어요. 오로지 그런 일만 생각하고 말하는 데 열을 올리다 보니, 뭐랄까, 그러니까 타고난 발랄한 성격이 애정 문제에 더 민감해진 거죠. 위컴이 여자들의 혼을 쏙 빼놓을 만큼 인물이나 말솜씨가 매력적이라는 건 모두가 인정하는 사실이잖아요."

"하지만 제인은 위컴이 그런 짓을 할 만큼 나쁜 사람은 아니라고 하더구나."

"언니가 나쁘게 생각하는 사람이 어디 있겠어요? 과거에 어떤 짓을 했건 그 사람의 소행이 확실히 드러나기 전까지는 누구도 의심하지 않는 게 언니 성격이잖아요. 하지만 언니도 위컴이 실제로 어떤 사람인지 저만큼 잘 알고 있어요. 우리 둘 다 그 남자가 말 그대로 바람둥이고 불성실하고 몰염치하고 게다가 남의 환심을 사기 위해서 거짓말과 속임수를 일삼는 사람이라는 걸 이미 알고 있었어요."

"그런 사실을 정말 알고 있었다는 거냐?"

가디너 부인은 그런 사실을 알게 된 경위가 궁금하다는 표정으로 큰 소리로 말했다.

엘리자베스는 얼굴을 붉히며 대답했다.

"네, 제가 다아시 씨의 파렴치한 행동에 관해 말씀드린 적 있었죠? 그리고 지난번에 롱번에서 외숙모도 위컴이 다아시 씨에 대해 어떻게 말하는지 들으셨죠? 자기한테 끝까지 관대하게 대해 준 사람을 사정없이 깎아내리는 걸 들으셨잖아요. 지금 말씀드릴 수는 없지만 다른 일도 있어요. 그건 정말 언급할 만한 가치도 없는 일이에요. 펨벌리 가문에 대해 그 사람이 늘어놓는 거짓말은 일일이 열거할 수 없을 정도예요. 저는 그 사람이 다아시 양에 대해 하는 말만 믿고, 거만하고, 무뚝뚝하고, 기분 나쁜 아가씨를 만나게 될 거라고 생각하고 있었어요. 하지만 그 사람은 다아시 양이 자신의 말과는 정반대라는 걸 알면서도 그런 말을 했던 거예요. 우리가 본 것처럼 다아시 양이 상냥하고 순진한 아가씨라는 걸 그 사람이 모를 리가 없잖아요."

"그런데 어째서 리디아는 그런 사실을 전혀 모르고 있었다는 거냐? 너하고 제인이 그렇게 잘 알고 있는 사실을 어떻게 리디아는 까맣게 모를 수가 있지?"

"그게 제가 가장 잘못한 일이에요. 켄트에서 다아시 씨와 그분의 사촌인 피츠윌리엄 대령을 알게 되기 전까지는 저도 그런 사실을 전혀 몰랐어요. 집에 돌아오니까 2주일 내로 군대가 메리턴을 떠난다고 하더군요. 그래서 저나 언니나 일부러 그런 사실을 알릴 필요는 없다고 생각했어요. 이웃 사람들이 모두 그 사람에 대해 좋게 생각하고 있는데 굳이 그런 생각을 뒤집어 봐야 좋을 게 없을 것 같았거든요. 리디아가 포스터 대령 부인과 함께 가기로 했을 때도 그 사람의 본모습을 리디아에게 알려 줘야 한다는 생각을 못했어요. 그 애가 그런 속임수에 넘어갈 거라고는 생각지 못했던 거죠. 외숙모는 절 믿어 주시겠지만, 이런 결과가 생길 거라고는 정말 꿈에도 생각지 못했어요."

"그러니까 군부대가 브라이턴으로 떠날 때만 해도 두 사람이 서로 좋아하고 있다고 생각할 만한 근거가 없었다는 거로구나."

"네, 전혀 그럴 만한 낌새가 없었어요. 두 사람이 좋아하고 있다고 느낄 만한 게 아무것도 없었어요. 그런 눈치를 챘다면 우리 가족이 그냥 넘겨 버렸을 리가 없잖아요. 처음 위컴이 군부대에 입대했을 때 리디아가 흠모했던 건 사실이에요. 하지만 그때는 우리 모두 그랬거든요. 메리턴 근방에 사는 여자들은 처음 두 달 동안 그 남자에게 정신이 쏙 빠져 있었죠. 위컴에 대한 리디아의 마음도 식어 버렸다고 생각했어요. 리디아는 자기한테 더 관심을 보이는 다른 부대의 남자들을 좋아했어요."

같은 얘기를 아무리 반복해도 리디아에 대한 걱정과 희망의 새로운 실마리가 나올 리 없었지만, 그들은 여행하는 내내 다른 화제에 관해서는 한마디도 이야기를 나눌 수가 없었다. 엘리자베스의 머릿속에서는 그 일이 떠나지 않았다. 심한 고통과 자책에 사로잡혀서 엘리자베스는 한순간도 마음을 편하게 먹을 수 없었고 이 문제를 잊어버릴 수 없었다. 그들은 최대한 빠른 속도로 달려서, 마차 안에서 하룻밤을 지내고 다음 날 저녁 식사 무렵에 롱본에 도착했다. 제인을 너무 오래 기다리게 해서 기진맥진하게 만들지 않은 게 그나마 엘리자베스에게는 위안이 되었다.

집 앞 층계에서 마차가 목장으로 들어오는 모습을 정신없이 지켜보고 있던 가디너 씨의 아이들은 마차가 문 앞에 도착하자 기쁘고 반가운 마음에 얼굴이 환해지며 깡충깡충 뛰며 온몸으로 반가움을 표시하며 그들을 환영했다.

엘리자베스는 마차에서 뛰어내려 아이들 한 명 한 명에게 입을 맞춰 주고 급히 현관으로 달려 들어갔다. 제인은 어머니의 방에서 나와 계단을 뛰어 내려와 엘리자베스를 맞았다.

두 자매는 눈물이 가득 고인 눈으로 서로 애틋하게 포옹을 나누었고, 엘리자베스는 도망간 두 사람에 관해 새로운 소식이 없는지 물었다.

"아직 아무 소식이 없어. 이제 외삼촌이 오셨으니까 다 잘될 거라고 믿고 싶어."

"아버지는 런던에 계신 거야?"

"응, 편지에 쓴 대로 화요일에 런던에 가셨어."

"아버지한테서는 자주 소식이 오는 거야?"

"아니, 한 번밖에 못 받았어. 수요일에 몇 자 적어 보내시긴 했는데, 무사히 그곳에 도착했다면서 그곳 주소를 보내 주신 게 전부야. 내가 아버지 계신 곳의 주소를 알려 달라고 부탁했거든. 그리곤 특별히 전할 만한 소식이 있기 전에는 편지하지 않으시겠다고 했어."

"어머니는? 어머니는 어떠셔?"

"그런대로 잘 견디고 계셔. 큰 충격을 받으시긴 했지만. 지금 2층에 계셔. 너를 보면 무척 반가워하실 거야. 아직 방에서 나오시지는 못해. 다행히도 메리와 키티는 괜찮아."

"언니는 어때? 얼굴이 창백해. 너무 힘들었지?"

제인은 건강하다고 동생을 안심시켰다. 가디너 씨 부부가 아이들을 돌보고 있는 동안 이어지던 두 사람의 대화는 사람들이 다가오자 중단되었다. 제인은 외삼촌과 숙모에게 달려가 웃음과 눈물을 섞어 가며 고마움을 표현했다.

모두들 거실로 들어서자 가디너 씨 부부는 엘리자베스에게 했던 질문을 다시 제인에게 되풀이했다. 그러나 역시 새로운 소식은 없었다. 제인은 여전히 위컴에 대해 관대한 생각을 버리지 않고 낙관적인 기대를 하고 있었다. 그녀는 모든 일이 결국에는 잘 끝날 거라고 믿었다. 매일 아침 리디아나 아버지에게서 현재 처한 상황이나 결혼을 알리는 편지가 올 거라고 기다렸다.

잠시 대화를 나누고 베넷 부인의 방으로 들어서자 예상했던 대로 어머니는 눈물과 한탄을 쏟아 내며 위컴의 악랄한 행동을 비난하고 자신이 얼마나 고통스럽고 힘든지 불평을 늘어놓았다. 그리고 정작 딸을 제멋대로 행동하도록 기른 장본인인 자신은 빼놓고 다른 사람들의 잘못만 비난했다.

"내가 말했던 것처럼 우리 가족이 모두 브라이턴으로 갔더라면 이런 불상사는 일어나지 않았을 거야. 불쌍한 리디아를 챙겨 줄 사람이 아무도 없었어. 포스터 부부는 그 애를 왜 그냥 가게 내버려 두었을까? 두 사람이 리디아한테 소홀했던 게 틀림없어. 누군가 잘 돌봐 주었다면 리디아는 절대 그런 짓을 할 아이가 아니야. 난 그 사람들이 리디아를 맡길 만한 사람들이 아니라고 생각했었는데. 늘 그랬던 것처럼 내 말은 뒷전으로 밀리고 말았어. 가엾은 내 새끼! 애아버지가 그 작자를 찾으러 나가셨으니 만나기라도 하면 결투가 벌어질 게 뻔하고 그러다가 돌아가시기라도 하는 날엔 우리는 어떻게 되는 거니? 그 양반이 무덤에서 몸이 싸늘하게 식기도 전에 콜린스 내외가 우리를 집에서 쫓아낼 거다. 동생네마저 우리를 모른 체하면 우린 정말 갈 곳이 없어."

모두들 베넷 부인에게 그런 끔찍한 말은 하지 말라고 입을 모았다. 가디너 씨는 베넷 부인과 가족에 대한 애정을 확인시켜 주면서 다음 날 런던으로 가서 베넷 씨를 도와 리디아를 구하는 일에 모든 노력을 다해 보겠노라고 말했다.

"너무 지나치게 걱정하지 마세요. 최악의 사태에 대비하는 건 좋지만 그런 상황이 닥칠 거라고 미리 단정할 필요는 없어요. 두 사람이 브라이턴을 떠난 지 아직 일주일도 안 됐잖아요. 며칠 더 기다려 보면 소식이 있을 겁니다. 두 사람이 결혼하지 않았고, 결혼할 생각이 없다는 걸 확인하기 전까지는 너무 부정적으로 생각하지 않는 게 좋을 것 같아요. 런던에 도착하면 곧바로 매형을 찾아가서 그레이스처치가에 있는 집으로 모시고 갈 생각이에요. 거기서 어떤 조치를 취할 건지 같이 의논해 볼게요."

"그래, 내가 바라던 게 바로 그거야. 런던에 도착하거든 두 사람이 어디에 있든지 꼭 찾아내렴. 아직 결혼을 하지 않았으면 꼭 결혼을 시켜야 해. 결혼 예복 때문에 기다리게 하지 말고 리디아에게 결혼한 다음에 옷 살 돈은 얼마든지 주겠다고 해라. 그리고 무엇보다 매형이 싸우지 않도록 말려야 한다. 내가 지금 얼마나 힘든 상태에 있는지 얘기해 줘. 내가 너무 놀라서 제정신이 아니라고, 온몸이 떨리고 옆구리가 결리고 머리도 아프고 가슴이 마구 뛰어서 낮이고 밤이고 편히 쉴 수가 없다고 말이야. 리디아한테는 나를 만나기 전에는 옷을 주문하지 말라고 전해 줘. 그 애는 어느 옷가게가 좋은지 모르니까 말이다. 네가 있어서 얼마나 다행인지 모르겠다. 네가 다 잘 해결해 줄 거라고 믿는다."

가디너 씨는 최선을 다하겠다고 다시 다짐하면서도 걱정이나 기대를 지나치게 하지 말라고 설득했다. 저녁 식사가 식탁위에 차려질 때까지 이런 얘기를 나누다가 베넷 부인을 방에남겨 두고 나왔다. 그녀는 딸이 없을 때에는 가정부에게 자신의 감정을 온통 다 쏟아붓고 있었다.

가디너 씨 부부는 베넷 부인이 가족들과 격리되어 있을 필요는 없다고 생각했지만 굳이 반대하려고 하지도 않았다. 하인들이 식사 시중을 들고 있는 동안 베넷 부인이 말을 가려서 할 만큼 진중한 성격이 못 된다는 걸 알고 있기도 했고, 믿을 만한 가정부가 그녀의 걱정과 불평을 받아 주는 게 낫다고 판단했다.

각자 방에서 자기 볼일로 바쁘던 메리와 키티가 식당에 모습을 나타냈다. 메리는 책을 읽다가 왔고 키티는 화장을 하던 중이었다. 둘 다 얼굴 표정은 침착해 보였다. 좋아하던 동생이 사라진 것이 걱정스러워서인지, 이런 일이 생긴 게 화가 나서인지 키티의 말투가 평소보다 짜증스러운 것 이외에는 달라진 구석이 하나도 없었다. 메리는 사람들이 모두 식탁에 앉자 어른스러운 태도로 진지한 표정을 지으며 엘리자베스에게 속삭였다.

"이건 정말 불행한 일이고 들려오는 말들이 많을 거야. 하지만 우리는 여기서 악의의 물결을 가로막고 자매로서 상처받은 서로의 가슴에 위로의 향유를 부어 넣어야 해."

그녀는 이렇게 말하고 나서 엘리자베스가 아무런 대꾸도 하지 않자 덧붙였다.

"이 일은 리디아에게는 불행한 사건이 틀림없지만, 우리는 이 사건에서 유용한 교훈을 도출해 내야 해. 여성에게 있어서 정조의 상실은 회복할 수 없다는 것과 한 번 잘못 발을 들여놓으면 영원히 파멸에 빠질 수밖에 없다는 것, 그리고 여성의 평판은 아름다움만큼이나 부서지기 쉽다는 것, 그럴 만한 가치가 없는 남성에 대해서 행동을 조심하는 건 절대적으로 필요한 덕목이라는 것 말이야."

엘리자베스는 어이가 없어서 눈을 크게 치켜떴지만 그녀에게 대꾸할 기운조차 없었다. 그러나 메리는 사람들 앞에서 이 사건으로부터 도덕적인 교훈을 이끌어 내는 것으로 자기만족을 삼는 것처럼 보였다.

오후에 베넷가의 맏딸과 둘째 딸은 30분 정도 두 사람만의 시간을 가질 수 있었다. 엘리자베스는 이 시간에 여러 가지 궁금했던 질문을 할 수 있었고 제인은 열심히 대답해 주었다. 두 사람은 이 일이 가져올 두려운 결과에 대해 탄식을 늘어놓았다. 엘리자베스는 그런 결과를 거의 확신하고 있었고, 제인 역시 절대 그럴 리가 없다고 부정하지는 못했다. 엘리자베스는 이런 말로 화제를 이어 나갔다.

"내가 아직 듣지 못한 얘기를 빠짐없이 들려줘야 해. 더 자세히 말해 봐. 포스터 대령이 뭐라고 말했어? 두 사람이 도망가기 전에 전혀 그런 낌새를 눈치채지 못했대? 두 사람이 항상 같이 있는 걸 봤을 거 아냐."

"포스터 대령은 리디아가 특히 위컴을 좋아하는 게 아닌지 의심하기는 했지만 특별히 걱정할 만한 일은 없었대. 그분도 참 안됐어. 정말 친절하고 배려심이 깊은 분인데 말이야. 두 사람이 스코틀랜드로 가지 않았다는 생각이 들기도 전에 우리한테 함께 걱정하고 있다는 걸 알려 주기 위해 우리 집까지 오셨어. 두 사람의 일이 점점 커지는 것 같으니까 서둘러서 떠나신 거야."

"데니 씨가 위컴은 절대 결혼하지 않을 거라고 말했다면서. 둘이 도망칠 계획이라는 걸 알고 있었대? 포스터 대령이 직접 데니 씨를 만난 거야?"

"응, 만났대. 그런데 직접 물어보니까 두 사람의 계획에 대해서 아무것도 모른다고 하면서 진짜 속마음은 얘기하지 않더래. 두 사람이 결혼하지 않을 거라는 말을 반복하지는 않더라는 거야. 그런 걸로 봐서 난 그 사람이 잘못 알았을지도 모른다고 생각해."

"그럼 포스터 대령이 직접 우리 집에 오기 전까지는 아무도 두 사람이 진짜 결혼할 거라는 걸 조금도 의심하지 않았다는 거야?"

"어떻게 그런 생각이 머릿속에 떠오를 수 있겠니? 내 동생이 그런 남자와 결혼해서 행복할 수 있을까 걱정되고 두렵긴 했어. 위컴 씨가 항상 옳은 행동을 하지는 않았다는 걸 알고 있었으니까. 아버지 어머니는 그 사실을 전혀 모르셨잖아. 그냥 이 결혼이 너무 경솔한 일이라고만 생각하셨지. 키티는 자기가 다른 식구들보다 더 많이 알고 있다는 게 자랑스럽기라도 한 것 같더구나. 리디아가 마지막으로 쓴 편지를 보고 이런 일이 일어날 걸 예상했다고 말했어. 두 사람이 이미 몇 주 전부터 서로 좋아하고 있는 걸 알았던 것 같아."

"두 사람이 브라이턴으로 가기 전에는 몰랐겠지?"

"그래, 그랬을 거야."

"포스터 대령도 위컴을 나쁘게 생각하는 것 같았어? 위컴이 진짜 어떤 사람인지 알고 계셔?"

"솔직히 전처럼 위컴 씨를 좋게 말씀하시지는 않았어. 방탕하고 낭비벽이 심하다고 했어. 이런 엄청난 사건이 일어난 후에 위컴 씨가 메리턴을 떠날 때 큰 빚이 남아 있었다는 말이 들려왔어. 난 이 말은 사실이 아니길 바라고 있어."

"언니, 우리가 알고 있는 얘기를 감추지 않고 얘기했더라면 이런 일은 일어나지 않았겠지?"

"그랬더라면 좋았겠지. 하지만 그때는 누구의 일이든 그 사람이 현재 어떤 마음인지 모르면서 지난 잘못을 폭로하는 건 부당한 일이라고 생각했어. 우린 좋은 마음으로 그렇게 한 거잖아."

"포스터 대령이 리디아가 부인에게 남겼다던 쪽지 내용을 자세히 말해 주셨어?"

"응, 직접 가져와서 우리에게 보여 주셨어."

제인은 지갑에서 편지를 꺼내 엘리자베스에게 건네주었다.

해리엇 언니께

제가 어디로 가는지 아시면 분명 웃으실 거예요. 내일 아침 제가 없어진 걸 알고 놀라실 걸 생각하면 저도 웃음을 참을 수 없네요. 저는 그레트나그린으로 갈 거예요. 제가 누구하고 가는지 맞추지 못하신다면 전 언니를 바보라고 생각할 거예요. 제가 이 세상에서 사랑하는 사람은 천사 같은 그 남자 한 사람뿐이니까요. 저는 그 사람이 없으면 절대로 행복할 수 없어요. 그래서 함께 떠나는 걸 잘못이라고 생각하지 않아요. 원하지 않으시면 제가 떠났다는 걸 롱본에 알리지 않으셔도 상관없어요. '리디아 위컴'이라고 서명한 편지를 보내면 가족들이 더 깜짝 놀랄 테니까요. 얼마나 재미있어 할까요? 웃음이 나와서 더 쓸 수가 없네요. 프랫에게는 내일 밤 함께 춤추기로 한 약속을 못 지키게 돼서 미안하다고 전해 주세요. 사정을 모두 알고 나면 이해해 줄 거라고 믿어요. 다음에 무도회에서 만나면 기꺼이 함께 춤을 추겠다고 전해 주세요. 롱본에 도착하면 옷을 가지러 사람을 보내겠어요. 짐을 챙기기 전에 샐리에게 수놓은 제 모슬린 드레스의 터진 곳을 수선해 달라고 해 주세요. 안녕히 계세요. 포스터 대령님께도 안부 전해 주시고요. 저희들의 행복한 여행을 위해 축배를 들어 주세요.

리디아 베넷 올림

"어쩜 이렇게 철이 없을까. 정말 한심해!"

엘리자베스는 편지를 다 읽고 나서 소리쳤다.

"그런 상황에서 어떻게 이런 편지를 쓸 수가 있지? 그래도 자기들이 떠나는 문제를 진지하게 생각한 것 같기는 하네. 나중에 위컴이 어떻게 설득했는지는 모르지만 리디아가 그런 몰상식한 짓을 꾸민 건 아니었어. 아버지는 얼마나 속이 상하셨을까?"

"말도 못하게 큰 충격을 받으셨어. 10분 동안이나 아무 말씀도 못하시더구나. 어머니는 당장 몸져누우셨고. 온 집안이 완전히 난장판이었단다."

"그런데 그날 하루 동안 이 사실을 알았던 하인이 한 사람도 없었을까?"

"모르겠어. 있었을지도 모르지. 그 와중에 그런 일까지 신경 쓸 여유가 있었어야지. 어머니는 히스테리를 일으키고 난 어떻게든 진정시키려고 했지만 마음처럼 되지 않았어. 더 잘할 수도 있었을 텐데. 어떤 일이 벌어질지 너무 겁이 나서 기운이 다 빠져 버렸어."

"어머니를 보살피는 일은 언니에게 너무 벅찼을 거야. 언니 지금 너무 힘들어 보여. 이제 내가 옆에 있으니까 걱정하지 마. 그동안 언니 혼자 모든 걱정과 짐을 떠맡았으니 얼마나 힘들었겠어."

"메리하고 키티가 마음을 많이 써 주었단다. 힘든 일은 같이 거들어 주려고 했어. 하지만 그 애들한테 그런 일을 시키는 건 내가 내키지 않더구나. 키티는 너무 가냘프고 몸도 약하잖니? 메리는 어찌나 공부를 열심히 하는지 쉬는 시간을 빼앗기가 미안했어. 아버지가 떠나신 후 화요일에 필립스 이모가 오셔서 목요일까지 같이 있어 주셨어. 이모가 우리들한테 큰 힘이 되어 주셨단다. 루카스 부인께서도 신경을 써 주셨어. 수요일 아침에 우리 집까지 걸어오셔서 위로해 주셨단다. 그리고 필요하다면 자기 딸들에게도 우리를 돕게 하겠다고 말씀하셨어."

"그냥 집에 계시는 편이 좋았을 텐데."

엘리자베스가 큰 소리로 말했다.

"물론 좋은 뜻으로 하신 일이겠지만, 이런 불상사가 생겼을 때는 이웃 사람들을 만나지 않는 게 상책이야. 그럴 때 도움을 받는다는 건 불가능한 일이야. 위로해 주는 말도 참기 힘들고. 그냥 멀리 떨어진 곳에서 우리를 보며 승리감이나 즐기면 되는 거 아닌가."

엘리자베스는 이렇게 말하고 나서 아버지가 런던에 계시는 동안 어떤 방법으로 리디아를 찾으려고 하시는지 물었다.

"내가 보기엔 두 사람이 마지막으로 마차를 바꿔 탄 엡섬에 가서 마부들을 만나 보고 그 사람들에게 뭔가 알아내실 작정인 것 같았어. 클래펌에서 두 사람을 태웠던 마차의 번호를 알아내려는 거겠지. 런던에서 온 손님을 태운 마차래. 젊은 남녀가 마차를 갈아타는 모습이 분명히 사람들 눈에 띄었을 거라고 생각하신 거야. 클래펌에서 수소문해 볼 작정이셨던 것 같아. 마부가 어느 집에 손님을 내려 주었는지 알아내면 그 집에 가서 마차의 차고와 번호를 알아낼 수 있을 거라고 생각하신 거야. 다른 계획이 있는 건지는 나도 모르겠어. 아버지가 너무 급히 떠나신 데다 경황이 없으셔서 이것만 알아내는 데도 여간 힘든 게 아니었어."

6

이튿날 아침, 온 식구가 베넷 씨에게서 편지가 오기를 기다렸지만, 우체부는 단 한 통의 편지도 전해 주지 않았다. 베넷 씨가 평소에 편지를 잘 쓰지 않는 사람이라는 걸 식구들도 알고 있었지만, 이런 상황에서 그만한 노력은 해 줄 거라고 기대했다. 전해 줄 만한 좋은 소식이 없는 거라고 생각했지만 가족들은 그런 얘기라도 전해 주길 바라는 심정이었다. 가디너 씨도 편지가 오기만 기다리다가 출발했다.

가디너 씨가 떠나자 가족들은 이제 적어도 일이 어떻게 되어 가는지 소식은 계속 전해 들을 수 있을 거라고 기대했다. 그는 베넷 씨를 설득해서 될 수 있는 대로 속히 롱본으로 돌려보내겠노라고 누이를 안심시켰다. 베넷 부인은 그것만이 남편이 결투를 벌여 죽음을 당하지 않는 유일한 길이라고 생각하고 있었다.

가디너 부인과 아이들은 며칠 더 하트퍼드셔에 머물기로 했다. 부인이 여기 있어 주는 게 조카들에게 힘이 될 거라고 생각해서였다. 부인은 조카들과 돌아가면서 베넷 부인을 돌봐 주었고, 틈이 날 때마다 그들을 위로해 주었다. 필립스 이모도 자주 방문했지만, 조카들의 마음을 위로하고 격려하러 왔다면서 올 때마다 위컴의 낭비벽이나 방탕한 행동의 새로운 사례를 들려주는 바람에 가족들을 더 우울하게 만들었다.

석 달 전만 해도 빛의 천사나 다름없었던 위컴을 헐뜯는 데메리턴 전체가 혈안이 된 것 같았다. 메리턴에서 위컴이 빚을 지지 않은 상인이 없고, 그의 흉계가 모든 상인들의 가족에게 손길을 뻗쳤다고 했다. 모두들 위컴을 세상에서 가장 악랄한 인간이라며 입을 모았고, 처음부터 겉으로 보이는 선량한 모습을 믿지 않았다고 말했다. 엘리자베스는 사람들의 말을 절반은 믿지 않았지만 동생의 앞날을 망쳤다는 생각이 더 굳어졌다. 아직도 그런 말을 믿기 힘들어하는 제인마저 거의 절망적인 기분에 빠졌다.

두 사람이 스코틀랜드로 갔다면 분명히 그들에게서 소식이 왔을 시기가 되자 절망감은 더욱 깊어졌다. 그런데도 제인은 아직도 두 사람이 스코틀랜드로 갔을 거라는 희망을 완전히 버리지 못하고 있었다. 가디너 씨는 일요일에 롱본을 떠났고, 화요일에 가디너 부인은 남편에게서 편지를 받았다. 그는 런던에 도착하는 즉시 베넷 씨를 찾아가서 그를 설득해 그레이스처치 가로 데리고 왔으며, 베넷 씨가 런던에 도착하기 전에 엡섬과 클래펌에 갔었지만 만족할 만한 정보를 얻지 못했고, 두 사람이 런던에서 살 곳을 정하기 전에 호텔에 묵었을 수도 있으니 런던의 주요한 호텔들을 모두 수소문해 볼 작정이며, 자신은 이런 방법이 성과가 있을 거라고 기대하지는 않지만 매형이 적극적으로 주장하기 때문에 그를 도와 호텔을 찾아볼 생각이라고 했다. 그리고 베넷 씨가 현재로서는 런던을 떠날 마음이 전혀 없는 것 같다면서 곧 편지를 다시 보내겠다고 약속했다. 이런 추신도 있었다.

포스터 대령에게 가능하면 부대에서 위컴과 친분이 있었던 사람 중에 위컴이 지금 숨어 있는 곳을 알 만한 사람이 있는지 알아봐 달라는 편지를 보냈소. 그런 단서를 제공할 만한 사람이 나타난다면 중요한 수확이 될 것 같소. 현재로서는 어떻게 해야 할지 갈피를 잡을 수가 없구려. 포스터 대령은 분명히 이쪽에서 힘이 닿는 대로 우리를 도와줄 거라고 믿고 있소. 그리고 리지가 혹시 위컴의 친척 중에서 생존해 있는 사람들을 알고 있을지도 모른다는 생각이 드는구려.

엘리자베스는 삼촌이 어떤 근거로 이런 추측을 하는지 알고 있어서 당황스럽지는 않았지만, 삼촌이 기대하는 것처럼 만족할 만한 정보를 제공할 수는 없었다. 위컴에게 이미 돌아가신 지 몇 년이 지난 부모 이외에 다른 친척이 있다는 말은 듣지 못했다. 그러나 부대에 있는 위컴의 동료라면 더 많은 정보를 줄 수도 있을 것 같았다. 이런 방법에 큰 희망을 품는 건 아니었지만 지푸라기라도 잡는 심정으로 기대할 수밖에 없었다. 롱본의 하루하루가 근심 걱정 속에 지나갔다. 그중에서도 가장 초조한 순간은 매일 아침 우체부가 오는 시간이었다. 편지가 도착하기를 조바심 내며 기다리는 게 가족들의 아침 일과였다. 좋은 소식이든 나쁜 소식이든 모든 소식이 편지에 의해 전해졌다. 하루하루가 중요한 소식이 이제나 저제나 도착할까 목이 빠지게 기다리는 긴장의 연속이었다.

가디너 씨에게서 다시 편지가 오기 전에 베넷 씨의 소식이 전혀 예상하지 못했던 콜린스를 통해 전해졌다. 제인은 아버지가 안 계실 때 그의 편지를 뜯어 보라는 지시를 받았기 때문에 편지를 뜯어서 읽어 보았다. 엘리자베스도 콜린스의 편지가 그야말로 걸작이라는 걸 알고 있었기 때문에 제인의 어깨너머로 같이 편지를 읽었다.

존경하는 아저씨께

어제서야 하트퍼드셔에서 온 편지를 보고 현재 처하신 어려운 상황에 위로의 말씀을 드리는 것이 친분과 도리상 마땅한 일이라고 생각되어 붓을 들게 되었습니다. 저와 제 처는 쓰라린 고통을 겪고 계시는 아저씨와 존경하는 가족분들에게 깊은 동정을 표합니다. 그 고통은 시간이 지나도 없어지지 않는 원인에서 비롯된 것인 만큼 무엇보다 큰 아픔이라고 사료됩니다. 그런 불행을 조금이라도 덜어 드릴 수만 있다면, 부모로서 무엇보다 가장 가슴 아픈 일을 당하신 분에게 위로가 될 수만 있다면, 저로서는 어떤 말씀도 아끼지 않을 것입니다. 그 아픔은 차라리 따님이 죽는 것이 나을 만큼 혹독한 것이겠지요.

샬럿의 말에 따르면 따님의 방종한 행실은 너무 너그럽게 방임해서 교육한 탓이라고 하니 더더욱 통탄스러운 일이 아닐 수 없습니다. 아저씨 내외분께 위안이 될지 모르겠지만, 저로서는 따님의 타고난 성품이 본디 나쁘기 때문에 그런 일이 생긴 거라고 생각하고 싶습니다. 그렇지 않고서야 어떻게 그렇게 어린 나이에 그런 엄청난 일을 저지를 수 있겠습니까? 원인이야 어떻든 아저씨는 심심한 동정을 받으셔야 마땅하신 분이라는 생각에 저뿐 아니라 제 처와, 제가 그 일에 관해 말씀드린 캐서린 영부인과 그 따님도 동의하는 바입니다. 그분들은 딸 한 사람의 그릇된 행실이 다른 모든 따님의 운명에도 해가 될 거라는 제 염려에 동의를 표하셨습니다. 캐서린 영부인께서도 누가 그런 집과 인연을 맺으려고 하겠느냐고 말씀하셨습니다. 이런 생각과 더불어 작년 11월에 있었던 일을 돌이켜 보면서 무척 다행스럽다는 생각을 하게 되었습니다. 그때 제가 엘리자베스 양과 결혼했더라면 지금 겪고 계신 슬픔과 치욕을 같이 겪을 수밖에 없었을 테니까요. 저는 자격이 없는 딸에게서 아버지의 애정을 영원히 거둬 버리시고 자기가 뿌린 가증스러운 죄악의 열매를 스스로 거두게 내버려 두시고 가능한 한 자신을 위로하시라고 조언드리고 싶습니다.

가디너 씨는 포스터 대령에게서 답장이 온 후에 다시 편지를 보냈지만 기쁜 소식은 아무것도 들어 있지 않았다. 위컴이 계속 친분을 이어 온 친척을 단 한 명도 알아내지 못했고, 가까운 친척 중에 생존한 사람이 한 명도 없다고 했다. 이전에 알고 지내던 사람은 많았지만 입대한 이후로는 그들과 특별한 관계를 유지하지 않았던 것 같았다. 위컴에 관한 소식을 전해 줄 사람이 단 한 명도 없었다. 거의 파산 지경에 이른 그의 재정 상태도 리디아의 친척들에게 들키지 않으려는 의도와 더불어 위컴이 잠적한 중요한 동기 중 하나였다. 알고 보니 위컴은 엄청난 액수의 노름빚을 남기고 떠났다는 것이었다. 포스터 대령은 브라이턴에서 위컴이 진 빚을 청산하려면 1,000파운드가 넘는 돈이 필요할 거라고 했다. 런던에서 진 빚도 상당했지만, 신용으로

진 노름빛은 그보다 훨씬 엄청난 액수일 거라고 했다. 가디너 씨는 이런 자세한 내용을 롱본 사람들에게 굳이 숨기려고 하지 않았다. 제인은 이 사실을 듣고는 소름이 끼칠 정도로 충격을 받았다.

"위컴이 도박꾼이었단 말이야? 말도 안 돼. 그 정도라고까지는 생각하지 못했어."

가디너 씨는 매형이 다음 날인 토요일에 집으로 돌아갈 거라고 덧붙였다. 모든 노력이 허사로 돌아가자 실망한 베넷 씨는 두 사람을 추적하는 데 도움이 될 만한 일은 자신에게 맡기고 가족에게 돌아가라는 처남의 간곡한 뜻에 따르기로 했다. 이 소식을 들은 베넷 부인은 이전에 남편의 생명의 안전을 걱정하던 것에 비하면 제인 자매가 기대했던 것만큼 반가운 기색을 보이지 않았다.

"그게 무슨 말이니? 가엾은 리디아도 데려오지 않으면서 그냥 집에 돌아오신다는 거냐? 아니, 두 사람을 찾아내기 전까지는 절대 런던을 떠나지 않으실 거야. 그 양반이 집에 돌아와 버리면 누가 위컴과 결투를 해서 리디아와 결혼하게 한다는 거냐?"

가디너 부인이 집으로 돌아가기를 원했기 때문에 베넷 씨가 런던을 떠나는 바로 그 시간에 아이들과 함께 런던으로 출발하기로 했다. 마차가 그들을 첫 번째 역까지 데려다 주고, 주인을 태워서 롱본으로 돌아왔다.

가디너 부인은 더비셔에서부터 궁금하게 여겼던 엘리자베스와 다아시의 관계에 대해 여전히 의혹을 풀지 못한 채로 떠났다. 엘리자베스가 먼저 그의 이름을 입에 올리지 않았고, 그들이 롱본으로 돌아오면 다아시에게서 편지가 올지도 모른다는 막연한 기대도 실망으로 끝나 버렸다. 엘리자베스가 집으로 돌아온 이후로 펨벌리에서는 편지 한 통 날아오지 않았다.

침통한 집안 분위기 속에서 엘리자베스의 기분이 침체되어 있는 건 당연한 일이었다. 그녀의 우울한 기분을 설명할 다른 구실은 필요하지 않았다. 너무 의기소침한 상태라 자신의 뒤엉킨 감정의 실마리를 잡을 수가 없었다. 그러나 다아시에 대한 감정은 어느 정도 윤곽이 잡히는 것 같았다. 다아시 때문에 자신이 리디아의 일을 더 견딜 수 없을 만큼 수치스럽게 느낀다는 걸 깨달았다. 다아시가 아니라면 고민하면서 불면으로 밤을 지새우는 날들이 반으로 줄어들 것 같았다.

베넷 씨가 집으로 돌아왔다. 그는 겉으로는 평소의 철학자다운 차분한 태도를 잃지 않고 있었다. 말수가 적은 것도 보통 때와 다름없었고, 런던에 갔던 일에 대해서 한마디도 말하지 않았다. 꽤 시간이 지나고 나서야 베넷가의 딸들은 용기를 내서 그 일에 대해 얘기를 꺼냈다. 오후에 베넷 씨가 함께 차를 마시는 기회를 틈타 엘리자베스가 과감하게 말을 건넸다. 엘리자베스가 아버지가 겪었을 고통에 대해 위로하는 말을 하자 베넷 씨가 대답했다.

"그 얘긴 그만두자. 당연히 내가 받아야 할 고통이야. 다 내가 잘못해서 생긴 일이니 내가 고통당하는 게 마땅한 일이다."

"너무 자책하지 마세요."

엘리자베스의 말에 베넷 씨가 대답했다.

"지나치게 자책하는 것도 경계할 일이긴 하지. 인간의 본성은 자책에 빠지기 쉬우니 말이다. 하지만 리지야, 내 평생 한 번만이라도 내가 얼마나 잘못했는지 절실히 느껴 봐야 할 것 같다. 난 그런 감정에 빠지는 게 두렵지 않아. 그런 감정은 곧 지나가 버릴 테니 말이다."

"아버지는 두 사람이 런던에 있을 거라고 생각하세요?"

"그래, 런던보다 더 숨기 쉬운 곳이 어디 있겠니?"

"리디아는 늘 런던에 가고 싶어 했어요."

키티가 끼어들었다.

"그렇다면 리디아는 행복하겠구나. 거기서 꽤 오랫동안 살 모양이다."

베넷 씨가 무덤덤하게 말했다. 그리고 잠시 침묵을 지키다가 말을 이었다.

"리지야, 지난 5월에 네가 했던 충고가 옳았다는 게 증명됐지만, 그렇다고 네게 유감은 전혀 없다. 이번 일을 겪고 보니 네 생각이 얼마나 깊은지 알 것 같구나."

제인이 어머니의 차를 가지러 들어오는 바람에 두 사람의 대화는 중단되었다.

"시위 한번 거창하게 하시는군."

베넷 씨가 비아냥거리듯 말했다.

"불행을 참 우아하게도 장식하시는구먼. 언젠가 나도 똑같이 한번 해 봐야겠어. 내 서재에 나이트캡을 쓰고 화장용 가운을 입고 앉아서 심통을 부려 봐야겠다. 아니지, 키티가 도망갈 때까지 기다려야 하겠구나."

"전 도망가지 않을 거예요, 아빠. 브라이턴에 가게 되더라도 리디아보다는 얌전하게 행동할 거라고요."

키티가 볼멘소리로 말했다.

"네가 브라이턴에 간다고? 그 근처에 있는 이스트본에 간다고 해도 난 절대 못 보낸다. 50파운드를 준다고 해도 절대 안돼. 이제 아빠는 딸들을 주시해야 한다는 걸 깨달았다. 너도 그 결과가 어떤지 알게 될 거다. 우리 집에 장교는 다시는 발길도 들여놓지 못한다. 우리 동네도 지나가지 못하게 할 거야. 언니들과 같이 가지 않으면 무도회도 절대 금지야. 매일 단 10분 동안이라도 조신하게 지냈다는 걸 증명하지 못하면 집 밖으로 한 발짝도 못 나갈 테니 그런 줄 알아."

키티는 아버지의 위협을 심각하게 받아들이고 훌쩍훌쩍 울기 시작했다.

"울지 말거라. 그렇게 낙심할 것까지는 없다. 앞으로 10년만 착하게 행동하면 열병식에 데리고 가 줄 테니까."

7

베넷 씨가 돌아온 지 이틀 후, 제인과 엘리자베스가 집 뒤에
있는 관목 숲을 산책하고 있을 때 가정부가 그들 쪽으로 오고
있는 게 보였다. 어머니가 불러서 온 거라고 생각하고 기다렸
지만 뜻밖에도 가정부는 제인에게 이렇게 말했다.

"방해해서 죄송합니다만, 런던에서 좋은 소식이 왔을 것 같
아서 실례인 줄 알면서도 여쭤 보려고 왔습니다."

"무슨 말이죠, 힐 부인? 아직 런던에서 아무 소식도 못 받았
는데요."

"아가씨, 가디너 씨에게서 주인어른 앞으로 속달 편지가 왔
는데 모르셨어요? 30분 전에 우체부가 다녀갔어요. 아버님께
온 속달이 있어서 제가 갖다 드렸죠."

두 사람은 나머지 말을 들을 새도 없이 정신없이 뛰어갔다.
현관을 지나서 식당으로, 식당에서 서재로 달려갔지만 베넷 씨

는 보이지 않았다. 어머니와 함께 2층에 계실지도 모른다는 생각이 들어서 계단을 올라가려는 참에 집사를 만났다.

"주인어른을 찾으시나요? 저쪽 숲으로 걸어가고 계십니다."

이 말을 듣자마자 두 자매는 다시 현관을 나서서 잔디밭을 가로질러 아버지를 쫓아갔다. 베넷 씨는 목장 한편에 있는 작은 숲으로 천천히 걸어가고 있었다.

엘리자베스만큼 몸이 가볍지도 않고 많이 달려 본 적도 없는 제인은 곧 뒤로 처졌지만, 엘리자베스는 숨을 헐떡거리며 단숨에 뛰어가 아버지를 만났다. 그리고 숨 가쁘게 외쳤다.

"아버지, 무슨 소식이에요? 외삼촌한테서 방금 편지가 왔다면서요?"

"그래, 속달이 왔더구나."

"뭐라고 쓰셨어요? 좋은 소식이에요? 나쁜 소식이에요?"

"좋은 소식이 뭐가 있겠니?"

베넷 씨는 주머니에서 편지를 꺼내며 말했다.

"그래도 읽어 보고 싶겠지."

엘리자베스는 초조한 마음으로 편지를 받아들었다. 그때 제인이 그들에게 다가왔다.

"소리 내서 읽어 봐라. 나도 무슨 내용인지 잘 이해가 안 가니까."

존경하는 매형께

드디어 조카의 소식을 전해 드릴 수 있게 되었습니다. 매형께서 대체로 만족하실 만한 소식이길 바랍니다. 토요일에 매형이 떠나시고 나서 곧바로 두 사람이 런던의 어느 지역에 있는지 알아냈습니다. 자세한 내용은 두 사람을 만난 후에 말씀드리겠습니다. 두 사람이 있는 곳을 알아낸 것만으로도 다행이라고 생각합니다.

두 사람을 모두 만나 보았습니다.

"내가 바라던 그대로야. 두 사람은 결혼한 거야!"

제인이 밝은 목소리로 말했다.

엘리자베스는 계속 편지를 읽어 내려갔다.

두 사람은 결혼하지 않았고, 그럴 의사가 있는지도 확인하지 못했습니다. 하지만 제가 매형을 대신해서 한 계약을 매형께서 이행할 의사가 있으시다면, 머지않아 두 사람이 결혼식을 올릴 수도 있을 것 같습니다.

매형께서 하실 일은 매형과 누님이 돌아가시면 자녀들에게 물려주기로 한 5,000파운드에 대한 지분을 리디아에게도 증여하겠다고 보증하시는 것입니다. 그리고 매형께서 살아 계시는 동안 매년 100파운드를 리디아에게 주겠다는 약속을 하셔야 합니다. 여러 상황을 고려해서 저는 매형을 대신할 만한 권한이 있다고 판단해서 주저하지 않고 이러한 조건을 수락했습니다. 속히 답장을 보내 주실 수 있도록 속달로 이 편지를 부치겠습니다.

위에서 말씀드린 상황으로 미루어 볼 때 위컴 씨의 형편이 생각하는 것만큼 그렇게 절망적이지는 않다는 걸 알 수 있으실 겁니다. 이런 점은 세상에 잘못 알려진 것 같습니다.

다행스럽게도 위컴 씨의 부채를 다 갚고도 조카의 재산에 보탤 돈이 남을 것 같습니다. 만일 위와 같은 조건에서 제게 매형의 이름으로 일을 처리할 수 있는 권한을 위임해 주신다면, 즉시 해거스턴에게 지시해서 적절한 절차를 밟도록 하겠습니다. 매형께서 다시 런던에 오실 필요는 전혀 없으니, 제 성실성과 책임감을 믿으시고 집에서 조용히 편히 쉬시는 게 좋을 것 같습니다.

가능한 한 속히 답장을 보내 주시기 바랍니다. 편지에 매형의 의사가 정확하게 반영될 수 있도록 유념해 주시기 바랍니다. 저희는 조카가 저희 집에 머물면서 결혼 준비를 하는 게 최선의 방법이라고 판단했습니다. 매형도 이 점에 동의하실 거라고 믿습니다. 리디아는 오늘 저희 집으로 올 겁니다. 추후 결정된 사항이 있으면 곧 다시 편지 올리겠습니다.

이만 총총.

에드워드 가디너 올림

"이 말이 사실일까? 위컴이 정말 리디아와 결혼하는 걸까?"

엘리자베스는 편지를 다 읽고 나자 큰 소리로 말했다.

"그럼 위컴 씨가 생각했던 것만큼 형편없는 사람은 아니란 거지? 아버지, 축하드려요."

제인이 말했다.

"아버지, 답장은 쓰셨어요?"

엘리자베스가 소리쳤다.

"아니, 아직 안 썼다. 빨리 써야지."

엘리자베스는 시간을 끌지 말고 빨리 편지를 쓰라고 아버지를 재촉했다.

"아버지, 얼른 집에 가셔서 답장 쓰세요. 이럴 때는 한 시가 급하다는 거 아시잖아요."

"쓰기 싫으시면 제가 대신 써 드릴게요."

제인이 말했다.

"쓰긴 싫지만 그래도 써야지."

베넷 씨는 딸들과 함께 발길을 집으로 돌렸다.

"여쭤 볼 게 있어요. 그 조건은 들어주셔야 하지 않을까요?"

엘리자베스가 물었다.

"여부가 있겠니? 그렇게 적은 액수를 요구한다는 게 창피할 지경이다."

"그리고 두 사람은 결혼해야 하는 거죠? 그런 위인하고."

"그래, 결혼해야지. 다른 방도가 없질 않니? 그건 그렇고 내가 꼭 알고 싶은 게 두 가지 있다. 하나는 네 외삼촌이 이 결혼을 성사시키기 위해서 돈을 얼마나 썼느냐는 거고, 다른 하나는 내가 외삼촌에게 얼마를 갚아야 하는가 하는 거다."

"돈이라니요, 외삼촌이요? 그게 대체 무슨 말씀이세요?"

제인이 소리쳤다.

"내 말은 제정신이 있는 남자라면, 내가 살아 있는 동안 1년에 고작 100파운드를 받고, 죽은 후엔 5,000파운드를 받는다는 조건으로 리디아와 결혼할 리가 없다는 뜻이다."

"정말 그러네요. 그 말씀을 듣기 전엔 그런 생각은 전혀 못했어요. 위컴의 빚을 다 갚고도 돈이 얼마 정도 남는다니. 외삼촌이 하신 일이 틀림없어요. 정말 마음이 한량없이 넓으신 분이세요. 우리 때문에 쪼들리게 되시는 건 아닌지 모르겠어요. 절대 적은 돈으로 해결될 일이 아니었을 텐데."

"절대 그럴 리가 없지. 1만 파운드에서 단 한 푼이라도 모자라는 돈을 받고 리디아를 데려간다면 위컴이 멍청한 거지. 사위가 될 녀석을 헐뜯는 게 유감이긴 하다만."

"1만 파운드라고요! 말도 안 돼요. 그 돈의 절반이라고 해도
어떻게 갚아요?"

베넷 씨는 아무 대답도 하지 않았다. 그들은 각자 깊은 생각
에 잠겨서 집에 도착할 때까지 침묵을 지켰다. 아버지는 편지
를 쓰기 위해 서재로 갔고, 딸들은 식당으로 들어갔다. 둘만 남
게 되자 엘리자베스가 언성을 높였다.

"정말 결혼을 하게 되는 건가. 이런 일이 어디 있담. 이런 결
혼을 감사하게 생각해야 하다니. 형편없는 남자와 행복할 가능
성이 거의 없는 결혼을 하는데도 어쩔 수 없이 기뻐해야 하는
거냐구."

"난 위컴 씨가 리디아를 진심으로 사랑하지 않는다면 절대로
리디아와 결혼하지 않을 거라고 생각해. 그런 생각을 하면 조
금이나마 위안이 돼. 외삼촌이 위컴 씨의 빚을 갚아 주기 위해
서 돈을 주셨다고 해도 1만 파운드나 되는 돈을 쓰셨다고는 생
각하지 않아. 외삼촌에게도 자식들이 있고, 앞으로 더 생길지도
모르는데 어떻게 1만 파운드의 절반이라도 쓰실 수 있겠어?"

"위컴이 진 빚이 얼마인지 그리고 리디아의 몫에서 그 사람
에게 얼마의 액수가 갔는지 알면 외삼촌이 두 사람을 위해서
얼마를 냈는지 정확하게 알 수 있을 거야. 위컴에게 자기 돈이
라고는 한 푼도 없을 테니까. 외삼촌과 외숙모가 우리에게 하

신 일은 죽을 때까지 다 갚을 수 없을 거야. 리디아를 집으로 데리고 가서 돌봐 주시고 뒷일을 다 해결해 주시고 리디아를 위해서 희생하신 걸 생각하면 두고두고 감사해도 모자랄 거야. 지금쯤 리디아는 그분들과 함께 있겠지. 이런 사랑을 받고도 자기가 한 짓이 얼마나 못된 짓인지 깨닫지 못한다면 리디아는 정말 행복할 자격도 없는 아이야. 처음 외숙모를 만났을 때 어땠을까?"

"두 사람에게 있었던 일들은 모두 잊어버리려고 노력해야해. 난 아직도 두 사람이 행복하기를 바라고 또 그럴 거라고 믿어. 위컴 씨가 리디아와 결혼하기로 한 건 그 사람이 올바른 사고방식을 갖게 되었다는 증거라고 생각해. 서로의 애정이 두 사람을 견고하게 지탱해 줄 거야. 둘이 조용히 정착해서 정상적인 생활을 하고 시간이 지나면 과거의 몰지각한 행동은 저절로 잊힐 거야."

"두 사람의 행동은 언니나 나나, 아니 어느 누구도 절대 잊어버릴 수 없어. 얘기해 봤자 소용없는 일이긴 하지만."

두 자매는 그제야 어머니가 이 사실을 전혀 모르고 있다는 걸깨달았다. 그들은 서재로 가서 아버지에게 이 소식을 어머니에게 알려도 되는지 물었다. 편지를 쓰고 있던 베넷 씨는 고개도 들지 않은 채 차갑게 대답했다.

"좋을 대로 하려무나."

"외삼촌 편지를 가지고 가서 읽어 드릴까요?"

"너희 좋을 대로 해라. 여기서 나가 주면 고맙겠다."

엘리자베스는 책상에서 편지를 집어 들고 언니와 함께 위층으로 올라갔다. 메리와 키티가 어머니와 함께 있어서, 이 소식을 모두에게 알릴 수 있게 되었다. 제인은 먼저 좋은 소식이라는 것부터 알리고 나서 편지를 낭독하기 시작했다. 베넷 부인은 흥분해서 어쩔 줄 몰랐다. 베넷 부인의 기쁨은 리디아가 곧 결혼할 것 같다는 대목에서 절정에 이르렀다. 그리고 다음 문장을 하나씩 읽을 때마다 기쁨이 점점 도를 더해 갔다. 놀라고 화가 나서 온갖 괴팍스러운 심술을 부리던 것과는 대조적으로 이제는 기쁨에 넘쳐서 어쩔 줄 모르며 탄성을 질러 대고 있었다. 그녀는 리디아가 결혼하게 되었다는 것만으로 만족스러워했다. 리디아가 정말 행복할 수 있을지 걱정하며 심란해하지도 않았고, 리디아의 창피한 행실 때문에 수치스러워하지도 않았다.

"내 귀여운 딸 리디아! 정말 기쁜 소식이야. 그 애가 결혼하게 되다니. 다시 그 애를 볼 수 있게 되다니. 열여섯 살에 결혼을 하게 되다니. 착한 내 동생! 이렇게 될 줄 알았어. 내 동생이 모든 일을 잘 해결할 거라고 생각했어. 리디아가 너무 보고 싶구나. 위컴도 보고 싶어. 그런데 옷은 어쩌지? 결혼식 예복 말이야. 가디너 올케한테 바로 편지를 써야겠다. 리지야, 아버지한테 내려가서 리디아에게 얼마나 주실 수 있는지 여쭤 봐라. 가

만있어 봐. 내가 직접 가야겠다. 벨을 울려서 힐 좀 불러 줘. 금방 옷을 입을 테니까. 내 딸 리디아, 다시 만나면 얼마나 기쁠까!"

큰딸은 어머니의 열광적인 기쁨을 가라앉혀 보려고 외삼촌에게 얼마나 큰 신세를 졌는지 어머니에게 상기시켰다.

"이렇게 다행스러운 결과를 보게 된 건 모두 외삼촌 덕택이에요. 외삼촌이 위컴 씨에게 돈을 지원해 주겠다고 약속하신 게 틀림없어요."

"그래, 정말 잘한 일이로구나. 외삼촌이 아니면 누가 리디아를 위해서 그런 일을 할 수 있겠니? 외삼촌에게 자식이 없었다면 나와 내 자식들이 재산을 모두 차지하게 됐을 텐데. 너도 알지 않니? 네 외삼촌에게서 몇 가지 선물을 받은 걸 빼면 뭔가받은 건 이번이 처음이야. 어쨌든 나는 지금 너무 행복하구나! 얼마 안 있으면 내 딸 하나를 시집보내게 되는 거잖니? 위컴 부인이라, 얼마나 듣기 좋은 이름이니? 리디아는 작년 6월에 겨우 열여섯 살이 되었는데. 제인아, 난 너무 가슴이 두근거려서 도저히 편지를 못 쓸 것 같구나. 내가 부를 테니 네가 대신 받아적어 줄래? 돈 문제는 나중에 네 아버지와 결정하기로 하고 지금 당장은 물건부터 주문해야겠다."

베넷 부인은 캘리코, 모슬린, 캠브릭 같은 이름을 늘어놓기 시작했다. 제인이 아버지가 여유 있게 상의하실 수 있을 때까지 기다리라고 말리지 않았다면 베넷 부인은 그날로 엄청나게 많은 물건을 주문했을 것이다. 제인은 하루 정도 늦는 건 그다지 큰 문제가 아니라고 말했고, 부인도 너무 기분이 좋아서 평소처럼 끝까지 고집을 부리지는 않았다. 그때 다른 계획이 부인의 머릿속에 떠올랐다.

"옷을 입는 대로 메리턴에 가야겠다. 필립스 이모한테 이 기쁜 소식을 전해야지. 오는 길에는 루카스 부인과 롱 부인 댁에 들러야겠어. 키티, 아래층으로 내려가서 마차를 불러다오. 바깥바람을 쐬는 게 나한테 좋을 거야. 그럼 좋고말고. 얘들아, 내가 메리턴에 가서 너희들을 위해 해 줄 일이 뭐가 있지? 아, 힐이 오는군. 힐, 소식 들었지? 리디아 아가씨가 결혼하게 됐다는 소식 말이야. 결혼식 때 모두에게 펀치 한잔씩 돌려야지."

힐 부인은 이 말을 듣자 크게 기뻐했다. 엘리자베스는 다른 사람들 속에 끼여 힐 부인의 축하를 받았다. 한심한 광경에 진려이 난 엘리자베스는 아무에게도 방해받지 않고 조용히 생각할 시간을 갖기 위해 자기 방으로 피인했다.

가엾은 리디아는 불행한 처지에 빠질 게 뻔했지만 더 나쁜 상황이 되지 않은 걸 그나마 감사하게 여길 수밖에 없었다. 앞날을 내다보면 리디아의 정상적인 행복도 세속적인 안락함도 기대할 수 없었다. 그러나 불과 두 시간 전에 두려워하던 일을 돌이켜 보면 이만한 결과에도 만족할 수밖에 없는 일이었다.

8

·

베넷 씨는 예전부터 아내와 자녀들이 자기보다 오래 살 경우를 대비해서 수입을 다 써 버리지 않고 일정한 금액을 저축해야겠다고 생각해 왔다. 지금 그는 어느 때보다 절실하게 그럴 필요성을 느꼈다. 이런 점에서 자신의 의무를 충실하게 이행했더라면 리디아의 명예나 신용을 회복하는 일에 처남에게 신세를 지지 않아도 되었을 것이다. 그랬더라면 영국에서 가장 쓸모없는 젊은 녀석을 중용해서 리디아의 남편감으로 삼는 만족감은 당연히 자신의 몫이 되었을 것이다.

그는 누구에게도 이득이 되지 않는 일을 처남 혼자 비용을 들여 처리했다는 사실이 몹시 마음에 쓰였다. 그래서 그 액수가 얼마인지 알아보고 가능하면 빠른 시일 안에 그 돈을 갚아야겠다고 마음먹었다.

베넷 씨는 처음 결혼했을 당시에는 전혀 절약할 필요성을 느끼지 못했다. 당연히 아들을 낳을 수 있을 거라고 생각했고, 아들이 성인이 되어 한정 상속의 제한이 해제되면 그 돈으로 미망인과 어린 자녀들의 생활이 보장될 수 있을 거라고 생각했다. 딸만 연달아 다섯 명이 태어났을 때에도 그는 아들을 볼 거란 기대를 내심히 버리지 않았다. 리디아가 태어나고 나서 여러 해 동안 베넷 부인은 아들을 낳을 거라고 장담했다. 결국 아들에 대한 희망은 포기할 수밖에 없었지만, 그때는 이미 저축을 하기에는 너무 늦어 버린 시기였다. 베넷 부인은 근검절약하는 성격이 아니지만 남편이 빚지기를 워낙 싫어하는 덕분에 겨우 적자를 면할 수 있었다.

결혼 계약서에는 베넷 부인과 아이들 앞으로 5,000파운드의 상속 재산이 명시되어 있었지만, 자녀들에게 분배해 주는 비율은 부모의 의사에 따르도록 되어 있었다. 리디아의 재산에 관해서 결정해야 할 문제는 이것뿐이었다. 베넷 씨는 자신에게 제안된 상속 문제를 수락하는 데 망설일 이유가 전혀 없었다. 그는 간략하게 처남에게 감사를 표시하고 나서 지금까지 이루어진 모든 일에 전적으로 동의하며 자신을 대신해서 체결한 모든 계약 내용을 충실하게 이행하겠다는 내용을 써 내려갔다. 그는 위컴을 자기 딸과 결혼하도록 설득할 수 있다고 해도 현재의 계약 조건처럼 자신에게 적은 부담으로 가능할 거라고는 생각하지 못했다. 두 사람에게 100파운드를 지불한다고 해도 베넷 씨가 잃는 돈은 1년에 기껏해야 10파운드도 되지 않았다. 지금까지 리디아가 어머니를 통해서 쓴 식비와 용돈 같은 비용도 1년에 거의 100파운드가 되었기 때문이다.

이렇게 작은 수고를 들이는 것만으로 일이 해결되었다는 것 또한 다행스러운 일이었다. 지금 당장 그가 바라는 것은 이 일이 더 이상 귀찮은 문제를 일으키지 않는 것뿐이었다. 처음 일이 터졌을 때는 격렬한 분노 때문에 딸을 찾아다니는 일에 나섰지만, 지금은 본래의 나태한 성격으로 돌아왔다. 그는 편지를 써서 즉시 부쳤다. 그는 일을 결정하는 데는 느렸지만 실행은 빠른 편이었다. 처남에게 자기가 진 빚이 얼마나 되는지 상세하게 알려 달라는 내용도 덧붙였지만, 리디아에게는 괘씸한 마음이 들어서 한마디도 전하지 않았다.

리디아의 결혼 소식은 신속하게 온 집안에 퍼졌고, 이웃에까지도 그에 못지않게 빠른 속도로 퍼져 나갔다. 동네 사람들은 이 소식을 담담하고 무심하게 받아들였다. 리디아 베넷 양이 런던 시에 맡겨졌다거나, 더 비참하게 세상과 격리되어 어느 농가에 숨어 있었다면, 분명 그들에게는 더 재미있는 이야깃거리가 되었을 것이다. 리디아가 사라졌을 때 걱정하며 잘되기를 빌던 메리턴의 심술 맞은 노부인들은 리디아의 결혼 소식을 듣고도 여전히 입담이 줄어들지 않았다. 그들은 그런 남편과 결혼하면 불행할 게 불을 보듯 내다보인다고 떠들어 댔다.

베넷 부인은 아래층에 발길을 끊은 지 보름 만에 사기 충천하여 식탁의 상석을 차지했다. 그녀의 의기양양한 태도에는 수치심 같은 건 전혀 엿보이지 않았다. 제인이 열여섯 살이 된 이후로 그녀의 가장 큰 소원은 딸이 결혼하는 일이었다. 이제 그 소원이 막 이루어지려는 참이었다. 그녀의 생각과 말은 온통 근사한 결혼식 하객들과 고급 모슬린, 새 마차, 하인들에 관한 것뿐이었다. 그녀는 온 동네를 들쑤시고 다니면서 딸이 살 적당한 집을 고르는 데 여념이 없었다. 두 사람의 수입이 얼마나 되는지 알지도 못하고 생각도 하지 않으면서 집이 너무 작다거나 볼품이 없다며 퇴짜를 놓기에 바빴다.

"굴딩네가 이사 나가면 헤이 파크가 괜찮은데. 스토크의 저택도 거실이 좀 넓으면 쓸 만해. 애쉬워스는 너무 멀어. 우리 집에서 10마일 이상 떨어진 곳은 안 돼. 퍼비스 로지는 다락방이 너무 음산하고."

그녀의 남편은 하인들이 옆에 있는 동안은 아내가 마음대로 지껄이도록 내버려 두었지만, 하인들이 물러가고 나자 이렇게 말했다.

"여보, 당신 사위하고 딸에게 집을 한 채 얻어 주건, 모두 다 얻어 주건 한 가지 확실하게 짚고 넘어갈 게 있소. 어느 집이든 이 근방에는 절대 그 애들을 들여놓지 못할 거요. 그 애들을 롱본에 들어오게 해서 그 몰염치한 꼴을 부추길 생각은 추호도 없으니까."

이 선언이 있고 나서 오랫동안 논쟁이 이어졌지만 베넷 씨의 결심은 단호했다. 논쟁은 또 다른 논쟁을 불러일으켰고, 베넷 부인은 남편이 딸에게 결혼 예복 살 돈을 한 푼도 내놓을 수 없다고 하자 경악과 두려움에 휩싸였다. 그는 이 결혼에서 그 어떤 것도 해 줄 생각이 없다고 못을 박았다. 베넷 부인은 남편의 말을 도무지 이해할 수가 없었다. 결혼식이 아니면 누릴 수 없는 부모로서의 특권을 포기하고 딸이 결혼하는 데 꼭 필요한 지원을 거절할 만큼 남편의 분노가 극도에 달했다는 사실이 그녀로서는 도저히 믿기지 않는 일이었다. 그녀는 딸이 위컴과 도망가서 결혼식을 올리기도 전에 보름 동안이나 동거했다는 수치심보다 딸이 결혼식 때 입을 새 옷이 없어서 당할 망신이 더 참을 수 없었다.

엘리자베스는 그때 순간적인 고통을 참지 못하고 다아시에게 동생의 일을 알렸던 자신의 행동을 뼈아프게 후회하고 있었다. 리디아가 결혼하는 것으로 두 사람의 도피 행각이 빠른 시일 안에 잘 해결될 걸 알았다면, 그 현장에 없었던 사람들에게는 수치스러운 사건의 발단을 숨길 수도 있었을 것이다.

엘리자베스는 다아시를 통해서 소문이 퍼질 거라는 걱정은 하지 않았다. 다아시만큼 비밀을 지켜 줄 거라고 믿을 수 있는 사람은 없었다. 그러나 한편으로는 다아시만큼 동생의 부정한 행실을 안다는 사실이 그녀의 자존심을 상하게 하는 사람도 없었다. 자신에게 어떤 불이익이 닥칠까 봐 걱정되는 것은 아니었다. 그러나 그 일로 인해서 두 사람 사이에 건널 수 없는 심연이 놓인 것만 같았다. 리디아의 결혼이 떳떳하게 이루어진다고 해도, 다른 여러 가지 불리한 조건을 가진 데다가 그가 가장 경멸하는 남자와 가까운 인척이 될 집안과 다아시가 인연을 맺는다는 건 절대 있을 수 없는 일이었다.

다아시가 그런 결혼을 꺼린다고 해서 전혀 놀랄 일은 아니었다. 더비셔에서 다아시가 그녀에게 다시 구애하기를 원한다는 사실은 확인했지만, 이런 치명적인 충격에도 그의 사랑이 변하지 않을 거라고 기대하는 건 지나친 욕심이었다. 엘리자베스는 초라하고 슬펐다. 그리고 무엇을 후회하는 건지 꼬집어 말할 수는 없지만 말할 수 없이 아쉽고 허탈했다. 그녀는 다아시가 사람들에게서 받는 신망이 부럽고 존경스러웠다. 그러나 이제 그의 명예 때문에 자신의 품위가 올라가는 일은 없을 것이었다. 그녀는 그의 소식을 알고 싶었지만 그의 소식을 들을 기회마저 잃어버렸다. 그와 함께라면 행복할 수 있을 거라는 확신을 갖게 되었지만, 더 이상 두 사람은 만날 수 없게 되었다.

불과 4개월 전에 그녀가 오만방자하게 거절했던 청혼을 지금은 더없이 기쁘고 감사하게 받아들일 마음이 되었다는 걸 다아시가 알면 얼마나 의기양양해할까! 다아시가 관대한 남자라는 건 의심하지 않았지만, 그 역시 인간인 이상 승리감을 느끼지 않을 리 없었다.

그녀는 비로소 다아시가 성품으로 보나 능력으로 보나 자신에게 가장 알맞은 남자라는 사실을 깨달았다. 그는 자신과는 다른 지성과 성품을 지녔지만 오히려 그런 점들이 자신의 모든 욕구를 충족시켜 줄 수 있을 것 같았다. 두 사람의 결합은 서로에게 도움을 줄 것이었다. 자신의 편안하고 생기발랄한 성품으로 인해서 다아시의 성품은 좀 더 부드러워지고 그의 딱딱한 태도도 역시 원만해질 것이다. 그리고 그의 판단력과 지식과 넓은 견문은 엘리자베스의 지성에 큰 도움을 줄 수 있을 것이다.

그러나 이런 행복한 결합으로 세상 사람들에게 진정한 행복을 보여 줄 수 있는 기회는 사라졌다. 그녀의 집안에서는 이런 결혼을 불가능하게 만드는 전혀 다른 성격의 결혼이 곧 이루어질 것이다.

위컴과 리디아가 얼마나 독립적인 생활을 유지할 수 있을지는 알 수 없는 일이지만, 미덕보다는 사랑이라는 감정이 더 강한 작용을 해서 결합된 부부의 행복이 영속적일 수 없다는 건 쉽게 짐작할 수 있었다.

가디너 씨는 베넷 씨에게 곧 다른 편지를 보내왔다. 그는 가족의 행복을 위해서라면 당연히 최선을 다할 거라는 말로 베넷 씨의 감사에 간단하게 답하고 나서, 그 문제는 더 이상 거론하지 말아 달라는 부탁으로 끝을 맺었다. 편지의 중요한 취지는 위컴이 군대를 나오기로 결심했다는 사실을 알리는 것이었다. 그는 이렇게 덧붙였다.

결혼이 확정되는 대로 위컴이 군대를 나오는 것은 제가 바라던 일입니다. 매형께서도 위컴 본인을 위해서나 조카를 위해서 매우 좋은 결정이라는 제 생각에 동의하실 거라고 믿습니다. 위컴은 정규군에 입대할 생각입니다. 그의 예전 친구들 중에서 군대 안에서 그를 밀어줄 의사와 능력이 있는 친구들이 몇 명 있다고 합니다. 현재 북부에 주둔하고 있는 모 장군의 연대에서 기수직을 위임받을 수 있을 것 같습니다. 주둔지가 이곳에서 멀리 떨어져 있다는 것도 다행스러운 일입니다. 위컴도 흔쾌히 동의했습니다. 모르는 사람들 사이에 섞여 살면 두 사람이 어른스러운 인격을 갖추게 되고 좀 더 신중해질 거라고 생각합니다.

포스터 대령에게 현재 진행된 상황을 알려 드리고 브라이턴 근방에 있는 여러 채권자들에게 조속한 시일 내에 빚을 청산할 것을 보증한다고 안심시켜 달라는 편지를 보냈습니다. 이 보증에 대해서는 제가 서약을 했습니다. 매형께서도 수고스러우시겠지만 메리턴에 있는 위컴의 채권자들에게 동일한 보증을 서 주십시오. 위컴에게 물어서 채권자 명단을 보내 드리겠습니다. 위컴은 모든 채무 사항을 제출했습니다. 이 점에서 그가 우리를 기만하지 않았기를 바랍니다. 해거스턴에게 지시를 내렸으니 일주일이면 모든 일이 해결될 것입니다. 만약 롱본에서 초대를 받지 않으면 두 사람은 그때 부대에 합류할 겁니다. 아내의 말로는 리디아가 남부를 떠나기 전에 롱본에 있는 가족들을 몹시 만나고 싶어 한답니다. 리디아는 건강하고 매형과 누님께서 자기를 잊지 않고 기억해 주기를 바라고 있습니다.

에드워드 가디너 올림

베넷 씨와 딸들은 가디너 씨와 마찬가지로 위컴이 정규군에 입대하는 것이 현명한 일이라고 생각했지만, 베넷 부인은 그 일을 별로 기뻐하지 않았다. 그녀는 두 사람을 하트퍼드셔에 정착시키려는 계획을 아직 포기하지 않고 리디아를 곁에 두고 즐거움과 자부심을 즐길 기대에 부풀어 있던 참이라 리디아가 북부로 간다는 소식은 그녀에게 쓰라린 실망감을 안겨 주었다. 게다가 리디아가 아는 사람들이 많고, 특히 리디아가 그렇게 좋아하는 군인들이 많은 부대를 떠난다는 건 너무도 안타까운 일이었다.

"리디아는 포스터 부인을 많이 따랐는데 그런 애를 멀리 쫓아 보내다니 리디아가 얼마나 충격을 받을까. 또 그 애가 무척이나 좋아하던 청년들도 몇 명 있었지. 장군 연대인가 뭔가 하는 부대의 장교들은 그렇게 재미있는 남자들은 아닐 거야."

베넷 씨는 예상했던 대로 북부로 떠나기 전에 가족을 다시 만나고 싶다는 딸의 부탁을 처음에는 단호하게 거절했다. 그러나 제인과 엘리자베스는 동생의 심정과 체면을 생각하면 결혼 인사를 직접 부모에게 드리는 것이 도리라고 생각해서, 그럴듯한 논리를 모두 동원해서 아버지를 완곡하고도 끈질기게 설득했다. 베넷 씨는 결국 그들의 설득에 넘어가서 딸들이 원하는 대로 하라고 허락하고 말았다. 베넷 부인은 딸이 북부로 추방당하기 전에 이웃 사람들에게 결혼한 딸을 보여 줄 수 있게 된 걸 알고 무척 흡족해했다. 베넷 씨는 다시 처남에게 편지를 써서 두 사람이 집에 오는 걸 허락한다는 소식을 알렸다.

결국 두 사람은 결혼식이 끝나자마자 롱본으로 올 수 있게 되었다. 엘리자베스는 위컴이 그런 제안을 받아들였다는 사실이 놀라웠다. 자신의 심정만 생각한다면 위컴을 다시 만난다는 게 끔찍하게 싫은 일이었다.

9

리디아의 결혼식 날이 다가왔다. 아마도 제인과 엘리자베스가 느끼는 감회가 리디아 본인의 감정보다 더 복잡했을 것이다. 두 사람을 태우기 위해 마차가 보내졌다. 두 사람은 저녁 식사 시간까지는 도착할 예정이었다. 제인과 엘리자베스는 두 사람의 도착을 두려운 기분을 느끼며 기다렸다. 제인은 자신이 리디아처럼 큰 잘못을 저질렀다면, 집에 올 때 미안하고 죄스러운 마음이 들어 괴로울 거라고 생각하며 리디아를 안쓰러워했다.

드디어 두 사람이 집에 도착했다. 가족들은 모두 그들을 맞이하기 위해 식당에 모여 있었다. 마차가 대문에 도착하자 베넷 부인의 얼굴에는 반가운 미소가 번졌고 베넷 씨는 속마음을 알 수 없는 굳은 표정을 짓고 있었다. 딸들은 불안하고 걱정스러워서 안절부절못하는 모습이었다.

현관에서 리디아의 목소리가 들리고 문이 벌컥 열리더니 그녀가 방 안으로 뛰어 들어왔다. 어머니는 앞으로 달려 나가 리디아를 껴안고 기뻐서 어쩔 줄 몰라 하며 열광적으로 딸을 환영했다. 그리고 리디아의 뒤를 따라 들어온 위컴에게 다정하게 미소를 지으며 손을 내밀었다. 베넷 부인은 두 사람의 행복을 전혀 의심하지 않는다는 듯이 서슴없이 축하의 인사말을 건넸다.

신혼부부는 베넷 씨에게 몸을 돌렸지만 그는 전혀 반가운 기색이 아니었다. 그의 얼굴은 더 딱딱하게 굳어져 있었고, 말문을 열 생각도 없는 것 같았다. 아무렇지도 않은 듯이 뻔뻔스럽게 행동하는 젊은 부부의 모습은 그의 분노를 더욱 돋우었다. 엘리자베스는 그들의 태도에 혐오감을 느꼈고 제인은 충격을 받았다. 리디아는 전혀 전과 달라진 게 없었다. 여전히 제멋대로이고, 부끄러운 줄 모르고, 거칠고, 수다스럽고, 거칠 것이 없었다. 그녀는 언니들에게 차례로 다가가서 억지로 축하를 받아냈다. 드디어 온 가족이 자리에 앉자 리디아는 방 안을 찬찬히 둘러보더니 조금 달라진 것 같다면서 자기가 무척 오랜만에 집에 왔다고 말했다.

위컴 역시 리디아처럼 전혀 곤혹스러워하는 기색이 없었다. 그는 여전히 유쾌한 태도로 행동했기 때문에 만일 그의 인품과 결혼이 정상적인 것이었다면, 그의 미소와 능숙한 언변으로 한 가족이 된 걸 즐겁게 느끼게 했을 것이다. 엘리자베스는 위컴이 이렇게까지 뻔뻔한 인간이라고는 생각하지 못했다. 그녀는 앞으로 몰염치한 인간의 뻔뻔함에는 한계가 없다는 사실을 절대 잊지 않겠다고 속으로 다짐했다. 그녀는 너무 황당해서 얼굴이 붉어졌고 제인 역시 얼굴이 상기돼 있었다. 그러나 정작 그들을 곤혹스럽게 만든 장본인의 안색은 아무런 변화도 없었다.

화제는 전혀 부족하지 않았다. 신부와 신부의 어머니는 더이상 빠를 수 없을 정도로 속사포처럼 말을 이어 갔고, 공교롭게도 엘리자베스의 옆자리에 앉게 된 위컴은 근처에 사는 사람들의 안부를 묻기 시작했다. 그는 유쾌하고 편안한 말투로 대화를 시작했지만 엘리자베스는 위컴처럼 태연하게 말을 받아 줄 수 없었다. 두 사람은 세상에서 가장 행복한 추억들만 간직한 부부 같았다. 과거의 일들은 그들에게 전혀 아픈 기억이 아닌 모양이었다. 제인과 엘리자베스가 절대로 입에 올리고 싶지 않은 화제를 리디아 자신이 끄집어냈다.

"내가 집을 떠난 지 벌써 석 달이나 됐다는 게 너무 신기해. 고작해야 2주일밖에 안 된 것 같은데. 그동안 정말 많은 일들이 있었어. 기가 막힌 일이지. 집을 떠날 때는 결혼을 해서 돌아올 거라는 생각은 꿈에도 못했거든. 결혼하면 재미있을 거라는 생각은 했지만 말이야."

베넷 씨는 눈을 치켜떴다. 제인은 당황해서 어쩔 줄 모르고, 엘리자베스는 리디아에게 주의하라는 눈길로 노려보았지만,

리디아는 자신이 신경 쓰지 않기로 한 일은 듣지도 보지도 못하는 것처럼 명랑하게 말을 계속했다.

"엄마, 동네 사람들이 내가 오늘 결혼했다는 걸 알고 있을까요? 아마 모를 거야. 참, 오다가 윌리엄 굴딩 씨의 이륜마차를 앞질렀는데, 내가 결혼했다는 걸 알려야겠다고 생각해서 마차가 옆에 왔을 때 창문을 내리고 장갑을 벗고 창틀 위에 손을 얹어 내 반지를 보여 줬지 뭐예요. 그리고 인사를 하고 활짝 웃어 줬어요."

엘리자베스는 더 이상 참을 수가 없었다. 그녀는 일어나서 방에서 뛰쳐나왔다. 그리고 두 사람이 복도를 지나 응접실로 가는 소리를 듣고 나서야 다시 식당으로 돌아왔다. 그녀가 다시 합류하자마자 리디아는 자랑스럽게 어머니의 오른편으로 다가가서 큰언니에게 말했다.

"큰언니, 이제 내가 큰언니 자리를 차지해야 해. 언니는 나보다 아랫자리로 가야지. 난 이세 결혼을 했으니까 말이야."

처음부터 전혀 부끄러운 기색이 없었던 리디아가 시간이 지났다고 해서 곤혹스러움을 느낄 거라고 기대할 수는 없었다. 오히려 당당하고 의기양양한 기색이 점점 더해 갔다. 그녀는 필립스 부인과 루카스 부인과 다른 이웃들을 만나서 '위컴 부인'이라는 말을 듣고 싶어 안달이었다. 식사를 마치자 리디아는 그 틈에 힐 부인과 두 하녀에게 반지를 보여 주면서 결혼한 것을 자랑하고 싶어서 방에서 나갔다.

모든 사람들이 식당으로 돌아왔고 곧이어 리디아가 다시 말문을 열었다.

"그런데 엄마, 엄마는 제 남편을 어떻게 생각하세요? 정말 매력적인 남자라고 생각하지 않아요? 언니들도 틀림없이 저를 부러워할걸요. 언니들이 제 반만큼이라도 좋은 남자를 만날 수 있었으면 좋겠어요. 언니들도 모두 브라이턴으로 가야 해요. 남편감을 고르는 데는 브라이턴만 한 곳이 없거든요. 여름에 다 같이 가지 않았던 게 정말 유감이에요. 안 그래요, 엄마?"

"그렇고말고. 내가 하자는 대로 했더라면 얼마나 좋았겠니. 그런데 리디아야, 난 네가 그렇게 먼 곳으로 가는 건 싫다. 꼭 거기로 가야 하는 거니?"

"그럼요. 뭐, 별일도 아니잖아요. 난 너무 좋을 것 같아요. 어머니랑 아버지랑 언니들이랑 모두 우리를 보러 오면 되잖아요. 우린 겨울 동안 뉴캐슬에 있을 생각이에요. 틀림없이 무도회도 열릴걸요. 언니들한테 멋진 파트너를 구해 줄 테니 염려하지 말아요."

"그거 정말 좋은 생각이다."

"엄마가 집에 가실 때 언니 중에 한두 명은 두고 가야 해요. 그럼 겨울이 다 가기 전에 언니들의 신랑감을 구해 줄 테니까."

그러자 엘리자베스가 말했다.

"네 호의는 고맙다만 네 방식으로 남편을 구할 생각은 전혀 없다."

두 사람의 방문은 열흘 이내로 예정되어 있었다. 위컴이 런던을 떠나기 전에 임명을 받아서 2주 안에 부임하게 되었기 때문이었다.

베넷 부인을 제외하고 두 사람이 집에 머무르는 기간이 짧은 것을 아쉬워하는 사람은 아무도 없었다. 베넷 부인은 리디아를 데리고 이웃집을 방문하고 집에서 자주 파티를 여는 것으로 대부분의 시간을 보냈다. 모두들 파티를 여는 것을 반겼다. 생각 없는 사람들보다 생각이 있는 사람들이 가족과 어울리는 것을 더 피하고 싶어 했다.

엘리자베스는 예상했던 대로 위컴이 리디아를 사랑하는 마음이 리디아가 위컴을 사랑하는 마음에 미치지 못한다는 걸 알 수 있었다. 일의 정황을 살펴볼 때, 두 사람의 도피 행각이 위컴의 사랑에서 비롯된 것이 아니라 리디아의 열렬한 애정 때문에 생겨난 일이라는 건 굳이 확인해 볼 필요도 없는 일이었다. 경제적으로 궁지에 몰린 위컴이 도망칠 수밖에 없는 상황이었다는 사실과 위컴이 그런 처지에서 같이 도망할 여자를 마다할 남자가 아니라는 사실을 몰랐다면, 열렬하게 사랑하지도 않는 여자와 애정 도피 행각을 벌인 위컴을 도저히 이해할 수 없었을 것이다.

리디아는 위컴이 좋아서 어쩔 줄 몰라 했다. 그녀에게 무슨 일에서든 위컴은 누구와도 비교할 수 없는 사랑스러운 남편이었다. 위컴은 어떤 일이라도 세상에서 가장 훌륭하게 해내는 사람이었다. 그녀는 9월 1일에 사냥철이 시작되면 위컴이 그 지방에서 누구보다 많은 새를 잡을 거라고 장담했다.

두 사람이 도착한 지 얼마 지나지 않은 어느 날 아침, 언니들과 함께 앉아 있던 리디아가 엘리자베스에게 말했다.

"리지 언니, 언니한테는 내 결혼식 얘기 안 했지? 내가 엄마하고 다른 사람들에게 결혼식 얘기할 때 언니는 그 자리에 없었던 것 같아. 결혼식이 어떻게 진행되었는지 궁금하지 않아?"

"아니, 별로 궁금하지 않아. 그 문제는 별로 할 얘기가 없을 것 같은데."

"언니는 정말 이상해. 하지만 난 꼭 얘기해야겠어. 언니도 알겠지만 우리는 성 클레멘트 교회에서 결혼식을 올렸어. 위컴 씨의 숙소기 그 교구에 있었거든. 11시에 그 교회에서 만나기로 했지. 외삼촌과 외숙모가 나와 같이 교회로 가기로 했고 다른 사람들은 교회에서 만나기로 되어 있었어. 월요일 아침이 될 때까지 얼마나 초조했는지 몰라. 무슨 일이라도 생겨서 결혼식이 연기되면 어쩌나 해서 견딜 수가 없었거든. 만약 그랬다면 난 정말 미쳐 버렸을지도 몰라. 옷을 입는 동안 외숙모가 내내 곁에서 설교문이라도 읽는 것처럼 연설을 늘어놓으시더라고. 근데 내 귀에는 그 말이 한마디도 안 들리는 거야. 머릿속에 온통 위컴 씨 생각뿐이었거든. 위컴 씨가 푸른 제복을 입고 결혼식에 나올지 궁금해 죽을 것 같았어. 그리고 보통 때처럼 아침 10시에 아침을 먹었지. 난 그런 생활이 영원히 끝나지 않을 거라고 생각했어. 언니도 이해하겠지만 삼촌과 숙모랑 같이 지낼 땐 그분들이 정말 끔찍하게 싫었거든. 보름 동안 한 번도 문 밖에 나가 본 적이 없었다는 게 믿어져? 파티도 없고 아무 계획도 없고 정말 삭막하기 짝이 없었다니까. 확실히 런던이 한산하기는 하지만. 그래도 소극장은 공연을 하고 있었거든.

그건 그렇고, 마차가 대문에 도착했는데 그 지긋지긋한 스톤 씨가 볼 일이 있다면서 외삼촌을 불러내는 거야. 언니도 아는지 모르겠지만 두 사람이 일단 만나니까 얘기가 끝이 없는 거야. 난 얼마나 걱정이 되던지 초조해 죽을 뻔했어. 외삼촌이 나를 신랑에게 넘겨줘야 하는데 내가 제시간에 도착하지 못하면 우리는 하루 종일 결혼을 할 수 없는 거 아냐. 그런데 다행히도 10분 후에 외삼촌이 돌아오셔서 다 같이 출발하게 됐지. 근데 나중에 곰곰이 생각해 보니까 외삼촌이 못 가셨더라도 결혼식을 연기할 필요는 없었겠더라고. 다아시 씨가 다 알아서 해 주셨을 테니까."

"방금 다아시 씨라고 했니?"

엘리자베스는 너무 놀라서 자기도 모르게 큰 소리로 말해버렸다.

"그래, 다아시 씨 말이야. 그분이 위컴 씨하고 같이 결혼식장으로 오기로 되어 있었던 거 몰랐어? 아참, 내 정신 좀 봐. 그걸 잊어버렸네. 그 일에 대해서는 한마디도 하지 않기로 했는데. 약속을 꼭 지키겠다고 맹세했는데 위컴이 알면 뭐라고 할까! 이건 정말 비밀로 하기로 했는데."

"비밀로 하기로 약속했으면 더 이상 그 일에 대해서 한마디도 말하지 마. 나도 더 알려고 하지 않을 테니까."

제인이 말했다.

"그래, 알았어. 더 물어보지 않을게."

엘리자베스는 호기심 때문에 얼굴이 상기되면서도 이렇게 말했다.

"고마워. 언니들이 물어보면 난 다 말해 버릴 게 분명하고 그러면 위컴이 화를 낼 테니까 말이야."

엘리자베스는 더 물어보고 싶은 충동을 억누르기 위해 그 자리를 피해서 나와 버렸다.

그러나 그 사실을 모른 척하고 있을 수는 없는 일이었다. 더 알려고 애쓰지 않는 것 또한 불가능했다. 다아시가 리디아의 결혼식에 왔었다. 그곳은 분명히 다아시가 절대로 가고 싶지 않은 장소였을 것이고, 함께 섞이고 싶지 않은 사람들이 있는 장소였을 것이다. 그런 곳에 다아시가 참석했다는 사실이 무엇을 의미하는지 온갖 추측이 엘리자베스의 머릿속을 빠르고도 맹렬하게 휘젓고 있었다. 그러나 어떤 추측도 그녀의 궁금증을 충족시키는 것은 없었다. 다아시의 고매한 인품 때문이라는 가정이 가장 마음에 들기는 했지만 그것 역시 그럴 법하지 않은 추측이었다. 엘리자베스는 의문과 긴장감을 더 이상 견딜 수가 없어서 황급히 편지지를 꺼내 외숙모에게 짧은 편지를 썼다. 리디아가 흘린 얘기에 대해 애초에 비밀을 지키기로 했던 의도에 어긋나지 않는다면 좀 더 자세한 설명을 부탁한다는 내용이었다.

그리고 다음과 같이 덧붙였다.

외숙모는 제 궁금증을 이해해 주실 거라고 믿어요. 우리 집과는 아무런 관계도 없는 사람이 (상대적으로 말해서) 우리 가족과 전혀 남인 사람이 그런 자리에 왜 참석했는지 너무 궁금해요. 바로 답장 보내 주세요. 어떻게 된 건지 알고 싶어요. 리디아의 생각대로 비밀에 부쳐야 할 만한 타당한 이유가 있다면 저도 그냥 모르는 채로 넘어가도록 노력할게요.

"아니에요, 외숙모. 만일 외숙모가 체면 때문에 제게 말씀해 주시지 않으면, 제가 창피를 무릅쓰고 어떤 수단 방법을 써서라도 반드시 알아내고 말 거예요."

엘리자베스는 혼자 중얼거리며 편지를 끝맺었다.

제인은 고상한 성격상 리디아가 흘린 말을 엘리자베스에게 따로 얘기하지 않았다. 엘리자베스에게는 차라리 다행스러운 일이었다. 그녀의 궁금증이 만족할 만한 해답을 얻을 때까지는 자신의 속내를 털어놓지 않는 편이 나을 것 같았다.

10

엘리자베스는 다행히도 최대한 빨리 외숙모의 답장을 받을 수 있었다. 편지를 받자마자 그녀는 누구의 방해도 받지 않을 수 있는 작은 숲속으로 달려가 벤치에 앉아 답변을 들을 마음의 준비를 했다. 편지의 부피로 봐서 외숙모가 그녀의 부탁을 거절하지 않은 게 틀림없었다.

그레이스처치가

9월 6일

사랑하는 조카에게

방금 네 편지를 받았다. 답장을 쓰려면 아침나절 내내 써야 할 것 같다. 짧게 써서는 네게 들려줄 얘기를 다 할 수 없을 것 같아. 네 편지를 받고 무척 놀랐다는 얘기부터 해야겠구

나. 네가 그런 편지를 보낼 거라고는 예상하지 못했거든. 그렇다고 내가 화가 났다고 생각지는 말아라. 단지 네가 그런 질문을 할 필요가 있을 거라고 생각하지 못했던 거니까. 내 말을 이해하지 못하겠다면 내 말이 주제넘은 걸 용서하기 바란다. 외삼촌도 나 못지않게 놀라셨단다. 다아시 씨가 그런 행동을 한 데에는 분명히 너도 관여했을 거라고 믿었으니까. 하지만 네가 정말 그 일에 대해 전혀 몰랐다면 내가 더 상세하게 설명해야 할 것 같구나.

내가 롱본에서 집으로 돌아오던 날, 네 외삼촌에게 뜻밖의 손님이 찾아오셨단다. 바로 다아시 씨였어. 두 사람은 몇 시간 동안이나 밀담을 나눴단다. 내가 집에 도착하기 전에 모든 일이 끝났기 때문에 나는 너처럼 궁금증 때문에 힘들어하지 않아도 됐어. 다아시 씨는 네 동생 리디아와 위컴이 있는 곳을 알아내서 두 사람을 직접 만났다고 했단다. 위컴은 여러 번 만났고, 리디아는 한 번 만났대. 내가 알기로는 우리가 떠난 다음 날 다아시 씨가 두 사람을 찾기 위해 더비셔를 떠나 런던으로 갔던 것 같구나.

다아시 씨는 위컴이 형편없는 인간이라는 걸 세상에 알려서 정숙한 여자가 그 남자를 사랑하거나 믿는 일이 없도록 막지 못했던 걸 자신의 잘못이라고 생각해서 그런 조치를 취했다고 했대. 다아시 씨는 모든 걸 자신의 왜곡된 자존심 때문에 생긴 일로 돌렸단다. 위컴의 개인적인 비행을 세상에 알리는 건 수치스러운 행동이라고 생각했다는구나. 위컴의 인격이 저절로 세상에 드러나게 될 거라고 생각했대. 자신의 잘못으로 인해 생겨난 일을 바로잡는 게 자신의 의무라고 했단다. 다른 동기가 있었냐고 히더라두 그것이 그분의 명예를 더럽힐 거라고는 생각하지 않는다. 다아시 씨는 런던에 며칠 있는 동안 두 사람의 행방을 찾을 수 있었대. 우리가 모르는 더 좋은 단서가 있었던 모양이야. 그게 우리 뒤를 따라서 런던에 오게 된 또 다른 동기였다고 했다더라.

예전에 다아시 양의 가정 교사로 있던 영이라는 부인이 있었는데, 다아시 씨가 그 이유는 말하지 않아서 잘 모르겠지만 그 부인이 얼마 전에 해고당했다는구나. 그 후에 그 여자는 에드워드가에 큰 집을 얻어서 하숙을 치며 살고 있었대. 다아시 씨는 이 부인이 위컴과 잘 아는 사이라는 걸 알고 있었다더구나. 그래서 런던에 오자마자 그 부인을 찾아가서 위컴의 행방을 물었대. 2~3일이 지나서야 간신히 정보를 얻어 낼 수 있었대. 내 생각으론 그 여자가 뇌물을 받을 요량으로 비밀을 발설하지 않았던 것 같아. 사실은 어디를 가면 위컴을 찾을 수 있는지 알고 있었으니까 말이다. 위컴은 런던에 도착하자마자 그 여자를 찾아갔었대. 그 여자가 두 사람을 자기 집에 받아 줄 수 있었더라면 두 사람은 여자의 집에 머물렀겠지.

어쨌든 다아시 씨는 원하던 주소를 손에 넣을 수 있었대. 다아시 씨는 위컴을 만나 본 후에 리디아를 만나겠다고 했대. 처음에는 리디아를 만나서 부모님이 용서하시도록 설득할 테니 현재의 치욕스러운 상태를 끝내고 가족들의 품으로 돌아가도록 권유하려는 목적이었다고 말했단다. 그런데 리디아가 그곳에 계속 머물겠다고 단단히 결심을 했더라는 거야. 리디아는 친구들도 소용없고 다아시 씨의 도움도 필요 없다고 했대. 위컴을 떠나라는 권유를 들으려고 하지 않더래. 두 사람이 언젠가는 결혼을 하겠지만, 그때가 언제인지는 중요하지 않다고 했대.

다아시 씨는 리디아의 생각이 확고한 만큼, 남은 방법은 결혼식을 빨리 올리는 것뿐이라고 생각했다는구나. 그래서 위컴을 만났는데 대화를 나누자마자 그에게는 결혼할 의사가 전혀 없다는 걸 알게 됐대. 위컴은 노름빚 때문에 압박을 받아서 어쩔 수 없이 부대를 떠날 수밖에 없었다고 자백했대. 그리고 리디아가 도망친 걸로 인해서 생긴 일들은 모두 리디아의 어리석음 때문이라고 몰아세웠다는구나. 위컴은 당장이라도 장교직을 그만둘 생각이었고, 앞으로 어떻게 해야 할지 아무 계획도 없었대. 어디로든 가야 할 처지였지만 어디로 가야 할지 어떻게 생계를 유지할지 방도가 없었다는구나. 다아시 씨는 그에게 왜 당장 네 동생과 결혼하지 않느냐고 물어보

왔대. 베넷 씨가 큰 부자는 아니지만 위컴에게 뭔가 해 줄 수는 있을 거라고 하면서 결혼하면 그의 처지가 나아지지 않겠느냐고 했다더구나. 그런데 위컴의 대답을 듣고 그가 다른 지방에 가서 더 큰 재산을 얻을 수 있는 결혼을 하려는 생각을 아직도 버리지 못하고 있다는 걸 알았대. 하지만 위컴도 당장 처해 있는 곤경에서 구제될 수 있다는 유혹에 마음이 움직이긴 하는 것 같더래.

두 사람은 상의할 일이 많아서 여러 번 만났던가 보더라. 위컴은 당연히 자기가 얻을 수 있는 것 이상을 원했지만 결국 적당한 선에서 합의를 보았대.

두 사람 사이에 모든 문제가 해결되고 나자 다아시 씨는 곧바로 그 사실을 외삼촌에게 알렸단다. 다아시 씨가 그레이스처치가에 처음 온 게 내가 집에 돌아오기 전날 저녁이었어. 그날 다아시 씨는 외삼촌을 만나지 못했지만, 네 아버지가 외삼촌하고 함께 계시고, 다음 날 아침에 런던을 떠나실 예정이라는 걸 알았대. 다아시 씨는 네 아버지가 외삼촌처럼 이런 일을 상의할 만한 분이 아니라고 판단해서 네 아버지가 떠날 때까지 외삼촌을 만나는 일을 미뤘던 거야. 다아시 씨가 이름을 남기지 않고 갔기 때문에 우리 집에서는 다음 날까지도 어떤 신사분이 사업상 찾아왔던 걸로만 알고 있었단다.

다아시 씨는 토요일에 다시 찾아왔단다. 그때는 이미 너희 아버지는 집으로 떠나셨고, 외삼촌은 집에 계셨어. 아까 말한 것처럼 그날 두 사람은 오랫동안 밀담을 나눴단다.

두 사람은 일요일에 다시 만났고 그날은 나도 다아시 씨를 보았어. 월요일에 모든 일이 해결되었단다. 그리고 곧바로 롱본으로 편지를 보냈던 거야. 다아시 씨는 정말 고집이 세더구나. 리지야, 나는 그 고집이 그의 인격적인 결함이라고 생각한다. 다아시 씨는 여러 가지 결점 때문에 비난을 받기도 했지만, 나는 고집스러운 성격이야말로 진짜 결함이라고 생각해. 그는 자기가 나서지 않으면 아무것도 할 수 없게 하더구나. 이 말은 공치사처럼 들릴지 모르니까 아무에게도 얘기하지 않았으면 좋겠다. 다아시 씨가 양보만 했더라도 외삼촌이 모든 문제를 기꺼이 다 해결하셨을 거야. 두 사람은 이 문제 때문에 오랫동안 논쟁을 벌였지. 이 일의 당사자인 남녀에게는 정말 과분한 일 아니니? 결국에는 외삼촌이 양보할 수밖에 없었단다. 자기 조키에게 실실적인 도움을 주는 대신에 허울 좋은 명예만 얻게 된 거지. 이런 일은 외삼촌의 성미에는 너무 안 맞는 일이었단다. 그래서 오늘 아침에 네가 보낸 편지를 보고 외삼촌은 많이 기뻐하셨어. 일의 전후를 자세히 설명해서 남이 한 일로 생색을 내지 않아도 될 수 있으니 말이다. 마땅히 치하를 받아야 할 사람에게 공을 돌리게 된 거지. 하지만 리지야, 이 사실은 너만 알고 있어야 한다. 제인까지는 몰라도 다른 사람은 절대 알아서는 안 돼.

두 젊은 남녀를 위해서 다아시 씨가 어떤 일을 해 주었는지 너도 짐작할 거라고 생각한다. 내가 생각하기에 1,000파운드가 훨씬 넘는 빚을 갚아 주고, 리디아가 집에서 받게 될 돈에다 1,000파운드를 더 얹어 주고, 위컴에게 장교직까지 사 주었단다. 다아시 씨가 혼자서 이 모든 걸 다 처리한 이유는 위에서 설명한 대로야. 세상 사람들이 위컴의 인간성을 잘못 알고 있었고, 그가 사교계에 발을 들여놓게 되어 사람들에게 인정을 받게 된 건 자신이 잘못 판단해서 위컴에 대해 입을 다물었기 때문이라는 거야. 그 말도 전혀 일리가 없는 건 아니지만, 다아시 씨든 누구든 위컴의 본색을 드러내지 않았다고해서 이 일에 책임을 진다는 건 나로서는 이해가 안 되는 일이다.

어쨌든 리지야, 다아시 씨가 또 다른 이유 때문에 이 일에 나섰다는 걸 확신하지 않았더면 네 외삼촌은 절대 그 사람에게 문제 해결을 위임하지 않았을 거다. 이건 네가 전적으로 믿어도 되는 일이야.

이 일이 다 해결되자 다아시 씨는 다시 친구들이 머물고 있는 펨벌리로 돌아갔어. 하지만 결혼식을 올릴 때 다시 런던에 와서 금전적인 문제를 깨끗이 마무리 짓기로 했단다.

이 정도면 네게 모든 걸 알려 준 것 같구나. 자초지종을 듣고 넌 많이 놀랐을 거야. 하지만 적어도 네게 불쾌감을 주지는 않았으면 한다. 리디아가 우리 집에 와 있었고, 우리는 위컴도 우리 집에 아무 때나 드나들 수 있도록 허락했어. 그 사람은 처음 하트퍼드셔에서 만났을 때와 조금도 달라진 게 없더라. 우리 집에 있을 때 리디아가 하는 짓이 얼마나 마음에 안 들었는지는 말하지 않으려고 했다만, 지난 수요일에 받은 제인의 편지를 보니까 집에 돌아가서도 여전히 똑같이 행동하나 보더구나. 지금 이런 얘기를 해도 새삼 네 마음을 상하게 하지는 않을 것 같아서 하는 말이다. 나는 리디아에게 수없이 진지하게 타일렀어. 그 애가 한 행동이 얼마나 지각없는 일이고 가족들에게 얼마나 큰 고통을 안겨 주었는지 깨닫게 하려고 했단다. 내 말을 조금이라도 들었다면 다행이었겠지만 도무지 들을 생각이 없더구나. 어떤 때는 화가 치밀어 오르기도 했지만 너와 제인을 생각해서 꾹 참았단다.

다아시 씨는 리디아가 얘기한 것처럼 약속대로 런던에 돌아와서 결혼식에 참석했단다. 그다음 날 우리와 함께 저녁 식사를 하면서 수요일이나 목요일에 런던을 떠난다고 했어. 엘리자베스, 내가 이 기회에 다아시 씨를 무척 좋아하게 되었다고 하면 넌 내게 화를 낼 거니? 전에는 감히 이런 얘기를 꺼낼 수 없었다만, 어떤 면에서 보더라도 다아시 씨는 더비셔에서처럼 우리에게 친절하고 예의 바르게 대해 주었단다. 다아시 씨의 이해심과 판단력은 정말 훌륭했어. 부족한 점을 꼽으라면 좀 활달하지 못하다는 것뿐인데 그런 점은 현명한 결혼을 해서 부인에게 배울 수 있을 거라는 생각이 드는구나. 네 이름을 입 밖에도 내지 않는 걸 보고 약간 음흉스럽다는 느낌도 들었어. 요즘은 음흉한 게 유행이긴 한가 보더라.

내가 너무 주제넘은 말을 했다면 용서하길 바란다. 용서가 안 된다면 적어도 P*에서 추방하는 벌은 내리지 말아 주렴. 공원을 모두 돌아보기 전에는 마음이 흡족하지 못할 것 같다. 예쁜 망아지 한 쌍이 끄는 나지막한 사륜마차면 더 바랄 게 없을 것 같다. 이제 더는 못 쓰겠구나. 아이들이 30분 동안이나 나를 찾고 있단다.

이만 줄일게.

외숙모가

편지 내용을 읽고 엘리자베스는 가슴이 터질 것만 같았다. 그녀의 가슴을 차지하고 있는 감정이 기쁨인지 고통인지 알 수 없었다. 엘리자베스는 다아시가 리디아의 결혼을 성사시키기 위해 어떤 노력을 할지도 모른다는 막연하고 불안한 의혹을 마음속에 품고 있었다. 그러나 그렇게까지 하는 건 너무 지나친

---

* 펨벌리를 가리키는 말이다.

친절이라는 생각이 들었고, 만일 정말 그런 일을 했다면 자신이 그에게 너무도 큰 빚을 지게 되는 일이라 걱정스럽기도 했다. 그런데 그 모든 추측이 모두 사실로 증명되었다. 다아시는 일부러 런던까지 두 사람을 뒤쫓아 갔고, 두 사람을 찾는 과정에서 일어난 모든 어려움과 굴욕감을 견뎌 냈다. 자신이 가장 경멸하고 혐오하는 여자에게 간청도 해야 했고, 절대로 마주치고 싶지 않고, 이름을 입에 올리는 것조차 고통스러운 남자를 몇 번이나 만나서 타이르고 설득하고 마지막에는 뇌물까지 줄 수밖에 없었다. 이 모든 일이 전혀 호감도 없고 존중할 수도 없는 한 어린 여자를 위한 것이었다.

엘리자베스의 마음은 다아시가 한 이 모든 일들이 자신을 위해서 한 일이었다고 속삭이고 있었다. 그러나 곧이어 다른 생각이 떠올라 그녀의 희망을 스러지게 만들었다. 자신의 청혼을 이미 거절했던 여자에 대한 다아시의 애정이 위컴과 인척 관계를 맺어야 하는 혐오스러운 심성을 극복할 만큼 강하다고 믿는 것은 허영심 강한 그녀로서도 염치없는 일이었다. 위컴과 동서 지간이 되다니! 그의 자존심은 이런 관계를 도저히 견딜 수 없을 것이다. 그는 분명 굉장한 일을 했다. 그가 얼마나 대단한 일을 했는가를 생각하면 그녀는 부끄러워서 견딜 수가 없었다. 그러나 그는 자신이 나선 이유를 분명하게 밝혔고 그 이유는 충분히 납득할 만한 것이었다. 다아시가 자신의 잘못을 시인

한 것은 사리에 맞는 일이었고, 그는 관대한 사람이었고, 또 그에게는 그런 관대함을 베풀 만한 재산이 있었다. 엘리자베스는 다아시가 이 일에 개입한 주된 동기가 자기 자신이라고 내세우고 싶지는 않았다. 그러나 그가 자신에 대한 미련 때문에 자신의 마음을 편하게 해 주기 위해 리디아의 일에 적극적으로 개입했을 거라는 생각을 떨쳐 버릴 수는 없었다. 어쨌든 리디아가 집으로 돌아온 것도, 명예를 회복할 수 있었던 것도, 그리고 다른 모든 일들이 모두 다아시의 덕분이었던 것이다.

엘리자베스는 다아시에 대해 품었던 불손한 감정과 그에게 퍼부었던 건방진 말들을 가슴 깊이 뉘우치고 있었다. 그녀는 자신에 대해 부끄러운 감정을 느꼈고, 다아시에 대해서는 자랑스러움을 느꼈다. 다른 사람에 대한 연민과 명예를 위해서 자신의 감정을 극복할 수 있었던 그가 존경스럽기까지 했다. 그녀는 외숙모가 다아시를 칭찬하는 편지 구절을 몇 번이고 되풀이해서 읽었다. 그것만으로는 부족한 칭찬이었지만 그래도 그녀는 기뻤다. 외숙모와 외삼촌은 다아시와 그녀 사이에 애정과 신뢰가 있는 걸로 믿고 있었다. 엘리자베스는 두 분의 기대가 깨어질까 봐 안타까우면서도 한편으로는 기쁘기도 했다.

누군가 다가오는 소리에 엘리자베스는 상념에서 깨어나 자리에서 일어섰다. 그녀가 다른 길로 접어들기 전에 위컴이 뒤따라왔다. 그는 엘리자베스에게 다가오며 말했다.

"혼자 산책을 즐기시는데 제가 방해가 된 것 같군요, 처형."

엘리자베스는 웃으며 대답했다.

"네. 그렇다고 환영하지 않는다는 뜻은 아니에요."

"방해가 되었다면 정말 죄송합니다. 우리는 항상 좋은 친구였죠. 지금은 더 좋은 친구가 되었지만."

"그래요. 다른 사람들도 나올 건가요?"

"모르겠습니다. 장모님과 리디아는 마차를 타고 메리턴으로 갈 겁니다. 그런데 외삼촌 내외분 말씀을 들으니 처형이 펨벌리에 가셨다고 하던데요."

엘리자베스는 그렇다고 대답했다.

"처형이 정말 부럽군요. 저한테는 과분한 일이겠지만. 그렇지 않다면 뉴캐슬로 가는 길에 그런 기쁨을 누릴 수도 있을 텐데 말입니다. 그곳에서 나이 많은 가정부도 보셨겠군요. 레이놀즈 부인 말입니다. 정말 안 됐어요. 그분은 저를 무척 예뻐하셨죠. 하지만 물론 제 이름을 얘기하지는 않았겠죠."

"아니요. 얘기했어요."

"그래요? 뭐라고 얘기하던가요?"

"위컴 씨가 군대에 입대했다고 하더군요. 그런데 그렇게 잘된 것 같지는 않다고 걱정하시던데요. 그렇게 멀리 떨어진 곳에서는 이상한 오해도 생길 수 있겠죠."

"물론 그렇습니다."

위컴은 입술을 깨물면서 대답했다.

엘리자베스는 그걸로 그의 입을 다물게 할 수 있을 거라고 기대했지만 그는 곧 말을 이었다.

"지난달에 런던에서 다아시를 만나서 깜짝 놀랐습니다. 런던에서 몇 번이나 서로 지나쳤죠. 런던에서 뭘 하고 있는 건지 모르겠더군요."

"드 버그 양과 결혼 준비를 하는 게 아니었을까요? 이럴 때 런던에 갔다면 분명 뭔가 특별한 볼일이 있어서겠죠."

"그걸 겁니다. 램턴에 계실 때 다아시를 만나 보셨나요? 외삼촌 댁에서 들은 얘기로는 두 분이 만나셨다고 하던데."

"네, 만났어요. 동생에게도 우리를 소개시켜 주더군요."

"조지애나 양이 마음에 드시던가요?"

"네, 아주 마음에 들었어요."

"1~2년 동안에 조지애나 양이 많이 좋아졌다는 말은 들었습니다. 제가 마지막으로 봤을 때는 앞날이 걱정스럽던데. 처형의 마음에 드셨다니 다행이군요. 조지애나 양이 잘되길 바랍니다."

"당연히 잘될 거예요. 가장 힘든 시기를 잘 넘겼으니까요."

"킴프턴 마을을 지나셨나요?"

"지나간 기억이 없는데요."

"그 마을 얘기를 꺼내는 건 그곳이 제가 목사직을 위임받기로 했던 교회가 있는 곳이기 때문입니다. 아주 아늑하고 쾌적한 동네죠. 목사관도 훌륭하고. 어느 모로 보나 제게 적합한 곳이었습니다."

"목사가 되었다면 설교하는 걸 좋아하셨을까요?"

"당연히 좋아했을 겁니다. 설교를 제 의무로 생각했을 거고, 그러다 보면 곧 그런 수고쯤은 힘들지 않은 일이 되었겠죠. 이제 와서 불평하는 건 소용없는 일이지만, 분명히 그곳은 저에게 가장 어울리는 곳이었을 겁니다. 조용하고 한가한 생활은 저의 행복에 대한 이상을 충족시켜 주는 삶입니다. 하지만 제 뜻대로 되지 않았죠. 켄트에 계실 때 다아시 씨가 그런 얘기를 하지 않던가요?"

"믿을 만한 분에게서 들은 얘기로는, 목사직은 조건부로 위컴 씨에게 주어진 것이었고 현재의 후원자가 결정하게 되어 있다고 하던데요."

"그 얘기를 들으셨군요. 맞습니다. 그런 부분도 있었죠. 처음부터 제가 그렇게 말씀드렸는데 기억하실지 모르겠습니다."

"예전에는 지금처럼 설교하는 게 체질에 맞지 않는다고 하셨다죠. 그리고 절대로 목사직을 위임받지 않겠다고 선언하셨고, 그래서 그런 뜻에 따라 일이 절충되었다는 얘기를 들었어요."

"그런 말씀을 들으셨군요. 전혀 근거 없는 얘기는 아닙니다. 제가 처음 처형께 그 일에 대해 말씀드렸던 내용을 기억하실지 모르겠군요."

두 사람은 이제 거의 집 문 앞에 도착했다. 엘리자베스는 빨리 위컴을 피하고 싶어서 걸음을 재촉했다. 그러나 리디아를 생각하면 위컴을 화나게 만드는 일은 언니로서 해서는 안 될 행동이었다. 엘리자베스는 억지로 상냥하게 미소를 지으며 말했다.

"위컴 씨, 우린 이제 한 가족이에요. 그러니까 지난 일 때문에 다투지 않기로 해요. 앞으로는 언제나 한마음이 되었으면 좋겠군요."

이렇게 말하면서 엘리자베스는 위컴에게 손을 내밀었다. 그는 어디다 시선을 두어야 할지 몰라 허둥대면서도 정중하고 다정한 태도로 그녀의 손에 입을 맞췄다. 그런 다음 두 사람은 집으로 들어갔다.

11

위컴은 엘리자베스와 나눈 대화가 만족스러웠기 때문에 다시 그 문제를 화제에 올려서 스스로 곤혹스러운 지경에 빠지거나 엘리자베스를 자극하는 행동은 하지 않았다. 엘리자베스는 자기가 그의 입을 다물게 했다는 걸 알고 흡족해했다.

드디어 위컴과 리디아가 떠날 날이 다가왔다. 베넷 부인은 어쩔 수 없이 딸과의 이별을 받아들여야 했다. 부인은 온 가족이 올겨울에 뉴캐슬에 가자고 제안했지만 남편은 들은 척도 하지 않았다. 다시 딸을 만나려면 적어도 열두 달은 있어야 할 것 같았다.

"리디아, 내 딸아. 언제 다시 만날 수 있을까?"

베넷 부인은 울먹이며 말했다.

"나도 모르죠. 아마 2~3년 동안은 못 볼 것 같네요."

"자주 편지하렴."

"되도록 자주 편지할게요. 하지만 결혼한 여자들은 편지 쓸 시간이 많지 않다는 거 엄마도 아시잖아요. 언니들이 내게 편지하겠죠. 달리 할 일도 없을 테니까요."

위컴은 자기 아내보다는 다정하게 작별 인사를 했다. 그는 잘생긴 얼굴에 미소를 지으며 귀에 달콤한 말들을 많이도 늘어놓았다. 두 사람이 집에서 나가자마자 베넷 씨가 말했다.

"내가 본 사람들 중에서 가장 훌륭한 청년이야. 능글맞게 히죽거리면서 살살거리는 게 어디 내놓고 자랑하고 싶구나. 윌리엄 루카스 경도 나보다 더 훌륭한 사위를 구하진 못할 거다."

베넷 부인은 딸을 잃은 것 같은 느낌 때문에 며칠 동안 몹시 우울해했다.

"사랑하는 사람과 헤어지는 것보다 더 슬픈 일은 없다는 생각이 자꾸만 드는구나."

"딸을 시집보내면 다 그런 거예요, 어머니."

엘리자베스가 말했다.

"나른 내 딸들은 아직 결혼하지 않았으니까 그걸로 만족하셔야죠."

"그렇지 않아. 리디아는 결혼해서 내 곁을 떠난 게 아니야. 남편 부대가 좀 더 가까웠더라면 그렇게 빨리 떠나지는 않았을 텐데."

그러나 이 일 때문에 울적해진 베넷 부인의 기분은 곧 회복되었고, 그 당시 동네에 떠돌기 시작한 새로운 소식 덕분에 다시 새로운 희망에 들떴다. 며칠간 사냥을 하기 위해 네더필드 집에 주인이 도착할 테니 준비하라는 지시를 가정부가 받았다는 소문을 들었던 것이다. 베넷 부인은 몸이 달아서 잠시도 가만히 있지를 못했다. 그녀는 제인을 쳐다보다가는 혼자 미소를 짓다가 머리를 흔들기를 반복했다.

"그래, 됐어. 빙리 씨가 내려온단 말이지. 동생, (필립스 부인이 가장 먼저 소식을 알려 주었다.) 정말 잘된 일이야. 뭐 내가 그렇게 신경 쓰는 건 아니지만, 빙리 씨는 우리하고 아무 상관도 없는 사람이잖아. 난 다시는 그 사람을 보고 싶지도 않아. 하지만 자기가 좋아서 오는 건데 누가 뭐라겠어? 그리고 무슨 일이 생길지 누가 알아? 그렇다고 우리하고 무슨 상관이 있는 건 아니지만. 동생, 자네도 알다시피 우리는 오래전에 그 얘기는 다시 언급하지 않기로 약속했잖아. 그런데, 빙리 씨가 오는 게 확실하긴 한 거야?"

"틀림없어요. 니콜스 부인이 어젯밤에 메리턴에 있었대요. 그 부인이 지나가는 걸 보고 나도 사실을 확인해 보려고 일부러 나가서 물어봤다니까요. 그랬더니 맞다고 했어요. 늦어도 목요일이나 아니 어쩌면 수요일에 내려온대요. 그날 쓸 고기를 주문하러 푸줏간에 가는 길인데, 마침 적당한 오리가 있어서 여섯 마리나 살 거라고 하더라구요."

베넷 양은 빙리 씨가 온다는 소식을 듣자 안색이 변했다. 몇 달 동안 그녀는 엘리자베스에게 빙리의 이름을 한 번도 언급한 적이 없었다. 그러나 두 사람만 남았을 때 그녀가 말했다.

"오늘 이모가 빙리 씨 얘기를 할 때 네가 날 쳐다보더구나. 내가 당황한 표정을 지었다는 거 알아. 그렇다고 내가 바보 같은 생각을 한 건 아니니까 걱정하지 마. 다들 날 쳐다볼 것 같아서 순간적으로 당황했던 것뿐이야. 그 소식을 들었을 때 별로 기쁘지도 않았고, 그렇다고 마음이 아프지도 않았어. 빙리 씨가 혼자 내려온다는 게 다행스럽긴 해. 그럼 그분을 볼 일이 적어질 테니까. 나 자신이 두려운 게 아니라 사람들이 내게 관심을 갖는 게 싫은 거야."

엘리자베스는 이 일을 어떻게 받아들여야 할지 알 수가 없었다. 빙리를 더비셔에서 만나지 않았다면 사람들이 말하는 것처럼 사냥을 하기 위해 내려오는 거라고 생각할 수도 있었다. 하지만 그녀는 빙리가 아직도 제인을 마음에 두고 있다고 생각했기 때문에 그가 다아시의 허락을 받고 오는 건지, 아니면 그의 허락 없이 혼자 오기로 작정한 건지 궁금했다. 어느 쪽이 더 가능성이 큰지 판단하기가 어려웠다.

'빙리 씨 입장에서는 자신이 합법적으로 세 든 집에 오는 건데, 다른 사람들이 온갖 억측을 하는 건 너무 심한 일이야. 그분 생각에 맡기는 게 당연한 거지.'

빙리 씨가 도착한다는 소식을 듣고 제인이 아무렇지도 않다고 말했고, 또 본인이 그렇게 믿고 있었음에도 불구하고, 엘리자베스는 제인의 마음이 흔들리고 있다는 걸 감지할 수 있었다. 제인은 어느 때보다 불안정하고 동요하고 있었다. 12개월 전에 베넷 부부 사이에서 격렬한 싸움이 벌어졌던 화제가 다시 두 사람 사이에 논쟁거리가 되었다.

"빙리 씨가 오면 당연히 한번 찾아가 보실 거죠?"

"천만에. 작년에 당신이 날 억지로 빙리 씨를 찾아가게 하면서 장담하지 않았소. 내가 찾아가면 빙리가 우리 딸들 중에서 한 명과 결혼할 거라고 말이오. 그런데 결국 허탕만 치고 말았으니, 나는 다시는 그런 헛걸음은 하지 않을 거요."

베넷 부인은 네더필드로 돌아오는 빙리 씨에게 그만한 예의를 차리는 것은 한동네에 사는 신사로서 꼭 해야 할 일이라고 우겼다.

"그런 게 내가 가장 경멸하는 인사치레요. 우리와 교제하고 싶으면 그 사람더러 직접 찾아오라고 해요. 우리가 어디 사는지 모르는 것도 아니고. 난 내 이웃이 나갔다 들어올 때마다 쫓아다니면서 내 시간을 낭비할 생각은 추호도 없소."

"내가 아는 건, 당신이 찾아가지 않으면 굉장한 실례가 될 거라는 것뿐이에요. 그렇다고 해서 빙리 씨를 우리 집에 초대하지 못할 건 없죠. 난 이미 초대하기로 마음먹었어요. 얼마 안 있으면 롱 부인과 굴딩 씨 부부를 초대하기로 했으니까. 우리 가족까지 합해서 열세 명이면 꼭 한 자리가 남아요. 그 자리에 빙리 씨를 부르면 안성맞춤이겠네요."

베넷 부인은 이렇게 결정하는 걸로 남편의 결례를 참을 수 있었다. 그렇지만 자기 가족보다 이웃 사람들이 먼저 빙리 씨를 만날 거라고 생각하면 속이 뒤틀려서 견딜 수가 없었다. 빙리가 도착할 날짜가 가까워 오자 제인이 동생에게 말했다.

"그분이 오는 게 점점 걱정되는구나. 난 별일 아니라고 생각하고 태연하게 그분을 대할 수 있어. 그런데 왜들 그 일을 가지고 야단인지 모르겠어. 물론 어머니는 좋은 마음에서 그러시는 거지만, 듣는 내가 얼마나 괴로울지는 전혀 생각하지 않으시는 것 같아. 어머니뿐 아니라 다른 사람도 이해가 안 돼. 난 빙리 씨가 네더필드를 완전히 떠나면 정말 마음이 홀가분할 것 같아."

"언니에게 위로가 될 만한 얘기를 해 주고 싶지만 무슨 말을 해야 할지 모르겠어. 언니는 내 마음 알지? 힘들어하는 사람한테 인내하라고 설교하는 건 질색이야. 그렇게 말하지 않아도 언니는 지금까지 정말 잘 참아 왔잖아."

드디어 빙리가 도착했다. 베넷 부인은 하인들을 통해 그 소식을 가장 먼저 들었기 때문에 불안과 초조에 시달리는 시간도 그만큼 더 길었다. 부인은 빙리를 초대할 수 있을 때까지 남은 날짜를 세어 보고 그전에는 만날 기회가 없을 거라고 생각했다. 그러나 그가 하트퍼드셔에서 온 지 사흘째 되던 날 아침, 베넷 부인은 화장실 창문으로 빙리가 말을 타고 목장에 들어서서 집으로 오는 모습을 보았다.

베넷 부인은 이 놀랍고 기쁜 소식을 알리기 위해 다급하게 딸들을 불러 모았다. 소식을 들은 제인은 그대로 식탁 앞에 앉아 있었지만, 엘리자베스는 어머니의 기분을 맞춰 주려고 창가로 다가갔다. 그러나 다아시가 그와 함께 오는 모습을 보자 다시 돌아와 제인 옆자리에 앉았다.

"어머니, 빙리 씨하고 또 한 사람이 오고 있어요. 누굴까요?"

키티가 말했다.

"친구 아니면 아는 사람이겠지. 나도 누군지 모르겠다."

"항상 빙리 씨와 함께 다니던 사람인 것 같아요. 이름이 뭐였죠? 키가 크고 잘난 척하던 사람 있잖아요."

"세상에, 다아시 씨 아냐! 틀림없어. 하지만 지금은 빙리 씨 친구라면 누구라도 환영해야지. 빙리 씨 친구만 아니라면 꼴도 보기 싫은 사람이다만."

제인은 당황스럽고 걱정스러운 표정으로 엘리자베스를 쳐다보았다. 제인은 엘리자베스가 더비셔에서 다아시를 만났던 일에 대해 자세히 알지 못했다. 다아시의 장황한 편지를 받은 후두 사람이 처음 만나는 거라고 생각해서 엘리자베스가 그를 보면 무척 어색하고 불편할 거라고 걱정스러워했다.

제인도 엘리자베스도 불안하고 불편하기는 마찬가지였다.
두 자매는 서로를 걱정했고 당연히 자신의 일도 걱정했다. 베
넷 부인은 다아시 씨가 정말 싫다면서 그 사람을 단지 빙리 씨
의 친구로만 대하겠다며 수다를 늘어놓았지만, 두 딸의 귀에는
전혀 들리지 않았다. 엘리자베스에게는 제인이 짐작하지 못하
는 다른 부담감이 있었다. 엘리자베스는 아직 제인에게 가디너
부인의 편지를 보여 주고, 다아시에 대한 자신의 감정의 변화
를 말할 용기가 없었다. 제인은 다아시를 동생에게 청혼을 거
절당한 남자로 생각했고 아직 그의 가치를 제대로 인정하지 못
했다.

　그러나 다아시에 대해 제인보다 더 많은 사실을 알고 있는
엘리자베스에게 그는 자기 가족에게 큰 은혜를 베풀어 준 사
람이었다. 그녀는 제인이 빙리에 대해 품고 있는 것처럼 애틋
한 감정은 아니지만 다아시에 대해 이성적인 호감과 애정을 가
지고 있었다. 그런 다아시가 네더필드와 롱본에 자발적으로 자
신을 찾아와 주었다는 것은 더비셔에서 그의 달라진 태도를 보
았을 때만큼 놀라운 일이었다. 그녀의 얼굴은 창백하게 질렸다
가 다시 빨갛게 달아올랐고 기쁨의 미소가 두 눈에 광채를 더
해 주었다. 그의 애정과 희망이 아직도 변하지 않은 게 분명했
지만, 아직 그의 감정을 확신하기에는 이르다고 생각했다.

　'우선 어떻게 행동하는지 지켜보는 게 좋겠어. 나중에 판단

해도 늦지 않아.'

엘리자베스는 자리에 앉은 채 손에 들고 있는 일감에 정신을 집중하고 있었다. 그녀는 침착한 모습을 흐뜨리지 않으려고 애를 쓰면서 눈을 들어 올릴 생각조차 못하고 있었다. 그러다가 하인이 문으로 다가올 때 더 이상 궁금증을 참지 못하고 고개를 들어 언니의 얼굴을 쳐다보았다. 제인은 평소보다 얼굴이 더 창백하긴 했지만 생각했던 것보다는 침착해 보였다. 남자들이 들어서자 제인의 얼굴이 살짝 붉어졌다. 그러나 화가 난 기색을 보이지도 않았고, 지나친 친절도 보이지 않으면서 편안하게 그들을 맞이했다.

엘리자베스는 예의에 어긋나지 않는 한도 안에서 되도록 말을 아꼈다. 그리고 다시 자리에 앉아서 여느 때와는 달리 열심히 뜨개질에 몰두했다. 그녀는 용기를 내서 딱 한 번 다아시를 쳐다보았다. 그는 평소처럼 진지한 표정이었지만, 펨벌리에서 보았던 표정보다 하트퍼드셔에서 본 표정과 비슷했다. 엘리자베스의 어머니 앞이라서 외삼촌과 외숙모 앞에서 하던 것처럼 편하게 행동할 수 없을 거라는 생각이 들었다. 그런 생각이 들자 엘리자베스는 다시 마음이 불편해져서 그를 마주 볼 수 없을 것 같았다.

엘리자베스가 잠시 바라본 빙리는 즐거워 보였지만 한편으로는 당황스러워하는 모습이었다. 빙리에 대한 요란스러운 환대에 비해, 다아시를 대하는 베넷 부인의 태도는 쌀쌀맞고 형식적이어서 딸들은 민망해서 몸 둘 바를 모를 지경이었다.

다아시는 리디아를 씻을 수 없는 불명예에서 구해 준 사람이었다. 그러므로 베넷 부인은 누구보다 그에게 큰 은혜를 입은 셈이었다. 그러나 그런 사실은 꿈에도 모른 채 그를 냉대하는 어머니의 모습을 보는 엘리자베스는 너무도 마음이 불편하고 아팠다.

다아시는 엘리자베스에게 가디너 씨 부부의 안부를 물어 왔다. 엘리자베스는 당황해서 더듬거리며 겨우 대답을 했다. 다아시는 그런 다음에는 거의 말을 하지 않았다. 그가 앉아 있는 자리가 엘리자베스의 옆자리가 아닌 탓도 있었지만, 더비셔에서는 그렇게 행동하지 않았던 것 같았다. 더비셔에서 다아시는 엘리자베스와 대화를 나누지 않을 때는 그녀의 친척들에게 말을 걸었다. 그러나 지금은 몇 분이 지나도록 그의 목소리를 들을 수 없었다. 엘리자베스는 궁금한 마음을 억누르지 못하고 이따금 눈을 들어 그의 얼굴을 쳐다보았다. 그는 제인과 엘리자베스를 번갈아 쳐다보다가 그렇지 않을 때는 바닥만 내려다보고 있었다. 지난번 만났을 때보다 더 심각하고 진지해 보였고 사람들과 어울리고 싶은 마음이 없는 것 같았다. 그녀는 그런 그의 모습에 어쩐지 화가 났다. 그리고 실망하는 자신에게 더더욱 화가 치밀었다.

'내가 그이에게 뭘 기대할 수 있겠어? 그렇지만 그는 도대체 왜 여기에 온 걸까?'

엘리자베스는 속으로는 오직 다아시하고만 얘기를 나누고 싶었지만, 도저히 그에게 말을 건넬 용기가 나지 않았다. 겨우 누이동생의 안부만 묻고 그걸로 끝이었다.

"빙리 씨, 이곳을 떠나신 지 꽤 오래됐죠?"

베넷 부인이 말했다. 그는 그렇다고 대답했다.

"빙리 씨가 다시 돌아오시지 않으면 어쩌나 걱정했답니다. 사람들이 빙리 씨가 미카엘 축제 때 아주 네더필드를 떠나실 거라고들 했지만 난 사실이 아니길 바랐답니다. 여기를 떠나 계신 동안 아주 많은 일들이 있었죠. 루카스 양이 결혼해서 정착했고, 제 딸 하나도 결혼했답니다. 아마 기사를 읽으셨을걸요. 틀림없이 신문에서 보셨을 거예요. 타임스와 쿠리어지에 실렸거든요. 제대로 된 기사는 아니었지만 말이에요. '최근, 조지 위컴 씨와 베넷 양 결혼.' 이렇게만 나왔죠. 아버지가 누구고 사는 곳은 어디고 하여튼 그런 건 한 자도 안 넣었지 뭐예요? 제 동생 가디너가 작성한 건데 왜 그렇게 엉성하게 일처리를 했는지 모르겠어요. 혹시 그 기사 보셨나요?"

빙리는 보지 못했다고 대답하고 축하 인사를 했다. 엘리자베스는 눈을 들어 올릴 수조차 없었다. 그래서 다아시가 어떤 표정을 짓고 있는지 알 수가 없었다.

"딸을 잘 시집보내는 건 정말 기쁜 일이죠. 그렇지만 빙리 씨, 먼 곳으로 딸을 빼앗기는 건 한편으로는 너무 가슴 아픈 일 이랍니다. 그 애들은 뉴캐슬로 갔어요. 북쪽 끝에 있는 곳이라 나 봐요. 거기서 얼마나 살 건지 모르겠어요. 부대가 그곳에 있 거든요. 전에 있던 부대에서 나와 정규군에 입대했다는 말 들 으셨죠? 정말 다행이지 뭐예요. 친구들이 도와줬다나 봐요. 위 컴 씨에 비길 만한 친구는 많지 않지만 말이죠."

엘리자베스는 어머니의 마지막 말이 다아시를 가리키는 걸 알고 너무나 창피해서 도저히 자리를 지키고 앉아 있을 수가 없었다. 이런 상황을 어떻게든 모면해야겠다는 생각에서 그녀 는 나오지 않는 말을 억지로 꺼내서 빙리에게 이곳에 얼마 동 안 있을 예정이냐고 물었다. 그는 몇 주 정도 있게 될 것 같다고 대답했다.

"빙리 씨, 네더필드의 새를 다 잡으시면 롱본에 오셔서 저희 주인 양반 소유지에서 사냥하세요. 그이도 그렇게 하는 걸 기 뻐하실 거예요. 아마 제일 좋은 사냥감을 남겨 두실 겁니다."

베넷 부인의 지나친 참견에 엘리자베스는 더욱더 비참한 기 분에 빠져들어 갔다. 1년 전 그들의 마음을 들뜨게 했던 행복한 기대가 지금도 똑같이 되풀이되고 있었다. 그 아름다운 꿈은 그때와 다름없이 고통스러운 종말을 향해 치닫고 있는지도 몰 랐다. 그녀는 그 순간 자신이 느낀 당혹감과 수치심은 미래의 어떤 행복으로도 보상받을 수 없다고 생각했다.

'내가 지금 진심으로 바라는 건 다시는 이 두 사람을 만나지 않는 거야. 저 사람들과 교제하는 게 아무리 즐거운 일이라고 해도 지금 내가 느끼는 이 비참한 심정을 보상해 줄 수는 없어. 두 사람 모두 다시는 만나고 싶지 않아!'

엘리자베스는 마음속으로 이렇게 울부짖었다.

엘리자베스는 앞으로 어떤 행복을 누린다고 해도 지금의 수치심과 모멸감은 보상받을 수 없을 거라는 비참한 심정에 빠져 있었다. 빙리는 제인의 아름다운 모습을 보자 새삼 애모의 감정이 되살아난 것처럼 보였다. 엘리자베스는 그의 모습을 보며 어느 정도 위안을 얻었다. 빙리는 처음 방에 들어왔을 때는 제인에게 거의 말을 걸지 않았다. 그러나 시간이 흐를수록 점점 제인에게 깊은 관심을 보였다. 제인은 작년과 달라진 게 없이 여전히 아름다웠다. 말수가 약간 줄어든 것 같기는 했지만 상냥하고 꾸밈없이 소박한 태도는 변함이 없었다. 제인은 사실 예전과 달라지지 않은 모습을 보이려고 무진 애를 쓰고 있었다. 그리고 자신이 평소만큼 자연스럽게 말을 하고 있다고 생각했다. 그러나 머릿속이 너무 많은 생각에 가득 차 있어서 자신이 거의 말을 하지 않는다는 것조차 의식하지 못하고 있을 뿐이었다.

신사들이 돌아가려고 일어서자 베넷 부인은 마음속으로 계

획하고 있던 일을 잊지 않고 수일 내에 두 사람을 롱본으로 초
대하겠다고 말했다.

"우리 집을 방문할 빚이 남아 있는 거 아시죠? 지난겨울에
런던으로 떠나실 때 돌아오면 우리 가족하고 저녁 식사를 하기
로 약속하셨잖아요. 전 그 약속을 잊지 않고 있었답니다. 빙리
씨가 돌아오신 후에 약속을 지키지 않아서 얼마나 실망했는지
몰라요."

빙리는 어리둥절한 표정으로 생각을 더듬는 듯했지만, 곧 일
이 생겨서 약속을 지키지 못했다고 사과했다.

베넷 부인은 바로 그날 저녁 식사에 두 사람을 초대하고 싶
은 마음이 굴뚝같았다. 그러나 눈물을 머금고 며칠 후로 미룰
수밖에 없었다. 평소에도 늘 식탁이 풍성하기는 했지만, 두 코
스의 요리로는 특별한 사심을 품고 있는 빙리 씨에게 충분한
대접을 할 수 없을 것 같기도 했고, 더구나 연 수입이 1만 파운
드나 되는 다아시 씨의 미각과 자만심을 만족시킬 수는 없을
것 틀렸다.

12

두 사람이 돌아가고 난 후 엘리자베스는 기분 전환을 하기 위해 산책을 나섰다. 그러나 깊이 생각하면 할수록 기분이 더 우울하고 무거워졌다. 그녀는 다아시의 태도가 당혹스럽고 이해가 되지 않았다.

'그렇게 말도 안 하고 심각하고 차가운 표정으로 있을 거면 뭐 하러 여긴 온 거지?'

그녀는 다아시가 온 이유에 내해 속 시원한 답을 찾을 수가 없었다.

'런던에 있을 때는 외삼촌과 숙모에게 그렇게 친근하고 살갑게 굴더니 내겐 왜 그렇게 대하지 않는 걸까? 내가 두렵다면 여기에 올 이유가 없었잖아? 이제 나를 좋아하지 않는다면 그렇게 침묵만 지키고 있을 필요는 없을 텐데. 정말 이해할 수 없는 사람이야. 이제 더 이상 그 사람에 대한 생각은 하지 말아야

겠어.'

그녀의 이런 다짐은 언니가 다가오는 바람에 잠시 중단되었다. 제인은 밝은 표정으로 동생 옆에 와서 앉았다. 그녀의 표정으로 짐작건대 그녀는 방문한 손님들에 대해 만족스러워하는 것 같았다.

"그분을 다시 만나고 나서 마음이 정말 편해졌어. 내가 얼마나 강한지도 알게 됐고, 그분이 다시 온다고 해도 절대 당황하지 않을 자신이 생겼어. 화요일에 우리 집에서 저녁 식사를 한다니 다행이야. 그럼 우리가 이제 특별한 사이가 아닌 친구로 만난다는 걸 사람들이 알게 될 테니까 말이야."

"그래, 평범한 친구 사이지."

엘리자베스가 웃으면서 말했다.

"하지만, 언니 조심해."

"리지, 넌 내가 다시 위험에 빠질 정도로 나약하다고 생각하는 거니?"

"아니, 언니가 빙리 씨를 예전처럼 다시 사랑에 빠지게 할 위험이 있다고 생각해."

그들은 화요일이 되어서야 다시 그 신사들을 만났다. 그동안 베넷 부인은 지난번 30분 동안 방문했을 때 빙리 씨가 예전과 다름없이 밝고 예의 바른 태도를 보여 준 것에 힘을 얻어 다시금 행복한 계획을 짜느라 여념이 없었다.

화요일에 롱본에 많은 사람들이 모여들었다. 그들이 가장 마음 졸이며 기다리던 두 사람은 시간 엄수를 중요시하는 사냥꾼들답게 정확히 시간에 맞춰 도착했다. 그들이 식당으로 들어가자 엘리자베스는 빙리가 예전처럼 제인의 옆자리에 앉는지 주시했다.

이런 일에는 눈치 빠른 베넷 부인도 같은 생각을 하고 있던 터라 빙리를 자기 옆자리에 앉게 하고 싶은 마음을 애써 눌렀다. 빙리는 방으로 들어서자 잠시 망설이는 것 같았다. 그러나 제인이 주위를 둘러보면서 웃는 모습을 보자 그 순간 모든 일이 결정되었다. 그는 제인 옆자리에 자리를 잡았다. 엘리자베스는 승리감을 맛보며 그의 친구에게 시선을 돌렸다. 다아시는 점잖고 태연한 표정을 짓고 있었다. 빙리 역시 어색하고 불안한 미소를 지으며 다아시를 쳐다보고 있었다. 그런 빙리의 모습을 목격하시 않았더라면, 엘리자베스는 그가 다아시에게서 제인과의 결혼 승낙을 받아 냈다고 생각했을 것이다.

식사를 하는 동안 빙리는 전보다 더 주시하는 눈들이 많은데도 제인에 대한 애정을 숨기려 하지 않았다. 엘리자베스는 둘만의 시간을 가진다면, 두 사람의 애정과 행복이 급속도로 진행될 수 있을 거라고 생각했다. 언니에 대한 빙리의 태도를 보는 것만으로도 엘리자베스는 흡족했다. 그녀는 결코 유쾌한 기분은 아니었지만, 언니의 사랑이 결실을 맺을 거라는 기대로 조금은 기운이 나는 것 같았다.

다아시는 엘리자베스와 가장 거리가 먼 식탁 맞은편에 앉아 있었다. 그의 자리는 베넷 부인 바로 옆자리였는데, 두 사람 모두에게 전혀 즐거움이나 이득이 되지 않는 배치였다. 두 사람의 대화가 들리지는 않았지만, 서로 거의 대화를 나누지 않았고 어쩌다 말을 건네도 형식적이고 냉랭한 말이 오간다는 걸 알 수 있었다. 어머니의 무례한 태도를 보자 엘리자베스는 자기 가족이 다아시에게 얼마나 큰 빚을 지고 있는가를 생각하고 마음이 불편해서 견딜 수가 없었다. 그녀는 다아시에게 가족 모두가 그가 베푼 은혜를 모르고 있는 건 아니라고 말하고 싶었다. 그런 충동을 억누르느라 힘이 빠질 지경이었다.

엘리자베스는 저녁에 다아시와 둘만 있게 될 기회가 오기만을 기대했다. 그들이 가기 전에 형식적인 인사 이상의 대화도 나누지 못할까 봐 두려웠다. 두 사람이 들어오기 전에 엘리자베스는 응접실에서 불안하고 초조하게 그들을 기다리며 지루하고 우울한 시간을 보냈다. 그녀는 그날 저녁을 즐겁게 보낼 수 있는 기회가 그 순간에 결정되기라도 하는 것처럼 초조하게 그들이 들어오기를 기다렸다.

'다아시가 다시 나한테 말을 걸지 않으면 난 영원히 그를 단념할 거야.'

엘리자베스는 속으로 이렇게 다짐했다.

드디어 두 사람이 응접실로 들어왔다. 엘리자베스는 그들이 마치 자신의 속마음에 응답한 것처럼 느꼈다. 그러나 안타깝게도 제인은 차를 만들고 있었고, 차를 따르는 테이블 주변에 여자들이 무슨 모의라도 하는 것처럼 빈틈없이 모여 있어서 엘리자베스 옆에는 의자 하나 놓을 자리가 없었다. 게다가 신사들이 다가오는 것을 보자 한 여자가 그녀의 귀에 대고 속삭였다.

"남자들이 와서 우리를 갈라놓지 못하게 해야겠다. 우리는 남자들은 필요 없어. 그렇지?"

그래서 다아시는 다른 쪽으로 걸어가 버리고 말았다. 그녀는 그를 응시하며 그가 말을 건네는 사람들을 부러워하느라 차를 따르는 일마저 잊어버릴 지경이었다. 그러다 어리석은 자신의 행동에 다시 화가 치밀어 올랐다.

'그는 이미 내게 한 번 거절당했던 사람이야! 그런 남자에게 다시 나에 대한 애정이 되살아나기를 기대한다는 건 너무 어리석은 일이야. 같은 여자에게 두 번이나 청혼할 만큼 쓸개 빠진 남자가 어디 있을라고. 모욕도 그렇게 참기 힘든 모욕은 없을 거야.'

그러나 다아시가 직접 자신의 커피를 가지고 오는 걸 보자 엘리자베스는 용기를 내어 말을 건넬 기회를 잡았다.

"누이동생은 아직 펨벌리에 있나요?"

"네, 크리스마스 때까지는 거기 있을 겁니다."

"혼자서요? 다른 친구들은 모두 떠났잖아요?"

"앤즐리 부인과 같이 있습니다. 다른 사람들은 3주 전에 스카보로에 갔습니다."

엘리자베스는 더 이상 할 말이 떠오르지 않았다. 다아시가 그녀와 대화하기를 원했다면 더 좋은 대화거리를 생각해 낼 수 있을 거라고 생각했다. 그러나 그는 아무 말 없이 몇 분 동안 그녀의 곁에 서 있기만 했다. 그러다가 그 젊은 아가씨가 엘리자베스의 귀에 대고 다시 뭔가 속삭이는 걸 보자 다른 쪽으로 가 버렸다.

찻잔과 다른 물건들이 치워지고 카드 테이블이 차려지자 여자들은 모두 자리에서 일어섰다.

엘리자베스는 이제 다아시와 함께 시간을 보낼 수 있을 거라고 기대했지만 그런 기대 역시 물거품이 되고 말았다. 어머니가 휘스트 게임을 할 사람 숫자를 채우려는 욕심으로 다아시를 데려가서 자리에 앉히는 모습을 보았기 때문이었다.

이제 엘리자베스는 아무런 희망도 가질 수 없었다. 저녁 내내 그들은 다른 테이블에 앉아 있었다. 다아시가 자주 그녀에게 눈길을 돌리는 바람에 그 역시 자기처럼 게임을 제대로 하지 못하고 있다는 걸 알 수 있었고, 그것만이 그녀가 기대할 수 있는 유일한 희망이었다.

베넷 부인은 빙리와 다아시를 저녁 내내 붙잡아 둘 요량이었지만, 아쉽게도 두 사람은 다른 사람들보다 먼저 마차를 불렀고 그래서 그녀는 그들을 더 잡아 둘 기회를 놓치고 말았다. 그녀는 그들이 떠나고 가족들만 남게 되자마자 말했다.

"얘들아, 오늘 어땠니? 난 모든 게 아주 기가 막힐 정도로 잘된 것 같은데 말이다. 내가 지금까지 본 것 중에서 가장 잘 차린 만찬이었어. 사슴 고기는 아주 적당하게 구워졌고, 모두들 그렇게 살이 많은 허리 고기는 처음 본다고 하지 않던? 수프도 지난주에 루카스 댁에서 먹은 것보다 50배는 더 맛있었어. 다아시 씨도 자고새 요리가 아주 일품이라고 인정하지 않았니? 그 댁에는 프랑스인 요리사가 적어도 두세 명은 될 텐데 말이다. 제인, 오늘 따라 네가 얼마나 예뻐 보였는지 모른다. 롱 부인도 네가 예쁘다고 야단이었어. 내가 물어봤거든. 게다가 뭐라고 했는지 아니? '베넷 부인, 드디어 따님을 네더필드에서 보게 되겠네요.' 이러는 거야. 롱 부인은 정말 좋은 사람이야. 부인의 조카딸들도 정말 얌전한 아가씨들이지. 인물은 없지만, 난 그 애들이 정말 마음에 든다."

베넷 부인은 한마디로 기분이 하늘에 붕 떠 있었다. 빙리 씨가 제인을 대하는 태도를 보고 그녀는 드디어 그를 사위로 맞이하게 되었다고 확신했던 것이다. 그녀는 상황을 자기 집안에 유리한 쪽으로만 해석해서 멋대로 기대를 부풀렸고, 바로 다음 날 빙리 씨가 청혼하러 오지 않자 실망이 이만저만이 아니었다.

"정말 유쾌한 하루였어. 파티에 참석하는 사람도 잘 선택했고 모두들 잘 어울렸어. 자주 만날 수 있으면 좋을 것 같아."

제인이 엘리자베스에게 말했다.

엘리자베스는 말없이 웃어 보였다.

"리지, 너 그러면 안 돼. 날 의심하는 거지? 그럼 난 정말 억울하단다. 난 그분과 얘기할 때 그저 유쾌하고 센스 있는 청년으로 대할 수 있었어. 그 이상은 기대하지 않았어. 현재 그분의 태도로 봐서 다시 내게 구애할 생각은 전혀 없는 것 같더라. 난 지금 아주 만족해. 난 그분이 다른 남자들보다 훨씬 더 부드러운 말투를 지녔고 남달리 다른 사람을 즐겁게 하기 때문에 그분을 좋아하는 것뿐이야."

"언니, 정말 짓궂은 거 알아? 날더러 웃지 말라고 하면서 자꾸 웃음이 나오게 만들고 있잖아."

"내 말을 믿게 만든다는 게 이렇게 어려울 때도 있구나."

"불가능한 경우도 있지."

"왜 내가 인정하는 것 이상의 감정을 가지고 있다고 날 설득하려고 드는 거니?"

"그건 내가 대답하기 곤란한 질문이야. 사람들이 원래 그렇잖아. 알 만한 가치가 없는 것만 가르칠 수 있는 주제에 남을 가르치길 좋아하는 존재들이지. 언니, 용서해 줘. 그래도 언니가 그분에게 무관심하다고 우기려면 내게 진심을 털어놓지 말아야 할걸."

13

며칠 후 빙리가 다시 롱본을 찾아왔다. 그는 혼자였다. 다아
시는 그날 아침 런던으로 떠나 열흘 후 다시 돌아올 거라고 했
다. 빙리는 베넷 가족들과 한 시간 넘게 같이 있었고, 무척 기분
이 좋아 보였다. 베넷 부인은 함께 식사를 하자고 권했지만 그
는 다른 약속이 있다면서 유감을 표시했다.

"다음에 오실 때는 꼭 함께 식사를 하셨으면 좋겠어요."

그는 언제든 흔쾌히 응하겠다고 말했다. 그리고 베넷 부인이
허락한다면 빠른 시일 내에 방문하고 싶다고 했다.

"그럼 내일 오실 수 있으신가요?"

베넷 부인이 묻자 그는 다음 날 약속이 없다면서 흔쾌히 수
락했다.

이튿날 빙리는 여자들이 옷을 차려입기도 전에 일찌감치 찾
아왔다. 베넷 부인은 머리를 손질하다 말고 화장할 때 걸치는

가운을 입은 채 제인의 방으로 뛰어 들어갔다.

"제인, 서둘러. 빨리 내려가 봐라. 빙리 씨가 왔어. 사라, 이리 와서 아가씨 옷 입는 것 좀 거들어라. 리지 아가씨 머리는 나중에 해도 돼."

그러자 제인이 말했다.

"될 수 있는 대로 빨리 내려갈게요. 하지만 키티가 우리보다 빨리 나갈 거예요. 30분 전에 올라갔거든요."

"아휴! 키티가 뭘 하겠니? 빨리 서둘러라, 빨리! 허리띠는 어디 있지?"

어머니가 가고 나자 제인은 동생과 같이 가지 않으면 혼자 내려가지 않겠다고 우겼다. 베넷 부인은 저녁에도 빙리와 제인 두 사람만 있게 하려고 안달이었다. 차를 마시고 나자 베넷 씨는 평소의 습관대로 자기 서재로 들어갔고, 메리는 피아노를 치기 위해 위층으로 올라갔다. 다섯 중에서 두 명의 장애물이 제거되고 나자, 베넷 부인은 엘리자베스와 캐서린에게 계속 눈을 깜빡거리며 신호를 보냈지만 두 사람은 전혀 협조하지 않았다. 엘리자베스는 모른 척하고 있었고, 키티는 천진난만하게 말했다.

"왜 그러세요, 엄마? 왜 계속 저를 보면서 눈을 깜빡이는 거예요?"

"아무것도 아니야. 아니, 난 네게 눈 깜빡인 적 없다."

그러나 5분이 지나자 더 이상 귀중한 시간을 낭비할 수 없다는 생각이 들었는지 갑자기 일어나서 키티에게 할 말이 있다면서 방에서 끌고 나갔다. 그 순간 제인이 엘리자베스를 쳐다보았다. 그 시선에는 어머니의 전략에 넘어가지 말라는 애원이 담겨 있었다. 몇 분 후 베넷 부인이 문을 반쯤 열더니 엘리자베스를 불러냈다.

"리지, 네게도 할 말이 있다."

엘리자베스는 어머니의 성화에 못 이겨 방에서 나가지 않을 수 없었다.

"두 사람만 있게 하는 게 좋지 않니?"

복도로 가자마자 베넷 부인이 말했다.

"나는 키티를 데리고 2층으로 올라가서 옷 방에 있어야겠다."

엘리자베스는 어머니에게 따지고 들 생각을 버리고 어머니와 키티가 보이지 않을 때까지 조용히 복도에 서 있다가 다시 거실로 돌아갔다.

베넷 부인의 계획은 헛수고로 돌아가고 말았다. 빙리는 모든 면에서 마음에 들게 행동했지만 자기가 딸의 연인이라는 사실을 공공연하게 밝히지는 않았다. 빙리는 여유 있고 유쾌한 성격으로 그날 저녁 파티를 한층 더 즐거운 시간으로 만들었다. 그는 베넷 부인의 주제넘은 간섭과 참견을 잘 참아 냈고, 부인의 온갖 어리석은 말들을 전혀 무시하거나 불쾌하게 생각하는 기색 없이 잘 받아넘겼다.

제인은 빙리의 그런 태도가 더없이 고마웠다. 그는 저녁 시간까지 머물러 달라는 부탁을 할 필요도 없이 선뜻 저녁을 함께 먹었고, 가기 전에 이튿날 아침 베넷 씨와 함께 사냥을 하러 오겠다고 약속했다. 이것은 자신의 의사이기도 했지만 베넷 부인의 권유에 따른 결정이었다.

이날 이후로 제인은 빙리가 자신에게 무관심하다는 말을 더 이상 하지 않게 되었다. 둘 사이에 빙리에 관한 이야기가 한마디도 나오지 않았지만, 엘리자베스는 다아시가 예정보다 빨리 돌아오지만 않는다면, 모든 일이 신속하게 마무리 지어질 수 있을 거라는 행복한 기대를 하며 잠자리에 들 수 있었다. 하지만 그녀는 이 모든 일들이 다아시의 동의하에 이루어졌을 거라고 어느 정도 추측하고 있었다.

빙리는 약속 시간에 정확히 맞춰서 도착했다. 그는 약속한 대로 베넷 씨와 오전 시간을 함께 보냈다. 베넷 씨는 빙리가 생각했던 것보다 훨씬 더 유쾌한 사람이라는 생각이 들었다. 빙리에게는 그를 자극해서 비웃고 싶은 마음이 들게 하거나, 혐오감을 일으켜서 대화하고 싶은 생각이 사라지게 할 만한 점이 전혀 없었다. 그래서 베넷 씨는 지금까지 빙리가 보았던 것보다 더 많은 말을 했고 괴팍스러운 면모도 보이지 않았다. 빙리는 베넷 씨와 함께 돌아와서 아침 식사에 참석했다.

저녁이 되자 베넷 부인은 다시 빙리와 제인을 단둘이 있게 만들려는 작전을 실행하고 있었다. 다행히 엘리자베스는 편지 쓸 일이 있어서 차를 마시고 나서 식당으로 갔다. 다른 사람들은 응접실에서 카드놀이를 하기로 되어 있어서 굳이 혼자 남아 어머니의 계획을 망치고 싶지 않았다.

편지를 다 쓰고 응접실로 돌아왔을 때 엘리자베스는 어머니의 머리가 자신이 따라갈 수 없을 만큼 비상하다는 걸 알고 놀라지 않을 수 없었다. 문을 열자마자 벽난로 앞에 서서 진지하게 대화에 열중하고 있는 제인과 빙리의 모습이 눈에 들어왔다. 뒤를 돌아보고 황급하게 서로 떨어지는 두 사람의 얼굴은 모든 걸 분명하게 말해 주고 있었다. 어색하기 짝이 없는 상황이었지만 더 난감해한 사람은 엘리자베스였다. 아무도 먼저 말을 꺼내지 않았다. 엘리자베스가 다시 문을 닫고 나가려고 할 때 제인과 함께 의자에 앉았던 빙리가 벌떡 일어나 제인에게 뭔가 귓속말을 하더니 황급히 방 밖으로 달려 나갔다.

제인은 엘리자베스가 듣고 기뻐할 소식을 더 이상 감출 수가 없었다. 그녀는 동생을 포옹하면서 생기에 넘쳐 지금 자기가 세상에서 가장 행복한 사람이라고 말했다.

"어떻게 이런 일이 일어날 수 있는 걸까! 내겐 너무 벅찬 일이야. 난 그럴 만한 자격이 없어. 나처럼 행복한 사람이 있을까?"

엘리자베스는 진심으로 기뻐하며 뜨겁게 축하해 주었다. 그녀의 벅찬 기쁨은 도저히 말로는 표현할 수 없을 정도였다. 동생의 축하는 제인을 더욱더 행복하게 만들어 주었다. 그러나 제인은 동생에게 자신의 기쁨을 반도 얘기하지 못했다.

"어머니한테 가 봐야겠어. 어머니가 그동안 얼마나 애태우며 걱정하셨니? 내가 직접 전해 드려야겠어. 그이는 벌써 아버지한테 갔단다. 오! 리지, 사랑하는 가족들에게 기쁜 소식을 전할 수 있어서 얼마나 좋은지 몰라. 난 지금 너무 행복해서 죽을 것만 같아."

제인은 서둘러 어머니에게로 달려갔다. 베넷 부인은 일부러 카드놀이판을 걷어 버리고 키티와 함께 위층에 앉아 있었다.

혼자 남게 된 엘리자베스는 몇 달 동안 그들을 초조하고 애타게 했던 일이 너무도 쉽게 일사천리로 해결된 걸 생각하며 안도의 미소를 지었다.

"빙리 씨의 친구가 그렇게 안달하면서 걱정하던 일이 이렇게 끝나 버리는 건가! 그 누이가 꾸미던 거짓말과 계략도 이젠 다 끝났어. 이거야말로 가장 행복하고 현명하고 합리적인 결말이 아니고 뭐겠어."

그녀는 이렇게 혼잣말을 하며 기쁨을 만끽했다.

얼마 지나지 않아 빙리가 다시 들어왔다. 아버지와의 짧은 면담이 성공적으로 끝난 것 같았다.

"언니는 어디 계신가요?"

그가 문을 열면서 다급하게 물었다.

"위층에 어머니와 함께 있어요. 아마 곧 내려올 거예요."

빙리는 문을 닫고 엘리자베스에게 다가와 동생으로서 축하해 달라고 말했다. 엘리자베스는 머지않아 형부와 처제 사이가 되는 게 진심으로 기쁘다고 말했다. 두 사람은 다정하게 악수를 나눴고, 엘리자베스는 언니가 내려올 때까지 빙리의 행복한 고백을 들어 주어야 했다. 그는 제인이 완벽한 여성이라며 칭찬을 아끼지 않았다. 엘리자베스는 빙리가 사랑에 빠져 있지만 그의 행복한 기대가 합리적인 판단 위에 세워진 거라고 믿었다. 제인이 훌륭한 지성과 탁월한 성품을 지니고 있는 데다 두 사람의 감성이나 취향이 닮았기 때문이었다.

모든 가족들에게 더할 수 없이 기쁜 저녁이었다. 제인의 즐겁고 만족스러운 기분은 그녀의 얼굴에 생기가 돌게 했고 그런 탓에 그녀는 어느 때보다 더 아름다워 보였다. 키티는 연신 싱글벙글하면서 자기 차례가 곧 왔으면 좋겠다고 말했다. 베넷 부인은 빙리와 30분 동안 얘기를 나눴지만, 어떤 말로 결혼 승낙을 해도 흡족하지 않은 것 같았다. 저녁 식사에 참석한 빙리의 목소리와 태도에서도 그가 정말 행복해하고 있다는 게 역력하게 드러났다.

베넷 씨는 빙리가 밤에 작별 인사를 할 때까지 그 일에 관해 한마디도 입을 떼지 않았다. 그러나 빙리가 떠나자마자 딸에게로 돌아서서 축하의 인사를 건넸다.

"제인, 축하한다. 넌 정말 행복한 아내가 될 거야."

제인은 아버지에게로 다가가 키스를 하고 웃으며 감사하다고 말했다.

"넌 정말 좋은 아가씨야. 네가 행복하게 되어서 정말 기쁘다. 두 사람은 틀림없이 잘 살 거다. 두 사람의 성품이 다른 게 하나도 없으니 말이다. 둘 다 귀가 얇아서 아무것도 결정되는 게 없을 거고, 너무 마음이 약해서 하인들은 죄다 두 사람을 속여 먹으려 들 테지. 게다가 너무 인심이 후해서 늘 수입을 초과해서 살 거다."

"그렇지 않을 거예요. 전 돈 문제에 있어서 무분별하고 경솔하게 행동하는 건 절대 용납하지 않을 거예요."

"수입을 초과해서 쓸 거라니! 여보, 도대체 무슨 말씀을 하시는 거예요? 그 사람 1년 수입이 4000~5000파운드나 된다는데, 아니 틀림없이 그것보나 너 많을걸요."

베넷 부인은 이렇게 남편을 공격하고 나서 딸에게 말했다.

"제인아, 난 지금 너무 행복하단다! 오늘 밤에는 한잠도 못 잘 것 같아. 이렇게 될 줄 알았어. 내가 분명히 이렇게 될 거라고 늘 말하지 않던? 네 미모가 그 값을 할 줄 알았지. 빙리 씨를 처음 봤을 때가 기억난다. 그 사람이 작년에 처음 하트퍼드셔에 들어왔을 때부터 나는 네 짝이 될 거라고 생각했단다. 지금껏 그렇게 잘생긴 청년은 처음 봤다!"

위컴과 리디아는 그녀의 머릿속에서 완전히 잊혀졌다. 제인은 베넷 부인에게 가장 사랑스러운 딸이 되었다. 그 순간 그녀는 다른 딸은 아무도 신경 쓰지 않았다. 동생들은 언니가 결혼을 하면 자기에게 떨어질 이득을 챙기려고 언니에게 은근히 청탁을 넣었다. 메리는 네더필드의 서재를 사용하게 해 달라고 부탁했고, 키티는 매년 겨울 그곳에서 몇 차례 무도회를 열어 달라고 졸라 댔다.

빙리는 그날 이후 당연히 하루도 거르지 않고 롱본에 드나들었다. 아침 식사 전에 오는 일도 자주 있었고, 속사정을 모르는 이웃이 밉살스럽게도 저녁 식사 초대를 해서 어쩔 수 없이 응해야 하는 경우를 제외하고는 항상 저녁 식사 이후까지 머물렀다.

엘리자베스는 이제 언니와 대화할 시간이 거의 없었다. 빙리가 와 있는 동안에는 제인은 다른 사람에게는 전혀 관심을 쏟지 않았다. 그러나 두 사람이 떨어져 있을 때는 엘리자베스가 두 사람에게 꽤 쓸모 있는 존재였다. 제인이 없을 때면 빙리는 제인에 관한 얘기를 하는 재미로 엘리자베스에게 접근했고, 빙리가 가고 나면 제인은 그에 관한 얘기로 마음을 달래기 위해 엘리자베스에게 다가왔다.

"그분은 정말 나를 행복하게 해 줘. 작년 봄에 내가 런던에 있다는 걸 전혀 몰랐대. 그럴 거라고는 생각지도 못했어."

제인이 어느 날 저녁 말했다.

"나는 그럴 거라고 추측했어. 그런데 그 일에 대해 빙리 씨가 뭐라고 얘기했어?"

"누이동생이 한 일이 틀림없어. 그이의 동생들은 오빠가 나와 사귀는 게 싫었던 게 분명해. 이상한 일도 아니지 뭐. 그이는 여러 가지 면에서 나보다 훨씬 조건이 좋은 여자를 고를 수도 있었을 테니까 말이야. 하지만 오빠가 나와 함께 있으면 행복하다는 걸 알게 되면 나를 받아들이게 될 거야. 우린 좋은 사이가 될 수 있을 거야. 물론 예전처럼 될 수는 없겠지만."

"언니가 한 말 중에서는 제일 야멸찬 말이네! 언니는 어쩜 그렇게 착해 빠졌어? 언니가 다시 빙리 양의 가식적인 행동에 속아 넘어가면 난 진짜로 화낼 거야."

"리지야, 넌 이게 믿어지니? 작년 11월에 런던에 갔을 때 그분은 나를 정말 사랑하고 있었대. 다시 이곳에 오지 않은 건 단지 내가 그분한테 관심이 없다고 생각해서 그런 거였나시 뭐니?"

"그분은 정말 큰 실수를 했던 거야. 하지만 그건 그분이 겸손하다는 증거이기도 하지."

이 말은 자연스럽게 빙리의 성품이 워낙 조심스럽고 신중하고, 자신의 장점을 과소평가한다는 칭찬을 제인의 입에서 끌어냈다.

엘리자베스는 빙리가 두 사람의 결혼에 자기 친구가 개입했 었다는 사실을 말하지 않은 걸 알고 마음을 놓았다. 누구보다 관대하고 마음이 여린 제인이지만, 이런 정황을 알게 되면 다아시에 대해 편견을 갖게 될 게 분명했다.

"난 세상에서 가장 운이 좋은 사람이야. 왜 내가 우리 가족 중에서 이렇게 큰 축복을 받은 걸까? 너도 나처럼 행복해지는 걸 볼 수 있으면 얼마나 좋겠니? 너한테도 그런 남자가 나타나면 오죽이나 좋을까."

"언니가 그런 남자를 마흔 명이나 내게 안겨 준다고 해도 난 언니처럼 행복할 수는 없을 거야. 언니처럼 착한 마음씨를 갖지 않는 한 절대 언니처럼 행복할 수 없을 테니까. 아냐, 나도 내 힘으로 내 운명을 개척해야겠어. 누가 알아? 조만간 제2의 콜린스 씨를 만나게 될지."

롱본 가족의 경사는 오랫동안 비밀로 유지될 수 없었다. 베 넷 부인은 필립스 부인에게 은밀히 소곤대는 특권을 행사했고, 필립스 부인은 허락도 없이 대담하게 메리턴의 모든 이웃 사람 의 귀에 대고 속삭였다.

불과 몇 주 전 리디아가 처음 도피 행각을 벌였을 때만 해도, 박복한 집안으로 사람들의 입방아에 오르내리던 베넷 집안은 순식간에 복이 넝쿨째 굴러 들어온 집이 되었다.

14

빙리가 제인과 약혼하고 일주일쯤 지난 어느 날 아침, 빙리
와 집안 여자들이 함께 식당에 앉아 있을 때였다. 갑자기 밖에
서 마차 소리가 들려서 창문 쪽을 바라보니 사두마차 한 대가
잔디밭으로 달려오고 있었다. 손님이 오기에는 너무 이른 시각
이었고, 마차도 이웃에서는 보지 못하던 것이었다. 마차를 끄는
말은 역마였고, 마차를 모는 하인의 복장도 눈에 익지 않았다.
누군가 멀리서 베넷 씨의 집을 방문하러 온 것이 분명했다. 빙
리는 제인에게 불청객에게 붙잡힐 게 아니라 같이 숲속으로 산
책을 나가자고 제안했다. 두 사람은 밖으로 나가고, 남은 세 사
람은 누가 찾아온 건지 추측하기에 바빴다. 문이 활짝 열리고
방문객이 등장할 때까지 아무도 방문객이 누군지 짐작조차 할
수 없었다. 방문객은 뜻밖에도 캐서린 드 버그 영부인이었다.

그들은 놀랄 마음의 준비는 하고 있었지만, 전혀 예상하지

못했던 손님인지라 놀라지 않을 수 없었다. 베넷 부인과 키티는 그 부인이 누구인지 전혀 모르면서도 엘리자베스보다 더 놀랐다. 캐서린 영부인은 평소보다 더 오만한 태도로 방에 들어서서 엘리자베스의 인사에 머리만 까딱하는 걸로 응답하고는 아무 말도 없이 자리에 앉았다. 소개해 달라는 영부인의 요청이 없었지만 엘리자베스는 어머니에게 영부인을 소개했다. 베넷 부인은 이렇게 귀한 분이 손님으로 오셨다는 게 더없이 자랑스러우면서도 갑작스런 방문에 당황해서 어쩔 줄 몰라 하며 최대한 공손하게 인사했다. 영부인은 잠시 아무 말 없이 앉아 있다가 엘리자베스에게 퉁명스럽게 말했다.

"잘 지냈겠지, 베넷 양. 저 부인이 어머니신가?"

엘리자베스는 그렇다고 대답했다.

"그리고 저 아가씨는 동생이겠지?"

"네, 그렇습니다."

베넷 부인은 캐서린 영부인에게 말을 붙이고 싶어서 얼른 대답했다.

"저 아이는 끝에서 둘째랍니다. 막내딸은 얼마 전에 결혼했습니다. 맏딸은 곧 우리 식구가 될 청년과 정원에서 산책하는 중이죠."

"정원이 아주 작군요."

캐서린 영부인이 잠시 사이를 두었다가 대답했다.

"송구스럽게도 로징스 저택에 비하면 보잘것없죠. 그렇지만 윌리엄 루카스 경 댁 정원보다는 훨씬 넓답니다."

"여름에 저녁 시간을 보내기에는 너무 불편한 거실이로군요. 창문이 서향이니 말이죠."

베넷 부인은 저녁 식사 이후에는 거실에 앉아 있지 않는다고 말하고 이렇게 덧붙였다.

"콜린스 씨 부부가 잘 지내고 있는지 여쭤 봐도 될지 모르겠군요."

"잘 지내고 있어요. 그저께 밤에 봤죠."

엘리자베스는 영부인이 샬럿이 자기한테 보낸 편지 얘기를 꺼낼 거라고 예상했다. 영부인이 이곳을 방문할 이유는 그것밖에 없을 것 같았다. 그러나 편지 얘기는 나오지 않았고 엘리자베스는 당혹스러웠다. 베넷 부인은 간단히 음식을 드실 것을 정중하게 권했지만 영부인은 예의도 없이 단호한 어조로 아무것도 먹지 않겠다고 거절했다. 그리고 일어서서 엘리자베스에게 말했다.

"베넷 양, 잔디밭 저쪽에 아담한 야생 숲이 있는 것 같던데 동행해 준다면 한 바퀴 돌아보고 싶군."

"어서 모시고 가서 다른 산책로도 보여 드려라. 영부인께서 관목 숲을 보시면 좋아하실 게다."

엘리자베스는 어머니가 시키는 대로 자기 방으로 달려가 양산을 가지고 나와 귀빈을 모시기 위해 아래층으로 내려갔다. 영부인은 복도를 지나가면서 식당과 거실로 통하는 문을 열고 잠시 둘러본 다음 꽤 괜찮아 보인다고 말하고는 다시 걸어가기 시작했다.

부인이 타고 온 마차는 문 앞에 있었다. 엘리자베스는 마차 안에 하녀가 타고 있는 걸 보았다. 두 사람은 말없이 조그만 숲과 이어진 자갈길을 걸어갔다. 엘리자베스는 평소보다 더 오만하고 무례한 태도를 보이는 영부인에게 굳이 말을 걸고 싶지 않았다.

'내가 이런 사람을 조카와 닮았다고 생각했다니!'

그녀는 영부인의 얼굴을 보며 생각했다.

숲속으로 들어서자 영부인이 말을 꺼냈다.

"베넷 양, 내가 여기에 온 이유를 잘 알고 있을 테지. 본인의 마음과 양심이 내가 왜 왔는지 말해 줄 테니까."

엘리자베스는 깜짝 놀라서 말했다.

"잘못 알고 계신 것 같군요. 저는 여기서 영부인을 뵙게 뒤 이유를 전혀 설명할 수가 없습니다."

"베넷 양."

영부인은 화난 음성으로 말했다.

"나를 우롱할 생각은 하지 않는 게 좋을 거야. 아무리 지각없이 행동하기로 작정했다고 해도 나까지 그렇게 대하진 못한다는 걸 알아야지. 내가 진지하고 솔직한 성격이라는 건 사람들이 다 인정하는 사실이고, 나는 이런 순간에도 내 미덕을 버리고 싶지는 않아. 이틀 전에 무척 놀라운 소식을 들었지. 듣기로는 언니가 아주 조건이 좋은 결혼을 하게 되었다더군. 게다가 엘리자베스 베넷 양 본인도 내 조카 다아시와 곧 맺어질 거라는 소문이 내 귀에까지 들려왔어. 헛소문이 분명하고 그 진위를 따지는 것 자체가 내 조카의 명예를 더럽히는 일이긴 하지만, 난 곧장 여기로 와서 내 기분이 어떤지 알려야겠다고 마음먹었어."

"그 소문이 사실이 아니라고 확신하신다면 수고스럽게 이곳까지 오실 필요는 없으셨을 텐데요. 무슨 뜻으로 여기까지 오신 건지요?"

엘리자베스는 놀라움과 모욕감으로 얼굴을 붉히며 말했다.

"그 소문이 거짓이라는 걸 모든 사람들에게 알리기 위해서 이곳에 왔지."

"영부인께서 저와 가족들을 만나기 위해 롱본에 오신 걸로 그 소문을 확인시켜 주신 셈이 됐군요. 만일 그런 소문이 실제로 있다면 말이죠."

엘리자베스가 차갑게 말했다.

"만일이라고! 정말 모른 척 잡아뗄 셈인가? 아가씨가 일부러 소문을 퍼뜨린 게 아니라는 거야? 그런 소문이 온 세상에 퍼졌다는 걸 모른단 말이지."

"전 그런 소문은 한 번도 들은 적이 없습니다."

"그럼 전혀 근거 없는 소문이라고 분명하게 말할 수 있나?"

"저는 영부인처럼 솔직하다고 말씀드리지는 않겠습니다. 제게 어떤 질문도 하실 수 있지만, 대답은 제가 선택해서 할 수 있겠죠."

"도저히 참을 수가 없군. 베넷 양, 난 이건 꼭 알아야겠어. 내 조카가 정말 아가씨에게 청혼을 했나?"

"영부인께서 그건 있을 수 없는 일이라고 말씀하시지 않으셨나요?"

"그렇지, 당연한 일이야. 그 애에게 이성이 있다면 절대 그럴 수는 없는 일이지. 하지만 아가씨가 온갖 수단을 써서 유혹하면 일시적으로 넋이 빠져서 자신과 가족에 대한 의무를 잊어버릴 수도 있어. 아가씨는 그 아이를 꾀어낼 수 있는 여자야."

"만일 제가 그랬다고 하더라도 절대 자백 같은 건 하지 않을 겁니다."

"베넷 양, 내가 누군지 알고 그런 말을 하는 거야? 난 지금껏 그렇게 무례한 말을 들어 본 적이 없어. 나는 그 애한테 가장 가까운 친척이야. 그 애에 관한 모든 일을 자세히 알 권리가 있단 말이지."

"하지만 제 일을 아실 권리는 없으시죠. 더욱이 제게 이렇게 대하신다면 한마디도 들으실 수 없을 겁니다."

"내 말을 똑바로 알아들어. 아가씨가 주제넘게 욕심내는 이 결혼은 절대 안 되는 일이야. 절대 안 되고말고. 다아시는 내 딸과 약혼했으니까. 이제 더 할 말 있나?"

"한 가지만 말씀드리죠. 다아시 씨가 따님과 약혼했다면 그분이 제게 청혼했을 거라고 생각하실 이유가 없을 것 같은데요."

캐서린 영부인은 잠시 망설이는 표정을 짓더니 이렇게 대답했다.

"두 사람의 약혼은 아주 특별한 경우야. 그 애들이 어렸을 때부터 짝지어 주기로 되어 있었다고. 그건 내 소원이기도 했고 다아시 어머니의 소원이기도 했어. 그 애들이 요람에 있을 때부터 우리는 두 사람을 맺어 주기로 했어. 그런데 두 자매의 소망이 이루어지려는 순간에 갑자기 한 아가씨가 나타나서 방해를 한 거야. 그것도 가문도 지위도 천하기 짝이 없는, 내 조카의 가문과는 어울리지도 않는 아가씨가 말이지. 그 애의 친척들의 소망은 생각지 않나? 내 딸과 암묵적으로 약혼한 건 어쩌고? 인간의 도리나 체면 따위는 다 팽개친 건가? 다아시가 아주 어릴 때부터 사촌 동생과 맺어지기로 되어 있었다는 내 말을 못 알아들은 건 아닐 테지."

"그 얘긴 전에 들었습니다. 하지만 그게 저와 무슨 상관이 있죠? 만일 제가 영부인의 조카분과 결혼하는 데 다른 문제가 없다면, 그분의 어머니와 이모님이 드 버그 양과 결혼하기를 바란다는 이유로 물러서지는 않을 겁니다. 두 분이 결혼을 결정하신 건 두 분의 일이고, 정작 결혼이 성사되는 건 당사자에게 달린 문제죠. 다아시 씨가 명예나 애정 때문에 사촌에게 매여 있는 게 아니라면 다른 선택을 해서는 안 될 이유는 없지 않을까요? 그리고 제가 그분이 선택한 여자라면 저 역시 그분을 받아들이지 않을 이유는 없다고 생각합니다."

"명예로 보나, 예의범절로 보나, 분별력으로 보나, 아니 이해관계를 따져 봐도 그건 절대 안 될 일이야. 암, 안 되고말고. 베넷 양, 이해관계를 따져 봐도 마찬가지야. 아가씨가 끝까지 고집을 부려서 모든 사람들의 뜻을 거스른다면 다아시의 가족이나 친구들에게 절대 인정받지 못한다는 걸 알아야지. 다아시와 관련된 모든 사람에게서 비난과 멸시를 당하게 될 거야. 모두들 아가씨 편이 되는 걸 수치스럽게 생각할 거고, 아가씨 이름조차 입에 올리기 싫어할 거야."

"그렇게 된다면 정말 불행한 일이겠군요. 하지만 다아시 씨의 아내가 된다면 그 지위에 걸맞은 엄청난 행복을 누리게 될 테니 전체적으로 보면 절대 후회할 일은 아닐 것 같네요."

"정말 고집불통이고 제멋대로군. 내가 창피해서 못 견디겠어. 지난봄에 내가 베풀어 준 친절에 대한 감사가 고작 이건가? 내게 진 빚이 없다고 생각해? 여기 좀 앉아 봐, 베넷 양. 내가 여기까지 올 때는 무슨 일이 있어도 내 뜻을 관철시키겠다는 결심을 하고 왔다는 걸 알아야 해. 난 절대로 내 생각을 포기하지 않을 거야. 난 다른 사람의 변덕스러운 기분에 따라 내 생각을 바꿔 본 적이 없어. 실망하는 건 절대 용납할 수 없는 일이야."

"그러시다면 현재로서는 영부인의 입장이 더 곤란해지시겠군요. 제게는 전혀 통하지 않을 테니까요."

"내가 말할 때 끼어들지 마. 조용히 입을 닫고 내 말을 들으라고. 내 딸과 조카는 천생연분이야. 둘 다 외가 쪽으로 귀족의 혈통을 이어받았고, 친가 쪽은 작위는 받지 못했지만 유서 깊은 가문에다 품격 있고 고상한 분들이지. 게다가 양가 모두 재산이 어마어마해. 양쪽 집에서 하나같이 두 사람의 결혼을 원하고 있는데 둘 사이를 갈라놓을 게 뭐가 있겠나? 갑자기 집안도 친척도 재산도 별 볼일 없는 젊은 여자가 건방지게 뛰어들어서 일을 망쳐 놓다니. 정말 참을 수 없는 일이야. 절대 그런 일이 있어서는 안 되지, 안 되고말고. 자신에게 어떤 게 이득이 되는지 안다면 지금까지 자라 온 영역에서 벗어나지 않는 게 좋을 거야."

"영부인의 조카분과 결혼한다고 해서 제 영역을 벗어나는 거라고는 생각하지 않습니다. 그분은 신사이시고, 저 역시 신사분의 딸이니까요. 그런 점에서는 동등하다고 생각합니다."

"그래, 신사분의 딸이라는 건 인정하지. 하지만 자네 어머니는 어떠시지? 삼촌과 이모들은? 내가 그 사람들의 신분을 모른다고 생각하는 건 아니겠지?"

"제 친척이 어떤 일을 하시건, 영부인의 조카분이 괘념치 않으신다면 영부인과 상관없는 일이죠."

"마지막으로 묻겠는데, 그 애와 결혼을 약속했나?"

엘리자베스는 캐서린 영부인의 기분을 맞춰 주고 싶은 마음이 추호도 없었지만, 잠시 망설이다가 마지못해 대답했다.

"약속하지 않았습니다."

이 대답에 캐서린 영부인은 만족하는 것처럼 보였다.

"그럼 앞으로도 절대로 결혼을 약속하지 않겠다고 맹세할 수 있나?"

"그런 약속은 드릴 수 없습니다."

"베넷 양, 정말 놀랍고 충격적이군. 난 아가씨가 꽤 사리 분별이 있는 줄 알았는데. 그렇지만 내가 물러설 거라고 속단해서는 안 돼. 내가 요구하는 확답을 얻을 때까지는 절대 그냥 물러서지 않을 거니까."

"분명히 말씀드리지만, 전 그런 확답을 드릴 수 없습니다. 저는 그런 협박에 겁먹어서 부당한 일에 응하지는 않습니다. 영부인께서는 다아시 씨가 따님과 결혼하기를 바라시지만, 제가 원하시는 확답을 드린다고 해서 두 사람의 결혼 가능성이 커지는 건 아니겠죠. 그분이 제게 마음이 있으시다면, 제가 그분의 청혼을 거절했다고 해서 따님에게 청혼을 할까요? 외람된 말씀이지만 영부인께서 제게 이런 부탁을 하시는 것부터 상식에 어긋난 일이고 더욱이 그런 부탁을 뒷받침할 만한 근거도 전혀 설득력이 없군요. 제가 이런 논리에 넘어갈 거라고 생각하셨다면 저를 대단히 잘못 보신 겁니다. 조카분께서 영부인이 이 문제에 간섭하시는 걸 얼마나 허용하실지 모르겠지만, 제 문제에 관여할 권리는 분명 없으시다는 걸 말씀드리고 싶습니다. 그러니 부디 더 이상 이 문제로 절 괴롭히지 말아 주시기 바랍니다."

"서두를 거 없어. 아직 얘기가 끝난 게 아니야. 내가 지금까지 거론했던 이유에 반대할 만한 이유를 하나 더 덧붙여야 하니까. 아가씨 막내 동생이 수치스럽게도 도피 행각을 벌였다는 거 나도 알고 있어. 전부 다 소상하게 알고 있지. 그 청년이 동생과 결혼한 건 부친과 외삼촌이 빚을 갚아 줘서 된 일이라면서? 그런 여자가 내 조카의 처제가 된다니! 작고한 부친의 집사였던 사람의 아들과 동서지간이 된다는 게 말이나 되는 일이야? 맙소사! 아가씨 머릿속에는 대체 무슨 생각이 들어 있는 거지? 펨벌리 혼령들의 명예를 그런 식으로 더럽힐 셈인가?"

엘리자베스는 너무 화가 나서 말했다.

"이제 더 하실 말씀이 없으실 테죠? 있는 대로 저를 모욕하셨으니 이제 전 집으로 돌아가도 될 것 같군요."

엘리자베스는 이렇게 말하면서 자리에서 일어섰다. 캐서린 영부인도 일어나 돌아섰다. 영부인은 화가 머리끝까지 난 것 같았다.

"그럼 아가씨는 내 조카의 명예와 체면은 아무래도 좋다는 건가? 아가씨와 결혼하면 모든 사람의 눈앞에서 내 조카의 명예를 더럽히게 될 거라는 생각은 안 하는 거야?"

"캐서린 영부인, 전 더 이상 드릴 말씀이 없습니다. 제 생각을 이미 알고 계시니까요."

"그럼 그 애와 결혼하기로 마음먹었다는 건가?"

"전 그런 말씀은 드리지 않았습니다. 저는 다만 영부인이건 누구건 저와 전혀 관계없는 사람의 생각에 휘둘리지 않고 제 행복을 위한 길을 제 생각에 따라 선택할 겁니다."

"좋아, 내 말을 따르지 않겠다는 거지? 의무와 명예와 감사를 모두 저버리겠다는 거군. 그 애를 친척들 사이에서 망신당하게 하고 세상의 웃음거리로 만들 작정인 게지."

"영부인께서 이 문제에 관해 제게 의무나 명예나 감사를 요구할 권리는 없으십니다. 제가 다아시 씨하고 결혼한고 해시 그런 중요한 덕목이 깨어진다고 생각하지는 않아요. 가족들이 분개할 거라고 하셨지만 저는 조금도 개의치 않을 겁니다. 세상 사람들도 분별력이 있다면 저를 그렇게 조롱하지는 않을 거라고 생각합니다."

"이제야 시커먼 속셈을 드러내는군. 그게 아가씨의 결정이란 말이지. 이제 내가 어떻게 처신해야 할지 알 것 같군. 베넷 양, 아가씨의 야망이 충족될 거라는 망상은 하지 않는 게 좋을 거야. 난 아가씨를 시험해 보러 온 거야. 난 그래도 아가씨가 이성적인 사람이길 바랐는데. 어쨌든 맹세코 난 내 뜻을 끝까지 관철할 테니 그리 알아."

캐서린 영부인은 마차가 문 앞에 도착할 때까지 이런 식으로 계속 말을 이었다. 그리고 마차 앞에서 황급히 뒤를 돌아보며 마지막으로 덧붙였다.

"베넷 양, 작별 인사는 하지 않겠어. 어머니에게도 인사는 생략하는 게 좋겠어. 그런 대접을 받을 자격이 없는 사람들이니까. 난 지금 너무 불쾌해."

엘리자베스는 아무 대꾸도 하지 않았다. 영부인에게 집으로 들어가자는 권유도 하지 않고 혼자 조용히 집으로 들어갔다. 계단을 올라갈 때 마차가 떠나는 소리가 들렸다. 어머니는 옷방 문 앞에서 초조한 표정으로 엘리자베스를 맞이하며 캐서린 영부인이 왜 집에 들어와서 쉬었다 가지 않았느냐고 다그쳤다.

"그냥 들어오시지 않겠다고 했어요."

"정말 잘생긴 분이더구나. 여기 들러 주신 것만 봐도 얼마나 예의가 바른 분이시니. 단지 콜린스 내외가 잘 살고 있다는 소식을 전해 주려고 들르신 거 아니냐? 메리턴을 지나는 길에 널 찾아보는 게 좋겠다고 생각하신 게지. 너한테 특별히 할 얘기가 있으셨던 건 아니냐?"

엘리자베스는 거짓말을 할 수밖에 없었다. 영부인과 나눈 대화를 발설하는 건 불가능한 일이었다.

15

엘리자베스는 예기치 않게 캐서린 영부인이 찾아오고 난 후 혼란스러운 마음을 쉽사리 가라앉힐 수가 없었다. 그녀는 몇 시간 동안 줄곧 그 일 이외에는 아무것도 생각할 수 없었다. 캐서린 영부인은 엘리자베스와 다아시가 만일 약혼했다면 그 약혼을 파기할 목적으로 로징스에서 이곳까지 오는 수고를 마다하지 않았던 것 같았다. 그녀로서는 당연히 그럴 만한 일이었다.

그러나 그들이 약혼할 거라는 소문의 근원지가 어디인지 전혀 짐작이 가지 않았다. 한 쌍의 결혼식을 앞에 두고 또 다른 한 쌍의 결혼식을 기대하는 사람들의 관심이 빙리의 친구인 다아시와 제인의 동생인 자신에게 쏠렸을지도 모른다는 생각이 들었다. 그녀 역시 언니가 결혼하면 예전보다 다아시를 더 자주 만나게 될 거라고 생각했다. 그래서 루카스 로지의 이웃들도 (그들이 콜린스 내외와 주고받은 편지에 의해서 이 소문이 캐서린 영부인의 귀에 들어가게 된 거라고 그녀는 짐작했다.) 두 사람의 결혼이 임박했다는 성급한 추측을 한 것일 수도 있었다. 이것은 그녀 자신도 언젠가 이루어질 수도 있는 일이라고 생각했던 것이다.

그러나 캐서린 영부인이 했던 말들을 곱씹어 볼수록, 엘리자베스는 그녀가 끈질기게 개입함으로써 오히려 좋지 않은 결과가 나타날 수도 있다는 불안감을 느끼지 않을 수 없었다. 영부인이 반드시 두 사람의 결혼을 막겠다고 단호하게 말했던 걸 생각하면 조카에게도 결혼을 반대한다는 말을 할 것이 분명했다. 영부인이 자신과 관련된 좋지 않은 일들을 다아시에게 나열한다면 과연 그가 어떻게 받아들일지 알 수 없는 일이었다. 다아시가 자기 이모에게 얼마나 애정이 있는지, 이모의 판단을 얼마나 신뢰하는지 정확히 알 수는 없었다. 하지만 당연히 자신의 생각보다는 영부인의 식견을 더 중요하게 받아들일 것 같았다.

영부인은 자신에 비해 집안이 너무 처지는 여자와 결혼했을 때 생길 수 있는 불행한 결과를 일일이 늘어놓으면서 조카의 약한 구석을 자극할 게 분명했다. 품격을 중요시하는 그의 성품을 생각하면, 자기에게는 우스꽝스럽고 설득력 없는 영부인의 논리가 그에게는 타당하고 합리적인 말로 들릴 수도 있을 것 같았다. 다아시가 앞으로 어떻게 해야 할지 망설이고 있다면, 가장 가까운 친척의 조언과 권유가 모든 의혹에 마침표를 찍게 할 수도 있는 일이었다. 그는 가문을 불명예스럽게 만들지 않아야 한다고 결심할지도 몰랐다. 그렇게 되면 다아시는 다시는 그녀에게 돌아오지 않을 것이다. 영부인은 런던을 지나가는 길에 그를 만날 것이고 그러면 네더필드로 다시 온다던 빙리 씨와의 약속은 무산되고 말 것이다.

'며칠 내로 친구와의 약속을 지키지 못하게 되었다는 평계를 댄다면 일이 어떻게 됐는지 알 수 있을 거야. 그땐 그분의 애정이 변하지 않을 거라는 기대와 소망 같은 건 깨끗이 버려야 해. 그이가 나의 관심과 사랑을 얻을 수 있는 순간에 내가 아까운 여자였다고 아쉬워하는 정도로 포기하고 만다면, 나 역시 그분에 대한 미련을 버려야겠지.'

가족들은 찾아온 사람이 누구였는지 알고 나자 매우 놀라워했다. 그러나 다행스럽게도 그들은 베넷 부인의 호기심을 충족시키는 것과 똑같은 상상을 하는 걸로 만족했다. 딕분에 엘리자베스는 가족들의 성가신 질문을 피할 수 있었다.

이튿날 아침, 아래층으로 내려가던 엘리자베스는 손에 편지한 통을 들고 서재에서 나오는 아버지와 맞닥뜨렸다.

"리지야, 널 찾으러 가던 참이다. 내 방으로 좀 들어오렴."

엘리자베스는 아버지를 따라 서재로 들어갔다. 그녀는 아버지가 손에 들고 있는 편지가 어떤 식으로든 아버지가 하려는 말씀과 관련이 있을 거라고 생각했다. 문득 그 편지가 캐서린 영부인에게서 온 건지도 모른다는 생각이 들었다. 아버지에게 장황한 설명을 늘어놓아야 한다는 생각을 하자 곤혹스럽고 피곤해졌다.

엘리자베스는 아버지를 따라 벽난로 옆에 앉았다.

"오늘 아침에 한 통의 편지를 받았다. 편지를 읽고 나서 얼마나 놀랐는지 모른다. 주로 너와 관련된 일이니 너도 편지의 내용을 알아야겠지. 내게 결혼을 코앞에 두고 있는 딸이 둘이나 된다는 걸 미처 몰랐구나. 축하한다. 내 딸이 아주 굉장한 남자를 얻었구나."

엘리자베스는 그 편지가 다아시의 이모가 아니라 다아시 본인에게서 온 거라고 생각하고 볼이 빨갛게 물들었다. 다아시가 아버지에게 편지를 보낸 걸 기뻐해야 할지, 아니면 자신에게 편지를 보내지 않은 걸 화내야 할지 갈피를 잡을 수가 없었다. 베넷 씨는 계속 말을 이었다.

"이미 알고 있었다는 표정이로구나. 젊은 여자들은 이런 문제에는 대단한 통찰력이 있는 법이지. 하지만 네가 아무리 총명하다고 해도, 너를 흠모하는 사람의 이름은 맞추지 못할 게다. 이 편지는 콜린스 씨에게서 온 거란다."

"콜린스 씨요? 그 사람이 무슨 얘기를 했죠?"

"할 말이야 당연히 많지. 우리 큰딸의 결혼식이 다가오는 걸 축하하는 말부터 시작해서, 수다스러운 루카스 사람들에게서 들은 모양이더라. 그 일에 대해서 뭐라고 썼는지 읽어 주마. 안 그러면 네가 궁금해서 못 견딜 테니. 너와 관련된 구절을 읽어 주지."

이번 경사를 제 처와 더불어 진심으로 축하드리며, 다른 일에 관하여 간단히 말씀드리고자 합니다. 이 얘기도 같은 분에게서 들은 것입니다. 다름 아니라 따님 엘리자베스 양이 언니의 뒤를 이어 머지않아 베넷이라는 성을 양도하실 것으로 보입니다. 그리고 엘리자베스 양이 선택한 반려자는 이 나라에서 가장 저명한 명사 중 한 분으로 존경받아 마땅한 분입니다.

"넌 이 사람이 누구를 말하는 건지 짐작할 수 있겠지?"

이 젊은 신사분은 모든 사람이 부러워하는 엄청난 재산과 명문 가문과 광범위한 성직 승계권을 소유하는 축복을 받으신 분입니다. 그러나 이분이 이렇게 좋은 조건을 갖추셨다고 해도, 이분의 청혼을 서둘러 받아들이셨을 경우 발생할지 모를 위험에 대해 제 사촌 엘리자베스와 아저씨께 경고드려 마땅하다고 생각합니다. 물론 아저씨께서는 당장 이 청혼을 받아들이고 싶으시겠죠.

"이 신사분이 누군지 알겠니, 리지야? 이제 곧 누군지 얘기가 나올 거야."

제가 이렇게 주의를 드리게 된 동기는 다음과 같습니다. 그 신사분의 이모님이신 캐서린 드 버그 영부인께서 이 혼사를 탐탁지 않게 생각하신다고 믿을 만한 이유가 있습니다.

"바로 다아시 씨야! 리지야, 깜짝 놀랐지? 콜린스 씨나 루카스 댁이 우리가 아는 사람들 중에 어떤 사람을 가리키는 거겠니? 그 이름을 누구에게 물어보더라도 하나같이 거짓말이라고 주장할 것 같은 그런 사람이지 않니? 다아시 씨라니. 여자를 보기만 하면 어떻게든 결점을 잡아내지 못해 안달인 데다 더욱이 너에게는 눈길 한번 준 적 없는 사람 아니냐? 정말 감탄할 만한 일 아니냐?"

엘리자베스는 아버지의 농담을 받아 주고 싶었지만 억지로 쓴웃음을 지을 수밖에 없었다. 아버지의 재지가 시금쪄림 불쾌하게 느껴진 적은 없었던 것 같았다.

"재미있지 않니?"

"재미있어요. 계속 읽어 보세요."

어젯밤 영부인께 이 결혼의 가능성에 대해 말씀드렸을 때 그분은 평소와 다름없이 친절하신 태도로 이 일에 관한 당신의 견해를 피력하셨습니다. 영부인께서는 엘리자베스 양 집안의 몇 가지 결함을 이유로 이 불명예스러운 결혼을 결코 승낙할 수 없음을 명백히 하셨습니다. 저는 이 사실을 최대한 신속하게 제 사촌에게 알려서, 본인과 고결하신 숭배자께서 자신들이 하고 있는 행동의 부적절함을 깨닫고 정당한 승인을 받지 못한 결혼을 서두르지 않도록 하는 것이 제 의무라고 생각했습니다.

"콜린스 씨는 이런 말까지 덧붙였구나."

제 사촌 리디아의 애석한 일이 무난히 해결된 것을 진심으로 기뻐하는 바입니다. 다만 두 사람이 결혼 전에 동거했다는 사실이 너무 멀리까지 퍼질까 봐 걱정될 뿐입니다. 그러나 저는 제 지위에 따른 의무를 등한시할 수 없는 탓에 두 사람이 결혼한 즉시 집안에 받아들이셨다는 말을 듣고 놀라움을 금할 수 없었다는 것을 말씀드리지 않을 수 없습니다. 그것은 악을 권장하는 행동이고 제가 롱본의 교구 목사였다면 강력히 반대했을 만한 일입니다. 기독교인으로서 그들을 용서하는 게 마땅한 일이지만, 그들을 눈앞에 들인다거나 그들의 이름이 들리게 해서는 안 된다는 것이 제 생각입니다.

"이 사람이 생각하는 기독교적인 용서란 이런 건가 보다. 나머지 내용은 샬럿이 지금 임신 중이어서 자기가 곧 아버지가 될 거라는 얘기뿐이다. 그런데 리지야, 넌 별로 흥미 없다는 표정이로구나. 새침 떨면서 거짓 소문을 듣고서 기분 나쁜 척하려는 건 아니지? 이웃 사람들에게 우리가 놀림감이 되어 주고 다음엔 우리가 그 사람들을 비웃어 주면 되는 거 아니냐? 그런 일도 없으면 무슨 재미로 살겠니?"

"저도 무척 흥미로워요. 하지만 정말 이상한 일이네요."

"그래, 그래서 재미있다는 거야. 그 사람들이 다른 남자를 점찍었다면 별일 아니라고 생각할 수도 있었을 거야. 그런데 그 사람은 너를 소 닭 보듯 하는 데다 너 역시 그 사람을 벌레 취급하는데 그런 얘기가 돌고 있으니 얼마나 재미있고 기가 막힌 일이냐? 내가 편지 쓰는 걸 싫어하긴 한다만 콜린스 씨하고 서신 교환하는 일은 포기하지 않을 작정이다. 그 사람 편지를 읽으면 위컴보다 더 좋아하지 않을 수가 없거든. 내 사위의 뻔뻔함과 위선을 높이 평가하지 않을 수 없는 것처럼 말이다. 그런데 리지야, 캐서린 영부인이 이 소문에 대해서 뭐라고 하시던? 결혼을 승낙하지 않는다는 말을 하려고 우리 집에 들른 게냐?"

이 물음에 엘리자베스는 웃음으로만 대답했다. 베넷 씨가 전혀 두 사람의 관계를 의심하지 않고 있어서 다시 한 번 물었을 때에도 그녀는 당황하지 않았다. 엘리자베스는 자신의 감정을 드러내지 않으려고 무진 애를 써야 했다. 울고 싶었지만 웃을 수밖에 없는 상황이었다. 그녀의 아버지는 다아시가 자신에게 무관심하다고 말함으로써 그녀에게 가장 잔인한 방법으로 고통을 준 셈이었다. 그녀는 아버지가 그렇게 통찰력이 없다는 사실이 놀라웠고, 한편으로는 아버지가 보는 눈이 없는 게 아니라 자기가 지나친 상상을 하고 있는 건지도 모른다고 생각했다.

16

엘리자베스가 예상했던 것처럼 빙리는 다아시에게서 롱본에 올 수 없다는 사과의 편지를 받는 대신, 캐서린 영부인이 다녀 간 지 얼마 지나지 않아서 다아시를 동반하고 롱본으로 돌아왔 다. 신사들은 일찌감치 도착했다. 베넷 부인이 그의 이모를 만 나 뵈었다는 말을 꺼내기도 전에 빙리는 제인과 단둘이 있고 싶어서 산책을 나가자고 제안했다. 엘리자베스는 어머니가 다 아시의 이모 얘기를 꺼낼까 봐 가슴이 조마조마하던 참이었다. 베넷 부인은 산책하는 걸 즐기지 않았고, 메리는 시간을 낭비 하고 싶어 하지 않아서 나머지 다섯 사람만 함께 산책에 나섰 다. 빙리와 제인은 곧 다른 사람들보다 뒤처져서 엘리자베스와 키티, 다아시 이렇게 세 사람이 나란히 걷게 되었다. 세 사람은 모두 거의 말이 없었다. 키티는 다아시가 어려워서 말을 꺼내 지 못했고, 엘리자베스는 마음속으로 중대한 결심을 하고 있었고, 다아시 역시 그런 듯했다.

키티가 마리아를 만나고 싶다고 해서 그들은 루카스 댁 쪽으로 걸어갔다. 엘리자베스는 세 사람이 같이 루카스 댁에 갈 필요는 없다고 생각해서, 키티가 집 안으로 들어가자 용기를 내서 다아시와 단둘이 걷기로 했다. 그녀는 결심을 실행에 옮길 때가 왔다고 생각하고, 용기를 낸 김에 망설이지 않고 말을 꺼냈다.

"다아시 씨, 저는 무척 이기적인 사람입니다. 저의 괴로운 심정을 달래기 위해 다아시 씨의 감정에 얼마든지 상처를 입힐 수도 있으니까요. 제 가엾은 동생에게 베풀어 주신 더할 나위 없는 친절에 감사드리지 않을 수 없네요. 그 사실을 알고 나서 얼마나 고맙게 생각하는지 제 마음을 전하고 싶었답니다. 다른 가족들도 아셨다면 저의 감사하는 마음만 표현하지는 않았겠죠."

"죄송합니다. 정말 죄송합니다."

다아시는 놀라고 당황한 어조로 대답했다.

"잘못 오해하면 불쾌하게 여기실 수도 있는 일을 아시게 되었다니 유감이로군요. 가디너 부인이 그렇게 믿을 수 없는 분이라고는 생각하지 않았습니다."

"제 외숙모를 탓하실 필요는 없어요. 리디아가 경솔하게 다아시 씨가 이 문제에 나서 주셨다는 사실을 제게 말했으니까요. 그리고 제가 자세한 상황을 알 때까지 기다리지 못했던 점도 있어요. 저희 가족을 대신해서 거듭 감사의 말씀을 드립니다. 두 사람을 찾기 위해 수고를 마다하지 않으셨고, 모욕적인 일들도 모두 참아 내셨잖아요. 정말 관대하시고 동정심도 많으세요."

"제게 고맙다는 인사를 하시려거든 엘리자베스 양 혼자서만 하십시오. 제가 그 일에 나서게 된 여러 가지 동기 중에 엘리사베스 양을 행복하게 해 드리고 싶은 마음이 있었다는 걸 부인하지는 않겠습니다. 하지만 엘리자베스 양의 가족들은 제게 빚진 게 없습니다. 그분들을 무척 존경하기는 하지만, 제가 생각한 사람은 오직 엘리자베스 양 한 사람뿐이었으니까요."

엘리자베스는 너무 당황해서 아무 말도 할 수가 없었다. 잠시 사이를 두었다가 다아시가 다시 말을 이었다.

"당신은 관대한 분이니 제 얘기를 하찮게 여기지는 않으실 거라고 생각합니다. 만일 당신의 감정이 지난 4월과 전혀 달라진 게 없다면 그렇다고 말씀해 주십시오. 저의 애정과 소망은 변한 게 없지만, 당신의 말 한마디로 저는 영원히 당신을 단념할 것입니다."

엘리자베스는 다아시가 평소와는 달리 어색해하고 긴장하는 것처럼 보여서 말문을 열지 않을 수 없었다. 그녀는 그가 말한 4월 이후로 자신의 감정이 근본적인 변화를 겪어서 지금은 그의 애정을 고맙고 기쁘게 받아들일 수 있게 되었다고 말했다.

유창한 말솜씨는 아니었지만 다아시는 충분히 엘리자베스의 뜻을 이해할 수 있었다. 그녀의 대답을 듣고 다아시는 이전에는 한 번도 경험하지 못했던 행복한 기분을 느꼈다. 그래서 격정적인 사랑에 빠진 남자만이 할 수 있는 열정적이면서도 섬세한 표현으로 자신의 마음을 털어놓았다. 엘리자베스가 그의 눈을 쳐다볼 수 있었다면, 마음에서 우러나오는 기쁨이 번진 그의 표정이 얼마나 그를 매력적으로 보이게 하는지 알 수 있었을 것이다.

엘리자베스는 그의 얼굴을 볼 수는 없었지만 그의 목소리는 들을 수 있었다. 그는 그녀가 자신에게 얼마나 소중한 사람인가를 증명했고, 그러한 고백은 그의 사랑을 더욱더 소중한 것으로 느끼게 해 주었다.

두 사람은 어느 방향으로 가고 있는지도 의식하지 못한 채 무작정 걸었다. 생각하고 느끼고 말할 것 들이 너무 많아서 다른 것에는 주의를 돌릴 여유가 없었다. 엘리자베스는 두 사람이 지금처럼 서로를 이해할 수 있게 된 것이 그의 이모 덕분이라고 생각했다. 캐서린 영부인은 런던을 지나가는 길에 다아시를 찾아가서 롱본에 갔던 일과, 그 방문의 목적과 엘리자베스와 나누었던 대화 내용을 그에게 모두 얘기했다. 영부인은 엘리자베스가 했던 말 중에서 그녀의 고집스럽고 오만한 성격을 드러내는 표현만 골라 조카에게 상세하게 전해 주었다. 영부인의 속셈은 엘리자베스에게서 받아 내지 못한 약속을 조카에게서 받아 내려는 것이었지만, 불행하게도 그녀의 계획은 그녀가 기대했던 것과는 정반대의 결과를 가져왔다.

"이모님의 말씀을 듣고 그 이전에는 전혀 가망이 없다고 생각하고 포기했던 희망을 다시 품게 되었습니다. 엘리자베스 양의 성품을 너무 잘 알기에, 저를 거절하실 생각이 확고부동했다면, 분명 캐서린 영부인에게 솔직하게 그런 심정을 털어놓았을 거라고 생각했습니다."

엘리자베스는 얼굴이 붉어진 채 웃으며 대답했다.

"제가 그럴 수 있을 만큼 솔직한 사람이라는 걸 알고 계셨군요. 다아시 씨 앞에서 그렇게 모욕적인 말을 쏟아부었는데, 친척분 앞이라고 거리낄 게 뭐가 있겠어요?"

"저에 대해서 하신 말씀은 모두 제가 당연히 들어야 할 얘기였습니다. 저에 대한 비난이 그릇된 근거와 오해에서 비롯된 것이기는 하지만, 그 당시 당신에게 보인 저의 태도는 혹독한 비난을 받아 마땅한 것이었습니다. 절대 용서받을 수 없는 행농이었죠. 지금 생각해도 저 자신이 혐오스러워질 정도입니다."

"그날 밤 있었던 일에 대해서 누구의 잘못이 더 컸는지는 따지지 않았으면 해요. 엄격히 따져 보면 두 사람 모두 비난을 피할 수 없을 거예요. 하지만 그때 이후로 우리 두 사람 다 서로에게 더 예의를 갖추게 되었던 건 사실이잖아요."

"전 그렇게 쉽게 자신을 용서할 수가 없습니다. 그날 저녁 내내 제가 했던 말과 행동을 돌이켜 보면서 지금까지 말할 수 없이 마음이 괴로웠습니다. 당신이 제게 하셨던 비난의 말들은 하나도 틀린 게 없었습니다. 저는 앞으로도 절대 잊지 못할 겁니다. '당신이 좀 더 신사다운 태도로 행동했더라면'이라고 하신 말씀 말입니다. 그 말이 저를 얼마나 괴롭혔는지 모르실 겁니다. 아니 상상도 하기 힘들 겁니다. 솔직히 말씀드리면 그 말씀이 옳다는 걸 인정할 만큼 제정신을 차린 건 한참 시간이 지난 후였죠."

"제 말이 그렇게 큰 충격을 드렸을 거라고는 꿈에도 생각하지 못했어요. 제 말을 심각하게 받아들이실 줄 몰랐어요."

"그러셨을 겁니다. 당신은 제가 정상적인 감정이 부족한 남자라고 생각하셨죠. 분명 그렇게 생각했을 겁니다. 제가 어떤 방법으로 청혼을 하더라도 절대로 당신의 마음을 움직일 수 없을 거라고 말씀하시던 당신의 표정을 저는 결코 잊지 못할 겁니다."

"그때 제가 했던 말들을 다시 들춰내지 말아 주세요. 다시 기억해 봐야 아무 도움도 안 될 텐데요. 전 오래전부터 그런 말을 했던 자신을 진심으로 부끄럽게 생각했어요."

다아시는 자기가 보낸 편지 얘기를 꺼냈다.

"그 편지 때문에 저에 대한 생각이 달라지신 건가요? 편지

내용이 믿어지시던가요?"

엘리자베스는 그의 편지가 자신의 생각에 큰 영향을 주었으며, 이전에 그에 대해 가졌던 편견을 없애 주었다고 말했다.

"제 편지가 당신의 마음을 고통스럽게 할 거라는 건 알았지만 저로서는 그럴 수밖에 없었습니다. 제 편지를 없애 버리셨길 바랍니다. 그중에서도 특히 첫 구절은 당신이 다시 읽을까 봐 두렵군요. 당신에게 증오심을 불러일으켰을 만한 표현들이 지금도 생생하게 기억납니다."

"저의 애정이 지속되게 하기 위해 그럴 필요가 있다고 생각하신다면 태워 버려야겠죠. 제 생각이 변할 수도 있다고 생각하실 만한 이유가 충분하지만, 편지에 쓰신 것처럼 제 마음이 그렇게 쉽게 바뀌지는 않을 거예요."

"그 편지를 쓸 때는 제가 매우 침착하고 냉정한 상태라고 생각했지만, 나중에는 몹시 침통한 기분으로 썼다는 걸 알게 되었죠."

"시작할 때는 그런 기분이셨겠죠. 하지만 끝에 가셔는 그렇지 않더군요. 마지막 인사말에는 애정이 가득 담겨 있었어요. 이제 편지 얘기는 그만두죠. 편지를 썼던 사람이나 받았던 사람이나 지금은 전혀 감정이 달라졌으니까요. 편지와 연관된 유쾌하지 않은 일들은 잊어버리는 게 좋겠어요. 제 인생철학 중에 이런 게 있어요. 기쁨을 주는 기억만 추억하라."

"그런 철학이라면 신뢰할 수 없을 것 같습니다. 당신이 과거를 기억하면서 느끼는 만족감은 철학에서 비롯된 게 아니라 비난받을 만한 일이 전혀 없기 때문에 가능한 것입니다. 철학보다는 그런 순수함이 훨씬 귀중한 것이죠. 그렇지만 저는 그렇지 못합니다. 과거를 돌아볼 때마다 쫓아 버릴 수도 없고, 쫓아 버려서도 안 될 고통스러운 기억들이 저를 공격합니다. 저는 평생 이론적으로는 그렇지 않았지만 실제적으로는 이기적인 사람이었습니다. 저는 올바른 원칙들을 배웠지만 그 원칙들을 실행할 때 오만하고 자만했습니다. 불행하게도 저는 외아들이었습니다. 동생이 태어나기 전까지 꽤 오랫동안 하나뿐인 자식이었죠. 제 부모님들은 좋은 분들이셨지만. 제 부친께서는 특히 너그럽고 따뜻한 분이셨죠. 그분들은 저를 응석받이로 키우셔서 저의 이기적이고 오만한 행동을 나무라시기는커녕 오히려 부추기고 가르치신 셈입니다. 저는 우리 집안 사람들 이외에는 누구에게도 관심이 없었고, 나머지는 모두 미천한 사람들로 여겼습니다. 제 자신에 비추어 그 사람들의 생각과 가치가 형편없다고 생각했죠. 저는 여덟 살 때부터 스물두 살이 된 지금까지 늘 그랬어요. 지금도 사랑스러운 엘리자베스 양이 아닌 다른 사람들에게는 여전히 그럴지도 모릅니다. 제가 당신에게 얼마나 큰 빚을 졌는지 모릅니다. 당신이야말로 제게 훌륭한 가르침을 주신 분입니다. 처음에는 받아들이기 힘들었지만 제겐 너무도 유익한 가르침이었습니다. 당신 때문에 저는 겸손함을 배울 수 있었죠. 저는 처음 당신에게 청혼했을 때 승낙받을 것을 조금도 의심하지 않았습니다. 사랑받을 만한 자격이 있는 여자를 기쁘게 해 줄 모든 자격을 갖추고 있다는 제 자만심이 얼마나 한심한 것이었는지 당신이 깨닫게 해 주셨죠.”

“그때 제가 청혼을 받아들일 거라고 생각하셨나요?”

“물론 그렇게 생각했습니다. 제 허영심이 어이없다고 생각하시겠죠. 저는 당신이 제 청혼을 바라고 기다리고 있다고 믿었습니다.”

“저의 태도에도 분명 잘못된 점이 있었을 거예요. 하지만 의도적으로 당신을 기만하려던 것은 아니었어요. 제 마음이 움직이는 대로 따르다 보면 그릇된 행동을 하는 경우도 종종 있어요. 그날 저녁 이후로 저를 증오하셨겠죠?”

“증오하다니요! 물론 처음에는 화가 났었죠. 하지만 저의 분노는 곧 올바른 방향을 찾아가더군요.”

“펨벌리에서 만났을 때 저를 어떻게 생각하셨을지 생각하면 지금도 가슴이 떨려요. 제가 그곳에 간 걸 속으로 무척 욕하셨을 거예요.”

“절대로 그렇지 않았습니다. 단지 놀랐을 뿐이죠.”

“놀라셨다고 해도 그런 곳에서 다시 씨를 만나게 된 저만큼 놀라지는 않으셨을걸요. 저도 양심이라는 게 있는데 그렇게 특별한 대접을 받을 자격이 있다고 생각하지는 못했죠. 솔직히 제 분수에 넘치는 그런 환대는 기대하지도 못했어요."

"그때 저는 최대한 예의를 지켜서 제가 과거의 일 때문에 누구를 원망하는 옹졸한 사람이 아니라는 걸 보여 드리고 싶었습니다. 제가 당신의 비난을 주의 깊게 받아들였다는 걸 보여 드려서 당신의 용서를 얻고 저에 대한 나쁜 감정을 덜어 내고 싶은 생각도 있었죠. 언제부터 다른 감정이 생겼는지는 잘 모르겠지만, 아마도 당신을 만난 지 30분 정도 지났을 때였던 것 같습니다."

그는 조지애나가 엘리자베스를 알게 된 걸 무척 기뻐했으며, 갑자기 두 사람의 만남이 중단된 걸 못내 섭섭해했다고 말했다. 이 이야기는 자연스럽게 두 사람이 만날 수 없게 된 이유로 이어졌다. 엘리자베스는 다아시가 여관을 떠나기 전에 리디아를 찾기 위해 더비셔에서부터 자기를 따라오기로 결심했다는 걸 알게 되었다. 그리고 그가 진지하고 신중한 태도를 보인 것은 리디아를 찾기 위해 고심하고 있었기 때문이라는 것도 알았다.

그녀는 다시 한 번 고마움을 표했다. 그러나 그 일을 더 이상 거론하는 것은 두 사람 모두에게 너무 고통스러운 일이었다. 꽤 먼 거리를 천천히 발맞추어 걸으면서 두 사람은 서로에게 열중한 나머지 시계를 보고 나서야 집에 돌아갈 시간이 되었다는 걸 알았다.

"빙리 씨와 제인은 어떻게 되었을까."

두 사람이 처음 대화를 나누게 된 화두가 이것이었다. 다아시는 두 사람의 약혼을 기뻐했다. 빙리가 누구보다 먼저 그에게 약혼 소식을 알려 주었던 것이다.

"놀라셨는지 물어보지 않을 수 없네요."

"전혀 놀라지 않았습니다. 제가 이곳을 떠날 때 곧 그렇게 될 거라고 생각했죠."

"그러니까 허락을 하셨다는 거네요. 저도 그렇게 짐작하고는 있었지만."

허락이라는 말에 그가 아니라며 큰 소리로 부인했지만 엘리자베스는 그것이 사실이었다는 걸 알았다.

"런던으로 떠나기 전날 밤 오래전부터 마음속으로 벼르던 얘기를 빙리에게 털어놓았습니다. 그동안 있었던 일들을 모두 말해 주었죠. 제가 어리석고 주제넘게도 그 친구의 일에 개입했던 정황을 자세히 얘기했습니다. 그 친구는 몹시 놀라더군요. 그럴 거라고는 꿈에도 생각지 못했다고 말했죠. 제인 양이 그 친구에게 무관심하다는 제 판단이 착오였다는 말도 했습니다. 제인 양에 대한 그 친구의 애정이 식지 않았다는 걸 금방 느낄 수 있었기 때문에 저도 두 사람이 행복할 거라는 확신을 갖게 된 겁니다."

엘리자베스는 다아시가 자기 친구를 마음대로 움직일 수 있다는 사실에 저절로 웃음이 나왔다.

"제 언니가 빙리 씨를 사랑한다고 하신 건 본인의 관찰에서 나온 얘기인가요, 아니면 지난봄에 제게서 들은 얘기 때문인가요?"

"제 눈으로 확인한 겁니다. 근래에 제인 양이 두 번 이곳을 방문하시는 동안 유심히 살펴보았죠. 그때 언니께서 빙리를 사랑하고 있다는 걸 확신할 수 있었습니다."

"그러니까 다아시 씨의 확신이 빙리 씨까지 확신하게 만든 거네요?"

"그렇습니다. 빙리는 정말 소박하고 겸손한 친구입니다. 너무 조심스러운 성격이라 어려운 문제에 부딪히면 자신의 판단을 믿지 못하는 면이 있긴 합니다. 제 판단을 신뢰해서 어려운 일이 있으면 제 충고를 듣곤 하죠. 그 친구에게 고백해야 할 일이 있었습니다. 그 친구는 당연히 제게 화를 내더군요. 언니께서 작년 겨울 석 달 동안 런던에 계셨을 때, 저는 그런 사실을 알면서도 의도적으로 그 친구에게 숨겼습니다. 그 친구는 몹시 화를 냈지만 언니분의 감정을 확인하고 나자 화가 풀어지더군요. 지금은 저를 진심으로 용서했습니다."

엘리자베스는 친구의 말을 그렇게 잘 따르는 빙리 씨야말로 유쾌하고 훌륭한 분이라고 말하고 싶었지만, 다아시가 자신

의 농담을 자연스럽게 받아넘기는 건 아직 시기상조라는 생각
이 들어서 말을 아꼈다. 다아시는 빙리가 자기만큼 행복하지는
않겠지만, 틀림없이 행복할 거라고 즐거운 기대를 하면서 집에
도착할 때까지 이야기를 중단하지 않았다. 현관에 들어서고 나
서야 두 사람은 헤어졌다.

17

"리지야, 대체 어디 갔다 온 거니?"

엘리자베스가 방에 들어서자마자 제인이 물었고, 식사 테이블에 앉자 가족들이 모두 같은 질문을 했다. 엘리자베스는 둘이 걷다 보니 여기저기 걷게 됐다고 대답했다. 대답할 때 그녀는 자기도 모르게 얼굴이 붉어졌다. 그러나 두 사람을 수상쩍게 여기는 사람은 아무도 없었다.

그날 저녁은 특별한 일 없이 조용하게 지나갔다. 이미 연인으로 인정을 받은 두 사람은 웃고 떠들었지만, 아직 인정받지 못한 연인은 침묵을 지키고 있었다. 다아시는 원래 행복한 감정을 요란하게 드러내는 성격이 아니었고, 엘리자베스는 들뜨고 혼란스러운 상태여서 아직 자기가 행복하다는 걸 가슴으로 느끼기보다는 머리로 인식하고 있었다. 그녀는 당혹감을 느끼면서도 자기 앞에 놓인 또 다른 장애물을 걱정하고 있었다. 다아시와 자신의 일을 가족들이 알게 되었을 때 그들이 어떻게 반응할지 짐작할 수 있는 일이었다. 제인을 제외하고는 다른 모든 가족들이 다아시를 싫어한다는 걸 알고 있었고, 그런 반감이 다아시의 재산과 지위로도 상쇄될 수 없을 거라는 두려움이 앞섰다.

밤이 되자 엘리자베스는 속마음을 제인에게 털어놓았다. 남의 말을 의심하는 건 베넷 양의 성품에 어울리지 않는 일이었지만, 그녀는 이 일에 관해서만큼은 절대 믿지 않으려고 했다.

"농담이지, 리지. 말도 안 돼. 다아시 씨하고 결혼을 약속했다니. 그럴 리가 없잖아. 내가 속을 것 같니? 그건 절대로 있을 수 없는 일이야."

"시작부터 너무 심한걸. 내가 의지할 사람은 언니뿐이었는데. 언니가 날 믿어 주지 않으면 누가 믿어 주겠어? 하지만 난 진지하게 사실을 말하는 거야. 그분이 아직 날 사랑한대. 그리고 우리 결혼하기로 약속했어."

제인은 믿을 수 없다는 표정으로 엘리자베스를 쳐다보았다.

"리지, 어쩜 그럴 수가 있니? 네가 얼마나 그 사람을 싫어했는지 내가 아는데."

"언니는 자세한 내막을 몰라. 내가 그분을 싫어했던 건 이미 지나간 일이야. 그때는 지금처럼 그분을 사랑하지 않았는지도 모르지. 이럴 때는 기억력이 좋은 게 오히려 방해가 되네. 이번을 마지막으로 다시는 지나간 일을 기억하지 않을래."

제인은 아직도 얼떨떨해하는 표정이었다. 엘리자베스는 다시 한 번 진지하게 사실이라고 확인해 주었다.

"세상에, 어떻게 그럴 수가 있니? 하지만 네 말을 믿지 않을 수도 없구나. 내 동생, 리지, 그렇다면 축하해 줘야겠지. 정말 확실한 거니? 이런 질문해서 미안하지만, 다아시 씨와 결혼해서 행복할 거라고 확신하는 거야?"

"그 점은 확신하고 있어. 우리는 세상에서 가장 행복한 부부가 되기로 이미 약속했거든. 언니는 그 사람에 대해서 어떻게 생각해? 제부감으로 마음에 들어?"

"그럼, 당연히 마음에 들지. 빙리 씨나 나나 그렇게 되면 더할 나위 없이 좋을 거라고 생각하고 있었어. 그렇지만 불가능할 거라고 단념했던 거지. 너 정말 그분을 진심으로 사랑하는 거야? 리지야, 애정이 없는 결혼은 절대 하면 안 돼. 정말 그분과 결혼할 만큼 그분을 사랑한다고 확신하는 거야?"

"응, 모든 걸 언니에게 얘기하면 내가 그분을 언니가 생각하는 것 이상으로 사랑하고 있다는 걸 알게 될 거야."

"무슨 얘긴데?"

"언니, 내가 빙리 씨보다 그분을 더 사랑한다고 말하면 화낼 거야?"

"장난하지 마. 난 진지하게 얘기하고 싶어. 내가 알아야 할 일이 뭔지 빨리 말해 봐. 언제부터 그분을 사랑하게 된 거야?"

"서서히 그렇게 된 거라 언제부터였는지 나도 확실히 모르겠어. 아마 펨벌리에서 다아시 씨의 아름다운 영지를 볼 때부터였던 것 같아."

진지하게 얘기해 달라는 언니의 다그침에 엘리자베스는 다아시에 대한 자신의 애정을 고백했다. 제인은 그 말을 듣고 나자 더 이상 바랄 것이 없을 만큼 흡족해했다.

"정말 행복하다. 너도 나처럼 행복할 테니까 말이야. 나는 예전부터 그분을 훌륭한 사람이라고 생각했어. 그분이 너를 사랑했다는 것만으로도 그분을 좋아하지 않을 수 없었단다. 그분은 빙리 씨의 친구고, 게다가 네 남편이 될 테니, 빙리 씨와 너 다음으로 내게는 소중한 분이 된 거 아니니? 그렇지만 앙큼하게 입을 꼭 다물고 있었던 건 너무 한 거 아니야? 펨벌리와 램턴에서 있었던 일에 대해서는 내게 전혀 얘기해 준 게 없잖아. 내가 알고 있는 것도 네가 아닌 다른 사람을 통해서 들은 거야."

엘리자베스는 비밀로 할 수밖에 없었던 사정을 언니에게 얘기했다. 빙리에 관한 일을 언니에게 알리고 싶지 않았고, 자신의 감정이 너무 혼란스러워서 다아시의 이름을 언급하는 것조차 피하고 싶었다고 말했다. 이제는 리디아가 결혼하는 과정에 다아시가 개입했던 일을 언니에게 더 이상 감출 필요가 없을 것 같았다. 두 사람은 그날 밤을 거의 대화로 지새웠다.

"맙소사!"

다음 날 아침 베넷 부인이 창가에 서서 외쳤다.

"꼴 보기 싫은 다아시 씨가 우리 사윗감이랑 우리 집에 다시 안 왔으면 좋겠어. 뭣 때문에 끈질기게 우리 집에 오는 거지? 사냥을 하든 뭘 하든 빙리 씨랑 같이 와서 귀찮게 하지 좀 않았으면 좋겠다. 대체 저 사람을 어떻게 해야 할지 모르겠다. 리지야, 네가 또 같이 산책이라도 나가야겠다. 빙리 씨한테 방해가 안 되게 말이야."

엘리자베스는 어머니가 때맞춰 그런 제안을 하는 것이 재미있어서 저절로 웃음이 나왔다. 그렇지만 어머니가 늘 다아시를 못마땅해하는 게 무척 속이 상했다.

빙리는 다아시와 함께 들어오자마자 엘리자베스를 의미심장한 표정으로 쳐다보고 그녀의 손을 꽉 잡으며 악수를 청했다. 그녀와 다아시의 일을 모두 알고 있다는 표시가 분명했다. 그는 큰 소리로 베넷 부인에게 말했다.

"베넷 부인, 이 근방에 리지 양이 또 길을 잃고 헤맬 만한 오솔길이 있나요?"

"다아시 씨, 리지, 키티, 세 사람은 오늘 아침에는 오컴 언덕으로 가는 게 좋을 것 같아요. 산책로로 꽤 좋을 거예요. 시간도 오래 걸릴 거고. 다아시 씨는 그곳 경치를 처음 보실걸요."

빙리가 대답했다.

"두 사람한테는 좋을지 모르지만, 키티한테는 너무 힘든 코스일걸요. 안 그래, 키티?"

키티는 집에 있는 게 더 좋다고 했고, 다아시는 산 위에서 경치를 내려다보고 싶다고 해서 엘리자베스는 침묵으로 동의를 표시했다. 엘리자베스가 나갈 채비를 하기 위해 2층으로 올라가자 베넷 부인이 따라오며 말했다.

"리지, 네게는 미안하구나. 저 꼴 보기 싫은 작자를 너한테 떠넘겨서. 너무 기분 나빠하지 마라. 제인을 위해서 그런 거니까. 가끔 몇 마디 말만 받아 주면 되지 않겠니? 그러니 너무 부담스럽게 생각하지 말거라."

그들은 산책하는 동안 저녁때 베넷 씨의 결혼 허락을 받기로 결정했다. 어머니의 허락을 얻는 일은 엘리자베스가 맡기로 했다. 어머니가 이 일을 어떻게 받아들일지 도무지 짐작이 가지 않았다. 다아시의 어마어마한 재산과 지위 때문에 어머니가 그에 대한 반감을 없앨 수 있을지도 모르는 일이었다. 어머니가 두 사람의 결혼을 완강하게 반대하건, 아니면 열렬히 환영하건, 요란스러운 반응을 보일 게 분명했다. 어머니가 이 얘기를 듣고 기뻐서 어쩔 줄 모르는 모습도, 반대하며 야단법석을 벌이는 모습도 다아시가 보는 건 그녀로서는 참기 힘든 일이었다.

저녁에 베넷 씨가 서재로 물러간 다음, 엘리자베스는 다아시가 자리에서 일어나 따라가는 걸 보았다. 그녀는 초조하고 긴장돼 안절부절못했다. 아버지가 반대하실 게 두렵지는 않았지만, 자기로 인해서 아버지가 언짢아하실까 봐 걱정스러웠다. 그가 특별히 사랑하는 딸이 그런 선택을 했다는 걸 알면 실망할 거라는 생각과 집에서 떠나보내야 한다는 섭섭함과 걱정 때문에 상심할 거라는 생각에 가슴이 아팠다. 그녀는 심란한 마음으로 앉아서 다아시가 나오기를 기다렸다. 그가 미소를 지으며 다시 나타났다. 그 모습을 보고 엘리자베스는 적이 마음이 놓였다. 잠시 후 그는 엘리자베스가 키티와 함께 앉아 있는 테이블로 다가와서 뜨개질 솜씨를 칭찬하는 척하며 엘리자베스에게 귓속말을 했다.

"아버지께 가 보세요. 서재에서 기다리고 계셔요."

엘리자베스는 곧바로 서재로 갔다. 아버지는 심각하고 걱정스러운 표정으로 방 안을 서성이고 있었다.

"리지야, 도대체 어떻게 된 일이냐? 그 사람의 청혼을 받아들였다니 지금 제정신이니? 넌 그 사람을 내내 싫어하지 않았니?"

엘리자베스는 예전에 자신이 좀 더 이성적으로 판단하고 신중하게 말을 가려서 하지 않았던 게 후회스러워 견딜 수가 없었다. 그랬더라면 지금처럼 어색한 변명과 해명을 늘어놓지 않아도 되었을 것이다. 하지만 지금으로서는 어쩔 수 없는 일이었고 그녀는 어색하고 당황스러운 태도로 다아시에 대한 자신의 애정을 아버지에게 고백했다.

"그러니까 다시 말해서 그 사람의 청혼을 받아들이기로 결심했다는 거로구나. 그 사람은 분명 대단한 부자고, 넌 제인보다 더 좋은 옷과 훌륭한 마차를 갖게 되겠구나. 그렇지만 그런 것들이 너를 행복하게 할 수 있을 거라고 생각하니?"

"제가 그분을 사랑하지 않는다는 것 이외에 반대하실 다른 이유는 없으신 거예요?"

"다른 이유는 없다. 우리 모두 그 사람이 거만하고 유쾌하지 않은 사람이라는 건 알고 있지만 네가 정말 그 사람을 좋아한다면 그런 건 아무것도 아니야."

"전 정말 그분을 좋아해요."

엘리자베스는 눈물을 글썽거리며 말했다.

"그분을 사랑해요. 그분은 그렇게 거만한 사람이 아니에요. 정말 좋은 사람이에요. 그분이 실제로 어떤 사람인지 아버지는 모르세요. 그러니까 그분을 그렇게 나쁘게 말씀하셔서 제 마음을 아프게 하지 말아 주세요."

"리지야, 난 그 사람에게 허락한다고 말했다. 그런 사람이 청을 하는데 감히 거절할 수 있겠니? 네가 그의 청혼을 받아들이기로 결심했다면, 네게도 승낙할 수밖에 없지. 하지만 한 번 더잘 생각해 보길 바란다. 리지야, 난 네 성품을 잘 안다. 넌 자기 남편을 진심으로 존경하지 않으면 행복할 수도 자부심을 가질 수도 없는 아이야. 네 남편이 자기보다 낫다고 우러러봐야만 행복할 게다. 네게 맞지 않는 결혼을 하면 네 팔팔한 성질 때문에 결혼 생활이 위험해질 거야. 수치감과 불행을 모면하기 힘들 거다. 얘야, 내가 일생의 반려자를 존경하지 못하는 너를 보는 아픔을 겪지 않게 해다오. 넌 지금 자신이 무슨 일을 벌이는지 모르고 있는 것 같다."

엘리자베스는 더욱더 착잡한 심정이 되어 진지하고 엄숙하게 말했다. 그녀는 심각하게 생각해서 다아시를 남편감으로 선택했다는 걸 몇 번이나 확인시키고, 그에 대한 자신의 견해가 서서히 변해 온 과정을 설명하고, 그의 애정이 일시적인 것이 아니라 여러 달 동안 시험을 거쳐 확인된 견고한 것임을 단언하고, 그의 모든 장점을 열심히 나열했다. 결국 엘리자베스는 다아시에 대한 아버지의 불신을 씻어 내고 결혼에 동의하도록 설득할 수 있었다.

"그렇다면 나로서는 더 할 말이 없구나. 네 말대로라면 그 사람은 네 남편이 될 자격이 충분한 남자야. 난 그만한 가치가 없는 사람에게 너를 보낼 수는 없다, 리지야."

엘리자베스는 아버지가 다아시에 대해 확실하게 좋은 감정을 갖게 하기 위해, 그가 말없이 나서서 리디아의 문제를 해결해 준 사실을 털어놓았다. 베넷 씨는 딸의 말을 듣고 기절할 듯이 놀랐다.

"오늘 밤에는 놀랄 일투성이로구나. 세상에! 그게 모두 다아시 씨가 한 일이었다니. 리디아의 결혼을 성사시키고, 돈을 내주고, 그 작자의 빚을 갚아 주고, 장교 자리까지 얻어 주었단 말이지. 그렇다면 너더욱 잘된 일이로구나. 나는 애쓰지 않아도 되고 돈도 굳게 되었으니 말이다. 네 외삼촌이 그렇게 했다면 내가 돈을 갚아야 했을 테고 또 당연히 갚았겠지. 그런데 사랑에 빠진 젊은 애인이 한 일이었다니. 내일 그 사람에게 돈을 갚겠다고 말해 봐야겠다. 그럼 펄펄 뛰면서 널 사랑해서 그렇게 한 거라고 말하겠지. 그걸로 그 문제는 마무리될 것 같구나."

그는 2~3일 전에 콜린스의 편지를 읽으며 엘리자베스가 당황스러워하던 모습을 떠올렸다. 그때 일을 얘기하며 한참 동안 웃고 나서 그는 엘리자베스에게 나가 봐도 된다고 말했다. 그리고 엘리자베스가 방에서 나갈 때 이렇게 말했다.

"메리나 키티를 찾는 남자가 오거든 들여보내라. 난 지금 아주 한가하니까."

엘리자베스는 무거운 짐을 내려놓은 기분이었다. 그녀는 자기 방에서 30분 동안 조용히 생각을 정리하고 마음을 가라앉힌 후에 사람들에게로 돌아갔다. 모든 일이 너무 순식간에 이루어져서 기뻐할 새도 없었다. 그날 저녁은 조용하게 지나갔다. 이제 더 이상 두려워할 일은 없었다. 시간이 조금 지나면 평화롭고 아늑한 기쁨이 찾아올 것이었다.

밤에 어머니가 웃 방으로 올라갈 때 엘리자베스는 어머니를
쫓아가서 중대한 소식을 알렸다. 어머니의 반응은 기묘했다. 그
말을 듣자 베넷 부인은 얼어붙은 것처럼 아무 말도 없이 꼼짝
않고 한참 동안 앉아 있었다. 가족에게 이득이 되는 일이나 딸
의 애인에 관한 일이라면 결코 둔감하지 않은 그녀였음에도 불
구하고, 한참 시간이 지난 후에야 자기가 들은 얘기가 이해되
는 모양이었다. 그녀는 그제야 본래의 모습으로 돌아와서 의자
에서 일어났다 앉았다 하기를 반복하더니 감탄사를 연발하며
성호까지 그었다.

"이럴 수가! 하느님 감사합니다. 어떻게 이런 일이! 다아시
씨라니, 생각도 못했다. 그게 사실이니? 오! 내 사랑스러운 딸
리지야. 넌 엄청난 부자에다 귀하신 몸이 되겠구나. 용돈이며
보석이며 마차며 마음대로 갖게 되겠지. 너한테 비하면 제이은
아무것도 아니야. 아무것도 아니고말고. 정말 기쁘다. 정말 행
복해. 그렇게 멋진 남자와 결혼하게 되다니. 그렇게 잘생기고
키도 훤칠한 남자가 내 사위가 되다니. 오! 예쁜 내 딸, 내가 전
에 그 사람을 싫어했던 건 미안하다고 전해 주렴. 그냥 넘어가
줄 거다. 내 딸, 아유 예쁜 것. 런던에 집도 있고, 멋진 건 다 갖
추지 않았니? 딸 셋이 결혼하게 됐구나. 1년에 1만 파운드라니.
오, 하느님, 내가 정신이 어떻게 될 것 같구나."

이것으로 베넷 부인이 결혼을 승낙했다는 건 조금도 의심할

필요가 없었다. 엘리자베스는 어머니의 요란스러운 반응을 혼자 본 걸 다행이라고 생각하며 곧 방을 나왔다. 그러나 자기 방으로 돌아온 지 3분도 지나지 않아서 어머니가 따라 들어왔다.

"얘야, 다른 선 생각할 수도 없구나. 1년에 1만 파운드라니. 아니 어쩌면 그보다 더 많을지도 모르지. 왕족이나 다를 게 없지 않니? 넌 궁궐의 특별 허가도 받아야 할걸? 그래야 결혼할 수 있을 거야. 그건 그렇고, 다아시 씨가 특별히 좋아하는 음식이 뭔지 좀 말해다오. 내일 준비하게 말이다."

베넷 부인의 말은 다아시에게 그녀가 어떤 태도로 대할지 짐작하게 하는 불길한 전조였다. 엘리자베스는 다아시의 깊은 애정도 확인했고, 부모님의 승낙도 받았지만 아직 걱정할 일이 남아 있다고 생각했다. 그러나 다음 날은 생각했던 것보다 무난하게 지나갔다. 다행스럽게도 베넷 부인은 장래의 사위를 너무 어려워하는 바람에 감히 말도 못 붙이고 필요할 때 겨우 예의를 차리거나 그의 말에 경의를 표하는 정도로, 조심스럽게 행동했다.

아버지가 다아시와 친해지려고 노력하는 모습을 보고 엘리자베스는 마음이 흡족했다. 베넷 씨는 시간이 지날수록 다아시를 존경하게 된다고 말했다.

"난 세 사위들을 모두 높게 평가한다. 당연히 위컴을 가장 좋아하지만, 네 남편도 제인의 남편 못지않게 좋아질 것 같구나."

18

엘리자베스는 금방 기분이 들떠서 다시 장난기 많은 본래의 모습을 되찾았다. 그녀는 다아시에게 어떻게 해서 자기를 좋아하게 됐는지 설명해 달라고 졸랐다.

"언제부터 저를 좋아하기 시작한 거예요? 당신은 일단 누군가를 좋아하게 되면 멋진 연애를 할 것 같긴 하지만, 맨 처음 내게 반하게 된 이유가 뭐죠?"

"처음 당신을 좋아하게 된 시간이나 장소, 아니면 얼굴 표정, 대화 같은 건 정확히 말할 수 없어요. 너무 오래전 일이니까. 한참 지나고 나서야 내가 당신을 좋아하기 시작했다는 걸 깨달았죠."

"처음에는 제 외모가 그다지 아름답다고 생각하지 않으셨잖아요. 게다가 당신을 대하는 저의 태도는 거의 무례할 정도였죠. 당신과 얘기할 때마다 당신 마음에 상처를 주는 말만 했잖아요. 솔직히 얘기해 보세요. 제가 당신에게 무례하게 대했기 때문에 저를 좋아했던 건 아닌가요?"

"당신의 생기발랄한 성격이 좋았어요."

"그걸 다른 말로 무례하다고 할 수도 있죠. 사실 그랬으니까요. 당신은 예의범절이나 지나친 친절에 싫증이 나 있었는지도 모르죠. 당신의 마음에 들기 위해 말하고 외모를 가꾸고 생각하는 여자들에게 염증이 났던 것 아닌가요? 제가 그런 여자들과 다르다는 점이 당신의 흥미를 일으킨 거 아니에요? 만일 당신이 정말 마음이 착한 사람이 아니었다면 저의 그런 점 때문에 저를 싫어했겠죠. 당신은 속마음을 드러내지 않으려고 했지만, 언제나 공정하고 고결한 생각을 갖고 있었어요. 그리고 당신의 환심을 사기에 여념이 없는 사람들을 철저히 경멸했죠. 이 정도면 제가 설명하는 수고를 덜어 드린 것 아닌가요? 모든 정황을 생각해 봐도, 정말 그럴듯한 설명 아니에요? 당신은 저의 실제적인 장점을 모르고 있었던 게 분명해요. 하지만 처음 사랑에 빠질 때는 누구든 그런 걸 생각하지 않는 법이죠."

"제인 양이 네더필드에서 아파 누워 있었을 때 당신이 언니를 극진히 보살피는 모습도 당신의 장점이 아니었던가요?"

"제인 언니 말씀이군요! 자기 언니를 위해서 그만한 일도 못 할 사람이 어디 있겠어요? 하지만 그걸 미덕으로 생각해 주신다면 저야 감사한 일이죠. 저의 장점은 모두 당신이 보장해 주서야 해요. 최대한 과장해서 말이죠. 그 보답으로 가능한 한 자주 당신을 놀리고 싸움을 거는 일은 제가 맡아서 할게요. 그럼 단도직입적으로 물어보죠. 무엇 때문에 그렇게 속마음을 털어놓는 걸 망설이셨나요? 처음 저희 집을 방문하셨을 때, 그리고 나중에 식사하셨을 때도 절 그렇게 피했던 이유가 뭐죠? 특히 처음 방문했을 때는 저한테 전혀 관심이 없는 것처럼 보였잖아요."

"그건 당신이 진지한 표정으로 말을 하지 않고 있었기 때문입니다. 그래서 용기가 나지 않았던 겁니다."

"전 그때 속으로 당혹스러워하고 있었어요."

"저도 마찬가지였습니다."

"저녁 식사를 하러 왔을 때는 제게 더 말을 할 수도 있었잖아요."

"저보다 신경이 덜 예민한 사람이라면 그럴 수도 있었겠죠."

"당신은 그럴듯한 답변을 잘도 둘러대시고, 저는 그런 답변을 받아들일 만큼 합리적이니 참 불행한 일이네요. 하지만 당신을 그냥 내버려 두었다면 얼마나 오래 그런 상황이 지속되었을지 모를 일이죠. 제가 먼저 물어보지 않았더라면 당신이 언제 얘기했을까요? 당신이 리디아를 위해 나서 준 일에 대해 감사의 마음을 전하기로 결심했던 게 큰 효과가 있었던 것 같아요. 어쩌면 지나치게 큰 역할을 했을지도 모르죠. 제가 비밀을

지키기로 한 약속을 어겼기 때문에 우리가 행복해졌다면 도덕
적으로 잘못된 행동이 아니었을까요? 저는 그 일을 언급하지
말았어야 했어요. 그건 해서는 안 될 일이었죠."

"그렇게 사죄하실 필요는 없습니다. 도덕적으로 문제될 게
전혀 없으니까요. 부당하게 우리 사이를 갈라놓으려고 했던 캐
서린 영부인의 행동이 저의 모든 의혹을 사라지게 했습니다.
제가 지금처럼 행복하게 된 건 당신이 제게 감사를 표현하고
싶어 했기 때문이 아닙니다. 그때 제 마음은 당신이 말문을 열
어 주길 기다릴 수 있는 상태가 아니었죠. 이모님에게서 알게
된 사실들이 제게 희망을 주었고 그래서 당장 당신의 진실을
알아야겠다고 결심하게 된 겁니다."

"캐서린 영부인께서 우리에게 정말 큰 도움을 주셨군요. 그
분이 아시면 무척 기뻐하시겠어요. 남들에게 도움이 되는 걸
좋아하신다고 말씀하셨으니까요. 하지만 네더필드에는 왜 오
셨던 거죠? 단지 말을 타기 위해 롱본에 왔다가 당혹스러운 일
을 당하신 건가요? 아니면 마음속으로 더 중요한 목적을 품고
계셨던 거예요?"

"진짜 목적은 당신을 만나서 당신의 사랑을 얻을 수 있는 희
망이 있는지 알아보려던 것이었죠. 겉으로 내세운 목적은, 그러
니까 나 혼자 마음먹었던 건, 제인 양이 아직도 빙리를 사모하
고 있는지 알아보려는 것이었습니다. 만일 그렇다면 빙리에게

사실을 털어놓으려고 했죠. 그리고 실제로 그렇게 했습니다."

"캐서린 영부인께 앞으로 무슨 일이 일어날지 말씀드릴 용기가 있으신가요?"

"제게는 용기보다 시간이 더 필요합니다. 하지만 어차피 해야 할 일인데 제게 종이 한 장만 갖다 주세요. 지금 당장 편지를 쓰죠."

"언젠가 다른 여자분이 그랬던 것처럼 당신 옆에 앉아서 글씨가 고른지 지켜보고 싶지만, 저도 써야 할 편지가 있어서요. 제게도 빨리 소식을 알려 드려야 할 외숙모가 계시거든요."

엘리자베스는 다아시와 자신의 관계를 잘못 알고 있다는 말을 하기가 꺼려져서 가디너 부인이 보낸 긴 편지에 아직 답장을 보내지 않았다. 그러나 외삼촌 내외가 반가워할 만한 소식을 전할 수 있게 된 지금은 그들이 행복해할 수 있는 시간을 사흘이나 놓치게 만들었다는 자책감이 들어서 즉시 편지를 썼다.

사랑하는 외숙모께

친절하게 상세한 내용을 담은 길고 다정한 편지를 보내 주신데 대해 진작 감사를 드렸어야 했는데, 솔직히 말씀드리면 그동안 편지를 쓸 마음이 아니었어요. 외숙모께서 사실을 너무 과장되게 생각하고 계셨거든요. 하지만 지금은 마음대로 상상하셔도 돼요. 제 문제에 대해 공상의 고삐를 풀고 마음껏 상상의 나래를 펼치세요. 제가 벌써 결혼했을 거라는 상상만 아니라면 어떤 상상을 하셔도 크게 빗나가지는 않을 거예요. 외숙모는 곧 지난번에 칭찬하셨던 것보다 훨씬 더 그분을 칭찬하는 내용의 편지를 보내 주실 거죠?

레이크 지방으로 가지 않기로 실징하셨던 걸 거듭 감사드려요. 지금 생각하면 제가 그곳에 가고 싶어 했던 게 너무 어리석었어요. 망아지가 끄는 마차를 타고 정원을 둘러보자는 말씀은 정말 좋은 생각이에요. 우리 매일 정원을 돌아다녀요. 전 세상에서 가장 행복한 사람이랍니다. 이전에 그렇게 말한 사람들도 있었겠지만 저만큼 행복하지는 않았을 거예요. 저는 제인 언니보다 더 행복해요. 언니는 미소만 짓고 있지만 저는 큰 소리로 웃고 있거든요. 다아시 씨가 두 분께 사랑을 듬뿍 담아 보낸다고 전해 달랍니다. 물론 제게서 빼내 갈 수 있는 한도 안에서지만요. 두 분 모두 크리스마스 때 펨벌리에 꼭 오셔야 해요.

이만 줄입니다.

캐서린 영부인에게 보내는 다아시의 편지는 엘리자베스의 편지와는 문체가 전혀 달랐다. 그러나 두 편지의 문체와 더 판이하게 다른 편지는 베넷 씨가 콜린스에게 보낸 편지였다.

축하 인사를 받기 위해 한 번 더 수고를 끼쳐야겠네. 엘리자
베스는 곧 다아시 씨의 아내가 될 걸세. 캐서린 영부인을 많
이 위로해 드리게나. 하지만 내가 자네 입장이라면 조카 편에
설 것 같네. 그쪽이 더 많은 걸 가졌으니 말일세.

그럼 이만 줄이겠네.

　오빠의 결혼이 다가오자 빙리 양이 보낸 축하 인사는 겉으로
는 다정하게 보였지만 진심이 담겨 있지는 않았다. 그녀는 제
인에게도 편지를 보내서 자신의 기쁨을 표시했다. 그리고 예전
처럼 겉치레뿐인 인사말을 늘어놓았다. 제인은 그녀의 말에 속
지는 않았지만 마음이 약간은 움직였다. 그리고 그녀의 진심을
믿지 않으면서도, 그녀에게 과분할 만큼 친절한 편지를 보냈다.
오빠의 결혼 소식을 들은 다아시 양은 크게 기뻐하면서 오빠만
큼 성실하게 편지를 써 보냈다. 그녀의 기쁜 마음과 언니와
친하게 지내고 싶다는 소망을 모두 적기에는 네 장의 편지지가
부족할 정도였다.

　롱본의 가족들은 콜린스 씨와 샬럿에게서 축하의 답장을 받
기 전에 그들 내외가 루카스 로지에 와 있다는 소식을 들었다.
그들이 갑작스럽게 그곳에 온 이유는 명백했다. 캐서린 영부인
이 조카의 편지를 읽고 노발대발해서, 엘리자베스의 결혼을 기
뻐하는 샬럿의 입장에서는 폭풍우가 잠잠해질 때까지 피해 있

는 게 좋겠다고 판단한 것이었다. 이런 때에 친구를 만나게 된 엘리자베스는 무척이나 기뻤다. 하지만 다아시가 샬럿의 남편의 온갖 아첨과 자기 과시를 어쩔 수 없이 받아 주는 모습을 보면서 친구를 만나는 기쁨이 값비싼 대가를 치르고 있다고 생각했다. 다아시는 탄복할 만큼 침착하게 참아 내고 있었다. 윌리엄 루카스 경이 이 지역에서 가장 빛나는 보석을 발견한 걸 축하한다고 너스레를 떨고 나서 있는 대로 점잔을 떨면서 성 제임스궁전에서 자주 만나기를 바란다고 말할 때에도 다아시는 묵묵히 그의 말에 귀를 기울였다.

루카스 경이 사라지고 나자 다아시는 그제야 어깨를 으쓱하며 불쾌한 기색을 나타냈다. 필립스 부인의 경박한 태도는 그의 인내심을 시험하는 참기 힘든 고문이었다. 필립스 부인은 자기 언니처럼 다아시를 어려워해서 서글서글한 빙리를 대할 때처럼 친근하게 얘기하지는 못했지만, 일단 입을 열었다 하면 천박한 말만 쏟아 냈다. 다아시를 어려워하는 마음이 그녀의 말수를 줄어들게 하기는 했지만, 더 기품 있게 만들어 주지는 못했다.

엘리자베스는 다아시가 두 사람과 자주 마주치지 않게 하려고 애를 썼다. 그리고 될 수 있는 대로 다아시가 수치심을 느끼지 않고 대화를 나눌 수 있는 가족이나 자신과 시간을 보내게 하려고 전전긍긍했다. 이런 일들로 인해 빚어지는 불편한 감정이 달콤한 약혼 기간의 즐거움을 상당히 빼앗아 가기는 했지만, 한편으로는 앞날에 대한 기대를 더욱 크게 하는 역할도 했다. 엘리자베스는 두 사람 모두에게 유쾌하지 않은 이 사람들에게서 벗어나 펨벌리로 옮겨 가 편안하고 우아하게 살 수 있는 날을 설레는 마음으로 기다렸다.

19

자랑스러운 두 딸을 시집보내던 날, 베넷 부인은 어머니로서 그렇게 행복할 수가 없었다. 그녀가 나중에 얼마나 당당하고 기쁜 마음으로 빙리 부인을 방문했고, 다시 부인에 대해 얘기했는지는 충분히 짐작할 수 있는 일이다. 많은 딸을 좋은 집안으로 시집보내고 싶다는 열렬한 소망이 이루어졌으니, 베넷 부인이 여생 동안 사려 깊고, 다정하고, 사리에 밝은 부인이 되었으면 더없이 좋은 일이었을 것이다.

그러나 그런 생소한 가정적인 행복을 경험해 본 적이 없었던 베넷 씨에게는 자기 부인이 여전히 신경질을 부리며 어리석은 행동을 하는 편이 오히려 다행스러운 일인지도 몰랐다. 베넷 씨는 둘째 딸을 몹시 보고 싶어 했다. 그는 딸을 보고 싶은 마음에 다른 가족들보다 자주 집을 나섰다.

그는 아무도 예상하지 못한 시간에 펨벌리에 가기를 좋아했다. 빙리와 제인은 네더필드에서 겨우 열두 달만 머물렀다. 제인처럼 착하고 여린 마음씨를 가진 여자도 어머니와 메리턴의 친척들과 그렇게 가까운 곳에서 사는 건 그다지 달갑지 않은 일이었다. 빙리는 사랑하는 누이동생의 소원대로 더비셔와 인접한 마을에 저택을 구입했고, 제인과 엘리자베스는 다른 어떤 행복보다 서로 30마일 이내의 거리에 살게 된 기쁨을 누릴 수 있게 되었다.

키티는 두 언니들과 많은 시간을 보내면서 실제적으로 많은 도움을 받았다. 그동안 접했던 사회보다 더 고상한 사회의 사람들을 사귀면서 그녀는 발전적인 모습으로 크게 바뀌었다. 그녀는 리디아처럼 통제 불가능한 아가씨는 아니어서, 리디아의 영향을 받지 않고, 적당한 관심과 교육을 받게 되자 예전보다 화를 덜 내고, 아는 것도 많아지고, 진지해졌다. 리디아와 어울려서 나쁜 영향을 받을 수 있는 통로는 당연히 차단당했다. 위컴 부인은 자주 무도회와 젊은 남자들을 빌미로 키티에게 집에 와서 지내라고 초대했지만, 그녀의 아버지는 절대로 허락하지 않았다.

메리는 집에 남은 유일한 딸이 되었다. 그녀는 혼자 있는 걸 못 견뎌하는 어머니의 등쌀에 공부에 방해를 받을 수밖에 없었다. 그래서 메리는 어쩔 수 없이 사람들과 전보다 더 자주 어울려야 했지만, 매일 아침 도덕적인 교훈을 늘어놓는 습관은 여전히 지키고 있었다. 아버지에게는 메리가 언니들과 미모를 비교 당할 일이 없어졌기 때문에 변화를 잘 받아들이는 걸로 보였다.

위컴과 리디아는 언니들이 결혼한 이후 근본적으로 달라진 게 없었다. 위컴은 엘리자베스가 전에 알게 된 자신의 배은망 덕한 행동과 거짓말을 이제는 내단치 않은 일로 여길 거라는 자신만의 논리를 단단히 믿고 있었고, 다아시를 구슬려서 한몫 받아 내려는 희망을 완전히 버리지 않고 있었다. 리디아가 엘 리자베스의 결혼을 축하하며 보내온 편지에는 위컴 본인의 생 각은 아니더라도 그의 아내로서 그런 희망을 여전히 품고 있다 는 내용이 들어 있었다.

사랑하는 리지 언니에게

결혼 축하해. 내가 위컴을 사랑하는 것의 반만큼이라도 언니 가 다아시 씨를 사랑한다면 언니는 틀림없이 무척 행복할 거 야. 언니가 그렇게 부자가 되어서 정말 기뻐. 다른 할 일이 없 을 때는 우리 생각도 좀 해 줘.

위컴은 궁전에 자리를 얻고 싶어 해. 우리는 남의 도움 없이 살 수 있을 만큼 돈을 많이 벌지 못해. 1년에 300~400파운드 정도면 어떤 자리라도 좋아. 이 얘기는 형부한테 얘기하고 싶 지 않으면 안 해도 돼.

그럼 이만 줄일게.

엘리자베스는 남편에게 얘기하지 않는 게 좋겠다고 판단했기 때문에, 그런 청탁이나 기대는 일절 하지 말라는 내용의 편지를 보냈다. 대신 자기가 개인적으로 쓰는 돈을 절약해서 모은 돈을 이따금 보내 주는 걸로 위안을 삼았다. 씀씀이가 헤프고 앞일에 대해 계획성이 없는 두 사람에게는 현재의 수입이 크게 부족할 게 뻔했다.

그들이 숙소를 옮길 때마다 제인이나 엘리자베스에게 빚을 청산할 수 있도록 돈을 보내 달라는 요청이 날아들었다. 전쟁이 끝난 후 제대해서 정착한 후에도 그들의 생활 태도는 극도로 불안정했다. 그들은 항상 싼 집을 찾아 이곳저곳 옮겨 다녔고, 그러면서도 분수에 맞지 않게 돈을 써 댔다. 리디아에 대한 위컴의 애정은 곧 무관심으로 바뀌었고, 위컴에 대한 그녀의 애정은 그보다 좀 더 길게 갔을 뿐이었다. 리디아는 어리고 제멋대로였지만, 결혼한 이후에 지켜야 할 명예를 더럽히는 행동은 하지 않았다.

다아시는 펨벌리에 위컴을 받아들일 수는 없었지만, 엘리자베스를 생각해서 그가 일자리를 얻을 수 있도록 밀어주었다. 리디아는 남편이 런던이나 바스로 놀러 가고 없을 때 가끔 언니를 찾아왔다. 두 사람은 빙리 부부의 집에 너무 오래 머무는 경우가 많아서, 마음 좋은 빙리조차 이제 그만 갔으면 좋겠다는 암시가 담긴 말을 할 정도였다.

빙리 양은 다아시의 결혼에 몹시 분개했지만, 펨벌리를 방문할 수 있는 권리를 유지하는 게 유리할 거라는 생각에서 분노를 삼키고 그전보다 더 조지애나에게 친근하게 대했다. 다아시에게는 예전과 다름없이 싹싹하게 굴었고 엘리자베스에게도 전에 다하지 못한 예의를 따듯이 차렸다.

펨벌리는 이제 조지애나의 집이 되었다. 엘리자베스와 조지애나의 사이는 다아시가 바랐던 대로였다. 그들은 마음먹었던 것처럼 서로 사랑할 수 있었다. 조지애나는 세상에서 엘리자베스를 가장 훌륭한 여성으로 생각했다. 처음에는 오빠를 대하는 엘리자베스의 생기발랄하고 장난스러운 말투에 충격을 받았고 존경심 때문에 사랑하는 감정이 묻혀 버렸던 오빠를 유쾌하고 편안하게 대하는 엘리자베스가 신기해 보였다.

조지애나는 엘리자베스를 보면서 전에는 몰랐던 것을 알게 되었다. 그녀는 엘리자베스를 통해 여자들도 남편을 스스럼없이 편안하게 대할 수 있다는 걸 깨달았다. 물론 오빠가 열 살이나 어린 자신에게는 그런 태도를 허용하지 않을 거라는 것은 잘 알고 있었다.

캐서린 영부인은 조카의 결혼에 대해 극도로 분개했다. 그리고 결혼식을 알리는 편지에 대한 답장에 평소대로 솔직한 성격을 그대로 발휘해서 특히 엘리자베스에게 모욕적인 언사를 서슴지 않는 답장을 보냈다. 그들 사이에는 한동안 교류가 끊어졌다.

그러나 다아시는 그런 일들을 눈감고 넘어가라는 엘리자베스의 설득에 못 이겨 이모님에게 화해를 청했다. 캐서린 영부인은 얼마간 더 완강히 고집을 부렸지만, 조카에 대한 애정 때문인지, 아니면 조카며느리가 어떻게 처신하는지 궁금해서인지 결국 화를 풀었다. 그리고 친히 펨벌리로 행차해서 두 사람을 만나기까지 했다. 비천한 안주인이 들어오고 그런 안주인의 외삼촌 내외가 다녀가서 숲이 오염되었다고까지 생각했던 영부인으로서는 대단한 발전이 아닐 수 없었다.

두 사람은 가디너 씨 부부와 항상 친밀한 관계를 이어 나갔다. 엘리자베스 못지않게 다아시도 그들을 사랑했다. 다아시는 엘리자베스를 더비셔에 데리고 와서 두 사람이 맺어지는 계기를 만들어 준 사람들에 대해 진심으로 고마워하는 마음을 잃지 않았다.

오만과 편견의 경계 위에 꽃피운 사랑

개인적 가치와 전통적 가치의 불협화음

영국의 대표 여류 작가인 제인 오스틴(Jane Austen, 1775~1817)은 시대를 초월한 세련된 감수성으로 오늘날까지도 많은 사랑을 받고 있다. 특히 드라마와 영화로까지 제작되었던 《오만과 편견》(1813)은 세계 각국의 언어로 번역되어 광범위한 독자층을 형성하고 있다.

18세기 영국의 한적한 시골 마을을 배경으로 하고 있는 《오만과 편견》은 남녀 주인공의 사랑과 결혼을 주제로 삼고 있다. 그러나 남녀 간의 사랑의 밀어로 작품을 가득 채우지는 않는다. 제인 오스틴은 '오만'과 '편견'에 사로잡힌 남녀 주인공을 통해 인간성에 대한 깊은 성찰을 시도하고 있으며, 더 나아가서는 전통적 가치관과 개인의 가치가 불협화음을 이루던 당시 영국의 시대 상황을 예민하게 포착해 내고 있다. 또한 풍자와 반어적 표현이 돋보이는 감각적인 문체는 그녀를 문학사적으로 중요한 위치에 올려놓았다.

《오만과 편견》의 시대적 배경이 되고 있는 18세기 말의 영국은 전통성과 근대성이 공존하던 과도기적 시기였다. 당시 영국은 왕권 국가 체제로 신분에 의한 계층 구분이 엄격했다. 그러나 19세기 초에 일어난 산업화로 막강한 경제력을 갖춘 상인, 변호사, 군인과 같은 신흥 계급이 급부상하게 되면서, 영국 사회의 중심이었던 귀족 계급은 신흥 계급과 공존하게 된다. 이런 분위기는 사회 전반에 많은 영향을 미친다. 신흥 계급이 실질적인 주도권을 갖게 되면서 계층 간의 격차가 완화되었고, 그들을 중심으로 한 문화도 형성되었다. 신흥 계급의 취향에 맞춘 춤, 음악, 극장 등이 발달하였고, 산문과 소설도 인기를 끌게 되었다. 이는 대중계몽에 큰 역할을 하였고, 약소 계층이었던 여성의 지위에도 변화를 가져왔다. 당시 영국은 남성 위주의 가부장적 가치관이 지배적이었다. 여성들은 사회, 정치, 경제적 활동은 물론이고, 교육과 결혼에 있어서도 제약을 받았다. 이러한 상황에서 여성은 독립적인 삶을 영위해 나갈 수 없었다. 삶을 유지할 수 있는 유일한 수단이 결혼이었고, 현모양처에 대한 지나친 강요나 정략결혼과 같은 폐해에서 벗어나지 못하고 있었다.

제인 오스틴 역시 이러한 사회적 분위기와 무관할 수 없었다. 그녀는 1775년 영국 햄프셔주의 스티븐턴이라는 작은 마을에서 교구 목사의 딸로 태어났다. 그녀의 아버지인 조지 오스틴은 귀족 신분이었지만 고아로 물려받을 재산이 없었다. 형제와 친척의 도움으로 옥스퍼드 대학을 마치고, 친척의 영토인 스티븐턴에서 교구 목사가 되었지만 생활은 그리 여유롭지 못했다.

8남매 중 일곱째(둘째 딸)로 태어난 제인 오스틴은 대부분의 시간을 집에서 살림을 돌보며 지냈다. 목사나 장교가 되기 위해 정식 교육을 받았던 남자 형제들과 달리, 그녀는 버크셔주의 레딩 여자 기숙 학교를 3년간 다녔을 뿐이었다. 이처럼 경제적 여건과 여자라는 이유로 교육의 혜택을 거의 받지 못했던 그녀가 작가가 될 수 있었던 건 문학 작품을 즐겨 읽던 집안 분위기 덕분이었다. 때문에 그녀는 어려서부터 당대의 유명한 희곡 작품뿐만 아니라, 낭만주의 작품과 계몽주의 작품, 수많은 시편을 접하였고, 열다섯 살 때부터 단편을 쓰기 시작해 스물한 살 때는 첫 번째 장편 소설을 완성했다.

이러한 제인 오스틴의 능력은 과도기적 시대의 혼란을 틈타 빛을 발하게 된다. 소설이 대중적으로 큰 인기를 끌면서, 모든 사회적 활동이 제한되었던 여성에게도 작가가 될 수 있는 기회가 주어졌기 때문이다. 그러나 남성과 동등한 자격이 주어졌던 것은 아니다. 여성들은 여전히 주변부에 위치해 있으면서 내용과 형식 면에서 규제를 받았다.

남성 독자들을 의식해 표현에 있어 패러디나 아이러니 등 완곡어법을 사용했고, 자신의 목소리를 교묘하게 은폐시키거나, 익명으로 소설을 출판하기도 했다.[*] 제인 오스틴 역시 작가로서 여러 가지 어려움을 겪는다. 1796년에 그녀의 첫 장편 소설이자 후에 《오만과 편견》으로 개작된 서간체 소설 《첫인상》이 출판사에 거절당하는가 하면, 그 뒤에 발표된 소설들도 당대에는 제대로 된 평가를 받지 못했다.

물론 제인 오스틴을 둘러싸고 있는 시대적 환경이 《오만과 편견》 전면에 등장하고 있는 것은 아니다. 이 작품은 다아시(Darcy)로 대변되는 '오만'과 엘리자베스(Elizabeth)로 대변되는 '편견'이라는 두 세계가 대립하고, 화합하고, 공존을 이뤄 나가는 과정에 초점이 맞춰져 있다. 그러나 두 주인공이 겪는 신분의 차이, 결혼 가치관에 대한 차이, 주위에서 벌어지는 여러 갈등의 원인들이 모두 과도기적 시대 상황과 밀접하게 연결되어 있다. 이 작품이 문학적, 사회적으로 보다 큰 의미를 획득할 수 있었던 것도 바로 그런 이유다.

---

[*] 이성덕, 〈오만과 편견 연구 : 개인적 가치와 전통적 가치의 조화〉, 한국방송통신대학교, 2010, 참조.

주체적 여성상의 등장 '엘리자베스'

《오만과 편견》이 오늘날까지도 공감대를 형성할 수 있는 이유는, 이 작품이 진정한 결혼의 조건이 무엇인가에 대해 질문을 던지고 있기 때문이다. 그러나 당시의 결혼은 '경제적 부유함'이냐, '사랑'이냐를 놓고 선택할 수 있는 상황은 아니었다. 여성들은 독자적인 경제 활동을 할 수 없었으므로 삶을 영위하기 위해서는 결혼이 필수적이었다. 그러므로 '사랑'보다는 '경제적, 사회적 조건'을 우위에 둘 수밖에 없었다.

이러한 모습은 작품에 등장하는 '샬럿 루카스'를 통해서도 잘 나타나 있다. 샬럿은 콜린스에게 별다른 애정을 느끼지 못한다. 하지만 그가 헌스퍼드의 교구 목사이며 베넷 씨의 재산을 한정 상속받게 될 것이라는 조건 등을 이유로 그를 남편감으로 선택한다. 그리고 '안락한 가정'을 이룰 수만 있다면 결혼으로 인한 속박이나, 가부장적 억압은 충분히 감낭해 낼 수 있나고 여긴다.

그녀에게 남자나 결혼 생활은 그다지 중요하지 않았다. 오직 결혼만이 그녀의 목표였다. 지체 높은 집안의 여자들에게 재산이 별로 없을 경우, 결혼만이 명예로운 생활 방편이 되었고, 그 결혼이 가져다줄 행복이 아무리 불확실한 것이라 해도 궁핍한 생활을 모면할 수 있는 최상의 방지책이었다. 이제 그녀는 그 방지 수단을 획득한 셈이었다. 스물일곱의 나이에 예쁘다는 말 한번 들어 본 적 없는 그녀는 자신에게 큰 행운이 찾아온 거라고 생각했다.

_ 본문 중에서

이처럼 결혼은 당시 여성들에게 불합리하게 작용했다. 여성들은 부모로부터 주어지는 지참금이나 유산 외에는 별다른 경제력을 갖추지 못했다. 교육과 사회 활동이 제한되었으며 직업을 가질 수 없었기 때문이다. 이러한 문제를 해결하기 위해서 여성은 '결혼'과 '경제적 측면'을 연결 지어 생각할 수밖에 없었다. 결국 재산이 많은 남성과의 결합이 결혼에 있어서 최선의 조건이 되어 버린 것이다. 이처럼 상대의 내면적 가치와는 상관없이 신분과 재산이라는 외적인 가치로 결혼 상대를 결정 지어 버리는 전통적 결혼관은 여러 가지 문제점들을 내포할 수밖에 없었다.

이러한 전통적 결혼관에 대해 엘리자베스는 부정적인 시선을 보낸다. 콜린스와 결혼할 샬럿의 모습을 "너무도 굴욕적인 그림"으로 인식하고, "세속적인 유익을 위해 그보다 중요한 모든 감정을 희생"하는 것을 안타깝게 생각한다. 이처럼 엘리자베스는 기존의 결혼관을 과감하게 거부한다. 그녀는 자신의 어머니(베넷 부인)나 여동생들(리디아, 키티)처럼 경제적 조건을 우위에 두지 않는다. 결혼에 있어 가장 중요한 것은 '사랑'의 감정을 느낄 만한 개인적 가치에 있는 것이다. 그러므로 사람들에게 부러움의 대상이 되는 다아시의 재산도 그녀의 관심을 끌지 못한다. 그것은 오히려 다아시에게 부정적인 요소로 작용하게 된다. 사람들과 잘 어울리지 않고, 무뚝뚝한 다아시의 성격이 부자로서 가지는 오만함이라는 편견을 갖도록 하는 것이다. 이러한 엘리자베스의 부정적 시선은 다아시 개인을 향하는 것인 동시에 불합리한 기존의 세계를 향해 있다.

다아시한테서 청혼을 받다니! 그가 그렇게 여러 달 동안 자신을 사랑하고 있었다니. 집안이 좋지 않다는 이유로 친구와 제인의 결혼을 반대했던 그가, 똑같이 힘든 조건이 분명한데도 그런 모든 불리한 조건을 극복하고 자신과 결혼하기를 원할 만큼 자신을 사랑하고 있었다니. 도저히 믿을 수 없는 일이었다.

자신이 전혀 의식하지 못하는 사이에 다아시에게 강렬한 애정을 불러일으켰다는 사실이 그녀의 자존심을 어느 정도 만족시켜 주는 건 부인할 수 없었다. 그러나 그의 오만하고 가증스러운 성격과 제인에 관한 일을 당당하게 인정하고, 변명조차 하지 않는 뻔뻔함과 자만심, 그리고 위컴에 관한 일을 얘기할 때의 냉정하고 무자비한 태도를 생각하면 그의 애정이 잠시 불러일으켰던 동정심은 한순간에 사라져 버렸다.

_ 본문 중에서

위의 인용문에서처럼 엘리자베스는 다아시로부터 뜻밖의 청혼을 받게 된다. 다아시와의 결혼이 자신의 신분 상승은 물론, 경제적으로 부유한 삶을 가져다줄 것을 알면서도 엘리자베스는 일언지하에 거절한다. 다아시가 자신의 언니(제인)와 빙리를 갈라놓고, 위컴을 불합리하게 대했다는 이유 때문이다. 물론 이것은 그녀의 지독한 편견이 만들어 낸 오해다. 그럼에도 엘리자베스가 긍정적으로 평가될 수 있는 것은 결혼에 대한 결정이 높은 신분이나 경제력과 같은 외적인 조건이 아니라, 자신의 선택과 판단에 의해 이루어지고 있기 때문이다.

그런 의미에서 엘리자베스는 주체적이며 발전적인 여성상이라고 할 수 있다. 그녀는 기존의 가치관을 그대로 따르기보다 모든 일을 자신의 이성적 판단에 맡기고 있다. 남편의 신분과 경제력에 종속되어 살아가며 자기 자신을 잘 드러내지 않았던 당시 여성들과 달리, 엘리자베스는 자신이 옳다고 생각하는 일을 주장하고 실행하는 데 주저하지 않는다. 안정된 생활이 보장된 콜린스와의 결혼을 거부하거나, 다아시와 결혼하지 않을 것을 강요하는 캐서린 영부인 앞에서도 끝내 자신의 의견을 굽히지 않는 모습에서도 주체적인 성향은 잘 나타나 있다. 또한 다른 여성들처럼 자신의 외모를 치장하거나, 현모양처가 되기 위해 피아노를 익히거나 수를 놓지 않고 독서를 통해 자신의 지적 능력을 향상시키기 위해 노력한다. 또한 이를 통해 자신의 존재적 가치를 남성과 동등하게 인정받고자 한다. 그러므로 이 작품에 등장하는 엘리자베스는 기존의 가치관을 거부하고, 스스로 변화하고자 한다는 점에서 진보적 인물이라고 할 수 있다.

화해 그리고 공존

《오만과 편견》의 주된 갈등은 다아시와 엘리자베스의 관계일 것이다. 제목에서도 짐작할 수 있듯이 '오만'과 '편견'이라는 대립적 구도를 통해 작품의 긴장감을 유발시키고 있지만, 이것은 단순히 남녀 간의 감정 문제만은 아니다. 이러한 갈등의 원인이 계급의 차이가 불러일으키는 사회적 차원의 모순에서 비롯되고 있기 때문이다. 기득권 세력으로서 자신의 신분 역할을 충실히 이행해야 할 의무를 지닌 나아시와, 전통적 가치들을 수동적으로 받아들이지 않고 그것에 맞서 적극적으로 대항하는 엘리자베스가 갈등을 일으키는 것은 당연한 일이다.

"저도 묻고 싶네요. 저를 불쾌하게 하고 모욕감을 느끼게 할 걸 알면서도, 자신의 의지에 어긋나고, 이성에도 어긋나고, 심지어 자신의 인격에도 어긋나지만 어쩔 수 없어서 저를 좋아

한다고 고백하시는 이유를 말이에요. 제가 무례했다면 이게
제 무례함에 대한 핑계가 될 수 있을지 모르겠군요. 제가 당
신의 구애를 거절하는 데는 다른 이유도 있어요. 당신도 알고
계실 거예요. 제가 만일 다아시 씨를 싫어하지 않았다고 하더
라도, 아니 무인 심하거나 설사 호감을 갖고 있었다고 하더라
도, 제가 세상에서 가장 사랑하는 언니의 행복을 망쳐 버리고
어쩌면 영원히 망쳐 버릴 수도 있는 사람의 구애를 받아들일
거라고 생각하셨나요?"

_ 본문 중에서

그러나 견고할 것 같았던 두 대립적 세계는 충돌을 거듭하
면서 조금씩 그 벽을 허물기 시작한다. 다아시는 엘리자베스에
대한 사랑으로 그동안 자신이 가졌던 '오만함'에서 벗어나게
되고, 엘리자베스 역시 다아시에 대한 평가가 자신의 '편견'으
로 인한 섣부른 깃임을 인정하게 된다. 이것은 두 세계가 각자
의 모순을 인정하면서 서로에게 유연해졌음을 의미한다. 이러
한 변화는 작품에서 긍정적인 변화를 가져온다. 딱딱하고 권위
적이었던 다아시가 자신의 모습을 버리고 엘리자베스의 주변
사람들에게 친절히 대하는가 하면, 엘리자베스는 다아시의 진
정한 인간됨을 발견하고 그의 사랑을 받아들이게 된다. 즉 서
로를 인정함으로써 '화해'의 해결점을 찾아낸 것이다.

엘리자베스는 다아시가 평소와는 달리 어색해하고 긴장하는 것처럼 보여서 말문을 열지 않을 수 없었다. 그녀는 그가 말한 4월 이후로 자신의 감정이 근본적인 변화를 겪어서 지금은 그의 애정을 고맙고 기쁘게 받아들일 수 있게 되었다고 말했다. 유창한 말솜씨는 아니었지만 다아시는 충분히 엘리자베스의 뜻을 이해할 수 있었다. 그녀의 대답을 듣고 다아시는 이전에는 한 번도 경험하지 못했던 행복한 기분을 느꼈다. 그래서 격정적인 사랑에 빠진 남자만이 할 수 있는 열정적이면서도 섬세한 표현으로 자신의 마음을 털어놓았다. 엘리자베스가 그의 눈을 쳐다볼 수 있었다면, 마음에서 우러나오는 기쁨이 번진 그의 표정이 얼마나 그를 매력적으로 보이게 하는지 알 수 있었을 것이다.

_ 본문 중에서

자신을 변화시킴으로써 서로를 받아들이게 된 '오만'과 '편견'의 세계는 조화를 이루게 된다. 그리고 이것은 다아시와 엘리자베스의 이상적인 결합으로 이어진다. 그들의 결혼은 샬럿처럼 외부적인 조건에 의한 것도 아니고, 리디아처럼 무분별한 열정에 의한 것도 아닌, 이성과 감성, 그리고 서로의 신뢰를 바탕으로 이루어진 사랑이다. 이때 두 사람의 관계는 어느 한쪽에 예속돼 있는 것이 아니라, 서로가 서로의 필요에 의해 결합된 동등한 위치라고 할 수 있다. 이것은 단지 다아시와 엘리자베스의 관계에만 한정된 것은 아니다. 불협화음을 이루던 전통적 가치와 개인적 가치관이 '화해'를 이뤄 '공존'의 세계로 나아가고자 하는 작가의 바람이 담겨 있다고 할 수 있다.

김정은*

---

* 단국대 국문학과와 중앙대 대학원 문예창작학과를 졸업했다. 다년간 논술 강사와 잡지사 취재 기자로 근무했다. 학술 및 문학 관련 자유기고가로 활동 중이다.

1775년   12월 16일 영국 햄프셔주의 스티븐턴이라는 작은 마을에
         서 교구 목사였던 아버지 조지 오스틴과 어머니 커샌드
         라 리 오스틴 사이에서 8남매 중 일곱째(둘째 딸)로 태어
         났다.

1783년   버크셔주의 레딩 어지 기숙 학교를 3년간 다녔다.

1787년   습작을 시작했다. 이 시기에 쓴 글들은 사후에 세 권의 책
         으로 묶여 출간되었다.

1793년   장편《수잔 마님》을 1795년까지 집필했다.

1795년   편지체 형식의 《엘리너와 메리앤》을 집필했다.

1796년   아일랜드 출신의 청년 톰 르프로이로부터 청혼을 받았지
만 남자 쪽 집안의 반대로 무산되었다. 실연의 아픔을 겪
는 동안 《첫인상》을 집필하고, 아버지의 권유로 출판사에
보냈지만 거절당했다.

1797년   《엘리너와 메리앤》을 《이성과 감성》으로 개작하였다. 그
리고 후에 《노생거 수도원》으로 개작되는 《수잔》에 착수
했다.

1801년   아버지 조지 오스턴이 자신의 교구를 장남 제임스에게
물려준 뒤 서머싯주의 도시인 바스로 이사를 갔다.

1802년   해디스 비그위더라는 사람의 청혼을 받아들이지만, 하루
만에 자신의 결정을 번복했다.

1803년   《수잔》의 판권을 런던의 크로스비 출판사에 팔아넘기지
만, 이때 출간되지 못하고 사후에 《설득》과 함께 출판되
었다.

1803년   《왓슨 가 사람들》을 1804년까지 집필했다.

1805년   1월 21일 아버지가 사망하자 바스를 떠나 약 3년 동안 형
         제, 친척, 친구 집을 전전했다.

1809년   아내를 잃은 셋째 오빠 에드워드의 권유로 햄프셔주의
         초턴이라는 곳으로 이사를 했다.

1811년   《맨스필드 파크》를 기고하였고, 《이성과 감성》을 익명으
         로 출판하였다. 그리고 《첫인상》을 《오만과 편견》으로 개
         작하였다.

1813년   《오만과 편견》을 출판하여 뜨거운 호응을 얻었다. 그러나
         모두 익명으로 출판돼 제인 오스틴의 이름이 널리 알려
         지지는 않았다.

1814년   《맨스필드 파크》가 출판되었다. 그리고 《엠마》를 1815년
         까지 집필했다.

1815년   《엠마》의 출간 직전 우연히 제인 오스틴의 애독자가 된
         조지 4세(당시는 섭정관)에게 책을 헌정했다. 《설득》을

집필하기 시작했다.

1816년　《설득》을 완성했으나 몸 상태가 악화되어 병상에 오래 누
　　　　워 있었다.《수잔》의 판권을 되찾았다.

1817년　《샌디션》을 집필하는 도중 요양을 위해 윈체스터로 옮겨
　　　　졌지만 결국 두 달 뒤인, 7월 18일 44세의 나이로 사망
　　　　했다.

1818년　《노생거 수도원》과《설득》이 출판되었다.

사후에도 개작된 작품이나 생전에 썼던 습작품, 편지 등이 출판되
었고, 200여 년이 지난 지금까지도 전 세계 독자들에게 폭넓은 사랑
을 받고 있다.

옮긴이 **김유미**

서강대학교 영어영문학과를 졸업하고 '글밥 아카데미'를 수료했다. 현재 바른번역 소속 번역가로 일하고 있다. 번역서로 《행복한 라디오》《프로작네이션》《위대한 몽상가》 등이 있다.

오만과 편견

초판 1쇄 펴낸 날 2018년 4월 10일

지 은 이   제인 오스틴
옮 긴 이   김유미
펴 낸 이   장영재
펴 낸 곳   (주)미르북컴퍼니
자 회 사   더클래식
전   화   02)3141-4421
팩   스   02)3141-4428
등   록   2012년 3월 16일(제313-2012-81호)
주   소   서울시 마포구 성미산로32길 12, 2층 (우 03983)
E-mail   sanhonjinju@naver.com
카   페   cafe.naver.com/mirbookcompany

(주)미르북컴퍼니는 독자 여러분의 의견에
항상 귀 기울이고 있습니다.

파본은 책을 구입하신 서점에서 교환해 드립니다.
책값은 뒤표지에 있습니다.